Claudia Rimkus

- Angel -
Engel der Nacht

Für meine Kinder

epubli

Wenn man nachts arbeiten und tagsüber schlafen muss, gewöhnt man sich daran. Wenn aber nebenan jemand einzieht, der schon morgens seine geräuschintensiven Gartengeräte aktiviert, führt das nicht nur zu einem Schlafdefizit, sondern auch zu Konflikten. Hanna und Jakob reagieren wie Feuer und Wasser aufeinander. Jedes Mal, wenn sie sich begegnen, fliegen die Fetzen. Alle Schlichtungsversuche ihrer Familien scheitern. Trotzdem hilft Hanna dem Nachbarn, als er einer abscheulichen Tat beschuldigt wird. Dadurch bessert sich ihr Verhältnis zueinander aber nur kurzfristig. Nach wenigen Tagen entflammt der Nachbarschaftskrieg von neuem.

Alle Personen und Ereignisse in diesem Roman sind frei erfunden. Ähnlichkeiten mit lebenden oder toten Personen sind rein zufällig und nicht beabsichtigt.

Impressum

Druck: epubli ein Service der neopubli GmbH, Berlin

ISBN 978-3-****-***-*
Printed in Germany
Bibliografische Information der Deutschen Nationalbibliothek
Die Deutsche Nationalbibliothek verzeichnet diese Publikation in der Deutschen Nationalbibliografie; detaillierte bibliografische Daten sind im Internet über http://dnb.d-nb.de abrufbar.

Prolog

„Hallo, liebe Freunde, Nachtschwärmer, Kapitäne der Landstraße und alle, die noch nicht in den Schlaf finden: Hier ist wieder euer Engel der Nacht. Wie immer begleite ich euch in die Morgendämmerung eines neuen Tages. Habt ihr Lust, mit mir zu plaudern, freue ich mich über euren Anruf hier im Sender. Selbst wenn ihr nur jemanden zum Zuhören braucht, seid ihr bei mir richtig. Für die heutige Sendung habe ich das Thema Heimat ausgewählt. Was ist Heimat für euch? Bedeutet sie heute in Zeiten der Globalisierung überhaupt noch etwas? Muss Heimat immer dort sein, wo man geboren wurde? Oder kann man sie auch woanders finden? Ist Heimat gleichzusetzen mit Zuhause? Wenn ihr mit mir darüber sprechen möchtet, ruft mich an unter der Nummer 01805 66 66 66..."

„Mann, diese Frau muss der helle Wahnsinn sein", sagte ein Brummifahrer auf der A2 zu seinem Kumpel. „Bei der ist bestimmt nicht nur die Stimme unglaublich sexy."

„Vielleicht ist Angel aber auch fett und potthässlich", gab sein Beifahrer zu bedenken. „Sonst würde es doch Fotos von ihr geben."

„Eher glaube ich, Radio 2000 hat das absichtlich so eingefädelt, dass man nur ihre Stimme kennt: Geheimnisvoll und erotisch. Dadurch wurde sie das Zugpferd des Senders. Keiner außer ihr hat so gute Einschaltquoten....

Kapitel 1

Die Sonne schien hell ins Zimmer.

Nach nur vier Stunden Schlaf schreckte Marie hoch. Benommen blinzelte sie zum Wecker.

„Oh Schiet...“, murmelte sie und fiel zurück in die Kissen. Obwohl sie sich wie zerschlagen fühlte, sprang sie Sekunden später aus dem Bett. Auf dem Weg zur Tür schlüpfte sie in ihren Morgenmantel.

„Anna! Sara! Lisa!“, rief sie im Flur. „Aufstehen! Wir haben verschlafen!“

„Nur nicht nervös werden!“, rief ihre Cousine vom Treppenaufgang zurück. „Die Mädchen sitzen bereits am Frühstücktisch!“

„Wenn ich dich nicht hätte, Hanna“, sagte Marie erleichtert, während sie die Stufen herunterkam. Mit allen zehn Fingern wuselte sie durch ihr streichholzkurzes hellblondes Haar. „Das war eine verdammt kurze Nacht.“

„Wem sagst du das?“, seufzte Hanna. „Wie sieht es denn heute bei dir aus, Marie?“

„Ein Kindergeburtstag; achtzehn Personen“, antwortete ihre Cousine, die im Souterrain des Hauses einen Partyservice betrieb. „Wenn meine drei Ableger in der Schule sind, fahre ich erst mal einkaufen. Um das Mittagessen kümmere ich mich danach. Du kannst so lange schlafen, wie du möchtest.“

„Okay, dann sehen wir uns in zwei Wochen wieder“, erwiderte Hanna trocken und stieg an ihr vorbei die Stufen empor. „Gute Nacht, Marie.“

Mit einem Lächeln auf den Lippen betrat Marie die Küche. Darauf schienen ihre Kinder nur gewartet zu haben.

„Ich brauche zwei Euro für die Klassenkasse!“

„Du musst meinen Mathetest noch unterschreiben!“

„Darf ich heute nach der Schule mit zu Miriam gehen?“

„Auch ich wünsche euch einen wunderschönen guten Morgen.“

„Guten Morgen, Mamarie“, schallte es im Chor zurück. Sogar die Boxerhündin Geisha blieb Schwanz wedelnd vor ihr stehen.

„Na, also“, meinte Marie amüsiert und kraulte das Tier hinter den Ohren. „Geht doch.“ Aus einer Schale nahm sie ein 2-Euro-Stück und legte es neben den Teller ihrer 12jährigen Tochter Sara. „Wo ist dein Mathetest?“, wandte sie sich an die drei Jahre ältere Anna.
„Auf der Anrichte.“
Ihre Mutter warf nur einen kurzen Blick in das Heft, ehe sie ihren Namen darunter setzte.
„In Bestform warst du dabei offensichtlich nicht“, sagte Marie ohne jeden Vorwurf und reichte es ihrer Tochter. „Woran hat es denn gelegen? Waren die Aufgaben zu schwer?“
„Eigentlich nicht...“
„... aber?“
„Irgendwie war das nicht mein Tag“, antwortete ihre Tochter schulterzuckend „Bei der nächsten Arbeit gleiche ich das wieder aus.“
„Kann ich nach der Schule zu Miriam?“, fragte das Nesthäkchen Lisa noch einmal. „Wir wollen mit ihrer Mutter in den Zoo.“
„Und was ist mit den Hausaufgaben?“
„Die machen wir vorher zusammen.“
„Okay, dann telefoniere ich nachher noch mit ihrer Mutter“, stimmte Marie zu, bevor sie einen Blick auf die große Uhr über der Tür warf. „Ihr müsst allmählich los.“ Aus dem Kühlschrank nahm sie für jede ihrer Töchter eine noch in der letzten Nacht zubereitete Sandwichbox. „Vergesst euren Pausenimbiss nicht.“
Wenige Minuten später verließen die Kinder das Haus. Noch im Morgenmantel räumte Marie die Küche auf, sammelte die Wäsche in den Kinderzimmern zusammen und machte die Betten. Während die Waschmaschine die erste Ladung Buntwäsche durch die Trommel wirbelte, stellte sich Marie unter die Dusche.

Ihre Cousine war bereits mit einer langen Einkaufsliste unter-

wegs zum Großmarkt, als Hanna in der zweiten Etage des Hauses endlich einschlief. Was sich als ungünstiger Zeitpunkt erwies, da der Müllwagen in die Straße einbog, um für alle Anwohner unüberhörbar die Container zu leeren. Prompt war Hanna wieder wach. Sie wälzte sich ungeduldig herum, bis draußen Ruhe einkehrte. Kaum wieder eingeschlummert, riss das durchdringende Krähen eines Hahnes begleitet von schrillen Klingeltönen Hanna abermals aus ihren Träumen. Als gäbe es keine Menschen, die tagsüber schlafen mussten, weil sie nachts arbeiteten, pries der Oldenburger Landbauer lauthals seine frischen Eier und Wurstwaren an.
Einen wenig damenhaften Fluch ausstoßend, zog Hanna sich das Kissen über den Kopf.
Fast zwei Stunden blieb sie ungestört, bis erneut Lärm von der Straße in ihr Bewusstsein drang. Genervt sprang Hanna aus dem Bett. Sie schob die Tür zum Dachgarten weiter auf und trat barfuß hinaus. Ein Blick hinunter genügte, um die beiden Möbelwagen vor dem Nachbargrundstück zu entdecken. Mussten die neuen Bewohner der alten Villa ausgerechnet einziehen, wenn man selbst dringend Schlaf benötigte? Mit mäßigem Interesse beobachtete sie die große Kisten ins Haus schleppenden Möbelpacker. In der Eingangstür stand ein schlanker Hüne mit eisgrauem Haar, der die Männer offenbar in die verschiedenen Räume dirigierte. Als die Möbelträger nun einen Flügel aus einem der Wagen luden, lief der Besitzer zu ihnen. Seiner Gestik war zu entnehmen, dass er zu einem umsichtigen Transport des kostbaren Instrumentes ermahnte. Dieser wäre vermutlich problemlos gelungen, wäre die Dachterrasse des Nebenhauses nicht zufällig in den Blickwinkel eines Möbelträgers geraten. Die reizvolle Gestalt der Frau in dem dünnen Seidenhemdchen verfehlte ihre Wirkung auf den Betrachter nicht. Unwillkürlich trat er einen Schritt zur Seite, um besser sehen zu können. Dadurch schwankte der Flügel in den Haltegurten bedenklich. Dies wiederum schien den Eigentümer des Instrumentes einige Nerven zu kosten. Bis hinauf zu ihrem Standort hörte Hanna

den Mann schimpfen, wobei er aufgebracht mit den Armen herumfuchtelte. War das ein Zeichen von Temperament oder einfach nur Unbeherrschtheit? Offenbar gab der Möbelträger eine Erklärung für seine Unachtsamkeit ab, denn nun schaute auch der Grauhaarige nach oben. Obwohl er seine Augen mit der Hand beschattete, konnte er niemanden entdecken. Hanna hatte es vorgezogen, blitzschnell von der Bildfläche zu verschwinden. Es zählte nicht zu ihren Gepflogenheiten, sich den Nachbarn im Nachthemd zu präsentieren. Sie schloss die Terrassentür, ließ die Jalousien herunter und legte sich wieder in ihr Bett. An Schlaf war jedoch nicht mehr zu denken...

Marie reagierte überrascht, als ihre Cousine bereits gegen Mittag im Jogginganzug in der großen Küche im Souterrain auftauchte.
„Sind die zwei Wochen schon um, oder weshalb liegst du nicht mehr in Abrahams Schoß?“
„Das lebhafte Treiben in unserer sonst so ruhigen Straße hat mich aus dem Bett getrieben.“ Sie stibitzte eine kleine Partyfrikadelle von einer großen Platte und biss genüsslich hinein.
„Mmm, lecker. Deine Frikadellen sind unübertrefflich.“ Beeindruckt blieb sie vor der zweistöckigen, mit rosa Blüten verzierten Geburtstagstorte stehen. Mit Zuckerschrift stand der Name *Nina* über einer großen 7 darauf „Diese Torte ist ein richtiges kleines Kunstwerk.“
„Hüte dich, davon zu naschen“, warnte Marie ihre Cousine und deutete mit dem Kochlöffel nach rechts. „Für euch ist der Apfelkuchen. Nachher backe ich noch jede Menge Krapfen.“
Erwartungsvoll blitzte es in Hannas Augen auf.
„Mit Vanillecreme gefüllt?“
„So lautet die Bestellung für den Kindergeburtstag.“
„Und was ist mit uns?“, fragte Hanna vorwurfsvoll. „Willst du deiner Familie diese Gaumenfreude etwa vorenthalten?“
„Glaubst du, ich will es mir mit meiner Hauswirtin verderben?“
„Fang bloß nicht wieder mit der Nummer an“, versetzte Hanna

mit wegwerfender Geste. „Für mich allein war das Haus viel zu groß. Wärst du nicht mit den Kindern zu mir gezogen, hätte ich es wahrscheinlich verkauft."
Ungläubig weiteten sich Maries Augen.
„Das ist nicht dein Ernst, Hanna. Du hättest es bestimmt nicht fertiggebracht, dich von Achims Elternhaus zu trennen."
„Nach seinem Unfall habe ich dieses Haus nur noch wie ein Gefängnis empfunden, in dem ich die einzige Insassin war. Alles um mich herum hat mich an Achim erinnert, an die glücklichen Jahre mit ihm. Die Erinnerung drohte mich förmlich zu erdrücken."
„Warum hast du nie mit mir darüber gesprochen?"
„Hattest du mit deiner schwierigen Familiensituation nicht schon genug Probleme?"
„Die mit deinem Angebot, mit den Kindern hier einzuziehen, verschwanden", vollendete Marie. „Seit drei Jahren erträgst du uns nun schon."
„Vor drei Jahren kam wieder Leben ins Haus", korrigierte Hanna ihre Cousine. „Seitdem fühle ich mich hier so wohl wie früher."
Ihr strenger Blick konzentrierte sich auf Marie. „Also nenn mich nie mehr deine Hauswirtin. – Zumal du deine Ersparnisse in den Umbau investiert hast."
„Ohne diese Räumlichkeiten wäre mein Traum vom eigenen Partyservice doch wie eine Seifenblase zerplatzt."
„Einigen wir uns darauf, dass wir einander gegenseitig geholfen haben", schlug Hanna vor. „Damit ist dieses Thema aber endgültig vom Tisch." Sie warf noch einen bedauernden Blick auf die appetitliche Geburtstagstorte und nahm sich ein Stück von dem noch warmen Apfelkuchen. „Übrigens bekommen wir neue Nachbarn. Die Möbelwagen blockieren die ganze Straße. Nach dem zu urteilen, was da alles ins Haus geschleppt wird, zieht dort mindestens eine zehnköpfige Familie ein."
„Was sind denn das für Leute?" fragte Marie interessiert. „Hast du sie schon gesehen?"

„Nur einen langen Kerl, der die Möbelträger herumkommandiert hat. Wahrscheinlich das allmächtige Oberhaupt einer schrecklich netten Familie.“
„Warten wir es ab“, schlug Marie belustigt vor. „Spätestens wenn sie sich über unsere lebhafte Kinderschar beschweren, wird sich herausstellen, wie nett sie wirklich sind.“
„Demnach wird das schon bald sein“, meinte Hanna lachend und wandte sich zur Tür. „Ich gehe jetzt eine Runde joggen. Geisha nehme ich mit.“
„Viel Spaß!“, rief Marie ihrer Cousine nach.

Wenige Minuten später verließ Hanna mit der Boxerhündin an der Leine das Haus. Während sie am Nachbargrundstück vorbeitrabte, schaute sie durch die Gläser ihrer Sonnenbrille mitfühlend zu den Möbelträgern hinüber, die sich im Vorgarten eine Standpauke von ihrem nicht gerade zufrieden wirkenden Kunden anhören mussten. Dabei fuchtelte er wild mit den Armen herum wie eine Mischung aus Joe Cocker und Herbert von Karajan. Auslöser dafür war offensichtlich ein unter seinem gewichtigen Inhalt geborstener Umzugskarton. Neben der Pappruine lagen zahlreiche Bücher auf dem Plattenweg verstreut. Sollte das so weitergehen, dachte Hanna, würde der arme Mann noch vor seinem Einzug einen Herzinfarkt erleiden.
Trotz seiner Erregung bemerkte er das Interesse der Frau im Jogginganzug. Er beschrieb eine Geste, als wolle er ein lästiges Insekt verscheuchen.
„Du mich auch“, murmelte Hanna und setzte ihr Lauftraining fort.

Nachdem die Möbelpacker abgerückt waren, herrschte ein unübersehbares Chaos in dem gerade bezogenen Haus. Überall standen unausgepackte Umzugskartons herum.
Die jüngsten Familienmitglieder waren in den drei Kinderzimmern damit beschäftigt, Schubladen und Schränke mehr

oder weniger ordentlich zu füllen.
Am späten Nachmittag traf Jonas Jensen in seinem neuen Domizil ein. Durch einen Slalomlauf um mehrere große Kisten bahnte er sich einen Weg zu dem Raum, den sein Bruder als Arbeitszimmer nutzen wollte.
„Spät kommt er – aber er kommt“, bemerkte Jakob Jensen, ohne sich beim Einräumen seiner Bücher in die hohen Regale stören zu lassen.
„Tut mir leid, dass ich es nicht eher geschafft habe“, bedauerte Jonas. „Die Sitzung hat länger als erwartet gedauert. Zu allem Überfluss habe ich anschließend noch im Stau gestanden.“
Über den Rand seiner Lesebrille hinweg musterte Jakob seinen jüngeren Bruder.
„Du hast die Wahl zwischen Küche und Wohnzimmer.“
„Darf ich mich vorher noch umziehen und den Rest der Familie begrüßen?“
„Du erinnerst dich tatsächlich an die Existenz deiner Kinder, Jonas?“ spottete Jakob. „Erstaunlich...“
„Nun tu nicht so, als würde ich die drei ständig vernachlässigen“, beschwerte sich sein Bruder. „Da ich eine Familie ernähren muss, bleibt es nun einmal nicht aus, dass ich meinen Job machen muss. So gut wie ihr Lehrer mit eurer vielen Freizeit habe ich es leider nicht.“
„Sei froh, dass ich mittags meistens zu Hause bin. Immerhin bin ich ein ganz brauchbares Kindermädchen.“
„Sogar ein pädagogisch wertvolles“, schmunzelte Jonas. „Ich glaube, in dieses Haus zu ziehen, war eine gute Idee.“
„Das wird sich erst noch herausstellen müssen. Falls du hoffst, ich spiele ab jetzt ständig die Mutter deiner Kinder...“
„Keine Sorge“, unterbrach Jonas ihn vergnügt. „So schön bis du nun auch wieder nicht, dass ich dir gleich einen Heiratsantrag machen würde.“
„Du weißt schon, wie ich das meinte“, tadelte sein Bruder ihn scheinbarer Strenge. „Deine Kinder brauchen ihren Vater gerade jetzt mehr als sonst. Der Umzug, die neue Umgebung...“

„Ich weiß“, seufzte Jonas. „Wann immer es möglich ist, trete ich künftig kürzer. Trotzdem hoffe ich, dass die Jungs auch hier bald Freunde finden. Vielleicht sogar in der Nachbarschaft.“

„Ob das so wünschenswert ist“, zweifelte Jakob. „Hier nebenan scheint eine ziemlich leichtlebige Person zu wohnen, die vormittags halbnackt auf der Dachterrasse herumhüpft.“

„Was du nicht sagst. Ist sie wenigstens hübsch?“

„Keine Ahnung.“ Ohne eine Miene zu verziehen, berichtete Jakob von der Gefahr, in der sein Flügel geschwebt hatte.

„Wahrscheinlich macht sie sich einen Spaß daraus, spärlich bekleidet Aufmerksamkeit zu erregen, um dann genauso schnell wieder von der Bildfläche zu verschwinden. Vermutlich eine exhibitionistisch veranlagte, unbefriedigte Hausfrau. Das ist wohl kaum der richtige Umgang für die Jungs.“

„Vielleicht aber für dich“, neckte Jonas ihn. „Anstatt dich permanent hinter deinen Büchern zu verstecken, solltest du dich allmählich auf Brautschau begeben. Sonst ist der Zug für dich endgültig abgefahren.“

„Ich bin Single aus Überzeugung“, betonte Jakob. „Im Übrigen wäre es angebrachter, du würdest dir endlich wieder eine Frau suchen. Deine Kinder brauchen eine Mutter.“

„Glaubst du, es sei so einfach, eine Frau zu finden, die nicht gleich die Flucht ergreift, wenn sie hört, dass dieser äußerst attraktive Mann ein Witwer mit drei Lausebengeln ist? Die wiederum würden jede Kandidatin mit ihrer Mutter vergleichen und nicht ohne weiteres akzeptieren, dass eine andere deren Platz einnimmt. Hinzu käme, dass die Ärmste auch noch vor deinem gestrengen Auge bestehen müsste. Das würde wahrscheinlich der schwierigste Teil der Übung.“

„Schieb nur mir den Schwarzen Peter zu“, antwortete Jakob gelassen. „Dafür hat man schließlich einen großen Bruder.“

„Eben“, bestätigte Jonas und wandte sich zur Tür.

Über die Treppe gelangte er in die erste Etage des zweistöckigen Hauses. Im Flur blieb er vor den drei nebeneinander

liegenden Kinderzimmern stehen.
„Hallo, Jungs!", rief er. „Habt ihr einen Moment für euren alten Vater?"
Fast gleichzeitig kamen seine Söhne aus ihren Räumen. Allen voran ein Jack-Russell-Terrier. Der kleine Hund vollführte schwanzwedelnd einen Freudentanz, so dass Jonas in die Hocke ging und den kleinen Kerl kraulte.
„Na, Pavarotti", begrüßte er das Tier. „Wo hast du denn deinen Ball?" Sofort sauste der Hund davon. „Wie weit seid ihr, Männer? Kommt ihr mit dem Auspacken voran?"
„Ich bin fast fertig", sagte Max, der Älteste. „Nur meine CDs muss ich noch einsortieren."
„Meine Klamotten müssen noch in den Schrank", meldete der 12jährige Leon. „Dafür habe ich meinen Computer schon angeschlossen."
„Und du, Timo?" wandte Jonas sich an seinen Jüngsten. „Wie sieht es bei dir aus?"
„Ich habe Hunger."
„Das war nicht meine Frage."
„Klar bin ich fertig", lautete die prompte Antwort. „Trotzdem habe ich Hunger. Heute Mittag gab es bloß Ravioli, weil Onkel Jakob keine Zeit zum Kochen hatte."
„Dann hältst du bestimmt nicht durch, bis in der Küche alles eingeräumt ist", vermutete sein Vater. „Wie wäre es deshalb zum Abendessen mit einem Stapel Mafiatorten?"
Wie erwartet, fand dieser Vorschlag allgemeine Zustimmung. Nachdem jeder seine Wünsche für den Belag geäußert hatte, rief Jonas den Pizzaservice an.

Im Nebenhaus kümmerte sich wie gewöhnlich Hanna um das Abendessen. Als der Tisch gedeckt war, rief sie die Familie zusammen. Bevor sie sich zu den anderen setzte, trat sie ans Fenster, um die Vorhänge zu schließen.
„Oh, unsere neuen Nachbarn scheinen Feinschmecker zu sein", sagte sie in leicht spöttischem Ton. „Sie bevorzugen die italie-

nische Küche."
Beeindruckt schaute die kleine Lisa sie an.
„Kannst du so weit gucken, Hanna? Bis auf ihren Tisch?"
„Nein, mein Schatz." Im Vorbeigehen strich sie ihrem Patenkind liebevoll über den blonden Lockenkopf. „Aber der Pizzabringdienst ist gerade nebenan vorgefahren."
„Die können bestimmt nicht kochen", meinte Sara. „Jedenfalls nicht so gut wie Mamarie."
„Wenn man gerade umgezogen ist, und im Haus lauter unausgepackte Kisten rumstehen, ist man wahrscheinlich froh, sich nicht auch noch ums Abendessen kümmern zu müssen", vermutete Marie. „Wir werden unsere neuen Nachbarn sicher bald kennenlernen. Vielleicht sind sie sehr nett."
„Wetten würde ich darauf nicht", bemerkte Hanna trocken. „Aber wir müssen uns ja auch nicht zwangsläufig mit ihnen verbrüdern."

Wie an jedem Abend ging Jakob Jensen noch einmal mit dem Hund raus. Er ließ das Tier an der langen Leine laufen, um ihm Gelegenheit zu geben, die neue Umgebung gründlich zu erkunden. Schon das Nachbargrundstück schien eine magische Anziehung auf den kleinen Hund auszuüben. Die Nase am Boden schnüffelte er die dunkle Einfahrt hinauf. Jakob ließ ihn gewähren. Offenbar hatte Pavarotti den Geruch eines anderen Vierbeiners aufgenommen. Nun würde er an jedem Steinchen sein Beinchen heben, um seine Visitenkarte zu hinterlassen. Geduldig wartete sein Herrchen. Plötzlich kam eine Gestalt um das Haus herum direkt auf ihn zu.
„Ach, du meine Güte", murmelte Jakob angesichts der Kleidung der Frau. Die Farbzusammenstellung von langem blaugeblümten Rock, weiter roter Bluse und ausgebeulter grüner Strickjacke wirkte wie eine Beleidigung auf das Auge eines Ästheten. Das tief in die Stirn reichende gestreifte Kopftuch und die Brille mit den dicken Gläsern entsprachen auch nicht unbedingt dem letzten modischen Chic.

„Was machen Ihre Hund da?“ sprach die unförmige Fremde den Mann in gebrochenem Deutsch empört an. „Er nicht einfach können machen Geschäft auf fremde Grundstück!“
„Er hat nur geschnüffelt und sein Bein gehoben“, versuchte Jakob die aufgebrachte Frau zu beruhigen. „Das ist doch nicht so schlimm.“
„Nix schlimm?“, echote sie wild gestikulierend. „Hund hat gemacht stinkende Haufen mitten vor die Tor von Garage! Ist üblich das, da wo Sie kommen her? Bei uns das ist verboten! Sie wegmachen das Haufen, sonst Sie kriegen großes Ärger!“
„Ist ja schon gut“, erwiderte er beschwichtigend. „Selbstverständlich beseitige ich das Malheur.“ Er stieß einen kurzen Pfiff aus uns zog leicht an der Leine. „Hierher, Pavarotti!“
Sofort kam der kleine Hund angesaust und blieb erwartungsvoll zu ihm aufschauend stehen.
„Pavarotti...“, wiederholte die Frau kopfschüttelnd. „Sie ihn müssen mehr füttern, damit passt diese Name zu das Hund.“
Etwas Unverständliches vor sich hinmurmelnd, wandte sie sich ab, drehte sich aber nach wenigen Metern noch einmal um. „Nix vergessen machen sauber unsere Weg!“
Leise seufzend kramte Jakob eine für alle Fälle eingesteckte kleine Tüte aus der Jackentasche und ging die Einfahrt hinauf. Wenige Minuten später betrat er mit dem Übeltäter sein Haus.
„Jetzt brauche ich erst mal einen Cognac“, sagte Jakob im Wohnzimmer zu seinem Bruder, der mittlerweile einige Kisten ausgepackt hatte, und ließ sich in einen Sessel fallen. „Eben hatte ich eine Begegnung der 3. Art.“
„Welcher Außerirdische treibt sich denn draußen rum?“ Jonas trat zum Schrank und nahm die Cognacflasche heraus. „ET oder Mr. Spock?“
„Die beiden sind garantiert harmlos gegen den Besen von nebenan“, behauptete Jakob. „Unsere Nachbarn sind offenbar Türken. Wahrscheinlich aus dem tiefsten Anatolien.“ Mit knappen Worten berichtete er von seinem Zusammenstoß mit der Nachbarin. „Dieser hässliche Vogel hätte mich vermutlich

am liebsten mit einem langen Dolch gemeuchelt.“
„Hast du vorhin nicht erzählt, die Möbelträger hätten auf dem Balkon eine halbnackte Schönheit gesehen?“, überlegte Jonas und reichte ihm eines der Gläser. „Demnach war deine Vogelscheuche bestimmt die Putzfrau unserer Nachbarn.“
„Eine Putzfrau arbeitet wohl kaum bis spätabends.“ Mit Genuss ließ Jakob den edlen Tropfen auf der Zunge zergehen. „Wer sie auch war, ich hoffe, dass ich ihr nicht noch mal über den Weg laufe.“

Unterdessen betrat die türkische Vogelscheuche das Gebäude des Senders Radio 2000. In ihren altmodischen flachen Schuhen latschte sie mit schlurfenden Schritten zum Lift. Niemand beachtete die vermeintliche Putzfrau. Selbst der Pförtner blickte nur kurz von seiner Zeitung auf. Er kannte die Leute vom Reinigungspersonal, die allabendlich das Haus bevölkerten. Mit einigen von ihnen wechselte er stets ein paar Worte. Die Frau, die gerade im Aufzug verschwand, zählte nicht dazu. Er vermutete, sie sei der deutschen Sprache nicht mächtig und vertiefte sich wieder in seinen Sportteil.
In der vierten Etage verließ die farbenfroh gekleidete Gestalt den Fahrstuhl und wandte sich nach rechts. Ohne Anzuklopfen öffnete sie eine Tür mit der Aufschrift Redaktion. An einem ovalen Tisch saßen eine junge Frau und zwei Männer, die bei ihrem Eintreten erleichtert schienen.
„Du kommst spät“, sagte der Redakteur Sandro Müller ohne jeden Vorwurf. „Gab es Probleme?“
„Zuerst ich musste vertreiben neue Nachbar, weil er hat verwechselt unsere Einfahrt mit Hundeklo“, zählte sie auf. „Dann alte Schrottkiste nix wollte springen an. Hier auf Parkplatz wieder ein paar Leute lungern rum. Sie mich wollten ausfragen, aber Suleika nix verstehen. Ich nur türkisches Putzfrau.“
„Du bist ein Goldschatz“, korrigierte Sandro sie. „Setz dich und hör dir deine grandiosen Einschaltquoten an.“
Bevor sie Platz nahm, zog sie zuerst die Brille von der Nase

und das Tuch vom Kopf. Mit den Händen fuhr sie sich durch ihre schulterlangen dunklen Locken.
„Ich höre?“
„Gestern hast du noch 2% zugelegt“, erklärte Babs, die Redaktionsassistentin. „Bald gibt es niemanden mehr, der zwischen Geisterstunde und Morgengrauen einen anderen Sender einschaltet.“
„Unsere Angel ist tatsächlich ein Phänomen“, schloss sich Ulrich Maiwald an. Als Programmdirektor wusste er, wovon er sprach. „Dass ein relativ kleiner Regionalsender wie unserer weit über die Landesgrenzen hinaus so populär wurde, verdanken wir nur ihr. Der Engel der Nacht ist auf dem besten Weg, eine Kultfigur zu werden.“
„Ihr übertreibt wieder mal maßlos“, winkte die so hoch gelobte Moderatorin in plötzlich akzentfreiem Deutsch ab. „Es ist reines Glück, dass das Konzept der Sendung so gut funktioniert.“
„Du bist viel zu bescheiden“, widersprach Ulrich. „Die Mischung aus deiner faszinierenden Stimme, deiner humorvollen Spontanität und deinem enormen Einfühlungsvermögen macht diesen Erfolg aus.“
„Außerdem das Geheimnis, das dich umgibt“, fügte der Redakteur hinzu. „Erinnert ihr euch, was der Reporter vom Focus vor einigen Tagen alles angestellt hat, um das Inkognito des Engels der Nacht zu lüften? Wahrscheinlich dachte er, wir würden ihm Angel auf einem Silbertablett servieren, damit er über unseren Sender schreibt.“
„Die Idee mit dem telefonischen Interview war doch super“, befand Babs. „Fast so genial wie die türkische Putzfrau, die hier abends mit einem klapprigen Fiat vorfährt. Wahrscheinlich würde Hanna in dieser ätzenden Verkleidung nicht mal von ihrer eigenen Großmutter erkannt.“
„Hier gibt es keine Hanna“, betonte Sandro, wobei er seine Assistentin mit einem scharfen Blick fixierte. „Pass bloß auf, dass du dich nicht mal verplapperst, Babs. Das können wir uns nicht leisten.“

„Okay, okay“, beruhigte sie ihn. „Dieser Name kommt nie wieder über meine Lippen.“
„Irgendwann findet doch jemand raus, wer sich hinter dem Engel der Nacht verbirgt“, sagte Hanna nüchtern. „Oder glaubt ihr etwa, das kann man ewig verheimlichen?“
„Solange es so gut läuft wie bisher, bin ich optimistisch“, verkündete der Programmdirektor. „Mit den Werbeeinnahmen schaffen wir uns ein gutes Polster. Außerdem muss die Sendung nicht zwangsläufig sterben, falls du enttarnt werden solltest. Wenn bekannt wird, was für eine tolle Frau sich hinter dem Engel der Nacht verbirgt, wächst deine Fangemeinde wahrscheinlich noch. – Aber darüber sprechen wir, wenn es soweit ist.“ Aus den vor ihm liegenden Unterlagen fischte er eine Karte hervor und reichte sie der Moderatorin. „Weil immer mehr Leute ein Autogramm von dir wollen, habe ich diese Aufnahme anfertigen lassen. Hoffentlich gefällt sie dir.“
Kritisch begutachtete Hanna die Autogrammkarte. Sie zeigte einen Engel mit langem wallenden Haar und zarten Flügeln. Obwohl er dem Betrachter abgewandt auf einem großen Stein saß, erkannte man an der Kopfhaltung, dass er in den Sternenhimmel hinaufschaute.
„Nicht schlecht. Allerdings werde ich das Gefühl nicht los, dass nun noch mehr Arbeit auf mich zukommt.“ Ihre ausdrucksvollen Augen richteten sich fragend auf den Jugendfreund. „Du erwartest doch sicher, dass ich künftig nicht nur wie bisher meine Fanpost beantworte, sondern auch jede Menge Autogrammkarten signiere. Oder sehe ich das falsch, Uli?“
„Da du zu logischen Schlussfolgerungen neigst...“, entgegnete der Angesprochene mit vielsagendem Lächeln, „werde ich mich hüten, dir zu widersprechen.“
„Das dachte ich mir“, bemerkte Hanna trocken. „Was wäre mir alles erspart geblieben, hätte ich nicht in grauer Vorzeit ein paar Semester Psychologie belegt und mich Jahre später von einem alten Freund überreden lassen, in seinem Sender zu arbeiten.“

„Das alt möchte ich überhört haben“, schmunzelte ihr ehemaliger Klassenkamerad. „Darf ich dich daran erinnern, dass du das Konzept für den Engel der Nacht entwickelt hast?“
„Hätte ich geahnt, du würdest darauf bestehen, dass ich diese Sendung moderieren soll, wäre das Konzept im Papierkorb gelandet.“
„Inzwischen macht dir die Arbeit am Mikrofon doch Spaß. Deine Hörer lieben dich und deine unverwechselbare, erotische Stimme.“
„Keine andere hätte mit dieser Sendung einen solchen Erfolg erzielt“, schloss Sandro sich an. „Worüber möchtest du denn heute mit deiner Fangemeinde sprechen?“
„Über Freundschaft“, gab Hanna ihm Auskunft und zog einige Unterlagen aus ihrer großen Umhängetasche. „Ich habe schon was zu diesem Thema vorbereitet.“

Wie an allen fünf Abenden der Woche, an denen Hanna um Mitternacht auf Sendung ging, begrüßte sie ihre Zuhörer mit den gleichen Worten:
„Hallo, liebe Freunde, Nachtschwärmer, Kapitäne der Landstraße und alle, die noch nicht in den Schlaf finden. Hier ist wieder euer Engel der Nacht. Wie immer begleite ich euch in die Morgendämmerung eines neuen Tages. Habt ihr Lust, mit mir zu plaudern, freue ich mich über euren Anruf hier im Sender. Selbst wenn ihr nur jemanden zum Zuhören braucht, seid ihr bei mir richtig. Die heutige Nacht soll ganz unter dem Motto Freundschaft stehen. Habt ihr mir dazu etwas zu sagen? Was versteht ihr unter Freundschaft? Wo hat sie sich bewährt? In welcher Situation hat sie versagt? Ruft mich an unter der Nummer 01805 66 66 66...“

Die Räume im Obergeschoss des Hauses hatte Jakob bezogen. Außer seinem Schlafzimmer und dem Bad befand sich hier eine kleine Stube, in die er sich zurückziehen konnte, wenn er ungestört sein wollte.

Neben einem Bücherschrank stand die Stereoanlage auf einer Kommode. Mitternacht war längst vorüber, als Jakob seine CD-Sammlung einsortierte. Der Klang einer sanften Stimme aus dem Radio ließ ihn innehalten. Das leichte Vibrieren in dem dunklen melodischen Timbre wirkte anziehend und geheimnisvoll. Seltsam berührt drehte Jakob das Radio etwas lauter. Dem Gespräch mit einem Anrufer zufolge nannte sich die Moderatorin Angel oder Engel der Nacht. Diese überirdische Bezeichnung passte durchaus zu der samtweichen Stimme. Interessiert folgte Jakob den Dialogen über Freundschaft, wo- bei ihn die klugen Worte der Frau am Mikrofon ebenso imponierten wie ihre humorvollen Bemerkungen.

Zwischen den einzelnen Telefonaten wurde Musik gespielt. Zur vollen Stunde kamen Nachrichten über den Äther, die einen kurzen Werbeblock ablösten.

Unterdessen machte es sich Jakob mit einem Glas Wein in einem Ohrensessel bequem. Nach dem Verkehrslagebericht erklang wieder die Stimme des Engels der Nacht, die die Zuhörer aufforderte, sich zum Thema Freundschaft zu äußern.

Spontan griff Jakob zum Telefon und tippte die leicht zu merkende Nummer des Senders ein. Beim ersten Versuch war die Leitung besetzt, aber schon beim zweiten wurde er aufgefordert, am Apparat zu bleiben. Erst jetzt wurde ihm bewusst, dass Freunde womöglich seine Stimme erkennen würden. Da er jedoch ebenso anonym wie die Moderatorin bleiben wollte, legte er vorsichtshalber ein Taschentuch über die Sprechmuschel des Telefons.

„Hier ist Angel.“ Plötzlich war er auf Sendung. „Mit wem spreche ich?“

„Man nennt mich ... Dracula“, antwortete Jakob scherzhaft.

„Dracula!?“, wiederholte sie mit leisem Spott. „Willst du mir nicht deinen richtigen Namen verraten?“

„Sind Namen nicht nur Schall und Rauch? Oder erzählst du mir, wie deine Mutter dich gerufen hat?“

Hinter der Scheibe des Studios gab der Redakteur der Modera-

torin ein Zeichen, das Gespräch abzubrechen. Hanna schüttelte jedoch den Kopf.
„Meine Mutter nannte mich Spatz“, sagte sie gelassen. „Es fällt mir schwer, mir vorzustellen, dass eine Mutter ihren kleinen Jungen Dracula gerufen hat.“
„Das hat sie nicht getan“, erklärte Jakob leise lächelnd. „Sie nannte mich Einstein.“
„Deine Mutter hat dich für ein Genie gehalten?“
„So was soll vorkommen.“
„Okay, Dracula“, kam Hanna auf den Tenor der Sendung zurück. „Was hast du uns zum Thema Freundschaft zu sagen?“
„Für mich bedeutet Freundschaft nicht nur das, was die bisherigen Anrufer darunter verstehen. Natürlich sollte sie sich in großer Not bewähren, aber es sind vielmehr die kleinen Gesten, die zählen.“
„Kannst du uns ein Beispiel nennen?“
„Sicher“, sagte Jakob, um keine Antwort verlegen. „Stell dir vor, du hast einen schweren Tag hinter dir, bist müde, freust dich auf ein heißes Bad und ein gutes Buch. Auf dem Heimweg schüttet es wie aus Eimern und du gerätst in einen Stau. Deshalb bist du etwas unwirsch, als dein Handy unterwegs klingelt. Ein Freund sagt ein geplantes Treffen für das Wochenende ab, weil er mit einer schweren Grippe das Bett hütet. Du wünschst ihm gute Besserung und bist froh, dass du endlich nach Hause kommst. Während das Wasser in die Wanne läuft, schenkst du dir ein Glas Wein zur Einstimmung auf einen geruhsamen Abend ein. Das Wissen, dass dein kranker Freund niemanden hat, der sich um ihn kümmert, versuchst du zu verdrängen. Es gelingt dir aber nicht. Mit einem sehnsüchtigen Blick auf die einladende Wanne drehst du das Badewasser ab, ziehst deinen Mantel wieder an und läufst durch den strömenden Regen zur nächsten Apotheke. Beim griechischen Gemüsehändler besorgst du einen Korb frisches Obst. Angesichts der Fluten von oben fragst du dich, weshalb du dir das antust, anstatt dich zu Hause in deiner Badewanne zu entspannen. Als du

pitschnass zu deinem Krankenbesuch eintriffst, belohnt dich ein dankbares Lächeln für deine Mühe. Er hätte dich allerdings auch dann seinen Freund genannt, wärst du zu Hause in deiner warmen Stube geblieben."

„Das klingt wie eine erlebte Geschichte", sagte Hanna, als der Anrufer schwieg. „Warst du der bazillengeplagte Kranke oder der nasse Besucher?"

„Das ist unwichtig", lautete die Antwort. „Diese Episode macht deutlich, dass es manchmal schon genügt, die eigenen Bedürfnisse ein wenig zurückzuschrauben, Verantwortung zu übernehmen und Unbequemlichkeiten in Kauf zu nehmen, um jemandem einen kleinen Freundschaftsdienst zu erweisen."

„Hast du viele Freunde, Dracula?"

„Nicht so viele, wie du Fans hast, Angel. Im Leben kommt es nicht auf die Anzahl der Freunde an. Ein verlässlicher ist mehr wert, als eine ganze Horde, die beim kleinsten Problem kneift."

„Ist dir das schon passiert? Dass ein sogenannter Freund im entscheidenden Moment um keine Ausrede verlegen war?"

„Mit zunehmenden Alter und einem gewissen Grad an Reife sollte man genug Menschenkenntnis besitzen, um zwischen wahren Freunden und oberflächlichen Zeitgenossen unterscheiden zu können", manövrierte er um eine direkte Antwort herum. „Wie sehen denn deine Erfahrungen in dieser Hinsicht aus, Angel? Wirst du deinem Namen gerecht? Immer engelsgleich und täglich mindestens eine gute Tat? Oder passiert es sogar dir, dass du gelegentlich schimpfst wie ein Rohrspatz und deine Mitmenschen zum Teufel wünschst?"

„Das geschieht allenfalls, wenn sie anfangen, zu viele Fragen zu stellen", gab sie schlagfertig zurück. Es würde ihm nicht gelingen, mehr aus ihr herauszulocken, als sie preiszugeben bereit war. „Nun wollen wir aber noch andere Zuhörer zu Worte kommen lassen. Ich danke dir für dieses interessante Gespräch, Dracula. – Gute Nacht."

Ohne auf seine Antwort zu warten, unterbrach sie die Verbindung. Während der Sender nun wieder Musik spielte, saß er noch eine Weile nachdenklich in seinem Ohrensessel.

Kapitel 2

Die Kinder waren bereits auf dem Weg zur Schule. Die Cousinen saßen noch bei einem Becher heißer Schokolade am Frühstückstisch.
„Gestern hatte ich wieder mal Zeit, in deine Sendung reinzuhören", sagte Marie, die als einzige außerhalb des Senders die Identität des Engels der Nacht kannte. „Du warst echt gut."
„Wenn du schon einen freien Abend hast, solltest du um diese späte Stunde längst im Bett liegen."
„Genau dort habe ich mich befunden", erklärte Marie. „Ich habe in einigen Kochbüchern nach neuen Anregungen gesucht. Dabei habe ich deinen Gesprächen gelauscht. Eines davon gefiel mir besonders gut..."
„Lass mich raten", unterbrach Hanna sie. „Du meinst vermutlich den Beitrag von Dracula alias Einstein."
„Richtig", bestätigte Marie. „Nicht schlecht, wie er dich aus der Reserve locken wollte."
„Was ihm aber nicht gelungen ist."
„Du bist für die meisten Männer zu schlagfertig, Hanna. Das verunsichert sie. So wird das nie was."
„Du sprichst in Rätseln."
„Seit wann bist du schwer von Begriff? Der Mann hatte eine sooo sympathische Stimme. Außerdem scheint er, da er sich Dracula genannt hat, so nachtaktiv wie du zu sein. In dieser Hinsicht würdet ihr gut zusammen passen. Du hättest ihn nach seiner Telefonnummer fragen sollen."
„Wozu?"
„Immerhin lebst du seit fast vier Jahren allein."
„Ist das etwa verboten?" versetzte Hanna mit leiser Ungeduld. „Einem Mann, wie Achim es war, begegne ich kein zweites Mal. Auf eine halbherzige Beziehung kann ich gut verzichten. Hin und wieder ein paar erotische Stunden –mehr ist bei mir nicht mehr drin." Forschend musterte sie ihre vier Jahre jünge-

re Cousine. „Hast du vergessen, dass wir bei der Gründung unserer WG den Männern abgeschworen haben? Damals warst du es, die mit dem angeblich so starken Geschlecht nichts mehr zu tun haben wollte. Wirst du nun etwa rückfällig?“

„Wie kommst du denn darauf?“ antwortete Marie etwas zu schnell. „Allerdings sehe ich das heute aus einer anderen Perspektive. Mittlerweile habe ich sogar mit meinem Ex zu einem freundschaftlichen Umgang gefunden. Mir ist jetzt klar, dass wir beide für das Scheitern unserer Ehe verantwortlich sind.“

„Ist daraus zu schließen, dass du wieder für eine Beziehung offen bist, Marie?“ fragte Hanna direkt. „Womöglich ist der geeignete Kandidat dafür sogar schon in Sicht?“

„Würdest du mich dann rausschmeißen?“

„Quatsch. Für wie herzlos hältst du mich eigentlich?“

„Sorry“, bat Marie. „ So war das nicht gemeint. Außerdem hätten meine Mädchen auch ein Wörtchen mitzureden. Sie lieben ihren Vater und würden jeden neuen Mann in meinem Leben an ihm messen. – Falls überhaupt einer bereit wäre, sich ernsthaft auf eine Frau mit drei Kindern einzulassen.“

„Solange du jeden Interessenten gnadenlos in die Flucht schlägst...“

„Da gibt es nicht viel zu schlagen. Im Gegensatz zu dir muss ich mir keine lästigen Verehrer vom Leib halten.“ Vielsagend hob sie die Brauen. „Oder wie würdest du beispielsweise Ulrich Maiwald bezeichnen?“

„Uli ist mein Programmdirektor“, lautete die prompte Antwort. „Und ein alter Schulfreund.“

„Der nebenbei bemerkt schwer in dich verliebt ist“, wusste Marie. „Er würde dich auf Händen tragen.“

„Ich gehe lieber zu Fuß.“

„Ab und zu sollte man auch das Schweben genießen.“

„Als Engel der Nacht schwebe ich von Montag bis Freitag wahrlich genug“, beendete Hanna die Diskussion und erhob sich. „Begib du dich meinetwegen auf die Suche nach Mister Right. Ich bin mittlerweile Single aus Überzeugung.“ Im Hinausgehen winkte sie über ihre Schulter. „Gute Nacht, Marie!“

Nach nur einer knappen Stunde Schlaf riss ein knatterndes Geräusch begleitet von lautem Hundegebell Hanna aus ihren Träumen.
„Nicht schon wieder“, murmelte sie benommen und schlug die leichte Decke zurück. Nach wenigen Schritten war die in ein hauchzartes Satinhemd gekleidete Frau auf der Dachterrasse und hielt nach dem Störenfried Ausschau. Unwillig verdrehte sie die Augen, als sie sah, dass ihr neuer Nachbar den Rasen mit einem vorsintflutlichen Mäher bearbeitete. Musste der Mann am frühen Morgen mit dieser Höllenmaschine durch den Garten pflügen? Zu allem Überfluss versuchte sein Mini-Pavarotti, das altertümliche Vehikel durch anhaltendes Kläffen zu vertreiben. Diese ohrenbetäubende Geräuschkulisse war unerträglich.
„Ruhe da unten!“, rief Hanna genervt, so dass der kleine Hund auf sie aufmerksam wurde. Abrupt stellte er sein Bellen ein. Das wiederum veranlasste seinen Herrn, ebenfalls zur Dachterrasse hinaufzuschauen. Seine Augen weiteten sich erstaunt. Im hellen Schein der Morgensonne wirkte die leicht bekleidete Gestalt mit dem langen wallenden Haar unwirklich. Wie eine Erscheinung aus einer anderen Welt. Unwillkürlich schaltete Jakob den Rasenmäher aus. Als er jedoch wieder hochblickte, war das engelsgleiche Geschöpf verschwunden.
Merkwürdig, dachte er. Offenbar erschien diese Frau jeden Morgen einen Moment lang um die gleiche Stunde nur in einem dünnen Hemdchen auf dem Dachgarten. Jakob kam überhaupt nicht auf den Gedanken, selbst der Verursacher dafür zu sein. Dennoch verzog er sich mit seinem Motormäher auf die rückwärtige Seite des Grundstücks, so dass Hanna hinter geschlossener Tür und heruntergelassenen Jalousien wieder einschlief.

Die Familie war bereits mit dem Mittagessen fertig, als Hanna

herunterkam. Die Kinder saßen in ihren Zimmern über ihren Hausaufgaben; nur Marie hantierte noch in der Küche.
„Bist du hungrig, Hanna? Ich könnte dir..."
„Nicht nötig", unterbrach ihre Cousine sie und nahm sich einen Apfel aus der Obstschale. Wie an jedem Tag wollte sie nach dem Aufstehen joggen gehen. „Wenn ich zurück bin, können wir aber zusammen Kaffee trinken. Oder musst du noch ein Gelage vorbereiten?"
„Die Platten und Salate für heute Abend sind fertig. Ich muss sie nachher nur noch ausliefern."
„Bist du anschließend zu Hause?"
„Eigentlich wollte ich mich noch mit einem Herrn treffen, der sich für meine Leckerbissen interessiert. Er ließ durchblicken, dass er nicht abgeneigt ist, meinen Service regelmäßig in Anspruch zu nehmen."
„Du hast heute eine merkwürdige Art, dich auszudrücken. Bist du zurück, wenn ich zum Sender muss?"
„Sicher", nickte Marie. „Du weißt doch, dass ich die Kinder nur im Notfall abends allein im Haus lasse."
„Okay, dann bis später." Leicht klopfte Hanna gegen ihren Schenkel. „Komm, Geisha! Gassi gehen!"
Als sie mit dem Hund das Grundstück verließ, stieg Jakob gerade aus seinem Wagen, einem sehr alten, beigefarbenen Peugeot 304. Leise gluckste Hanna in sich hinein. Obwohl der Oldtimer glänzte, als sei er nagelneu, passte dieses Steinzeitmodell zu einem Mann, der seinen Rasen mit einem Nachkriegsmäher malträtierte.
Ohne ihrem Nachbarn weiter Beachtung zu schenken, trabte Hanna an ihm vorbei. Den nachdenklichen Blick in ihrem Rücken bemerkte sie nicht.
Da Jakob sie von nebenan hatte kommen sehen, überlegte er, ob auch sie dort wohnte. Trotz Jogginganzug, Baseballkappe und Sonnenbrille war er sicher, dass es sich nicht um die unfreundliche Türkin handelte. Zwar hatte er sie nur im Dunkeln

gesehen, aber sie hatte sich absolut nicht so geschmeidig bewegt. Zählte man die morgendliche Erscheinung auf der Dachterrasse dazu, mussten im Nebenhaus mindestens drei Frauen wohnen. Es war an der Zeit, sich den Nachbarn vorzustellen. Diesen Vorsatz setzte Jakob bald in die Tat um. Beim Betreten des Grundstücks sah er eine Frau, die einen Lieferwagen belud. Offenbar Bewohnerin Nummer vier.

„Guten Tag!“, rief Jakob ihr im Näherkommen zu. „Sind Sie das?“ fragte er, als er die Aufschrift an der Seite des Wagens las. „Partyservice M. M.?“

„Marie Mertens“, bestätigte sie lächelnd. „Was kann ich für Sie tun? Planen Sie eine große Feier?“

„In absehbarer Zeit leider nicht“, entgegnete er mit leisem Bedauern, da er durch die geöffnete Heckklappe die mit Klarsichtfolie abgedeckten Delikatessen sah. „Angesichts dieser Köstlichkeiten gerate ich allerdings in Versuchung, meinen nächsten Geburtstag etwas vorzuverlegen.“

„Über welchen Zeitraum sprechen wir?“

„Etwa neun Monate.“

„Warum kommen Sie nicht im Mai wieder?“, schlug Marie ihm belustigt vor. „Ich werde noch hier sein.“

„Ich auch“, schmunzelte er. „Mein Name ist Jakob Jensen – Ihr neuer Nachbar.“

„Freut mich“, erwiderte Marie und streckte ihm die Hand entgegen. „Kommen Sie einen Moment mit rein, Herr Jensen? Die Kühlhaustür steht noch offen.“

Interessiert folgte Jakob ihr durch den Seiteneingang ins Haus. Nach wenigen Schritten fand er sich in einer geräumigen Küche wieder: viel Edelstahl, weiße Fliesen an Wänden und Boden, ein großer Herd, chromblitzende Töpfe, Regale mit Gewürzen und frischen Kräutern, ein langer Tisch in der Mitte des Raumes, auf dem mehrere appetitlich arrangierte Platten standen.

Während Marie die schwere Kühlhaustür schloss, musterte

Jakob die Frau ungeniert. Sie war allenfalls 1,60 m groß und zierlich, aber wohlproportioniert. Das kurzgeschnittene blonde Haar und die Sommersprossen auf der Nase verliehen ihr etwas Lausbubenhaftes.

„Sehr beeindruckend“, sagte er mit weit ausholender Geste. „Läuft das Geschäft gut?“

„Ich kann nicht klagen“, antwortete Marie. „Was machen Sie denn beruflich?“

„Ich bin in der Bildungsbranche“, erklärte Jakob vage. „Nächste Woche trete ich eine neue Stelle an.“

„Sind Sie deshalb hierher gezogen?“

„Es war die beste Lösung für uns alle. Die Wohnung war für eine so große Familie einfach zu klein, so dass wir uns nach einem Haus umgesehen haben. Nun hat jedes Kind ein eigenes Zimmer, und ich ziehe mich in mein Dachstübchen zurück, wenn mich die Bande zu sehr nervt. Dort darf mich niemand von der Sippe stören.“

„Ihre Frau eingeschlossen?“

„Meine Frau?“, wiederholte er lachend. „Man muss doch nicht das Boot versenken, wenn man hin und wieder eine Runde schwimmen möchte! Ich lebe mit meinem Bruder und seinen Jungs zusammen. Seit er verwitwet ist, muss er sich um Job, Haushalt und Kinder kümmern. Damit ist er ein wenig überfordert. Deshalb haben wir damals eine WG gegründet.“

„Fast wie bei uns“, meinte Marie. „Wir bilden hier auch so eine Art Zweckgemeinschaft. – Obwohl wir uns gut verstehen.“

„Einige ihrer Hausbewohnerinnen habe ich bereits gesehen, Frau Mertens. Die Joggerin, die offenbar täglich etwas für ihre Fitness tut ebenso wie die Dame, die sich morgens auf der Dachterrasse zeigt. Außerdem noch...“

„Dabei handelt es sich um ein und dieselbe Person“, unter brach Marie ihn. „Das ist meine Cousine Hanna Flemming; ihr gehört dieses Haus.“

„Ach...“, sagte Jakob nur erstaunt. Er sollte sich wohl allmählich eine Brille anschaffen. „Ihrer resoluten türkischen Bewoh-

nerin bin ich übrigens auch schon begegnet."
„Suleika wohnt nicht hier", erklärte Marie, ein Lachen unterdrückend, da Hanna ihr von dem nächtlichen Zusammentreffen mit Herrchen und Hund erzählt hatte. „Sie hilft im Haus und gelegentlich auch hier in der Küche, wenn ich einen Großauftrag bewältigen muss. Mit Hanna und mir leben nur meine drei Kinder und unser Hund unter diesem Dach."

Nachdem Marie das bestellte Buffet ausgeliefert hatte, fuhr sie weiter bis zu einem Hotel am Stadtrand. Die Zimmernummer ihres verabredeten Treffpunkts war per SMS auf ihrem Handy eingegangen, so dass Marie gleich an der Rezeption vorbei zu den Lifts ging. In der achten Etage verließ sie den Aufzug, orientierte sich kurz und wandte sich nach rechts. Vor der Tür mit der Nummer 584 blieb sie stehen und klopfte.
„Es ist offen!" erklang eine männliche Stimme, worauf Marie ohne Scheu eintrat. Nach zwei Schritten blieb sie jedoch überwältigt stehen: Der abgedunkelte Raum wurde nur durch zahlreiche brennende Kerzen erhellt. Auf der Nachtkonsole stand ein Kübel mit Champagner auf Eis; das Kopfkissen zierte eine langstielige rote Rose. An der Tür zum Bad lehnte ein nur mit einem Handtuch um die Hüften bekleideter Adonis.
„Hallo, schöner Mann", sprach Marie ihn lächelnd an. „Ist das alles für mich?"
„Nein, für das Zimmermädchen." Barfuß kam er näher. „Aber wer zuerst kommt..."
„... mahlt zuerst", vollendete sie schelmisch und schlüpfte aus ihren Pumps. „Wir haben genau zwei Stunden..."
„Dann lass uns keine Zeit verlieren", flüsterte er und zog sie in seine Arme. Während er Marie leidenschaftlich küsste, öffneten seine Finger den Reißverschluss in ihrem Rücken.

Mit einem Glas Wein saß Jakob an diesem Abend pünktlich um Mitternacht in seinem Dachstübchen vor dem Radio. Die Moderatorin wurde als *sexiest voice in town* angekündigt.

Jakob hörte, wie der Engel der Nacht seine Zuhörer begrüßte und das Gesprächsthema der Sendung bekanntgab:
„Heute Nacht möchte ich mit euch darüber sprechen, woran ihr glaubt. Sei es der religiöse Glaube oder ein anderer. An wen glaubt ihr – oder an was? In welcher Situation half euch euer Glaube? Oder hat er euch enttäuscht? Ruft mich an unter der Nummer 01805 66 66 66..."
Jakob verfolgte bei einem Glas Wein die ersten Gespräche, die den christlichen Glauben betrafen. Danach rief jemand an, der in etwas holprigem Deutsch von seinem islamischen Glauben erzählte. Der nächste Anrufer war ein offenbar jüngerer Mann.

„Hi, Angel, hier spricht Mark. Was die da eben von sich gegeben haben, war doch hilfloses Gesülze. Gäbe es einen Gott oder Allah, würde er keine Menschen verhungern oder sie in Kriegen aufeinander ballern lassen."
„In der Bibel steht, Gott erschuf den Menschen nach seinem Ebenbild", antwortete der Engel der Nacht. „Ist es nicht möglich, dass der Mensch sich in die falsche Richtung entwickelt hat und Gott irgendwann resigniert hat?"
„Ach, Angel, die Bibel ist doch nichts anderes als ein Märchenbuch. Oder hast du noch niemals von der Evolution gehört? In der sogenannten Heiligen Schrift ist das im Grunde wie bei Jules Verne. Damals gab es noch keinen Fernseher. Deshalb mussten die Menschen ihre Fantasie bemühen, um sich die Entstehung der Erde und des Lebens vorzustellen. Heute bekommt man das alles vorgekaut und in bunten Bildern erklärt."
„Für dich existiert demnach kein Gott", fasste Hanna zusammen. „Woran glaubst du, Mark? An gar nichts?"
„Ich glaube an die Macht des Geldes", erwiderte er, ohne zu zögern. „Hat man genug Kohle, kann man sich jeden Wunsch erfüllen. Man ist sein eigener Herr, erteilt Befehle und lässt andere für sich arbeiten. Man gewinnt immer mehr Macht, kann überall mitreden, auf Wirtschaft und Politik Einfluss nehmen..."

„Selbst mit noch so viel Geld kann man sich nicht alles kaufen“, wandte Hanna ein. „Es gibt Dinge im Leben, die sind unbezahlbar.“
„Alles hat seinen Preis“, behauptete der Anrufer. „Ab einer gewissen Summe wird jeder schwach.“
„Das glaube ich nicht“, widersprach Hanna. „Du kannst dir Freunde kaufen, die allerdings verschwunden sind, sobald du in Schwierigkeiten steckst. Auch Loyalität kannst du dir erkaufen. Sie währt jedoch nur solange, wie du oben bist. Sogar Liebe kannst du dir kaufen, damit in einsamen Nächten jemand bei dir ist. Sie gilt aber nicht wirklich dir, sondern nur deinem Geld. Wahre Gefühle, menschliche Wärme und Zuneigung, Vertrauen und Geborgenheit hingegen sind Geschenke.“
„Wer braucht schon so was?“ sagte der junge Mann leichthin. „Aber als Engel der Nacht musst du wohl so denken.“
„Ich wünsche dir, dass du bald jemandem begegnest, der all das in dir weckt. Dann wirst du verstehen, wie viel mehr wert diese Art Reichtum ist. Ruf mich wieder an, wenn es soweit ist. – Gute Nacht, Mark.“
Während nun wieder Musik erklang, griff Jakob zum Telefon. Diesmal musste er sich in Geduld üben. Die Leitung war ständig besetzt. Es dauerte fast eine Stunde, bis er endlich zum Sender durchkam.

„Ich bin der Engel der Nacht“, sprach Hanna ins Mikrofon, als der Redakteur ihr ein Zeichen gab, und rückte ihre Kopfhörer zurecht. „Wer bist du?“
„Hallo, Angel“, antwortete Jakob mit sanfter Stimme. „Erinnerst du dich an mich?“
„Da ich selten das Vergnügen mit einem Vampir habe, weiß ich natürlich, dass du der Dracula mit dem Einstein – Verstand bist“, entgegnete sie prompt. „Ich bin schon sehr gespannt, an was blutsaugende Fledermäuse glauben.“
„Ein so sensibles Wesen, wie ich es bin, glaubt nicht unbedingt an ein Gott oder Allah genanntes personifiziertes Wesen, das

irgendwo über uns schwebt und uns beschützt."
„Woran glaubst du dann?"
„An eine überirdische Dimension, an ein Schicksal, das uns lenkt."
„Kannst du das näher erklären?"
„Vermutlich ist unser aller Weg bis zu einem gewissen Grad vorgezeichnet. Es liegt an uns, was wir daraus machen. Auch ich glaube – wie du – es gibt Wichtigeres, als das Streben nach Macht und Reichtum. In jedem von uns steckt eine enorme Kraft: die Kraft der Liebe und der Menschlichkeit. Sie sollte für uns richtungsweisend sein. Der heutzutage verbreitete Wahnsinn, seine Ziele mit aller Gewalt durchzusetzen, greift leider wie ein Virus um sich. Korruption, Fanatismus, Unvernunft und mangelnde Bereitschaft, friedliche Lösungen zu suchen, wird uns tagtäglich von den Politikern demonstriert."
„Du meinst, Politiker seien die Wurzel allen Übels?"
„Sie tragen dazu bei", versetzte Jakob. „Immerhin hat diese Spezies eine Vorbildfunktion. Wenn sich beispielsweise ein Saddam weigert, sein Waffenarsenal offenzulegen, droht ihm ein amerikanischer Präsident großspurig mit Krieg. Ein Präsident, der nie gewählt wurde, will nicht nur seinem Daddy imponieren, mit dessen Geschäftsfreunden er regiert, sondern auch Macht und Härte demonstrieren. Andererseits hat er panische Angst vor Flugzeugen, die in Wolkenkratzer stürzen oder vor anderen Terroranschlägen. Der mächtigste Mann der Welt will überall mitmischen, aber er besitzt nicht die Macht, seine Bürger ausreichend vor Terrorismus zu schützen. Das treibt ihn immer weiter an, führt zu neuen Konflikten und Kriegen."
„Demnach glaubst du, Macht führt zwangsläufig zu Schuld?", forderte Hanna ihn heraus. „Ist das nicht eine zu einfache Erklärung?"
„Ich denke, du hast sehr wohl verstanden, dass dies nur ein Beispiel war, Angel", sagte er in leicht tadelndem Ton. „Davon könnte ich dir noch viele nennen, die verdeutlichen, dass Menschlichkeit in der Politik zunehmend auf der Strecke

bleibt. Es ist völlig nebensächlich, wie viele Soldaten und Zivilisten in einem Krieg sterben. Es geht nur darum, die Oberhand zu behalten. Wenn die Politiker uns das im großen Stil vorleben, warum soll der Otto-Normal-Verbraucher nicht ebenso handeln? Wer sich ihm in den Weg stellt und nicht spurt, kriegt eins auf die Mütze. Es ist höchste Zeit, dass wir uns wieder auf das Wesentliche besinnen."

„Könnte dabei nicht ein religiöser Glaube helfen?", überlegte Hanna. „Die Kirche hat sich schon immer..."

„... am Spiel der Macht beteiligt", warf Jakob ein. „Besonders die katholische Kirche. Sie predigt Nächstenliebe und hält seit Jahrhunderten am Zölibat fest. Andererseits deckt sie ihre Priester, die heimlich eine Familie haben, zahlt Unterhalt für deren Kinder von unseren Kirchensteuern. Das ist verlogen. Verabscheuungswürdig ist aber die Tatsache, dass sie seit langem die zahlreichen Missbrauchsfälle katholischer Geistlicher vertuscht. Auch hier sind dringend Reformen nötig."

„Dazu ist der jetzige Papst aber ebenso wenig bereit, wie der letzte es war. – Obwohl 1978 nach der Berufung Johannes Pauls II viele Hoffnungen in ihn gesetzt wurden."

„Dieser reisefreudige Pole war einmal ein Mann, der sich in erster Linie publikumswirksam präsentiert hat", fügte der Anrufer hinzu. „Wenn er irgendwo in der Welt aus dem Flugzeug gestiegen ist und den Boden geküsst hat – das hatte was. Seine Berufung hat jedoch weder am Zölibat noch an der antiquierten Einstellung der Katholischen Kirche zur Empfängnisverhütung etwas geändert. Im Laufe der Jahre wurde Karol Wojtyla ein alter, an Parkinson erkrankter Mann, der einen mitleiderregenden Anblick geboten hat. Man hätte ihn in den Ruhestand schicken und den Posten nicht wieder besetzen sollen. Einen Vertreter Gottes auf Erden zu ernennen ist nicht nur anmaßend, sondern auch nicht mehr zeitgemäß. Ein modernes Führungsgremium wäre angebrachter."

„Für einen Vampir kennst du dich anscheinend in der Welt gut aus", versuchte Hanna, das Gespräch ausklingen zu lassen.

Aber nicht, ohne noch ein wenig über ihn selbst erfahren zu wollen. „Eigentlich erstaunlich für jemanden, der nur nachts aktiv ist. Oder hast du noch einen Nebenjob?“
„Scheut man als Vampir konsequent das Tageslicht, erfüllt man die Voraussetzung für ein Jahrhunderte langes Leben, meine liebe Angel“, antwortete Jakob, ihre Absicht durchschauend. „In so vielen Jahren sammelt sich eine Menge Wissen an.“ Dies war der Zeitpunkt, die Rollen zu tauschen. „Eine kleine Informationslücke besteht allerdings noch: Woran glaubt eigentlich der Engel der Nacht?“
„An Wunder“, erwiderte sie wahrheitsgemäß. „An das Wunder des Lebens und an das Wunder der Liebe beispielsweise. An die vielen kleinen Wunder des Alltags, bei denen sich Menschen als Menschen zu erkennen geben. Ich glaube, dass allein die Liebe, die in jedem von uns existiert, enorme Energien freisetzt. Diese geballte Kraft ist für mich das, was man in den verschiedenen Religionen als Gott bezeichnet.“
„Eine interessante Sichtweise, die der meinen sogar ähnelt. Wem gilt denn deine Liebe, Angel?“
„Meinen Zuhörern.“
„Also auch mir?“
„Zwar habe ich kaum Erfahrung mit fledermausartigen Blutsaugern, die nachts durch die Botanik flattern, aber ich will dich deshalb nicht ausschließen.“
„Du bist ein Engel, Angel.“
„Ich weiß“, sagte sie mit einem Lächeln in der Stimme. „Deshalb muss ich nun auch andere Hörer zu Worte kommen lassen. – Gute Nacht, Dracula.“
Eine erstaunliche Frau, dachte Jakob und griff nach seinem Weinglas. Sie schien sich gut auf diese Sendung vorbereitet zu haben, da sie sogar die Jahreszahl der Berufung des Papstes wusste. Aber auch sonst imponierte ihm die Moderatorin: ihre Souveränität, ihr Intellekt, ihre Schlagfertigkeit, ihr hintergründiger Humor.

Mit Beginn der 6 – Uhr – Nachrichten endete Hannas Sendezeit. Müde verließ sie das Studio und betrat die Redaktion.
„Bin ich geschafft“, murmelte sie und ließ sich auf einen Stuhl sinken. „Warum tue ich mir das eigentlich jede Nacht an?“
„Weil du die Beste bist“, erwiderte ihr Programmdirektor und trat hinter sie. Ohne zu fragen massierte er ihren Nacken. „Deine Sendung war wie erwartet großartig.“
„Was tust du überhaupt noch hier, Uli?“ fragte Hanna, während sie die Massage mit geschlossenen Augen genoss. „Solltest du nicht längst in deinem Bett liegen?“
„Dann hätten meine Finger jetzt aber nicht mit der zartesten Versuchung Kontakt.“
„Bei mir gibt es nichts zu naschen“, stellte sie amüsiert klar. „Der Engel der Nacht ist für Normalsterbliche ungenießbar.“
„Dann muss ich mit der türkischen Putzfrau anbandeln.“
„Reine Zeitverschwendung“, sagte sie und entzog sich seinen Händen. „Hast du noch was Wichtiges? Sonst verschwinde ich jetzt.“
Sich seine Enttäuschung nicht anmerken lassend, setzte er sich auf die Tischkante.
„Dieser Anrufer, der sich Dracula nennt, kommt bei den Zuhörern gut rüber. Man müsste herausfinden, wer er ist und ihn zu einem festen Bestandteil der Sendung machen.“ Fragend hob er die Brauen. „Was meinst du dazu, Engelchen?“
„Das nähme seinen Anrufen die Spontanität und das Unbefangene“, überlegte Hanna. „Die Zuhörer würden den Schwindel irgendwann bemerken und mich für unglaubwürdig halten. Das ginge sicher auf Kosten deiner heißgeliebten Einschaltquoten.“
„Wahrscheinlich hast du recht“, stimmte er ihr zu. „Falls er wieder anruft, solltest du ihn wie bisher etwas länger als die anderen auf Sendung halten. Hast du das bewusst getan?“
„Mehr aus dem Bauch heraus“, gab sie zu. „Dieser Dracula ist wie ich in eine Rolle geschlüpft. Dabei scheint er Gefallen daran gefunden zu haben, mich aus der Reserve locken zu wollen. Das Spielchen fängt an, mir Spaß zu machen. Viel-

leichtgelingt es mir, den Spieß umzudrehen und ihm zu entlocken, wer er wirklich ist."

„Wag dich aber nicht zu weit vor", warnte Ulrich sie. „Womöglich wurde er auf dich angesetzt. Ein Journalist vielleicht oder einer von der Konkurrenz, der herausbekommen soll, wer sich hinter dem Engel der Nacht verbirgt. Jedenfalls scheint er nicht nur über ein umfangreiches Wissen zu verfügen, sondern auch klug und raffiniert zu sein. Wer weiß, was er wirklich im Schilde führt."

„Ich werde vorsichtig sein", versprach Hanna und begann, ihr Äußeres wieder als türkische Putzfrau zu tarnen.

Kapitel 3

Auf dem Heimweg achtete Hanna darauf, dass ihr niemand folgte.

Sie stellte den alten Fiat an einer belebten Straße ab und ging zu Fuß zur nächsten U- Bahnstation. Nach drei Haltestellen stieg sie aus, kaufte beim Bäcker frische Brötchen und verschwand in einem Parkhaus.

In ihrem Wagen zog Hanna das Tuch vom Kopf und die Brille von der Nase. Unter ihrem farbenfrohen Outfit trug sie ein weißes T-Shirt, so dass sie nur noch in Jeans und Turnschuhe schlüpfen musste. Die Tasche mit ihrer Arbeitskleidung landete im Kofferraum.

Zwanzig Minuten später stoppte Hanna den Golf vor dem Grundstück. Kaum hatte sie die Haustür geöffnet, sprang Geisha freudig um sie herum. Das kluge Tier wusste genau, wann sein Frauchen nach Hause kam.

„Guten Morgen, meine Süße", begrüßte Hanna die Hündin, stellte den Brötchenkorb ab und gab ihr die ersehnten Streicheleinheiten.

„Jetzt ist es erst einmal genug", sagte Hanna schließlich, legte ihr das Halsband um und öffnete die Haustür. Sofort sauste die Hündin an ihr vorbei hinaus. Hanna griff sich rasch noch die Leine, bevor sie dem Tier folgte. Geisha saß bereits brav am

Bordstein und wartete, dass ihr Frauchen das Signal zum Überqueren der Straße gab. Hanna blickte nur kurz nach rechts und links.
„Nun lauf!“
Geisha kannte die Route des täglichen Morgenspaziergangs. Immer an den gleichen Stellen blieb sie stehen, um zu schnüffeln. Erst als sie den Pfad an den Kleingärten vorbei erreichten, verschwand das Tier im Gebüsch. Als genierliche Hundedame verrichtete sie ihr Geschäft nur unter Ausschluss der Blicke der Öffentlichkeit. Mit einem Stöckchen in der Schnauze kehrte sie zu ihrem Frauchen zurück. Hanna nahm es ihr ab und warf es ein Stück voraus. Nachdem sie eine Weile gespielt hatten, schlugen sie den Rückweg ein. Beim Einbiegen in ihre Straße blieb die Hündin plötzlich stehen und ließ das Holzstück fallen. Ein kleiner Artgenosse erregte ihre Aufmerksamkeit. Er kam ihnen auf halber Strecke entgegen und zerrte ungeduldig an seiner Leine. Hanna erkannte den Zwerg-Pavarotti und sein Herrchen sofort.
„Der hat mir gerade noch gefehlt“, murmelte sie, als ihr Hund sich wieder in Bewegung setzte. „Bleib!“, sagte Hanna scharf, worauf Geisha abrupt stehenblieb und sie fragend anschaute.
Ihr Blick wechselte aber sofort wieder zu dem näherkommenden Hund. „Wag es nicht!“ warnte Hanna und trat an den Straßenrand. Widerstrebend setzte sich die Hündin auf den Bordstein. „Komm!“ Mit einem Blick zurück auf den Artgenossen überquerte Geisha mit Hanna die Straße. „Jetzt brav bei Fuß.“

Jakob schüttelte verwundert den Kopf. Offensichtlich wollte seine Nachbarin ihm aus dem Weg gehen. Aber weshalb? Sie hatten bislang kein Wort miteinander gewechselt. Hätte er einen so großen Hund – und sie den kleinen, wäre ihr Verhalten verständlich gewesen. Da er zudem beobachtet hatte, dass der Boxer aufs Wort gehorchte, gab es keinen ersichtlichen Grund für ihr Ausweichmanöver.
„Oder wirken wir beide so gefährlich?“, wandte er sich an sei-

nen Hund. „Was meinst du, Pavarotti?“
Der Vierbeiner zog nur weiterhin sehnsüchtig an der Leine, da er schon vor Tagen gewittert hatte, dass im Nachbarhaus eine Hündin wohnte. Zu gern hätte er sich ihr vorgestellt und sie ausgiebig beschnüffelt.

Wieder zu Hause weckte Hanna die Kinder, ehe sie den Frühstückstisch deckte.
„Hat Mamarie verpennt?“, fragte Sara, als die Mädchen hereinkamen. „Sie war doch gestern Abend zu Hause.“
„Lasst Marie noch ein wenig schlafen“, bat Hanna und schenkte den Kakao ein. „Heute ist Freitag. Gewiss hat sie viele Aufträge für das Wochenende. Dann ist sie wieder rund um die Uhr im Einsatz.“
„Warum macht ihr den Partyservice eigentlich nicht zusammen?“, wollte die kleine Lisa wissen. „Das wäre doch viel besser.“
„Euch ist doch bekannt, dass meine Fähigkeiten in der Küche eher begrenzt sind“, antwortete Hanna. „Außerdem habe ich bereits einen anderen Job.“
„Aber warum musst du denn jetzt immer nachts arbeiten?“ fragte Lisa weiter. „Früher hast du das auch nicht gemacht.“
„Viele Leute, die nachts arbeiten, möchten dabei auch Radio hören“, erklärte Hanna geduldig. „Musik, Nachrichten, Verkehrsmeldungen, den Wetterbericht...“
„Hanna hat beim Sender einen wichtigen Job“, fügte die älteste der drei Schwestern hinzu. „Sie muss aufpassen, dass nichts schiefgeht. – Stimmt’s, Hanna?“
„So ähnlich“, bestätigte sie. „Nun beeilt euch mit dem Frühstück. Ihr müsst bald los.“
Nachdem die Kinder das Haus verlassen hatten, räumte Hanna die Gedecke der Mädchen in den Geschirrspüler. Alles andere ließ sie für ihre Cousine stehen. Statt des Kakaos setzte sie die Kaffeemaschine in Betrieb. Hanna wusste nur zu gut, dass Marie ohne eine Ladung lebenswichtiges Koffein morgens

nicht in die Gänge kam.
Leise vor sich hin summend stieg die müde Frau die Treppe hinauf.
Behutsam öffnete sie die Tür zum Schlafzimmer ihrer Cousine.
„Marie!?“
„Mmm...“ Seufzend schlug sie die Augen auf. „Wie spät ist es?“
„Gleich neun.“
Erschrocken fuhr Marie hoch.
„Was?“
„Kein Grund zur Panik“, beschwichtigte Hanna ihre Cousine und setzte sich auf die Bettkante. „Die Mädchen haben gefrühstückt und sind in der Schule.“
Erleichtert sank Marie zurück.
„Du bist einmalig“
„Das sagt Uli auch ständig“, winkte ihre Cousine ab. „Bist du gestern so spät ins Bett? Oder weshalb findest du heute nicht aus den Federn?“
„Deinetwegen“, erwiderte Marie lächelnd. „Ich musste deiner Sendung lauschen, weil ich wissen wollte, ob sich Dracula noch mal meldet.“ Schelmisch blinzelte sie Hanna zu. „Und er wird immer wieder anrufen – weil er einen Narren an dir gefressen hat.“
„Seine Beiträge kommen offenbar tatsächlich gut an“, schloss Hanna aus ihren Worten, bevor sie Marie von ihrem Gespräch mit Ulrich berichtete. „Mir macht das Katz und Mausspiel auch Spaß. Mal sehen, was daraus wird.“
„Eindeutig ein Schlafdefizit für mich“, meinte Marie trocken. „Wenn ich nun nächtelang vor dem Radio sitzen muss, schaffe ich meine Aufträge nicht mehr.“
„Apropos: Wie liefen deine Verhandlungen mit dem neuen Kunden? Konntest du ihn überzeugen?“
„Hundertprozentig!“, strahlte Marie. „Er will regelmäßig auf mich zurückgreifen.“
„Gratuliere“, freute sich Hanna mit ihr. „Gibt es noch mehr po-

sitive Nachrichten?“
„Gestern habe ich unseren neuen Nachbarn kennengelernt“, erzählte Marie. „Ein interessanter Mann. So eine Mischung aus Richard Gere und Rock Hudson.“
„Du meinst, er ist schwul?“
„Ich meine, er ist sehr attraktiv, witzig und gebildet.“
„Dann ist seine Frau wohl eine Mischung aus Julia Roberts und Liz Taylor.“
„Der hat keine Frau. Da drüben wohnen nur fünf männliche Wesen unter einem Dach.“
„Also doch schwul.“
Amüsiert schüttelte Marie den Kopf.
„Herr Jensen wohnt mit seinem verwitweten Bruder und dessen drei Kindern zusammen. – Übrigens hat er die Joggerin, die Frau von der Dachterrasse und die resolute Türkin für meine Mitbewohnerinnen gehalten. Ich musste ihn darüber aufklären, dass die alle mit dir identisch sind.“
„Bist du verrückt?“ Vorwurfsvoll blickte Hanna sie an. „Es darf doch niemand wissen...“
„Weiß er auch nicht“, beruhigte Marie ihre Cousine. „Die Türkin habe ich ihm als Haushaltshilfe verkauft, die mir manchmal zur Hand geht.“
„Gott sei Dank“, sagte Hanna erleichtert. „Nur weil ich an diesem Abend spät dran war, habe ich mich ausnahmsweise schon in der Garage umgezogen. Ich konnte doch nicht ahnen, dass der Minihund des Nachbarn seinen Haufen ausgerechnet davor setzen würde.“ Leise lachte sie auf. „Du hättest das Gesicht von Herrn Jensen sehen sollen, Marie, als ich ihn in gebrochenem Deutsch aufgefordert habe, die stinkende Hinterlassenschaft zu beseitigen. Vermutlich hat er mich für eine wild gewordene anatolische Furie gehalten.“
„Du kannst ihn ja gelegentlich davon überzeugen, dass die *sexiest voice in town* auch noch andere bemerkenswerte Vorzüge hat.“
„Klingt meine Stimme für den Hörer wirklich so... sexy?“

„Zeichne eine deiner Sendungen auf und urteile selbst über die geballte Erotik.“
„Lieber nicht“, winkte Hanna ab. „Wahrscheinlich würde ich dann sofort kündigen.“ Mit einem leichten Kopfschütteln erhob sie sich. „Wenn man bedenkt, dass ich bei der ersten Mikrofonprobe nur leiser gesprochen habe, weil ich mich furchtbar unsicher fühlte...“
„Sei doch froh, dass Uli darauf bestanden hat, dass du vor dem Mikro immer so gedämpft sprichst. Dadurch bist du für deine Hörer unverwechselbar geworden.“
„Froh bin ich darüber, dass meine Stimme in Zimmerlautstärke ganz normal klingt“, entgegnete Hanna, während sie die Vorhänge aufzog. „Sonst wäre die Identität des Engels der Nacht kaum geheimzuhalten gewesen. Inzwischen sorgt ohnehin die Technik dafür, dass man meine Stimme nicht erkennt.“
Durch das ins Zimmer fließende helle Sonnenlicht sah Hanna die Vase mit der Baccararose auf dem Nachttisch. „Hast du einen neuen Verehrer?“
„Nö...“
„Einen alten?“
„Auch nicht“, verneinte Marie und schwang die Beine aus dem Bett. „Sonst noch Fragen?“
Mit vielsagendem Lächeln schüttelte ihre Cousine den Kopf.
„Gute Nacht, Marie.“

Jakob Jensen zog es auch an diesem Morgen in den Garten. Die Kinder waren in der Schule und sein Bruder längst aus dem Haus. Nur Pavarotti begleitete seinen Herrn bei einem Rundgang über das Grundstück.
Hin und wieder warf Jakob einen Blick hinauf zur Dachterrasse des Nebenhauses, aber die schöne Nachbarin zeigte sich nicht. Obwohl er sie wiedersehen wollte, konnte er schlecht in seinem Vorgarten stehen und nach oben starren, bis sie erschien. Er musste sich eine Beschäftigung suchen, um nicht den Anschein zu erwecken, auf das engelsgleiche Geschöpf zu warten.

Ein lautes Geknatter riss Hanna unsanft aus dem Schlaf. Verärgert sprang sie aus dem Bett.
„Ich bringe ihn um!“ stieß sie hervor und lief energischen Schrittes auf die Dachterrasse. Ein Blick hinüber genügte, um zu sehen, dass ihr Nachbar die Buchsbaumhecke mit einer elektrischen Heckenschere bearbeitete. Das Ding verbreitete einen Höllenlärm, so dass Hanna sich unwillkürlich fragte, ob der Kerl das absichtlich tat: Seit seinem Einzug störte er ihren Schlaf mit unerträglicher Regelmäßigkeit. Sollte das so weitergehen, würde der Engel der Nacht nur noch übermüdet und flügellahm vor dem Mikrofon sitzen. Sie musste sich diesen Radaubruder so bald wie möglich vorknöpfen.
Diese Gelegenheit ergab sich bereits wenige Stunden später. Wie gewöhnlich verließ Hanna das Haus am frühen Nachmittag mit ihrem Hund. Bei den Mülltonnen sah sie den Mann von nebenan.
„Guten Tag“, sprach Jakob sie an, als sie nicht wie sonst zügig vorbeilief, sondern langsam näher kam. „Schön, dass auch wir uns endlich kennenlernen. Ich habe Sie schon ein paar Mal hier vorbeijoggen sehen, aber Sie waren immer so schnell, dass ich gar nicht dazu gekommen bin, mich vorzustellen. Ich bin...“
„Ich weiß, wer Sie sind“. fiel Hanna ihm ins Wort. Allein sein Anblick genügte, ihren Ärger auf ihn wieder zu entfachen. „Ihretwegen finde ich kaum noch Schlaf.“
Geschmeichelt lächelte Jakob. Es gelang ihm jedoch nicht, die dunklen Gläser ihrer Sonnenbrille zu durchdringen.
„Dann bin ich Ihnen auch schon aufgefallen?“
„Eingebildet sind Sie wohl gar nicht“, spottete Hanna. „Übersehen könnte man Sie leicht – aber nicht überhören. Seit Ihrem Einzug veranstalten Sie hier draußen jeden Morgen einen höllischen Krach, dass ich nicht schlafen kann.“
„Vielleicht sollten Sie es mal mit früher aufstehen versuchen“, konterte Jakob. „Kein normaler Mensch schläft bis in den Vormittag.“
„Wahrscheinlich bin ich was Besonderes“, gab sie schlagfertig

zurück. „Außerdem schlafe ich nicht bis mittags, weil ich zu den Faulenzern zähle, sondern weil ich nachts arbeite. Vielleicht liegt es im Bereich Ihrer Möglichkeiten, künftig ein wenig Rücksicht zu nehmen."
Ohne eine Antwort abzuwarten, folgte Hanna ihrem an der Straßenecke wartenden Hund.
Bei ihrer Rückkehr saß der Rest der Familie am Kaffeetisch. Marie hatte einen mit Vanillecreme gefüllten Bienenstich gebacken, den die Kinder bereits zur Hälfte vernichtet hatten.
„Bekomme ich auch ein Stück?" fragte Hanna, und setze sich. „Etwas Süßes täte mir jetzt gut."
„Hattest du Stress?" Marie legte ihrer Cousine zuerst ein Stück Gebäck auf den Teller, ehe sie den Kaffee einschenkte. „Oder hat dich jemand geärgert?"
„Der Typ von nebenan geht mir auf die Nerven. Als ich ihm vorhin sagte, dass mich seine morgendlichen Aktivitäten im Garten um den Schlaf bringen, meinte dieser unverschämte Kerl, ich solle es mit früher aufstehen versuchen. Normale Menschen lägen nicht bis mittags im Bett."
„Wie ich dich kenne, hast du ihm ordentlich Kontra gegeben", vermutete Marie amüsiert. „Der arme Mann ist zu bedauern."
„Der arme Mann? Das ist ein eingebildeter Fatzke, der sich für unwiderstehlich hält. Sollte der Rest der Familie Jensen genauso arrogant sein – na dann: gute Nacht, Marie."
„Einen von denen kenne ich", sagte Maries älteste Tochter. „Max Jensen ist sein zwei Tagen in meiner Klasse."
„Und?", fragte Hanna gespannt. „Ist der auch so ein Ekel wie sein Onkel?"
„Ich glaube, der ist okay. Außerdem ist er total gut in Mathe."
„Wie sein Bruder", wusste Sara. „Leon ist in meiner Parallelklasse. Wir sind zusammen in der Mathe - AG."
„Da muss irgendwo ein Nest sein", bemerkte Hanna trocken. „Hast du zufällig auch einen neuen Mitschüler, Lisa?"
„Mm", nickte die Kleine mit vollem Mund. „Timo. – Aber der ist schon in der zweiten Klasse bei Frau Zander." Mit der Ku-

chengabel zeigte sie zum Fenster. „Der wohnt da drüben.“
„Anscheinend sind die plötzlich überall“, stöhnte Hanna, wobei sie die Augen verdrehte. „Womöglich hat sich einer von denen auch schon bei uns im Sender eingeschlichen.“
„Unser sympathischer Nachbar wäre sicher ein brauchbarer Kollege für dich“, neckte Marie ihre Cousine. „Ein bisschen Abwechslung zu deinem hartnäckigen Programmdirektor bekäme dir bestimmt nicht schlecht.“
„Eher würde ich zehn von Ulis Sorte in Kauf nehmen.“
„Hast du deshalb morgen ein Date mit ihm?“
„Ich begleite Uli lediglich zur Geburtstagsparty seines Bruders. Thomas feiert seinen fünfzigsten ganz groß im Hotel am Stadtpark mit ungefähr 80 Gästen. Wie ich gehört habe, sind viele Wegbegleiter geladen. Ich beispielsweise zähle zum Lebensabschnitt: Sandkasten.“
Aus großen Augen schaute Lisa sie an.
„Hast du mit dem früher echt in der Sandkiste gespielt?“
„Wir waren anno irgendwann Nachbarskinder“, bestätigte Hanna. „Thomas ist drei Jahre älter als ich. Es hat ihm einen Heidenspaß bereitet, meine Backförmchen zu vergraben.“
„Hast du dir das gefallen lassen?“
„Was sollte ich tun? Er war größer und stärker als ich.“ Verschwörerisch zwinkerte sie dem Kind zu. „Jungs sollten sich aber nie zu überlegen fühlen. Eines Tages hat Thomas es zu weit getrieben. Als er meinen neuen Ball in einen Baum geschossen hat, habe ich ihm eins mit meiner Schaufel übergezogen. Die Narbe sieht man heute noch.“
„Bislang dachte ich, du könntest keiner Fliege etwas zuleide tun“, sagte Marie scheinbar verwundert. „Ich wusste gar nicht, dass du so gefährlich bist, Hanna.“
„Das bin ich nur, wenn man mich ständig reizt“, erwiderte ihre Cousine mit Unschuldsblick. „Deshalb solltet ihr vorsichtshalber immer besonders lieb zu mir sein.“

Für den letzten Abend seiner Arbeitswoche wählte der Engel

der Nacht das Gesprächsthema Hoffnung aus.
Die ersten Anrufer erzählten, was sie sich vom Leben erhofften oder welche ihrer Hoffnungen sich bereits erfüllten. Andere sprachen von ihrer Hoffnung, einen Weg aus der Arbeitslosigkeit zu finden oder eine Krankheit zu besiegen.
In der zweiten Stunde ihrer Sendezeit erreichte Hanna ein Hörer, mit dem sie auch in dieser Nacht gerechnet hatte.
„Nun erfüllt sich auch meine Hoffnung“, sagte sie ins Mikrofon. „Ich habe schon auf deinen Anruf gewartet, Dracula.“
„Welche Ehre.“ Der leise Spott in Jakobs Stimme überdeckte die Freude über ihre Worte. „Hast du mich so sehr vermisst?“
„Wir wollen es doch nicht übertreiben“, versetzte sie ihm einen Dämpfer. „Mich interessiert einfach nur, was sich ein blutsaugender Vampir erhofft. – Schmackhafte Beute auf seiner nächtlichen Nahrungssuche? Ein bequemes Schlafplätzchen in einer Gruft? Oder vielleicht eine attraktive, gut gebaute Vampirette?“
„Du hast eben nur meine Bedürfnisse aufgezählt, Angel. Etwas, das ein Vampir zum Existieren braucht. Viel interessanter als meine Lebensumstände erscheint mir aber die Frage, was Hoffnung überhaupt ist.“
„Von dieser Seite haben wir unser Thema heute noch nicht betrachtet“, gab sie ihm Recht. „Wie definierst du Hoffnung?“
„Sie ist mit einem Wunsch vergleichbar“, lautete seine Antwort. „Hoffnung ist die Erwartung, dass etwas Gewünschtes geschieht, dass etwas in Erfüllung geht. Ein Mensch, der hofft, ist zuversichtlich, dass das Erhoffte eintrifft.“
„Gut erklärt“, lobte der Engel der Nacht. „Kannst du auch das Gegenteil umschreiben? Wenn jemand ohne Hoffnung ist?“
„Dann glaubt er, dass sich seine Wünsche niemals erfüllen, dass es aussichtslos ist, auf etwas zu warten, das doch nicht eintrifft.“
„Ist es deiner Ansicht nach überhaupt sinnvoll, zu hoffen?“
„In schlechten Zeiten erhält einen die Hoffnung, dass es irgendwann wieder bergauf geht, am Leben. Die Hoffnung trös-

tet und hilft auszuharren."
„Und auszuhalten", fügte sie hinzu. „Schmerz auszuhalten."
„Wie meinst du das?"
„Wenn sich beispielsweise ein Mensch, den du liebst, plötzlich einem anderen Partner zuwendet, tut das höllisch weh. Du erträgst den Schmerz nur, weil in dir die Hoffnung keimt, eines Tages jemandem zu begegnen, dem du vertrauen kannst."
„Zuviel Hoffnung kann aber auch den Blick trüben", wandte Jakob ein. „Wer mit seinen Hoffnungen nur in der Zukunft lebt und ungeduldig zu Dingen strebt, die das wahre Glück bringen sollen, lässt die Gegenwart unbeachtet und ungenossen vorüberziehen. Dadurch verpasst man das Leben."
„Sprichst du aus Erfahrung?", hakte der Engel der Nacht nach. „Hast du in deinem Leben Chancen verpasst, weil du die Hoffnung hattest, es käme noch was Besseres?"
„Vampire ergreifen jede Gelegenheit beim Schopf", wich er aus. „Wir haben immer nur die wenigen Stunden zwischen Sonnenuntergang und Sonnenaufgang. Die nutzen wir so intensiv wie möglich."
„Ach, tatsächlich?" Der Spott in ihrer Stimme war nicht zu überhören. „Trotzdem findest du noch Zeit, mit mir zu plaudern?"
„Ich tue nur, was mir wichtig ist", betonte er. „Wir beide – du und ich – wir ähneln einander."
„Ich fürchte, du hast eine völlig falsche Vorstellung von mir", erwiderte sie amüsiert. „Schwarz gekleidet durch die Nacht husche ich jedenfalls nicht. Ebenso wenig bevorzuge ich dickflüssige rote Kost. Und mein Gebiss ist für einen Vampir geradezu von einer erschreckenden Ebenmäßigkeit."
„Musst du mich wieder absichtlich missverstehen, Angel?" tadelte Jakob sie milde. „Wir beide existieren nur in den Nachtstunden. Außerdem sind wir beide intelligent und aufgeschlossen. Beide besitzen wir eine gesunde Neugier und eine Vorliebe für gute Gespräche."
„Das trifft auch auf Millionen andere Menschen zu."

„Wir sind aber keine Menschen“, erinnerte er sie. „Ein Engel und ein Vampir. – Wir sind außergewöhnlich, meine Liebe.“ Diesmal beendete er das Gespräch. „Bis bald, Angel.“

Kapitel 4

Am kommenden Morgen war kein Unterricht. Deshalb schliefen die Mädchen länger. Nur Marie hantierte schon in der Küche, als Hanna nach Hause kam.
„Da du bereits auf bist, hast du heute wahrscheinlich ein volles Programm“, vermutete Hanna, nachdem sie den Hund ausgiebig begrüßt hatte. „Brauchst du Hilfe, Marie?“
„Du verschwindest jetzt in dein Bett“, erwiderte ihre Cousine resolut. „Immerhin bist du schon lange genug auf den Beinen.“
„Vielleicht sollte ich mich erst hinlegen, wenn sich unser Nachbar drüben ausgetobt hat. Wie ich ihn einschätze, findet er auch heute Morgen eine unüberhörbare Beschäftigung.“
„Nachdem du ihn gestern mit deinen Schlafgewohnheiten vertraut gemacht hast, verhält er sich bestimmt ruhig.“
„Daran glaube ich erst, wenn ich mindestens sechs Stunden am Stück durchschlafen konnte.“

Es wurden genau zwei Stunden und dreiundfünfzig Minuten, bis Hanna von ihrem Lager hochschreckte. Laute Stimmen und Hundegebell hatten sie aus dem Schlaf gerissen.
Vom Dachgarten aus sah sie, dass der Nachbar mit drei Jungen ausgelassen Basketball spielte. Der Korb war an der Garagenwand befestigt und wurde von Anfeuerungsrufen begleitet von den Spielern attackiert. Mittendrin versuchte der Zwerghund laut kläffend den Ball zu erwischen.
Hanna war drauf und dran, einen der vor ihr stehenden Blumentöpfe nach den rücksichtslosen Nachbarn zu werfen. Als Pflanzenliebhaberin fiel ihr jedoch ein geeigneteres Geschoss ein. Sie lief in ihr Schlafzimmer und kramte in verschiedenen Schubladen, bis sie die kleine Pistole fand. Ein Päckchen Munition lag auch dabei. An Ort und Stelle lud Hanna die Spiel-

zeugwaffe mit einer der bunten Papierkugeln. Damit kehrte sie auf die Dachterrasse zurück. Zwischen den Blumenkästen bezog sie Stellung und spähte zwischen den Pflanzen nach unten.
Die Basketballspieler trugen allesamt Shirts und kurze Hosen, so dass Hanna die bloßen Beine des Nachbarn anvisierte. Als er stehenblieb, um den Wurf seines größten Neffen zu beobachten, drückte die Schützin ab. Mit einem leisen Plopp wurde die Kugel aus der Waffe katapultiert. Sekunden später vollführte der Nachbar einen wenig eleganten Sprung. Seine Hand fuhr zum linken Oberschenkel, konnte das vermeintliche Insekt aber nicht finden. Suchend schaute sich der Spieler um, entdeckte die rosa Papierkugel im Gras. Er bückte sich danach und hob sie auf. Noch einmal blickte er nach allen Seiten, aber nicht nach oben. Hanna hatte sich ohnehin vorsichtshalber unsichtbar gemacht. Deshalb sah sie nicht, dass Jakob geradewegs auf ihr Grundstück marschierte. Durch den offen stehenden Nebeneingang betrat er das Haus.
„Frau Mertens!?“, rief er im Souterrain. Da er keine Antwort erhielt, folgte er der leisen Musik, die aus der Küche zu hören war. Man konnte weder die köstlichen Düfte ignorieren noch übersehen, dass hier kulinarische Leckerbissen zubereitet wurden. Auf dem Tisch befanden sich verschiedene knackfrische Gemüsesorten; den Töpfen auf dem Herd entwich ein verlockendes Aroma.
„Guten Morgen, Frau Mertens.“
Mit dem Kochlöffel in der Hand wandte sich Marie zu ihm um.
„Hallo, Herr Nachbar“, sagte sie freundlich, wobei sie ihn lächelnd musterte. „So sportlich heute?“
„Meine Neffen haben mich zum Basketballspielen überredet“, erklärte er sein Outfit. „Ist es möglich, dass Ihre Mädchen uns ein bisschen ärgern wollen?“
Verwundert hob Marie die Brauen.
„Wie kommen Sie darauf?“
„Mich hat eben dieses Geschoss getroffen“, erwiderte er und

legte das corpus delicti auf den Küchentisch. „Nach meiner Berechnung kann es nur von hier aus abgefeuert worden sein."
„So?" Empört stützte Marie die Hände in die Hüften. „Deshalb verdächtigen Sie meine Töchter? Ich kann Ihnen versichern, dass Nachbarn nicht auf ihrer Abschussliste stehen."
„Wahrscheinlich wollten sie uns nur einen Streich spielen", lenkte Jakob ein. „Vielleicht aus Langeweile..."
„Ausgeschlossen", war Marie überzeugt. „Kommen Sie, Herr Jensen, fragen wir die Mädchen."

Auf der anderen Seite der Küche führte eine Tür in den Garten hinter dem Haus. Rasch nahm Jakob das Beweisstück, bevor er Marie hinaus folgte.
Anna hatte es sich mit ihrem mp3-Player und einem Buch in der Hollywoodschaukel bequem gemacht. Ihre Schwester Sara saß am Tisch und blätterte in der neuesten Ausgabe einer Jugendzeitschrift, während die kleine Lisa neben ein Spiel auf dem Tablet spielte. Zu ihren Füßen lag Geisha im Schatten des Sonnenschirms und schlief.
„Das ist unser Nachbar Herr Jensen", sagte Marie zu ihren Töchtern. „Ihn interessiert, wie lange ihr schon hier sitzt."
„Du hast nach dem Frühstück gesagt, wir sollen uns leise beschäftigen, weil Hanna ihren Schlaf braucht", erinnerte Anna ihre Mutter. „Deshalb haben wir uns in den Garten verzogen."
„Ward ihr die ganze Zeit hier?"
„Soll das ein Verhör werden?" antwortete Sara mit einer Gegenfrage, wobei sie den Nachbarn misstrauisch taxierte. „Egal, wofür ihr einen Sündenbock sucht, wir waren es nicht. Fragt doch mal nebenan. Da sind drei Jungens eingezogen. Wahrscheinlich haben die verbockt, was ihr uns anhängen wollt."
„Niemand will euch was anhängen", schaltete sich nun Jakob ein. Die Mädchen schienen tatsächlich nichts mit dem Schuss zu tun zu haben. Er hätte sie nicht vorschnell verdächtigen dürfen. „Die Jungen von nebenan sind meine Neffen. Habt ihr Lust mit uns Basketball zu spielen? Oder traut ihr euch nicht?"

„Sie halten uns wohl für feige?“, fragte Sara herausfordernd. Nacheinander blickte sie ihre Schwestern an. „Lassen wir das auf uns sitzen? Kommt, denen zeigen wir es!“

Hanna war gerade wieder eingeschlafen, als das Lärmen abermals einsetzte. Diesmal jedoch trotz geschlossenem Fenster unüberhörbar lauter. Mit einem Seufzer schlug sie die Decke zurück und schaute aus dem Seitenfenster. Was sie sah, entlockte ihr einen weiteren Seufzer: Die Mädchen waren zum Feind übergelaufen! Fröhlich spielten sie mit den Nachbarn Basketball...

Gegen Mittag betrat Jakob noch einmal das Souterrain des Nebenhauses. In der Küche waren die Vorbereitungen mittlerweile fortgeschritten. Auf dem Tisch standen nun verschiedene garnierte Platten und Salatschüsseln. Marie war gerade dabei, die Speisen mit Folie abzudecken und bis zur Auslieferung ins Kühlhaus zu stellen.
„Ich habe Ihre Töchter unversehrt zurückgebracht“, teilte Jakob ihr mit. „Wir hatten viel Spaß zusammen.“
„Wer hat gewonnen?“
„Die Mädchen. Sie mussten meinen Neffen versprechen, demnächst auf eine Revanche herüberzukommen.“
„Das tun sie sicher gern“, vermutete Marie. „Sorry“, bat sie, da plötzlich die Melodie ihres Handys erklang, und nahm das kleine Gerät von der Fensterbank. „Hallo!?“
„Hallo, mein Schatz“, vernahm sie die Stimme ihrer heimlichen Liebe. „Was treibst du denn gerade?“
„Ich bin mit einem Buffet für vierzig Personen beschäftigt.“
„Denkst du dabei an mich?“
„Ununterbrochen“, neckte sie ihn. „Beim Fleisch klopfen, beim Zwiebeln hacken, beim Sahne schlagen...“
„Habe ich mir mit dir etwa eine kleine Sadistin eingehandelt?“
„Das musst du schon selbst herausfinden.“
„Das täte ich am liebsten gleich heute Abend“, bekannte er.

„Leider wird daraus nichts. Obwohl ich mich nach dir sehne, muss ich mich um meine Familie kümmern."
„Mir ergeht es genauso. Da Hanna zu einer Party eingeladen ist, kann ich auch später nicht mehr weg."
„Dann bleibt uns wieder einmal nur das Telefon. Ich rufe dich wieder an, wenn alle schlafen."
„Okay", stimmte Marie zu. „Nun muss ich Schluss machen. Mein Nachbar ist gerade da."
„Dein Nachbar?", wiederholte er verwundert. „Was will er denn? Ist er am Ende sogar nett?"
„Das erzähle ich dir vielleicht in einer schwachen Stunde."
„Hexe!" lachte er. „Bis später. – Und fang nichts mit dem Nachbarn an."
„Wo werd ich denn?" Lächelnd unterbrach Marie die Verbindung und legte das kleine Telefon in die Fensterbank zurück. „Kann ich noch was für Sie tun, Herr Jensen?"
„Eine kleine Bitte hätte ich", gestand er. „Ihre Jüngste hat vorhin gesagt, heute Mittag gäbe es ihr Lieblingsessen: Pfannkuchen. Daraufhin haben mich meine Neffen gebeten, das gleiche auf den Tisch zu bringen." Verlegen zuckte er die Schultern. „Damit bin ich offen gestanden etwas überfordert. Mein Teig wird stets entweder zu flüssig oder zu fest, so dass beim Backen immer ziemlich merkwürdige Gebilde entstehen. Vom Geschmack ganz zu schweigen. Irgendwas mache ich wohl falsch. Verraten Sie mir die richtige Mischung?"
„Wie viele Personen sind Sie?"
„Fünf."
„Fünf Männer mit wahrscheinlich gutem Appetit." Sie nahm ein Paket Mehl aus dem Vorratsschrank. Aus dem Kühlhaus holte sie Eier und Milch. Dazu legte sie noch zwei Päckchen Vanillezucker und gab die Zutaten in die große Küchenmaschine. Innerhalb weniger Minuten war der geschmeidige Teig fertig. Marie ließ ihn in eine große Tupperschale fließen, drückte erst den Deckel darauf und dann die Schüssel dem Nachbarn in die Hände.

„Guten Appetit.“
„Danke, Frau Mertens. Sie sind ein Engel.“
„Davon bin ich weit entfernt“, winkte sie ab und begleitete ihn hinaus.

Am späten Nachmittag wollte Jakob der sympathischen Nachbarin die Schüssel zurückbringen. Der Eingang zum Souterrain war jedoch verschlossen. Deshalb ging Jakob um das Haus herum und läutete an der Vordertür.
Da die Kinder mit dem Hund draußen waren, lief Hanna mit wehendem Morgenmantel die Treppe hinunter, um zu öffnen.
„Sie schon wieder?“, entschlüpfte es ihr beim Anblick des Nachbarn. „Was gibt es?“
„Eigentlich wollte ich zu Ihrer Cousine“, erwiderte Jakob, wobei er sie interessiert musterte. Ihr langes Haar war feucht; die rechte Schulter schaute unter einem locker geschlossenen Morgenmantel hervor, der auch die gebräunten Beine nur mangelhaft bedeckte. Jakobs Augen blieben an den bloßen Füßen haften. Zwischen den zierlichen Zehen steckten kleine Schaumstoffröllchen. Amüsiert deutete er darauf.
„Was soll denn das werden?“
„Offenbar war ich gerade dabei, meine Nägel zu lackieren“, entgegnete sie kühl. „Sonst noch Fragen?“
„Haben Sie das nötig?“
„Das dürfte Sie kaum etwas angehen.“
„Natürlich nicht“, gab er ihr widerstrebend recht. „Meinetwegen können Sie sich von oben bis unten anmalen.“
„Sehr großzügig“, spottete Hanna. „Meine Cousine ist nicht zu Hause. Sie liefert das bestellte Essen aus.“
„Ich wollte auch nur die Schüssel zurückbringen. Richten Sie Ihrer Cousine bitte aus, dass meine Familie begeistert war.“
„Wie schön für Sie.“ Noch immer machte er keine Anstalten, zu gehen. „Wollen Sie die Schale nun hier lassen – oder nicht? Ich habe heute noch mehr zu tun.“
„Richtig, Sie müssen ja noch Ihre Nägel lackieren“, spottete

nun er, übergab ihr aber die Schüssel. „Überanstrengen Sie sich nur nicht dabei."
Verärgert über seinen Ton, warf Hanna ihm die Tür vor der Nase zu.
„Ungehobelter Klotz!", brummte sie und brachte die Schale in die Küche.

Unterdessen kehrte Jakob nach Hause zurück. Im Wohnzimmer traf er auf seinen Bruder, der über der Tageszeitung saß.
„Diese Frau ist wie eine Königskobra", sagte Jakob mehr zu sich selbst. „Gefährlich und giftig."
„Ich denke, du magst sie", erwiderte Jonas verwundert. „Vorhin hast du noch in den höchsten Tönen von ihr gesprochen."
„Von Frau Mertens. Eben war aber nur ihre Cousine zu Hause. Die beiden sind so unterschiedlich wie Tag und Nacht."
„Nachdem du Frau Mertens als sehr hübsch, attraktiv und sympathisch beschrieben hast, ist ihre Cousine offenbar genau das Gegenteil: hässlich, abstoßend und unausstehlich."
„Ganz so schlimm ist sie nun auch wieder nicht", räumte Jakob ein. „Im Grunde ist sie sogar sehr attraktiv."
„...aber?"
„Anscheinend kann sie mich nicht leiden."
„Daher weht der Wind", lachte Jonas. „Nur weil die Dame sich von deinem Charme wenig beeindruckt zeigt, bist du nicht gut auf sie zu sprechen. Womöglich lässt deine Wirkung auf das weibliche Geschlecht einfach nur nach!? Immerhin bist du auch nicht mehr der Jüngste."
„Sehr witzig", brummte Jakob und ließ sich in einen Sessel fallen. „Noch bin ich nicht fünfzig."
„Dann hast du ja noch ein paar Monate, bis alles vorbei ist. Aus der Übung bist du jedenfalls schon länger."
„Wie darf ich denn das verstehen?"
„Wann warst du das letzte Mal mit einer Frau zusammen?"
„Am Donnerstag..."
„Vorgestern?", folgerte Jonas völlig verblüfft, worauf Jakob

geheimnisvoll lächelte.
„Am Donnerstag vor zwei..."
„... Jahren?"
„... Monaten", korrigierte Jakob seinen Bruder vergnügt. „Total tote Hose herrscht bei mir noch lange nicht."

Als Marie nach Hause kam, schenkte sich Hanna in der Küche gerade ein Glas Milch ein. Sie war immer noch im Morgenmantel, was ihre Cousine verwundert registrierte.
„Du bist noch nicht umgezogen? Wann holt Uli dich denn ab?"
„Erst in einer Stunde", antwortete Hanna. „Vermutlich wird es nachher spät. Gehst du bitte die Abendrunde mit Geisha?"
„Mach ich. Von mir aus kannst du dich die ganze Nacht amüsieren." Verschwörerisch zwinkerte sie ihrer Cousine zu. „Vielleicht begegnet dir auf dieser Party der Mann deiner Träume."
„Dann bringe ich ihn zum Frühstück mit", erwiderte Hanna trocken. „Übrigens war der Typ von nebenan vorhin hier. Seine Familie war begeistert – soll ich dir ausrichten."
„Der ist doch eigentlich sehr nett."
„Nett?" wiederholte ihre Cousine entsetzt. „Dieser Mann ist eine Katastrophe auf zwei Beinen! Arrogant, selbstgefällig, unverschämt!"
„So habe ich ihn aber nicht kennengelernt", sagte Marie nachdenklich. „Heute Morgen war er zwar erst ein wenig sauer, weil er dachte, dass die Mädchen mit Papierkugeln auf ihn geschossen hätten, aber dann hat er sie zum Basketballspielen eingeladen." Aufmerksam blickte sie ihre Cousine an, um deren Lippen ein zufriedenes Lächeln spielte. „Was gibt es da zu grinsen? Freust du dich darüber, dass ihn jemand attackiert hat, oder weil er die Mädchen mitspielen ließ?"
„Dreimal darfst du raten."
„Hanna!" tadelte Marie sie in scheinbarer Strenge. „Schadenfreude passt nicht zu einem Engel!"
„Tagsüber und am Wochenende bin ich außer Dienst."

„Das erklärt natürlich manches“, sinnierte Marie. „Womöglich sind Engel in ihrer Freizeit sogar fähig, auf unliebsame Nachbarn zu schießen?“
„Keine Ahnung, wovon du sprichst“, behauptete Hanna, erhob sich und stellte das leere Glas in den Geschirrspüler. „Allmählich sollte ich mich anziehen. – Bis später, Marie.“
Während ihre Cousine sich in ihrem Schlafzimmer für die Party stylte, bereitete Marie das Abendessen für die Familie vor. Beim Tischdecken ertönte das Signal ihres Handys, das den Eingang einer SMS verkündete. Marie ahnte, von wem die Nachricht kam und zog das kleine Gerät erwartungsvoll aus der Hosentasche. Ich wollte dir etwas ungeheuer Spannendes, Prickelndes, Intelligentes, Erotisches und Aufregendes schicken, aber ich passe einfach nicht auf das Display!“
Lächelnd las Marie die SMS noch einmal, ehe sie eine Antwort tippte. Sie hatte die Nachricht gerade abgeschickt, als Sara in die Küche stürmte.
„Mamarie! Komm schnell! Schau dir an, wie toll Hanna aussieht! Einfach megageil!“
„Woher hast du nur diese Ausdrucksweise?“, erwiderte Marie kopfschüttelnd. „Du klingst manchmal wie ein Junge.“
„So reden alle in meiner Klasse“, erklärte Sara. „Nun komm endlich!“
Leise seufzend folgte Marie ihrer Tochter hinaus. Hanna kam gerade die Treppe herunter. Ihr türkisfarbenes, silberdurchwirktes Kleid war eine raffinierte Mischung aus züchtiger Eleganz und purer Erotik: hochgeschlossen, aber schulterfrei, bodenlang, aber an einer Seite hüfthoch geschlitzt. Die farblich passenden Sandaletten trug Hanna in der Hand.
„In diesem Modell wirst du dir Uli kaum vom Leib halten können. Er wird den ganzen Abend nicht von deiner Seite weichen.“
„Soll ich mich deshalb in Sack und Asche hüllen?“, versetzte Hanna gleichmütig und trat vor den großen Flurspiegel. Kri-

tisch betrachtete sie sich von allen Seiten.
„Du suchst vergeblich“, kommentierte Marie. „Durch dein konsequentes Jogging haben meine Kochkünste gar keine Chance, auch nur ein Gramm Fett anzusetzen. Nichts zeichnet sich ab. Man könnte meinen, du seiest unter dieser phantastischen Kreation barfuß bis zum Hals.“
„Wer weiß...!?“, entgegnete Hanna verschmitzt und schlüpfte in die hohen Schuhe. Mit beiden Händen fuhr sie sich anschließend durch ihr schulterlanges Haar. Die dunklen Naturlocken umschmeichelten das schmale Gesicht.
„Perfekt“, meinte Anna, aus dem Wohnzimmer kommend. „Du solltest dein Haar immer offen tragen, Hanna. Dadurch wirkst du viel jünger. Keinen Tag älter als dreißig.“
„Warum hat mir nicht schon früher jemand diesen Rat gegeben? Wenn das Weglassen einer Haarspange 17 Jahre wettmacht, hätte ich mir die Anschaffung teurer Cremes sparen können.“
Nun kam auch die kleine Lisa mit dem Hund die Treppe heruntergelaufen. Während Geisha freudig mit dem kurzen Schwanz wedelte, ging das Mädchen beeindruckt auf Hanna zu.
„Du bist schön“, sagte sie beinah ehrfürchtig. „Suchst du dir jetzt einen Mann?“
„Mit Sicherheit nicht“, verneinte Hanna und strich ihr über das blonde Haar. „Oder glaubst du, ich bräuchte unbedingt einen?“
„Das wäre doch gar nicht so schlecht“, befand die Siebenjährige. „Dann müsstest du nicht arbeiten“, fügte sie mit kindlicher Logik hinzu. „Außerdem könntest du wieder nachts schlafen.“
„Das wäre vermutlich der einzige Vorteil“, meinte Hanna. „Durchschlafen, ohne vom Höllenlärm des Maschinenparks eines chaotischen Nachbarn aus dem Schlaf gerissen zu werden. Welch herrlicher Gedanke! Ich sollte ...“
Sie unterbrach sich, als die Türglocke anschlug.
Marie öffnete mit Schwung die Haustür.
„Immer hereinspaziert“, begrüßte sie den Jugendfreund ihrer Cousine. „Aber mach dich auf einiges gefasst, Uli.“

Schon beim Eintreten sah er Hanna neben der Treppe stehen. Ein Ausdruck von Bewunderung trat in seine Augen. Vorerst konnte er Hanna jedoch nicht begrüßen, da Geisha zuerst ihr Recht verlangte. Schwänzelnd sprang sie um ihn herum und wartete auf die gewohnten Streicheleinheiten. Fast automatisch kam Ulrich dieser Forderung nach – allerdings ohne den Blick von Hanna zu wenden.
„Du siehst umwerfend aus“, sagte er, als er sich zu ihr durchgekämpft hatte, und küsste sie auf beide Wangen. „Hinreißend und verführerisch. Wäre es nicht die Geburtstagsparty meines Bruders, würde ich dir jetzt einen viel aufregenderen Ablauf dieses Abends vorschlagen.“
„Ich habe aber keine Lust, stundenlang vor dem Fernseher zu sitzen“, interpretierte sie seine Worte absichtlich falsch und harkte sich bei ihm ein. „Komm, wir gehen uns amüsieren.“

Unter den Gästen herrschte bereits eine ausgelassene Stimmung, als Jakob Jensen auf der Party eintraf. Er begrüßte zuerst das Geburtstagskind, musste aber gleich den nächsten Gratulanten Platz machen. So nahm er sich einen Drink, lehnte sich an eine Säule und schaute sich auf der Suche nach einem bekannten Gesicht unter den Gästen um. Seine Augen blieben dann jedoch am verlängerten Rücken einer Dame haften, der durch den eng anliegenden türkisfarbenen Stoff ihres Kleides überaus reizvoll wirkte. Die Frau mit den dunklen Locken stand mit vier Männern zusammen, die wetteiferten, sie amüsant zu unterhalten. Jakob entging keine ihrer geschmeidigen Bewegungen, wenn sie sich etwas vorbeugte oder einen Schritt zu Seite tat, gab die glitzernde Kreation ein wohlgeformtes gebräuntes Bein in seiner gesamten Länge frei. Ein sehr erotischer Anblick.
„Tolle Frau, nicht?“, sprach Thomas Maiwald seinen Gast von der Seite an. „Aber leider nicht zu haben.“
„Verheiratet?“
„Solo“, verneinte der Gastgeber. „Schon seit einigen Jahren.

Dennoch gibt sie niemandem eine Chance. Ich fürchte, auf alles, was über eine erotische Nacht hinausgeht, lässt sie sich nicht mehr ein."
„Woher weißt du das so genau?"
„Wir sind schon seit einer kleinen Ewigkeit miteinander befreundet." Kameradschaftlich klopfte er Jakob auf die Schulter. „Komm, alter Junge, ich stelle dich vor."
Unbemerkt traten sie hinter Hanna. Wie selbstverständlich schlang Thomas den Arm um ihre Taille.
„Hallo, Prinzessin", flüsterte er an Hannas Ohr. „Ich möchte dich mit jemandem bekanntmachen."
Mit fragendem Blick drehte sie sich herum – und stöhnte innerlich auf.
„Das ist mein Studienfreund Jakob Jensen", sagte Thomas. „Ein Mitstreiter aus meinen wilden Jahren." Lächelnd deutete er auf die Frau an seiner Seite. „Hanna Flemming ist das Highlight aus meinen Kindertagen. Meine erste große Liebe."
Schmunzelnd erwiderte Jakob ihren skeptischen Blick.
„So sieht man sich wieder."
„Ihr kennt euch?"
„Kennen ist reichlich übertrieben", erklärte Hanna kühl. „Ich weiß nur, dass Herr Jensen eine Vorliebe für knatternde Rasenmäher und ratternde Heckenscheren hat."
„Demnach sind Sie der Mann, der Hanna seit Tagen um ihren wohlverdienten Schlaf bringt", mischte sich Ulrich mit unterdrücktem Ärger ein. „Sie sind ihr neuer Nachbar."
„Gut erkannt", bestätigte Jakob. „Darf ich fragen, wer Sie sind?"
„Ulrich Maiwald. –Toms Bruder – und Hannas engster Freund. Daher weiß ich, wie sehr sie in den letzten Tagen darunter gelitten hat, ständig von Ihnen aus dem Schlaf gerissen zu werden. Sehr rücksichtsvoll sind Sie nicht gerade."
„Immerhin habe ich nicht gegen irgendwelche gesetzlich vorgeschriebene Ruhezeiten verstoßen", hielt Jakob ihm entgegen. „Außerdem wusste ich nicht, dass meine Nachbarin bis mittags

im Bett liegt."
Empört funkelte Ulrich ihn an.
„Das klingt, als sei Hanna ..."
„Lass es gut sein, Uli", unterbrach sie den Freund. „Ich habe mich mental darauf eingestellt, dass es seit Herrn Jensens Einzug mit der Ruhe vorbei ist. Deshalb würde es mich auch nicht wundern, wenn er demnächst morgens mit einer Kettensäge in seinem Garten herumfuhrwerkt."
„Über die Anschaffung eines so nützlichen Gerätes habe ich tatsächlich schon nachgedacht", neckte Jakob sie. „Vielleicht richte ich mir vorher aber eine kleine Werkstatt in der Garage neben Ihrem Grundstück ein. Dort könnte ich nach Herzenslust bohren, hämmern und sägen."
„Seit wann bist du handwerklich begabt?" begann Thomas, aus dem Nähkästchen zu plaudern. „Soweit ich mich erinnere, warst du nicht einmal fähig, deine Studentenbude allein zu streichen."
„Pinseln ist eben langweilig", versetzte Jakob schlagfertig. „Mit einer so geräuscharmen Beschäftigung kann man doch noch nicht mal die Nachbarn ärgern."
„Ist das bei Ihnen angeboren?", fragte Hanna mit freundlichem Lächeln. „Oder mussten Sie sich das hart erarbeiten?"
„Ich bin ein Naturtalent."
„Das dachte ich mir", erwiderte sie trocken, ehe sie Ulrich anschaute. „Du solltest einmal eine Sendung unter das Thema stellen: Hilfe, mein Nachbar wohnt neben mir. Wichtige Fakten dazu könnte ich dir liefern."
„Sie sind beim Fernsehen?" fragte Jakob interessiert, worauf Ulrich den Kopf schüttelte.
„Beim Rundfunk. – Um genau zu sein: Ich bin Programmchef bei Radio 2000."
„Tatsächlich? Arbeiten Sie dort nicht mit Engeln zusammen?"
„Nur mit einem."
„Angel", nickte Jakob. „Von ihr habe ich schon gehört. Offenbar eine gute Moderatorin. Wie muss man sich diese Frau vor-

stellen? Jünger oder älter?"
„Alt."
„Alt? Das glaube ich Ihnen nicht."
„Was haben Sie erwartet? Ein Engel ist unsterblich. Er existiert viel, viel länger, als wir uns das vorstellen können. Demzufolge ist er mehrere hundert Jahre alt."
„Sieht man Angel ihr hohes Alter an?", ging Jakob darauf ein, weil klar war, dass er nicht mehr aus ihm heraus bekommen würde. „Dann wundert mich, dass ihre Stimme alles andere als zittrig und müde klingt. Oder gibt es da auch ein Geheimnis?"
„Kreide", entgegnete Ulrich prompt. „Wie Sie sicher wissen, täuschte damit schon der Wolf das Rotkäppchen."
„Ernstzunehmende Auskünfte gibt Ihr Freund nicht gerade", wandte Jakob sich an Hanna. „Oder liegt das an mir?"
„Wenn Sie ein Konzept entwickeln würden, wie man sämtliche Arbeiten im Garten lautlos verrichten könnte, würden Sie Ihr Patentrezept auch nicht gleich an die große Glocke hängen."
„Da mein Erfindergeist eher eingeschränkt ist, besteht kaum die Gefahr, dass in meinem Garten absolute Stille einkehrt", konterte Jakob. „Mir scheint, selbst Ihnen hat Herr Maiwald das Geheimnis des Engels der Nacht nicht verraten. Erstaunlich, da er sich als Ihr engster Freund bezeichnet hat."
„Ich habe wirklich alles versucht, um es ihm zu entlocken", erklärte sie mit Unschuldsblick. „Man sagt doch, manche Menschen werden erst im Bett gesprächig. Auch dort gelang es mir leider nicht, das Geheimnis zu lüften. Versuchen Sie es doch gelegentlich, Herr Jensen. Vielleicht sind Sie in der Horizontalen besser als ich."
„Mein Erfolg beim männlichen Geschlecht ist leider mehr als dürftig", sagte Jakob in bedauerndem Ton. „Dafür wirke ich auf die Damenwelt unwiderstehlich."
Mit spöttischem Blick musterte Hanna ihn von Kopf bis Fuß. Innerlich gestand sie ihm zu, dass er das war, was man einen gut aussehenden Mann nannte. Auch war er modisch-elegant in einen dreiteiligen dunkelgrauen Anzug gekleidet. Selbst an der

dezent gemusterten Krawatte gab es nichts auszusetzen. Als Hannas Augen jedoch zu seinen Schuhen schweiften, lachte sie leise. Seine Füße steckten in schwarzen Cowboystiefeln.
„Ausschließlich damit ziehen Sie wahrscheinlich die Aufmerksamkeit auf sich. Haben Sie das nötig?"
„Die einen lackieren ihre Zehennägel, die anderen tragen ihre Glücksstiefel", parierte Jakob. „Die habe ich aus Texas mitgebracht. Außerdem sind sie herrlich bequem. Damit schwebe ich beinah wie auf Wolken." Herausfordernd blickte er ihr in die Augen. „Tanzen Sie mit mir, Frau Flemming?"
„Sie schrecken wohl vor überhaupt nichts zurück", bemerkte Ulrich, bevor Hanna etwas erwidern konnte. „Glauben Sie wirklich, Hanna legt Wert darauf, mit dem Mann zu tanzen, der ihr seit Tagen rücksichtslos den Schlaf raubt?"
„Pardon, ich wusste nicht, dass Sie die Entscheidungen für Frau Flemming treffen."
„Das tue ich nach wie vor selbst", betonte Hanna und griff nach der Hand des Gastgebers. „Begleitest du mich zum Büffet, Thomas? Nachdem ich heute auf viele Kalorien verzichtet habe, muss ich meinem Magen unbedingt was Gutes tun."
„Was immer du möchtest, Prinzessin", schmunzelte er und führte sie davon.
Auch im Laufe des Abends gelang es Jakob nicht, Hanna zu einem Tanz mit ihm zu überreden. Dennoch ließ er sie nicht aus den Augen. Er beobachtete, dass sie mit ständig wechselnden Partnern über das Parkett schwebte. Nur ihn selbst hatte sie kalt lächelnd abblitzen lassen. Jakob fragte sich, ob das durch ihn verursachte Schlafdefizit der Grund sei. Oder ob er ihr tatsächlich derart unsympathisch sei, dass sie ihn nicht einmal mit einer Kneifzange anfassen würde.
Trotz ihrer Abwehrhaltung suchte Jakob zu vorgerückter Stunde noch einmal ihre Nähe.
„Ich habe mich gerade von Thomas verabschiedet", teilte er Hanna mit, die mit Ulrich zusammenstand. „Wenn Sie möchten, können Sie gern mit mir zurückfahren, Frau Flemming."

„In Ihrem Vorkriegsmodell? - Nein, danke."
„Manche Dinge, die oberflächlich betrachtet alt und gebrechlich wirken, sind innerlich jung und dynamisch."
„Sprechen Sie von sich oder von Ihrem Vehikel?"
„Testen Sie mich und mein Auto", schlug Jakob vor. „Dann finden Sie vielleicht heraus, wie viel Power in uns steckt."
„So abenteuerlustig bin ich nicht", lehnte sie sein Angebot ab. „Außerdem ist die Nacht noch viel zu jung, um schon jetzt Richtung Heimat aufzubrechen."
„Wenn man es gewohnt ist, bis mittags im Bett zu liegen, kann man sich wohl getrost die Nacht um die Ohren schlagen. Vergessen Sie dabei aber nicht, dass Sie neuerdings einen geräuschintensiven Nachbarn haben. Womöglich stört der rücksichtslose Mensch Ihren Schönheitsschlaf sogar am heiligen Sonntag."
„Dann erschieße ich ihn mit kaltem Reis", konterte sie mit zuckersüßem Lächeln. „Oder mit bunten Papierkugeln." Jakobs Verblüffung ausnutzend, hängte sie sich bei Ulrich ein. „Komm, lass uns tanzen."

Zu Hause zog Jakob sich gleich in seine Räume zurück. Mitternacht war längst vorüber, und er war rechtschaffen müde. Nach dem Duschen machte er es sich mit einem Buch in seinem Bett bequem und schaltete das Radio ein. Leise einschmeichelnde Musik erklang, die bald von Angels sanfter Stimme abgelöst wurde. Sie sprach mit einem Anrufer über Heimweh. Eine Weile lauschte Jakob diesem Gespräch. Als erneut Musik einsetzte, griff er nach dem schnurlosen Telefon und wählte die Nummer des Senders. Diesmal gelang es ihm nicht, den Engel der Nacht zu erreichen. So oft er es auch versuchte, es ertönte ständig das Besetztzeichen. Er ahnte nicht, dass Radio 2000 in den Wochenendnächten in der Reihe *Von spät bis früh* Highlights aus Sendungen des letzten Monats brachte. Wäre Jakob nicht eingeschlafen, hätte er sogar seine eigene Stimme aus dem Radio gehört.

Kapitel 5

Am kommenden Morgen war Marie schon zeitig mit Geisha unterwegs. Auf dem Heimweg begegneten sie Jakob und Pavarotti.
„Guten Morgen, Frau Mertens", begrüßte Jakob sie, während sich die Hunde neugierig beschnüffelten. „So früh schon auf den Beinen?"
„Bei meiner Cousine wurde es in der letzten Nacht sehr spät, deshalb habe ich sie schlafen lassen."
„Auch ich war gestern auf dieser Party. Ihre Cousine war mächtig in Fahrt. Ist sie immer so temperamentvoll?"
„Aber hallo. Wehe, wenn sie losgelassen."
„Haben Sie Ihrer Cousine eigentlich von dem gestrigen Attentat auf mich berichtet?"
„Ja – wieso?"
„Weil sie mir gedroht hat, mich mit bunten Papierkugeln zu erschießen, falls ich es heute wieder wagen sollte, ihren Schönheitsschlaf zu boykottieren."
„An Ihrer Stelle würde ich diese Warnung ernst nehmen", riet Marie ihm vergnügt. „Hanna steht immer zu ihrem Wort."
„Das habe ich befürchtet", seufzte Jakob. „Darf ich Sie und Ihre Familie heute Nachmittag zum Kaffee einladen, Frau Mertens? Bei dieser Gelegenheit könnten Sie auch endlich meinen Bruder kennenlernen."
„Ist der denn so toll, dass ich unbedingt seine Bekanntschaft machen müsste?"
„Die Damenwelt ist jedenfalls überzeugt davon. Wahrscheinlich kann er sich deshalb nicht für eine entscheiden. Dabei bräuchten die Jungens dringend wieder eine Mutter."
Skeptisch blickte Marie zu ihm auf.
„Sie spielen doch nicht etwa mit dem Gedanken ..."
„Keine Sorge", unterbrach Jakob sie kopfschüttelnd. „Sie entsprechen leider überhaupt nicht seinem bevorzugten Typ. Jonas steht mehr auf diese aufgebrezelte, perfekt gestylte Spezies. Jemand so erfrischend natürlich Weibliches passt nicht in sein

Beuteschema."
„Dann kann ich Ihre Einladung wohl beruhigt annehmen", schloss Marie aus seinen Worten. „Darf ich den Kuchen beisteuern? Ich backe heute ohnehin noch."

Hanna schlief wie ein Baby. Kein lautes Geräusch riss sie aus ihren Träumen. Erst gegen Mittag drangen Töne in ihr Bewusstsein. – Brahms, dachte sie benommen und schlug die Augen auf. Wohlig streckte sie sich unter der Decke. Durch die geöffnete Terrassentür wehte leise das Wiegenlied zu ihr herein. Um zu erkunden, wer um diese Stunde ein Schlaflied auf dem Klavier spielte, stand Hanna auf und ging auf den Dachgarten hinaus. Ein Blick zum Nebenhaus genügte wieder einmal. Ihr Lieblingsnachbar saß im Erdgeschoss vor dem weit geöffneten Fenster am Flügel.
Als er Hanna auf der Dachterrasse entdeckte, nickte er freundlich zu ihr hinauf, wobei er zu einer anderen Melodie wechselte: *You are my sunshine...*
„Jetzt ist er völlig abgedreht...", murmelte Hanna und tippte sich an die Stirn. Daraufhin erklang von gegenüber der Schlager: Ein bisschen Spaß muss sein...
Spinner, dachte Hanna und kehrte in ihr Schlafzimmer zurück.
Im Jogginganzug kam sie später herunter. Ihre Cousine saß mit ihrer jüngsten Tochter beim Memoryspiel auf der Terrasse. Zu ihren Füßen lag Geisha dösend in der Sonne. Der Hund war jedoch sofort hellwach, als Hanna ins Freie trat. Erwartungsvoll hob das Tier den Kopf.
„Na, ihr drei Süßen", sagte Hanna lächelnd. „Wer gewinnt?"
„Wer wohl?", antwortete Marie. „Mit Lisas phänomenalem Gedächtnis kann ich nicht mithalten."
„Du hast zu viele andere Dinge im Kopf", vermutete Hanna. „Lass doch mal die Seele baumeln." Behutsam legte sie die Hand auf die Schulter des Kindes. „Hast du Lust, mich und Geisha zu begleiten, Lisa? Du könntest deinen Roller nehmen und mit uns eine Runde drehen. Bestimmt kommen wir dabei

an einer Eisdiele vorbei. Inzwischen kann deine Mama ein Weilchen entspannen."

Ohne zu zögern sprang das Mädchen auf.

„Ich hole mein Kickboard!"

„Beeil dich", rief Hanna ihr nach. „Und du, stell dich nicht gleich wieder in deine Küche, Marie. Schließ die Augen, und lass dich einfach nur von der Sonne bescheinen."

„Aye, aye, Sir", erwiderte Marie dankbar, wobei sie sich an eine imaginäre Mütze tippte. „Aber nur, wenn du heute Nachmittag mit uns kommst."

„Wohin soll es denn gehen?"

„Unsere neuen Nachbarn haben uns zum Kaffee eingeladen."

Skeptisch hob Hanna die Brauen.

„Wozu soll das gut sein?"

„Damit sich alle Familienmitglieder gegenseitig kennen lernen. Auch den anderen Jensen-Bruder."

„Muss das sein?" fragte ihre Cousine wenig begeistert. „Die Bekanntschaft mit einem Jensen genügt mir vollkommen. Außerdem muss ich mich um meine Fanpost kümmern. Es genügt doch, wenn du mit den Mädchen zum Kaffeeklatsch gehst."

„Kommt nicht in Frage", bestimmte Marie. „Die Einladung galt ausdrücklich auch für dich. Ich habe bereits für uns alle zugesagt. Ein Stündchen kannst du gewiss erübrigen. Dann kommst du auch in den Genuss eines mit Vanillecreme gefüllten Streuselkuchens."

„Das nennt man Bestechung", seufzte Hanna. „Beim Joggen denke ich darüber nach, ob ich diesen Lärmbelästiger schon wieder ertragen kann."

Am Nachmittag verließen die Cousinen mit den drei Mädchen und dem Familienhund das Haus. Hanna trug die Platte mit dem gefüllten Streuselkuchen; Marie hielt einen großen Teller mit Käsekuchen in den Händen. Die Erdbeertorte wurde von Anna transportiert; die Schüssel mit der Schlagsahne durfte Lisa tragen.

„Müssen wir da wirklich mit?“, fragte Sara zum wiederholten Mal lustlos. „Kaffeeklatsch ist tierisch langweilig. Außerdem sind Jungs doof.“

„Nun hör endlich auf zu maulen, Sara“, wies Marie ihre Tochter zurecht. „Man sollte sich immer um ein gutes Verhältnis zu seinen Nachbarn bemühen. Beim Basketball habt ihr euch doch auch verstanden.“

„Das war nur eine sportliche Herausforderung. – Mehr nicht.“

„Warte es doch erst mal ab“, schlug Hanna vor. „Sogar ich komme mit – obwohl ich mit einem Mitglied dieser Familie auf Kriegsfuß stehe. Wir bringen das jetzt hinter uns – okay?“

„Wenn es unbedingt sein muss“, grummelte Sara und folgte den anderen durch das Gartentor des Nachbargrundstücks.

Jakob erwartete sie bereits vor der Haustür. Er ließ sich seine Verwunderung darüber nicht anmerken, dass auch Hanna dabei war. Insgeheim hatte er damit gerechnet, dass sie sich durch ihre Cousine entschuldigen lassen würde.

„Herzlich willkommen“, begrüßte er die Gäste freundlich. „Darf ich Sie gleich um das Haus herum führen? Wir haben auf der Terrasse gedeckt.“

Dort waren zwei große runde Tische mit allem hergerichtet, was eine gemütliche Kaffeetafel ausmachte. Nur der Kuchen fehlte.

Der Nachwuchs beider Familien begrüßte sich zurückhaltend. Offenbar hielt sich auch die Begeisterung der Jungen über den Mädchenbesuch in Grenzen. Jakob stellte seine Neffen vor und bot den Damen Platz an.

„Schön, dass Sie mitgekommen sind, Frau Flemming“, wandte er sich an Hanna. „Habe ich auch das der Anziehungskraft meiner Glücksstiefel zu verdanken?“

„Mit Sicherheit nicht“, verneinte sie kopfschüttelnd. „Thomas hat gestern erwähnt, dass Sie einen unglaublich sympathischen Bruder haben. Das wiederum erscheint mir unvorstellbar. Deshalb betrachte ich Ihre Einladung als Gelegenheit, zu überprü-

fen, ob Sie beide tatsächlich so verschieden sind."
„Herzlichen Dank", brummte Jakob. „Anscheinend habe ich mich heute vergeblich bemüht, Ihrem Schlafbedürfnis gerecht zu werden."
„In dieser Hinsicht erscheinen Sie mir merkwürdigerweise lernfähig", lenkte sie ein. „Obgleich Ihre musikalische Darbietung ein bisschen zu gut gemeint war. – Besonders, die Auswahl der Stücke."
„Ich gelobe feierlich, mich zu bessern", erwiderte er versöhnt und deutete auf seinen Bruder, der eben die Terrasse betrat. „Das ist der Sympathieträger der Familie. Hoffentlich entspricht er Ihren Erwartungen, Frau Flemming."
„Er übertrifft sie sogar", konnte sie sich nicht verkneifen, zu bemerken. Jonas Jensen wirkte tatsächlich auf Anhieb sehr anziehend. Er strahlte etwas Jungenhaftes aus.
Jakob übernahm es, seinen Bruder mit den Nachbarinnen bekanntzumachen.
Während er sich zu ihnen setzte, bewunderte Jonas das kunstvoll verzierte Gebäck.
„Haben Sie das alles selbst gebacken, Frau Mertens?", wandte er sich an Marie. „Sie müssen den ganzen Vormittag damit zugebracht haben."
„Wenn man ständig in Übung ist, geht einem das leicht von der Hand."
„Mein Bruder hat erzählt, dass Sie nebenan einen Partyservice betreiben." Damit schien sein Interesse an Marie schon erloschen. Lächelnd schaute er Hanna an. „Beschäftigen Sie sich ebenfalls mit der Zubereitung kulinarischer Köstlichkeiten, Frau Flemming?"
„Überwiegend mit der Konsumierung", erwiderte sie. „Bei einem Kochgenie in der Familie bleibt einem keine andere Wahl, als auf der anderen Seite zu kämpfen."
„Wie ich gehört habe, arbeiten Sie nachts", fuhr Jonas fort. „Darf ich fragen, in welchem Gewerbe Sie tätig sind?"
„Ich bin Redakteurin", nannte sie die offizielle Bezeichnung

ihrer Tätigkeit. „Und Sie?"
„Mein Schreibtisch steht bei der Norddeutschen Landesbank", gab er ihr bereitwillig Auskunft. „Für welches Ressort schreiben Sie? Politik? Wirtschaft? Sport? Und für welche Zeitung?"
„Für keine mehr. – Früher war ich bei der HAZ, aber seit zwei Jahren bin ich beim Rundfunk", kam sie seiner nächsten Frage zuvor. „Als Nachrichtenredakteurin bei Radio 2000." Auf diesem Posten hatte sie damals tatsächlich beim Sender angefangen. „Ein sehr interessantes Aufgabengebiet."
„Demnach arbeiten Sie mit Thomas' Bruder zusammen", folgerte Jakob ziemlich überrascht aus ihren Worten. „Da ist es nur logisch, dass Sie die Identität des Engels der Nacht sehr wohl kennen."
„Die Nachrichtenredaktion ist in einem anderen Gebäudeteil untergebracht", erklärte sie geduldig. „Von den vielen Mitarbeitern des Senders weiß nicht mal eine Handvoll, wer Angel wirklich ist." Ihre grünen Augen fixierten ihn eindringlich. „Warum interessieren Sie sich eigentlich so sehr für sie? Haben Sie einen Hang zum Überirdischen? Oder sind Sie ein Amateur-Sherlock – Holmes, der immer alles genau wissen muss?"
„Das verstehen Sie nicht", lautete seine absichtlich arrogante Antwort. „Immerhin sind Sie eine Frau."
„Je mehr ich von manchen Männern wahrnehme, umso mehr liebe ich meinen Hund", bemerkte Hanna, worauf Jonas amüsiert lachte.
„Touché! – Endlich mal jemand, der dir so richtig Kontra gibt, Jakob."
„Das freut den kleinen Bruder", sagte dieser lakonisch und schenkte den Kaffee ein.
Am anderen Tisch kam kein Gespräch auf. Das war auch schlecht möglich, da die Jungens damit beschäftigt waren, den Kuchen zu vertilgen.
„Schmeckt echt geil", meinte der 12jährige Leon mit vollem Mund. „Viel besser, als der Kuchen, den Onkel Jakob immer besorgt."

„Backt eure Mutter keinen Kuchen?“, fragte die kleine Lisa ahnungslos. „Wo ist sie eigentlich?“
„Im Himmel“, erwiderte der um ein Jahr ältere Timo. „Unsere Mama ist gestorben, als ich vier war.“
„Einfach so?“, wollte Lisa wissen, worauf Anna sie leicht am Arm anstieß.
„Sei nicht so neugierig. Das geht dich nichts an.“
„Lass nur“, sagte Max, der Älteste der Brüder. „Unsere Mutter war sehr krank: Leukämie. – Blutkrebs“, fügte er erklärend hinzu. „Sie hatte keine Chance.“
„Das muss hart für euch gewesen sein“, mutmaßte Anna mitfühlend. „Wenn ich mir vorstelle, Mamarie wäre plötzlich nicht mehr da...“
„Mamarie!?“, wiederholte Leon kopfschüttelnd. „Was ist denn das für ein ätzender Name?“
„Den habe ich erfunden“, verkündete Sara. „Anna sagte als kleines Mädchen Mama zu ihr – und alle anderen nannten sie Marie. Als ich sprechen lernte, wurde daraus Mamarie.“
„Mam klingt viel cooler“, befand Leon. „Mam und Paps.“ Aufmerksam schaute er Sara an. „Was ist mit eurem Vater? Auch gestorben? Oder hat er nicht mal am Wochenende Zeit für euch?“
„Papa hat immer Zeit für uns!“, empörte sich Lisa. „Aber er wohnt nicht hier! Unsere Eltern haben sich geschieden!“
„Besucht er euch manchmal?“
„Wir sehen uns jedes zweite Wochenende“, beantwortete Anna die Frage von Max. „Wir können Paps auch jederzeit anrufen oder zu ihm kommen, wenn wir ihn brauchen.“
„Hat eure Mutter nichts dagegen?“
„Warum sollte sie? Seit sie nicht mehr miteinander verheiratet sind, verstehen sich unsere Eltern besser als zuvor.“

Am anderen Tisch fragte Jakob gerade Marie über ihren Beruf aus.
„Wie sind Sie eigentlich auf die Idee gekommen, ausgerechnet

einen Catering-Service zu eröffnen, Frau Mertens?“
„Nach meiner Scheidung brauchte ich einen Job. Mein Ex hat mir neben dem Unterhalt für die Kinder zwar auch eine monatliche Summe für mich angeboten, aber ich wollte nicht auf seine Kosten leben. Da ich mein Studium abgebrochen hatte, als Anna unterwegs war, habe ich mich auf das besonnen, was ich mittlerweile am besten konnte: Kochen und Backen. Außerdem hatte ich mich vorher schon bei verschiedenen Festlichkeiten über so manches lieblos zusammengestellte Buffet geärgert. Ich war der festen Überzeugung, dass man so etwas besser machen könnte.“ Sie warf Hanna einen dankbaren Blick zu. „Hätte meine Cousine uns nicht aufgenommen und mir das Souterrain für meine Pläne zur Verfügung gestellt, hätte ich meinen Traum vom eigenen Partyservice dennoch begraben müssen. Doppelte Miete für eine Wohnung und Räumlichkeiten für meinen Betrieb hätte meine finanziellen Möglichkeiten bei weitem überstiegen. Da Hanna sich weigert, Geld von mir zu kassieren, muss ich nun nur meine Energiekosten tragen.“
„Dafür füttert mich der beste Partyservice der Stadt kostenlos mit durch“, bemerkte Hanna, wobei sie Marie einen warnenden Blick zuwarf. „Damit sind wir quitt.“
„Auch der Ausbau des Souterrains muss doch ein Vermögen gekostet haben“, überlegte Jakob. „Soweit ich das beurteilen kann, ist Ihre Küche auf dem modernsten technischen Stand.“
„Den gesamten Umbau hat Hanna mit einigen Freunden durchgezogen“, erklärte Marie. „Ich musste nur das Material und die Küchenausstattung bezahlen. Dafür ist das kleine Erbe meines Vaters draufgegangen. Bei der Eröffnung war ich praktisch pleite, aber unsagbar stolz.“
„Schon bald galt Marie als Geheimtipp“, fügte Hanna hinzu. „Ihr kulinarisches Repertoire ist wirklich enorm.“
„Macht es Ihnen tatsächlich nichts aus, tagtäglich für andere Leute am Herd zu stehen?“, fragte Jakob mit deutlichem Zweifel in der Stimme. „Wird das auf die Dauer nicht eintönig?“
„Überhaupt nicht“, verneinte Marie. „Neben meinem Standart-

angebot kreiere ich oft andere Gerichte und probiere ständig neue Rezepte aus. Bei besonderen Anlässen betreue ich das Buffet auch den ganzen Abend. Es ist schön, zu hören, wenn die Gäste von meiner Arbeit begeistert sind."

„Ein erstklassiges Buffet rundet jede Feier erst ab", befand Hanna. „Wenn man von einer Party erzählt, spricht man auch vom Essen. War es gut, wird es gelobt. Andernfalls heißt es, die Party war recht nett, aber das Buffet war langweilig oder es ließ zu wünschen übrig. Ist es Ihnen noch nie passiert, dass Sie irgendwo eingeladen waren und sich später vor allem an die leckeren Speisen erinnerten, Herr Jensen?"

„Erst kürzlich", überlegte Jakob. „Vor etwa zwei Monaten habe ich eine Freundin zu einer Feier anlässlich der Verabschiedung von Professor Rademacher begleitet. In seiner Villa war ein mediterranes Buffet aufgebaut. Es war nicht nur optisch ein Kunstwerk; es schmeckte auch vorzüglich. Ich habe lange nicht so ausgezeichnet gegessen."

„Das war von mir", bemerkte Marie lächelnd. „Die Rademachers zählten damals zu meinen ersten Kunden. Seitdem richte ich all ihre Feste aus."

„Alle Achtung", sagte er anerkennend. „Offenbar habe ich Sie unterschätzt." Mit fragend erhobenen Brauen blickte er seinen Neffen an, der mit seinem Teller in der Hand neben ihm stehenblieb.

„Kann ich noch ein Stück Streuselkuchen haben, Onkel Jakob? Da ist so leckerer Vanillepudding drin."

„Hast du noch nicht genug, Timo?" antwortete sein Onkel mit leisem Vorwurf. „Unsere Gäste werden glauben, dass ihr den ganzen Tag noch nichts zu essen bekommen habt."

„Sonst sagst du immer, ich soll ordentlich essen, damit ich wachse."

„Recht hat er", meinte Marie amüsiert und nahm die Kuchenplatte vom Tisch. „Hier, mein Junge. Vielleicht möchten die anderen auch noch ein Stück."

„Danke", strahlte Timo und trollte sich zum Nebentisch.

„Ihr Sohn weiß offenbar einen Leckerbissen zu schätzen“, wandte sich Hanna an Jonas. „Auch ich kann nicht widerstehen, wenn Gebäck mit Vanillecreme gefüllt ist. Leider wirken sich diese Kalorienbomben nicht gerade vorteilhaft auf die schlanke Linie aus.“

„Bei Ihrer fabelhaften Figur können Sie sich solche kleinen Sünden bestimmt spielend leisten“, entgegnete Jonas charmant, so dass Hanna hell auflachte.

„Glauben Sie etwa, ich jogge aus reinem Vergnügen? Ohne mein tägliches Lauftraining sähe man mir schon von weitem an, dass ich mit einer Meisterköchin unter einem Dach lebe.“

„Ginge es danach, wäre ich schmaler als ein Handtuch“, scherzte Jonas. „Die Kochkünste meines Mitbewohners könnte man eher als Schrecken der Familie bezeichnen.“

„Ach, tatsächlich?“, wunderte sich Hanna und richtete ihren Blick auf Jakob. „Gibt es wirklich was, das Sie nicht so perfekt beherrschen, wie unüberhörbare morgendliche Gartenarbeit?“

„An den Herd stelle ich mich nur, damit meine Neffen mittags eine warme Mahlzeit bekommen“, brummte er. „Ich habe nie behauptet, dass ich ein 3-Sterne-Koch bin. Bis wir eine Haushaltshilfe gefunden haben, kannst du gern jeden Mittag nach Hause kommen, Jonas, und deine Kinder versorgen.“

„Nun sei nicht gleich beleidigt, Jakob“, bat sein Bruder. „Das war doch nur ein Scherz. Schließlich ist es kein Geheimnis, wie froh ich darüber bin, dass du mich so tatkräftig unterstützt.
Ohne dich wären wir alle aufgeschmissen.“

„Du übertreibst“, entgegnete Jakob versöhnt. „Eine Familie muss zusammenhalten. Deshalb werde ich weiterhin kochen. Obwohl eigentlich Frauen in die Küche gehören.“

„Allmählich glaube ich, zeitweise sind Ihre Ansichten noch antiquierter als Ihr Auto“, konnte Hanna nicht umhin, zu bemerken. „Haben Sie noch nie von Gleichberechtigung gehört?“

„Die meisten Frauen sind doch froh, wenn sie einen starken Mann an ihrer Seite haben“, sagte Jakob im Brustton der Überzeugung. „Weicheier werden selten als Ehemänner erwählt.“

Leise lachend griff Hanna nach ihrer Kaffeetasse.
„Wenn das eben kein Eigentor war... Hat ein so unwiderstehlicher Mann etwa keine Frau abgekriegt?“
„Bei meinen hohen Ansprüchen ziehe ich es vor, als Single durchs Leben zu gehen“, parierte er „Wie sieht es denn in dieser Hinsicht bei Ihnen aus, Frau Flemming? Hat noch keiner angebissen? Oder hat einfach niemand den Mut aufgebracht, Sie vor den Traualtar zu führen?“
Diese Worte trafen Hanna an einer empfindsamen Stelle. Ihr kühler Blick streifte den Nachbarn.
„Mein Mann hat mich vor vier Jahren verlassen ...“
„Konnte er Ihre spitze Zunge nicht länger ertragen? Wahrscheinlich haben auch all meine Geschlechtsgenossen daraufhin die Flucht ergriffen, weil keiner den frei gewordenen Platz an Ihrer Seite einnehmen wollte.“
„...konnte“, korrigierte sie ihn mit eisiger Stimme und erhob sich. Sie stieß einen kurzen Pfiff aus, worauf Geisha sofort angelaufen kam. Gemeinsam mit ihrem Hund verließ Hanna in stolzer Haltung das Grundstück.
„Das war eben wirklich genial daneben“, tadelte Jonas seinen Bruder. „Täusche ich mich, oder sollte dieser Nachmittag ein gutes nachbarschaftliches Verhältnis einläuten?“
„Mir ist durchaus bewusst, dass ich zu weit gegangen bin“, brauste Jakob auf. „Diese Frau fordert mich ständig dazu raus, unüberlegte Dinge zu sagen.“
„Eigentlich ist Hanna hart im Nehmen“, wusste Marie. „Nur wenn es sich um Achim handelt, fällt es ihr immer noch schwer, gelassen zu reagieren. Er war ihre große Liebe; sie haben bis zu seinem plötzlichen Tod eine Bilderbuchehe geführt.“
„Woran starb er?“ fragte Jonas mitfühlend. „Hatte auch er eine unheilbare Krankheit?“
„Es war ein Unfall“, verneinte Marie. „Achim kam aus einem Blumengeschäft und wollte die Straße überqueren. Für Anfang März lag noch ungewöhnlich viel Schnee. Mitten auf dem

Zebrastreifen wurde er von einem Auto erfasst, das mit überhöhter Geschwindigkeit herangebraust kam und nicht mehr rechtzeitig bremsen konnte."
„War er sofort tot?"
„Ja. Er starb mit den roten Rosen im Arm, während Hanna zu Hause ein romantisches Dinner vorbereitet hat. – Es war ihr Hochzeitstag."
„Ausgerechnet...", murmelte Jakob betroffen. „Vermutlich hat sie ungeduldig auf ihren Liebsten gewartet. Statt ihm stand irgendwann die Polizei mit dieser Hiobsbotschaft vor der Tür."
„Genau so war es", bestätigte Marie. „In der Folgezeit hat Hanna wie eine Marionette funktioniert. Sie hat lange gebraucht, bis sie akzeptieren konnte, dass sie ihr Leben ohne Achim einrichten musste."

Nach einem Besuch am Grab ihres verstorbenen Mannes beantwortete Hanna bis zum Abend die zahlreiche Fanpost, die im Funkhaus für den Engel der Nacht eingegangen war. Auch diesmal waren wieder einige Briefe aus der Justizvollzugsanstalt dabei. Anscheinend wurden Angels Sendungen von den Insassen regelmäßig gehört.
Zwei Stunden vor Mitternacht verließ Hanna mit ihrem Hund das Haus. Das Tier bemerkte den Mann vor dem Nachbargrundstück zuerst und lief auf ihn zu.
„Geisha!", rief Hanna streng. „Hierher! Das ist pfui!"
Irritiert kam der Hund zurück, so dass sie ihn an die Leine nahm und die entgegengesetzte Richtung einschlug.
„Warten Sie bitte!", vernahm sie Jakobs Stimme, reagierte aber nicht darauf. „Hanna!" Er schien plötzlich dicht hinter ihr zu sein. „Einen Augenblick bitte, Hanna."
Wütend fuhr sie herum.
„Für Sie immer noch Frau Flemming, Herr Jensen!"
Beschwichtigend hob er die Hände.
„Okay, okay, Frau Flemming. – Ich möchte mich bei Ihnen entschuldigen."

„Das können Sie sich sparen.“
„Nein“, sagte er trotz ihrer abweisenden Haltung. „Meine flapsige Bemerkung vorhin ging eindeutig zu weit. Es tut mir Leid, dass ich Ihnen dadurch wehgetan habe.“
„Lassen Sie mich einfach in Ruhe“, forderte sie ihn unversöhnlich auf und setzte ihren Weg ohne ein weiteres Wort fort.

In dieser Nacht saß Jakob nicht am Radio. Da er am nächsten Morgen seinen neuen Job antreten musste, ging er zeitig zu Bett.

Kapitel 6

Überraschenderweise wurde Hannas Schlaf auch am Montag durch kein lautes Geräusch gestört. Gut ausgeruht kam sie mittags herunter.
Bei ihrer Rückkehr von ihrem Lauftraining mit Geisha waren die Kinder bereits aus der Schule gekommen. Mit ihrer Mutter saßen sie in der Küche beim Mittagessen. Es gab Bauernsalat mit Schafskäse, dazu Fleischspieße und Tomatenreis. Außerdem Oliven, Peperoni und frisches Fladenbrot.
„Setz dich zu uns, Hanna“, forderte Marie ihre Cousine auf. „Sicher bist auch du hungrig.“
„Eine Portion Salat könnte ich tatsächlich vertragen“, sagte Hanna und nahm neben Lisa Platz.
„Schmeckt echt lecker“, befand Sara. „Wie in Griechenland. Nur die Oliven sind ätzend.“
„Die mag ich auch nicht.“ Hanna griff nach der Salatschüssel. „Dafür liebe ich Peperoni. Die sind schön scharf.“
„Anna und Sara haben heute in der Schule auch was Scharfes erlebt“, meinte Marie wie beiläufig. „Erzählt doch mal.“
„Wir haben einen neuen Studiendirektor“, berichtete Anna, die dasselbe Gymnasium wie Sara besuchte. „Als der mit der Kaiserin in unsere Klasse kam, ist mir die Luft weggeblieben.“
„Anscheinend ein gut aussehender junger Lehrer“, vermutete Hanna. „Dazu noch so sportlich durchtrainiert, dass ihm sämtli-

che Mädchenherzen im Sturm zugeflogen sind."
„Außerdem ist er super nett", fügte Anna vergnügt hinzu. „Sein Unterricht ist richtig locker. Nicht so langweilig wie bei unserem alten Klassenlehrer. Es wurde wirklich Zeit, dass sie den Müller in Pension geschickt haben."
„Welche Fächer unterrichtet denn euer neuer Schwarm?"
„Deutsch, Geschichte und Musik", gab Anna ihr Auskunft. „Eigentlich wundert es mich, dass er nicht auch Biologie gibt. – Wo er sich doch so gut mit Gartenarbeit auskennt."
„Hat er euch davon erzählt?"
„Er nicht – aber du."
„Ich?" Verwundert schaute Hanna sie an. „Woher sollte ausgerechnet ich ..." Die Erkenntnis traf sie wie ein Blitz, so dass ihr fast die Gabel aus der Hand fiel. „Nee, ne!?"
„Doch."
„Dieser Radaubruder von nebenan ist wirklich dein neuer Klassenlehrer?"
„Cool, oder?"
„Darüber kann man geteilter Meinung sein. Wäre er mein Pauker, würde ich wahrscheinlich einen Schulwechsel in Erwägung ziehen."
„Du bist unmöglich, Hanna", tadelte Marie ihre Cousine. „Nur weil du mit Herrn Jensen nicht klar kommst, bedeutet das nicht, dass er ein unfähiger Lehrer oder Pädagoge ist. Als Studiendirektor muss er schon was auf dem Kasten haben."
„Deine Worte in Gottes Gehörgang."
„Wir werden ihn morgen testen", verkündete Sara. „In unserer Klasse gibt er Geschichte. Dann wird sich herausstellen, wie cool der Herr Dr. Jensen wirklich ist."
„Was habt ihr mit ihm vor, Sara?" fragte ihre Mutter beunruhigt. „Ich möchte nicht, dass du ..."
„Da muss jeder neue Lehrer durch", fiel Sara ihr ins Wort. „Ihr habt das früher sicher genauso gemacht."
„Stimmt", gab Marie zu. „Treibt es aber bitte nicht zu weit."

Um Mitternacht saß Hanna als Engel der Nacht im Studio vor dem Mikrofon und begrüßte ihre Zuhörer. Mit sanfter Stimme nannte sie das Thema der Sendung und bat um Beiträge.
Wie immer gingen zahlreiche Anrufe im Sender ein. Nur ein mit Spannung erwartetes Gespräch blieb aus: In dieser Nacht meldete sich Dracula nicht zu Wort. Hannas Redakteur zeigte sich ein wenig enttäuscht darüber.
„Schade, dass Dracula nicht dabei war", sagte Sandro, als sie am frühen Morgen die Redaktion betrat. „Auch Ulrich meinte, er würde wieder anrufen. Das wäre ein Highlight gewesen."
„Ihr könnt doch nicht erwarten, dass der Vampir jede Nacht vor dem Radio sitzt", erwiderte Hanna müde. „Wenn er nicht gerade arbeitslos ist, muss er morgens wahrscheinlich zeitig aus den Federn. – Oder aus dem Sarg."
„Womöglich arbeitet aber auch er nachts", überlegte Sandro. „Heute waren es wieder unglaublich viele Anrufe. Vielleicht ist Dracula einfach nur nicht durchgekommen!?"
„Oder er hat die Nacht in den Armen einer attraktiven, jahrhundertealten Draculine verbracht", meinte Hanna trocken. „Vermutlich ist es sogar besser, wenn er nicht jede Nacht auf Sendung ist. Sonst glauben die Hörer am Ende doch noch, seine Anrufe seien von uns inszeniert."
„Möglich", räumte Sandro ein und schaute ihr dabei zu, wie sie sich wieder vollständig in die türkische Putzfrau verwandelte.
„Es ist immer wieder erstaunlich, wie sehr ein Mensch sich äußerlich verändern kann. Wirst du auf dem Maskenball am Samstag auch als anatolisches Dorftrampel erscheinen?"
„So fragt man Leute aus. Du wirst mich hinter meiner Maskerade sowieso nicht erkennen."
„Deine wunderschönen Augen werden dich immer verraten", behauptete er mit charmantem Lächeln. „Und deine aufregenden Beine und ..."
„Vergiss es", lachte Hanna. „Meine Verkleidung wird perfekt sein."
„Wetten wir, dass ich dich trotzdem erkenne?"

„Um was?"
„Um ein Abendessen im ersten Haus am Platze?", schlug er vor. „Oder lieber um einen Theaterbesuch nach Wahl?"
„Um beides."
„Okay", stimmte Sandro zu. „Was bietest du mir an, falls du die Wette verlierst, Suleika?"
„Was möchtest du denn von mir?"
„Das bekomme ich ja doch nicht", sagte er bedauernd. „Wie wäre es stattdessen mit einer Flasche Champagner? Zwar ist die nicht annähernd so prickelnd wie du, aber dafür musst du sie zusammen mit mir im Mondschein trinken."
„Einverstanden", sagte Hanna, die überhaupt nicht in Erwägung zog, diese Wette zu verlieren. „Gleich wenn ich nach Hause komme, schaue ich in der Zeitung nach, was die Theater demnächst auf dem Spielplan haben. Das wird ein teurer Spaß für dich, Sandro."
„Abwarten", erwiderte er gelassen. „Du kannst den Champagner schon kaltstellen."

Kapitel 7

Hanna bog gerade mit dem Wagen in ihre Straße ein, als ein Mann mit einem kleinen Hund die Fahrbahn vor ihr überquerte. Nachbar am Morgen bringt Kummer und Sorgen, dachte sie, sein freundliches Nicken ignorierend. Sie wollte mit diesem Dr. Jensen nichts zu tun haben. In ihren Augen war dieser Mann nicht nur arrogant, sondern auch rücksichtslos und ohne jedes Taktgefühl.

In der zweiten Stunde hatte Jakob Unterricht in der 7. Jahrgangsstufe zu erteilen. Sorgfältig vorbereitet betrat er den Klassenraum.
„Guten Morgen", begrüßte er die Schülerinnen und Schüler, während er seine Mappe auf das Pult legte. „Ich bin Dr. Jakob Jensen – euer neuer Geschichtslehrer."
Keine Reaktion. Dadurch ließ er sich aber nicht aus dem Kon-

zept bringen.
„Damit ich jeden von euch ansprechen kann, bitte ich euch, zunächst ein Namensschild anzufertigen und vor euch auf den Tisch zu stellen."
Keiner der Schüler rührte sich. Gelangweilt schauten sie ihren neuen Lehrer an.
„Offenbar seid ihr des Schreibens nicht kundig", bemerkte Jakob gelassen und lehnte sich mit vor der Brust verschränkten Armen gegen das Pult. „Dann erzählt mir erst mal, an welchem Stoff ihr in den letzten Unterrichtsstunden gearbeitet habt."
Keiner meldete sich zu Wort.
„Demnach fällt euch auch das Sprechen schwer", schloss er daraus. „Mit fehlen zum Schweigen leider die richtigen Worte. Deshalb muss ich euch gestehen, dass ich ein wenig enttäuscht bin. Zu meiner Zeit war man viel einfallsreicher, um einen neuen Lehrer aus der Reserve zu locken ..." Während er sprach, setzte er sich in Bewegung. An den Schülertischen vorbeischritt er gemächlich durch den Raum, so dass ihm die Blicke der Kinder erwartungsgemäß folgten. „Beispielsweise hatten wir damals einen Mitschüler, der keinen Fisch vertragen konnte. Immer, wenn er etwas von einem Wasserbewohner gegessen hatte, musste er sich anschließend übergeben. Also haben wir ihn mit einer Ladung Rollmöpsen gefüttert, kurz bevor unser neuer Mathelehrer in die Klasse kam. Der ahnungslose Pauker hatte sich kaum bei uns vorgestellt, da ist unser Fischers Fritzchen aufgesprungen, hat: *Mir ist schlecht...* gerufen und seinen Mageninhalt in hohem Bogen auf die blank geputzten Schuhe des Herrn Oberstudienrats befördert."
Allgemeines Gelächter kam auf.
„Geile Performance", erklang eine Jungenstimme aus der dritten Reihe. „Was ist dann passiert?"
„Jedenfalls kein Mathe", schmunzelte Jakob. „Bis der Klassenraum gesäubert war – wozu sich keiner von uns so recht überwinden konnte – und die Schuhe des Lehrers wieder einigermaßen tragfähig waren, läutete es zur Pause." Aufmerksam

schaute er in die Runde, entdeckte ein bekanntes Gesicht. „Was haltet ihr davon, sozusagen als Einstieg, heute statt Geschichtsunterricht einfach nur ein bisschen zu plaudern, damit wir uns kennenlernen? – Ihr könnt mir auch Fragen stellen“, fügte er hinzu. „Ich werde sie euch, so gut ich kann, beantworten.“ Da sich niemand traute, den Anfang zu machen, schaute er ein Mädchen mit dunklem Haar an. „Möchtest du beginnen, Sara?“

„Nicht wirklich“, sagte sie, die erstaunten Blicke ihrer Mitschüler ignorierend. „Oder doch“, besann sie sich. „Weshalb heißt Ihr komischer kleiner Hund eigentlich Pavarotti?“

„Der komische kleine Hund ist ein Jack-Russell-Terrier“, erklärte Jakob bereitwillig. „Als ich ihn bekommen habe, war er ein putziger sechs Wochen alter Welpe. An unserem ersten gemeinsamen Abend lag er bei leiser Musik schlafend in einer Sofaecke. Plötzlich kam die raumfüllende Stimme von Luciano Pavarotti mit einer Arie aus dem Radio. Erschrocken ist mein neuer Hausgenosse vom Sofa auf den Teppich gesprungen und hat mit dem berühmten Tenor um die Wette gejault. Seitdem nenne ich den kleinen Kerl Pavarotti.“

Mit zögernd erhobenem Zeigefinger meldete sich ein anderes Mädchen.

„Ja!?“, sagte Jakob freundlich. „Leider weiß ich deinen Namen nicht.“

„Melissa“, stellte es sich schüchtern vor. „Haben Sie Kinder, Herr Dr. Jensen?“

„Soviel ich weiß, nicht“, antwortete er offen. „Ich bin nicht verheiratet. Allerdings wohne ich mit meinem Bruder und seinen drei Jungens unter einem Dach. Das ist auch nicht immer ein leichter Job.“

Beim Mittagessen erkundigte sich Marie bei ihrer Tochter nach der ersten Geschichtsstunde bei dem neuen Studiendirektor, aber Sara ließ ihre Mutter erst ein wenig zappeln.

„Wir hatten ziemlich viel Spaß...“

„Was bedeutet das?“, fragte Marie besorgt. „Was habt ihr mit

dem armen Mann gemacht?"
Mit Unschuldsmiene zuckte das Mädchen die Schultern.
„Nichts...."
„Sara!"
„Komm wieder runter", sagte ihre Tochter gelassen. „Dr. Jensen ist einer von der seltenen Sorte, die sich anscheinend durch nichts aus der Ruhe bringen lässt. Der hat keine fünf Minuten gebraucht, bis alle getan haben, was er wollte." Seufzend wickelte sie ihre Spaghetti um die Gabel. „Und ich habe ihm sogar dabei geholfen."
„Schäm dich", bemerkte Hanna, die das Gespräch von der Küchentür aus verfolgte. „Kann man sich neuerdings noch nicht mal auf seine Familie verlassen?"
„Was sollte ich denn tun?" verteidigte sich Sara, „Wir sollten ein Namensschild schreiben und ihm sagen, was wir bislang durchgenommen haben. Als keiner von uns reagiert hat, erklärte er uns seelenruhig, dass unsere Nummer uralt sei. Dann hat er uns von den Aktionen erzählt, die sie früher gegen neue Lehrer gestartet haben. Damit hatte er plötzlich alle im Sack."
„Du hast gesagt, du hättest ihm geholfen", erinnerte Hanna sie und setzte sich an den Tisch. Als Marie ihrer Cousine daraufhin die Spaghettischüssel reichen wollte, schüttelte Hanna den Kopf.
„Danke, ich bin nicht hungrig." Gespannt blickte sie wieder Sara an. „Nun erzähl schon."
„Dr. Jensen hat vorgeschlagen, statt Geschichtsunterricht ein bisschen zu plaudern. Es hat sich aber keiner gemeldet. Da hat er gefragt: Möchtest du beginnen, Sara?" Theatralisch verdrehte sie die Augen. „Mann, war das peinlich! Alle haben mich angeglotzt! Was blieb mir anderes übrig, als zu antworten? In der Pause musste ich den anderen dann lang und breit erklären, woher der Jensen meinen Namen wusste."
„Offenbar versteht der Mann sein Handwerk", sagte Marie, wobei sie ihrer Cousine einen triumphierenden Blick zuwarf. „Ich habe schon befürchtet, dass ich mich bei den Nachbarn

nicht mehr sehen lassen kann."

„Dass er die Kinder so geschickt wie ein professioneller Hütchenspieler überlistet hat, macht ihn mir auch nicht sympathischer", meinte Hanna. „Ich finde diesen Mann nach wie vor schrecklich."

„Aussehen tut er für sein Alter aber echt gut", sagte Anna. „Jedenfalls finden das meine Freundinnen. Außerdem hat er total coole Sprüche drauf."

„So?" erwiderte Hanna skeptisch. „Welche denn?"

„Felix machte heute in Deutsch so viele Rechtschreibfehler, dass Dr. Jensen ihm geraten hat, öfter mal ein Buch zu lesen. Da hat ihn Felix völlig verdattert angeguckt, so dass Dr. Jensen gesagt hat..." Sekundenlang überlegte sie. „... ein Buch ist ein altmodischer Datenträger auf Zellulosebasis, auf dem Informationen in Form von graphischen Elementen codiert sind. – Genial, oder?"

„Nicht schlecht formuliert", räumte die gelernte Journalistin Hanna ein. „Wahrscheinlich hat er aber nur ein paar Sprüche auswendig gelernt, um bei seinen Schülern zu punkten."

„Du bist nicht objektiv, Hanna", hielt Marie ihr vor. „Es ist doch völlig in Ordnung, wenn die Kinder ihren neuen Lehrer mögen."

„Okay, okay", sagte ihre Cousine im Aufstehen. „Ich verschwinde jetzt unter die Dusche – und dann gehe ich shoppen."

Ein bittender Ausdruck erschien auf Annas Gesicht.

„Darf ich mitkommen?"

„Unter die Dusche?"

„Nein, shoppen. – Bitte, Hanna! Mam hat mir eine neue Jeans versprochen."

„Mam?", stutzte Marie. „Bin ich das etwa?"

„Logisch. Für Mamarie bin ich definitiv zu alt. Das ist doch Babysprache."

„Auch wenn du anscheinend über Nacht erwachsen geworden bist, bleibt es bei den ausgemachten fünfzig Euro für die Jeans", sagte Marie. „Mehr ist nicht drin."

„Du könntest mir das Taschengeld für den nächsten Monat dazugeben."
„Kommt nicht in Frage."
„Mam! Die ganze Welt lebt von Krediten."
„Keine Chance", beendete Marie die Diskussion. „Und untersteh dich, Hanna anzupumpen. Sonst bekommst du richtig Ärger mit mir."

Bei ihrem Einkaufsbummel hatten Hanna und Anna viel Spaß. Das Mädchen entdeckte in einer kleinen Boutique sogar eine modische, im Preis reduzierte Jeans für neunundvierzig Euro. In der Umkleidekabine probierte Anna die Hose an, ehe sie Hanna das begehrte Stück vorführte.
„Wie findest du sie?"
„Steht dir gut", urteilte Hanna mit sicherem Blick. „Auch die Länge stimmt."
Auf der Stelle drehte sich das Mädchen herum.
„Und von hinten?
„Perfekt."
„Echt?", zweifelte Anna. „Sieht mein Hintern darin nicht zu dick aus?"
„Im Gegenteil: Du wirkst richtig sexy." Hinter ihrem Rücken zauberte sie einen Bügel mit einem gehäkelten weißen Shirt hervor. „Das würde super dazu passen."
Auch Anna gefiel es sofort.
„Geiles Teil." Sie nahm es ihr aus der Hand und hielt es sich vor dem großen Spiegel an den Oberkörper. „Sieht stark aus."
„Probier es an", forderte Hanna sie auf. „Es müsste deine Größe sein."
Verstohlen warf Anna einen Blick auf das Preisetikett.
„Besser nicht. Ich habe doch nur fünfzig Euro."
„Na, und!? Dafür besitze ich eine Kreditkarte."
„Mam hat mir aber verboten, dich anzupumpen."
Verschwörerisch blinzelte Hanna ihr zu.
„Mir hat sie aber nicht verboten, dir was zu schenken."

Ein Leuchten lief über das Gesicht des Mädchens.
„Du bist einsame Spitze, Hanna! Mam hätte bestimmt nicht..." Stirnrunzelnd brach sie ab. „Weißt du überhaupt, wie viel das Teil kostet?"
„Wahrscheinlich habe ich heute meinen leichtsinnigen Tag", scherzte Hanna. „Zieh es an, ob es passt. Inzwischen schaue ich mich nach was Hübschem für deine Schwestern um."

Nach einem Streifzug durch einige Geschäfte standen Hanna und Anna mit mehreren bunten Einkaufstüten beladen in der Fußgängerzone.
„Wohin jetzt?", fragte das Mädchen. „Oder hast du schon alles, was du einkaufen wolltest?"
„Normalerweise gehe ich dienstags immer zur Massage", überlegte Hanna, bevor sie einen Blick zur Uhr warf. „Allerdings wird es heute zu spät, wenn ich dich vorher zu Hause absetze." In ihrer Handtasche kramte sie nach ihrem Handy. „Ich werde den Termin verschieben."
„Aber nicht meinetwegen", verlangte Anna. „Ich kann mit den Öffies nach Hause fahren."
„Das dauert doch ewig. Aber falls du nichts anderes vorhast, könntest du mich begleiten. Ich spendiere dir eine Verwöhn-Stunde. Danach fühlst du dich wie neugeboren."
„Okay, ich bin dabei."
Für Anna wurde das eine ganz neue Erfahrung. Wie Hanna lag sie bäuchlings auf einer Liege und genoss es, als die erfahrenen Hände der Masseurin ein duftendes Öl auf ihrer Haut verteilten.
Nach einer Weile schaute das Mädchen zu Hanna hinüber, die völlig entspannt auf der Liege neben ihr massiert wurde.
„Hanna!?"
„Mmm..."
„Darf ich dich was fragen?"
„Mmm..."
„Wie alt warst du, als du dich das erste Mal verliebt hast?"

Träge hob Hanna die Lider und schaute direkt in die erwartungsvoll auf sie gerichteten blauen Augen.
„Ich war ungefähr in deinem Alter. Damals habe ich die Internationale Schule in Madrid besucht. Der Junge hieß Sergio, war zwei Jahre älter als ich und hatte die schönsten braunen Augen, die ich je gesehen hatte."
„Und?" fragte Anna gespannt. „War er auch in dich verliebt?"
„Si, Señorita", erwiderte sie versonnen lächelnd. „Muy fuerte."
„Habt ihr euch auch geküsst?"
„Aber hallo", lautete Hannas schelmische Antwort. Sie kannte das Mädchen gut genug, um mehr hinter dem plötzlichen Interesse an ihrer Jugendliebe zu vermuten. „Warum möchtest du das eigentlich wissen?" fragte sie geradeheraus. „Bist du etwa verliebt?"
„Ich?", tat Anna entrüstet. „Wie kommst du denn darauf?"
„Sorry", bat Hanna, während sie einen wissenden Blick mit der Masseurin tauschte. „Irrtümlich dachte ich, wir führen hier ein offenes Gespräch." Als sei die Sache damit für sie erledigt, schloss sie wieder die Augen.
Schweigend genossen sie die Massagen. Da Hanna hinterher gern noch ein wenig ruhte, zogen sich die Masseurinnen nach der Behandlung zurück.
„Hanna!?", sagte Anna zaghaft. „Bist du jetzt sauer auf mich?"
„Überhaupt nicht", entgegnete sie, ohne die Augen zu öffnen. „Ich kann gut verstehen, dass du über so persönliche Dinge lieber mit deiner Mutter sprichst. Immerhin bin ich nur..."
„Das stimmt doch nicht", fiel Anna ihr ins Wort. „Mit Mam würde ich gar nicht darüber reden wollen. Sie reagiert immer gleich besorgt, verteilt kluge Ratschläge... Na ja, eben wie Mütter so sind. Mit dir kann ich wie mit einer guten Freundin sprechen, weil du nicht nur das Kind in mir siehst. Eltern wollen einen ständig vor allem beschützen. Tu dies nicht, tu das nicht..." Tief seufzte sie auf. „Dabei muss ich meine Erfahrungen doch selbst machen."
Nun schlug Hanna doch die Augen auf. Sie stützte den Kopf

auf die linke Hand und schaute das Mädchen verständnisvoll an.
„Mir ist es damals ähnlich ergangen, Anna. Ich war vierzehn, als wir in die Heimat meines Vaters gezogen sind. Madrid ist eine wunderschöne Stadt, aber für mich war das eine völlig neue Welt. Meine Eltern ließen mich keinen Schritt allein aus dem Haus gehen – aus Furcht, mir könne etwas zustoßen."
„Das stelle ich mir schrecklich vor", überlegte Anna. „Man muss doch auch mal allein was unternehmen."
„Nach ein paar Wochen habe ich rebelliert", erzählte Hanna. „Mittlerweile habe ich mich in der Stadt einigermaßen ausgekannt und meinen Eltern klargemacht, dass ich kein kleines Mädchen mehr bin, das einen Aufpasser braucht. Es hat mich viele Tränen gekostet, mir ein Stück Freiheit zu erkämpfen. Heute ist mir natürlich bewusst, dass meine Eltern einfach nur in Sorge um mich waren – weil sie mich liebten und mich vor der bösen Welt dort draußen beschützen wollten."
„Auch Mam meint es mit ihrer Fürsorge nur gut", sagte Anna ernst. „Trotzdem ist es manchmal echt peinlich, mit ihr über Dinge zu sprechen, für die ich angeblich sowieso zu jung bin."
„Beispielsweise Sexualität", vermutete Hanna. „Nicht nur dein Körper hat sich in den letzten Monaten verändert – sondern auch, was du fühlst, nicht wahr!? Wahrscheinlich gibt es sogar schon einen Jungen, der dir besonders gut gefällt."
„Kannst du hellsehen?"
„Das eine zieht das andere meistens nach sich", erwiderte sie lächelnd. Unbefangen erhob sie sich von der Liege und schlang ein Handtuch um ihren schlanken Körper. „Weiß er, dass du ihn magst?"
„Nein", gestand Anna leise und folgte ihr in den Umkleideraum. „Wir kennen uns noch nicht lange ..."
„Was gefällt dir denn an ihm?", fragte Hanna beim Anziehen. „Ist er hübscher als die anderen?"
„Darauf kommt es doch gar nicht an", erklärte Anna mit wegwerfender Geste. „Obwohl auch er echt süß aussieht, bildet er

sich nichts darauf ein. Überhaupt ist er viel ernsthafter als die anderen Jungen, die nur das eine im Kopf haben und dumme Sprüche ablassen. Diese oberflächlichen Typen gehen mir schon lange auf den Geist."
„Wahrscheinlich ist dein heimlicher Schwarm reifer als seine Altersgenossen", schloss Hanna aus ihren Worten. „Ist er bei Mädchen und Jungen gleichermaßen beliebt?"
„Alle mögen ihn", bestätigte Anna. „Die Jungens, weil er ein toller Kumpel ist - und die Mädchen..." Ein tiefer Seufzer löste sich von ihren Lippen. „Die sind fast alle hinter ihm her. Da habe ich sowieso keine Chance."
„Wenn du so negativ denkst, hast du die tatsächlich nicht. Vielleicht solltest du ihn spüren lassen, dass er dir nicht gleichgültig ist."
„Bist du verrückt?", entfuhr es Anna entsetzt. „Ich laufe doch keinem Jungen nach. Was glaubst du, wie peinlich das ist, wie die anderen ihn anschmachten." Ihre Augen nahmen einen flehenden Ausdruck an. „Bitte, Hanna, du darfst mit niemandem darüber sprechen! Schon gar nicht mit Mam!"
„Sehe ich aus wie eine Klatschtante?"
„Natürlich nicht, aber ihr redet doch auch sonst über alles."
„Dein Geheimnis ist bei mir gut aufgehoben", versprach Hanna und griff nach ihrer Umhängetasche. „Bist du fertig? Zu Hause werden sie schon auf uns warten."
Zwanzig Minuten später ließ Hanna den Wagen vor ihrem Grundstück ausrollen. Im gleichen Moment stoppte Jakob seine blank polierte Karosse direkt vor ihrer Stoßstange.
„Mir bleibt auch nichts erspart", murmelte Hanna. Ohne den Nachbarn und seinen ältesten Neffen zu beachten, stieg sie aus und öffnete den Kofferraum. Einige der Einkaufstaschen übergab sie Anna, die restlichen nahm sie selbst.
„Hallo, Frau Flemming", begrüßte Jakob sie, blieb bei ihr stehen und deutete auf ihre Tüten. „Sieht nach einem Kaufrausch aus. Haben Sie sich für Ihre Auftritte neu eingekleidet?"
„Welche Auftritte?"

„Morgens auf der Dachterrasse. Ihr Outfit war jedes Mal sehenswert. Geschmack haben Sie – das muss man Ihnen lassen."
„Sie haben nicht zufällig einen Ruf als Nervensäge zu verteidigen? Bei mir stehen Sie auf der Liste unerwünschter Personen vom ersten Augenblick an ganz oben. Deshalb können Sie Ihre geistlosen Sprüche getrost woanders anbringen."
„Warum denn so bissig, Frau Nachbarin?", fragte er scheinbar bar verwundert. „Ich werde einfach nicht schlau aus Ihnen."
„Das will ich doch hoffen, sonst müsste ich mir noch Sorgen machen." Mit Schwung schloss sie die Kofferraumklappe. „Falls Sie es immer noch nicht begriffen haben: Ich verschwende meine kostbare Zeit nicht gern mit langweiligem nachbarschaftlichen Geplauder. Bitte beschränken Sie sich mit Ihrer Konversation künftig auf das Allernötigste." Ohne seine Reaktion abzuwarten, ging Hanna auf ihr Gartentor zu. „Anna!" rief sie nach dem Mädchen, das mit Max zusammenstand. „Kommst du?"
Beim Betreten des Hauses wartete Geisha schon in der Diele. Freudig mit dem kurzen Schwanz wedelnd begrüßte die Hündin ihre Herrin und sprang um sie herum.
„Ist ja gut, meine Süße", sagte Hanna und kraulte das Tier hinter den Ohren. „Du tust gerade so, als hättest du mich tagelang nicht gesehen."
„Dieser verrückte Hund würde sich doch genauso freuen, wenn du nur fünf Minuten weg gewesen wärst", meinte Anna und ging ins Wohnzimmer voraus. „Wir sind wieder da!"
„Das wurde aber auch Zeit", sagte Marie, die mit ihren beiden Jüngsten Karten spielte. „Wo ward ihr denn so lange?"
„Erst Shoppen und dann zur Massage", antwortete Hanna im Hereinkommen. „Vor dem Haus hat uns eben noch unser reizender Nachbar aufgehalten."
„Welcher?"
„Der gute alte Dr. Jensen. – Es wird keine Reibereien mehr zwischen uns geben."
„Hast du endlich Frieden mit ihm geschlossen?"

Hanna blickte ihre Cousine wie ein Wesen von einem anderen Stern an.
„Kann man am Nordpol Sonnenbaden? Ich habe dem Herrn Oberlehrer lediglich zu verstehen gegeben, dass ich nicht den geringsten Wert auf weiteren Kontakt mit ihm lege."
„Ach, Hanna", seufzte Marie. „Musste das sein?"
„Allerdings", nickte Hanna. „Wenn ich diesen Mann nur sehe, sträuben sich mir die Nackenhaare. Seine unverschämten Bemerkungen setzen dem ganzen noch die Krone auf. Das muss ich mir wirklich nicht antun."
„Mir ist unbegreiflich, dass ihr ständig aneinander geratet", sagte Marie verständnislos. „Zu mir ist er immer sehr nett."
„Vielleicht hat er ein Auge auf dich geworfen. Schlepp mir den ja nicht als Hausfreund an, sonst sind wir geschiedene Leute."
„Keine Sorge", ging Marie darauf ein. „So nett ist er nun auch wieder nicht." Fragend schaute sie ihre Tochter an. „Hast du eine passende Jeans gefunden, Anna?"
„Für neunundvierzig Euro", erzählte das Mädchen, stellte seine Tüten ab und holte die Hose heraus. Stolz zeigte Anna sie ihrer Mutter. „Ich habe auch ein echt geiles Oberteil dazu", gestand Anna und fischte das Shirt aus der Tasche. „Sieht super zusammen aus."
Marie warf nur einen kurzen Blick darauf, ehe sie ihre Tochter vorwurfsvoll anschaute.
„Das ist eindeutig gegen unsere Abmachung, Anna! Hatte ich dir nicht verboten, Hanna anzupumpen? Du weißt ganz genau, dass ich nicht möchte..."
„Bitte, lass sie", unterbrach Hanna ihre Cousine. „Dafür bin ich verantwortlich. Während Anna die Jeans anprobiert hat, habe ich das Shirt entdeckt. Ich musste es ihr praktisch aufdrängen."
Aus einer Tüte nahm sie zwei modische T-Shirts, die sie Sara und Lisa reichte. „Euch habe ich auch was mitgebracht."
„Danke, Hanna", sagten beide unisono, während Marie nur den Kopf schüttelte.
„Du sollst die Kinder nicht immer so verwöhnen. Sie müssen

lernen..."
„Ja, ja, ich weiß", fiel Hanna ihr abermals ins Wort, bevor sie ihr ein Päckchen aus einer anderen Tüte zuwarf.
Reaktionsschnell fing Marie es auf.
„Was ist das?"
„Der neue Duft von Dior. Vielleicht lassen sich dadurch ein paar Verehrer anlocken. – Nur nicht aus dem Nachbarhaus."
„Da hat man endlich mal zwei attraktive männliche Singles in der Nähe – und dann soll man die Finger von ihnen lassen. Das Leben ist wirklich ungerecht."
„Ein arroganter Schulmeister und ein Witwer mit drei Kindern", bemerkte Hanna spöttisch. „Tolle Auswahl. Der Ältere erscheint ohnehin nicht beziehungsfähig, während der Jüngere zwar einen sympathischen Eindruck macht, aber Anhang hat. Bei zusammen sechs Kids könntest du deinen Partyservice vergessen. Deshalb solltest du das Parfum besser bei einem Mann testen, der dich entlastet, anstatt dir noch mehr Arbeit aufzuhalsen."
„Ich werde darüber nachdenken. Vorher kümmere ich mich aber um das Abendessen, um meine spendable Cousine zu entlasten."
Die Sendung dieser Nacht stellte Hanna unter das Thema: *Verzeihen*. Sie bat ihre Zuhörer, ihr zu erzählen, was sie verzeihen können – und was nicht. Zahlreiche Anrufe gingen im Studio ein. Manche Hörer waren erleichtert, einmal über ihren Kummer sprechen zu können, über Dinge, die sie derart schwer getroffen hatten, dass es ihnen unmöglich erschien, verzeihen zu können.
Wie stets wurden die einzelnen Gespräche durch Musikeinspielungen voneinander getrennt. Noch während ein Song lief, gab Sandro der Moderatorin ein aufgeregtes Zeichen, dem zu entnehmen war, wer der nächste Anrufer sei. Hanna nickte als Bestätigung, dass sie verstanden hatte.
„Ich bin der Engel der Nacht", sagte sie ins Mikrofon. „Mit wem spreche ich?"

„Mit deinem Lieblingsvampir“, lautete die Antwort. „Obwohl unser letztes Gespräch schon eine Weile zurückliegt, hast du mich hoffentlich nicht vergessen!?“
„Wo werd‘ ich denn“, erwiderte sie mit samtweicher Stimme, die ihn so sehr faszinierte. „Du bist immer noch die einzige fledermausartige Gestalt in meinem Leben. Warum hast du so lange nicht von dir hören lassen? Wirst du mir etwa untreu?“
„Wo werd‘ ich denn?“, sagte er leise lachend. „Du bist meine einzige Liebe. Trotzdem muss ich hin und wieder meinen Geschäften nachgehen, um den Unterhalt für mein Schloss zu verdienen. Kannst du mir verzeihen, dass ich dich vernachlässigt habe?“
„Vergeben und vergessen, Dracula. – Womit wir beim Tenor dieser Sendung wären. Was glaubst du, ist am schwersten – und am leichtesten zu verzeihen?“
„Kleine Fehler und Schwächen unserer Mitmenschen sollten wir verzeihen können“, entgegnete Jakob. „Dinge, die aus Unwissenheit falsch gemacht werden ebenso wie die kleinen Notlügen, die wohl jeder von uns gelegentlich gebraucht, um leichter durchs Leben zu kommen oder um Konflikte zu vermeiden. Niemand kann ununterbrochen die Wahrheit sagen.“
„Damit hast du wohl recht“, sagte der Engel der Nacht. „Verrätst du uns auch, was du als unverzeihlich empfindest?
„Einen schweren Vertrauensbruch.“
„Kannst du das näher erläutern? Vielleicht anhand eines Beispiels?“
„Dein Wunsch ist mir Befehl“, sagte er, um keine Antwort verlegen. „Stell dir vor, wir beide wären ein Paar, Angel. Ein Liebepaar, wie es glücklicher nicht sein könnte ...“
„...wie es unterschiedlicher nicht sein könnte“, warf sie ein. „Ein blutdurstiger Vampir und ein sanfter Engel erscheinen mir zwar als Fehlbesetzung für dein Beispiel, aber ich bemühe mich, es mir dennoch vorzustellen.“
„Herzlichen Dank“, versetzte Jakob mit leichtem Spott in der Stimme. „Wir sind also glücklich, können uns jederzeit hun-

dertprozentig aufeinander verlassen und haben keine Geheimnisse voreinander. Irgendwann bemerke ich jedoch, dass du mir nicht mehr richtig zuhörst, mit den Gedanken oft woanders bist und dich häufig verspätest, wenn wir verabredet sind. Das alles weckt mein Misstrauen. – Kannst du mir folgen, Angel?"
„Ohne Probleme", bestätigte sie. „Du vermutest einen Rivalen. – Richtig?"
„Gut kombiniert", lobte er sie. „Eines Tages sagst du mir, du hättest keine Zeit für mich, weil du dich mit... einer Kollegin treffen müsstest. Kurz entschlossen folge ich dir heimlich – bis zum Haus meines besten Freundes. Er begrüßt dich an der Tür mit einer innigen Umarmung und einem Kuss ..."
„Dadurch siehst du deine Befürchtung bestätigt", vollendete der Engel der Nacht. „Du glaubst, ich hintergehe dich mit deinem besten Freund. Einen solchen Vertrauensbruch kannst du nicht verzeihen."
„Nicht so voreilig, Angel", bat Jakob. „Meine Geschichte ist noch nicht zu Ende. – Ich stehe also vor dem Haus und überlege, was ich nun tun soll. Es widerstrebt mir, dich erst am nächsten Tag zur Rede zu stellen, um mir dann Ausreden anzuhören..."
„Außerdem bist du gerade so schön wütend", spottete sie. „Die beste Voraussetzung für einen Mann, eine bühnenreife Szene hinzulegen."
„Kluges Mädchen", lobte Jakob. „Deshalb läute ich, und als mein Freund nachlässig gekleidet öffnet, macht sich meine Faust selbständig und schickt ihn zu Boden. An ihm vorbei stürme ich ins Haus..."
„Zuerst schaust du in seinem Schlafzimmer nach", vermutete sie. „Findest du mich dort in einem zerwühlten Bett?"
„Nein, ich entdecke dich in der Küche beim Abwasch."
„Ach...", entfuhr es ihr erstaunt. „Habe ich dich etwa nicht mit deinem besten Freund betrogen?"
„Mitnichten, du warst die einzige, die bemerkt hat, wie schlecht es ihm ging. Der gute Mann hatte einen Haufen Prob-

leme: Erst war die Freundin weg, kurz darauf der Job. Mein bester Freund ertränkte seinen Kummer im Alkohol, ließ sich gehen und lebte innerhalb weniger Wochen in einem totalen Chaos. Ohne dass ich etwas davon mitbekommen habe. Du hattest ihn irgendwann betrunken auf der Straße aufgelesen und dich seither um ihn gekümmert, ihm Trost gespendet, ihm Verständnis entgegengebracht und sein Haus nach und nach wieder in ein gemütliches Heim verwandelt."

„Warum habe ich dir nicht längst davon erzählt?"

„Aus Loyalität: Mein Freund hat dich gebeten, zu schweigen – weil er sich geschämt hat. Er wollte nicht für einen Versager gehalten werden."

„Trotzdem hast du mein Schweigen als einen Vertrauensbruch empfunden?", resümierte der Engel der Nacht. „Den du nicht verzeihen kannst?"

„Das wäre zu einfach", belehrte er sie. „Der Vertrauensbruch ist mir anzulasten, Angel. Anstatt dir zu vertrauen, habe ich dir eine Affäre mit meinem besten Freund unterstellt. Außerdem hätte mir klar sein müssen, dass mein langjähriger Freund niemals fähig wäre, etwas mit meiner Frau anzufangen. Ich hätte euch beiden vertrauen müssen."

„Jetzt verstehe ich, Dracula", sagte der Engel der Nacht beeindruckt. „Mit deinem Beispiel wolltest du uns vor Augen führen, dass ein schwerer Vertrauensbruch nicht unbedingt bedeuten muss, dass einer den anderen hintergeht. Misstrauen kann genauso zerstörerisch und schmerzhaft sein."

„Man sollte den Menschen, die einem nahe stehen, nicht misstrauen", fügte Jakob hinzu. „Wenn du das Gefühl hast, dein Partner entfernt sich innerlich von dir, sprich mit ihm darüber, anstatt dich heimlich zu quälen und dem anderen die absurdesten Gründe zu unterstellen. Solche Verdächtigungen sind meist unverzeihlich. Sie machen eine Beziehung kaputt. – Oder würdest du so etwas verzeihen, Angel?"

„Wahre Liebe verzeiht alles", sagte sie mit sanfter Stimme. „Eigentlich schade, dass wir nicht wirklich ein Paar sind, Dra-

cula. Mit dir Versöhnung zu feiern, wäre bestimmt ein besonderes Erlebnis."
„Ein unvergessliches", stimmte er ihr zu. „Wir sollten uns so bald wie möglich treffen, Angel."
„Daraus wird wohl nichts werden", erwiderte sie mit Bedauern in der Stimme. „Nachts bin ich hier im Studio, während du durch die Botanik flatterst. Tagsüber liegst du in deinem Sarg und ich in meinem Himmelbett."
„Das klingt wie die zwei Königskinder, die nie zusammenkommen konnten."
„Das ist wahrscheinlich unser Schicksal."
„Nicht unbedingt", widersprach Jakob. „Wir warten einfach auf den Winter. Wenn die Tage kürzer sind, kann ich meine Gruft schon früher verlassen. Du gehst doch erst um Mitternacht auf Sendung. Demnach blieben uns täglich vier bis fünf Stunden."
„Als unabhängiger Engel wäre mir das entschieden zu viel", versetzte sie ihm einen Dämpfer. „Außerdem ist es prickelnder, nur durch unsere Stimmen in der Nacht verbunden zu sein. Du kannst mich hier jederzeit anrufen, Dracula. – So wie die anderen Zuhörer, die noch in der Leitung sind. Auch ihr Beitrag interessiert mich. Deshalb..."
„Hab schon verstanden", unterbrach er sie. „Gute Nacht, Angel. Ich melde mich wieder."

Kapitel 8

Es war ein wunderschöner Juninachmittag. Die Sonne schien von einem wolkenlosen Himmel. Durch die Wipfel der Bäume strich leise der Wind. Nur der Gesang der Vögel war zu hören; ansonsten herrschte Stille. Selbst von den Nachbarn wehte erstaunlicherweise kein Laut herüber. In knappen Shorts und luftigem Top hatte es sich Hanna im Halbschatten einer Birke auf einer Gartenliege bequem gemacht. Geisha schlief unweit von ihr im weichen Gras.
Irgendwann vernahm Hanna ein leichtes Plätschern, das sie je-

doch nicht als störend empfand. Sie hing weiterhin ihren Gedanken nach. – Bis ein kalter Wasserstrahl sie traf. Erschrocken schnappte sie nach Luft und fuhr hoch. Einem weiteren Guss konnte sie nur knapp durch einen Sprung von der Liege entkommen. Es war unverkennbar: Die ungebetene Dusche kam durch die hohe Hecke vom Nachbargrundstück. Obwohl Hanna Gewalt verabscheute, befand sie sich in der Stimmung, einen Mord zu begehen. Den Angriff mit dem Wasserwerfer würde sie diesem unverschämten Kerl heimzahlen!
Lautlos wie eine Katze schlich sie zum Ende der Hecke. Bei Maries Kräuterbeet verhielt sie und tat, als würde sie Unkraut zupfen. Wie erwartet dauerte es nur einige Augenblicke, bis Jakob auf der anderen Seite des Zaunes stehen blieb. Das Wasser hatte er abgedreht, hielt den Schlauch aber noch in der Hand.
„Hallo, Frau Flemming", sprach Jakob seine Nachbarin an. „Schöner Tag heute."
Bis vor wenigen Minuten war er das noch, dachte sie grimmig, zwang jedoch ein kleines Lächeln auf ihr Gesicht, während sie an den Zaun trat.
„Sind Sie schon wieder fleißig bei der Gartenarbeit?"
„Einer muss sich ja darum kümmern", erwiderte Jakob erfreut darüber, dass sie ihn nicht einfach ignorierte. „Der Boden ist völlig ausgetrocknet. Deshalb habe ich heute statt in eine Kettensäge in einen soliden Gartenschlauch investiert."
„Ich wollte mir auch schon längst einen neuen anschaffen", schwindelte sie, ohne mit der Wimper zu zucken. „Diese modernen Aufsätze sind angeblich sehr vielseitig verwendbar."
„Man kann die Wassergabe nach Bedarf durch einfaches Drehen regulieren. Von sanftem Sprühen bis hin zu einem gebündelten Strahl."
„Darf ich mal sehen?", fragte sie und streckte die Hand aus. Bereitwillig reichte Jakob ihr das Schlauchende hinüber. Hanna genügte eine kurze Begutachtung, um zu erkennen, wie der Aufsatz funktionierte. Wie unabsichtlich richtete sie die Spitze

auf den Nachbarn.
„Hier muss man drehen, nicht wahr!?“, vermutete sie, wobei sie es auch schon tat.
„Vor...“ Ein kalter Wasserstrahl klatschte vor Jakobs Brust.
„... sicht!“, vollendete er mit abwehrend erhobenen Händen. „So drehen Sie das Ding doch endlich ab!“
„Ich hab’s gleich ...“ Scheinbar ungeschickt hantierte sie am Ventil und hüllte den Nachbarn in einen feinen Sprühnebel. Nun wurde es Jakob zu bunt. Ungehalten griff er über den Zaun, riss Hanna den Schlauch aus der Hand und unterbrach die Wasserzufuhr. Nass und verärgert funkelte er seine Nachbarin an.
„Da haben Sie wirklich ganze Arbeit geleistet!“
„Sorry, aber ich konnte doch nicht ahnen, dass das Ding geladen ist.“
Es sollte bedauernd klingen, aber ihre Augen spielten nicht mit: In ihnen leuchtete es triumphierend auf.
„Das haben Sie absichtlich getan!“ behauptete Jakob, wobei er sie abschätzend musterte. Insgeheim gefiel sie ihm in ihrem sommerlichen Outfit. Die Shorts betonten die langen schlanken Beine, und das feuchte Top verriet, dass sie nichts darunter trug.
„Wieso sind Sie eigentlich nass?“, fragte Jakob verwundert. „Sie haben doch auf mich gezielt.“
„Meine unfreiwillige Dusche verdanke ich irgendeinem Trottel der harmlose Nachbarn durch die Hecke mit seinem Schlauch belästigt.“ Jovial nickte sie ihm zu. „Sie hatten übrigens recht: Heute ist wirklich ein schöner Tag.“
Seine Verblüffung ausnutzend, verschwand sie um die Hausecke.
Durch den Eingang zum Souterrain betrat sie die Küche. Ihre Cousine war gerade mit dem Ausräumen des Geschirrspülers beschäftigt, als sie eintrat.
„Wie siehst du denn aus?“, fragte Marie erstaunt über Hannas nasses Top. „Bist du bei diesem herrlichen Sonnenschein etwa

in eine Schlechtwetterfront geraten?“
Ein mehrdeutiges Lächeln huschte über Hannas Gesicht.
„Das waren eher Wasserspiele – mit unserem ach, so netten Nachbarn.“
Seufzend verdrehte Marie die Augen.
„Was war denn nun wieder los?“
„Nichts“, behauptete ihre Cousine und durchquerte barfuß die Küche. „Das machte richtig Spaß. – Mir jedenfalls.“

Unterdessen warf Jakob den Schlauch ärgerlich auf den Rasen. Über die Terrasse betrat er das Haus.
„Was ist dir denn passiert?“, sprach Jonas seinen triefenden Bruder schmunzelnd in der Diele an. „Wolltest du nicht den Garten sprengen? Mir scheint, den Umgang mit deinem neuen Wasserschlauch musst du noch ein wenig üben.“
„Ha, ha...“, grummelte Jakob und wischte sich die Tropfen aus dem Gesicht. „Wieso sind wir eigentlich ausgerechnet in hierher gezogen?“
„Das Haus hat die ideale Größe, befindet sich in guter Lage und ist finanziell erschwinglich“, zählte Jonas auf. „Sind das genug Gründe?“
„Du hättest dir die Nachbarn vorher ansehen sollen.“
„Stimmt was nicht mit ihnen? Das sind doch zwei sehr attraktive, reizvolle, zuvorkommende, hilfsbereite Ladies.“
„Das trifft nur auf Frau Mertens zu.“
„Ach, ja!? Demnach findest du ihre Cousine weder attraktiv noch reizvoll?“
„Diese Frau ist eine Mogelpackung“, erwiderte sein Bruder überzeugt. „Hinter ihrer Aufsehen erregenden Erscheinung verbirgt sich ein hinterhältiges Biest!“
„Ist daraus zu schließen, dass du deine Dusche im Freien Frau Flemming verdankst?“
„Du kombinierst heute erstaunlich schnell“, spottete Jakob. „Diese Verrückte hat mich absichtlich nass gespritzt. – Mit meinem eigenen Schlauch!“

„Wie ist ihr das denn gelungen?“, fragte Jonas amüsiert. „Wie ich dich kenne, hast du ihr vorher sogar ausführlich erklärt, wie das Teil funktioniert.“ Jakobs Gesichtsausdruck verriet seinem Bruder, dass er ins Schwarze getroffen hatte. „So dusselig kannst auch nur du sein“, lachte Jonas. „Allerdings halte ich es für unwahrscheinlich, dass Frau Flemming dich grundlos attackiert hat. Du hast sie nicht zufällig provoziert?“
„Auf welcher Seite stehst du eigentlich?“. beschwerte sich Jakob und wandte sich zur Treppe. „Um das Abendessen kannst du dich kümmern. Ich habe für heute genug!“
Wie ein begossener Pudel stapfte er die Stufen hinauf.
Kopfschüttelnd blickte Jonas seinem Bruder nach.

Bevor Hanna zum Sender fuhr, ging sie mit Geisha die Abendrunde. Wie immer lief die Hündin ein Stück vor, blieb dann aber stehen, um sich zu vergewissern, dass ihr Frauchen in Sichtweite blieb. Plötzlich schoss ein kleiner Hund um die Ecke. Temperamentvoll sprang er um Geisha herum und beschnüffelte sie ausgiebig. Natürlich erkannte Hanna in ihm sofort den Mini - Pavarotti. Demnach konnte der Nachbar nicht weit sein. Da sie auf ein erneutes Zusammentreffen keinen gesteigerten Wert legte, stieß sie einen kurzen Pfiff aus.
Nach kurzem Zögern beschloss ihr Hund, dass es ratsam sei, dieser Aufforderung zu folgen. Gehorsam trabte Geisha zu ihrer Herrin zurück. Während Hanna die Hündin anleinte, blieb auch der gefleckte Artgenosse bei ihr stehen.
„Na, du kleiner Kerl“, sprach Hanna ihn mit sanfter Stimme an und kraulte ihn zwischen den Ohren. „Bist du deinem Herrchen ausgerissen? Das war eine kluge Entscheidung.“
In diesem Moment bog auch ihr neuer Nachbar um die Ecke.
„Pavarotti!“, rief er und kam mit langen Schritten näher. „Eigentlich sollte ich mit dir schimpfen, weil du so weit vorgelaufen bist. – Andererseits verstehe ich, dass du dich zu diesen beiden reizenden Damen hingezogen fühlst.“
„Es ist nur Geisha, die diese Anziehung auf ihn ausübt“, meinte

Hanna lächelnd. „Ohne sie hätte ich keine Chance, von ihm beachtet zu werden."
„Vielleicht nicht von Pavarotti", räumte er ein. „Mir wären Sie allerdings sofort aufgefallen, Frau Flemming."
„Sie sind ein Schwindler, Herr Jensen", tadelte sie ihn belustigt. „Aber ein charmanter."
„Damit kann ich leben. Gehen wir noch ein Stück zusammen? Oder befinden Sie sich bereits auf dem Rückweg?"
„Eine halbe Stunde habe ich noch Zeit für den Abendspaziergang. – Dann muss ich zum Dienst."
„Dürfen wir Ihnen unsere Begleitung anbieten?"
„Gern", stimmte Hanna zu und ließ Geisha von der Leine. Sofort tollten sich die Hunde in die Richtung der Kleingärten.
„Die beiden scheinen sich gut zu verstehen", sagte Hanna, während sie den Tieren langsam folgten. „Normalerweise schließt Geisha nicht so leicht Freundschaft mit einem Rüden."
„Vierbeiner sind oft unkomplizierter als Menschen. Sie folgen nur ihrem Instinkt. Wir Zweibeiner dagegen neigen dazu, uns das Leben gegenseitig schwer zu machen."
Hanna warf ihm einen kurzen, fragenden Seitenblick zu.
„Wollen Sie damit etwas Bestimmtes sagen?"
„Nun ja, Sie und mein Bruder scheinen nicht gerade große Sympathien füreinander zu empfinden", erwiderte Jonas offen.
„Was mir völlig unverständlich ist."
„Sie kennen Ihren Bruder ein paar Tage länger als ich. Deshalb müssten Sie eigentlich wissen, dass er – um es vorsichtig auszudrücken – ein schwieriger Zeitgenosse ist."
„Jakob ist ein ehrlicher, verlässlicher, sehr feinfühliger Mensch."
„Feinfühlig?", wiederholte Hanna spöttisch. „Ich fürchte, wir sprechen nicht von derselben Person."
„Wie würden Sie einen Menschen bezeichnen, der seine Bedürfnisse fast ein Jahr lang auf ein Minimum zurückgeschraubt hat, um seinen Bruder zu entlasten? Als sei es selbstverständlich, hat Jakob mir täglich die Kinder abgenommen, damit ich

mich um meine todkranke Frau kümmern konnte. Den Kleinen hat er in den Kindergarten gebracht, die anderen beiden zur Schule. Bis mittags hat Jakob selbst unterrichtet, die Kinder wieder abgeholt und sie den Rest des Tages betreut. Nebenbei hat er noch die anfallende Hausarbeit erledigt. Erst als die Jungen abends geschlafen haben, kam er dazu, seinen Unterricht für den nächsten Tag vorzubereiten."

„Es ist wirklich sehr beeindruckend, was Ihr Bruder für Sie getan hat", gab Hanna unumwunden zu. „Zweifellos kümmert er sich auch heute noch vorbildlich um seine Familie. Das ändert aber nichts an der Tatsache, dass ich ihn als einen Menschen kennengelernt habe, der sich rücksichtslos und verletzend verhält."

„Offenbar aber nur Ihnen gegenüber", gab Jonas zu bedenken. „Normalerweise kommt Jakob hervorragend mit seinen Mitmenschen aus. Seine Schüler lieben ihn; von den Eltern und Kollegen wird er hochgeschätzt."

„Dann muss es wohl an mir liegen", versetzte Hanna achselzuckend. „Wahrscheinlich sind ihm Frauen, die im Leben ihren Mann stehen müssen, suspekt."

„Eher glaube ich, Jakob verhält sich Ihnen gegenüber so merkwürdig, weil er sich zu Ihnen hingezogen fühlt", erwiderte Jonas vorsichtig. „Irgendetwas in ihm wehrt sich gegen Ihre Ausstrahlung."

„Ist das nicht ein bisschen weit hergeholt? Es gibt eine viel einfachere Erklärung: Mein Lebensstil passt nicht in das konservative Weltbild des Herrn Studiendirektors. Wir sind zu unterschiedlich für eine gemeinsame Wellenlänge."

„Sagt man nicht: Gegensätze ziehen sich an?"

„Es heißt aber auch: Meiden sollen sich, die nicht zusammenpassen ..."

„Was sich neckt, das liebt sich."

„Die Natur lässt sich nicht zwingen", parierte Hanna. „Gleich und gleich gesellt sich gern."

„In dieser Hinsicht hatte mein Bruder recht", schmunzelte er.

„Schlagfertig und um keine Antwort verlegen."
„Wie ich ihn einschätze, hat er mich aber auch mit so freundlichen Worten betitelt wie: verrückt, zickig, hinterhältig..."
„Muss ich darauf antworten?"
„Nicht wirklich", verneinte Hanna mit wissendem Lächeln. „Auf meine Menschenkenntnis kann ich mich verlassen."
„Irgendwann werden Sie sich aneinander gewöhnt haben", vermutete Jonas. „Das ist nur eine Frage der Zeit."
„An mir soll es nicht scheitern. Als harmoniebedürftiger Mensch lege ich keinen Wert auf ständige Streitigkeiten." Vergnügt blinzelte sie ihm zu. „Bei Schillers Wilhelm Tell heißt es allerdings: Es kann der Frömmste nicht in Frieden leben, wenn es dem bösen Nachbarn nicht gefällt."

Hanna und Jonas gingen noch eine Weile mit den Hunden, ehe sie umkehrten. Vor ihrem Haus trennten sie sich.
„Ihr seid ziemlich lange draußen gewesen", sagte Jakob, der mit einem Buch im Wohnzimmer saß, als sein Bruder eintrat. „Musste Pavarotti wieder an jedem Baum schnüffeln?"
„Unser kleiner Casanova hat eine neue Freundin", berichtete Jonas, sich zu ihm setzend. „Eine attraktive Hundedame mit einem ebensolchen Frauchen. Wir haben uns gut unterhalten."
„Mir scheint, du bist genauso ein Casanova wie Pavarotti", erwiderte Jakob mit gutmütigem Spott. „War sie wenigstens hübsch?"
„Ausgesprochen", nickte sein Bruder. „Außerdem ist sie intelligent, humorvoll und sehr weiblich." Ein breites Lächeln legte sich über sein Gesicht. „Du kennst sie übrigens."
Forschend schaute Jakob seinen Bruder an.
„Sprichst du von unserer netten Nachbarin?"
„Von wem sonst!? Hanna Flemming ist schon eine tolle Frau."
„Hanna Flemming?" Verständnislos schüttelte Jakob den Kopf. „Die ist nichts für dich."
„Warum nicht?"
„Solche Frauen bringen einen Mann um den Verstand. Wenn

sie das erst geschafft haben, lassen sie ihn fallen."
„Woher weißt du denn das, du Beziehungsprofi? Kann es sein, dass sie dich an Katja erinnert?"
„Äußerlich nicht", überlegte Jakob. „Allerdings war sie auch so selbstbewusst, nahm sich auch immer, was sie wollte..."
„Wieso glaubst du, dass sich Frau Flemming genauso verhält? Du kennst sie doch kaum."
„Thomas hat mir erzählt, nach welchem Schema das bei ihr abläuft: Sie macht einen Typen heiß, verbringt eine einzige Nacht mit ihm und versetzt ihm dann einen Tritt."
Ungläubig weiteten sich Jonas' Augen.
„Das hat Tom wirklich behauptet?"
„Nicht mit den gleichen Worten", räumte sein Bruder ein.
„Aber das kommt aufs selbe raus. Ich kann dir nur raten: Hüte dich vor dieser Person, sonst verbrennst du dir die Finger."
Später saß Jakob in seinem Dachstübchen nachdenklich bei einem Glas Wein. Es beunruhigte ihn, dass sich Jonas offensichtlich für die schöne Nachbarin interessierte. Nüchtern betrachtet verstand Jakob seinen Bruder sogar. Diese Frau war mit vielen Vorzügen ausgestattet. Jakob kannte solche Frauen, war selbst einmal auf so ein Exemplar hereingefallen. Nur durch Zufall hatte er nach zwei Jahren herausgefunden, dass er nicht der einzige war, mit dem sie das Bett teilte. Damals hatte er gelitten wie ein Hund und sich geschworen, nie wieder eine so enge Beziehung zuzulassen. Er musste verhindern, dass es seinem Bruder ebenso erginge. Jonas brauchte eine verlässliche Frau an seiner Seite, die zudem bereit wäre, den Kindern die Mutter zu ersetzen. Eine Hanna Flemming entsprach ganz und gar nicht einem mütterlichen Typ. Sie erschien ihm zu flatterhaft, zu egozentrisch.
Unwillkürlich stiegen in Jakob schmerzliche Erinnerungen hoch. Um sie zu vertreiben, schaltete er das Radio ein. Die sanfte Stimme des Engels der Nacht würde ihn ablenken. Dem gerade geführten Gespräch entnahm er das Thema dieser

Nacht: Vertrauen. Er musste mehrmals die Nummer des Senders wählen, ehe eine Verbindung zustande kam.
„Hier ist der Engel der Nacht“, sagte die Moderatorin, die durch ein Zeichen des Redakteurs wusste, um wen es sich bei diesem Anrufer handelte. „Mit wem spreche ich?“
„Mit dem Vampir deiner Träume“, antwortete Jakob mit ebenso gedämpfter Stimme, die durch das Taschentuch unidentifizierbar war. „Hast du etwa nicht darauf vertraut, dass ich mich wieder melde?“
„Kann man einem Vampir überhaupt trauen?“, antwortete sie mit einer Gegenfrage. „Muss ich dir nicht mit einer Portion Misstrauen begegnen und damit rechnen, dass du es früher oder später auf mein kostbares Blut abgesehen hast?“
„Vampire beißen keine Engel. Allerdings fühlen sie sich magisch zu ihnen hingezogen.“
„Bedeutet das auch, dass du mir vertrauen würdest?“, parierte sie. „Vertraust du überhaupt jemandem? Wenn ja – wem?“
„So viele Fragen auf einmal...“ Seine Stimme klang amüsiert. „Vielleicht sollten wir zuerst erörtern, was man unter Vertrauen versteht, Angel!?“
„Okay“, stimmte der Engel der Nacht zu. „Beleuchten wir es zunächst aus dieser Perspektive. Bei deinen bisherigen Anrufen hast du uns verschiedene Begriffe sehr gut erklärt, Dracula. Wie würdest du Vertrauen definieren?“
„Für mich bedeutet es, sicher sein zu können, mich auf jemanden oder etwas voll und ganz verlassen zu können“, lautete seine Antwort. „Normalerweise entwickelt sich in einem gesunden familiären Milieu im frühkindlichen Alter das Urvertrauen gegenüber der sozialen Umwelt.“
„Und wenn das nicht geschieht?“ warf die Moderatorin ein. „Wie würde sich das wohl auswirken?“
„Ein ungünstiges soziales Milieu, wie etwa die Trennung der Eltern, ein Mangel an liebevoller und fürsorglicher Zuwendung oder Misshandlungen können das Ausbleiben des Urvertrauens

zur Folge haben. Dadurch würde das Gefühls – und Gemütsleben verkümmern. Selbst im Erwachsenenalter sind diese Menschen meist unfähig, sich einer Bezugsperson emotional zuzuwenden."
„Du bist erstaunlich gut informiert", gestand die Moderatorin ihm zu. Da sie selbst einige Semester Psychologie studiert hatte, wusste sie, dass seine Ausführungen zutrafen. „Wieso kennst du dich damit aus, Dracula?"
„Ich bin eben ein vielseitig interessierter Vampir", behauptete Jakob. „Wenn ich nicht schlafen kann, liege ich mit einer Taschenlampe lesend in meinem Sarg. Im Laufe der Jahrhunderte studierte ich auf diese Weise ganze Bibliotheken."
„Tatsächlich?" erwiderte sie mit spöttischem Unterton. „Gibt es denn auch jemanden, dem du bedingungslos vertraust?"
„Sicher", gab er zu, ohne näher darauf einzugehen. „Ein Vertrauensverhältnis muss sich aber immer erst entwickeln. So etwas passiert nicht von heute auf morgen. Man lernt sich kennen, empfindet Sympathie füreinander und freundet sich im Laufe der Zeit an. Allmählich beginnt man, einander zu vertrauen."
„Du hast mir aber immer noch nicht verraten, wem du vertraust, Dracula. Oder lebst du nach der Lenin-Devise: Vertrauen ist gut – Kontrolle ist besser?"
„Mittlerweile solltest du mich besser kennen", tadelte er sie. „Für mich ist Vertrauen das Gefühl, einem Menschen sogar dann glauben zu können, wenn man weiß, dass man an seiner Stelle lügen würde."
„Du erstaunst mich immer wieder", gestand Angel. „Für so tiefgründig hätte ich dich gar nicht gehalten."
„Vampire werden oft unterschätzt", monierte Jakob. „Wir sind nicht nur primitive Blutsauger. Die meisten von uns sind sensible Wesen. Deshalb interessiert es mich, wem du vertraust?"
„Meiner Familie", antwortete sie, ohne zu zögern. „Außerdem einigen engen Freunden."
„Du hast eine Familie?", hakte er sofort nach. „Damit hätte ich

nicht gerechnet."
„Alle Engel sind eine große Familie", schränkte sie ihre spontane Antwort ein. „Dazu zählen die Schutzengel, die Weihnachtsengel..."
„... und die Gelben Engel", fügte Jakob trocken hinzu. „Fürchtest du dich davor, uns zu erzählen, wem du im wirklichen Leben vertraust?"
„Mein lieber Dracula, das klingt wie Kritik aus dem Glashaus."
„Kannst du das noch mal wiederholen?", bat er mit Begeisterung in der Stimme. „Aber nur die ersten drei Worte."
„Mein lieber Dracula...", hauchte der Engel der Nacht ins Mikrofon. „Ich wünsche dir noch eine wundervolle, ereignisreiche Nacht. – Bis zum nächsten Mal..." Mit dem Daumen nach unten gab die Moderatorin der Regie ein Zeichen, worauf der Anrufer aus – und die Musik eingeblendet wurde.

Kapitel 9

Am Samstagmorgen wurde Hanna bereits von der gesamten Familie erwartet. Nicht zuletzt deshalb, weil sie frische Brötchen mitbrachte.
„Ihr seid aber früh auf den Beinen", wunderte sie sich, da auch die Kinder schon am Frühstückstisch saßen. „Hat unser reizender Nachbar heute etwa zu nachtschlafender Zeit Bäume gefällt, oder steht euch ein Verwöhnwochenende bevor?"
„Wir haben ein Date mit dem coolsten Typen der Stadt", erklärte Anna. „Der hat immer Super-Ideen."
„Die sollte er als Architekt auch haben", bemerkte sie trocken und leerte den Inhalt der Tüte in den Brötchenkorb. „Ich gehe jetzt mit Geisha die Morgenrunde. Vielleicht habe ich Glück und kann bei meiner Rückkehr noch einen Blick auf diesen ach, so coolen Typen erhaschen."
„Oliver wird kaum abfahren, ohne dich zu begrüßen", meinte Marie. „Immerhin ist er einer deiner größten Bewunderer."
„Das behaupten viele", versetzte Hanna achselzuckend im Hinausgehen. „Bis später!"

Jakob zog gerade die Wochenendausgabe der HAZ aus dem Briefkasten, als ein schwarzer Jeep vor seinem Grundstück stoppte. Dem großen Wagen entstieg ein sportlich gekleideter Hüne.
„Guten Morgen", sprach Jakob ihn an. „Wollen Sie zu uns?"
„Zu Ihren Nachbarn", verneinte Oliver Mertens. Er sah Hanna mit dem Hund die Straße überqueren, worauf ein Lächeln sein Gesicht erhellte. „Da kommt schon die Frau meiner Träume..."
Zuerst kraulte er Geisha, die vorgelaufen war, um ihn freudig zu begrüßen.
„Hallo, meine Schöne", wandte er sich dann an Hanna, zog sie in seine Arme und drückte ihr einen Kuss auf die Lippen. „Wie machst du das nur, dass du bereits am frühen Morgen so fantastisch ausschaust?"
Da Hanna den Nachbarn am Gartenzaun bemerkte, ließ sie Oliver gewähren.
„Man muss nur die ganze Nacht durcharbeiten", erwiderte sie lächelnd. „Das wirkt Wunder."
„Folglich sehnst du dich jetzt nach einem Bett", mutmaßte er schmunzelnd. „Wie wäre es vor dem Einschlafen mit einer entspannenden Massage?"
„Ich fürchte, damit wärst du überfordert", antwortete sie zu Jakobs Zufriedenheit. „Es dauert Stunden, bis ich einschlafen kann, weil es hier neuerdings in der Nachbarschaft einen merkwürdigen Halbidioten gibt, der die Stille des Samstagmorgens garantiert wieder nutzt, um mit seinem vorsintflutlichen Rasenmäher die Schallmauer zu durchbrechen."
Wie erwartet wandte sich Jakob verärgert um und marschierte zu seinem Haus zurück.
„Das war er eben wohl?", vermutete Oliver grinsend. „Der wohnt aber noch nicht lange hier, oder?"
„Seit etwa zwei Wochen", sagte Hanna auf dem Weg über ihr Grundstück. „Allerdings brauchte er nur wenige Stunden, um sich als Nervensäge zu outen."
„Vielleicht ist er heimlich in dich verliebt", zog er sie auf.

„Nachbarn sind schließlich auch nur Menschen."
„Sehr witzig", kommentierte Hanna. In der Diele nahm sie Geisha das Halsband ab. „Wo seid ihr, Mädels? Euer Erzeuger ist eingetroffen!"
Während die Kinder in ihren Zimmern noch ihre Sachen zusammenpackten, kam Marie aus der Küche.
„Guten Morgen, Oliver", begrüßte sie ihren Ex, der sie ungeniert musterte. „Was ist?", fragte sie verunsichert. „Weshalb starrst du mich so an?"
„Irgendwas an dir ist verändert", sagte er nachdenklich. „Hast du dir etwa einen Freund zugelegt?"
„Und wenn es so wäre?", antwortete sie schnippisch. „Ginge dich das was an?"
„Logisch", bestätigte er prompt. „Immerhin bist du die Mutter meiner Kinder. Da möchte ich schon wissen, mit wem du dich ... triffst."
„Marie hat viele Verehrer", kam Hanna ihrer Cousine zuvor. „Es hat sich rumgesprochen, dass diese tolle Frau solo ist. Oder glaubst du, deine Geschlechtsgenossen sind blind, Olli?"
„Natürlich nicht", gab er widerstrebend zu. „Außerdem sollst du mich nicht immer Olli nennen."
„Ich werde es mir merken..., Olli."
Da die Mädchen nun die Treppe herunterkamen, verzichtete er auf eine Erwiderung. Liebevoll begrüßte er seine Töchter.
Bald verließ er, von einigen Ermahnungen begleitet, mit seinen Kindern das Haus.

Unterdessen deckte Jakob den Frühstückstisch. Nur mit einer kurzen Pyjamahose bekleidet kam Jonas in die Küche.
„Morgen", murmelte er und fuhr sich mit einer Hand durch das zerzauste Haar. „Musst du am frühen Morgen schon so laut mit dem Geschirr klappern, dass man vor Schreck fast aus dem Bett fällt?"
„Wenn dir was nicht passt, kannst du dich ja selbst um den Haushalt und um die Versorgung deiner Kinder kümmern!"

„Welche Laus ist dir denn über die Leber gelaufen? Hat dich schon vor dem Frühstück jemand geärgert?“ Als Jakob nur kommentarlos abwinkte, lächelte Jonas verstehend.
„Ist es möglich, dass du heute schon unserer reizenden Nachbarin begegnet bist?“
„Zwangsläufig, als ich die Zeitung hereingeholt habe. Frau Flemming war mit ihrem Hund draußen, als dieser komische Typ hier vorgefahren ist...“
„Welcher komische Typ?“
„Ein Verehrer, Lover, neuste Eroberung – oder was weiß ich“, brummte Jakob. „Nur weil er vor unserem Grundstück geparkt hat, habe ich ihn gefragt, ob er zu uns wolle. In diesem Moment überquerte nach seinen Worten die Frau seiner Träume die Straße. Nach der innigen Begrüßung hat er ihr vor dem Einschlafen eine Entspannungs-Massage angeboten.“
„Deshalb bist du sauer? Du bist doch nicht etwa eifersüchtig?“
„Unsinn!“, brauste Jakob auf. „Diese Person würde ich nicht mal geschenkt nehmen!“
„Wo liegt dann das Problem?“
„Sie hat mich ihrem Freund gegenüber als einen merkwürdigen Halbidioten bezeichnet.“
Lachend sank Jonas auf einem Stuhl.
„Ärgerst du dich darüber, dass sie ihm nicht die volle Wahrheit über dich sagte?“
„Herzlichen Dank“, erwiderte Jakob missmutig. „Auch du hältst mich für einen Vollidioten!“ Wütend schnappte er sich die Tageszeitung. „Wahrscheinlich mache ich mich hier tatsächlich zum Affen, weil ich für euch die Haushälterin spiele. Es wird Zeit, dass du dich nach einer geeigneten Tagesmutter umsiehst.“
„Jakob“, sagte Jonas besänftigend. „Du managst das hier ausgesprochen gut. Niemand urteilt abfällig darüber. Im Gegenteil: Es ist bewundernswert, wie du das trotz deines Berufs meisterst. Leider bin ich in dieser Hinsicht eine völlige Niete.“ Ernst erwiderte er den skeptischen Blick seines Bruders. „Mir

ist auch klar, dass es keine Dauerlösung sein kann, wie du dich für meine Kinder aufopferst. Ich hätte längst eine Hilfe engagieren sollen, die sich tagsüber um die Jungs kümmert. Mit der Zeit werden sie sich schon an eine Fremde gewöhnen."
„Lass es gut sein", bat Jakob kopfschüttelnd. „Du weißt doch, wie allergisch die drei auf Haushaltshilfen reagieren. Bevor ich das Kommando bei euch übernommen habe, ist es ihnen mühelos gelungen, innerhalb von vier Wochen zwei Haushälterinnen zu vertreiben. Das würden sie auch heute noch problemlos hinkriegen."
„Wahrscheinlich fürchten Sie, eine Frau im Haus würde irgendwann versuchen, den Platz ihrer Mutter einzunehmen. Selbst wenn ich mal ein weibliches Wesen fände, das einen Witwer mit drei Kindern nähme, hätte das Mädel es verdammt schwer, von den Jungens akzeptiert zu werden."
„Glaub nur nicht, dass ich dich deshalb heirate", scherzte Jakob. „Irgendwann, wenn die drei älter sind, werden sie verstehen, dass sich auch ihr Vater wieder nach einer Partnerin sehnt. Bis dahin musst du eben mit mir vorlieb nehmen."

Am Wochenende waren Marie und Hanna allein im Haus. Nach dem gemeinsamen Mittagessen half Hanna ihrer Cousine im Souterrain bei der Zubereitung eines Buffets für dreißig Personen. Im Ofen brutzelte ein edler Hirschrücken; auf dem Tisch kühlte auf einem großen Blech ein Krustenbraten, Schweinemedaillons und ein ganzes Roastbeef ab.
Marie war mit der Zubereitung einer gigantischen Portion Mousse au chocolat beschäftigt. Unterdessen richtete Hanna nach Anweisung ihrer Cousine nationale und internationale Käsespezialitäten auf einer großen runden Glasplatte an.
Gedankenverloren sang sie dabei den Song aus dem Radio mit. Deshalb bemerkten sie nicht, dass Jakob schon eine Weile vor der Tür stand. Nicht nur als Musiklehrer gefiel ihm Hannas Stimme, die gefühlvoll die Ballade aus dem Lautsprecher begleitete. Fasziniert lauschte er bis zum Ende der Melodie. Dann

machte er sich durch Klopfen an den Türrahmen bemerkbar.
„Herr Dr. Jensen“, sagte Marie lächelnd, während Hanna die letzten Töne verschluckte. „Kann ich was für Sie tun?“
„Verzeihen Sie bitte die Störung, Frau Mertens“, bat er, mit einem großen Korb eintretend. „Wie ich sehe, haben Sie viel zu tun. Nach dem köstlichen Duft in Ihrer Küche zu urteilen, muss das ein ganz besonderes Festmahl werden.“
„Mein Buffet Royal“, erklärte Marie. „Hirschrücken mit gefüllten Birnen und Preiselbeeren, Putenbrust, Krustenbraten, Roastbeef, Schweinemedaillons, Schinkenmett auf Zwiebelbett, verschiedene Aufschnitte und Salate, Fischplatte mit Räucheraal, Lachs und Forellenfilets mit Meerrettich-Rosette, Tiefseekrabben; Riesengarnelen, Hummer sowie andere Delikatessen aus dem Meer, großer Käseplatte...“
„Bitte, hören Sie auf“, unterbrach Jakob sie seufzend. „Mir läuft schon jetzt das Wasser im Munde zusammen.“
„Dann will ich Sie nicht auch noch mit den Desserts quälen“, erwiderte Marie, bevor sie auf seinen Korb deutete. „Was haben Sie denn da mitgebracht?“
„Zutaten für einen Kuchen“, gestand Jakob. „Meine Neffen wollen unbedingt eine Erdbeertorte. Sie muss aber so lecker sein, wie die Ihre vom letzten Wochenende.“ Sein Blick verriet, dass er sich damit reichlich überfordert fühlte. „Im Supermarkt hat man mir zu einem fertigen Tortenboden geraten. Als ich das zu Hause in Angriff nehmen wollte, wurde mir jedoch klar, dass noch irgendwas fehlen muss, da sonst die Erdbeeren vom Kuchen kullern würden. Bei Ihrer Torte war doch auch so ein rotes Zeug drauf.“
„Tortenguss“, sagte Marie amüsiert. „Vorher sollten Sie den Boden mit Sahnesteif bestreuen, damit er nicht so schnell durchweicht.“ Sie warf einen raschen Blick in seinen Korb. „Außerdem sollten Sie die Erdbeeren vor dem Belegen putzen und halbieren.“
„Tortenguss..., Sahnesteif...“, wiederholte er hilflos. „Ich fürchte, das ist zu hoch für mich...“

„Das ist überhaupt nicht schwer“, beruhigte Marie ihn, wobei sie weiterhin in einem großen Topf rührte. „Momentan bin ich hier am Herd leider unabkömmlich, sonst wird mein Dessert ungenießbar.“ Über ihre Schulter schaute sie zu ihrer Cousine hinüber, die tat, als ginge sie das Problem des Nachbarn überhaupt nichts an. „Hanna, sei bitte so lieb und zeig Herrn Dr. Jensen, wie man eine Erdbeertorte zubereitet.“
„Wieso ich?“, protestierte Hanna entsetzt. „Du siehst doch, dass die Käseplatte noch nicht fertig ist.“
„Das kann warten“, meinte Marie. „Wir können die Leckermäulchen von nebenan doch nicht enttäuschen.“
Am liebsten hätte Hanna mit einem Stück Käse nach ihrer Cousine geworfen. Sie bezwang diesen Impuls jedoch und blickte Jakob kühl an.
„Nun geben Sie Ihre Zutaten schon her“, forderte sie ihn auf, worauf er ihr den Korb reichte.
„Danke, das ist sehr freundlich von Ihnen, Frau Flemming.“
„Das tue ich nur für Ihre Neffen“, ließ sie ihn wissen. „Und für Ihren sympathischen Bruder“, fügte sie hinzu, wobei sie den Korb leerte. „Haben Sie keine Tortenplatte?“
„Nein..., doch...“, stotterte Jakob. „Daran habe ich überhaupt nicht gedacht...“
„Typisch...“, murmelte Hanna, wandte sich um und nahm hinter sich eine Platte aus dem Schrank. Darauf platzierte sie den Tortenboden. Die Erdbeeren schüttete sie in ein Sieb und ließ an der Spüle einen sanften Wasserstrahl darüber perlen. Nach einem Moment des Abtropfens gab Hanna die Früchte auf einige Bogen Küchenkrepp. Aus einem Metallkorb nahm sie je ein Päckchen roten Tortenguss und Sahnesteif. Letzteres ließ sie gleich aus der Tüte gleichmäßig auf den Tortenboden rieseln. Mit einem kleinen Messer entfernte Hanna das Grün der Erdbeeren, halbierte die Früchte und ordnete sie kreisförmig auf dem Kuchen an.
„Sie können gern mithelfen“, sprach sie Jakob an, denn es machte sie nervös, dass er jede ihrer Handbewegungen mit den

Blicken verfolgte. Über den Tisch schob sie ihm ein Messer zu. „Learning by doing."
„Okay, Mrs. F." Mit einer Hand nahm er das Messer, mit der anderen eine Erdbeere. „Ich schneide das Grünzeug ab, und Sie belegen den Boden."
„Seit wann bestimmt der Lehrling den Arbeitsablauf?", tadelte Hanna ihn ironisch. „Sie sollen hier was lernen, Herr Oberlehrer. Dazu gehört auch die akkurate Anordnung der Früchte."
„Ihnen bereitet es offenbar eine diebische Freude, mir zu sagen, was ich zu tun habe", mutmaßte Jakob, während er brav ihrer Anweisung folgte. „Das wünschen Sie sich insgeheim wohl schon länger."
„Bedauerlicherweise muss ich Sie enttäuschen", konterte Hanna. „Meine geheimsten Wünsche haben absolut nicht das Geringste mit Ihnen zu tun."
„Tatsächlich nicht?" forderte Jakob sie heraus. „Ich hätte schwören können, dass Sie mich in den letzten zwei Wochen nicht nur einmal zum Teufel gewünscht haben."
„Damit Sie seine Hölle aufmischen? Das hätte selbst der Typ mit dem Pferdefuß nicht verdient."
Marie stand auf der anderen Seite der großen Küche am Herd, verfolgte aber dennoch das Gespräch in ihrem Rücken. Offenbar konnten die beiden keine fünf Minuten zusammen in einem Raum sein, ohne sich Wortgefechte zu liefern.
Unterdessen stellte Hanna fest, dass Jakob das Messer mit der linken Hand benutzte. Genau wie ihr verstorbener Mann, der ebenfalls Linkshänder gewesen war. Aus einem unerklärlichen Grund ärgerte sie diese Gemeinsamkeit.
Mittlerweile war der Tortenboden fast vollständig belegt. Nur in der Mitte fehlte noch eine Erdbeere. Gleichzeitig wollten Hanna und Jakob die Lücke mit einer halbierten Frucht füllen. Unwillkürlich berührten sich ihre Fingerspitzen. Für einen Sekundenbruchteil trafen sich ihre Blicke, wobei Hanna ihre Hand so abrupt zurückzog, als hätte sie sich verbrannt.

„Nanu“, versuchte Jakob, die peinliche Situation zu überspielen. „Sie haben doch nicht etwa Berührungsängste, Mrs. F?“
„Absolut nicht“, verneinte Hanna völlig ruhig. „Bei manchen Menschen verzichte ich aber lieber auf solche Kontakte. Das ist nur eine Frage der Sympathie.“
„Herzlichen Dank für Ihre schonungslose Offenheit. Auch ich hätte es vorgezogen, Ihre Cousine allein hier anzutreffen.“
„Warum haben Sie nicht gleich gesagt, dass die Nummer mit der Torte nur ein Vorwand war?“ Rasch wischte sie sich die Hände an einem Stück Küchenkrepp ab. „Bin schon verschwunden“, sagte sie noch – und rauschte aus der Küche.
„Diese Frau treibt mich noch in den Wahnsinn“, sagte Jakob. „Wie können Sie es nur mit dieser Person unter einem Dach aushalten, Frau Mertens?“
„Ausgesprochen gut“, erwiderte Marie und schaltete den Herd aus. „Hanna ist eine Seele von Mensch. Sie ist überall sehr beliebt. Mir ist unbegreiflich, weshalb Sie beide so kontrovers aufeinander reagieren.“
„An mir liegt das nicht“, behauptete Jakob. „Im Grunde bin ich ein friedliebender Mensch. Gewöhnlich lasse ich mich nicht so leicht provozieren. Ihre Cousine besitzt jedoch die seltene Gabe, mich in kürzester Zeit auf Hochtouren zu bringen.“
„Umgekehrt verhält es sich anscheinend genauso. Wie Hund und Katze: Wehe, wenn sie einander zu nahe kommen.“
„Offen gestanden hatte ich überhaupt nicht damit gerechnet, Mrs. F. in Ihrer Küche anzutreffen. Hilft sie Ihnen öfter?“
„Manchmal bei großen Aufträgen – wenn es ihre Zeit erlaubt.“
„Haben Sie für solche Fälle nicht eine türkische Aushilfskraft?“, überlegte Jakob, obwohl er sich ungern an die Begegnung mit dieser resoluten anatolischen Dorfschönheit erinnerte. „Bislang habe ich sie hier nur ein einziges Mal gesehen.“
„Suleika ist momentan in ihrer Heimat“, schwindelte Marie. „Deshalb habe ich so viel Arbeit.“ Ein vergnügtes Lächeln erhellte ihre Züge. „Erst mal muss ich aber Ihre Unterrichts-

stunde übernehmen.“ Mit einer Hand holte sie einen kleinen Topf aus dem Regal, mit der anderen winkte sie Jakob zu sich. „Kommen Sie, Herr Nachbar. Den Tortenguss dürfen Sie nach meinen Anweisungen herstellen.“

Als Hanna eine halbe Stunde später abermals die Küche betrat, war Jakob verschwunden. Forschend betrachtete sie ihre Cousine, die leise summend in einem Topf rührte.
„Du wirkst so zufrieden, Marie. Hat er dich angebaggert?“
„Selbst wenn es so wäre...“ Mit einem tiefen Seufzer schaute Marie ihre Cousine an. „Ich musste stark bleiben. Obwohl heute eine günstige Gelegenheit wäre: Du gehst abends aus, die Kinder sind bei ihrem Vater... Marie ist allein zu Haus, aber das durfte sie ihrem attraktiven Nachbarn nicht verraten, weil ihre Cousine ihr verboten hat, mit ihm anzubandeln.“
„Wie jetzt?“, fragte Hanna stirnrunzelnd. „Solltest du dich unverständlicherweise zu diesem Mann hingezogen fühlen, bin ich die Letzte, die dir da reinredet. Hör auf dein Herz und lass dich nicht davon beeinflussen, was ich über ihn denke.“
„Sie sind ein Schatz, Mrs. F.“, sagte Marie und küsste sie spontan auf die Wange. „Um ehrlich zu sein, mag ich unseren Nachbarn. – Aber ich bin definitiv nicht in ihn verliebt.“
„Sicher?“
„Ja. Sollte sich das mal ändern, erfährst du es als Erste.“
„Ich kann es kaum erwarten“, erwiderte Hanna erleichtert lächelnd. Suchend schaute sie sich um. „Wo ist denn die Käseplatte geblieben?“
„Die ist inzwischen fertig“, sagte Marie mit Blick auf die große Wanduhr. „Den Rest schaffe ich allein, Hanna. Dagmar wartet bestimmt schon auf dich.“ Fragend hob sie die Brauen. „Weißt du nun eigentlich, in welchem Kostüm du den Maskenball besuchst?“
„Keine Ahnung“, gestand Hanna. „Ich verlasse mich voll und ganz auf Daggi. Hauptsache, niemand erkennt mich. Sonst verliere ich meine Wette.“

„Wenn man eine Freundin hat, die zugleich Masken – und Kostümbildnerin ist, kann eigentlich nichts schief gehen“, vermutete Marie. „Das wird ein teurer Spaß für Sandro.“
„Selbst schuld“, meinte Hanna vergnügt. „Dann verschwinde ich jetzt. Denkst du heute Abend bitte an Geisha?“
„Keine Sorge, ich vergesse unsere Hundedame nicht“, versprach Marie. „Viel Spaß!“

Eine halbe Stunde später traf Hanna im Atelier ihrer Freundin ein. Während ihres Studiums hatte sie mit Dagmar Dietrich und zwei weiteren jungen Frauen in einer WG zusammengewohnt. Seitdem waren sie miteinander befreundet.
„Was hast du dir denn für mich ausgedacht?“, fragte Hanna nach der herzlichen Begrüßung. „Oder verrätst du mir das immer noch nicht?“
„Keine Chance“, verneinte die Freundin geheimnisvoll. „Lass dich einfach überraschen.“
„Okay. – Was soll ich tun?“
„Zieh dich aus.“
„Fangen wir mit der Kostümprobe an?“
„Mit dem Schminken“, verneinte Dagmar abermals, während Hanna schon aus Rock und Bluse schlüpfte. „Den BH auch“, bat sie, so dass die Freundin nur noch einen Spitzenslip trug.
„Setz dich bitte“, bat Dagmar und schob den Stuhl vor dem Schminktisch zurecht. Zunächst legte sie Hanna einen Umhang um. Mit den Händen griff sie in das üppige Haar der Freundin, strich es zurück und fixierte es mit einigen Spangen am Hinterkopf. Anschließend forderte sie Hanna auf, ihren gesamten Schmuck abzulegen. Ohrstecker, Halskette, Armbanduhr sowie die beiden Eheringe wanderten in die Handtasche.
Nun wurde Hannas Teint sanft mit einer Lotion gereinigt, bevor Dagmar die Grundierung auftrug.
In der nächsten Stunde bestritt überwiegend die Maskenbildnerin das Gespräch, da Hanna bei der Arbeit an ihrem Gesicht möglichst keine Miene verziehen durfte.

„Kurze Pause“, sagte Dagmar schließlich, worauf Hanna die Augen aufschlug. Interessiert betrachtete sie ihr Spiegelbild. Sie erkannte sich selbst nicht mehr.
„Eine Schlange“, brachte sie verblüfft hervor. „Das ist unglaublich, Daggi. Wie hast du das gemacht?“
„Ein bisschen modelliert, ein bisschen gemalt...“, antwortete die Freundin lächelnd. „Gefällt es dir?“
„Es ist toll!“ erwiderte Hanna begeistert und betrachtete sich von allen Seiten. Ihre schmale Nase war völlig verschwunden. Dafür wirkte ihr Gesicht nun von den Wangenknochen her breiter und trug die typische Zeichnung eines Reptils. Nur die Mundpartie war noch frei. „Warum hast du diese Maske gewählt? Hältst du mich etwa für eine falsche Schlange?“
„Dann wären wir bestimmt nicht schon so lange befreundet“, tadelte Dagmar sie. „Die Schlange passt insofern zu dir, weil auch du gewandt bist und dich sehr geschmeidig bewegen kannst. Außerdem wolltest du eine außergewöhnliche Maskerade. Soll ich weitermachen, oder hast du Bedenken?“
„Ich vertraue dir voll und ganz.“
Nachdem das Gesicht fertig war, bemalte die Maskenbildnerin Hals und Dekolleté im Schlangenmuster. Anschließend bürstete sie das Haar straff zurück und steckte es flach um Hannas Hinterkopf fest, bevor sie eine Haube im Schlagen-Design darüber zog. Auf Nacken, Schultern und einen Teil des Rückens trug Dagmar wieder Farbe auf.
Nach einer weiteren kurzen Pause zog Hanna zum Kostüm passende halterlose Strümpfe und das hautenge schulterfreie Kleid an. Lange Handschuhe und hohe Pumps im Schlangenmuster vervollständigten das Outfit.
Begeistert drehte sich Hanna vor dem raumhohen Spiegel.
„Du bist ein Genie, Daggi!“
Kritisch beäugte die Freundin sie von Kopf bis Fuß.
„Nirgendwo schimmert deine Haut durch. Trotzdem, irgendwas ist noch nicht perfekt...“
„Was meinst du?“, fragte Hanna, sich abermals betrachtend.

„Es ist toll! Kein Mensch wird mich erkennen!“
„Vergiss nicht deine Stimme“, riet Dagmar ihr. „Als Schlange musst du zischelnd sprechen, sonst nützt die beste Maskerade nichts.“ Aus einer Schublade nahm sie zwei weiße Plättchen. „Die befestigen wir mit Spezialkleber innen an deinen Zähnen“, erklärte sie. „Dadurch wirst du richtig schön lispeln, so dass man dich nicht mehr an deiner Stimme erkennen kann.“
„Davon habe is son als kleines Mädsen geträumt“, lispelte Hanna. „Das macht mis so ristis sexy.“
„Genau“, lachte Dagmar, wobei sie die Freundin abermals kritisch musterte. „Es ist dein Slip“, stellte sie plötzlich fest. „Er zeichnet sich deutlich unter dem engen Kleid ab.“
„Dieser gummierte Stoff sitzt ja auch wie eine zweite Haut“, stimmte Hanna ihr nach einem weiteren Blick in den Spiegel zu. „Darunter würde sich sogar ein String-Tanga abzeichnen. Da kann man halt nichts machen.“
„Sicher kann man das“, widersprach Dagmar. „Zieh den Fummel einfach aus.“
„Du meinst, ich soll ohne...? Das ist doch total verrückt!“
„Nun stell dich nicht so an“, forderte Dagmar. „Kein Mensch wird das bemerken.“
„Ich weiß nicht“, zögerte Hanna noch immer. „Bislang war ich noch nie unten ohne unterwegs.“
„Dann ist das heute eben eine Premiere“, sagte Dagmar leichthin. „Mit dem Slip siehst du jedenfalls aus, wie eine Schlange mit Verdauungsproblemen. Er ruiniert das ästhetische Gesamtbild. Zieh das Teil wenigstens probehalber aus, Hanna.“
„Also gut...“ Mit einem Seufzer raffte sie in Kniehöhe den auf beiden Seiten geschlitzten Stoff hoch und schlüpfte aus dem störenden Stück weißer Spitze. Vor dem Spiegel strich sie das Kleid wieder glatt.
„Perfekt“, sagte Dagmar zufrieden. „Genau, wie es sein sollte.“ Rasch griff sie ihre Kamera von einer Kommode. „Ich brauche ein paar Fotos für meine Arbeitsmappe. Dreh dich bitte ganz langsam....“

Auch in diesem Jahr fand der Maskenball im Festsaal der Musikhochschule statt. Die Gäste bestanden aus Professoren, Lehrern, Freunden und Förderern dieser Einrichtung mit ihren Partnern. Hannas verstorbener Mann, ein Musikwissenschaftler, hatte zu seinen Lebzeiten stets an der Organisation dieses Balles mitgewirkt. Auch nach seinem Tod erhielt Hanna eine Einladung zu dieser Feier, nahm an diesem Abend allerdings erst das zweite Mal wieder daran teil.
Bei ihrem Eintreffen herrschte bereits eine ausgelassene Stimmung. Sämtliche Gäste waren phantasievoll kostümiert. Um bis zur Demaskierung um Mitternacht nicht erkannt zu werden, trugen sie entweder das gesamte Gesicht bedeckende Masken oder Dominos über der Augenpartie.
Die als Schlange verkleidete Frau erregte durch das kunstvolle Outfit einiges Aufsehen. Mehrfach wurde sie auf ihr gelungenes Äußeres angesprochen, aber von niemandem erkannt.
Langsam bewegte sie sich durch die fröhliche Menge. Plötzlich wurde sie von einem temperamentvoll mit einer Haremsdame tanzenden Clown angerempelt und taumelte gegen eine breite Brust. Zwei starke Arme bewahrten Hanna vor einem Sturz.
„Sorry“, murmelte sie und blickte zu ihrem Retter auf. Er trug eine Maske mit langem dunklem Bart, buschigen Augenbrauen und einer Adlernase. Unter dem weißen Turban schaute dichtes schwarzes Haar hervor. Seine grauen Augen waren amüsiert auf Hanna gerichtet.
„Meine Gebete wurden erhört“, sagte er mit unter der Maske dumpfer, aber nicht unangenehmer Stimme. „Ich warte schon den ganzen Abend auf dich.“
„Auf mich?“, wiederholte sie in leicht zischelndem Ton. „Warum?“
„Schau mich an“, forderte er sie auf. „Für was hältst du mich?“
Unwillkürlich trat Hanna einen Schritt zurück und musterte ihn. Er trug eine weinrote Weste über dem bloßen gebräunten Oberkörper. Dazu beigefarbene Pumphosen – und war barfuß. Um seinen Hals baumelte eine lange Gummischlange; an dem

ebenfalls weinroten Stoffgürtel hing eine Flöte.
„Man könnte dich für einen Fakir halten."
„Ich bin der weltberühmte Schlangenbeschwörer Abú", erklärte er feierlich. „Meine Kobra ist nach der langen Reise aus dem Morgenland total erschöpft eingeschlafen. – Aber was ist ein Schlangenbeschwörer ohne Schlange? Wie eine klare Nacht ohne Sterne. Das Schicksal hat uns beide hier zusammengeführt, meine schöne Boa."
Belustigt blitzte es in Hannas Augen auf.
„Du erwartest doch nun hoffentlich nicht, dass ich in einem Korb verschwinde und erst wieder auftauche, wenn du in deine Flöte bläst?"
„Eine so außergewöhnliche Schlange, wie du es bist, kann gewiss auch ohne Flötenspiel tanzen", vermutete er und streckte ihr die Hand entgegen. „Darf ich bitten?"
Wortlos legte Hanna ihre Hand in die seine und ließ sich auf die Tanzfläche führen. Während sie sich im Rhythmus der Musik bewegten, überlegte Hanna, wie alt ihr Beschwörer wohl sein mochte. Die Hand, in der ihre Rechte ruhte, war schmal, die Finger feingliederig wie bei einem Pianisten. Das war auf einem Ball der Musikhochschule aber nicht verwunderlich. Hannas Blick wanderte seinen Arm hinauf: glatte, leicht gebräunte Haut, feste Muskeln, erste graue Haare in den dunklen Locken auf der Brust, flacher Bauch.
„Findet das, was du siehst, deine Zustimmung?"
Ohne eine Spur von Verlegenheit schaute Hanna in seine Augen.
„Ich weiß immer gern, mit wem ich es zu tun habe."
„Was schließt du denn aus dem, was du an mir wahrnimmst?"
„Außer auf deiner Flöte spielst du auch Klavier", erwiderte sie sachlich, ohne jedoch zu vergessen, ihre Stimme zischelnd klingen zu lassen. „Vermutlich sogar noch andere Instrumente. Dein Alter schätze ich zwischen vierzig und fünfzig. Du bist selbstbewusst, phantasievoll und kontaktfreudig. Wahrscheinlich hast du beruflich viel mit Menschen zu tun. Ich tippe auf

irgendeine Lehrtätigkeit." Ihre grünlich geschminkten Lippen umspielte ein Lächeln. „Außerdem durftest du gut. – Hugo Boss oder Safari?"
„Ralph Laurens Safari", gab er erstaunt zu. „Auch alles andere trifft so ziemlich zu." Sein Blick hielt den ihren gefangen. „Kennen wir uns womöglich?"
„Nicht, dass ich wüsste", verneinte Hanna. „Menschenkenntnis, Lebenserfahrung und eine gute Beobachtungsgabe genügen oft." Ihre Augen nahmen einen herausfordernden Ausdruck an. „Jetzt bist du an der Reihe."
„Das ist bei deiner perfekten Maskerade schwer", behauptete er. „Trotzdem will ich es versuchen..." Er hielt sie ein wenig von sich und nahm ihr Bild in sich auf. „Nach deiner biegsamen Figur zu urteilen, bist du jung – sehr jung. Irgendwo in den Zwanzigern. Dagegen sprechen allerdings deine ausgezeichnete Menschenkenntnis und deine Lebenserfahrung. Deshalb bist du womöglich doch schon Anfang dreißig. Jedenfalls hast du mich beinah wie ein Psychologe analysiert. Vielleicht arbeitest du in diesem Metier und hast dich nur zufällig unter uns Musiker verirrt." Behutsam zog er Hanna wieder dichter an sich. „Außerdem fühlst du dich gut an – verdammt gut sogar."
„Letzteres streite ich besser nicht ab", erwiderte Hanna vergnügt. „Mit deiner restlichen Analyse liegst du allerdings ziemlich daneben."
Scheinbar entsetzt rollte er hinter seiner Maske mit den Augen. „Bedeutet das etwa, du bist schon zwischen siebzig und achtzig? Eine Rentnerin mit Gummistrümpfen und Stützkorsett?"
„Jetzt kommen wir der Sache schon näher", lachte sie. „So viel Gummi wie heute hatte ich noch nie am Körper."
„Mir gefällt dieses hautenge Outfit", gab er offen zu. „Läufst du im wirklichen Leben auch so sexy gekleidet herum?"
„Ist das hier nicht das wirkliche Leben?", tat sie überrascht. „Verstecken sich die meisten Menschen nicht hinter einer Maske, aus Furcht, zu viel von sich selbst preiszugeben?"
„Offenbar schlummert in dir doch eine Madame Freud. – Oder

sprichst du von dir? Brauchst du eine perfekte Tarnung? Die einer gefährlichen Schlange: unnahbar, kraftvoll, giftig und unberechenbar? Verbirgst du dahinter ein sensibles, verletzbares Wesen?"
„Schon wieder falsch gedeutet", entgegnete Hanna ernst. „Es gibt keinen Grund, mich hinter einer Maske zu verschanzen. Ich bin stark, wo ich stark sein muss, versuche aber dennoch sensibel auf meine Mitmenschen einzugehen. Verletzbarkeit betrachte ich übrigens nicht als Schwäche. Wer unverletzbar ist, ist entweder aus Stein oder tot." Ihre kühlen, behandschuhten Finger strichen sacht über seine Brust. „Wie sieht es denn hier drinnen aus? Kannst du nur hinter einer Maske ganz du selbst sein?"
„Das würde nicht funktionieren", war er überzeugt. „Wenn man tagtäglich mit vielen Menschen zu tun hat, muss man aufrichtig sein und zu dem stehen, was man verkörpert. Jedes Heucheln oder Verstellen würde rasch bemerkt und mich völlig unglaubwürdig erscheinen lassen. Deshalb zeige ich meine Ecken und Kanten, anstatt sie vor meiner Umwelt zu verbergen. Kein Mensch hat nur Schokoladenseiten."
„Heute scheinst du aber viele davon zu haben", scherzte sie, um das Gespräch wieder in heitere Bahnen zu lenken. „Deine Haut sieht richtig lecker aus. Ist die Bräune echt?"
Er war feinfühlig genug, um ihre Absicht zu durchschauen.
„Teneriffa aus der Tube", gab er freimütig zu. „Trinkst du ein Glas mit mir, obwohl ich eigentlich ein Bleichgesicht bin?"
„Nur ein Glas? Momentan bin ich in der Stimmung für eine richtige Champagnerorgie."
„Erst der Champagner", bestimmte er scheinbar streng. „Über die Orgie verhandeln wir später."

Es war schon dunkel, als Marie mit Geisha von einem langen Abendspaziergang heimkehrte. Die müde Hündin lief zuerst in die Küche zu ihrem Wassernapf, bevor sie sich in ihrem Korb in der Diele zusammenrollte.

Marie setzte sich an den Küchentisch und blätterte in einem Buch über kreatives Kochen...
Die Sichel des Mondes verschwand hinter einer Wolke. Auf leisen Sohlen schlich ein Mann am Gartenzaun entlang. Plötzlich flankte er über das Hindernis, um nicht in den Schein der Straßenlaterne zu geraten. Seine schwarz gekleidete Gestalt verschmolz mit der Dunkelheit. Ungesehen bewegte er sich über das fremde Grundstück auf das Haus zu, fand die Tür zum Souterrain und drückte die Klinke herunter. Als sie nachgab, schlüpfte er hinein...
Mit einem unwilligen Knurren sprang Geisha auf. Laut bellend blieb sie mitten im Flur stehen, den Blick auf die Treppe zum Souterrain gerichtet. Das Fell in ihrem Nacken stand hoch wie eine Bürste.
„Sei still, Geisha!", befahl Marie, die aus der Küche kam. Beruhigend klopfte sie dem Tier die Seite. „Bist ein braver Hund", lobte sie die Wachsamkeit des Boxers. „Da ist nichts. – Geh wieder in deinen Korb."
Die Hündin rührte sich nicht von der Stelle. Stattdessen ließ sie ein leises Knurren hören.
„Wenn du mich unbedingt beschützen willst, dann komm mit", Sie wusste, Geisha würde nicht eher Ruhe geben, bis sie sich davon überzeugt hätte, dass keine Gefahr bestünde. Während Marie noch das Licht einschaltete, stürmte Geisha schon bellend die Stufen hinunter. Marie folgte ihr, war aber erst auf halber Treppe, als der Hund plötzlich verstummte.
Dennoch setzte Marie ihren Weg unerschrocken fort. In der Tür zur großen Küche blieb sie stehen – und lächelte. Geisha stand Schwanz wedelnd vor dem Eindringling und ließ sich von ihm kraulen.
„Geisha scheint ein ausgezeichneter Wachhund zu sein", sagte er und wandte sich um. „Würde sie mich nicht kennen, müsstest du mich jetzt vermutlich verarzten." Zärtlich küsste er Marie auf die Lippen. „Eigentlich könntest du das trotzdem tun. Meine Wunden sind äußerlich zwar nicht sichtbar, aber ich

bin schon ganz krank aus Sehnsucht nach dir."
„Dagegen weiß ich ein wirksames Mittel", erwiderte sie verheißungsvoll. „Allerdings müsstest du zur Behandlung mit in mein Schlafzimmer kommen."
„Dir folge ich bis ans Ende der Welt."
„Da möchte ich gar nicht hin", ließ sie ihn mit schelmischem Lächeln wissen. „Wie viel Zeit haben wir denn für deine Therapie?"
„Die Kinder schlafen tief und fest – und mein Haushaltsvorstand kommt von einer solchen Veranstaltung erfahrungsgemäß nicht vor zwei Uhr nachts nach Hause."
„Für meine Mitbewohnerin gilt sicher das gleiche." Rasch warf sie einen Blick auf die große Wanduhr. „Uns bleiben fast drei Stunden. So viel Zeit hatten wir lange nicht für uns."
„Deshalb werden wir sie sinnvoll nutzen", versprach er und griff nach ihrer Hand. „Führen Sie mich bitte in Ihren Behandlungsraum, Frau Doktor."
„Mit dem größten Vergnügen, Herr Patient."

Für Hanna verlief der Kostümball anders als im Jahr zuvor. Außer der üblichen oberflächlichen Konversation hatte sie erwartet, ein bisschen zu tanzen, ein wenig zu flirten, um den Alltag für eine Weile zu vergessen. Mit einem Schlangenbeschwörer, der den ganzen Abend nicht von ihrer Seite weichen würde, hatte sie nicht gerechnet. Abú erwies sich als ausgezeichneter Tänzer, verstand es, amüsant zu plaudern, war aufmerksam und besaß gute Manieren. Sein Humor war dem ihren sehr ähnlich: schlagfertig, manchmal hintergründig, aber niemals aufdringlich oder anzüglich. Ein Mann zum Verlieben... Leise lachte Hanna über sich selbst. Sie kannte weder sein Gesicht noch strebte sie eine engere Beziehung an. Seit dem Tod ihres Mannes war sie gezwungen, sich ihr Leben ohne seine Liebe einzurichten. Im Laufe der Zeit hatte sie ihre Unabhängigkeit sogar zu schätzen gelernt. So mancher attraktive Mann hatte seitdem ihren Weg gekreuzt und sie umworben.

Keiner von ihnen hatte jedoch den Wunsch in ihr geweckt, ihr restliches Leben mit ihm zu teilen. Selbst wenn er sich noch so gut anfühlte, dachte Hanna und löste sich etwas von ihrem Tanzpartner, um ihm in die Augen schauen zu können. Ihre Blicke versanken ineinander. Behutsam zog Abú sie wieder enger an sich.
„Es ist, als würden wir uns schon eine Ewigkeit kennen", flüsterte er an ihrem Ohr. „Du fügst dich so perfekt in meine Arme, als hättest du nie woanders hingehört."
„Weil ich mich bei dir wohlfühle", gab sie offen zurück. „Sehr wohl sogar."
Er schaute sie an, als wolle er sagen: Verschwinden wir von hier.
„Eine gute Idee", antwortete sie und nahm seinen Arm. „Hier ist es so warm. Lass uns eine Weile nach draußen gehen."
Durch das Gedränge geleitete er Hanna zu den weit geöffneten Flügeltüren, die ins Freie führten. Tief atmete Hanna die klare Nachtluft ein. Schweigend schlenderten sie nebeneinander durch den dunklen Park. Hinter einer hohen Baumgruppe lag ein kleiner Pavillon. Aus einem Mauerspalt neben der Tür fischte Abú den Schlüssel und sperrte auf.
Drinnen war es stockfinster; man konnte die Hand nicht vor Augen sehen.
„Es gibt hier keinen Strom", sagte Abú, während er die Tür von innen schloss. Er tastete nach Hanna und zog sie an sich. „Fürchtest du dich?"
„Nein..."
Sie hörte, dass er die Maske vom Kopf zog. Gleich darauf spürte sie seine Lippen auf ihrem Mund. Sein Kuss war so leidenschaftlich, dass Hanna erschauerte. Sie spürte seinen harten Körper dicht an dem ihren, fühlte, in welchen Zustand ihre Nähe ihn versetzt hatte.
Urplötzlich gab Abú sie frei.
„Sorry", sagte er mit vor Erregung heiserer Stimme. „Es ist schon einige Zeit her... Deshalb die prompte Reaktion..."

„Ich dachte schon, es läge an mir..."
„Natürlich liegt es an dir", versicherte er ihr. „Nur an dir. Aber ich möchte dich nicht erschrecken. Wenn du nun lieber in den Saal zurück möchtest..."
Ihre Hände tasteten nach seinem Gesicht, umrahmten es sanft.
„Jetzt noch nicht...", flüsterte sie und küsste ihn zärtlich. Ihre behandschuhten Finger schlüpften unter seine Weste, strichen kühl über seine Haut.
Auch seine Hände blieben nicht untätig. Begehrend streichelten sie über ihren bloßen Rücken, glitten zu ihren Hüften und pressten sie an sich.
„Wenn du mich jetzt nicht stoppst", murmelte er rau, "kann ich für nichts mehr garantieren..."
„Ich will dich", flüsterte Hanna. Obgleich sie kaum noch klar denken konnte, wurde ihr bewusst, dass sie kein Risiko eingehen durfte. „Hast du zufällig ein Kondom dabei?"
„Ja", gestand er. „Als verantwortungsvoller..."
„Schon gut", unterbrach sie ihn, wobei sie ungeduldig an seinem Hosenbund nestelte. Ihre Lippen liebkosten seine Brust. Als seine Hose fiel, raffte sie ihr Kleid hoch. Dabei stieß sie gegen einen Tisch und lehnte sich dagegen.
Nach einem Moment war auch Abú soweit. Er streckte die Hände nach Hanna aus, bekam sie an den Schultern zu fassen und küsste die Schlangenfrau stürmisch. Seine Lippen glitten ihren Hals hinab und vergruben sich in ihrem Dekolleté. Gleichzeitig strich seine Linke ihr rechtes Bein hinauf, bis sie zarte warme Haut fühlte.
Hanna konnte sich nicht erinnern, jemals etwas derart Prickelndes erlebt zu haben. Sich einem Mann, den sie kaum kannte, dessen Gesicht sie nie gesehen hatte, in absoluter Dunkelheit hinzugeben, empfand sie als ungeheuer erregend. Seine Hände schienen plötzlich überall zu sein. Sie seufzte leise und drängte sich an ihn. Dadurch signalisierte sie ihm ihre Bereitschaft. Mit einem tiefen Stöhnen drang er in sie ein. Schnell fanden sie denselben Rhythmus, steigerten gegenseitig ihre

Lust. Sie konnten einander nicht sehen – nur fühlen. Das taten sie mit einer nie erlebten Intensität, die sie beide unausweichlich auf den Gipfel der Leidenschaft katapultierte.
Eng umschlungen verhielten sie, bis ihr Atem sich allmählich beruhigte.
„Wer bist du?“ fragte er und strich mit den Fingerspitzen über ihre Schulter. „Sag mir, wie du heißt.
„Ich bin nicht wirklich“, behauptete sie, um ihre Anonymität zu wahren. Sanft löste sie sich aus seinen Armen. Mit wenigen Handgriffen brachte sie ihr Kleid in Ordnung. „Diese Nacht war einmalig.“
„Aber ich will dich wiedersehen! Auf dich habe ich ein Leben lang gewartet.“
„Ich bin nur eine Illusion.“ Vorsichtig tastete sie sich zur Tür, fand die Klinke und schlüpfte hinaus.
„Warte!“, rief Abú ihr nach, aber sie reagierte nicht.
Anstatt in den Festsaal zurückzukehren, wandte sich Hanna nach rechts und lief über den Rasen zu einem Pfad, von dem sie wusste, dass er zur Straße führte. Derweil Abú in der Dunkelheit des Pavillons seine Kleider zusammensuchte, stieg Hanna in ein Taxi.
Im Atelier der Freundin stellte sie sich unter die Dusche und wusch die Farbe von ihrer Haut.
Unterdessen suchte Abú im Festsaal unter den mittlerweile demaskierten Gästen nach der Schlangenfrau, konnte sie aber nirgends entdecken. Enttäuscht ging er hinauf in das Büro eines befreundeten Professors und zog sich um.

Mit einem zufriedenen Seufzer schmiegte sich Marie an ihren Geliebten.
„Wäre es nicht schön, wenn wir jede Nacht zusammen in meinem Bett verbringen könnten? Ich möchte abends neben dir einschlafen und morgens neben dir erwachen.“
„Wenn das so einfach wäre, Marie.“ Sanft küsste er sie auf die Schläfe. „Wären wir beide frei und ungebunden...“ Er ließ of-

fen, wir ihr Leben dann aussähe. „Wir müssen nun mal Rücksicht auf unsere Familien nehmen, sonst landen wir in einem totalen Chaos."
Abermals löste sich ein Seufzer von ihren Lippen.
„Ich weiß." Sie richtete sich etwas auf, um ihm in die Augen schauen zu können. „Wüssten meine Mädchen, was ich hier treibe, während sie bei ihrem Vater sind, würden sie wahrscheinlich gar nicht mehr nach Hause wollen. Insgeheim hoffen sie vermutlich immer noch, dass Oliver und ich irgendwann wieder zusammenkommen."
„Und du?" Ernst, fast besorgt erwiderte er ihren Blick. „Bist du wirklich über ihn hinweg, Marie? Oder empfindest du noch etwas für ihn?"
„Das war schon vor unserer Trennung vorbei", beruhigte sie ihn. „Oliver war als Architekt immer viel unterwegs. – Und er hat nicht gern allein geschlafen. Vielleicht waren seine Affären für ihn tatsächlich bedeutungslos, aber mir haben sie sehr wehgetan. Trotz seiner Beteuerungen ist es immer wieder passiert. Irgendwann konnte ich ihm nicht mehr glauben. Mit dem Vertrauen sind auch meine Gefühle für ihn gestorben."
„Wie kann man nur eine so wundervolle Frau, wie du es bist..."
„Mist!" unterbrach Marie ihn und schlug die Decke zurück. „Das klingt wie ein Taxi..." Mit einem Satz war sie aus dem Bett. Splitternackt blieb sie hinter der Gardine stehen. „Das ist Hanna! Du musst verschwinden!"
„Wie denn?" Rasch sprang auch er auf und stieg in seine Hosen. „Soll ich etwa aus dem Fenster hechten, um ihr nicht zu begegnen?"
„Wir müssen warten, bis sie nach oben geht." Hastig schlüpfte sie in ihren Morgenmantel, lief zur Tür und schaltete das Licht aus. Angestrengt lauschte Marie auf die Schritte ihrer Cousine. Hanna begab sich nach Betreten des Hauses jedoch nicht gleich in ihr Schlafzimmer. Zuerst verlangte Geisha ihr Recht. Die Hündin freute sich, als hätte sie Hanna wochenlang nicht gesehen.

„Hast du mich so sehr vermisst?“ Liebevoll kraulte sie das Tier hinter den Ohren. „Wollen wir noch eine Runde gehen?“
Sofort lief Geisha erwartungsvoll zur Tür. Hanna legte ihr noch das Halsband um und griff sich eine Jacke und die Leine von der Garderobe, ehe sie das Haus verließen.
Als Marie die Tür klappen hörte, trat sie noch einmal ans Fenster.
„Sie unternimmt noch einen Spaziergang mit Geisha“, sagte Marie erleichtert. „Komm, ich lasse dich unten im Souterrain raus.“
Die Straße lag wie ausgestorben. Zügig ging Hanna mit der Hündin in die gewohnte Richtung. An der ersten, mit Gras bewachsenen Stelle um einen Baum verrichtete Geisha ein kleines Geschäft. Noch ehe Hanna ihn bemerkte, witterte das Tier einen Artgenossen. Abwartend blieb Geisha stehen. Ihr Blick wechselte zwischen Hanna und dem kleinen Hund, der nun in den Lichtkegel einer Laterne lief.
„Du bleibst hier!“, befahl Hanna leise und leinte die Hündin an. „Wir wollen erst mal sehen, mit wem dein Freund Gassi geht.“
Langsam gingen sie weiter, bis Pavarotti sie erreichte. Während sich die Hunde beschnüffelten, schlenderte der Besitzer des Jack-Russel-Terriers gemächlich auf sie zu.
„Guten Abend, Mrs. F.“, begrüßte er Hanna erstaunt. „So spät noch unterwegs? Haben Sie keine Angst, mitten in der Nacht irgendwelchen bösen Buben zu begegnen?“
„Falls Sie sich damit meinen, muss ich Sie enttäuschen, Herr Dr. Jensen. Sie wirken völlig ungefährlich auf mich.“
„Der Schein trügt manchmal“, gab Jakob zu bedenken. „Allerdings würde ich mir mein Opfer sorgfältig auswählen. Sie kämen vermutlich nicht einmal in die engere Wahl. Ich bevorzuge warmherzige, anschmiegsame Wesen.“
„Damit habe ich absolut kein Problem“, erwiderte sie leichthin. „Im Übrigen können Sie mich heute auch nicht mit noch so freundlichen Worten ärgern. Dazu bin ich in viel zu guter Stimmung.“

„Die Sie wahrscheinlich einem Mann verdanken“, mutmaßte er, wobei er Geisha die Flanke klopfte. „Wer war denn der bedauernswerte Kerl?“
„Bedauernswert?“, spottete die Dame am anderen Ende der Leine. „Er hat diese Nacht mindestens so wie ich genossen.“
„Trotzdem werden Sie ihn nicht wiedersehen“, war Jakob überzeugt. „Wie ich Sie einschätze, haben Sie bei ihm nur Ihre Libido gestillt und ihm anschließend einen Tritt versetzt.“
„So etwas macht man allenfalls mit einem Typen, der sich ständig aufbläst wie ein Gockel auf Extasy“, konterte sie, denn ihr Liebesleben ging ihn überhaupt nichts an. „Mein Gespiele war jedoch ein richtiger Mann“, konnte sie sich dann doch nicht verkneifen, zu bemerken. „Deshalb werde ich schon in wenigen Stunden mit ihm zusammen frühstücken. – Im Bett, falls Sie es genau wissen möchten.“

Jakob verstand die Anspielung und ärgerte sich darüber, dass sie ihn offenbar für einen kompletten Versager hielt.
„Sie glauben, dass Sie die Einzige sind, die sich diese Nacht mit erotischen Spielchen versüßt hat“, sagte er triumphierend. „Weit gefehlt, meine Liebe! Auch ich war in den letzten Stunden nicht untätig! Das war ein einmaliges Erlebnis!“
„Zum einen bin ich nicht Ihre Liebe“, versetzte Hanna ihm einen Dämpfer. „Zum anderen muss ich Ihnen wohl gratulieren, dass es ein Mann mit Ihrer unvergleichlichen Art überhaupt geschafft hat, eine Frau zu überreden, mit ihm in die Horizontale zu gehen.“
„Dazu musste ich sie nicht überreden!“ betonte Jakob. „Im Gegenteil: Sie war ganz wild auf mich!“
„Was Sie nicht sagen...“ Diese Vorstellung schien Hanna offensichtlich zu erheitern. „War sie blind, oder war es so finster, dass sie nicht erkennen konnte, mit wem sie sich einließ?“
„Sie wollte mich!“ erregte sich Jakob. „Nur mich! Das können Sie wohl nicht verstehen!?“
„Beileibe nicht“, gab sie zu. „Aber da das heute Ihr Glückstag

zu sein scheint, sollten Sie die Dame festhalten."
„Das ist unmöglich..." Seine Augen schauten plötzlich so traurig, dass er Hanna beinah Leid tat. „Wir werden uns nicht wiedersehen..."
„Ach!?" Forschend musterte sie ihn. „Versetzte sie Ihnen einen Tritt oder umgekehrt? – Sie brauchen gar nicht zu antworten", schloss sie aus seiner finsteren Miene. „Deshalb also unterstellten Sie mir eben das gleiche! Ziehen Sie gar nicht in Erwägung, dass es womöglich an Ihnen liegen könnte? Dass Sie einfach nicht der Typ sind, den man wiedersehen möchte?"
„Was bilden Sie sich eigentlich ein?", brauste Jakob auf. „Sie haben doch überhaupt keine Ahnung..."
Geishas lautes Knurren ließ ihn verstummen.
„Schon gut, Geisha", beruhigte Hanna die Hündin. „Er bellt, aber er beißt nicht."
Ohne Hanna noch eines Blickes zu würdigen, nahm Jakob seinen kleinen Hund auf den Arm und ging mit langen Schritten davon.
„Wer austeilt, sollte auch einstecken können", murmelte Hanna und ließ Geisha wieder von der Leine.

Jakob war ziemlich geladen, als er nach Hause kam. Ärgerlich warf er die Haustür ins Schloss und marschierte schnurstracks ins Wohnzimmer. Sein Bruder saß auf dem Sofa und zappte durchs Fernsehprogramm.
„Wo warst du vorhin?" fragte Jakob statt einer Begrüßung vorwurfsvoll. „Als ich nach Hause gekommen bin, waren die Kinder mit dem Hund allein."
„Ich habe mir nur die Füße vertreten", rechtfertigte sich Jonas. „Mit Pavarotti war ich gegen elf Uhr draußen – und die Jungs haben längst geschlafen."
Scharf fixierte Jakob seinen Bruder.
„Du warst nicht zufällig bei unserer Nachbarin?"
„Bei unserer Nachbarin?", wiederholte Jonas irritiert. „Wie kommst du denn darauf?"

„Zufällig habe ich sie eben noch mit ihrem Hund getroffen. Die Flemming scheint einen neuen Lover zu haben."
„Und was hat das mit mir zu tun?"
„Tu doch nicht so scheinheilig." Jakob nahm ein Glas aus dem Schrank und schenkte sich einen Cognac ein. „Erst vor wenigen Tagen hast du davon geschwärmt, was für eine tolle Frau sie angeblich ist: so intelligent, humorvoll und überaus attraktiv. Womöglich hast du meine Abwesenheit benutzt, um die Festung sturmreif zu schießen."
„Hast du mich nicht ermahnt, die Finger von ihr zu lassen?" Grinsend streckte Jonas die Hände vor. „Überzeug dich doch selbst: keine Brandblasen."
Schwer ließ sich Jakob in einen Sessel fallen.
„Bedeutet das, du hattest keine Gelegenheit, dich an ihr zu verbrennen? Oder befindest du dich noch in einem Zustand geistiger Umnachtung, nachdem deine Eroberung bislang ohne sichtbare Blessuren geblieben ist?"
„Leider war ich nicht der Glückspilz, den sie erhört hat. Seit dem Abendspaziergang bin ich ihr nicht mehr begegnet." Jungenhaft zwinkerte er ihm zu. „Hätte ich ihre Nähe suchen sollen, um dir einen Grund zu liefern, mit deinem kleinen Bruder zu schimpfen?"
„Sorry, aber diese Frau ist wie ein rotes Tuch für mich."
„Sie reizt dich", nickte Jonas verstehend. „Hätte sie dir nicht von Anfang an Kontra gegeben, würdest du sie vermutlich mit anderen Augen sehen."
„Möglich", räumte Jakob ein. Versonnen blickte er in sein Glas. „Trotzdem ist sie ein unscheinbares Wesen im Vergleich zu der Frau, die ich heute Abend kennen gelernt habe..."
„Es hat dich erwischt!?" Es klang mehr wie eine Feststellung als eine Frage. „Erzähle!"
„Da gibt es nicht viel zu berichten", meinte Jakob deprimiert.
„Mir war vom ersten Augenblick klar, dass sie was ganz Besonderes ist: klug, unglaublich sexy und witzig. Wir haben uns auf Anhieb großartig verstanden, obwohl sie mindestens fünf-

zehn Jahre jünger ist als ich. Zwischen uns war überhaupt nichts Fremdes..."
„Und?", fragte Jonas gespannt, als sein Bruder schwieg. „Wer ist sie?"
„Keine Ahnung", gab Jakob zu. „Ihren Namen hat sie mir leider nicht verraten. Wahrscheinlich ist sie verheiratet."
„Dann hast du schlechte Karten", sagte Jonas mitfühlend. „Ein so großer Altersunterschied brächte ohnehin Probleme mit sich. Vergiss sie besser."
„Mir bleibt eh keine Wahl." Jakob leerte sein Glas in einem Zug. „Ich gehe ins Bett", beschloss er, obgleich er ahnte, dass er nicht würde schlafen können.

Kapitel 10

Es war wieder ein warmer Tag. Die Sonne schien von einem wolkenlosen Himmel. Hanna lag noch in tiefem Schlaf, als ein Läuten sie aus ihren Träumen riss. Widerwillig schlug sie die Augen auf und warf einen Blick auf den Wecker.
Noch nicht einmal neun Uhr! Aufstöhnend drehte sie sich auf die andere Seite und schloss die Augen.
Wieder läutete es – diesmal anhaltend.
„Verflixte Seuche...", murmelte sie genervt. Vermutlich war Marie mit Geisha unterwegs. Deshalb musste sie notgedrungen selbst nachsehen, wer zu nachtschlafender Zeit Einlass begehrte. Brachte Oliver die Kinder früher als verabredet zurück? Seufzend schlug Hanna die Decke zur Seite und erhob sich. Auf dem Weg zur Tür schlüpfte sie in ihren Morgenmantel. Während sie die Treppe hinunterging, läutete es abermals.
„Ja, ja, ich komme doch schon!", rief sie ungehalten und riss die Haustür auf. Ungläubig weiteten sich ihre Augen beim Anblick des Nachbarn.
„Was wollen Sie denn schon wieder? Haben Sie zu Hause feuchte Wände oder welcher Vorwand treibt Sie diesmal her?"
„Auch ich wünsche Ihnen einen wunderschönen guten Morgen, Mrs. F.", erwiderte Jakob, wobei er ungeniert auf den Aus-

schnitt ihres nur nachlässig geschlossenen Morgenmantels starrte. Es war unverkennbar, dass Hanna nichts darunter trug.
„Haben Sie jetzt genug gesehen?“, spottete Hanna, die gar nicht daran dachte, den Stoff zusammenzuraffen. „Oder kann ich sonst noch was für Sie tun?“
„Oh, da wüsste ich schon eine Menge...“
„Übernehmen Sie sich nur nicht.“ Herausfordernd hob sie das Kinn. „War das alles? Ich möchte gern wieder in mein Bett.“
„Haben Sie etwa noch geschlafen?“, fragte er sichtlich überrascht. „Wie hätte ich das ahnen können, nachdem Sie gestern gesagt haben, Sie wollten heute mit einem richtigen Mann frühstücken.“
„Dreimal dürfen Sie raten, weshalb ich so schnell wie möglich in mein Bett zurück möchte.“
„Pardon, ich wollte Sie nicht bei Ihren morgendlichen Aktivitäten stören“, tat Jakob zerknirscht, obwohl er genau wusste, dass Marie das Haus vor wenigen Minuten mit Geisha verlassen hatte. Hinter seinem Rücken brachte er eine Tortenplatte zum Vorschein. „Eigentlich wollte ich Ihrer Cousine nur diese Leihgabe zurückbringen.“
„Geben Sie schon her“, sagte Hanna und nahm sie ihm aus der Hand. „Sonst noch was?“
„Sicher haben Sie nichts dagegen, wenn ich gleich mit meinen Neffen Basketball spiele. Auf Ihren Schönheitsschlaf müssen wir ja heute keine Rücksicht nehmen.“
„Vorsichtshalber schließe ich das Fenster“, sagte sie mit honigsüßem Lächeln. „Womöglich gelangt sonst eine nicht ganz jungendfreie Geräuschkulisse an die unschuldigen Ohren Ihrer Neffen.“ Ohne seine Antwort abzuwarten, schloss sie die Tür. Die Tortenplatte hätte sie am liebsten wie einen Frisbee durch die Diele geworfen, stellte das gute Stück dann aber doch auf einer Kommode neben der Treppe ab, bevor sie wieder in ihr Schlafzimmer hinaufging. Dort schloss sie die Tür zur Dachterrasse sowie das Seitenfenster und ließ die Jalousien herunter.
Obwohl Hanna erst im Morgengrauen eingeschlafen war, fand

sie nun keine Ruhe mehr. Wieder einmal hatte ihr Nachbar es geschafft, ihr den Schlaf zu rauben.
Bei Maries Rückkehr mit Geisha saß Hanna im Wohnzimmer über der Fanpost des Engels der Nacht.
„Du bist schon auf?“, wunderte sich Marie und setzte sich zu ihr. „Wieso hast du die Stille im Haus nicht genutzt, um mal richtig auszuschlafen?“
Vielsagend schaute Hanna sie an, während sie ihren Hund zur Begrüßung zwischen den Ohren kraulte.
„Da kommst du bestimmt von selbst drauf.“
Ungläubig schüttelte Marie den Kopf.
„Hat er etwa schon wieder...?“
„Er hat“, bestätigte ihre Cousine. „Dieser Mann ist wie ein lästiges Insekt. Auch wenn man ihn hundertmal verscheucht, lockt ihn irgendetwas wieder an. Vorgeblich wollte er dir nur die Tortenplatte zurückbringen, aber ich wette, er wusste genau, dass du mit Geisha unterwegs bist.“
„Du meinst, er klingelte dich absichtlich aus dem Bett?“
„Als frustrierter Single muss man sich schon was einfallen lassen, wenn man wenigstens hin und wieder einer Frau im Morgenmantel in den Ausschnitt glotzen will.“
„Man gönnt sich ja sonst nichts“, neckte Marie ihre Cousine.
„Wie war es eigentlich auf dem Maskenball? In was für ein Kostüm hatte Dagmar dich denn gesteckt?“
„Das war so genial, dass du warten musst, bis die Bilder fertig sind“, erklärte Hanna. „Wir wurden alle beim Betreten des Saals geknipst. Ich bin gespannt, ob wenigstens du rausfindest, hinter welcher Maske ich mich verberge.“
„Demnach hat auch Sandro dich nicht erkannt?“
„Nein.“
„Wie hat er denn nach der Demaskierung reagiert?“
„Zu diesem Zeitpunkt war ich schon verschwunden.“
„Warum? Hast du dich nicht amüsiert?“
„Mehr als das“, bekannte ihre Cousine. „Gestern habe ich einen wirklich attraktiven Mann kennengelernt: klug, sexy und

ungemein humorvoll. Wir haben den ganzen Abend zusammen verbracht und uns so gut verstanden, als würden wir uns schon ewig kennen..."
„Und?", fragte Marie gespannt. „Nun lass dir nicht jedes Wort aus den Nase ziehen. Wer war dieser Wahnsinnstyp?"
„Wahrscheinlich ein Musiker."
„Du weißt es nicht genau?"
Kopfschütteln.
„Wie willst du ihn dann wiedersehen?"
„Gar nicht."
„Das verstehe ich nicht. Du triffst diesen tollen Mann, der offenbar genau auf deiner Wellenlänge sendet, verbringst den ganzen Abend mit ihm – und das war's?"
„Diese enorme Anziehung zwischen uns bestand hauptsächlich, weil wir uns nicht wirklich sehen konnten", vermutete Hanna. „Es ist eine besondere Art der Wahrnehmung, wenn du nicht weißt, wer sich hinter der Maske verbirgt. Man geht ganz anders aufeinander zu: irgendwie offener, ohne Vorbehalte, unverbindlich. Du kennst dein Gegenüber ebenso wenig wie umgekehrt, so dass du trotz allem völlig anonym bleibst."
„Hat es dich denn überhaupt nicht interessiert, wer der Mann war, den du eben als klug, sexy und humorvoll beschrieben hast?", fragte Marie verständnislos. Hast du befürchtet, er könne dir am Ende zu sehr gefallen? Oder hattest du Angst, deine Erwartungen würden nicht erfüllt werden?"
„Er hat sogar weitaus mehr als nur meine Erwartungen erfüllt."
„Wie meinst du das?" Forschend betrachtete Marie ihre Cousine, die als Antwort nur geheimnisvoll lächelte. „Nun sag schon, Hanna!"
„Das ist nichts für kleine Mädchen. Eine Lady genießt und schweigt." Als sei das Thema damit erledigt, deutete sie auf die vor ihr liegenden Briefe. „Das hier ist viel spannender. Es ist schon erstaunlich, was die Leute alles in Angel sehen. Besonders die Zuhörer aus dem Gefängnis. Von dort kommen immer mehr Zuschriften. Der Engel der Nacht scheint für manche In-

sassen fast der einzige Kontakt mit der Außenwelt zu sein."
Mit Interesse überflog Marie einige der Briefe.
„Willst du die alle beantworten?"
„Nur die Rat – und Trostsuchenden. Die anderen Fans bekommen nur eine Autogrammkarte."
„Und wie gehst du mit den eindeutigen Angeboten um?", fragte Marie schelmisch. „Oder beispielsweise mit Fragen, wie in diesem Brief hier, was für Unterwäsche du trägst?"
„Ablage P – wie Papierkorb. Der Engel der Nacht ist nicht dazu da, die erotischen Fantasien einiger Zuhörer anzuheizen."
„Hast du denn gar kein Mitgefühl für die Knackis?", entgegnete Marie scheinbar vorwurfsvoll. „Diese bedauernswerten Typen haben in dieser Hinsicht doch nur ihre Fantasie. Sie stellen sich hinter der *sexiest voice of town* eine nicht minder sexy Person vor." Vielsagend musterte sie ihre Cousine von Kopf bis Fuß. „Damit liegen sie übrigens völlig richtig."
„Ja, ja", winkte Hanna ab, während sie den nächsten Brief zur Hand nahm. „Hör dir das an", bat sie und las vor:
„Meine geliebte Angel, heute schreibe ich dir noch einmal, um dich daran zu erinnern, was du für mich bist. Du bist die Frau meines Lebens. Tag und Nacht denke ich an dich. Wenn ich deine sexy Stimme höre, durchströmt es mich heiß und glutvoll wie ein Lavastrom. Die Vorstellung, du würdest in der Dunkelheit meiner Zelle nur zu mir sprechen, erregt mich unsagbar. Du bist der Vulkan, der mich zum Explodieren bringt. Ich träume davon, wie du in meinen Armen liegst: hingebungsvoll und sinnlich. Wir lieben uns wild und leidenschaftlich – immer wieder. Bis unsere Körper schweißnass sind und wir eng umschlungen erschöpft einschlafen. Leider wache ich aber jeden Morgen allein auf. Das ist furchtbar frustrierend. Deshalb musst du zu mir kommen. Mit einer Besuchserlaubnis ist das kein Problem. Sag ihnen einfach, dass du mein Mädchen bist. Kein anderer darf dich besitzen. Versprich mir, dass du auch nicht mehr mit diesem aufdringlichen Vampir flirtest, der dich ständig anruft. Er soll dich in Ruhe lassen! du gehörst mir,

Angel, nur mir! Warum hast du dich bislang nicht bei mir gemeldet? Ich warte schon so lange auf dich. Hast du etwa Angst vor mir, weil ich im Gefängnis sitze? Dazu besteht kein Grund. Ich bin völlig unschuldig hier hineingeraten. Das musst du mir glauben! Wenn ich hier rauskomme, steht unserer Zukunft nichts mehr im Wege. Wir gehören zusammen: Du und ich! Ich freue mich schon wahnsinnig auf dich! Lass mich nicht länger warten! – In Liebe – Dein Klaus

„Das ist hammerhart", sagte Marie, als ihre Cousine schwieg. „Der scheint echt zu glauben, dass er bei dir eine Chance hat."
„Beim Engel der Nacht", korrigierte Hanna sie. „Als Uli sich bei Fachleuten erkundigt hat, wie wir mit der unerwarteten Flut von Zuschriften umgehen sollen, wurde uns eindringlich geraten, solche Briefe, wie diesen hier, zu ignorieren. Es würde immer Hörer geben, die sich in etwas hineinsteigern, das völlig an der Realität vorbeigeht. Beantwortet man solche Briefe, fühlt sich der Mann nicht nur bestätigt; er wird immer wieder schreiben. Erfahrungsgemäß genügt ihm das irgendwann nicht mehr. Er will das Objekt seiner Begierde um jeden Preis kennen lernen, mit ihm sprechen, es anfassen, seine Fantasien mit ihm ausleben."
„Das erinnert mich an einen Artikel, den ich kürzlich gelesen habe", überlegte Marie. „Ein Stalker hat die Dame seines Herzens trotz eindeutiger Zurückweisung überallhin verfolgt. Er war besessen davon, sie zu besitzen, hat ihr aufgelauert, ihr Geschenke geschickt und sie mit Anrufen terrorisiert."
„Im Extremfall kann es tatsächlich dazu kommen", wusste Hanna. „Bei diesem Verehrer...", sie deutete auf den Brief, „besteht aber kein Grund zur Beunruhigung. Dieser Klaus hat sich in eine Stimme aus dem Radio verknallt. In eine erfundene Gestalt. Außerdem sitzt er hinter Gittern."
„Trotzdem würden mir solche Briefe Angst machen", sagte Marie und erhob sich. „Jetzt kümmere ich mich erst mal ums Mittagessen. Hast du einen besonderen Wunsch?"

„Mir genügt ein kleiner Imbiss, Marie. Vorhin rief Sandro an. Er hat mich zum Abendessen eingeladen. Er möchte seine Wettschulden so bald wie möglich begleichen."
„Wirst du ihm verraten, in welchem Kostüm du auf dem Maskenball warst?"
„Keine Chance", lachte Hanna. „Auch er wird sich gedulden müssen, bis die Fotos fertig sind."

Am frühen Abend wurden die Mädchen von ihrem Vater zurückgebracht.
„Wie war euer Wochenende?", fragte Marie, nachdem Oliver sich verabschiedet hatte. „Habt ihr viel erlebt?"
„Gestern waren wir in einem Japanischen Restaurant", erzählte die kleine Lisa. „Sushi essen."
„Igitt." Unwillkürlich schüttelte sich Hanna. „Toter Fisch und kalter Reis. – Hat euch das etwa geschmeckt?"
„Widerlich", verneinte Sara. „Mir war aber vorher schon grottenschlecht."
„Warum?", fragte Marie besorgt. „Was war mit dir los, Sara? Weshalb hast du mich nicht sofort angerufen?"
„Mir war doch nur wegen Paps' neuer Freundin übel", erklärte ihre Tochter. „Diese Tussi ist wirklich das Allerletzte!"
„Wie die um uns rumgeschleimt ist", fügte Anna hinzu. „Echt ätzend."
„Wir haben gedacht, die verschwindet spätestens nach dem Essen." Das war wieder Sara. „Aber diese Nicole war das ganze Wochenende dabei."
„Und wie lange die brauchte, um sich morgens zu stylen", übernahm Anna. „Bei uns ist es ja schon nervig, wenn man morgens ins Bad will. Aber bei der kannst du nach dem Aufstehen eine Nummer ziehen und kommst mit viel Glück erst mittags unter die Dusche." Trotzig hob sie das Kinn. „Wenn Paps die heiratet, sind unsere Wochenenden für mich gestorben."
„Ihr solltet ein wenig toleranter sein", befand Marie. „Für sie

ist es sicherlich nicht einfach, einen Freund mit drei Kindern zu haben. Wahrscheinlich ist sie unsicher, wie sie sich euch gegenüber verhalten soll."
„Von wegen", widersprach Sara. „Die wollte uns ganz schön rumkommandieren."
„Die hat gerade so getan, als wäre sie unsere Mutter", monierte Anna. „Als ob wir uns von einer Fremden sagen ließen, was wir tun sollen." Ernst schaute sie Marie an. „Gott sei Dank kommst du nicht auf die Idee, dir einen Freund anzuschaffen. Hätte hier plötzlich so ein blöder Typ das Sagen, würde ich zu Romy nach Spanien ziehen."
„Ich auch", schloss sich Sara ihrer Schwester an, bevor sie sich an Hanna wandte. „Oder glaubst du, sie hätte was dagegen?"
„Bestimmt seid ihr meiner Mutter jederzeit willkommen. Allerdings steht das überhaupt nicht zur Debatte. – Oder seht ihr hier irgendwo einen Kerl, der unseren Weiberhaushalt aufmischen will?"
„Mamarie, mir ist schlecht", sagte die kleine Lisa mit weinerlicher Stimme. „Mein Bauch tut weh."
Tröstend legte Marie den Arm um ihre Jüngste.
„Was hast du denn heute gegessen?"
„Zwei Tafeln Schokolade", gestand das Kind nach kurzem Überlegen. Offenbar wurde ihm selbst bewusst, dass das zu viel war. „Aber nur ein einziges Gummibärchen", fügte Lisa deshalb rasch hinzu. „Was anderes gab es heute nicht."
„Anscheinend verträgst du keine Gummibärchen", sagte Marie trocken, ehe sie einen missbilligenden Blick mit ihrer Cousine tauschte. „Ich sollte einmal ein ernstes Wörtchen mit meinem Ex sprechen."

Im Nebenhaus stand Jakob gedankenverloren mit einem Stapel Tellern in den Händen am Küchenfenster. „Kann ich dir helfen?", fragte Jonas im Hereinkommen. „Wenigstens an den Wochenenden will ich dich entlasten und..." Schmunzelnd brach er ab. „Was gibt es denn da draußen zu

sehen? Schöne Nachbarinnen?"
„Allenfalls deren Liebhaber", verneinte Jakob und wandte sich um. „Der Typ mit dem protzigen Geländewagen ist eben abgefahren. Der scheint tatsächlich das ganze Wochenende in den Armen seiner Traumfrau verbracht zu haben. Für meine Begriffe ist das rücksichtslos, wenn Kinder im Haus sind."
„Wie ich das verstanden habe, bewohnt Mrs. F., wie du sie neuerdings nennst, die obere Etage allein. Bestimmt ist sie diskret genug, um..." Jonas unterbrach sich abermals, als seine Söhne die Küche stürmten.
„Ist das Abendessen fertig?", fragte Leon. „Wir wollen nachher noch Fußball gucken."
„Dann setzt euch", sagte Jakob und verteilte die Teller. Ansonsten war der Tisch bereits gedeckt: verschiedene Wurst- und Käsesorten, Butter, helles und dunkles Brot sowie Schälchen mit Tomaten, Radieschen und Gurken standen darauf. Für die Kinder gab es Limonade, für die Männer eine Flasche Bier. Kaum saß die Familie am Tisch, kam auch der Hund herein. Leise jaulend setzte er sich neben Timos Stuhl.
„Pavarotti!", sagte Jakob streng. „Du sollst nicht betteln! Nachher bekommst du was. Geh solange in dein Körbchen!"
Mit eingezogenem Schwanz trollte sich das Tier.
„Unsere Nachbarhündin bekommt abends immer ein Leberwurstbrot", erzählte Max unbefangen. „Allerdings muss sie warten, bis die Familie mit dem Abendessen fertig ist."
Nicht nur Jonas schaute seinen Ältesten erstaunt an.
„Woher weißt du denn das?"
„Vorhin war ich doch mit Pavarotti Gassi", erklärte Max. „Unterwegs haben wir Hanna und Geisha getroffen."
„Hanna?", wiederholte Jakob missbilligend. „Für dich ist das immer noch Frau Flemming."
„Sie hat mir aber erlaubt, sie Hanna zu nennen", entgegnete Max triumphierend. „Überhaupt ist sie unheimlich locker. Man kann sich voll gut mit ihr unterhalten. Wir wollen morgen Nachmittag wieder zusammen mit den Hunden gehen."

„Vergiss es!“, sagte Jakob schärfer als beabsichtigt. „Diese Frau ist kein Umgang für dich!“
„Wie bist du denn drauf?“, fragte sein Neffe verwundert. „Ich bin alt genug, um selbst zu entscheiden, mit wem ich befreundet sein möchte.“
„Du bist sechszehn“, beharrte Jakob. „Was willst du von einer Frau, die mindestens zwanzig Jahre älter ist?“
„Du schnallst es einfach nicht“, behauptete Max. „Ist doch total egal, wie alt sie ist. In ihrer Nähe fühle ich mich wohl. Hanna behandelt mich nicht wie einen kleinen Jungen.“
„Das habe ich befürchtet“, spottete sein Onkel. „Nur weil du mittlerweile fast 1,80 m misst, bist du noch lange kein Mann!“
„Was hast du eigentlich für ein Problem, Onkel Jakob?“, fragte Max gelassen. „Bloß weil du dich ständig mit Hanna zoffst...“
„Das ist was anderes“, unterbrach Jakob ihn. „Außerdem ist das meine Sache.“
„Genauso ist es meine Sache, wen ich mag.“
„Nun sag du doch auch mal was!“, forderte Jakob seinen Bruder auf. „Willst du riskieren, dass dein Sohn in die Fänge dieser ... dieser Person gerät?“
„Nimm es mir nicht übel, aber ich kann deine Bedenken nicht teilen“, sagte Jonas. „Außerdem vertraue ich Max. – Und ich vertraue auf Hanna Flemmings Integrität.“

Sandro Müller führte Hanna in ein Chinesisches Restaurant, da er wusste, wie sehr sie diese Küche liebte.
Während des Essens wollte er herausfinden, in welchem Kostüm sie am Abend zuvor gesteckt hatte.
„Konntest du wenigstens heute am heiligen Sonntag ausschlafen, Hanna?“
„Da mein Nachbar offenbar seine Erfüllung darin sieht, mich aus dem Bett zu holen, war die Nacht für mich schon vor neun Uhr zu Ende.“
„Hat er etwa wieder ein lautstarkes Gartengerät ausprobiert?“
„Das wird ihm auf die Dauer wohl zu anstrengend“, vermutete

Hanna kopfschüttelnd. „Neuerdings klingelt er einfach so lange an der Tür, bis ich – möglichst spärlich bekleidet – öffne."
„Gar nicht so dumm, der Mann", scherzte Sandro. „Ungewöhnliche Frauen verlangen außergewöhnliche Vorgehensweisen."
„Du sprichst in Rätseln", behauptete Hanna und griff nach der Reisschale. „Bevor dieser Chaot nebenan eingezogen ist, war mein Leben in Ordnung. Ich war ausgeruht und ausgeglichen. Inzwischen befallen mich immer öfter Mordgelüste."
„Hat sich das gestern auch auf die Wahl deines Kostüms ausgewirkt?", ergriff er die Gelegenheit beim Schopfe. „Warst du etwa die sexy Hexe?"
„Mit Sicherheit nicht." Amüsiert deutete sie mit ihren Essstäbchen auf ihn. „Auch ich habe mich unter den Gästen umgeschaut. Mir ist dabei ein attraktiver Zorro aufgefallen. Der schwarze Hut, die Augenmaske und der kecke Schnurrbart haben dir ausgesprochen gut gestanden."
„Du hast mich erkannt?", sagte er völlig verblüfft. „Dann musst du in meiner Nähe gewesen sein."
„Ich bin beinah auf Mundgeruchsdistanz an dir vorbeigegangen. Leider hast du mich überhaupt nicht beachtet."
„Du warst diese rassige Zigeunerin!" glaubte er zu wissen. „Mit dem langen schwarzen Haar und dem aufregenden Dekolleté."
„Wieder falsch, mein Lieber", lachte Hanna. „Bevor du nun anfängst, die Kostüme aller weiblichen Gäste aufzuzählen, warte besser, bis die Fotos fertig sind."
„Okay", seufzte Sandro. „Die Wette habe ich ohnehin verloren. Falls du Lust hast, könntest du mich nach dem Essen ins Blue Moon begleiten."
„Ist das der Laden mit der Life-Musik, von dem du schon öfter geschwärmt hast?"
„Genau der", bestätigte Sandro. „Dort spielen sie großartigen Jazz, aber auch gefühlvollen Blues. Das wird dir gefallen."
Das Blue Moon erwies sich als eine Mischung aus uriger Kneipe und typisch amerikanischer Bar. Mit einer langen polierten

Holztheke und Barhockern, runden Tischen und vielen Fotos berühmter Musiker an den Wänden: Louis Armstrong, Glenn Miller, Miles Davis. Die Aufmerksamkeit der zahlreichen Gäste galt den drei Musikern auf der kleinen Bühne.
Sandro führte Hanna an einen freien Tisch und bestellte bei der herbeieilenden Kellnerin Pernot.
Erwartungsvoll wandte er sich dann an Hanna.
„Na, was sagst du? Gefällt es dir?"
„Sehr gemütlich", nickte sie. Eine Weile lauschte sie der Musik. „Die sind gar nicht schlecht. Tritt diese Band jeden Abend hier auf?"
„Normalerweise nur sonntags", verneinte er. „Das sind keine Berufsmusiker. Trotzdem sind sie besser als die Musikstudenten, die an den anderen Tagen hier spielen."
Auf der Bühne wurde plötzlich das Licht gedämpft. Ein Scheinwerferkegel erfasste eine Art Paravent, hinter dem eine schattenhafte Gestalt sichtbar wurde. Im gleichen Moment setzte die Musik wieder ein.
„Jetzt kommt der Höhepunkt des Abends", flüsterte Sandro seiner Begleiterin zu, als der Schattenmann ein Saxophon an die Lippen hob. Er beherrschte das Instrument meisterhaft, entlockte ihm gefühlvolle Töne eines Blues.
„Der ist gut", sagte Hanna anerkennend. „Der ist echt gut."
Am Ende des Stückes erklang durchweg begeisterter Applaus.
Der Saxophonist kam hinter dem Sichtschutz hervor und verbeugte sich lächelnd.
Hannas Beifall erstarb mitten in der Bewegung. Ihre Hände schwebten in der Luft, während sich ihre Augen in maßlosem Erstaunen weiteten.
„Das glaube ich jetzt nicht..." Ihr Blick wechselte zu Sandro. Das ist mein rücksichtsloser Nachbar..."
„Der Typ, der ständig deinen Schlaf boykottiert?"
„In Lebensgröße. Wer hätte gedacht, dass der Herr Studiendirektor außer einem Nebenjob als Haushälterin und Nervensäge noch einen weiteren ausübt?"

„Dieser hier ist aber auch ein unbezahlter. Einsteins Söhne spielen stets zugunsten einer karitativen Einrichtung."
„Einsteins Söhne?", wiederholte Hanna amüsiert. „Sind die etwa alle Pauker?"
Leise lächelnd schüttelte Sandro den Kopf. Die Musik setzte wieder ein, wobei Jakob nun eine Klarinette an die Lippen setzte.
„Der Mann am Klavier ist Jurist", sagte Sandro dicht an Hannas Ohr. „Ein ehrbarer Richter. Der Bass ist im wahren Leben Zahnarzt; am Schlagzeug sitzt ein Architekt. Nur dein höllischer Nachbar verdient seine Kohle als Lehrer."

Während Jakob die Klarinette spielte, schweifte sein Blick über die Gäste und blieb verwundert an Hanna haften, die mit ihrem Begleiter flüsterte. Bei diesem Mann handelte es sich zweifellos nicht um den Geländewagenfahrer, der noch am Morgen mit ihr das Bett geteilt hatte. Offensichtlich hatte die Nachbarin bereits den nächsten Fisch an der Angel.
Nach der musikalischen Darbietung legte Jakob sein Instrument beiseite und verließ die Bühne. Zielstrebig trat er an Hannas Tisch.
„Guten Abend, Mrs. F", sagte er und nahm unaufgefordert Platz. „Dass Sie bei Ihrem abwechslungsreichen Liebesleben sogar noch Zeit finden, abends auszugehen, ist erstaunlich. Wie gefällt Ihnen denn unsere Musik?"
„Nicht übel", erwiderte sie mit honigsüßem Lächeln. „Allerdings hatte ich mit erheblich jüngeren, richtigen Musikern gerechnet. Auf eine Amateurband, die sich noch dazu Einsteins Söhne nennt, war ich nicht gefasst. Diesen hochtrabenden Namen haben nicht zufällig Sie ausgewählt, Herr Oberlehrer?"
„Weshalb sind Sie dann hierhergekommen?", fragte er, eine scharfe Antwort unterdrückend. „Außer, um mich zu ärgern?"
„Es gibt kein außer..."
„Das dachte ich mir", versetzte Jakob. „Bestimmt verstehen Sie so viel von Musik wie ein Elefant vom Balletttanzen."

„Der Vergleich mit einem Elefanten hat was“, parierte Hanna gelassen. „Auch ich verfüge über ein sehr gutes Gedächtnis, das mich immer an einen atemberaubend charmanten Nachbarn erinnern wird.“ Mit spöttischem Blick beugte sie sich etwas vor. „Im Übrigen verstehe ich immerhin so viel von Musik, dass ich selbst hin und wieder ein Instrument spiele.“
„Sicher“, meinte Jakob mit überlegenem Lächeln. „Trillerpfeife oder Trommel?“
„Klavier, Gitarre und Mundharmonika“, korrigierte sie ihn mit ruhiger Stimme. „Nicht zu vergessen: Blockflöte, Mundorgel, Triangel und Kastagnetten.“
„Auf den Arm nehmen kann ich mich selbst. Sie hätten Märchentante werden sollen, Mrs. F.“
„Unterschätzen Sie mich etwa schon wieder, Mister Oberschlau?“
„Seien Sie besser vorsichtig, sonst verlange ich Beweise.“
„Und?“, fragte sie gelangweilt. „Wo liegt das Problem?“
„Sie würden sich maßlos blamieren...“
Jetzt wird es spannend, dachte Sandro, der sich weiterhin auf das Zuhören beschränkte.
„Im Gegensatz zu Ihnen bin ich mir meiner Fähigkeiten durchaus bewusst“, konterte Hanna. „Vielleicht sollte ich Ihnen aber die Peinlichkeit ersparen, dass Ihre Überheblichkeit wieder mal entlarvt wird.“
„Mir müssen Sie ganz gewiss nichts ersparen“, forderte Jakob sie heraus. „Aber da Sie ohnehin kneifen, haben Sie den Mund wohl etwas zu voll genommen. Man soll sich eben keine Schuhe anziehen, die ein paar Nummern zu groß sind.“
Hanna warf einen bedeutungsvollen Blick unter den Tisch.
„In Ihre komischen Stiefel passe ich allemal“, behauptete sie und erhob sich, um zur Bühne zu gehen. Die Musiker standen etwas abseits bei einem Drink zusammen. Mit strahlendem Lächeln gesellte Hanna sich dazu und tuschelte mit ihnen.
„Das ist vergebliche Liebesmüh“, sagte Jakob zu Sandro. „Nur wegen ihrer schönen Augen lässt sie keiner auch nur in die

Nähe seines Instruments."
„Was Sie nicht sagen", schmunzelte Sandro, da die drei Musiker Hanna nun zum Klavier begleiteten. Als sie sich setzte, gingen auch sie zu ihren Instrumenten. Der Pianist griff zu einer bereitstehenden Gitarre. In Absprache mit Hanna warteten die Männer, bis sie die ersten Töne am Klavier gespielt hatte. Dann stimmten sie mit ihren Instrumenten ein. Da sie für dieses Stück keine Noten hatten, mussten sie improvisieren. Darin waren sie jedoch so geübt, dass es niemandem auffiel.

Unterdessen konnte Sandro ein herzhaftes Lachen nicht unterdrücken. Zum einen wirkte Jakobs total verblüffte Miene ausgesprochen komisch – zum anderen spielte die Band den Song: *Sound of silence,* die Melodie der Stille. Hanna demonstrierte Jakob dadurch nicht nur, wie vertraut sie mit dem Klavier war, sondern sie verdeutlichte ihm zusätzlich noch einmal, was ihm so schwer fiel: sich still zu verhalten, wenn sie Schlaf brauchte.
„Eine ausgezeichnete Wahl", bemerkte. „Sie spielt gut, oder?"
„Zweifellos", gab Jakob unumwunden zu und erhob sich. Mit wenigen Schritten erreichte er die Bühne und griff nach seinem Saxophon. Auch ihm bereitete es keine Schwierigkeiten, in die Melodie einzustimmen. Dabei wechselte er einen Blick mit Hanna, in deren Augen es amüsiert funkelte.
Als die Musik verklang, applaudierten die Gäste stürmisch. Rufe nach einer Zugabe wurden laut.
„Das war großartig", wandte sich der Mann mit der Gitarre an Hanna. „Spielen wir noch eins zusammen?"
„Gern, Euer Ehren."
„Haben Sie einen Vorschlag für das letzte Stück des Abends?"
Lächelnd nickte sie und ließ ihre schlanken Finger über die Tasten gleiten. Das Wiegenlied von Brahms erklang. Auch diese Melodie begleiteten die Musiker problemlos.
Anschließend rückten sie zwei Tische zusammen und setzten sich zu Hanna und Sandro. Im Nu kamen sie ins Gespräch. Es wurde eine fröhliche Runde, in der Jakob sich jedoch merklich

zurückhielt. Er beschränkte sich überwiegend darauf zu beobachten, wie Hanna die Männer für sich einnahm. Merkwürdigerweise drängte sie sich dabei überhaupt nicht in den Mittelpunkt. Durch ihren schlagfertigen Humor, durch kluge Bemerkungen und durch ihre offene, natürliche Art gewann sie die Sympathie ihrer Mitmenschen. Das passte so gar nicht in das Bild, das sich Jakob von ihr zusammengeschustert hatte.
Eine halbe Stunde vor Beginn des neuen Tages wandte sich Sandro an seine Begleiterin.
„Wir sollten allmählich aufbrechen, Hanna. Wie du weißt, muss ich zur Sendung *Von spät bis früh* um Mitternacht im Funkhaus sein. Vorher möchte ich dich noch zu Hause absetzen, deshalb wird es Zeit..."
„Meinetwegen musst du nicht erst durch die halbe Stadt und wieder zurück fahren", erwiderte sie nach einem Blick zur Uhr. „Das würde ohnehin knapp."
„Aber ich kann dich doch nicht einfach hier sitzen lassen."
„Ich bin schon groß und finde allein heim", beruhigte sie ihn. „Wenn ich ausgetrunken habe, nehme ich mir ein Taxi."
„Wie du möchtest", stimmte er zu und küsste sie auf die Wange. „Wir sehen uns morgen im Sender."
„Danke für den schönen Abend, Sandro."
Er verabschiedete sich noch von den Musikern, ehe er das Blue Moon verließ.
Bald darauf brachen auch die anderen auf, da sie am kommenden Morgen wieder ihren Berufen nachgehen mussten.
„Sie können mit mir fahren, Mrs. F.", bot Jakob ihr an. „Soviel ich weiß, haben wir denselben Weg."
„Diesmal nehme ich Ihr Angebot an", erwiderte sie großzügig. „Sonst leidet Ihr Selbstwertgefühl womöglich noch unter den häufigen Niederlagen."
„Keine Sorge; das ist so leicht nicht zu erschüttern", behauptete er und verstaute seine Instrumente im Kofferraum. Trotz ihrer ständigen Konflikte vergaß Jakob seine guten Manieren nicht. Galant öffnete er für Hanna die Beifahrertür.

Auf dem Heimweg herrschte zunächst Schweigen. Jakob konzentrierte sich auf den nächtlichen Verkehr, während Hanna in Gedanken den gelungenen Abend Revue passieren ließ.
„Was wollen Sie eigentlich von meinem Neffen?", fragte Jakob plötzlich in die Stille hinein.
Irritiert blickte Hanna ihn an.
„Wie meinen Sie das?"
„Als ob Sie das nicht wüssten", höhnte er. „Haben Sie nicht schon genug Liebhaber, dass Sie sich nun auch noch an Minderjährige ranmachen?"
Vor Empörung schnappte Hanna nach Luft. Was bildete sich dieser Neunmalkluge eigentlich ein? Eine scharfe Erwiderung lag Hanna bereits auf der Zunge, doch sie schluckte ihren Ärger herunter, um zum Gegenangriff überzugehen.
„Sie sollten mir dankbar sein, Herr Dr. Jensen", sagte sie mit ruhiger Stimme. „Wenn Sie ehrlich sind, geben Sie zu, dass es für einen jungen Mann nur vorteilhaft sein kann, seine ersten Intimkontakte mit einer erfahrenen Frau zu erleben, die ihn in die Geheimnisse der Liebe einweiht."
„Sie sind doch nicht ganz dicht!" entfuhr es Jakob. „Der Junge könnte Ihr Sohn sein!"
„Ist er aber nicht", versetzte sie innerlich amüsiert, weil er sich so leicht aufs Glatteis führen ließ. „Seien Sie doch nicht immer so negativ. Es liegt schließlich auf der Hand, dass eine reife Frau ein herrliches Übungsgelände für einen Anfänger in Sachen Sex darstellt. Zumal er nicht einmal befürchten muss, dass sie schwanger wird."
Hart trat Jakob auf die Bremse.
„Sie sind doch nur darauf aus, sich einen Lustknaben ins Bett zu holen! Aber Sie werden die Finger von Max lassen, sonst lernen Sie mich kennen!"
„Das, was ich bislang von Ihnen kenne, ist schon mehr, als für einen einzigen Menschen zumutbar! Wieso spielen Sie sich eigentlich immer als Mister Allwissend auf? Sie haben doch überhaupt keine Ahnung! Es scheint aber sehr bequem zu sein,

seinen Mitmenschen laufend unlautere Motive zu unterstellen! In Ihrer bonierten Männlichkeit ziehen Sie nicht mal in Erwägung, dass es für einen Jungen, gerade in Max' Alter gewisse Dinge gibt, bei denen er einen weiblichen Ansprechpartner braucht!" Als sei damit alles zwischen ihnen gesagt, öffnete Hanna die Beifahrertür und stieg aus. „Sie sind wirklich ein feiner Pädagoge!", sagte sie noch, ehe sie die Tür zuwarf und ihren Heimweg zu Fuß fortsetzte.

Nachdem Jakob ihre Worte verdaut hatte, fuhr er langsam neben ihr her.

„Bitte warten Sie!", rief er Hanna durch das geöffnete Seitenfenster zu. „Steigen Sie wieder ein!"

Keine Reaktion. Hanna wandte nicht einmal den Kopf.

„Bitte, Frau Flemming!", versuchte Jakob es erneut. „Es tut mir leid!"

Zögernd blieb sie stehen und schaute ihn kühl an.

„Es tut mir wirklich leid!" wiederholte Jakob. „Ich bin ein Idiot!"

„Wie scharfsinnig."

Einladend öffnete Jakob von innen die Beifahrertür.

„Bitte, steigen Sie wieder ein, Mrs. F. Sie können nicht nachts allein durch die Straßen laufen. Das ist viel zu gefährlich."

„Fürchten Sie, es sind heute Nacht noch mehrere von Ihrer Sorte unterwegs?"

„Mehr als mich zu entschuldigen, kann ich nicht tun."

„Also gut."

Sie setzte sich wieder neben ihn. In den nächsten Minuten herrschte eine lastende Stille im Wagen.

„Was veranlasst Sie eigentlich zu diesem stetigen Kollisionskurs auf meine Person?" fragte Hanna, als er das Fahrzeug in ihre Straße lenkte. „Sind Sie am Ende doch scharf auf mich? Vielleicht sollten wir mal miteinander schlafen, damit dieser ständige Druck, mich anzugreifen, von Ihnen genommen wird?"

„Sind Sie jetzt völlig durchgeknallt?", entgegnete er mühsam

beherrscht. „Ich bin nicht so triebgesteuert wie mancher in meiner Nachbarschaft. Außerdem muss bei mir schon ein bisschen mehr als Verlangen vorhanden sein, bevor ich mit einer Frau intim werde."
„Wie bei Ihrer Gespielin der letzten Nacht?", spottete Hanna. „Wie Sie so freimütig zugaben, will sie Sie trotzdem nicht wiedersehen."
„Das geht Sie gar nichts an!", brummte Jakob und ließ das Auto vor seinem Haus ausrollen. „Kümmern Sie sich um Ihren eigenen Kram."
„Dito", konterte Hanna und öffnete die Beifahrertür. „Danke fürs mitnehmen." Ohne ihm eine gute Nacht zu wünschen, stieg sie aus und verschwand auf ihrem Grundstück.

Kapitel 11

In der kommenden Nacht war Hanna wieder auf Sendung. Mit samtweicher Stimme begrüßte sie ihre Hörer und bat um Beiträge zum Thema: Einsamkeit.
Bis zum Beginn der Sendung hatte Jakob Deutschaufsätze korrigiert. Nun machte er es sich in seinem Bett bequem; das schnurlose Telefon neben sich auf der Matratze. Als Angels Aufforderung von Musik abgelöst wurde, griff er nach dem Apparat. Eine halbe Stunde musste er sich gedulden, bis eine Verbindung zustande kam.
„Ich bin der Engel der Nacht", meldete sie sich. „Wer bist du?"
„Der Vampir der Nacht", antwortete Jakob gedämpft. „Ich habe dich vermisst, Angel. Deine sanfte Stimme, deine klugen Ausführungen, deinen feinsinnigen Humor."
„Das höre ich nicht ungern", gab sie zu. „Trotzdem hoffe ich, dass du dich nicht einsam fühltest. – Oder kennt ein Nachtschwärmer keine Einsamkeit?"
„Wie würdest du denn Einsamkeit definieren?", antwortete er mit einer Gegenfrage, um zu testen, wie gut sie sich auf diese Sendung vorbereitet hatte.
„Einsamkeit ist eine Empfindung des sich verlassen Fühlens",

entgegnete der Engel der Nacht. „Sie hängt nicht unbedingt mit Alleinsein zusammen. Man kann sich auch unter vielen Menschen einsam fühlen.“

„Wie wahr“, stimmte Jakob ihr zu. „Früher war Einsamkeit mehr mit positiven Wertungen verbunden, wie beispielsweise der einsame Weise, der Rat und Hilfe erteilte. Heute hingegen wird Einsamkeit mehr als Isolierung von der sozialen Umwelt verstanden. Jemand, der völlig allein ist, ohne Anschluss an andere Menschen.“

„Es gibt aber auch die selbstgewählte Einsamkeit“, fügte Angel hinzu. „Das sich zurückziehen in eine abgelegene Gegend, um zu sich selbst zu finden.“

„Einsamkeit hat viele Gesichter“, pflichtete er ihr bei. „So kann man sich etwa in einer Großstadt mit Millionen von Einwohnern, von denen man keinen Menschen kennt, einsamer fühlen, als im einsamsten Wald.“

„Man kann sich auch einsam fühlen, wenn man eine wichtige Entscheidung treffen muss, ohne jemanden zu haben, den man um Rat fragen kann.“

„Rückert schrieb einmal: Der Adler fliegt allein, der Rabe scharenweise. Gesellschaft braucht der Tor – und Einsamkeit der Weise.“

„Soviel ich weiß, ziehen auch Vampire nachts allein umher“, kam Angel auf ihre erste Frage zurück. „Fühlst du dich manchmal einsam auf deinen Flügen durch die Dunkelheit?“

„Verspürt nicht jede von uns hin und wieder Einsamkeit? Ob Vampir oder Engel. Wir beide sind Einzelgänger – ohne Partner, ohne ein Wesen, mit dem wir alles teilen. Ein kluger Mann sagte einmal: Wer nicht geliebt wird, ist überall und mitten unter allen einsam.“

„Was mich betrifft, spüre ich sehr wohl, dass ich geliebt werde: von meinen Nächsten, von meinen Hörern...“

„Das ist aber etwas anderes, als die Liebe eines Partners“, wandte Jakob ein. „Vermisst du solche Gefühle nicht auch manchmal, Angel?“

„Doch“, gab sie unumwunden zu. „In seltenen Momenten fühle auch ich mich einsam. Dann sehne ich mich nach jemandem, den ich vor langer Zeit verloren habe.“
„Mir ergeht es genauso“, bekannte Jakob, beeindruckt von ihrer Offenheit. „Selbst eine noch so liebevolle... Vampirfamilie füllt einen nicht restlos aus.“
„Hältst du denn Ausschau nach einer passenden Braut?“
„Du willst mich ja nicht.“
„Ein Engel darf keine Bindung eingehen. Ich muss keusch sein und darf nicht in Sünde leben.“
„Ich könnte dich heiraten und eine ehrbare Draculine aus dir machen. Unsere zahlreichen Ableger wären dann engelsgleiche Vampirkinder.“
„An wie viele hast du dabei gedacht?“
„Zwei, drei Duzend...“
„Sind das nicht ein bisschen zu viele?“
„Du vergisst, dass wir unsterblich sind, meine liebe Angel. Über die Jahrhunderte sollte es schon eine stattliche Anzahl Nachkommen werden. Jeder kleine Vampir wäre ein Teil von dir und ein Teil von mir. Klingt das nicht himmlisch?“
„Das kommt auf die Perspektive an“, wich sie aus. „Leider kann ein Engel seinen Job nicht einfach kündigen. Wir haben einen Vertrag auf Lebenszeit. Deshalb musst du dir wohl oder übel eine andere für deine Familienplanung suchen.“
„Eines Tages wirst du mich erhören“, prophezeite er. „Bis dahin ziehe ich geduldig meine nächtlichen Kreise und begnüge mich mit deiner verheißungsvollen Stimme.“
„Tu das, Dracula“, sagte sie leise lachend. „Höre ich wieder von dir?“
„Worauf du dich verlassen kannst. – Gute Nacht, Angel.“

Kapitel 11

In den nächsten zwei Nächten meldete sich der Vampir nicht. Zwar bedauerte Hanna das ein wenig, führte aber auch mit den anderen Anrufern interessante Gespräche.

Als Hanna am Mittwoch mit Geisha vom Joggen kam, schien sich die Familie auf wundersame Weise vergrößert zu haben. Um den Mittagstisch herum saßen außer Marie, Sara und Lisa auch die Nachbarsjungen Leon und Timo. Erstaunt darüber trat Hanna näher.

„Wie ich sehe, haben wir Herrenbesuch."

„Hallo, Mrs. F.", sagte Timo mit vollem Mund. Er fand es cool, dass sein Onkel sie so nannte, und tat es ihm gleich. „Marie hat uns zum Mittagessen eingeladen, weil Onkel Jakob heute mit seiner Klasse in Berlin ist."

„Herr Dr. Jensen hat mich gestern gebeten, ein wenig auf die beiden zu achten", fügte Marie erklärend hinzu. „Zwar besuchen sie den Bundestag im Rahmen des Politikunterrichts, aber als Klassenlehrer musste er mitfahren. Eigentlich wollte sich der Vater der Kinder ab Mittag freimachen, musste jedoch zu einer Vorstandssitzung."

„Aha", sagte Hanna nur und setzte sich neben Lisa. „Seid ihr normalerweise nicht zu dritt? Wo ist denn euer großer Bruder geblieben?"

„Der ist doch auch in Annas Klasse", erwiderte Timo vorwurfsvoll. „Weißt du das denn nicht?"

„Das habe ich wohl vergessen", meinte Hanna amüsiert. „Schmeckt es euch wenigstens?"

„Die Frikadellen sind echt super", bestätigte Timo. „Darf ich noch eine?"

„Du hattest schon drei", tadelte Leon seinen kleinen Bruder. „Onkel Jakob hat gesagt, du sollst nicht so viel futtern, als wärst du halb verhungert. Das macht keinen guten Eindruck."

„Die sind aber so lecker."

„Die besten Frikadellen im Umkreis von mindestens hundert Kilometern", stimmte Hanna ihm zu, nahm ihre Gabel und tat erst dem Jungen und dann sich selbst eine auf den Teller. Ein strahlendes Lächeln des Kindes belohnte sie dafür. „Nimm dir auch noch", forderte sie Leon auf. „Einen guten Eindruck könnt ihr auch später noch machen."

Grinsend griff auch er noch einmal zu.
„Danke, Mrs. F....“ Eine leichte Röte stieg in seine Ohren. „Ich meine: Frau Flemming.“
„Warum nennt ihr mich nicht einfach: Hanna?“, schlug sie vor und nahm die Gemüseschale von ihrer Cousine entgegen. „Das tun in diesem Haus alle.“
„Wäre sonst auch komisch“, bemerkte Timo genüsslich kauend, bevor er sich an Marie wandte. „Hanna ist doch deine Schwester, oder?“
„Meine Cousine“, korrigierte sie den Jungen. „Meine Mutter und Hannas Mutter waren Schwestern.“
„Ach so“, sagte das Kind verstehend. „Warum wohnt ihr hier eigentlich alle zusammen?“
„Du sollst nicht immer so neugierig sein“, schaltete sich Leon abermals ein. „Onkel Jakob hat gesagt, wenn du den Leuten ständig Löcher in den Bauch fragst, macht das...“
„... keinen guten Eindruck“, vollendete Hanna vergnügt. „Jetzt vergesst mal, was euer Onkel euch eingeimpft hat und fühlt euch ganz wie zu Hause.“
„Dem kann ich mich nur anschließen“, stimmte Marie ihrer Cousine zu. „Fragt ruhig, wenn ihr etwas wissen möchtet. Das tun meine Kinder auch.“ Lächelnd schaute sie Timo an. „Wir wohnen hier alle, weil wir eine Familie sind, uns großartig verstehen und viel Spaß zusammen haben.“
„Aber ihr habt beide keinen Mann“, überlegte der Junge. „Warum nicht?“
„Du weißt doch, dass unsere Eltern geschieden sind“, antwortete Sara etwas unwirsch. „Wir brauchen keinen anderen Vater.“
„Aber Hanna könnte doch einen Mann haben.“
„Hatte sie ja“, sagte nun Lisa. „Der Onkel Achim ist aber gestorben.“
„So wie unsere Mama“, sagte der Junge ernsthaft. „Paps hat auch keine neue Frau.“
„Wir wollen auch keine Fremde, die bei uns die Mutter spielt“, sagte Leon bestimmt. „Wozu auch? Wir kommen prima allein

zurecht."
„Weil ihr euren Onkel Jakob habt", erinnerte Marie ihn. „Wäre er verheiratet und ..."
„Der doch nicht!", fiel Leon ihr ins Wort. „Paps sagt immer, eine Frau für Onkel Jakob müsste erst noch gebacken werden."
„Damit hat er zweifellos recht", bemerkte Hanna trocken. „Auf manchen Topf passt einfach kein Deckel."

Nach dem Essen beschäftigten sich die Kinder mit ihren Hausaufgaben. Unterdessen zog sich Hanna ins Obergeschoss zurück, um ihre abendliche Sendung vorzubereiten.
Als sie später wieder herunterkam, bereitete Marie in der Küche einen Teig zu.
„Was wird denn das Leckeres?"
„Krapfen", erwiderte Marie über ihre Schulter. „Gehst du in den Garten?" Und als ihre Cousine nickte. „Schaust du bitte kurz nach den Kindern? Lisa und Timo müssen irgendwo draußen sein. Nicht, dass sie irgendeinen Blödsinn anstellen, für den ich nachher von unserem Nachbarn getadelt werde."
„Schimpfe vom Herrn Oberlehrer", meinte Hanna mit abwehrend erhobenen Händen. „Das hätte uns gerade noch gefehlt. Da sehe ich lieber nach, was die beiden Kleinen treiben."
Über die Terrasse trat sie ins Freie. Nach den Stimmen zu urteilen, hielten sich die Kinder im hinteren Teil des Gartens auf. Hanna entdeckte sie auf dem Nachbargrundstück unter einem Baum hockend. Auf Lisas blonden Locken saß ein Zylinder; ein langer schwarzer Umhang hüllte ihre zierliche Gestalt ein. Timo hingegen trug ein rotgemustertes Tuch um den Kopf und eine Augenklappe.
„Was macht ihr denn da?", rief Hanna hinüber. Erst als die Kinder sich zu ihr herumdrehten, bemerkte Hanna den kleinen Hund, dem sie anscheinend auch ein neues Outfit verpassen wollten. Pavarotti hatte ein spitzes gelbes Hütchen zwischen den Ohren und einen bunten Schal um den Bauch gewickelt.
„Kommt ihr bitte mal?"

Sofort kamen die abenteuerlichen Gestalten zum Zaun.
„Ihr seht echt stark aus“, sagte Hanna beeindruckt. „Woher habt ihr diese schönen Kostüme?“
Schuldbewusst schaute Timo sie an.
„Die gehören Onkel Jakob.“
„Hat er euch erlaubt, damit zu spielen?“
„Eigentlich nicht“, gestand Timo mit gesenktem Kopf. „Ich glaube, das gibt Ärger...“
„Dann solltet ihr die Sachen ganz schnell zurücklegen.“
„Kannst du uns helfen, sie wieder ordentlich in den Schrank zu hängen?“, bat Timo mit flehendem Blick. „Bitte, Hanna, sonst merkt Onkel Jakob, dass wir an seinen Kostümen waren.“
„Okay“, stimmte sie zu und stieg über den niedrigen Zaun.
Auf dem Weg ins Haus sammelte sie den kleinen Hut und den Schal auf, die Pavarotti abgeschüttelt hatte.
Timo und Lisa führten Hanna durch einen Nebeneingang in den Keller der alten Villa. In einem der Räume befand sich außer zahlreichen Umzugskartons ein großer Kleiderschrank. Die Türen standen weit offen.
„Das sieht aus, wie ein richtiger Kostümfundus“, erkannte Hanna erstaunt, da ungefähr ein Dutzend verschiedener Verkleidungen darin hingen. „Wozu braucht dein Onkel das?“
„Für Fasching in der Schule“, erklärte Timo, während er das Tuch vom Kopf zog. „In seiner alten Schule hat er auch eine Theatergruppe gehabt.“
„So, so“, antwortete Hanna nur und nahm Lisa den Umhang ab. „Wo gehört der hin?“
„Auf einen Bügel neben das Indianerkostüm“, wusste Timo. „Den Zylinder kann man zusammenklappen. Der kommt da oben auf das Brett.“ Er selbst zog eine Kiste unter den Kostümen hervor und legte das Tuch sowie die Augenklappe hinein.
Nachdem alles im Schrank verstaut war, schloss Hanna die Türen. Dadurch fiel ihr Blick auf etwas, das an der Seite des Schrankes auf einem Bügel hing. Fassungslos weiteten sich ihre Augen: beigefarbene Pumphosen, Stoffgürtel, weinrote

Weste. Direkt über dem Kostüm hing eine bärtige Maske mit einem weißen Turban über den Rand des Schrankes hinweg. Unwillkürlich wich Hanna einen Schritt zurück.
„Du brauchst keine Angst zu haben“, lachte Timo, der ihre Reaktion missdeutete. „Das ist doch auch nur ein Kostüm. Onkel Jakob hatte es vorgestern auf einer Party an.“ Sekundenlang dachte er nach. „Ich glaube, in der Musikschule.“
„In der Musikhochschule?“, wiederholte Hanna entsetzt. „Bist du sicher?“
„Klar“, nickte das Kind. „Er hat es uns doch vorher gezeigt.“
„Das ist aber eine komische Verkleidung“, meinte Lisa. „Was soll das sein?“
„Ein Schlangenbeschwörer“, erklärte Timo mit wichtiger Miene und räumte damit Hannas letzten Zweifel aus. „Dazu gehört noch eine Flöte und eine Schlange. – Aber die ist nur aus Gummi.“
„Okay, das genügt“, befand Hanna. „Lasst uns von hier verschwinden!“ Mit einer fahrigen Geste scheuchte sie die Kinder aus dem Keller.
„Bist du jetzt sauer auf uns?“, fragte Timo im Garten zaghaft, als er Hannas grimmigen Gesichtsausdruck bemerkte. „Lisa kann echt nichts dafür. Es war meine Idee, die Kostüme anzuziehen.“
Mühsam zwang Hanna sich zu einem Lächeln.
„Du bist ein richtiger kleiner Kavalier, Timo. Wie könnte ich einem so ehrlichen jungen Mann böse sein?“
„Erzählst du Onkel Jakob davon?“
„Wovon?“, fragte sie scheinbar verwundert. „Ich habe absolut nichts gesehen.“
„Du bist spitze, Hanna!“ rief der Junge begeistert aus. „Ich weiß gar nicht, wieso Onkel Jakob dich so schrecklich findet.“
„Der mag Hanna nicht, weil sie eine enam... enampizierte Frau ist“, war Lisa überzeugt. „Komm, Timo, ich zeige dir mein neues Kartenspiel.“

Nachdenklich saß Hanna auf der Terrasse. Sie konnte es immer noch nicht fassen, wer sich hinter der Maske des Schlangenbeschwörers verborgen hatte: Ausgerechnet ihr unmöglicher Nachbar! Der Mann, der normalerweise keine zwei Minuten benötigte, sie in ein Streitgespräch zu verwickeln, hatte sie den ganzen Abend über amüsant unterhalten. Auf charmante Weise hatte er mit ihr geflirtet und sie spüren lassen, wie begehrenswert sie auf ihn wirkte. Problemlos war es ihm gelungen, sie mit seiner offenen, humorvollen Art in seinen Bann zu ziehen, so dass sie ihm vorbehaltlos in den Pavillon gefolgt war. Dort hatten seine heißen Küsse ihre Leidenschaft geschürt und sie verleitet, sich ihm in absoluter Dunkelheit hinzugeben.
Hanna war ehrlich genug mit sich selbst, um sich einzugestehen, wie sehr sie es genossen hatte. Nun ärgerte sie sich maßlos darüber, dass sie so leicht zu haben gewesen war. Ein Onenight-stand war für sie vorher noch nie in Frage gekommen. Wieso musste sie ausgerechnet in dieser Nacht schwach werden? Die Vorstellung, aus der Vielzahl der männlichen Gäste gerade an den Mann geraten zu sein, für den sie alles andere als Sympathie empfand, verursachte Hanna Übelkeit. Immer wieder fragte sie sich, wie es ihm gelingen konnte, sich auf dem Maskenball völlig gegensätzlich zu seinem sonstigen Verhalten zu benehmen. Hatte er nur eine Rolle gespielt, um die Schlangenfrau zu verführen?
„Die Krapfen sind fertig“, sagte Marie in die Gedanken ihrer Cousine hinein und stellte ein Tablett auf den Terrassentisch.
„Die beiden haben mir übrigens gebeichtet, was sie sich drüben geleistet haben.“ Mit geschickten Händen deckte sie den Tisch.
„Timo schwärmt in den höchsten Tönen von dir, weil du dich mit ihm verschworen hast.“ Als Hanna nicht reagierte, beugte Marie sich zu ihr hinüber. „Erde an Hanna: Bitte melden!“
„Was hast du gesagt?“, fragte ihre Cousine irritiert. „Entschuldige, ich war in Gedanken.“
„Was ist los mit dir?“ wünschte Marie zu wissen. „Seit einer

geschlagenen Stunde sitzt du hier draußen und starrst vor dich hin. Bist du womöglich drüben in der Villa über die Leichen im Keller gestolpert?“

„Nur über eine...“

„Jetzt aber ernsthaft“, bat Marie. „Irgendwas beschäftigt dich doch.“

„Manchmal tut man Dinge, die man hinterher selbst nicht mehr versteht“, sinnierte Hanna. „In dem Moment, in dem es geschieht, hat man keine Bedenken, empfindet es als gut und richtig. Erst wenn es zu spät ist, wird einem klar, dass das niemals hätte passieren dürfen.“

„Was bedeutet das? Hast du was angestellt, für das du dich nun verantworten musst?“

„Mit Sicherheit nicht.“ Um Verständnis bittend schaute Hanna ihrer Cousine in die Augen. „Nimm es mir nicht übel, aber manchmal muss man etwas ganz mit sich allein abmachen.“

„Wenn du mal darüber sprechen willst, weißt du, wo du mich findest“, nickte Marie. „Jetzt musst du die Krapfen probieren. Nur deinetwegen habe ich sie mit Vanillecreme gefüllt.“

„Du bist ein Schatz, Marie.“ Obwohl sie keinen Appetit verspürte, griff Hanna zu. „Hat der Duft die Kinder noch nicht angelockt?“

„Denen habe ich schon welche raufgebracht“, erwiderte Marie und schenkte den Kaffee ein. „Timo ist nun schon der zweite Nachbarjunge, den du im Sturm erobert hast. Solltest du in dem Tempo weitermachen, dauert es nicht mehr lange, bis auch der Herr Studiendirektor sein Herz für dich entdeckt.“

„Davor bewahre mich der Himmel!“ rief Hanna entsetzt aus.

„Da zöge ich seinen attraktiven Bruder tausendmal vor.“ Schelmisch blinzelte sie ihrer Cousine zu. „Stell dir vor, ich würde mit dem feschen Jonas anbandeln. Das würde den guten alten Onkel Jakob garantiert zum Kochen bringen.“

„Hast du etwa tatsächlich ein Auge auf den jüngeren Jensen geworfen?“

„Von wegen“, winkte Hanna ab. „Dann hätte ich doch ständig

diesen Hobbydiktator in meiner Nähe. Der Herr Oberlehrer weiß alles – und was er nicht weiß, weiß er besser als andere. So was brauche ich so nötig wie einen Kropf."

Kapitel 12

Am darauffolgenden Nachmittag betrat Jakob das Nachbarhaus im Souterrain.
„Frau Mertens?", rief er im Flur. „Darf ich reinkommen?"
„Immer hereinspaziert! – Ich bin in der Küche!"
Mit einem üppigen Blumenstrauß in jeder Hand kam er ihrer Aufforderung nach.
Marie stand am Herd, auf dem aus mehreren Töpfen ein köstlicher Duft entwich.
„Hallo, Frau Mertens", begrüßte Jakob sie. „Kann es sein, dass Sie zu viel arbeiten?"
„Bis vor einer halben Stunde habe ich mich noch faul auf einer Gartenliege geräkelt", verneinte sie lächelnd. „Allerdings habe ich morgen einen Großkampftag. Deshalb bereite ich heute schon einiges vor."
„Dann will ich Sie nicht lange stören", beschloss er und reichte ihr den einen Strauß. „Ich möchte mich – auch im Namen meines Bruders - noch mal dafür bedanken, dass Sie meine beiden Neffen gestern so nett betreut haben."
„Das war doch selbstverständlich, Herr Dr. Jensen. Trotzdem danke ich Ihnen für die Blumen. Sie sind wunderschön."
„Der andere Strauß ist für Ihre Cousine. Ist sie zu Hause?"
„Hanna ist oben in ihrem Reich. Leider bin ich hier momentan unabkömmlich, sonst würde ich Sie hinaufführen. Aber Sie finden den Weg auch allein. Nehmen Sie einfach die Treppe bis ganz nach oben."
Damit nahm sie ihm die Möglichkeit, die Blumen hier für Hanna zu hinterlegen. Als Jakob noch zögerte, zwinkerte Marie ihm aufmunternd zu.
„Oder trauen Sie sich etwa nicht in die Höhle der Löwin?"
„Sie wird mich hoffentlich nicht gleich fressen", parierte er und

umfasste den Strauß fester. „Falls ich in zehn Minuten nicht wieder auftauchen sollte...“
„... alarmiere ich den Rettungswagen“, vollendete Marie vergnügt. „Nun gehen Sie schon.“
Die erste Treppe führte Jakob ins Erdgeschoss. Interessiert blickte er sich um und wünschte, auch in seinem Haus würden ordnungsliebende Menschen leben. In der ersten Etage lagen die Kinderzimmer, wie Jakob von seinen Neffen wusste. Mit gemischten Gefühlen stieg er noch ein Stockwerk höher. Sein Blick fiel in ein Schlafzimmer, das von einem Messingbett beherrscht wurde. Hannas Stimme vernahm er jedoch aus einem Raum auf der anderen Seite der Treppe. Unschlüssig bewegte er sich darauf zu.

„... eigentlich, wie sehr ich dich vermisse?“
Jakob sah Hanna ihm abgewandt am Fenster stehen. Offensichtlich telefonierte sie gerade.
„... natürlich weiß ich das. Trotzdem sehne ich mich nach dir.“
Jakob wunderte sich, wie zärtlich ihre Stimme klang. Sprach sie mit ihrem Geliebten?
„... allmählich bin ich wirklich urlaubsreif. Mir passieren schon die merkwürdigsten Dinge. Wahrscheinlich brauche ich hundert Jahre Schlaf hinter einer Dornenhecke.“ Nun lachte sie leise. „Keine Sorge, für dich würde ich meine Träume jederzeit unterbrechen.“
Jakob überlegte, ob es nicht besser sei, sich unbemerkt wieder zurückzuziehen, als Hanna das Gespräch beendete.
„... mach ich, mein Schatz. Ich hab dich lieb. – Ciao!“
Rasch zog sich Jakob zur Treppe zurück.
„Mrs. F.?“, rief er von dort. „Sind Sie da?“
Das kleine Telefon noch in der Hand, blieb Hanna erstaunt in der Tür stehen.
„Sie?“
„Ihre Cousine hat darauf bestanden, dass ich hier raufklettere“, erklärte Jakob etwas unbehaglich, denn sie musterte ihn wie

einen unerwünschten Eindringling. Rasch übergab er ihr die Blumen. „Der Jensen-Clan möchte sich auch bei Ihnen für Ihre Gastfreundschaft bedanken."
„Das wäre nicht nötig gewesen." Angesichts seiner guten Absicht gebot es die Höflichkeit, ihn hereinzubitten, so dass Hanna eine einladende Geste beschrieb. „Im Grunde habe ich nichts dazu beigetragen. Marie hatte alles im Griff."
„Meine Neffen haben mir aber erzählt, Sie hätten am späten Nachmittag bis zum Abendessen mit den Kindern Monopoly gespielt. Offen gestanden kann ich mir nicht vorzustellen, dass dieses furchtbar langweilige Spiel Ihnen Spaß gemacht hat."
„Wenn ich Spaß haben möchte, tue ich tatsächlich was anderes", gab sie zu. „Da Ihre Neffen aber gesagt haben, ihr Vater und ihr Onkel würden sich stets drücken, wenn der Wunsch nach Monopoly laut würde, habe ich mich geopfert."
„Dafür verdienen Sie eigentlich einen Orden", befand Jakob lächelnd, wobei er sich interessiert umschaute. Dieser Raum war fast vollständig in weiß eingerichtet: die hohe Bücherwand, die Polster und sogar das Klavier. „Ein schönes Instrument. Mit Ihrem gekonnten Spiel haben Sie mich übrigens maßlos überrascht."
„Mir ist klar, dass Sie mir allenfalls zugetraut haben, kleine Jungens zu verführen", konnte sie sich nicht verkneifen, zu antworten. Seit seinem Auftauchen formte sich das Geschehen in dem dunklen Pavillon zu Bildern in ihrem Kopf. Wie er seine Lippen in ihrem Dekolleté vergrub und wie er sie begehrend an sich presste. Das mobilisierte ihre Abwehr. „Ich frage mich, weshalb Sie Ihren Neffen geglaubt haben. Eine wie ich spielt nicht ohne Hintergedanken stundenlang mit den Kindern."
„Zugegeben: zuerst hielt ich das tatsächlich für einen Scherz. Mir ist schleierhaft, wie Sie das angestellt haben, aber die Jungs sprechen mit Begeisterung von Ihnen."
„Erstaunlich, nicht? Dabei möchten Sie doch, dass ich mich von Ihrer kostbaren Familie fern halte. Einer Ihrer Neffen hat

ganz unbefangen davon gesprochen, dass ich Ihrer Meinung nach kein Umgang für sie wäre."
„Welcher?", fragte Jakob ohne sichtliche Verlegenheit. „Timo oder Leon?"
„Das spielt keine Rolle", entgegnete sie, da sie ahnte, er würde den Jungen umgehend maßregeln. „Jedenfalls sollten Sie wenigstens so viel Anstand besitzen, andere Leute bei den Kindern nicht schlecht zu machen. Es ist allein Ihre Sache, dass Sie ein Problem mit mir haben."
Völlig ruhig blickte Jakob ihr in die Augen.
„Gilt Ihr Angebot noch?"
„Welches Angebot?"
„Dass wir miteinander schlafen sollten, um zu einem normalen Umgang zu finden."
„Ist Ihnen etwa entgangen, dass das ironisch gemeint war? Sie kombinieren doch sonst so scharfsinnig." Abschätzend musterte sie ihn von Kopf bis Fuß. „Außerdem muss bei Ihnen dafür angeblich mehr als nur ein körperliches Bedürfnis vorhanden sein. Mich mögen Sie aber nicht mal."
„Stimmt", gab er zu. „Wir könnten ja so tun, als ob..."
„Da muss ich Sie enttäuschen", gab sie ihm einen Korb. „Spricht ein Mann nicht all meine Sinne an, läuft bei mir erotisch überhaupt nichts. Jemand wie Sie wirkt völlig abturnend auf mich."
„Wir könnten das Licht ausschalten."
„Sie können wohl nur in absoluter Dunkelheit?"
Die Worte waren heraus, ehe Hanna es verhindern konnte. Sie durfte sich nicht von ihm provozieren lassen, sonst würde sie sich noch verraten. Niemals durfte er erfahren, dass sie bereits ein intimes Erlebnis teilten.
Tatsächlich war Jakob einigermaßen verblüfft über ihre Bemerkung. Er ärgerte sich aber auch darüber, dass sie ihn anscheinend für völlig verklemmt hielt.
„Mein Liebesleben mag nicht annähernd so abwechslungsreich wie das Ihre sein", sagte er kalt. „Von der Häufigkeit ganz zu

schweigen. Gott sei Dank habe ich es nicht nötig, aus Angst, etwas zu versäumen, ständig durch fremde Betten zu turnen."
„Sie werden unverschämt!", empörte sich Hanna. „Mit welchem Recht maßen Sie sich an, über mich zu urteilen? Ihre Behauptung ist einfach absurd!"
„Die ungeschminkte Wahrheit ist wohl nicht so leicht zu verkraften?", erwiderte er mit mitleidigem Lächeln. „Im Grunde sind Sie ein bedauernswerter Mensch."
„Jetzt reicht es mir!" Erregt knallte sie ihm den Blumenstrauß vor die Brust. „Nehmen Sie Ihr Grünzeug und verschwinden Sie!" Als er noch zögerte, deutete Hanna auf die Tür. „Raus! Sofort! Wagen Sie es nicht, mein Haus noch mal zu betreten!"
Demonstrativ wandte sie ihm den Rücken zu. Als sie sich wieder herumdrehte, war Jakob verschwunden.
Im Erdgeschoss des Hauses traf er auf Marie, die anscheinend gerade aus dem Souterrain kam.
„Wie ich sehe, leben Sie noch", stellte sie fest. „Demnach scheint es gar nicht so schlimm gewesen zu sein."
„Von wegen", widersprach Jakob. „Ihre reizende Cousine hat mich rausgeworfen."
„Was ist denn nun wieder zwischen euch vorgefallen?"
„Ihre Mitbewohnerin kann offenbar keine Kritik vertragen."
„Ach, Herr Dr. Jensen...", seufzte Marie, wurde aber durch Hannas Stimme aus dem Obergeschoss unterbrochen.
„Marie!?" Ihre Schritte wurden auf der Treppe hörbar.
„Zeit, zu verschwinden", sagte Jakob und öffnete die Haustür. „Sonst hetzt sie noch ihren gefährlichen Kampfhund auf mich."
Mit den Blumen in der Hand kam Hanna die Treppe heruntergestürmt.
„Ich hatte diesem aufgeblasenen Fatzke gesagt, er solle sein Gemüse wieder mitnehmen!", schimpfte sie und lief an Marie vorbei. „Selbst das hat er nicht kapiert und die Blumen auf die Treppe gelegt!"
In der Küche blieb sie vor dem Mülleimer stehen und ließ den Strauß mit den Stielen zuerst hineinfallen.

„Fühlst du dich jetzt besser?“, bemerkte Marie trocken und fischte das Bouquet wieder heraus. „Die schönen Blumen können nun wirklich nichts dafür.“ Sie nahm eine Vase aus dem Schrank und arrangierte den Strauß darin. „Worum ging es denn diesmal?“

„Nur um die Kleinigkeit, dass mich dieser überhebliche Idiot für ein Flittchen hält, das es bei jeder sich bietenden Gelegenheit mit einem anderen treibt!“

„Ausgerechnet du? Wie kommt er denn auf dieses schmale Brett?“

„Frag mich was Leichteres. Wahrscheinlich hält er jede unabhängige Frau, die nicht gerade wie eine Gewitterziege aussieht, für einen männermordenden Vamp.“

„Müsste er von mir dann nicht das gleiche denken?“

„Du bist eine tugendhafte und verantwortungsbewusste Mutter dreier Kinder, die noch dazu einen soliden Beruf ausübt.“ Hart lachte Hanna auf. „Ich hingegen schlage mir die Nächte in einem Sender um die Ohren, verschlafe den halben Tag und gehe zu allem Überfluss an den Wochenenden mit verschiedenen Männern aus. Das muss in den Augen eines konservativen Oberschlaumeiers ein total verwerflicher Lebenswandel sein.“

„Es scheint wirklich an der Zeit, dass ich Herrn Dr. Jensen über einiges aufkläre.“

„Das wirst du schön bleiben lassen“, verlangte Hanna. „Dieser Mann vertraut doch nur auf seine eigene verdrehte Wahrnehmung. Da könnte allenfalls ein Psychiater helfen.“

Als Hanna am Abend ihren Wagen rückwärts aus der Einfahrt lenkte, um zum Sender zu fahren, wurde sie vom Nachbarhaus aus beobachtet.

„Mir ist unbegreiflich, wozu diese Person ein Auto braucht“, bemerkte Jakob spöttisch. „Ein Besen würde völlig genügen.“

„Du kannst es einfach nicht lassen“, tadelte Jonas seinen Bruder. „Falls du hier einen Nachbarschaftskrieg anzetteln willst, musst du allein kämpfen. Mir sind die Damen von nebenan viel

zu sympathisch, als dass ich mich daran beteiligen würde."
„Gegen vier der fünf Bewohnerinnen des Nachbarhauses habe auch ich absolut nichts einzuwenden."
„Tu mir einen Gefallen, Jakob", bat Jonas. „Da du deine Antipathie gegen Mrs. F. anscheinend nicht überwinden kannst, lass sie wenigstens in Ruhe. – Und halte dich mit deinen Äußerungen in Anwesenheit der Kinder künftig zurück. Es ist doch peinlich, wenn sie ihr gegenüber erwähnen, wie du zu Hause über sie herziehst."
„Bin ich wirklich so schlimm?", fragte Jakob, plötzlich sehr ernst geworden. „Was hat diese Frau nur an sich, dass sie mich jedes Mal dazu bringt, unüberlegt zu reagieren? Sonst lasse ich mich doch auch nicht so leicht aus der Reserve locken."
„Ich denke, ihr hattet einfach keinen guten Start miteinander", überlegte Jonas. „Mit dem Tag unseres Einzugs hast du unwissentlich regelmäßig morgens ihren Schlaf gestört. Das machte sie vermutlich ein wenig reizbar. Ein Wort gab das andere – und daraus wurde euer ganz privates Waterloo. Vielleicht ist die Gartenparty am Samstag eine günstige Gelegenheit, das Kriegsbeil zu begraben. – Oder wenigstens für einen Waffenstillstand", schränkte er wegen Jakobs skeptischem Blick ein. „Womöglich ergäben sich daraus Friedensverhandlungen."
Noch war sein Bruder nicht bereit, sich darauf einzulassen.
„Willst du da wirklich hingehen, Jonas?"
„Wir werden dort hingehen", bestimmte der Jüngere. „Frau von Lehnsdorff ist eine wirklich reizende ältere Dame. Als sie vorhin die Einladung gebracht hat, erzählte sie mir, sie gäbe in jedem Sommer eine Party für nette Nachbarn. Außerdem hat sie mich ausdrücklich gebeten, dich unbedingt mitzubringen. Du würdest immer so freundlich grüßen, wenn du mit Pavarotti an ihrem Haus vorbeikämst." Jungenhaft zwinkerte er seinem Bruder zu. „Diese Einladung verdanken wir nur dir und deinem unwiderstehlichen Charme."
„Reifere Damen erkennen meine Qualitäten eben schon von weitem. Dann darf ich die Lady wohl nicht enttäuschen."

Kapitel 13

Der auf dem Nachbargrundstück beheimatete vorsintflutliche Rasenmäher bewirkte, dass Hannas Schlaf am Samstagmorgen wieder einmal reichlich kurz ausfiel. Bereits gegen elf Uhr beendete das Knattern abrupt ihre Träume. Mit wenig damenhaften Beschimpfungen wie rücksichtsloser Vollidiot oder boshafter Mistkerl machte die unsanft Geweckte ihrem Ärger Luft. Wütend sprang sie aus dem Bett und lief zur offenen Dachterrassentür. Hannas rechter Fuß berührte bereits die von der Sonne beschienen warmen Fliesen, als ihr ihre spärliche Kleidung bewusst wurde.
„Oh, nein", murmelte sie grimmig und zog ihren Fuß ins Schlafzimmer zurück. „Diesmal bringst du mich nicht dazu, dich für deine Unverschämtheit zu belohnen, Herr Oberschlau! Das ist hier schließlich keine Peepshow!"

Da die Nachbarin nicht auf ihrem Dachgarten erschien, hoffte Jakob, sie nicht durch seinen geräuschintensiven Mäher geweckt zu haben. Die ganze Woche über hatte er keine Zeit gefunden, die dringend nötige Gartenarbeit zu erledigen. Auch die anderen Familienmitglieder litten bedauernswerterweise unter enormem Zeitmangel, sobald Jakob das witterungsbedingte Ausmaß des Rasenwuchses oder die Ausbreitung des Unkrauts nur erwähnte. Nun stand das Gras bereits so hoch, dass der Mäher seine Arbeit kaum bewältigen konnte. Immer wieder blickte Jakob zum Nebenhaus hinüber. Er hatte sich vorgenommen, die Nachbarin möglichst nicht auf den Plan zu rufen, sondern jeglicher Konfrontation mit ihr aus dem Weg zu gehen. Ruhmreich endeten die Auseinandersetzungen mit ihr ohnehin nicht für ihn.
Am Abend verließen Jonas und Jakob gemeinsam das Haus. Mit einem großen Blumenstrauß überquerten sie die Straße. Schon nach etwa zweihundert Metern erreichten sie ihr Ziel.
„Herzlich willkommen", begrüßte Katharina von Lehnsdorff die neuen Nachbarn. „Schön, dass Sie es einrichten konnten."

„Vielen Dank für die Einladung“, sagte Jakob und überreichte ihr die Blumen. „Wie sind gern gekommen.“
„Das freut mich.“ Durch eine Geste bedeute sie den Neuankömmlingen, näher zu treten. „Bitte, meine Herren.“
Im weitläufigen Garten des Hauses waren bereits viele fröhlich gestimmte Nachbarn versammelt. Die Gastgeberin stellte ihnen die Jensens vor, ehe sie kurz im Haus verschwand, um die Blumen zu versorgen. Derweil schaute Jakob sich unter den Gästen um, entdeckte ein bekanntes Gesicht.
„Guten Abend, Frau Mertens“, begrüßte er Marie. Es war das erste Mal, dass er sie statt in Jeans und T-Shirt in einem luftigen Sommerkleid sah. Er machte kein Hehl daraus, wie sehr ihm das gefiel. „Sie schauen heute besonders reizvoll aus.“
„Da zeigt sich wieder einmal, was das Weglassen einer Schürze bewirkt. Das funktionierte schon bei Aschenputtel.“
„Eher würde ich Sie als Küchenfee bezeichnen“, erwiderte Jakob charmant. „Als ein kulinarisches Zauberwesen.“
„Vielleicht bin ich einfach nur eine Hexe?“
„Ich fürchte, diese Rolle ist in Ihrer Familie bereits vergeben“, rutschte es ihm heraus, obgleich er Marie nicht auf ihre Cousine ansprechen wollte. Da diese nirgends zu sehen war, galt die Einladung wahrscheinlich nicht auch für sie. Immerhin waren hier nur nette Nachbarn erwünscht.
„Verteilst du schon wieder Komplimente, Bruderherz?“, sagte Jonas hinter Jakob. „Falls sie der reizvollen Erscheinung unserer Nachbarin galten, kann ich dir nur zustimmen.“ Erwartungsvoll wandte er sich an Marie. „Besteht die Aussicht, dass Sie einem Vater dreier Kinder einen Tanz schenken?“
„Wie könnte ich Ihnen das als Mutter dreier Kinder abschlagen?“
„So macht man das, mein Lieber“, raunte Jonas seinem Bruder zu, nahm Marie am Arm und führte sie zu den anderen tanzenden Paaren auf die Terrasse.
Gedankenverloren blickte Jakob zu ihnen hinüber.
„So nachdenklich, Herr Dr. Jensen?“, sprach die Gastgeberin

ihn an und reichte ihm ein Glas Champagner. „Mögen Sie sich eine Weile zu mir setzen?"
„Gern", nickte er und folgte ihr zu einem der im Garten verteilten Tische. Nachdem sie Platz genommen hatten, schaute Jakob seine Gastgeberin abwartend an.
„Was möchten Sie wissen, Frau von Lehnsdorff?"
Amüsiert blitzte es in ihren klugen grauen Augen auf.
„Sie denken, ich hätte Sie nur aus Neugier eingeladen?"
„So eine Gartenparty ist jedenfalls gut geeignet, jemanden ein bisschen besser kennenzulernen", manövrierte er um eine direkte Antwort herum. „Ob Sie mich danach zu den netten Nachbarn zählen, erfahre ich spätestens in einem Jahr. Entweder werde ich wieder eingeladen – oder Sie verzichten auf meine Anwesenheit."
„Lassen Sie sich überraschen", riet sie ihm und nippte an ihrem Glas. „Wie ich hörte, sind Sie der neue Studiendirektor am Ratsgymnasium. Darf ich fragen, wo Sie vorher unterrichtet haben?"
„Am Wilhelm-Busch-Gymnasium in Hildesheim", gab Jakob ihr bereitwillig Auskunft. „Früher ist mein Bruder immer zur Arbeit nach Hannover gependelt. Das war kein Problem, solange meine Schwägerin nach der Schule für die Kinder da war. Nach ihrem Tod bin ich zu Jonas gezogen, damit die Jungens tagsüber versorgt waren. Allerdings konnte das keine Dauerlösung sein, denn durch die lange Anfahrt haben die Kinder ihren Vater kaum gesehen. Außerdem wohnten wir dort ziemlich beengt. Aus diesen Gründen habe bei der Schulbehörde einen Antrag auf Versetzung an ein hannoversches Gymnasium gestellt. Nach der Zusage haben wir uns nach einer passenden Bleibe umgesehen und sind hierher gezogen."
„Haben Sie sich inzwischen eingelebt?"
„Rascher als vermutet. Die Kinder wurden von ihren neuen Mitschülern problemlos in die Gruppe integriert."
„Und Sie?"
„Bis auf ein paar Auseinandersetzungen mit unserer Nachbarin

Frau Flemming, kann ich nicht klagen. Wahrscheinlich wissen Sie, dass sie eine schwierige Person ist, mit der man einfach nicht auskommen kann. Deshalb zählt sie bei Ihnen wohl auch nicht zu den eingeladenen netten Nachbarn."

Einen Moment lang schaute sie ihren Gast forschend an.

„Zu den netten Nachbarn würde ich sie tatsächlich nicht unbedingt zählen", sagte sie, ihn genau beobachtend. „Hanna Flemming ist für mich sehr viel mehr: eine enge Freundin, der ich bedingungslos vertraue."

„Womit ich die Hoffnung auf eine erneute Einladung im kommenden Jahr begraben kann", seufzte Jakob, worauf ein Lächeln ihr apartes Gesicht erhellte.

„Geben Sie sich immer so leicht geschlagen, Herr Dr. Jensen? Sie sollten bedenken, dass man in reiferen Jahren recht gelassen mit seinen Mitmenschen umgeht. Warum sollte ich es Ihnen also übel nehmen, dass Sie in der kurzen Zeit noch nicht bemerkt haben, was alles in Hanna steckt."

„Was ich bislang davon entdecken konnte, war alles andere als erfreulich", bekannte Jakob. „Wann immer wir uns begegnen, giftet sie mich geradezu an."

„Wahrscheinlich liefern Sie ihr jedes Mal einen Grund dafür. Wie man in den Wald hineinruft, so schallt es heraus."

„Möglich", räumte Jakob ein. Aufmerksam betrachtete er seine Gastgeberin. Er schätzte ihr Alter jenseits der Sechzig, erkannte aber, dass sie unbestreitbar eine attraktive Erscheinung war. Nicht mehr ganz so zierlich, wie sie es in ihrer Jugend gewiss gewesen war, dennoch schlank geblieben. Auffällig war außer den wachen Augen die weiße Strähne in ihrem ansonsten kastanienbraunen Haar, das das schmale Gesicht umrahmte. „Wie lange kennen Sie Frau Flemming schon?"

„Seit wir dieses Haus gekauft haben", erzählte Katharina. „Mein Mann war Diplomat; wir haben jahrelang in Brüssel gelebt. Erst als er pensioniert wurde, kehrten wir hierher zurück. Zu der Zeit waren die Flemmings tatsächlich nur nette Nachbarn." Abermals nippte sie an ihrem Glas. „Mein Mann durfte seinen wohl verdienten Ruhestand leider nur anderthalb Jahre genießen. Er starb von einer Minute zur anderen an einem Herzinfarkt."

„Das tut mir leid", sagte Jakob mitfühlend. „Sicher war das sehr schwer für Sie, Frau von Lehnsdorff."

„Es war die Hölle", gab sie unumwunden zu. „Mein Verstand sagte mir, was ich zu tun hatte, aber ich war wie gelähmt. Einen Tag nach Richards Tod stand plötzlich Hanna vor mir. Sie war einfach durch den Garten gekommen, nachdem ich ihr Läuten ignoriert hatte. Diese rührende Person war in Sorge um mich, weil ich seit dem Tod meines Mannes rund um die Uhr die Vorhänge geschlossen hielt."

„Das spricht für eine gute Beobachtungsgabe", meinte Jakob. „Den meisten Nachbarn fällt so was gar nicht auf."

„Hanna ist jeden Morgen an unserem Haus vorbeigejoggt", erklärte sie. „Manchmal haben wir ein paar Worte gewechselt, aber das war auch schon alles. Trotzdem ahnte sie, in welcher Verfassung ich mich befand. Deshalb ist sie einfach über die Terrasse ins Haus marschiert. Sie hat mich – eine praktisch Fremde – tröstend in den Arm genommen, wodurch ich endlich aus dieser Starre erwacht bin und fähig wurde, meinen Schmerz rauszulassen."

„Hatten Sie denn sonst niemanden?"

„Da uns Kinder versagt blieben, stand ich plötzlich ganz allein da", verneinte sie. „Das habe ich jedenfalls befürchtet", schränkte sie sofort ein. „Wie hätte ich aber auch damit rechnen können, dass sich eine Nachbarin so liebevoll um mich kümmert? Hanna hat sich ein paar Tage bei ihrer Zeitung freigenommen, um mit mir alle Wege zu gehen, die nun nötig wurden. Auch nach der Beisetzung war sie, aber auch ihr Mann, immer für mich da. Sie nahmen mich mit in die Oper oder ins Konzert, auf Ausflüge und sogar in den Urlaub." Ein dankbares Lächeln huschte über ihre Züge. „Hanna und Achim haben mich sozusagen adoptiert."

„Dann haben Sie auch ihren Mann recht gut gekannt", folgerte

Jakob interessiert. „Was war er für ein Mensch?"
„Ein herzensguter", antwortete sie, ohne zu zögern. „Immer freundlich, immer hilfsbereit. Achim war ein grundehrlicher, humorvoller Mann, der seine Frau über alles geliebt hat. Die zwei haben eine so harmonische Ehe geführt, wie man sie selten erlebt. Nie werde ich den Tag vergessen, als Hanna tränenüberströmt vor meiner Tür gestanden hat."
„Vermutlich war das nach dem Unfall ihres Mannes!?"
„Für mich war es erschütternd mit anzusehen, wie diese starke und fröhliche Frau gelitten hat. Ich konnte ihren Schmerz nur zu gut nachempfinden, so dass es für mich selbstverständlich war, ihr beizustehen, ihr etwas von der Kraft zurückzugeben, mit der sie mich zwei Jahre zuvor gestärkt hatte. Es hat lange gedauert, bis sie sich einigermaßen gefangen hatte. Zwar war auch ihre Familie jederzeit für sie da, aber erst als Marie mit den Kindern zu ihr gezogen ist, blühte Hanna wieder auf."
„Da Sie beide so eng zusammengewachsen sind, wundert es mich, dass sie heute nicht hier ist", überlegte Jakob, den ihre Worte sehr beeindruckt hatten. „Müsste sie auf Ihrer Gästeliste nicht ganz oben stehen?"
„Das tut sie", versicherte Katharina ihm. „Abgesehen davon, dass Hanna fast jeden Tag, wenn sie mit Geisha vom Joggen zurückkommt, bei mir hereinschaut, wäre sie auch jetzt hier. Leider ist ihr im Sender etwas dazwischengekommen."
„Soviel ich weiß, hat sie doch am Wochenende immer frei."
„Offenbar sind Sie recht gut informiert, Herr Dr. Jensen", sagte sie leise lächelnd. „Hanna war nur zu einer kurzen Besprechung mit ihrem Programmdirektor verabredet, als eine Moderatorin krank wurde. Selbstverständlich ist Hanna sofort für sie eingesprungen. Nun sitzt sie im Studio und moderiert..." Sekundenlang dachte sie nach. „... die Hitparade – oder die Charts, wie man das heute nennt."
„Das erscheint mir sehr ungewöhnlich für eine Nachrichtenredakteurin", befand Jakob. „Kann sie so was überhaupt?"
„Sie scheinen Hanna in vielerlei Hinsicht zu unterschätzen",

sagte Katharina und erhob sich. „Kommen Sie einen Moment mit mir ins Haus, Herr Dr. Jensen?“
Bereitwillig folgte er ihr über die Terrasse in den eleganten Wohnraum. Dort schaltete seine Gastgeberin das Radio ein. Sie hörten noch die letzten Töne eines Hits, bevor sich die Moderatorin wieder zu Wort meldete. Sie tat das nicht nur souverän, sondern auch mit ihrer normalen Stimme, so dass kein Zuhörer auch nur auf den Gedanken kam, sie könne mit dem Engel der Nacht identisch sein.
Als nun Platz 10 der Hitliste erklang, schaltete Katharina das Radio wieder aus.
„Wie lautet Ihr Urteil, Herr Studiendirektor?“
„Nicht schlecht“, musste er zugeben. „Keine Unsicherheit, sehr routiniert. Man könnte meinen, sie sei absolut vertraut mit der Arbeit vor dem Mikrofon.“
„Gelegentlich springt Hanna ein, wenn Not am Mann ist“, sagte Katharina, während sie wieder in den Garten gingen. An dem unter einem Pavillon aufgebauten Buffet trafen sie mit Marie und Jonas zusammen.
„Guten Appetit“, sagte Jakob mit Blick auf den gefüllten Teller seines Bruders. „Schmeckt es so lecker, wie es ausschaut?“
„Köstlich“, bestätigte Jonas. „So hervorragend habe ich lange nicht gegessen.“
„Dieses Kunstwerk stammt vom besten Partyservice der Stadt“, erklärte die Gastgeberin lächelnd. „Das italienische Buffet ist einfach unschlagbar.“
„Lassen Sie mich raten“, wandte sich Jakob an Marie. „Dafür sind bestimmt Sie verantwortlich.“
„Mit irgendwas musste ich mir doch die Zeit bis zum Abend vertreiben.“
„Es ist jedes Jahr dasselbe Dilemma“, sagte Katharina mit übertriebenem Seufzer. „Eigentlich wäre es mir lieber, Marie würde der Party entspannt entgegensehen, anstatt den ganzen Tag in der Küche zu stehen. Allerdings müsste ich mich dann mit einem weniger guten Buffet von der Konkurrenz zufrieden-

geben. Das lässt sie aber nicht zu. Obendrein besteht diese dickköpfige Person sogar darauf, dass ich ausschließlich die Zutaten zahle."

„Das interessiert doch niemanden", sagte Marie. „Außerdem probiere ich bei solchen Gelegenheiten neue Rezeptvariationen aus. Deine Gäste sind sozusagen meine Versuchskaninchen."

„Für die nächste Testreihe stelle ich mich freiwillig zur Verfügung", vermeldete Jonas schmunzelnd. „In mir hätten Sie einen willigen Vorkoster, Frau Mertens."

„Ein williger Mann kann sehr nützlich sein", scherzte sie, bevor ihr Blick zu Jakob wechselte. „Für berufliche Zwecke bräuchte ich aber eher einen jederzeit kritischen Menschen."

„Nun sollte ich mich wohl angesprochen fühlen", war Jakob überzeugt. „Nur fürchte ich, meine Kritikfähigkeit hat in der letzten Zeit etwas gelitten. Oftmals war sie zu destruktiv."

„Selbsterkenntnis ist der erste Weg zur Besserung", neckte Jonas seinen Bruder. „Du machst Fortschritte, mein Lieber."

In der nächsten Stunde bedienten sich die Gäste am reichhaltigen Buffet, tanzten und lachten zusammen.

Die Stimmung war schon sehr ausgelassen, als Hanna den Garten betrat. Sofort ging die Gastgeberin auf sie zu und umarmte sie herzlich.

„Schön, dass du noch kommst, Hanna."

„Versprochen ist versprochen", erwiderte die Jüngere lächelnd und küsste sie auf die Wange. „Scheint eine gelungene Party zu sein..." Unter den Gästen entdeckte sie Jakob. Ihre Blicke trafen sich quer durch den Garten. Augenblicklich gefror das Lächeln auf Hannas Gesicht. „Jetzt brauche ich einen Drink."

„Ein Glas Wein?", schlug Katharina vor. „Oder gelüstet es dich nach Stärkerem?"

„Wein ist perfekt", entschied sie vernünftigerweise, obwohl der Anblick eines bestimmten Nachbarn den Wunsch nach Hochprozentigem in ihr weckte. „Uli wollte vorhin gerade mit mir zum Chinesen, als die Nachricht kam, dass unsere Hitparaden - Queen mit Migräne das Bett hütet. Ich hatte keine andere

Wahl, als heroisch auf meine Mahlzeit zu verzichten und meinen freien Tag zu opfern. Mein Magen ist so leer wie mein Konto kurz vor Ultimo."

„Dann musst du zuerst was essen", bestimmte Katharina und begleitete sie zum Buffet.

Aus der Entfernung beobachtete Jakob die Damen. Hanna trug ein leichtes weißes Kleid mit dünnen Trägern; ihr Haar war kunstvoll hochgesteckt. Er musste sich eingestehen, dass allein ihr Anblick einen unwiderstehlichen Reiz auf ihn ausübte.

Bald nahmen die beiden Nachbarinnen an einem der Tische Platz. Während sie aß, unterhielt sich Hanna angeregt mit Katharina. Die gegenseitige Sympathie der beiden war unübersehbar. Aber auch andere Gäste traten an den Tisch, um einige Worte mit Hanna zu wechseln. An dem Lachen, das mehrmals zu Jakob herüberwehte, erkannte er, dass sie sich unter den Nachbarn großer Beliebtheit erfreute.

Erst als die Gastgeberin von einem älteren Herrn zum Tanz geholt wurde, trat Jakob zu Hanna an den Tisch.

„Guten Abend, Mrs. F.", begrüßte er sie. „Ich habe Sie schon vermisst."

Ein spöttischer Blick aus ihren grünen Augen traf ihn.

„Hatten Sie heute noch keine Gelegenheit, jemanden zu beleidigen?"

„So war das nicht gemeint", versicherte er ihr und deutete auf einen freien Stuhl. „Darf ich?"

„Wenn es unbedingt sein muss."

„Danke", sagte er, stellte sein Glas ab und setzte sich. Daraufhin schob Hanna ihren Teller beiseite, als sei ihr der Appetit vergangen.

„Ich habe nachgedacht, Mrs. F..."

Abwehrend hob sie die schmalen Hände.

„Um Himmels willen!"

„Lassen Sie uns wie erwachsene Menschen miteinander reden."

„Wie denn, wenn Sie dabei sind?"

Jakob bemühte sich, ruhig zu bleiben.
„Bitte, Frau Flemming...“, sagte er in einem Ton, als spräche er zu einem aufmüpfigen Schüler. „Mir ist eines klar geworden: Wenn ich etwas falsch mache, mache ich es richtig falsch. Im Nachhinein ist mir unerklärlich, weshalb wir wegen jeder Kleinigkeit ständig aneinander geraten. Das muss sich ändern. Deshalb schlage ich vor, wir fangen noch mal von vorne an.“
Skeptisch schüttelte Hanna den Kopf. Was führte er nun wieder im Schilde?
„Glauben Sie wirklich, das funktioniert, Herr Dr. Jensen? Bei nächster Gelegenheit werden Sie wieder über mich herfallen.“
Ein sinnliches Flirren schlich sich in seine Augen; um seine Lippen spielte ein verheißungsvolles Lächeln.
„Nur wenn Sie mich ausdrücklich darum bitten.“
„Nach der Wahrscheinlichkeitsrechnung dürfte das nicht passieren“, ging sie darauf ein. Obgleich er sie unwillkürlich an den charmanten Schlangenbeschwörer erinnerte, ließ sein plötzlicher Sinneswandel Hanna wachsam bleiben. „Soweit ich mich erinnere, bevorzugen Sie ohnehin warmherzige, anschmiegsame Wesen – und nicht so eine Kratzbürste, wie ich es bin.“
„Womöglich steckt mehr in Ihnen, als ich vermutete habe. Immerhin sind Sie eine vielseitig begabte Frau.“
„Bin ich das?“ Hanna lehnte sich entspannt zurück und schlug die Beine übereinander. „Wer hat Ihnen denn das eingeredet?“
„Erstaunlicherweise bin ich fast von selbst darauf gekommen.“
Es kostete ihn Mühe, sich vom Anblick ihrer rassigen gebräunten Beine loszureißen. Das amüsierte Funkeln in Hannas Augen verriet ihm, dass sie wusste, welche Wirkung sie auf den männlichen Betrachter ausübten. „Was soll ich machen? Ich bin auch nur ein Mann.“
„Das habe ich nie bestritten.“
„Dann besteht also noch die Aussicht, dass Sie eines Tages Ihr Herz für einen liebenswerten Schulmeister entdecken?“
„Wir wollen es doch nicht übertreiben“, lachte Hanna. „Ich bin

ausgesprochen wählerisch."
„Dann haben wir schon wieder etwas gemeinsam."
„Schon wieder?", echote sie erstaunt. „Was denn noch?"
„Wir beide mögen Hunde", zählte er, ohne lange zu überlegen, auf. „Unsere Familie ist uns sehr wichtig, ebenso enge Freunde. Wir schätzen beide ein interessantes Buch..."
Nun war Hanna noch verblüffter.
„Woher wissen Sie das?"
„Das große Bücherregal in Ihrem Wohnzimmer hat es mir verraten – bevor Sie mich rausgeworfen haben. – Außerdem teilen wir die Liebe zu guter Musik", fuhr er rasch fort. „Uns verbindet praktisch mehr, als so manches altes Ehepaar."
Scheinbar entsetzt hob Hanna den rechten Zeigefinger.
„Falls das eine Drohung sein soll ..."
„Vielleicht ist es eine Prophezeiung", sagte er vergnügt. „Jedenfalls würde es bei uns nie langweilig – so viel ist sicher."
„Da muss ich Ihnen ausnahmsweise zustimmen."
„Endlich sind wir mal einer Meinung." Es klang erleichtert. „Wenn Sie mir jetzt noch einen Tanz schenken, wäre das für mich die Krönung des Abends."
„So leicht sind Sie zufriedenzustellen?" Mittlerweile bereitete dieses Gespräch auch ihr Vergnügen. Trotzdem blieb sie auf der Hut. „Oder bezwecken Sie damit etwa was anderes?"
„Sie haben mich durchschaut", bekannte Jakob wie ein ertappter Sünder. „Im Grunde bin ich ein unverbesserlicher Egoist: Ich tue mir gern was Gutes. Mit Ihnen zu tanzen, stelle ich mir sehr... sehr prickelnd vor."
Ein kleines Lächeln legte sich um ihre Lippen.
„Täusche ich mich, oder flirten Sie etwa tatsächlich mit mir?"
„Sie müssen sich täuschen", behauptete er mit Schalk in den Augen. „Ich kann Sie doch gar nicht ausstehen. – Schon vergessen?"
„Nicht wirklich."
„Damit hätten wir auch dieses Problem gelöst", meinte er und erhob sich. „Da nun alle Unklarheiten ausgeräumt sind, können

Sie unbesorgt mit mir tanzen, Frau Nachbarin."
„Also gut", stimmte Hanna nach kurzem Zögern zu und stand ebenfalls auf. Sollte er sich schlecht benehmen, würde sie dafür sorgen, dass er das ganz schnell bereute.
Bei den anderen Paaren auf der Terrasse zog Jakob seine Nachbarin behutsam an sich. Mit gemischten Gefühlen ließ Hanna ihn gewähren und passte sich seinem Rhythmus an. Dass er ein guter Tänzer war, wusste sie seit dem Maskenball. Nun erinnerte sie sich jedoch wieder daran, wie wohl sie sich an jenem Abend in seinem Arm fühlte. Trotz ihrer ständigen Auseinandersetzungen empfand sie seine Nähe seltsamerweise auch jetzt nicht als unangenehm. Das beunruhigte sie etwas.
„Kann mich mal jemand kneifen?", bat Marie, die mit Katharina und Jonas bei einem Glas Champagner zusammenstand. „Ich fürchte, ich habe zu viel getrunken, sonst hätte ich nicht plötzlich Halluzinationen."
Katharinas und Jonas' Augen folgten dem überraschten Blick der jungen Frau.
„Offenbar bin ich nicht trinkfester als Sie, Frau Mertens", sagte Jonas verblüfft. „Für mich sieht die attraktive Lady, mit der mein Bruder tanzt, aus wie Ihre Cousine."
„Das ist meine Cousine!", stellt Marie immer noch ungläubig fest, ehe sie sich an die Gastgeberin wandte. „Katharina, was hast du in die Drinks gemischt? Irgendwelche Glückspillen?"
„Die beiden sind nicht high", versetzte Katharina verschmitzt lächelnd. „Sie haben nur ihren albernen Kleinkrieg beendet. Das wurde längst Zeit, nach allem, was Hanna mir darüber erzählt hat."
„Du hast nicht zufällig etwas nachgeholfen, damit die zwei sich endlich vertragen?", fragte Marie ahnungsvoll. „Vorhin, als der Herr Studiendirektor allein mit dir zusammensaß?"
„Ich?", tat Katharina empört. „Es fiele mir nicht im Traum ein, mich da einzumischen."
„Ich glaube dir kein Wort. Eigentlich wollte ich mir den Herrn heute Abend vorknöpfen, aber das erübrigt sich nun wohl."

„Tanzen Sie noch mal mit mir, Frau Mertens?“, bat Jonas. „Das möchte ich mir aus der Nähe anzusehen.“
„Schon wieder ein Mann, der nur mit mir tanzen will, um einer anderen näher zu sein“, seufzte sie, hängte sich aber bei ihm ein. „Nur gut, dass ich heute meinen sozialen Tag habe.“
Während sie mit Jonas tanzte, wunderte Marie sich immer noch darüber, wie perfekt Hanna und Jakob miteinander harmonierten. Als würden sie nicht gerade das erste Mal miteinander tanzen. Was steckte dahinter, dass die beiden plötzlich wirkten, als hätten niemals Unstimmigkeiten zwischen ihnen existiert?
„Was hältst du von einem Brudertausch?“, wandte sich Marie an ihre Cousine, als sie nebeneinander tanzten. „Ich würde gern mal mit dem Lehrer meiner Töchter auf Tuchfühlung gehen.“
„Mit dir teile ich alles“, stimmte Hanna ihr fröhlich zu. „Mir fehlt sowieso noch ein Banker in meiner Sammlung.“
Schwungvoll wechselte sie in Jonas’ Arm; Marie tanzte mit Jakob davon.
„Nun fragen Sie schon“, forderte Hanna ihren Partner auf, da sie seinen prüfenden Blick auf sich spürte. „Sie brennen doch darauf zu erfahren, weshalb wir miteinander getanzt haben, anstatt uns gegenseitig an die Gurgel zu gehen.“
„War das Ihre Idee?“
„Nein“, gab sie offen zu. „Aus irgendeinem Grund hat Ihr Bruder beschlossen, heute nicht seine persönliche Feindin in mir zu sehen. Er kam in Frieden, wie Winnetou sagen würde.“
„Das ist doch erfreulich“, meinte Jonas zufrieden. „Oder beurteilen Sie das anders?“
„Merkwürdig ist es schon, wenn man bedenkt, dass Ihr Bruder mir gegenüber stets auf Krawall gebürstet war.“
Unterdessen nahm sich Marie ihren Tanzpartner vor.
„Welchem Umstand ist es denn zu verdanken, dass Sie meiner Cousine heute so wohlgesonnen sind, Herr Dr. Jensen?“
„Manchmal ist es klüger, eine Wildkatze zu zähmen, bevor man von ihr zerfleischt wird.“
„Wie darf ich denn das verstehen?“ Es klang beunruhigt. „Was

haben Sie vor?"
„Nichts", behauptete Jakob. „Mir wurde nur klar, dass so ein Nachbarschaftskrieg reine Energieverschwendung ist. Er führt zu nichts. – Jedenfalls zu keinem vernünftigen Umgang. Deshalb habe ich die weiße Fahne gehisst."
„Obwohl Sie Hanna nicht mögen?"
„Das dachte ich zumindest", bekannte er. „Mittlerweile glaube ich, dass sie eine ganz patente Person ist."
„Weshalb haben Sie Ihre Meinung über sie so plötzlich geändert?", wünschte Marie zu wissen. „Bei Ihrem letzten Zusammentreffen haben Sie noch befürchtet, sie würde ihren Hund auf Sie hetzen."
„Sie trauen mir wohl alles zu?", stellte Jakob ohne jeden Vorwurf fest. „Insgeheim glauben Sie doch, ich hätte irgendwas ausgeheckt. Heute bin ich freundlich und charmant zu ihr, um sie in Sicherheit zu wiegen, damit es sie völlig unvorbereitet trifft, wenn ich zu meinem Vernichtungsschlag aushole." Ruhig schaute er in ihre braunen Augen. „Etwas Ähnliches befürchten Sie, nicht wahr?"
„Für ganz so schlimm halte ich Sie nicht", wich Marie einer direkten Antwort aus. „Allerdings möchte ich nicht, dass Hanna wehgetan wird."
„Das habe ich auch nicht vor", versicherte Jakob ihr. „Ich strebe ein gutes nachbarschaftliches Verhältnis an."

Im Laufe des Abends tanzten die Brüder mehrmals abwechselnd mit den Cousinen. Zwischendurch plauderten sie auch mit den anderen Nachbarn. Auf den Vorschlag der Gastgeberin ging man bald dazu über, sich beim Vornamen zu nennen.
Mitternacht war längst vorüber, als Hanna ihr leeres Glas auf den Tisch stellte.
„Es wird Zeit für mich, Katharina", wandte sie sich an die Freundin. „Das war ein langer Tag."
„Für mich auch", schloss Jakob sich unerwartet an. „Darf ich Sie nach Hause begleiten, Hanna?"

„Meinetwegen müssen Sie diesen gastlichen Ort noch nicht verlassen, Jakob. Zwar habe ich einen kleinen Schwips, aber den Heimweg finde ich trotzdem noch."
„Nun muss ich wohl zugeben, dass ich mich allein im Dunkeln fürchte. Deshalb möchte ich mit Ihnen gehen."
„Soll ich jetzt etwa Hand in Hand wie Hänsel und Gretel mit Ihnen durch die Nacht wandern?"
Er lächelte entwaffnend.
„Das käme mir sehr entgegen."
„Womit habe ich das nur verdient?", stöhnte Hanna und erhob sich. Mit einer liebevollen Umarmung verabschiedete sie sich von der Gastgeberin; den anderen winkte sie kurz zu.
Seite an Seite trat sie mit Jakob auf die Straße. Ein kühler Wind streifte sie, so dass sie sich unbewusst über die nackten Arme strich. Jakob bemerkte es, schlüpfte aus seinem leichten Sakko und legte es ihr um die Schultern.
„Danke..."
Wie selbstverständlich griff er auf dem Heimweg nach ihrer Hand und umschloss sie mit der seinen. Hannas fragenden Seitenblick beantwortete er mit einem unschuldigen Blick.
„Hänsel und Gretel – Sie erinnern sich?"
„Hoffentlich sind wir nicht im falschen Märchen", murmelte sie, beließ ihre Hand jedoch in der seinen. „Auf Rotkäppchen und den bösen Wolf habe ich heute keine Lust mehr."
„Wie wäre es stattdessen mit Dornröschen? Die Rolle des Prinzen übernähme ich ausgesprochen gern."
„Mit Ihnen als Nachbarn käme ich nicht mal auf zehn Stunden Schlaf am Stück", lachte Hanna. „Außerdem passt das Rumpelstilzchen viel besser zu Ihnen."
„Halten Sie mich immer noch für einen Giftzwerg?" Es klang ein wenig enttäuscht. „So viel zu meiner Hoffnung, Sie würden endlich mal den Mann in mir sehen."
„Ach, den habe ich schon vor geraumer Zeit entdeckt", rutschte es ihr heraus. „Ihre Tarnung als unverbesserlicher Querulant war nicht immer so perfekt, wie Sie annahmen."

Ein erleichtertes Lächeln huschte über seine Züge. Vor Hannas Grundstück blieb er stehen und schaute ihr im Schein der Straßenlaterne in die Augen.
„So, da wären wir."
„Ja, da wären wir."
Er hielt noch immer ihre Hand umschlossen.
„Besitzen Sie zufällig eine Briefmarkensammlung, die Sie mir unbedingt noch zeigen möchten?"
„Leider nicht", tat sie bedauernd. „Außerdem habe ich drei Kinder im Haus, auf die ich Rücksicht nehmen muss."
„Wir könnten auch zu mir gehen", schlug er vor. „Meine CD-Sammlung ist beachtlich."
„Auch Sie wohnen mit drei Kindern zusammen."
„Um diese Zeit schlafen die Jungen tief und fest. Sie würden uns nicht stören."
„Wobei?"
Nun wurde er tatsächlich etwas verlegen.
„Das liegt ganz bei Ihnen."
„Warum sagen Sie nicht offen, was Sie wollen?", forderte sie ihn heraus. „Möchten Sie mit mir schlafen, oder was?"
„Nun ja, ich..." Unbewusst gab er ihre Hand frei und rieb sich das Kinn. „Wir haben ja schon mehrmals davon gesprochen ... Und nach diesem harmonischen Abend ..." Irritiert brach er ab.
„Nun schauen Sie mich nicht so entgeistert an, Hanna", fügte er unwirscher als beabsichtigt hinzu. „Keine Sorge, ich will Sie schließlich nicht gleich heiraten."
„Gott sei Dank", versetzte sie trocken. „Gegen ein unverbindliches Abenteuer hätten Sie aber nichts einzuwenden!?"
„Absolut nicht." Erwartungsvoll blitzte es in seinen Augen auf. „Gehen wir?"
„Ja. – Ich zu mir – und Sie verschwinden jetzt besser. Oder glauben Sie allen Ernstes, nur weil Sie mir einen Abend lang den charmanten Nachbarn vorgespielt haben, springe ich vor Begeisterung gleich mit Ihnen in die Kiste? – Sie brauchen gar nicht zu antworten", fuhr sie unbeirrt fort. „Immerhin war ich

für Sie vorher schon ein Flittchen, das es wahllos mit jedem treibt! Halten Sie mich wirklich für so dumm, dass ich Ihr Spiel nicht durchschaue?"
„Das stimmt so nicht!", gab er ebenso heftig zurück. „Ich gebe sogar zu, dass Sie mich von Anfang an gereizt haben! Schon als ich Sie das erste Mal auf Ihrer Dachterrasse sah ..."
„Im Nachthemd!", unterbrach sie ihn aufgebracht. „Wer von uns beiden ist denn nun triebgesteuert? Wie jeder Mann reagieren Sie in erster Linie auf sexuelle Reize!"
„Na und? Wo liegt das Problem?" Es gelang ihm kaum noch, seinen Ärger zu unterdrücken – zumal er sich durchschaut fühlte. „Wollen Sie behaupten, Sie hätten in den letzten Jahren nur mit Männern geschlafen, für die Sie tiefere Gefühle hatten? – Das haben Sie nicht!", gab er selbst die Antwort. „Weil Sie überhaupt nicht bereit für eine normale Beziehung sind! Sie haben Ihren verstorbenen Mann idealisiert auf einen Sockel gehoben, so dass niemand an ihn heranreichen kann!"
„Lassen Sie Achim aus dem Spiel", sagte sie gefährlich leise. „Er hat absolut nichts damit zu tun, dass uneingeschränkte Nähe für mich – im Gegensatz zu Ihrer verdrehten Überzeugung – sehr wohl mehr als der Austausch von Körperflüssigkeiten ist! Ohne eine gewisse Zuneigung kann ich mich nun mal nicht auf einen Mann einlassen!"
Spöttisch hob er die Brauen.
„Das klingt reichlich unglaubwürdig aus dem Munde einer Frau, die wie ein Schmetterling von Blüte zu Blüte flattert. – Wieso stellen Sie sich bei mir plötzlich so prüde an?"
Es kostete Hanna viel Beherrschung, ihn für seine Unverschämtheit nicht zu ohrfeigen.
„Sie stecken nicht nur voller Vorurteile, sondern Sie besitzen auch eine schmutzige Fantasie!" Aufgebracht zog sie seine Jacke von den Schultern und warf sie ihm zu. „Sparen Sie sich künftig die Maskerade des netten Nachbarn! Ihr wahrer Charakter wird immer den überheblichen Mistkerl verraten!"
Ohne ihn noch eines Blickes zu würdigen, marschierte Hanna

die Einfahrt hinauf. Nach wenigen Metern verschluckte die Dunkelheit ihre Gestalt.
Im Haus ging Hanna nur kurz vor Geishas Korb in die Hocke und streichelte die wachgewordene Hündin.
„Schlaf weiter, meine Süße", sagte sie leise und stieg die Treppe hinauf. In ihrem Schlafzimmer setzte sie sich auf die Bettkante und nahm das silbergerahmte Foto ihres verstorbenen Mannes vom Nachtschränkchen. Gedankenverloren betrachtete sie die Aufnahme. Nach all den Jahren vermisste sie diesen Mann immer noch mit schmerzlicher Intensität: seine Nähe, seine Wärme, seinen liebevollen Humor. Sie waren wie füreinander geschaffen. Nie gab es ein böses Wort, selten einen Streit. Ihre glücklichsten Jahre verdankte Hanna ihm. Dennoch hatte sie ihn nicht idealisiert auf einen Sockel gestellt. Allerdings hatte er ihre Ansprüche an eine Partnerschaft geprägt. Insgeheim sehnte sie sich wieder nach einer tragfähigen Beziehung, aber sie würde sich niemals halbherzig auf einen Mann einlassen. Eher würde sie den Rest ihres Lebens allein bleiben – trotz aller Sehnsüchte... Mit den Fingerspitzen strich sie über das Foto, bevor sie es an seinen Platz zurückstellte. Leise seufzend erhob sie sich, ging ins angrenzende Bad und ließ Wasser in die Wanne laufen.

Nachdenklich stand Jakob am offenen Fenster seines Dachstübchens. Ihm war unbegreiflich, dass dieser Abend so unerfreulich enden konnte. Er hatte sich redlich um einen friedlichen Umgang bemüht. Dennoch war es wieder geschehen! Dabei hatte alles so vielversprechend begonnen. Er hatte das Gewesene beiseitegeschoben, um eine neue Sichtweise auf Hanna Flemming zu gewinnen. Sie hatte es ihm sogar leicht gemacht, indem sie ihre spitze Zunge im Zaum hielt. Zunehmend hatte es ihm Vergnügen bereitet, mit ihr zu flirten. In dem Moment, als er sie beim Tanz das erste Mal im Arm gehalten hatte, war eine Veränderung mit ihm vor sich gegangen: So wohl hatte er sich schon lange nicht mehr gefühlt. Plötzlich

begriff er, weshalb diese Frau so viele Verehrer besaß: Ihrer sinnlichen Ausstrahlung konnte man sich einfach nicht entziehen. Aber auch ihre Wärme, ihr Duft und die unmittelbare Nähe ihres aufregenden Körpers konnten einen Mann um den Verstand bringen.
Auch später, bei ihren Gesprächen, hatte Jakob alles andere als Oberflächlichkeit bei ihr festgestellt. Je mehr sie ihm imponiert hatte, umso mehr fühlte er sich zu ihr hingezogen. Bis zum Verlassen der Party hatte zwischen ihnen eine wunderbare Entwicklung stattgefunden. Er hätte sich vor ihrem Haus sofort von Hanna verabschieden sollen, anstatt mit dem Feuer zu spielen. Wieso hatte er keinen Zweifel daran gelassen, wie sehr er sie begehrte? Musste sie nun nicht annehmen, der einzige Grund für sein verändertes Verhalten sei der Ehrgeiz, sie in sein Bett zu bekommen?
Die Erkenntnis, dass er sich längst in diese ungewöhnliche Frau verliebt hatte, traf Jakob völlig unvorbereitet. Nun erst wurde ihm bewusst, dass sein aggressives Verhalten Hanna gegenüber aus einer Schutzmaßnahme resultierte. Nach all den Jahren als Single fürchtete er, eine intensive Beziehung würde ihn überfordern. Gleichzeitig wusste er, würde er sich ernsthaft verlieben, zöge das bei ihm den Wunsch nach einer engen Bindung nach sich. Mit Rücksicht auf die Verantwortung für die Familie seines Bruders durfte er dem aber nicht nachgeben. Hinzu kam die Furcht vor Zurückweisung und den Ansprüchen einer Frau, die offenbar eine perfekte Ehe hinter sich hatte, nicht gerecht zu werden. Nach dem heutigen Abend würde sie ihm ohnehin nicht die geringste Chance einräumen....
Sehnsüchtig blickte Jakob zum hellerleuchteten Fenster des Nachbarhauses hinüber. Er sah Hanna ihr Schlafzimmer mit einem langstieligen Rotweinglas betreten. Sie stellte das Glas auf einer Kommode ab und löste ihr Haar, während sie die hohen Pumps von den Füßen streifte. Mit beiden Händen griff sie hinter sich, öffnete den Reißverschluss ihres Kleides und schlüpfte aus dem dünnen Stoff.

Unwillkürlich hielt Jakob den Atem an, als er sah, dass Hanna nur noch einen knappen weißen Slip trug. Eine innere Stimme riet ihm, sich diskret von Fenster zurückzuziehen, doch er schenkte ihr kein Gehör. Zu sehr nahm ihn der Anblick dieses schönen Frauenkörpers gefangen. Selbst die hinreißende junge Schlangenfrau, die ihn auf dem Maskenball so sehr fasziniert hatte, konnte nicht mit Hannas atemberaubender Weiblichkeit konkurrieren. Wie gebannt beobachtete er jede Bewegung seiner Nachbarin, die das Kleid auf einen Bügel an den Schrank hängte. Als sie sich wieder herumdrehte, fiel ihr Blick zufällig durch das Fenster, entdeckte den heimlichen Beobachter. Für einen Sekundenbruchteil stand sie wie erstarrt. Ihre Lippen formten ein Wort, das Jakob unschwer als *Spanner* interpretierte. Im nächsten Augenblick griff Hanna nach rechts und ließ die Jalousien heruntersausen.

Kapitel 14

Zeitiger als gewöhnlich war Hanna am Sonntagmorgen auf den Beinen. Hinter ihr lag eine unruhige Nacht mit wenig Schlaf. Dementsprechend war ihre Stimmung.

„Du bist schon auf?“, wunderte sich Marie, die eben erst den Frühstückstisch deckte. „Hast du gut geschlafen?“

„Nein.“

„Hast du aus Begeisterung über Jakobs liebenswerte Seite nicht in den Schlaf gefunden?“

„Das wird es wohl gewesen sein“, versetzte Hanna. „Ich war viel zu aufgewühlt, um Ruhe zu finden.“

„Schön“, befand Marie. „Endlich hast du erkannt, dass Jakob ein bemerkenswerter Mann ist: klug, charmant, witzig, gut aussehend – und er ist ein fabelhafter Tänzer.“ Vielsagend zwinkerte sie ihrer Cousine zu. „Außerdem hat er einen sexy Po. Da könnte man glatt...“

„Bist du nun bald fertig?“, unterbrach Hanna sie ungeduldig, worauf Marie erstaunt innehielt. Weshalb reagierte Hanna so gar nicht mit Zustimmung?

„Was ist los mit dir? Willst du etwa behaupten, dir hätte der wirkliche Jakob nicht gefallen?“
„Der wirkliche Jakob?“ Um ihren Mund grub sich ein bitterer Zug. „Den kannte ich bereits vorher. – Mit einer Ausnahme: Ich wusste nicht, dass er ein so verdammter Heuchler ist!“
„Wie kommst du darauf, Hanna? Ich habe doch gesehen, wie gut ihr euch verstanden habt.“ Forschend betrachtete sie das ernste Gesicht ihrer Cousine. „Ihr seid sogar zusammen gegangen. Sag jetzt nicht, ihr habt euch auf dem Heimweg wieder gezofft.“
„Erst vor dem Haus“, entgegnete Hanna mit unterdrückter Erregung in der Stimme. „Da ist nämlich rausgekommen, dass dieser überhebliche Mistkerl den aufmerksamen Nachbarn nur gespielt hat, um mich flachzulegen!“
Betroffen sank Marie auf einen Stuhl.
„Das ist nicht dein Ernst!“
„Selbst ich hätte ihm das nicht zugetraut. Dieser Heuchler hat ganz offen zugegeben, dass er nur mit mir schlafen will.“ Spöttisch lachte sie auf. „Merkwürdigerweise konnte er überhaupt nicht verstehen, dass ich ihm einen Korb gegeben habe. Da ich es doch sonst mit allem treibe, was sich morgens rasieren muss, bräuchte ich mich bei ihm nun wirklich nicht so anzustellen!“
„Ich fasse es nicht“, brachte Marie entsetzt hervor. „Warum tut der Mann so was?“
„Das war noch längst nicht alles. Später hat er mich heimlich in meinem Schlafzimmer beobachtet. Erst als ich praktisch nackt war, habe ich zufällig bemerkt, wie er von drüben in mein Fenster gestarrt hat.“
„Das alles ist mir unbegreiflich“, sagte Marie kopfschüttelnd. Ihre Augen schauten Hanna schuldbewusst an. „Ich muss dir was gestehen: Nachdem der Abend so harmonisch verlaufen ist, habe ich Jonas gebeten, heute Nachmittag mit der ganzen Familie zum Kaffee rüberzukommen. Ich dachte, es sei der richtige Zeitpunkt für eine Gegeneinladung.“
„Na, toll!“, entfuhr es ihr ohne Begeisterung. „Hoffentlich er-

wartest du nun nicht von mir, dass ich mich mit diesem notorischen Spinner an einen Tisch setze. Diesen Gefallen werde ich dir auf keinen Fall tun."
„Was soll ich denn jetzt machen? Ich kann die Jensens doch nicht einfach wieder ausladen."
„Das musst du auch nicht", beruhigte Hanna sie. „Allerdings bleibe ich während ihrer Anwesenheit unsichtbar."
„Das ist mir furchtbar unangenehm", gestand Marie. „Immerhin ist das dein Haus..."
„Mach dir darüber keine Gedanken, Marie. Ich muss ohnehin noch meine Sendungen für die nächste Woche vorbereiten. Außerdem sind wir alle auf das hinterhältige Spiel dieses ... Nachbarn reingefallen." Als sei die Sache damit erledigt, wandte sich Hanna zur Tür. „Ich verschwinde jetzt zu Katharina und helfe ihr beim Aufräumen. Geisha nehme ich mit, dann können wir anschließend noch eine Runde gehen."

Innerhalb einer Stunde war das Chaos in Katharinas Garten beseitigt. Tische und Stühle standen wieder im Keller; das Geschirr vom Partyservice war gestapelt und abholbereit; in der Küche lief die Spülmaschine.
„Meine Güte, du bist heute aber in Fahrt", sagte Katharina und stellte ein Tablett auf den Terrassentisch. „So schnell waren wir noch nie mit dem Aufräumen fertig. Woher nimmst du nur diese Energie? – Zumal du um diese Stunde gewöhnlich friedlich in deinem Bett schlummerst."
„Irgendwie muss ich mich doch abreagieren", sagte Hanna und setzte sich zu ihr. „Körperliche Anstrengung ist immer noch das beste Mittel dafür."
„Hast du dich über jemanden geärgert?" Mit ruhiger Hand schenkte Katharina den Kaffee ein. „Etwa auf meiner Party?"
„Nein..." Aufmerksam schaute Hanna die Freundin an. „Was hältst du eigentlich von unseren neuen Nachbarn? – Besonders vom Herrn Oberlehrer?"
„Nach dem, was ich vorher von dir wusste, war ich auf einiges

gefasst“, entgegnete die Ältere offen. „Meine Sorge erwies sich allerdings sehr rasch als unbegründet: Dieser Mann hat nicht nur exzellente Umgangsformen. Sein klarer Verstand hat mich ebenso beeindruckt wie seine charmante Seite. Mich wundert, dass ein solches Exemplar nicht längst unter der Haube ist.“

„Dich hat er also auch um den Finger gewickelt“, bemerkte Hanna, ehe sie Katharina das unerfreuliche Ende des Abends schilderte.

„So viel zu seinen exzellenten Umgangsformen“, schloss sie. „Wahrscheinlich ist er immer noch solo, weil er die Rolle des aufmerksamen Charmeurs nicht länger als wenige Stunden aufrechterhalten kann. Dadurch vergrault er jede Frau.“

„Ich fürchte, da steckt was völlig anderes dahinter“, sagte Katharina nachdenklich. „Unsicherheit vermutlich. Angst, abgelehnt zu werden.“

„Gerade das provoziert er doch durch sein Verhalten.“

„Mich erinnert Jakob an einen Freund meines Mannes, der es auch jedes Mal vermasselt hat, wenn es ernst wurde. Dieser selbstsichere, im Beruf sehr erfolgreiche Unternehmer suchte nach einer schmerzhaften Erfahrung ständig nach einem Haar in der Suppe, weil er Angst hatte, wieder enttäuscht zu werden. Sowie er tiefere Gefühle für eine Frau empfunden hatte, interpretierte er alles, was er an ihr wahrnahm, falsch. Es war ihm überhaupt nicht bewusst, dass es sich um eine Schutzhaltung gehandelt hat.“

„Du meinst, bei Jakob verhält es sich ähnlich?“, folgerte Hanna ungläubig. „Im Grunde liebt er mich? Deshalb ist er so unausstehlich?“

„Genau.“

„Entschuldige, aber das ist einfach absurd. Nach deiner Theorie müsste es bei Jakob Liebe auf den ersten Blick gewesen sein. Immerhin hat er sich mir gegenüber vom ersten Moment an wie ein Ekel benommen.“

Liebevoll musterte Katharina die Jüngere, die ihr wie eine Tochter ans Herz gewachsen war.

„Schon rein optisch bist du nicht gerade ungeeignet, einem Mann sofort den Kopf zu verdrehen, Hanna. Ich habe Jakob gestern beobachtet. Wie er dich beim Tanzen angeschaut hat, verriet mir, dass du ihm alles andere als gleichgültig bist."
„Das gehörte zu seiner Rolle", winkte Hanna ab. „Alles nur geheuchelt."
„Ein so guter Schauspieler ist er nicht", war Katharina überzeugt. „Als dich unser reizender Nachbar Oscar zum Tanz geholt hat und dich so eng an sich zog, dass nicht mal ein Bogen Seidenpapier dazwischen gepasst hätte, konnte man deutlich von Jakobs Gesicht ablesen, wie sehr ihm das missfiel."
„Offenbar hat es sich noch nicht bis zu unserem allwissenden Oberlehrer herumgesprochen, dass der liebe Oscar stockschwul ist. Deshalb muss ich wohl damit rechnen, dass Jakob auch ihn für einen meiner zahllosen Bettgenossen hält."
„Das tut er doch nur, um sich einzureden, dass du nicht die richtige Frau für ihn bist. Hinzu kommt sein ausgeprägtes Pflichtbewusstsein, das ihn veranlasst, sich um seinen Bruder und dessen Familie zu kümmern. Er würde Jonas nie im Stich lassen. Deshalb verdrängt er seine eigenen Empfindungen und Bedürfnisse. Sein Verantwortungsgefühl muss enorm sein."
„Das ist es mit Sicherheit. Mir imponiert es sogar, wie selbstlos er sich seit dem Tod seiner Schwägerin verhält. Trotzdem..."
„Selbstlos ist genau die richtige Formulierung", warf Katharina ein. „Jakob erlaubt sich selbst keine tieferen Gefühle für eine Frau, weil er fürchtet, das könne seiner Familie schaden. Eine Frau will womöglich irgendwann geheiratet werden, um ihn für sich allein zu haben. Was würde dann aus seinen Neffen?"
„Für die Jungen würde er vermutlich alles tun", glaubte auch Hanna. „Vielleicht ist er deshalb immer noch Single. – Was mich betrifft, denke ich allerdings, dass du dich irrst."

Nach dem Mittagessen machte es sich Hanna auf einer Liege ihrer Terrasse bequem. Es dauerte nicht lange, bis die übernächtigte Frau einschlief. Fürsorglich ließ Marie die Markise

herunter, um ihre Cousine vor der prallen Sonne zu schützen. Jedes Geräusch vermeidend, deckte Marie später die beiden Tische im Freien.
Hanna erwachte erst durch Geishas Gebell. Benommen richtete sie sich etwas auf.
„Ich muss eingeschlafen sein..."
„Was der Körper braucht, das holt er sich", sagte Marie und stellte eine Warmhaltekanne auf den Tisch. „Übrigens sind unsere Nachbarn im Anmarsch. Möchtest du nicht doch...?"
Wie von einer Tarantel gestochen sprang Hanna auf.
„Und tschüss!" Eilig verschwand sie im Haus.
Ihre Cousine blickte ihr kopfschüttelnd nach.

Diesmal fiel die Begrüßung der Nachbarskinder lebhafter aus. Inzwischen kannten sie sich besser und hatten festgestellt, dass man durchaus miteinander auskommen konnte. Während die Kinder schon Platz nahmen, wandte sich Marie an Jakob.
„Können Sie mir kurz helfen?"
„Lass nur", sagte Jonas zu seinem Bruder. „Ich mache das."
„Bleiben Sie besser bei den Sprösslingen, Jonas", bat Marie. „Ihr Bruder schafft das schon."
Mit ernster Miene folgte Jakob ihr in die Küche. Den appetitlichen Torten auf dem Tisch schenkte er kaum Beachtung.
„Falls Sie mir nahe legen wollen, wieder zu gehen, verschwinde ich sofort", bot er ihr an, noch bevor Marie zu Worte kam. „Mir ist durchaus bewusst, dass sich Ihre Cousine meinetwegen nicht zu uns gesellt."
„Hanna hat noch zu arbeiten", entschuldigte Marie ihre Cousine. „Trotzdem möchte ich die Gelegenheit nutzen, um einiges klarzustellen, Jakob. Gestern bei Katharina habe ich den Eindruck gewonnen, es sei Ihnen ernst, mit Hanna Frieden zu schließen."
„Das beurteilten Sie durchaus richtig", bestätigte er. „Trotzdem habe ich es wieder mal versemmelt."
„Warum?" fragte sie verständnislos. „Was, um Himmels willen

treibt Sie immer wieder dazu, Hanna zu beleidigen? Sie ist nun einmal eine attraktive Frau, die von vielen Verehrern umschwärmt wird. Das bedeutet aber nicht zwangsläufig, dass sie mit jedem von ihnen in die Horizontale geht. Seit Achims Tod hat sie allenfalls ein – oder zweimal ihren körperlichen Bedürfnissen nachgegeben."

„Ich glaube kaum, dass Ihre Cousine mit Ihnen offen über ihr Liebesleben spricht", bemerkte Jakob. „Wenn ich allein an die Männer denke, mit denen sie ... zusammen war, seit wir nebenan eingezogen sind..."

„Ach, nee...", spottete Marie. „Wer sollte das nach Ihrer Meinung gewesen sein?"

„Toms Bruder Ulrich Maiwald", zählte Jakob auf. „Dann dieser Sandro aus ihrem Sender. Nicht zu vergessen, der Typ mit dem Geländewagen, mit dem sie das ganze Wochenende im Bett verbracht hat..." Maries amüsiertes Lachen ließ ihn verstummen. „Was ist daran so komisch?"

„Alles", behauptete Marie. „Uli ist Hannas Jugendfreund. Sie empfindet für ihn eher geschwisterliche Gefühle. Deshalb würde sie nie mit ihm ins Bett gehen."

„Aber er ist in sie verliebt."

„Sie meinen, das genügt?"

„Vielleicht nicht", gab er widerwillig zu. „Aber dieser Sandro..."

„... ist nichts weiter als ein guter Kollege", vollendete Marie. „Er ist überhaupt nicht der Typ Mann, für den Hanna sich interessieren könnte. Sie war nur wegen einer Wette mit ihm aus. Soweit ich mich erinnere, ist sie in jener Nacht mit Ihnen nach Hause gefahren."

„Stimmt", gab er zu. „Womöglich hatte sie tatsächlich nichts mit den beiden. Den Kerl mit dem Geländewagen hat sie aber ganz bestimmt erhört. Das müssen selbst Sie bemerkt haben, Marie. Zumal die beiden in diesem Haus..."

„Jakob", unterbrach sie ihn. „Der Kerl mit dem Geländewagen ist mein Ex -Mann. Zum einen kann Hanna ihn nicht besonders

gut leiden – zum anderen kam er am letzten Samstag, um die Kinder abzuholen. Oliver hat sie am Sonntag am frühen Abend zurückgebracht und ist gleich wieder verschwunden."
Betreten schaute Jakob auf seine Schuhspitzen.
„Dann habe ich mich wohl geirrt..."
„Jedenfalls haben Sie Hanna voreilig als flatterhaft verurteilt", resümierte Marie. „Wollten Sie gestern ausprobieren, wie leicht sie zu haben ist, wenn man nur nett genug zu ihr ist?"
„Mitnichten", antwortete er kopfschüttelnd. „Mein Bestreben war, ein gutes nachbarschaftliches Verhältnis zu schaffen."
„Wieso haben Sie das dann wieder zerstört, als Sie Hanna nach Hause begleitet haben?"
„Meine Güte, ich bin auch nur ein Mann", stöhnte Jakob. „Selbst ich erkenne eine begehrenswerte Frau." Er durfte Marie nicht gestehen, was er wirklich für Hanna empfand. Sie würde es ihrer Cousine erzählen, was zu neuen Komplikationen führen würde. „Auch ein Single hat Bedürfnisse." Leicht zuckte er die Schultern. „Außerdem hatte ich zu viel getrunken. Da vergaloppiert man sich schon mal. Bei nächster Gelegenheit werde ich mich bei Hanna entschuldigen."

An diesem Nachmittag wurde Hannas Standhaftigkeit auf eine harte Probe gestellt. Sie saß auf der Dachterrasse und stellte die Themen für die Sendungen der folgenden Woche zusammen. Immer wieder wehte fröhliches Lachen zu ihr herauf. Obwohl es ihr eigener Entschluss war, in ihren vier Wänden zu bleiben, fühlte Hanna sich auf merkwürdige Weise ausgeschlossen. Dennoch versuchte sie, sich auf ihre Arbeit zu konzentrieren. Ihre Zuhörer waren eine gut vorbereitete Moderatorin gewohnt. Nur eines neurotischen Nachbars wegen sollte das Niveau ihrer Sendung nicht sinken. Vielleicht sollte sie einmal eine Nacht unter dieses Motto stellen, um zu erfahren, ob auch andere Leute neben Problem-Nachbarn leben mussten...?

Die Jensens waren erst eine Stunde zuvor gegangen, als Hanna

mit ihrer Hündin zu ihrem gewohnten Abendspaziergang aufbrach.
Darauf hatte Jakob nur gewartet. Kaum hatte die Nachbarin mit Geisha das Haus verlassen, rief er nach Pavarotti. Durch das kleine Tor am Ende des Gartens verließen sie das Grundstück. Mit seinem Hund an der Leine lief Jakob zügig die Nebenstraße hinauf, von der er wusste, dass sie den Weg zu den Kleingärten kreuzte.
Geisha witterte ihn und seinen vierbeinigen Begleiter schon, bevor Hanna sie bemerkte. Freudig mit dem Schwanz wedelnd blieb die Hündin stehen.
„Geisha, wo bleibst du?“, rief Hanna, die schon einige Meter weiter war, und drehte sich um. Da trat ihr bevorzugter Nachbar schon auf sie zu. Keine Chance mehr, ihm auszuweichen.
„Guten Abend, Hanna“, begrüßte Jakob sie freundlich. „Ich weiß, Sie wünschen mich insgeheim zum Teufel, aber Sie haben keinen Grund, sich aufzuregen, mich anzuschreien oder mit Gegenständen zu werfen. Ich bitte Sie nur, mir die Gelegenheit zu geben, mich bei Ihnen zu entschuldigen.“
„Schon wieder? Würden Sie vorher überlegen, was Sie so rauslassen, könnten Sie sich die ständige Entschuldigerei sparen.“
„Mir ist durchaus bewusst, dass das Finale des gestrigen Abends keinen Beifall verdient“, erwiderte er, sich ihren Schritten anpassend. „Dennoch möchte ich Ihnen versichern, dass mir mein Benehmen aufrichtig leid tut. Ich wollte diesen schönen Abend nicht verderben. Vermutlich brachte mich zu viel des gehaltvollen Weines dazu, Dinge zu sagen, die man anständigerweise nicht ausspricht.“ Um Verständnis bittend schaute er sie an. „Alkohol enthemmt nicht nur; er verursacht auch einen schweren Kopf. – Und das nicht zu knapp, wie ich heute Morgen zu spüren bekam.“
Selbst schuld, dachte Hanna, aber sie verzichtete darauf, seine Worte zu kommentieren. Das wunderte Jakob nicht nur; es brachte ihn völlig aus dem Konzept. Mit einer bissigen Antwort konnte er besser umgehen, als mit dieser scheinbar teil-

nahmslosen Gleichgültigkeit.
„Okay“, sagte er schließlich. „Sie wollen auch eine Entschuldigung dafür hören, dass ich später am offenen Fenster gestanden habe, um einen klaren Kopf zu bekommen. Würde ich jetzt behaupten, ich bedaure, was ich dann zufällig sah, wäre das allerdings eine Lüge. Sie werden jetzt sagen, dass ich mich hätte zurückziehen müssen, anstatt diesem unverhofften Schauspiel fasziniert zu folgen. Damit hätten Sie einerseits Recht. Andererseits: Nahmen Sie es nicht zumindest in Kauf, von den Nachbarn in einem hellerleuchteten Raum gesehen zu werden? Hätten Sie die Jalousien sonst nicht vorher schließen müssen?“
Hanna holte tief Luft, bevor sie fähig war, ruhig zu antworten.
„Zu Ihrer Information: Die Vorbesitzerin der Villa war eine alte Dame, die sich nicht für das Geschehen in meinem Schlafzimmer interessiert hat. Nach ihrem Umzug in die Seniorenresidenz stand das Haus monatelang leer, so dass ich keine heimlichen Beobachter fürchten musste. Ich fühlte mich sicher vor unerwünschten Blicken. Dabei hätte mir klar sein müssen, dass es seit Ihrem Einzug auch damit vorbei ist.“
„Das sollte kein Vorwurf sein, Hanna. Ich wollte nur darauf hinweisen, dass ich mich nicht vorsätzlich ans Fenster gestellt habe, um vielleicht noch einen Blick auf die Frau zu erhaschen, die mich so unmissverständlich hat abblitzen lassen.“
„Vergessen Sie, was Sie gesehen haben“, beendete Hanna das unleidliche Thema. „Es wird sich nicht wiederholen.“
„Und wenn ich das nicht vergessen kann?“
„Das ist allein Ihr Problem.“
„Akzeptiert“, sagte er gezwungenermaßen. „Vergessen wir alles, was später geschehen ist. Das bietet uns die Möglichkeit, unseren friedlichen Umgang, mit dem wir einander auf der Party begegnet sind, fortzusetzen.“
„Was versprechen Sie sich denn davon?“, fragte sie, wobei sie sich nach den Hunden umblickte. „Falls Sie hoffen, dass ich doch noch schwach werde, lassen Sie besser wieder das alte Ekel raushängen. – Oder suchen Sie sich eine Freundin. An

Ihrer Schule gibt es doch bestimmt eine nette Lehrerin, die für Ihr Interesse dankbar wäre."
„Sicher gibt es die", antwortete Jakob selbstbewusst, obwohl er sich schon wieder ärgerte. „Eine bezaubernde junge Referendarin, die sich schon häufiger Rat suchend an mich gewandt hat. Vielleicht sollte ich sie gelegentlich zum Essen einladen."
„Tun Sie das", ermunterte Hanna ihn. „Aber übernehmen Sie sich nicht. Sie sind auch nicht mehr der Jüngste."
„Wirke ich so gebrechlich auf Sie?" ging Jakob auf ihren scherzhaften Ton ein. „Dabei hätten Sie gestern beim Tanzen eigentlich bemerken müssen, wie gut ich in Form bin."
„So genau erinnere ich mich leider nicht", bedauerte Hanna. „Ich kann mir schließlich nicht alle Details meiner zahlreichen Tanzpartner merken." Scheinbar nachdenklich krauste sie die Stirn. „Allerdings ist mir aufgefallen, wie leichtfüßig und gekonnt Ihr Bruder tanzt. Auch unser gemeinsamer Nachbar Oscar ist mir im Gedächtnis haften geblieben."
„Dieser Kerl ist fast in Sie hineingekrochen!" entfuhr es ihm missbilligend. „Am liebsten wäre er vor aller Augen über Sie hergefallen! Allerdings wirkten Sie auch nicht gerade, als sei Ihnen das unangenehm."
„Ach, ich kenne Oscar schon so viele Jahre", erwiderte Hanna innerlich amüsiert. „Er ist ein lieber Kerl. Manchmal ist er sehr anlehnungsbedürftig. Das war gestern eher harmlos."
„Harmlos?", echote Jakob ungläubig. „Hätte ich es gewagt, auf diese provokante Weise mit Ihnen zu tanzen, würde ich heute mindestens mit einem Veilchen herumlaufen."
„Darauf können Sie wetten."
„Dann erklären Sie mir doch bitte, was dieser Oscar mir voraus hat."
„Wie hätten Sie es gern? In alphabetischer Reihenfolge oder nach Schwerpunkten?"
„Schon gut", winkte Jakob ab. „Falls Katharina uns in 30 Jahren noch zu ihrer Gartenparty einlädt, kennen wir uns lange genug, um auch so eng miteinander zu tanzen."

Hell lachte Hanna auf.
„Bis dahin haben Sie Rheuma – und ich Arthrose.“
„Ein Grund mehr, sich aneinander festzuhalten“, schmunzelte er. „Wir wären ein sensationelles, aufsehenerregendes Paar.“
„Sie als gramgebeugtes, schuldienstgeschädigtes, pensioniertes Nervenbündel und ich mit künstlichen Hüftgelenken“, sponn sie vergnügt den Faden weiter. „Derweil wird unsere gute Katharina als rüstige Hundertjährige die Polonaise anführen.“
„Das wird ein Spaß“, übernahm wieder Jakob. „In diesem hohen Alter vertrage ich allerdings keinen Wein mehr, und der Arzt genehmigt mir allenfalls leichtverdauliche Speisen eines Seniorenbuffets. Leider wird es völlig ungefährlich für Sie, von mir nach Hause begleitet zu werden, denn ich erinnere mich überhaupt nicht mehr an den kleinen Unterschied zwischen Männlein und Weiblein.“
„Endlich kann ich mich in meinem Schlafzimmer wieder bei Festbeleuchtung entkleiden, weil Ihre Sehkraft inzwischen so sehr nachgelassen hat, dass Sie von Ihrem Fenster aus nicht mal mehr die Umrisse meines Hauses erkennen können.“
„Mittlerweile bewohne ich längst das Erdgeschoss. Die Treppen sind doch viel zu beschwerlich für mich.“
„Selbst Ihre geliebte Gartenarbeit können Sie nicht mehr verrichten!“, prophezeite Hanna. „Obwohl mich das nun gar nicht mehr stören würde: Ich schalte einfach mein Hörgerät aus.“
„Herrlich!“, rief Jakob begeistert aus. „Wir flachsen, als hätte es nie Unstimmigkeiten zwischen uns gegeben! Das ist toll.“
„Na, ja...“, sagte Hanna gedehnt. „Eigentlich sollte ich allmählich etwas für mein Image tun, sonst halten Sie mich doch noch für eine nette Nachbarin.“
„Das wird nicht passieren“, war Jakob überzeugt. „Den Unterschied zwischen einer einfach nur netten Nachbarin und Ihnen hat Katharina mir gestern sehr eindrucksvoll erklärt.“
„Ich liebe es, wenn Freunde aus dem Nähkästchen plaudern“, erwiderte Hanna, bevor sie nach Geisha rief. „Es wird Zeit, umzukehren.“

Auf dem Rückweg warf Jakob für die Hunde einen Stock, so dass die beiden sich austoben konnten.
Zuerst erreichten sie später das Haus der Jensens.
„Haben Sie den restlichen Abend noch was vor, Hanna?"
Sofort läuteten sämtliche Alarmglocken in ihrem Kopf.
„Warum fragen Sie?"
„Vielleicht haben Sie noch Lust auf ein Glas Wein? – Nicht in meinem Dachstübchen", fügte er auf ihren misstrauischen Blick hinzu. „Ganz unverfänglich auf unserer Terrasse."
„Lieber nicht", lehnte sie seine Einladung ab. „Da ich seit gestern weiß, was dieses Getränk bei Ihnen bewirkt, lasse ich es besser nicht darauf ankommen." Sie hob die Hand in einer Abschied nehmenden Geste. „Gute Nacht, Jakob."
„Schlafen Sie gut", erwiderte er, sich seine Enttäuschung nicht anmerken lassend. „Und vergessen Sie nicht, Ihre Jalousien heute rechtzeitig zu schließen!" rief er ihr nach. „Man kann ja nie wissen..."
Ohne sich noch einmal nach ihm umzuwenden, verschwand Hanna mit Geisha auf ihrem Grundstück.
„Komm, Pavarotti", sagte Jakob zu seinem Hund, der den beiden einen sehnsüchtigen Blick hinterherschickte. „Die Damen trauen uns nicht. – Noch nicht."
Jonas räumte bei Jakobs Rückkehr gerade die Spülmaschine aus, schien aber Probleme damit zu haben, das Geschirr in die dafür vorgesehenen Schränke zu stellen. Er wusste nicht so recht, was wohin gehörte.
„Aus dir wird nie eine richtige Hausfrau", neckte Jakob ihn, bevor er ihm einen Stapel Teller aus den Händen nahm. „Sind die Kinder im Bett?"
„Ja, Mama."
„Sei nicht so vorlaut", tadelte Jakob ihn. „Sonst erzähle ich dir nicht von meiner Begegnung mit Hanna."
„Das ist auch nicht nötig", erwiderte Jonas trocken, während er begann, die Bestecke in eine Schublade zu sortieren. „Wie ich dich kenne, ist es dir gelungen, Öl ins Feuer zu gießen."

„Danach stand mir heute nicht der Sinn“, sagte Jakob gelassen. „Zur Abwechslung haben wir uns ausgezeichnet vertragen. Sogar gescherzt und gelacht haben wir zusammen.“

Jonas warf seinem Bruder einen ungläubigen Blick über die Schulter zu.

„Das kannst du deiner Großmutter erzählen...“

„Da sie auch deine Oma war, solltest du eigentlich wissen, dass sie nicht mehr unter uns weilt.“

„Sehr witzig“, kommentierte Jonas. „Du willst mir doch nicht weismachen, Hanna hätte ganz locker mit dir geplaudert? Obwohl sie über deine gestrige Glanzleistung so sauer war, dass sie heute keine zehn Pferde dazu gebracht hätten, mit uns Kaffee zu trinken.“

„Ist dir dein Gegner zu stark, verbrüdere dich mit ihm“, parierte Jakob. „Alte Kriegsweisheit.“

„Was hast du nun wieder ausgeheckt? Wenn du dich nicht mit Hanna vertragen kannst, dann geh ihr wenigstens aus dem Weg, Jakob. Wo sollen diese ewigen Auseinandersetzungen denn noch hinführen?“

„Du hast mir offenbar nicht richtig zugehört“, entgegnete Jakob ruhig. „Das Kriegsbeil ist ein für alle Mal begraben.“

„Einfach so?“ Misstrauisch musterte Jonas seinen älteren Bruder. „Was bezweckst du damit?“

„Was wohl? Warst du es nicht, der mich beinah täglich bekniet hat, endlich Frieden mit Hanna zu schließen? Ist es dir plötzlich nicht mehr recht, dass ich mich bei ihr entschuldigt habe? Bahnt sich da womöglich etwas zwischen euch an? So oft, wie du gestern mit ihr getanzt hast...“

„Nicht häufiger als du.“

„Seltsamerweise hat sie sich aber nur daran erinnert, wie leichtfüßig und gekonnt du tanzt. Nicht ganz so eng wie dieser Oscar, aber...“ Das amüsierte Lachen seines Bruders ließ ihn verstummen. „Schön, dass ich zu deiner Belustigung beitragen konnte.“

„Wüsste ich es nicht besser, würde ich glauben, du bist eifer-

süchtig“, sagte Jonas vergnügt. „Auf deinen kleinen Bruder – und auf einen Schwulen.“
„Oscar ist... vom anderen Ufer?“, folgerte Jakob verblüfft. „Weißt du das genau?“
„Marie hat es mir gestern Abend anvertraut, als ich mich darüber gewundert habe, dass Hanna ihn so dicht an sich heran gelassen hat.“
„So ein Biest“, murmelte Jakob schmunzelnd. „Na, warte...“

Kapitel 15

Anfang der Woche gab Jakob in der dritten Schulstunde Deutschunterricht in der 10. Klasse.
„Am Freitag haben wir einige Gedichte berühmter Literaten gelesen“, knüpfte der Lehrer an die letzte Unterrichtsstunde an. „Ihr solltet euch Gedanken über die Inhalte machen: Liebe, Sehnsucht, Schmerz, Verlust, Trauer...“ Aufmunternd blickte er in die Runde. „Wer möchte beginnen?“ Niemand meldete sich zu Wort. Es schien den Schülern nicht leichtzufallen, solche Gefühle zu interpretieren.
Abwehrend hob Jakob die Hände.
„Bitte, nicht alle auf einmal! Immer schön einer nach dem anderen ...“ Langsam ging er zwischen den Bänken entlang. „Versuchen wir es auf eine andere Weise: Wen mögt ihr?“
„Den Apfelkuchen meiner Großmutter!“, ertönte es aus der hintersten Reihe.
„Der bestimmt köstlich ist“, sagte Jakob in das Lachen der anderen hinein. „Da du so genau weißt, womit du dir am liebsten den Bauch vollschlägst, Kevin, kannst du uns sicher genauso prompt erzählen, ob es ein menschliches Wesen gibt, das dir mehr bedeutet, als die Aussicht auf eine üppige Mahlzeit.“
Wieder lachten die Kinder, da ihr Mitschüler für seinen ständigen Hunger bekannt war.
„Ich liebe meinen Hund“, erklärte der Junge, worauf abermals gelacht wurde.
„Immerhin ein positives Gefühl“, beendete Jakob die Unruhe

in der Klasse. „Fast jeder, der ein Haustier besitzt, empfindet Zuneigung zu ihm – ich eingeschlossen. – Wir wollen aber versuchen, die Inhalte der Gedichte auf Menschen in der heutigen Zeit zu übertragen: Gedanken, Gefühle, Stimmungen. Dazu müssen wir erst einmal herausfinden, für wen wir fähig sind, etwas zu empfinden."
Zögernd hob ein Mädchen die Hand.
„Ja? – Anna!?"
„Ich liebe meine Eltern", sagte Anna mit fester Stimme. „Und meine Schwestern – auch wenn sie manchmal nerven. Außerdem noch die Cousine meiner Mutter, die mehr wie eine Freundin ist, der ich alles anvertrauen kann."
„Gibt es auch jemanden außerhalb deiner Familie, für den du mehr empfinden kannst?", fragte Jakob behutsam. „Im Grunde ein Fremder, zu dem plötzlich Zuneigung vorhanden war?"
„Ja", gestand Anna errötend. Sie zwang sich jedoch, nicht zu dieser Person hinüberzusehen. „Ich möchte aber nicht sagen, um wen es sich handelt."
„Das musst du auch nicht", erwiderte Jakob verständnisvoll. „Nun wissen wir jedenfalls, dass Menschen auch heutzutage – in einer Welt, in der viele einfach nur ihr Ding durchziehen wollen – liebevolle Gefühle für einen anderen entwickeln können. Das ist etwas sehr Schönes." Sein Blick schweifte zwischen den Schülern. „Was aber, wenn man diese Liebe plötzlich verliert? In den Gedichten haben wir von Trauer und Schmerz gelesen. Empfindet man das heute noch genauso – oder geht man einfach zur Tagesordnung über?"
„Ich würde keinem Mädchen hinterher weinen", meinte ein Junge in arrogantem Ton. Daniel war bei seinen Klassenkameraden nicht sehr beliebt – besonders nicht bei den Mädchen, die sein Machogehabe ätzend fanden. „Das Leben ist viel zu kurz, um wegen einer Abfuhr den Kopf hängen zu lassen. Wenn man will, findet man an jeder Ecke eine neue Freundin." Mit siegessicherem Grinsen schaute er zu Anna hinüber. „Irgendwann ist jede reif."

Da Anna nur die Augen verdrehte und sich an die Stirn tippte, unterdrückte der Lehrer ein Schmunzeln.
„Unser Daniel scheint sehr von sich überzeugt zu sein“, sagte Jakob, und blieb vor der Tafel stehen. „Er ging von einer Trennung aus, bei der einer den anderen verlässt. Es gibt aber noch weitere Möglichkeiten des Verlustes.“
„Den Tod“, wusste ein Mädchen. „Gegen einen lebenden Rivalen hat man vielleicht eine Chance. – Gegen den Tod nicht.“
„Könnt ihr euch vorstellen, was man dann empfindet?“
Wieder meldete sich Anna als erste zu Wort, worauf Jakob ihr zunickte.
„Im ersten Moment kann man es nicht glauben“, kam es sehr ernst über die Lippen des hübschen Mädchens. „Man steht unter Schock und realisiert erst nach und nach, dass man den Menschen, den man mehr als alles andere liebt, nie wiedersehen wird, nie mehr seine Stimme hört oder sein Lachen sieht. Man fühlt sich ohnmächtig, empfindet es als ungerecht. Es ist, als sei ein Teil von einem selbst amputiert worden. Gleichzeitig hat man Angst, weil man nun allein weiterleben muss.“
„Treffender hätte ich es nicht beschreiben können“, sagte Jakob beeindruckt. „Du scheinst dir viele Gedanken zu unserem Thema gemacht zu haben, Anna.“
„Trotzdem konnte ich es mir nicht so richtig vorstellen“, gestand das Mädchen. „Deshalb habe ich mit...“ Einen Moment zögerte Anna. Sie konnte Hannas Namen nicht preisgeben, weil ihr Lehrer sie kannte. „„... mit einer guten Freundin über die Gedichte gesprochen. Sie meinte, die lyrischen Verse seien zwar sehr eindrucksvoll, aber die Wirklichkeit sei noch viel schmerzhafter.“
Natürlich war Jakob klar, von wem das Mädchen sprach. Es musste ein wirklich enges Verhältnis zur Cousine ihrer Mutter haben, sonst hätte Hanna gewiss nicht so offen mit Anna über ihre Empfindungen nach dem Tod ihres Mannes gesprochen.
„Der Verlust des geliebten Partners an den Tod ist wohl mit das schlimmste, was ein Mensch durchleiden muss“, pflichtete

er seiner Schülerin bei, worauf sein Neffe die Hand hob. „Max!? – Möchtest du etwas hinzufügen?“
„Ja, Herr Dr. Jensen“, nickte der Junge, der seinen Onkel während des Unterrichts wie seine Klassenkameraden siezte. „Nicht nur der Tod des Partners ist schwer zu verkraften“, behauptete Max, wobei er Anna einen undefinierbaren Blick zuwarf. „Als meine Mutter starb, tat das genauso weh. Aber ich habe nicht nur Schmerz empfunden, sondern auch Wut. – Wut auf die Ärzte, die ihr nicht helfen konnten. – Wut darüber, dass wir nun ohne sie zurechtkommen mussten. Wenn der wichtigste Mensch im Leben plötzlich nicht mehr da ist, kann das verdammt hart sein. Nicht nur für mich, sondern...“ Max unterbrach sich, als er das abfällige Grinsen eines Mitschülers bemerkte. „Du bist nicht nur dumm, sondern auch total unsensibel, Daniel!“ sprach Max ihn direkt an. „Was weißt du denn schon vom wirklichen Leben? – Absolut nichts! Sonst könntest sogar du nachvollziehen, was es bedeutet, ohne Mutter aufwachsen zu müssen!“
„Weichei“, murmelte Daniel. „Aus dem wird nie ein richtiger Mann!“
Gespannt warteten die anderen Schüler darauf, dass Jakob eingriff. Immerhin handelte es sich bei Max um seinen Neffen.
„Wer hier wohl ein Weichei ist“, sagte Anna in die Stille hinein. „Du spielst doch nur den Macho, damit keiner merkt, was für eine Niete du bist! Wie kann man sich nur über die Gefühle anderer lustig machen? Unreifer geht es schon gar nicht mehr!“
Spontan klopften ihre Mitschüler zustimmend auf ihre Tische.
„Okay, das genügt“, schaltete sich nun wieder Jakob ein. „Alles, was im Leben wichtig ist, ist an große Gefühle gebunden. Das war schon immer so – und es wird auch zukünftig so sein. Ohne solche Empfindungen würde der Mensch verkümmern. – In unseren Gedichten stehen die verschiedensten Emotionen im Vordergrund. Nehmen wir unseren alten Geheimrat Goethe. Wie würden wir seine Verse in unsere heutige Sprache übertragen?“

Nach Unterrichtsschluss strömten zahlreiche Kinder aus dem Schulgebäude. Da Anna ihren Mitschüler Max vor sich entdeckte, verabschiedete sie sich von ihren Freundinnen. Mit schnellen Schritten holte sie den hochgewachsenen Jungen ein.
„Wollen wir zusammen nach Hause gehen?“
„Meinetwegen. Wir haben ja den gleichen Weg.“
Sie beschlich das Gefühl, es sei ihm trotzdem nicht recht.
„Wenn du lieber allein gehen willst, kann ich auch die andere Straßenseite benutzen.“
„Ist schon okay.“
Eine Weile gingen sie schweigend nebeneinander her – bis Jakob seinen Wagen am Straßenrand stoppte.
„Max! Anna!“, rief er durch die geöffnete Seitenscheibe. „Wollt ihr mitfahren?“
„Ich laufe lieber“, gab Max zurück. Anna schüttelte ebenfalls den Kopf.
„Nein, danke.“
Verstehend nickte Jakob und fuhr wieder an. Bereits an der nächsten Ecke versperrte ihnen ein Mitschüler mit seinem Motorroller den Weg.
„Steig auf!“, forderte Daniel von dem Mädchen. „Ich bringe dich heim.“
„Ich gehe lieber zu Fuß“, lehnte Anna ab, worauf sein Blick mitleidig zu Max schweifte.
„Musst du das Müttersöhnchen nach Hause bringen, Anna? Wieso opferst du dich für diese halbe Portion? Der ist doch so langweilig wie alte Turnschuhe. Mit mir kannst du richtig Spaß haben. Komm, steig auf. Wir fahren noch bei der Eisdiele vorbei. Ich spendiere dir einen Bananenflip.“
„Mir ist schon schlecht“, behauptete Anna. „Immer wenn ich jemandem begegne, der so dämliche Sprüche wie du ablässt, wird mir speiübel. Deshalb hat Max mir angeboten, mich nach Hause zu bringen.“
„Mit meinem Roller sind wir schneller am Ziel“, versuchte Daniel es noch einmal. „Nun stell dich nicht so an, Anna. Du

musst für diesen Schwächling nicht die Mutter Teresa spielen. Oder glaubst du, du kannst bei D.J. punkten, wenn du für seinen jämmerlichen Neffen das Kindermädchen gibst?"
„Dr. Jensen hat damit überhaupt nichts zu tun", sagte Anna verärgert. „Selbst wenn du hier in einem Rollce-Royce vorfahren würdest, käme ich nicht mit dir. Das habe ich dir schon vor Monaten erklärt – und es hat sich nichts daran geändert, dass du nicht bei mir landen kannst."
„Eines Tages wirst du angekrochen ..."
„Hast du einen Hörfehler, oder was?", mischte sich nun Max ein. Drohend baute sich der Junge vor dem Motorroller auf. „Anna will nichts mit dir zu tun haben. – Klar? Also gib Gas und verzieh dich!"
„Spiel dich hier bloß nicht so auf", warnte Daniel ihn. „Ich habe Freunde, die dich mühelos in den Boden stampfen."
„War nicht anders zu erwarten, dass du zu feige bist, dich allein an jemanden heranzuwagen."
„Mit dir Fussel werde ich mit links fertig!"
„Dann komm her ", forderte Max den um einen Kopf kleineren Mitschüler heraus. Mit einer lässigen Geste nahm er seinen Rucksack ab und ließ ihn neben sich zu Boden gleiten. „Wir wollen doch mal sehen, ob hinter deiner großen Klappe ein richtiger Kerl steckt."
„Nicht, Max ...", bat Anna, wobei sie ihn am Arm fasste. „Der ist es doch gar nicht wert, dass du dich mit ihm prügelst. Außerdem löst man mit Gewalt keine Konflikte."
„Du hast recht", sagte Max einsichtig, griff nach seinem Rucksack und schulterte ihn. „An einem so unreifen Idioten sollte ich mir nicht die Hände schmutzig machen."
Wie selbstverständlich legte er den Arm um Annas Taille und führte das Mädchen um den Roller herum über die Straße. Nach wenigen Metern zog er seinen Arm jedoch zurück.
„Ist Daniel schon länger hinter dir her?"
„Seit er im letzten Schuljahr in unsere Klasse kam. Er versucht

es immer wieder, obwohl ich ihm ein paar Mal gesagt habe, dass ich kein Interesse habe."
„Wie ich hörte, sind bislang aber auch alle anderen Jungens bei dir abgeblitzt", sagte Max vorsichtig. „Fühlst du dich für einen Freund noch zu jung?"
„Haben wir heute nicht viel über Gefühle gelernt?", antwortete sie mit einer Gegenfrage. „Dein Onkel hat gesagt, alles Wichtige im Leben sei an große Gefühle gebunden. Für mich ist die erste Liebe etwas sehr Wichtiges – etwas Einzigartiges."
„Glaubst du, du wirst sie erkennen, wenn sie dir begegnet?"
„Ja."
Dieses eine Wort kam so überzeugt, dass Max nur beeindruckt nickte. Ein Mädchen wie Anna war ihm noch nie über den Weg gelaufen. Sie war nicht nur offen und natürlich, sondern auch intelligent. Sie erschien Max viel reifer als die Girls, die alles nur oberflächlich betrachteten und ständig albern kicherten.
„Wir gehen heute Nachmittag mit der ganzen Clique schwimmen", sagte Anna mit dem Erreichen ihres Hauses. „Hast du nicht Lust, mitzukommen?"
„Keine Zeit", verneinte Max. „Ich gebe Steffi Nachhilfe in Mathe."
„Bei dem schönen Wetter?"
„Ich brauche das Geld", bekannte Max. „Nächstes Frühjahr will ich den Rollerführerschein machen. Dafür muss ich sparen. – Außerdem haben Steffis Eltern einen Pool direkt am Haus. Falls uns zu heiß wird, springen wir einfach rein."
„Na, dann viel Spaß", sagte Anna nur und öffnete das Gartentor. „Ciao!"
Im Vorgarten traf sie auf Hanna, die in Shorts und knappem Top Blumen schnitt.
„Hi", begrüßte sie die Cousine ihrer Mutter. „Schon so fleißig?"
„Bei der Hitze verblühen die Blumen schneller", antwortete Hanna und richtete sich auf. „Wie war's in der Schule?"
„Heute haben wir die Gedichte interpretiert. Ich war die einzi-

ge, die wusste, wie man sich fühlt, wenn der Partner plötzlich stirbt. DJ sagte, besser hätte er das auch nicht beschreiben können."

„DJ?", wiederholte Hanna, wobei sie die Augen mit der Hand beschattete. „Habt ihr in der Klasse einen Disc-jockey?"

„Eigentlich ist er das wirklich", bestätigte Anna lächelnd. „DJ ist die Abkürzung von Dr. Jensen. Im Grunde ist er aber auch unser Discjockey: Er spielt die Musik – und wir müssen dazu tanzen."

„Guter Vergleich", erwiderte Hanna anerkennend. „Hoffentlich hast du nicht vor der ganzen Klasse ausgeplaudert, von wem dein Wissen über Verlustgefühle stammt!?"

„Natürlich nicht, Hanna", beteuerte das Mädchen. „Max hat das nach dem Tod seiner Mutter übrigens ähnlich empfunden. Er sprach ganz offen darüber, wie schwer das für ihn war."

„Normalerweise reden Jungens nur ungern über solche Gefühle", sagte Hanna ein wenig erstaunt. „Sie befürchten, ausgelacht oder verspottet zu werden."

Mit wenigen Sätzen schilderte Anna ihr die Reaktion der Klasse auf Max' Geständnis. Auch die Begegnung mit Daniel auf dem Heimweg ließ sie nicht aus.

„Glaubst du, er hätte sich für dich geschlagen, Anna? Oder nur, um zu beweisen, dass er kein Weichei ist?"

Ratlos zuckte das Mädchen die Achseln.

„Keine Ahnung."

„Vielleicht mag er dich mehr, als du denkst?"

„Steffi hat doch längst das Rennen bei ihm gemacht", entgegnete sie traurig. „Schließlich ist Max nicht der erste, den sie spielend um den Finger wickelte."

„Weißt du das genau?"

„Steffi bekommt immer, was sie will. Sie sieht nicht nur toll aus und trägt die coolsten Klamotten; ihre Eltern haben auch jede Menge Kohle. Die bewohnen so einen Palazzo Protzo mit Park und Pool. Sogar ein Hausmädchen und einen Gärtner haben die. Und neuerdings einen Max Jensen, der dem ver-

wöhnten Töchterchen Nachhilfe in Mathe gibt."
Hannas kluge Augen ruhten forschend auf dem Gesicht des Mädchens. Sie hütete sich, Anna zu sagen, dass Max kürzlich bei einem gemeinsamen Spaziergang mit den Hunden vage Andeutungen gemacht hatte, dass er sich verliebt hätte. Irrtümlich war sie davon ausgegangen, seine zarten Gefühle galten Anna.
„Vielleicht lernen die beiden wirklich nur zusammen."
„Da Steffi nichts für sich behalten kann, ist klar, dass Max ihr nicht nur Mathe beibringt", seufzte das Mädchen. „Angeblich küsst er besser, als all ihre bisherigen Freunde."
„Das Mädel ist doch nicht älter als du", vermutete Hanna überrascht. „Verfügt Steffi bereits über so viel Erfahrung?"
„Die hatte schon mit vierzehn ihren ersten Freund", wusste Anna. „Aus meiner Klasse ist kaum noch ein Mädchen Jungfrau. Die konnten es doch kaum erwarten, mit einem Jungen zu poppen, um bloß nicht als verklemmt zu gelten."
„Offenbar bist du die große Ausnahme." Zärtlich strich Hanna ihr über das Haar. „Wirst du deswegen gehänselt?"
„Seit ich ihnen klargemacht habe, dass es allein meine Angelegenheit ist, wann ich was mit wem mache – und dass ich ganz bestimmt nicht darüber tratsche – lassen sie mich in Ruhe.
Allerdings fürchte ich, dass eine bei den Jungs geplaudert hat. In letzter Zeit sind es auffallend viele, die mich total toll finden. Wahrscheinlich haben die schon Wetten abgeschlossen, wer es zuerst schafft, mich flachzulegen."
Eine steile Falte bildete sich auf Hannas Stirn.
„Muss ich mir Sorgen machen?"
„Bestimmt nicht", verneinte Anna überzeugend. „Mit diesen Kindsköpfen werde ich allemal fertig."
„Das beruhigt mich."
Spontan küsste Anna sie auf die Wange.
„Danke, Hanna."
„Wofür?"
„Dafür, dass du so bist, wie du bist."
„Dreckig und verschwitzt?", fragte Hanna gerührt. „Wenn dir

das gefällt, kannst du mir gern bei der Gartenarbeit helfen.“
Erschrocken trat das Mädchen einen Schritt zurück.
„Ist das dein Ernst? – Ich meine, wenn du wirklich Hilfe brauchst, werde ich ...“
„Vergiss es“, unterbrach Hanna sie lachend. „Ich bin hier gleich fertig.“

Später betrat Hanna die Küche, in der ihre Cousine das Mittagessen zubereitete.
„Wie lange brauchst du noch, Marie?“
„Bist du von deinem Maulwurfspielen so hungrig?“
„Eine Weile halte ich schon noch durch, aber ich möchte vor dem Essen noch duschen.“
„Du hast genau fünfzehn Minuten“, sagte Marie, worauf ihre Cousine sich wieder zur Tür wandte. „Hanna!?“
„Ja!?“
„Durch das offene Küchenfenster habe ich vorhin zufällig einen Teil eures Gesprächs im Vorgarten mit angehört. Seitdem frage ich mich, weshalb Anna mir so was nicht erzählt. Hat sie kein Vertrauen mehr zu mir?“
„Das ist keine Frage des Vertrauens“, meinte Hanna und kehrte zu ihr an den Herd zurück. „Anna ist jetzt in einem Alter, in dem man manche Dinge lieber mit... mit einer Freundin bespricht. – Oder hast du damals mit deiner Mutter deine ersten zarten Gefühle erörtert?“
„Mit Sicherheit nicht“, verneinte Marie verstehend. „Vermutlich hätte sie mich sonst eingeschlossen und den Schlüssel fortgeworfen.“
„Für eine Mutter ist es nicht so einfach, wenn die Kinder plötzlich erwachsen werden. Trotzdem muss dich das nicht beunruhigen: Anna weiß sehr genau, was sie will. Gewiss ist sie keines von den oberflächlichen Mädchen, die so schnell wie möglich ihre Unschuld loswerden wollen. Deine Tochter glaubt noch an die große Liebe.“
„Das haben wir alle mal getan.“ Sanft strich sie ihr eine vor-

witzige Locke aus der Stirn. „Wenigstens du hast sie erlebt."
„Dafür bin ich auch sehr dankbar", gestand Hanna, wobei sich ein trauriger Ausdruck in ihre Augen schlich. Sie hatte sich aber sofort wieder unter Kontrolle. „Nur nicht den Mut verlieren, Marie. Eines Tages erwischt es auch dich noch mal."
„Und wenn nicht?"
„Dann musst du bis ins hohe Alter mit mir vorlieb nehmen." Schelmisch zwinkerte sie ihrer Cousine zu. „Wir ergänzen uns doch schon jetzt wie ein altes Ehepaar."
„Da ich die Mutter bin, bleibt für dich nur die Rolle des Vaters", scherzte Marie. „Denkst du nachher an den Elternabend?"
„Ich wusste, dass die Sache einen Haken hat."
„Wenn es dir nicht passt..."
„Habe ich dir nicht versprochen, dich zu vertreten?", beruhigte Hanna sie. „Eine gute Gelegenheit, unseren wandlungsfähigen Nachbarn in der Rolle des gestrengen Studiendirektors zu erleben."
„Das verpasse ich auch nur ungern", gestand Marie. „Müsste ich heute nicht das Buffet für eine meiner besten Kundinnen betreuen, würde ich mir DJs Auftritt bestimmt nicht entgehen lassen."
„Ich berichte dir ausführlich", versprach Hanna. „Jetzt verschwinde ich aber unter die Dusche, sonst komme ich zu spät zum Essen. Das sieht meine bessere Hälfte gar nicht gern."

Da Marie später die Abendrunde mit Geisha gehen würde, machte sich Hanna zu Fuß auf den Weg zum Elternabend. Sie brauchte noch ein wenig Bewegung, bevor sie die ganze Nacht im Studio sitzen würde.
In der Halle des Gymnasiums traf Hanna auf Jonas Jensen.
„Guten Abend, Hanna", begrüßte er sie verwundert. „Was führt Sie denn hierher?"
„Wahrscheinlich das gleiche wie Sie", entgegnete sie. „Marie muss heute ein Siebzigster – Geburtstag- Buffet betreuen. Des-

halb bat sie mich, hier ihre Mutterpflichten wahrzunehmen."
„Mich führten meine Vaterpflichten her", nickte er. „Wenn wir nun noch den richtigen Raum finden, können wir den neuen Klassenlehrer gemeinsam unter die Lupe nehmen."
„Witzbold", murmelte Hanna, wobei sie sich umschaute. Sie entdeckte eine Hinweistafel und hängte sich bei Jonas ein. „Kommen Sie, ich weiß, wo es lang geht."
Schmunzelnd warf Jonas ihr einen Seitenblick zu.
„Das vermute ich schon seit geraumer Zeit."
Dank mehrerer Wegweiser fanden sie das im Anbau untergebrachte Klassenzimmer auf Anhieb. Dort waren schon zahlreiche Eltern anwesend.
Jakob stand mit einer jungen Frau vor dem Lehrerpult. Hannas Erscheinen – noch dazu am Arm seines Bruders – überraschte ihn nicht nur – es versetzte ihm zusätzlich einen leisen Stich. Dennoch ging er den beiden äußerlich gelassen entgegen.
„Sie sehen mich erstaunt, Hanna", sagte Jakob statt einer Begrüßung. „Welchem Umstand ist es zu verdanken, dass Sie meinen Bruder begleiten?"
„Marie ist heute Abend leider beruflich verhindert. Sie bat mich, sie zu vertreten." Ihre Augen waren herausfordernd auf ihn gerichtet. „Spricht etwas dagegen?"
„Absolut nicht", verneinte Jakob, bevor er auf die junge Kollegin deutete. „Das ist meine Referendarin Frau Köhler. Sie führt die Anwesenheitsliste."
Zuerst trat Jonas zu ihr und nannte seinen Namen. Lächelnd musterte sie ihn kurz.
„Sie sind der Vater von Max, nicht wahr!?"
„In Lebensgröße", nickte Jonas. „Und das ist Frau Flemming."
Vergeblich suchte sie diesen Namen auf der Liste. Fragend schaute sie Hanna an.
„Sie sind keine Mutter?" Es klang beinah vorwurfsvoll.
„Jedenfalls von keinem Schüler dieser Klasse", antwortete sie schlagfertig. „Ich bin sozusagen die Tante von Anna Mertens und stellvertretend für ihre Mutter hier."

Verstehend nickte die junge Frau und hakte den Namen ab. Auch Hanna und Jonas bekamen von ihr ein vorbereitetes Schild mit dem Vor – und Zunamen ihrer Kinder, das es dem neuen Lehrer erleichtern sollte, die Eltern den Schülern zuzuordnen.

Hanna und Jonas nahmen nebeneinander in der dritten Bankreihe Platz und stellten die Namensschilder vor sich auf den Tisch.

„Guten Abend, meine Damen und Herren", ergriff der Studiendirektor bald das Wort. „Ich bin Jakob Jensen, der neue Klassenlehrer Ihrer Kinder. Ein Elternabend so kurz vor den Sommerferien mag Ihnen ungewöhnlich erscheinen. Dennoch halte ich es für angebracht, mich Ihnen vorzustellen, da es vielleicht auch für Sie von Interesse ist zu erfahren, wer künftig versucht, Ihren Sprösslingen in Deutsch, Geschichte und Musik etwas beizubringen. Inwieweit mir das gelingt, hängt zwar nicht allein von mir ab, aber ich bin zuversichtlich, dass uns das gute Arbeitsverhalten, das ich bislang in dieser Klasse feststellen konnte, zu positiven Ergebnissen führt."

„Wie wirkt sich der Lehrerwechsel auf die Zensuren aus?", fragte ein Vater dazwischen. „Innerhalb so kurzer Zeit ist es für Sie doch beinah unmöglich, die Leistungen der Kinder umfassend zu beurteilen, Herr Dr. Jensen."

„Wie Sie wissen, erkrankte mein Vorgänger, Herr Müller, bald nach den Halbjahreszeugnissen", erklärte Jakob. „Seitdem wurde die Klasse in den Fächern Deutsch und Geschichte von zwei Vertretungslehrern unterrichtet. Selbstverständlich setze ich mich zur Zensurenbesprechung mit Frau Becker und Herrn Wieland zusammen. Ebenso verfahren wir im Fach Musik, das bislang von Herrn Berkefeld gegeben wurde."

In der nächsten Stunde beantwortete Jakob zahlreiche Elternfragen. Dabei beobachtete er, dass Hanna sich eifrig Notizen machte. Hin und wieder flüsterte sie mit Jonas oder tauschte ein Lächeln mit ihm. Das wirkte so vertraut, dass Jakob sich fragte, ob zwischen den beiden nicht mehr vorging, als sein

Bruder einzugestehen bereit war. Obgleich ihn das beunruhigte, ließ Jakob sich nicht aus dem Konzept bringen. Souverän erläuterte er den Eltern seine Vorhaben in den einzelnen Fächern und antwortete geduldig auf Zwischenfragen. Zuletzt sprach er noch von der geplanten Klassenreise im kommenden Schuljahr. Gegen 21.30 Uhr verabschiedete er die Eltern, die durchweg einen positiven Eindruck mit nach Hause nahmen.
„Hanna?“, hielt Jakob sie auf, als sie beim Hinausgehen am Lehrerpult vorbei wollte. „Sind Sie mit dem Wagen hier?“
„Nein, zu Fuß.“
„Wenn Sie ein paar Minuten warten, bis ich meine Unterlagen zusammengepackt und den Klassenraum abgeschlossen habe, nehme ich Sie gern mit zurück.“
„Danke, ich fahre mit Jonas“, lehnte sie ab, worauf er nur wortlos nickte. Sein Bruder erwartete Hanna bereits an der Tür. Jonas war deinem Bruder einen triumphierenden Blick zu, legte den Arm um ihre Schultern und führte sie hinaus.
„Und?“, fragte Jonas auf der kurzen Strecke nach Hause. „Wie lautet Ihr Urteil, Hanna?“
„Darüber, ob ich Sie für einen guten Autofahrer halte?“
Er lachte leise.
„Warum verstehen Sie mich absichtlich falsch?“
„Tue ich das? Das ist mir gar nicht bewusst.“
„Offenbar hat mein Bruder Sie überhaupt nicht beeindruckt. Dabei hat er sich so viel Mühe gegeben, sich nicht von Ihren schönen Beinen ablenken zu lassen. – Sagen Sie jetzt nicht, Sie hätten nicht bemerkt, dass er die mehrmals im Visier hatte.“
„Vielleicht wollte er sich nur vergewissern, ob sie noch da sind.“
Lächelnd stoppte Jonas den Volvo vor seinem Haus.
„Wahrscheinlich sind Sie solche Blicke gewohnt und messen dem keine Bedeutung bei. Da Jakob gegen solche Reize normalerweise immun ist, ist sein Interesse schon erstaunlich.“
„Sind Sie enttäuscht, dass Ihr Bruder auch nur ein Mensch ist?“
„Schlimmer“, ging Jonas darauf ein. „Er ist ein Mann.“

Hanna zog es vor, darauf nicht zu antworten. Stattdessen stieg sie aus dem Wagen. Flink folgte Jonas ihr.
„Danke fürs Mitnehmen“, sagte Hanna auf dem Gehsteig. „Gute Nacht, Jonas.“
„Haben Sie noch Lust auf ein Glas Wein?“
Innerlich amüsiert schüttelte sie den Kopf. Schon der zweite Bruder, der sie zu einem guten Tropfen in sein Haus einladen wollte.
„Ich muss gleich zum Sender.“
„Tja, dann...“, sagte Jonas bedauernd. „Bleibt mir nur noch, Ihnen zu danken, Hanna.“

„Mir? Wofür?“
„Weil Sie mit meinem Bruder Frieden geschlossen haben.“ Spontan küsste er sie auf die Wange. „Das ist Ihnen bestimmt nicht leichtgefallen.“
„Da sagen Sie was“, seufzte sie ergeben. „Ciao, Jonas.“
Versonnen lächelnd blickte er ihr nach. Obwohl er bemerkt hatte, dass Jakobs Wagen wenige Augenblicke zuvor am Bordstein ausgerollt war, wartete Jonas, bis Hanna auf ihrem Grundstück verschwand. Leise vor sich hin pfeifend öffnete er das Gartentor.
„Du scheinst glänzender Stimmung zu sein“, vernahm er die Stimme seines Bruders hinter sich.
„Irgendwelche Einwände?“
Darauf antwortete Jakob nicht. Er schwieg auch weiterhin nachdenklich. Im Wohnzimmer sah er seinem Bruder wortlos dabei zu, wie er zwei Gläser Wein einschenkte.
„Was ist?“, fragte Jonas und schob ihm ein Glas über den Tisch zu. „Willst du dich nicht setzen, bevor du mich ausfragst?“
„Wie kommst du darauf, dass ich dich ausfragen möchte?“
„Ich kenne dich.“
„Eigentlich möchte ich nur wissen, was zwischen Hanna und dir läuft.“
„Bislang nichts.“

„Aber du hast sie geküsst!“ Aus seinem Blickwinkel hatte Jakob nicht erkennen können, dass es ein um einen harmloser Kuss auf die Wange war. „Das hast du doch nicht grundlos getan.“
„Sicher nicht“, gab Jonas zu. Er verriet jedoch nicht, dass er das auch getan hatte, weil er wusste, dass sein Bruder in der Nähe war. „Diese Frau reizt mich ungemein, Jakob. Sie ist bestimmt eine leidenschaftliche Geliebte.“
„Geliebte?“, wiederholte Jakob missbilligend. „Du wirst keine Gelegenheit bekommen, das rauszufinden.“
„Weil du bei ihr abgeblitzt bist?“, spottete Jonas. „Ich fange das nicht so idiotisch an wie du. Außerdem spüre ich, dass Hanna mich mag. Wir könnten eine Menge Spaß miteinander haben.“
„Spaß?“, echote Jakob mit unterdrückter Erregung. „Du willst nur deinen Spaß mit ihr?“
„Tu doch nicht so empört, Jakob. Immerhin wolltest du dasselbe von Hanna. Aber du hast es nicht bekommen.“ Triumphiered prostete er seinem Bruder zu. „Jetzt bin ich am Zug.“
„Vergiss es!“, stieß Jakob warnend hervor. „Wenn du keine ersten Absichten hast, lässt du gefälligst die Finger von ihr!“
„Nun spiel nicht den Moralapostel“, setzte Jonas noch eins obenauf, um seinen Bruder aus der Reserve zu locken. „Eine Frau wie Hanna will doch nicht geheiratet werden. Du selbst hast kürzlich gesagt, ihr Interesse ginge nie über Erotik hinaus. Guten Sex kann sie von mir allemal haben.“
„Jonas!“ Erregt sprang Jakob auf. „Wenn du das tust, sind wir geschiedene Leute!“
„Du bist immer noch scharf auf sie“, vermutete Jonas gelassen. „Allerdings verstehe ich nicht, wieso du nichts dagegen hättest, wollte ich Hanna heiraten. – Wohl aber, wenn ich sie nur fürs Bett möchte.“
„Für eine Ehe setze ich Gefühle voraus“, erklärte sein Bruder und setzte sich wieder. „Du weißt genau, wie viel mir daran liegt, dass die Kinder endlich wieder eine Mutter bekommen.“

„Warst du es nicht, der behauptet hat, Hanna sei für diese Rolle völlig ungeeignet?“
„Lass mich ausreden“, verlangte Jakob. „Mittlerweile sehe ich Hanna mit anderen Augen. Solltet ihr euch lieben, würde ich das selbstverständlich akzeptieren. Was ich allerdings nicht gutheißen kann, ist eine banale Bettgeschichte. Wenn das vorbei ist, müssen wir immer noch als Nachbarn zusammenleben. Das gäbe nur neue Konflikte.“
„Hast du nicht etwas Wichtiges vergessen?“
„Nicht, dass ich wüsste.“
„Du bist der großartigste Bruder, den man sich wünschen kann, Jakob“, sagte Jonas voller Hochachtung. „Mir und den Kindern zuliebe würdest du auf Hanna verzichten.“
Kopfschüttelnd winkte Jakob ab.
„Sie will mich doch gar nicht.“
„Du würdest deine Gefühle für sie verdrängen“, fuhr Jonas unbeirrt fort. „Gleichzeitig würdest du in Kauf nehmen, sozusagen hautnah mitzuerleben, wie ich mit ihr glücklich würde.“
„Solltet ihr heiraten, bestünde für mich kein Grund mehr, mit euch unter einem Dach zu wohnen“, behauptete Jakob unwirsch. „Das ist nämlich beileibe nicht immer ein Vergnügen. Ich könnte endlich wieder ein unabhängiges Leben führen.“
„Mir machst du nichts vor, Jakob. Schon seit jeher hast du dich für mich verantwortlichgefühlt. Als Vater starb, war ich erst acht. Kurz vor meinem siebzehnten Geburtstag ist das mit Mutter passiert. Wer hat denn neben dem Studium fast jede Nacht in verräucherten Bars gespielt, um seinen kleinen Bruder durchzubringen? Wer hat mich kräftig in den Hintern getreten, damit ich mein Abi bauen und studieren konnte? Wer hat mich durchgefüttert, bis ich endlich auf eigenen Füßen stand? Wer...“
„Nun hör schon mit diesen alten Geschichten auf“, protestierte Jakob, aber es klang ziemlich lahm. „Ich habe getan, was ich tun musste, Jonas. Jeder andere hätte genauso gehandelt.“

„Das bezweifle ich:“ Mit tiefem Ernst schaute Jonas seinem Bruder in die Augen. „Du solltest endlich mal an dich und deine Bedürfnisse denken, Jakob. Ohne Rücksicht auf die Kinder oder auf mich.“
„Das tue ich, wenn du wieder unter der Haube bist.“
„Glaubst du wirklich, ich würde etwas mit einer Frau anfangen, in die du dich... verguckt hast? – Zumal ich gar nicht verliebt in sie bin.“ Ein übertriebener Seufzer löste sich von seinen Lippen. „Wie ich Hanna einschätze, hat sie ohnehin auf keinen von uns beiden gewartet. Insgeheim amüsiert sie sich wahrscheinlich über die närrischen Brüder von nebenan.“
„Vor allem über mich“, vermutete Jakob. „Wegen meines sprunghaften Verhaltens ihr gegenüber hält sie mich bestimmt immer noch für einen Vollidioten.“
„Für einen Halbidioten“, korrigierte Jonas ihn schmunzelnd. „Solange sie nicht selbst erkennt, was in dir steckt...“
„Lass es gut sein“, bat Jakob, nahm sein Glas und erhob sich. „Ich verschwinde jetzt nach oben. Gehst du noch mal mit Pavarotti vor die Tür?“
„Mach ich.“
„Danke für das Gespräch, Jonas. – Gute Nacht.“

Wie gewöhnlich erschien Hanna als türkische Putzfrau verkleidet im Sender. Unbehelligt betrat sie den Lift.
„Guten Abend, zusammen“, begrüßte sie die Kollegen im Redaktionszimmer. Sie zog das Tuch vom Kopf und die schwere Brille von der Nase. „Wie sieht es aus?“
„Prima“, antwortete Ulrich. „Deine Einschaltquoten sind nach wie vor unschlagbar.“
„Klingt nach einer Gehaltserhöhung“, sagte Hanna, griff nach der Warmhaltekanne und schenkte sich einen Becher Kaffee ein. „Immerhin schlage ich mir für euch die Nächte um die Ohren, anstatt meinem Schlafbedürfnis gerecht zu werden.“
Besorgt musterte Ulrich seine Star -Moderatorin.
„Reißt dich dein Nachbar etwa immer noch rücksichtslos aus

dem Schlaf?"
„Seit er seine neue Stelle angetreten hat, steht sein Maschinenpark vormittags still", beruhigte sie ihn. „Außerdem haben wir uns auf einen Waffenstillstand geeinigt."
„Wer weiß, wie lange der anhält", bemerkte Sandro. „Dieser Mann scheint mir nicht gerade ein umgänglicher Typ zu sein."
„Der tut nur so", winkte Hanna ab. „Wenn er sich bemüht, kann er sogar sehr nett sein."
„Ach..." In Ulrichs Augen flackerte Misstrauen auf. „Inzwischen sieht er wohl nur noch die attraktive Nachbarin in dir. Der Kerl hat schon auf Toms Geburtstagsparty versucht, dich anzubaggern."
„Na, und", sagte sie herausfordernd. „Soweit ich mich erinnere, war er nicht der einzige. – Außerdem ist das mein Problem."
„Okay, okay", erwiderte Ulrich rasch. „Kommen wir auf deine Sendung zurück: Wegen der steigenden Nachfrage haben wir dir eine Internetadresse eingerichtet. Unter engeldernacht@radio2000.de können sich deine Hörer ab per Email an dich wenden. Gib diese Adresse bitte nach der Telefonnummer bekannt."
„Erwartest du nun etwa, dass ich zusätzlich noch Mails beantworte?", fragte Hanna wenig begeistert. „Offenbar ist dir nicht klar, wie viel Zeit allein die Bearbeitung der Fanpost in Anspruch nimmt."
„Babs wird dich künftig tatkräftig unterstützen", entgegnete Ulrich besänftigend. „Sie wird sämtliche Post vorsortieren. Um die reinen Autogrammwünsche – ob per Brief oder Mail – brauchst du dich nicht mehr zu kümmern. Wir richten dir einen Account unter der Sender-Adresse ein, auf den du von überall zugreifen kannst. Ich bespreche das noch mit der IT-Abteilung."
Um Mitternacht begrüßte der Engel der Nacht seine Hörer wie stets mit den gleichen Worten.
„... möchte ich heute mit euch über Leidenschaft sprechen", nannte die Moderatorin das Thema der nächsten Stunden.

„Was tut ihr mit Leidenschaft? Euren Beruf ausüben? Jemanden lieben – oder gar hassen? Geht ihr leidenschaftlich einem Hobby nach? Oder einer Sportart? Wenn ihr mir davon erzählen wollt, ruft mich an unter der Nummer 01805 66 66 66. Ab sofort könnt ihr mir auch eine Mail schicken: engeldernacht@radio2000.de...“
Nach einem Gespräch mit einer jungen Frau, die von ihrer Leidenschaft für den Pferdesport erzählte, war der nächste Hörer in der Leitung. Durch ein Zeichen ihres Redakteurs wusste die Moderatorin, um wen es sich dabei handelte. Dennoch tat sie ahnungslos.
„Hier spricht Angel“, sagte sie nach dem Ausklingen der Musik. „Mit wem habe ich das Vergnügen?“
„Mit deinem Seelenverwandten“, lautete sie Antwort. „Hallo, Angel, schön, deine Stimme zu hören.“
„Guten Abend, Lieblingsvampir.“
„Wenigstens du bist mir noch zugetan“, seufzte Jakob. „Demnach hat mich das Glück noch nicht ganz verlassen.“
„Das klingt, als wolltest du uns heute von einer verlorenen Liebe erzählen!?“
„Kann man verlieren, was man nie besessen hat? – Wenn, dann wäre unerfüllt die passende Bezeichnung. – Du möchtest heute aber über Leidenschaft sprechen. Was verstehst du eigentlich darunter?“
„Für mich bedeutet Leidenschaft einen stark bewegten Gemütszustand, eine heftige Zuneigung...“
„Ein starkes, kaum zu beherrschendes, von innerer Spannung erfülltes Verlangen, etwas zu tun“, fügte Jakob hinzu. „Oder extrem begeistert von etwas sein, fast schon fanatisch. Eine Liebe kann leidenschaftlich sein, aber genauso der Hass oder die Eifersucht. Es gibt leidenschaftliche Weintrinker oder leidenschaftliche Spieler, die einfach nicht widerstehen können.“
„Wann hast du das letzte Mal leidenschaftlich geliebt, Dracula?“, fragte der Engel der Nacht. „Oder hat noch keine Frau den leidenschaftlichen Vampir in dir geweckt?“

„Vor nicht allzu langer Zeit ist mir tatsächlich ein Wesen begegnet, das mich vom ersten Moment an total fasziniert hat", gestand Jakob offen, da niemand seine wahre Identität kannte. „Wir haben einen ganzen Abend zusammen verbracht und beide gespürt, wie sehr es zwischen uns knisterte. Die Spannung zwischen uns steigerte sich beinah unerträglich ..."

„Und?", fragte die Moderatorin gespannt. „Kalte Dusche oder leidenschaftliche Liebesszene?"

„Letzteres", bekannte er. „Zwischen uns war Leidenschaft pur. So was habe ich zuvor noch niemals erlebt. Es war wie ein heißer Traum in einer schwülen Sommernacht."

„Träumt ihr heute noch zusammen?"

„Unsere Wege haben sich noch in derselben Nacht getrennt", verneinte er mit Bedauern in der Stimme. „Ein alter Vampir und ein junges, blühendes Menschenkind ist leider keine Konstellation für die Ewigkeit."

„Wenn man liebt, ist alles möglich."

„Ist auch dir schon einmal etwas Derartiges passiert, Angel?", drehte Jakob den Spieß um. „Hast du bei einem Mann irgendwann mal schon im ersten Augenblick eine unwiderstehliche Anziehung verspürt?"

„Im zweiten", bekannte sie leichtsinnigerweise. „Ich konnte nichts dagegen tun."

„Wie endete es?"

„Ähnlich wie bei dir."

„Ihr wurdet kein Paar?"

„Ein in die Jahre gekommener Engel und ein anspruchsvoller Erdenmensch ist auch keine Konstellation für die Ewigkeit."

„Aber ein Engel und ein Vampir – das passt schon."

„Du bist ganz schön hartnäckig", antwortete sie leise lächelnd. „Nur fürchte ich, wird dir auch das keinen Erfolg bescheren."

„Irgendwann wird das Schicksal uns zusammenführen, meine liebe Angel. Das wird ein magischer Moment, der unsere Leidenschaft füreinander weckt. Dann gibt es kein Entrinnen. – Weder für dich noch für mich."

„Bis dahin muss ich aber noch arbeiten“, ließ sie das Gespräch ausklingen. „Ich wünsche dir angenehme Träume, Dracula.“
„In denen du die Hauptrolle spielst“, prophezeite Jakob. „Gute Nacht, Engelchen.“
Mit dem Daumen nach oben signalisierte Sandro der Moderatorin hinter der Glasscheibe, dass er diesen Dialog für gelungen hielt. Hanna war der gleichen Meinung. Wäre sie nicht gezwungen, ihr Inkognito zu wahren, würde sie den Anrufer, der sich Dracula nannte, gern kennenlernen. Nach seinen bisherigen Beiträgen hielt sie ihn für einen klugen, aber auch sensiblen Mann, der noch dazu über Humor und Fantasie verfügte. Eigenschaften, die ihr gefährlich werden konnten. Zwar hatte sie überhaupt keine Vorstellung über sein Aussehen oder über sein Alter, aber das erhöhte den Reiz. Dennoch würden sie einander niemals begegnen, sondern sich auf die Telefonkontakte beschränken müssen...
Leise seufzend nahm der Engel der Nacht den nächsten Anruf entgegen.

Kapitel 16

Mittwochs unterrichtete Jakob nur in den ersten beiden Schulstunden, so dass er zeitig wieder daheim war. Zunächst widmete er sich der anfallenden Hausarbeit. Bald waren die Waschmaschine sowie der Geschirrspüler beladen und eingeschaltet. Mit dem Staubsauger arbeitete sich Jakob durch sämtliche Stockwerke des Hauses. In die Kinderzimmer wagte er sich nur, wenn es sich nicht vermeiden ließ. Am ordentlichsten sah es bei Max aus, dessen Tisch jedoch mit Büchern, Zeitschriften und sonstigem Papierkram übersät war. Leon, der zweitälteste Neffe hauste dagegen in einem totalen Chaos. Kleidungsstücke, Comichefte, Computermagazine und CDs tummelten sich in heillosem Durcheinander auf dem Fußboden, dem Bett und jedem verfügbaren Plätzchen des Zimmers. Beim jüngsten Spross der Familie waren es unzählige verstreute Legosteine, daraus gebaute Raketen nebst Raumstationen und auf dem

Boden ausgelegte Fantasy-Karten, die bewirkten, dass man diesen Raum vorzugsweise fliegend durchqueren sollte.
Jakob wusste, dass er sich bei seinen Neffen nicht unbedingt beliebter machen würde, wenn er sie nach Schulschluss zum Aufräumen verdonnerte, aber diese Maßnahme war wieder einmal dringend notwendig.
Zuletzt bereitete Jakob am Herd eine Spaghettisoße nach einem Rezept zu, das er Marie am Vortag entlockt hatte. Ein Blick durch das Küchenfenster verriet ihm seinen dringenden Einsatz im Garten. Mit Rücksicht auf das Schlafbedürfnis seiner Nachbarin verschob er diese Arbeit jedoch auf den Nachmittag. So kochte er nur noch eine Kanne Tee und betrat damit sein Arbeitszimmer. Bevor er mit dem Korrigieren des Geschichtstests beginnen würde, benötigte er noch einige Minuten der Entspannung. Deshalb setzte er sich an seinen Flügel. Zunächst improvisierte er ein wenig, zog sich dann den zerlesenen beigefarbenen Litolff-Band mit Mozart-Sonaten heran und schlug die Sonate Nr. 8 in B-Dur auf. Während er das Andante cantabile spielte, ließ ihn Pavarottis Bellen nach einer Weile innehalten.
„Warum gehst du nicht wieder in deinen Korb?“, sprach Jakob den Hund an. „Sowie ich den Staubsauger einschalte, verziehst du dich schließlich auch.“ Das Läuten der Türglocke unterbrach ihn. „Ach, so“, sagte Jakob verstehend und erhob sich. „Es hat wohl schon mal geklingelt.“
Da sauste der Hund bereits wieder hinaus. Jakob folgte dem Tier und öffnete die Tür. Draußen stand eine elegante blonde Dame: bildhübsch und mit entschuldigendem Lächeln. Sie kam ihm bekannt vor, aber er wusste nicht, wo er sie schon einmal gesehen haben könnte.
„Verzeihen Sie die Störung“, bat sie. „Ich möchte meine Tochter besuchen“, erklärte sie und deutete zum Nachbargrundstück „Leider ist niemand zu Hause. Marie macht wahrscheinlich Besorgungen und Hanna scheint auch nicht da zu sein. Die Kinder sind wohl noch in der Schule. Hat meine Tochter bei

Ihnen für Notfälle vielleicht einen Schlüssel hinterlegt?"
„Leider nicht", bedauerte Jakob. „Wir sind noch nicht lange Nachbarn."
„Das wusste ich nicht. Bei meinem letzten Besuch hat hier noch eine alte Dame gewohnt." Ratlos blickte sie auf ihre Armbanduhr. „Ich habe ich es auch schon drüben bei Frau von Lehnsdorff versucht, aber sie ist auch ausgeflogen. Dann warte ich eben im Auto, bis einer von meiner Sippe auftaucht."
„Das ist doch viel zu unbequem", sagte Jakob spontan. „Noch dazu bei dieser Hitze." Er beschrieb eine einladende Geste. „Treten Sie bitte näher. Hier im Haus ist es angenehm kühl."
„Bereitet Ihnen das auch keine Umstände?"
Lächelnd schüttelte Jakob den Kopf und führte sie von Pavarotti eskortiert in sein Arbeitszimmer. Dort deutete er auf eine lederne Sitzgruppe.
„Darf ich Ihnen eine Erfrischung anbieten, Frau ..?"
„Martinez", stellte sie sich vor. „Romy Martinez."
„Jensen", stellte er sich vor und deutete auf den Hund. „Dieser verrückte Vierbeiner hier heißt Pavarotti."
„Ein niedlicher kleiner Kerl." Während sie auf dem Sofa Platz nahm, holte Jakob eine zweite Tasse aus dem Schrank.
„Ist Ihnen Tee recht, Frau Martinez?"
„Danke, Herr Jensen." Ihre ausdrucksvollen braunen Augen musterten den hochgewachsenen Mann ungeniert. Was sie sah, gefiel ihr gut. „Wie lange wohnen Sie schon hier?"
„Erst seit ein paar Wochen", entgegnete Jakob und schenkte den Tee ein, ehe er sich ihr gegenüber in einen Sessel setzte. „Leben auch Sie in Hannover?"
„In Spanien. – Um genau zu sein: auf Menorca."
„Daher Ihre beneidenswerte Bräune. Nach der langen Autofahrt sind Sie sicher müde."
„Das da draußen ist ein Mietwagen", erklärte Romy. „Der Flug dauert nur knapp drei Stunden, aber da ich gern unabhängig bin, möchte ich auch hier nicht auf ein Auto verzichten. Sonst würde meine Tochter sich noch verpflichtet fühlen, mich über-

allhin zu kutschieren."
„Das täte sie sicher mit Vergnügen", ahnte Jakob. „Ihre Tochter ist ein sehr warmherziger Mensch. Mich erstaunt, warum Marie nie erwähnt hat, dass ihre Mutter in Spanien lebt."
„Mich wundert das überhaupt nicht."
„Das klingt beinah, als verstünden Sie sich nicht so gut, wie ich vermutet habe."
„Wir verstehen uns sogar ausgezeichnet", widersprach Romy amüsiert. „Allerdings ist Marie nicht meine Tochter."
Aber Sie sagten doch...."
Gespannt erwiderte sie seinen irritierten Blick. Wie lange würde er wohl brauchen, um richtig zu kombinieren?
„Hanna!", brachte er plötzlich verstehend hervor. „Sie sind die Mutter von Hanna Flemming!"
„Si", bestätigte sie lächelnd. „Enttäuscht?"
„Überrascht", verneinte Jakob kopfschüttelnd. „Sie müssen noch ein halbes Kind gewesen sein..."
Hell lachte Romy über seine charmanten Worte auf. Sie war es gewohnt, für jünger gehalten zu werden. Das gleiche traf allerdings auch auf Hanna zu.
„Wissen Sie, wie alt meine Tochter ist?"
„Schätzungsweise Ende dreißig?"
„Sie wird sich freuen, das zu hören."
„Bitte nicht", sagte Jakob mit komischer Miene. „Hanna hält mich schon jetzt für einen Volltrottel."
„Zu Recht?"
„Ich fürchte, ja", gestand Jakob freimütig. „Aber das ist eine lange Geschichte, mit der ich Sie nicht langweilen möchte. Erzählen Sie mir, was Sie nach Spanien geführt hat?"
„Die Liebe – was sonst", entgegnete Romy und schlug die Beine übereinander. Lange, rassige Beine, wie Jakob sofort bemerkte. Schon daran hätte er erkennen müssen, wessen Mutter sein Gast sein musste.
„Ich war mit einem Spanier verheiratet", fuhr Romy fort. „Die ersten Jahre lebten wir hier in der Stadt, aber als mein Schwie-

gervater krank wurde, sind wir nach Madrid gezogen."
„Wurde Hanna dort geboren?"
„Sie war schon vierzehn, als wir nach Spanien gingen. Zwar gewöhnte sie sich in der neuen Umgebung rasch ein, wollte aber später unbedingt in Deutschland studieren. Hanna wollte sich abnabeln, unabhängig auf eigenen Füßen stehen. Damals hatte ich starke Bedenken. Heute glaube ich allerdings, dass es gut und richtig für sie war. Sonst wäre es nach dem Tod ihres Mannes sehr viel schwerer für sie gewesen, sich einen neuen Platz im Leben zu erkämpfen."
„Ich verstehe, was Sie meinen", sagte Jakob. „Ihre Tochter ist zweifellos eine starke Persönlichkeit."
„Zu stark?"
„Darüber kann ich mir kein Urteil erlauben."
Skeptisch schaute sie ihn an, während sie nach ihrer Teetasse griff.
„Sind Sie noch nie mit ihr aneinandergeraten?" Sein Gesichtsausdruck sprach Bände. „Dann wissen Sie, dass Hanna trotz aller Herzlichkeit auch unnachgiebig sein kann. – Das hat sie übrigens von ihrem verstorbenen Vater."
„Das Temperament vermutlich auch", bemerkte Jakob, worauf Romy lächelnd nickte. Ihr Blick schweifte durch den Raum und fiel auf den Flügel.
„Haben Sie vorhin gespielt, als ich geläutet habe?"
„Das kann ich nicht leugnen."
„Mozart? Es klang wie die Klaviersonate in B-Dur."
„Hat es Ihnen gefallen?"
Bedächtig wiegte sie den Kopf.
„Ja..."
„Aber? Da Sie offenbar was von klassischer Musik verstehen, halten Sie mein Geklimper wahrscheinlich für stümperhaft."
„So würde ich das ganz bestimmt nicht beurteilen, Herr Jensen. Die Klaviersonate in B - Dur ist immerhin spieltechnisch eine gewaltige Herausforderung – besonders das Finale, das Allegretto grazioso, das man beinah als Konzertsatz ansehen kann,

verlangt gestalterische Kraft."
„... die mir fehlt", fügte er illusionslos hinzu. „Ich bin nur ein einfacher Musiklehrer mit durchschnittlichen Fähigkeiten."
Gespannt beugte er sich etwas vor. „Spielen Sie selbst?"
„Früher habe ich häufig am Flügel gesessen", bestätigte Romy.
„Heute fehlt mir leider oft die Zeit, täglich zu üben."
„Die Gelegenheit ist günstig", bot er ihr an. „Mein Instrument steht Ihnen zur Verfügung."
Abwehrend hob sie die schmalen Hände.
„Führen Sie mich nicht in Versuchung."
„Genau das habe ich vor", sagte er, stand auf und deutete auf die Klavierbank. „Darf ich bitten?"
Nach kurzem Zögern erhob sie sich tatsächlich.
„Auf Ihre Verantwortung."
Mit gemischten Gefühlen nahm sie am Flügel Platz und ließ ihre schlanken Finger spielerisch die Tastatur hinauf – und hinuntergleiten.
Derweil legte Jakob ihr die Noten zurecht und lächelte seinem Gast aufmunternd zu.
„Darf ich für Sie umblättern?"
„Nicht nötig; ich spiele auswendig."
Verblüfft setzte er sich wieder in den Sessel.
Da begann Hannas Mutter auch schon mit dem Allegro. Sie spielte, ohne einen Blick auf die Noten zu werfen. Während Romy in eine andere Welt zu versinken schien, lauschte Jakob gebannt ihrem phänomenalen Spiel. Ihn faszinierte diese Zwiesprache zwischen Mensch und Musik ungeheuer. Auch klang es ungeheuer einfühlsam und ausdrucksvoll, so dass der Zuhörer mit ihr empfand, was sie spielte. Der Konzertcharakter wurde am Schluss mit einer brillanten Kadenz noch verstärkt. Nach den letzten Tönen schwebten Romys Hände noch sekundenlang über der Tastatur, ehe sie in ihrem Schoß zu ruhen kamen.
„Phantastisch!", brachte Jakob überwältigt hervor und sprang auf. „Einfach perfekt!"

„Sie übertreiben“, sagte sie verlegen lächelnd. „Es ist wohl etwas mit mir durchgegangen.“
„Das war brillant“, wiederholte er und führte sie zum Sofa zurück. „Bislang habe ich die Klaviersonate in B - Dur erst zweimal so... so einfühlsam aus einem Guss gehört: auf einer Live-Aufnahme aus dem Madison-Square-Garden in New York aus den siebziger Jahren mit der grandiosen Winterstein. – Und bei einem Konzert des hervorragenden japanischen Pianisten Tasanaki vor etwa zehn Monaten in Berlin.“
„Dieser junge Mann ist zurzeit wohl der überragendste Pianist weltweit“, stimmte sie ihm zu. „Mit seiner Kunst kann ich mich ganz bestimmt nicht messen.“
„Sie sind zu bescheiden“, sagte Jakob lächelnd. „So viel verstehe ich davon, um das beurteilen zu können. Im Laufe der Jahre ist meine CD-Sammlung klassischer Musik enorm angewachsen. Es gibt viele gute Pianisten, aber nur wenige, die mit der Musik derart verschmelzen.“
„Sie bringen mich in Verlegenheit“, bekannte Romy und warf einen Blick auf ihre Armbanduhr. „So spät schon! Inzwischen müsste drüben jemand zu Hause sein.“
Sofort erhob Jakob sich und trat ans Fenster.
„Maries Lieferwagen steht draußen“, teilte er Romy mit. „Eigentlich schade.“
„Dann will ich meine Familie mal überraschen“, ging sie überseine letzten Worte hinweg und griff nach ihrer Handtasche. „Die sind nämlich völlig ahnungslos, dass ihnen ein Besuch der alten Dame bevorsteht.“
„Alte Dame“, wiederholte er vorwurfsvoll, während er sie hinausbegleitete. „Sie können ohne weiteres für Hannas Schwester gehalten werden.“
„Sie übertreiben schon wieder“, tadelte sie ihn und reichte ihm die Hand. „Danke für Ihre Gastfreundlichkeit, Herr Jensen.“
Voller Verehrung beugte er sich über ihre Rechte.
„Es war mir weit mehr als nur ein Vergnügen, Frau Martinez.“
„Vielleicht sieht man sich in den nächsten Tagen noch“, er-

widerte sie lächelnd. „Adiós!“

Es waren nur wenige Schritte bis zum Haus ihrer Tochter. Obwohl Maries Wagen in der Einfahrt stand, reagierte niemand auf Romys Läuten. Deshalb ging sie zum Seiteneingang. Die Tür zum Souterrain war diesmal unverschlossen. Geräuschlos trat sie ein. Die Musik aus der Küche verriet ihr, wohin sie sich wenden musste. Lässig lehnte sie sich an den Türrahmen.
„Hola, Marie!“
Erstaunt wirbelte ihre Nichte herum.
„Romy! Wo kommst du denn her?“
„Von eurem reizenden Nachbarn“, erklärte sie und umarmte Marie herzlich. „Ihr wolltet mich ja nicht reinlassen.“
„Tut mir leid, ich war beim Großmarkt“, entschuldigte sich Marie. „Bevor ich losgefahren bin, habe ich die Klingel abgestellt, damit Hanna ungestört schlafen kann.“
„Und Geisha hat dich begleitet“, vermutete Romy. „Sonst hätte sie bestimmt angeschlagen.“
„Sie hatte noch einen Impftermin beim Tierarzt“, bestätigte ihre Nichte. „Das haben wir auf dem Heimweg erledigt.“
Wie aufs Stichwort kam die Hündin in die Küche gestürmt. Freudig begrüßte sie den Gast.
„Da bist du ja, mein Mädchen“, sagte Romy, ging in die Hocke und kraulte das Tier ausgiebig. Plötzlich setzte sich Geisha vor sie hin und schaute sie aus großen braunen Augen aufmerksam an. Natürlich ahnte Romy, worauf die Hündin wartete. Sie griff in die Tasche ihrer Kostümjacke und fischte einen kleinen Kauknochen heraus.
„Du weißt genau, dass bei mir immer etwas zu holen ist.“ Amüsiert gab sie Geisha das Mitbringsel. „Hier, du Leckermäulchen.“ Fragend schaute Romy ihre Nichte an. „Wie lange schläft Hanna denn gewöhnlich?“
„Bis mittags“, erwiderte Marie mit einem Blick zur großen Küchenuhr. „Um diese Zeit steht sie meistens auf.“
„Dann kann ich es wagen, zu ihr raufzugehen.“

Hanna lag schlafend in ihrem breiten Bett, als Romy leise das Zimmer im Obergeschoss betrat. Vorsichtig setzte sie sich auf den Rand der Matratze und betrachtete ihre Tochter liebevoll. Unvermittelt schlug Hanna die Augen auf.
„Mama!“ Sofort war sie hellwach und richtete sich etwas auf. „Ist was passiert? Mit Joanna?“
„Es könnte ihr nicht besser gehen“, beruhigte Romy ihre Tochter. „Auf Menorca sind alle gesund und munter.“
„Gott sei Dank“, sagte Hanna und lehnte sich erleichtert zurück. „Komischerweise habe ich gerade von dir geträumt. – Und nun bist du hier. Ist das nicht merkwürdig?“
„Habe ich dir etwa Alpträume beschert?“
„Du hast irgendwo Klavier gespielt“, verneinte Hanna. „Mozart, glaube ich.“
„Das war kein Traum.“
„Wie jetzt? Hättest du auf meinem Klavier gespielt, wäre ich doch wach geworden. Außerdem klang es weit entfernt. – Als würde der Wind jeden einzelnen Ton zu mir wehen.“
„Wie konntest du denn wissen, dass ich das bin?“
„Dein Spiel würde ich unter Tausenden heraushören“, antwortete ihre Tochter lächelnd. „Es ist einzigartig.“
„Danke für die Blumen“, erwiderte Romy, nun auch lächelnd. „Trotzdem war es kein Traum, Hanna. Ich dachte, bevor ich meiner Familie auf die Nerven gehe, schaue ich mir den neuen Nachbarn an. Ein wirklich interessanter Mann...“
„Welcher? Da drüben leben fünf von dieser Sorte.“
„Eine Homo - WG?“, schloss sie maßlos erstaunt aus den Worten ihrer Tochter. „Das hätte ich nun wirklich nicht gedacht, nachdem er so interessiert auf meine Beine geschielt hat.“
„Dann kann dieser reizende Mann nur Jakob Jensen gewesen sein. Hätte ich nicht deine langen Beine geerbt, würden wir uns wahrscheinlich immer noch bekriegen.“
Beunruhigt forschte Romy im Gesicht ihrer Tochter.
„Was bedeutet das?“
„Das ist eine lange Geschichte. Davon erzähle ich dir später.

Jetzt möchte ich erst mal wissen, weshalb du so plötzlich unangemeldet hier auftauchst."
Unwillkürlich erhob Romy sich.
„Wenn ich dir ungelegen komme..."
„Mama!", unterbrach Hanna sie vorwurfsvoll und zog sie an der Hand auf die Bettkante zurück. „Du weißt, dass ich mich immer über deinen Besuch freue." Eingehend musterte sie ihre Mutter, die nun ungewöhnlich ernst wirkte. „Was ist los?"
„Ach, ich habe einfach eine Luftveränderung gebraucht."
„Das nehme ich dir nicht ab. Irgendwas muss passiert sein. Da du dir nicht mal die Zeit genommen hast, dich telefonisch anzukündigen, bist du vermutlich Hals über Kopf von Menorca abgereist. Was war der Grund? Hattest du Streit mit Carlos?"
Seufzend nickte ihre Mutter.
„Ich habe mich von ihm getrennt."
„Du hast – was?", fragte Hanna verblüfft. „Carlos liebt dich! Ihr seid seit mehr als sechs Jahren zusammen! Da trennt man sich doch nicht einfach wegen ..." Eine Steile Falte bildete sich zwischen ihren Brauen. „Weswegen eigentlich?"
Abermals erhob Romy sich und trat ans Fenster. Unbewusst zog sie die Jalousien herauf und schaute hinaus. – Ohne jedoch das Geschehen auf der Straße wirklich wahrzunehmen.
„Carlos ist ... zu unreif", sagte Romy mehr zu sich selbst. „Im Grunde wusste ich immer, dass er zu jung für mich ist."
„So ein Blödsinn!" Spontan sprang Hanna aus dem Bett. „Carlos ist fast sechzig!"
„Achtundfünfzig", korrigierte Romy sie mit leiser Stimme. „Ich bin neun Jahre älter. Dieser Unterschied ist einfach zu groß."
„Auf einmal?" Behutsam drehte Hanna ihre Mutter an den schmalen Schultern zu sich herum. Erschrocken bemerkte sie, dass Romys Augen in Tränen schwammen. „Was ist zwischen euch vorgefallen, Mama?"
„Kannst du dir das nicht denken?"
„Hat er dich etwa betrogen?" Und als sie nickte: „Bestimmt

bereut er das längst. Willst du wegen eines kleinen Fehltritts wirklich alles aufgeben, was euch verbindet? Er ist doch ein lieber, anständiger Kerl. Wer weiß, wie er in eine solche Situation geraten konnte. Womöglich..."

„Musst du ihn sofort verteidigen?", fiel Romy ihr erregt ins Wort. „Wessen Tochter bist du eigentlich? Seine oder meine?"

„Ich wollte doch nur...", begann Hanna hilflos, worauf ihre Mutter resigniert den Kopf schüttelte.

„Tut mir leid, ich wollte dich nicht so anfahren. Ich weiß, wie sehr du Carlos magst, aber es war nicht das erste Mal, dass er mit einer Jüngeren..." Ein leises Stöhnen löste sich von ihren Lippen. „Es ist im letzten Herbst schon mal passiert. Damals habe ich mich bemüht, ihm zu verzeihen. Obwohl ich sehr verletzt war, redete ich mir ein, dass niemand ohne Fehler ist. Deshalb habe ich seinen Beteuerungen, es sei ein einmaliger Ausrutscher geglaubt und versucht, es zu vergessen. Ich wollte ihn nicht verlieren." Nur mit Mühe drängte sie die aufsteigenden Tränen zurück. „Letzte Woche war ich in Madrid bei der Familie deines Vaters. Ursprünglich wollte ich bis zum Wochenende bleiben, aber da bei uns momentan Hochsaison ist und jede Hand gebraucht wird, bin ich schon nach drei Tagen nach Menorca zurückgekehrt. Um Carlos zu überraschen bin ich gestern Abend gleich nach meiner Ankunft zu ihm gefahren." Eine einzelne Träne rollte über ihre Wange. Mit dem Handrücken wischte Romy sie energisch fort. „Es ist mir tatsächlich gelungen, ihn zu überraschen", fügte sie sarkastisch hinzu. „Sogar in flagranti."

„Irrtum ausgeschlossen?"

„Zwei nackte, erhitzte, ineinander verschlungene Körper kann man sich nicht mit noch so viel Fantasie als optische Täuschung einreden."

„Dieser Idiot!", schimpfte Hanna verständnislos. „Wie konnte er dir das antun? Hat er irgendwas zu seiner Rechtfertigung vorgebracht?"

„Nichts. Mein Anblick hat ihm die Sprache verschlagen."

„Und du? Wie hast du reagiert?"
„Zunächst sehr beherrscht", gestand sie, selbst ein wenig verwundert. „Wic in Trance habe ich seinen Hausschlüssel auf die Kommode neben der Tür gelegt, gesagt, dass es endgültig vorbei ist, und bin gegangen. Erst auf dem Heimweg überkam mich das heulende Elend. Mitten in der Nacht habe ich einen Flug gebucht, gepackt und bin zum Airport gefahren." Entschuldigend zuckte sie die Schultern. „Ich schätze, ich wollte zu dir, um mich auszuweinen."
„Ach, Mama ..." Mitfühlend schloss Hanna sie in die Arme. „Es tut mir furchtbar Leid, dass Carlos dir so wehgetan hat." Fragend schaute sie Romy in die Augen. „Du liebst ihn trotzdem noch, oder?"
„Meine Gefühle für Carlos sind gestorben", behauptete sie. „Schon im Herbst bekamen sie einen Knacks, aber ich wollte das nicht wahrhaben. Insgeheim habe ich jedoch bereits zu diesem Zeitpunkt befürchtet, dass wir unaufhörlich auf das Ende unserer Beziehung zusteuern. Unbewusst hat es mich gestern wahrscheinlich früher nach Hause getrieben, weil ich ahnte, was geschehen würde."
„Du brauchst erst mal Abstand zu dieser unerfreulichen Geschichte. Wie ich Carlos kenne, wird er allerdings versuchen, deinen Aufenthaltsort rauszubekommen. Trotz allem wird er dich nicht aufgeben wollen."
„Das hätte er sich vorher überlegen müssen", erwiderte Romy hart. „Sein Verhalten hat mich zu tief getroffen, als dass ich ihm noch mal verzeihen könnte. Im Hotel weiß nur Joanna, wo ich bin. Sie wird dichthalten. Das gleiche erwarte ich von euch. – Obwohl ich sowieso nicht hier bleibe."
„Natürlich bleibst du!", widersprach Hanna energisch. „Ich lasse nicht zu, dass du dich jetzt irgendwo allein verkriechst! Am liebsten würde ich mir sofort freinehmen, aber das ist so kurz vor meinem Urlaub unmöglich. Trotzdem werde ich jede freie Minute..."
„Nun schau mich nicht so besorgt an, mein Kind", unterbrach

Romy ihre Tochter gerührt. „Ich bleibe in Hannover, ziehe aber ein paar Tage zu Katharina. Nachdem sie die Wintermonate bei mir auf Menorca verbracht hat und ich Dickschädel mich geweigert habe, ihr eine Rechnung auszustellen, musste ich ihr versprechen, bei nächster Gelegenheit ihre Gastfreundschaft in Anspruch zu nehmen."

„Aber..."

„Es ist gut so", wischte Romy den Einwand ihrer Tochter fort. „Da du neuerdings nachts arbeitest, kann ich Marie nicht zumuten, sich abends um ihre alte Tante zu kümmern. Das Mädel hat schon genug um die Ohren. – Bei Katharina bin ich gut aufgehoben", fügte sie hinzu, als Hanna zu einem erneuten Einwand ansetzte. „Wir zwei alten Schachteln verstehen uns ausgezeichnet."

Die Familie im Hause Jensen war schon fast mit dem Abendessen fertig, als Jonas endlich eintraf.

„Du kommst schon wieder so spät, Paps", sagte Leon vorwurfsvoll, während sein Vater sich zu ihnen an den Tisch setzte. „Dabei wolltest du heute früher hier sein und mit mir Turnschuhe kaufen. Irgendwann übernachtest du noch in deiner Scheiß-Bank."

„Entschuldigt, dass ich es nicht eher geschafft habe", bat Jonas. „Bei dem heutigen Meeting ging es um einen Kreditrahmen von 43 Millionen. Da konnte ich nicht einfach verschwinden."

„Darf ich aufstehen?", fragte Timo und schob seinen Stuhl zurück. „Ich will noch schnell rüber zu Lisa ein Computerspiel ausleihen."

„Heute nicht mehr", hielt Jakob seinen Neffen zurück. „Unsere Nachbarn haben Besuch."

„Weiß ich doch, Onkel Jakob. Die Ersatzoma von den Mädchen. Lisa war ganz aufgeregt wegen der und hat tierisch angegeben, was die alles kann: Die pfeift auf den Fingern und soll sogar ein Tattoo haben."

„Dann ist sie vermutlich auf der Durchreise zur Love-Parade", fügte Jonas schmunzelnd hinzu. „Wahrscheinlich hat sie grünes Haar und steht auf Hiphop – oder Technoklänge.“

„Sie ist blond, ausgesprochen attraktiv und bevorzugt klassische Musik.“

Vier Augenpaare richteten sich erstaunt auf Jakob.

„Sie sieht phantastisch aus, hat wunderschöne Beine und besitzt eine Ausstrahlung, wie sie in diesem Alter eigentlich verboten sein sollte“, fügte Jakob gelassen hinzu. „Ihr Name ist Romy Martinez. – Außerdem ist sie Hannas Mutter.“

„Was du so alles weißt“, bemerkte Jonas. „Hast du sie etwa schon kennengelernt?“

„Si, Senõr. Bevor die Lady ihre Familie aufgesucht hat, stattete sie mir einen Besuch ab.“ Knapp berichtete er von den Umständen, geriet jedoch ins Schwärmen, als er von Romys Einsatz am Flügel erzählte.

„Mann, oh Mann, wenn man dich so reden hört, Bruderherz, muss diese Frau der pure Wahnsinn sein.“

„Was habt ihr eigentlich erwartet?“, kam es über die Lippen von Max. „Sie ist immerhin Hannas Mutter. Dachtet ihr, bei einer so sensationellen Tochter sieht die Mutter wie eine Vogelscheuche aus? Als ich vorhin mit Pavarotti draußen war, habe ich sie mit Geisha und Hanna gesehen. Aber ich hätte sie eher für Schwestern gehalten.“

„Timo“, wandte sich Jonas an seinen Jüngsten. „Meinst du, Lisa würde auch mir ein Computerspielspiel leihen?“

„Du willst dir doch nur Hannas Mutter angucken“, behauptete sein Sohn. „Was ihr immer für ein Theater um die Weiber macht.“

Kapitel 17

Am kommenden Morgen hantierte Marie zeitig in der Küche. Der Frühstückstisch war gedeckt, Kakao und Saft standen bereit; nur die Brötchen fehlten noch. Während sich die Mädchen in ihren Zimmern für die Schule fertig machten, läutete Maries Handy. Ein Blick aufs Display verriet ihr den Anrufer.

„Guten Morgen, mein Schatz“, meldete sie sich. „Hast du gut geschlafen?“
„Die Nacht war kalt und einsam“, antwortete ihr heimlicher Geliebter. „Lange halte ich dieses Versteckspiel nicht mehr aus. Ich sehne mich mit jeden Tag mehr nach dir.“
„Wir wussten von Anfang an, dass es nicht leicht werden würde“, erinnerte sie ihn. „Du hättest dich eben nicht auf eine Mutter dreier Kinder einlassen sollen.“
„Hast du dir etwa einen unabhängigen Single ausgesucht?“, parierte er. „Würden wir unsere Familien allerdings jetzt vor vollendete Tatsachen stellen, kämen wir eine Menge Schwierigkeiten auf uns zu.“
„Anna und Sara würden vermutlich sofort mit Hannas Mutter ins nächste Flugzeug steigen. Wir sollten wirklich bis zu den Ferien warten. In einer entspannten Atmosphäre wird es hoffentlich einfacher, die Kinder mit der neuen Situation vertraut zu machen.“
„Nicht nur die Kinder“, meinte er. „Wenn die alle wüssten, was wir hinter ihrem Rücken treiben... Obwohl: Es ist schon viel zu lange her, seit wir das tatsächlich getan haben. Ich weiß kaum noch, wie du dich anfühlst.“
„Dann sollte ich deinem Gedächtnis auf die Sprünge helfen.“
„Wann?“
„Morgen bin ich ausgebucht“, überlegte sie. „Normalerweise wären die Kinder am Wochenende bei ihrem Vater, aber da sich mein Onkel angesagt hat, bleiben sie zu Hause.“
„Ach, Marie“. sagte er enttäuscht. „Dann wird es diese Woche wieder nichts mit uns beiden. Ich bin schon ganz ausgehungert nach deiner Nähe.“
„Du Ärmster“, bedauerte sie ihn. „Was könnte ich tun, damit du dich besser fühlst? Meinen Einkaufsbummel heute Nachmittag verschieben und dir die zwei, drei Stunden schenken?“
„Wann und wo?“, fragte er atemlos.
„Um drei in unserem Hotel?“
„Okay, ich sage alle anderen Termine ab“, freute er sich. „Wir

werden..."
„Du, ich muss Schluss machen", unterbrach sie ihn, als sie die Haustür klappen hörte. „Bis später."
Rasch ließ sie das Handy in der Hosentasche verschwinden. Keinen Moment zu früh, denn Hanna betrat mit der Brötchentüte im Arm die Küche.
„Guten Morgen, Marie. Seit wann führst du Selbstgespräche?"
„Das muss am Alter liegen", scherzte ihre Cousine und nahm ihr die Brötchen aus der Hand. „Mit Geisha war ich schon draußen. Du kannst heute gleich schlafen gehen."
„Hat Geisha dich etwa mitten in der Nacht aus dem Bett gezerrt, weil sie raus musste?"
„Es war ohnehin Zeit, aufzustehen. Da ich morgen wieder ein volles Programm habe, muss ich alles andere heute erledigen. Nachmittags habe ich einen Termin. Vorher muss ich noch Betten beziehen, waschen, bügeln, einkaufen..."
„Warum verschiebst du einen Teil davon nicht auf das Wochenende, wenn die Kinder bei Olli sind? Dann könnte ich dir dabei helfen. Zu zweit sind wir schnell fertig."
„Du musst dich am Wochenende um deine Mutter kümmern. Außerdem hat sich mein Onkel für Samstag angekündigt, deshalb bleiben die Kinder hier."
„Dein Onkel?", wiederholte Hanna wenig begeistert. „Doch nicht etwa Frederik?"
„Genau der."
„Ich denke, der ist im Irak?"
„Anscheinend nicht mehr. Jedenfalls hat er gestern Abend aus Hamburg angerufen. Auch ein Auslandskorrespondent braucht hin und wieder Heimaturlaub."
„Will er den etwa hier bei uns verbringen?"
„Nun tu nicht so entsetzt", sagte Marie irritiert. „Bislang hast du den Bruder meines Vaters doch ausgesprochen gern gemocht. – Und das nicht nur, weil ihr beide als Journalisten bei der HAZ angefangen habt."
„Stimmt", gab Hanna zu. „Allerdings scheinst du zu vergessen,

dass Frederik und Romy wie Hund und Katze aufeinander reagieren. Sie konnten sich noch nie leiden."

„Daran habe ich echt nicht gedacht", gestand Marie. „Streitereien mit ihrem Schwippschwager kann Romy gerade jetzt am wenigsten gebrauchen." Ratlos schaute sie ihre Cousine an. „Was soll ich denn machen? Frederik anrufen und ihm sagen, dass es mir doch nicht passt? Das bringe ich nicht fertig. Zumal ich meinen Patenonkel seit Monaten nicht gesehen habe."

„Wie lange will er denn bleiben?"

„Er hat nur gesagt, er hätte noch zwei Tage in Hamburg bei seinem Sender zu tun. Danach hätte er viel Zeit."

„Demnach wird das nicht einer seiner Stippvisiten zwischen zwei Einsatzorten", schloss Hanna daraus. „Steigt er wenigstens in einem Hotel ab?"

„Das habe ich ihm ausgeredet", bekannte ihre Cousine beinah trotzig. „Frederik lebt seit Jahrzehnten aus dem Koffer, von einem unpersönlichen Hotelzimmer ins nächste! Wenigstens eine Zeitlang soll er sich zu Hause fühlen! Wir sind doch die einzige Familie, die er noch hat!"

„Meine Güte, ich bin doch kein Unmensch", sagte Hanna mit leisem Vorwurf. „Natürlich bringe ich Verständnis für deine Beweggründe auf, Marie. Normalerweise hätte ich ihm wieder mein Gästezimmer angeboten, damit Lisa nicht während seiner Anwesenheit bei dir schlafen muss..." Sekundenlang dachte sie nach. „Wir müssen eben dafür sorgen, dass er meiner Mutter nicht über den Weg läuft."

„Wie willst du das denn anstellen?"

„Darüber denke ich vor dem Einschlafen nach", sagte Hanna, da sie die Mädchen kommen hörte. „Gute Nacht, Marie."

Nach dem Unterricht sah Max, wie Anna mit ihrer Freundin die Schule verließ. Immer zwei Stufen auf einmal nehmend, setzte er ihnen nach.

„Warte, Max!", hielt Steffi ihn auf. „Kommst du heute Nachmittag mit zum Minigolf? Danach gehen wir in die Eisdiele

und dann ins Kino."
„Heute nicht", gab Max ihr einen Korb. „Ich muss noch für Latein lernen."
„Das kannst du auch am Wochenende. Wir haben doch erst am Montag wieder Latein."
„Am Wochenende habe ich andere Pläne", behauptete Max. „Dir könnte es übrigens auch nicht schaden, in deine Bücher zu gucken. Oder hast du die Mathearbeit morgen vergessen?"
Bittend schaute das hübsche Mädchen zu ihm auf.
„Kannst du die Aufgaben noch mal mit mir durchgehen? Das ist mir wirklich wichtiger als Minigolf und Kino. Ohne dich schaffe ich die Klausur bestimmt nicht."
„Keine Zeit", sagte knapp. „Ich muss los. – Ciao, Steffi!"
Hastig verließ er die Schule. Erst an der nächsten Straßenecke holte er Anna ein.
„Wieso hast du nicht auf mich gewartet?"
„Warum sollte ich?", gab Anna ohne stehen zubleiben zurück. „Du findest auch allein nach Hause."
„Womöglich lauert Daniel wieder irgendwo."
„Du bist nicht mein Bodyguard", erwiderte Anna unwillig. „Mit Daniel werde ich allein fertig. Kümmere du dich lieber um deine Steffi."
„Das ist nicht meine Steffi", betonte Max. „Mehr als Nachhilfe läuft zwischen uns nicht."
Ein zweifelnder Seitenblick traf den Jungen.
„Wer's glaubt..."
Hart fasste er Anna am Arm, so dass sie stehen bleiben musste. „Bist du jetzt schon genauso bescheuert wie deine Freundinnen? Anscheinend glaubst du jeden Mist, den du hörst. Ich dachte echt, du bist anders."
„Lass mich los!", fuhr Anna ihn an. „Du tust mir weh!"
Sofort zog Max seine Hand zurück.
„Sorry, das wollte ich nicht. Eigentlich möchte ich genau das Gegenteil. Wir beide könnten doch mal was zusammen unternehmen. Meinetwegen ins Kino gehen oder..."

„Vergiss es!“, unterbrach Anna ihn verärgert und setzte ihren Weg fort. „Für wie blöd hältst du mich? Zufällig weiß ich inzwischen, dass ihr Jungens eine Wette laufen habt. Für ein Supersandwich aus der Küche meiner Mutter hat unser Vielfraß Kevin aus dem Nähkästchen geplaudert.“
„Was hat das mit mir zu tun?“
„Ihr steckt doch alle unter einer Decke. Kevin hat gesagt, jeder von euch gibt fünf Euro für den, der mich rumkriegt. Du brauchst doch so dringend Geld für deinen Führerschein.“
„Tut mir Leid, dich zu enttäuschen“, erwiderte Max mit ungewohnt harter Stimme. „Für Geld tue ich noch lange nicht alles. Außerdem ist mir meine Zeit für solchen Kinderkram zu schade. Ich habe Wichtigeres zu tun.“
„Was könnte das sein? Steffis Nachhilfestunden in ihrer Luxusvilla – und zwischendurch ein erfrischendes Bad im Pool?“
„Damit verdiene ich das Geld für meinen Führerschein.“
„Sogar doppelt“, fügte Anna sarkastisch hinzu. „Ihr Vater gibt dir für die Nachhilfe Kohle, während Steffi es vorzieht, in Naturalien zu bezahlen.“
Abrupt blieb der Junge stehen. Abermals fasste er Anna am Arm. Diesmal jedoch behutsamer.
„Woher hast du diesen Schwachsinn?“
„Steffi höchstpersönlich schwärmt uns täglich von eurer heißen Liebe vor.“
„Ist die jetzt total durchgeknallt?“, empörte sich Max. „Ich habe ihr schon in der ersten Nachhilfestunde klargemacht, dass ich für mehr nicht zu haben bin.“
Ungläubig weiteten sich Annas Augen.
„Bedeutet das, sie hat das alles nur erfunden? Du hast gar nicht mit ihr...?“
„Potenzrechnung, Logorhythmusfunktionen und Trigonometrie waren die einzigen Übungen zwischen uns“, versicherte Max ihr. „Wenn Steffi was anderes behauptet, lügt sie. Warum sie das tut, weiß ich allerdings nicht.“
„Sie steht auf dich“, fand Anna eine einfache Erklärung. „Als

du in unsere Klassegekommen bist, war sie sicher, dass sie keine vier Wochen braucht, bis du ihr neuer Lover bist."
„Dumm gelaufen", meinte Max achselzuckend. „Noch suche ich mir mein Mädchen selbst aus. Mit Steffi würde ich ganz bestimmt nichts anfangen. Die ist viel zu oberflächlich und nur auf Äußerlichkeiten fixiert. Mit der Kohle ihrer Eltern kann sie mir jedenfalls nicht imponieren." Erst jetzt gab er Annas Arm frei. Dabei schaute er ihr ernst in die Augen. „Nachhilfe gebe ich ihr ab sofort auch nicht mehr."
Anna ließ sich ihre Erleichterung nicht anmerken.
„Brauchst du das Geld nicht für deinen Führerschein?"
„Das bekomme ich schon zusammen", sagte er zuversichtlich. „Es gibt noch andere, die Schwierigkeiten in Mathe haben."
„So wie ich", bekannte Anna. „Vor der Klausur morgen würde ich mich am liebsten drücken."
„Ausgerechnet du?", wunderte sich Max. „Du bist doch eine der Besten aus der Klasse. Hast du heute nicht eine eins im Geschichtstest bekommen? Bei mir reichte es nur zu einer drei."
„Dafür bist du ein Mathe-Genie."
„Du kannst doch auch ganz gut mit Zahlen umgehen."
„Die Hälfte der Aufgaben in der Klausur morgen besteht aber aus Geometrie", erinnerte sie ihn. „Mir ist schon ganz schlecht, wenn ich daran denke. Körper – Volumen – und Oberflächenberechnung war noch nie mein Ding."
Plötzlich kam Max eine Idee.
„Wie stehst du eigentlich in Latein?"
„Zwischen eins und zwei. – Wieso?"
„Was hältst du von einem Deal, Anna?", fragte er nicht ohne Hintergedanken. „Du hilfst mir bei Latein auf die Sprünge. Als Gegenleistung sorge ich dafür, dass du Geometrie im Schlaf beherrschst."
„Klingt gut", erwiderte sie nach kurzem Überlegen. „Dann müssten wir aber noch heute damit anfangen."
„Kein Problem. Bei dir oder bei mir?"

„Heute Nachmittag bei uns im Garten?“
„Ist gebongt“, freute sich Max, verbarg das aber geschickt vor ihr. „Um vier?“
Anna nickte nur. Sie war glücklich, dass Max nichts mit Steffi hatte, wagte aber nicht, ihm das zu zeigen. Auch wusste sie noch nicht, was sie von seinem Vorschlag halten sollte, sich gegenseitig bei ihren schulischen Schwächen zu helfen. Wahrscheinlich veranlassten ihn nur praktische Gründe dazu. Ein anderes Interesse schien er nicht an ihr zu haben.

Während Marie am Nachmittag zu einem verschwiegenen Hotel unterwegs war, saßen Hanna, Romy und Katharina auf der Terrasse bei Kaffee und Kuchen zusammen.
„Mama, ich soll dich von Uli grüßen“, erinnerte sich Hanna. „Als ich gestern Abend erwähnt habe, du seiest im Lande, hat er gesagt, dass er dich sehen möchte, bevor du wieder abreist.“
„Will er bei mir um deine Hand anhalten?“
„Das fehlte mir noch. Außerdem weißt du genau, dass du die größere Anziehung auf ihn ausübst. Immerhin ist er einer deiner glühendsten Verehrer.“
„Weil ich deine Mutter bin. – Solltest du ihn nicht allmählich erhören?“
„Keine Chance“, verneinte Hanna mit abwehrend erhobenen Händen. „Wir sind schon viel zu lange befreundet, als dass ich plötzlich in flammender Liebe zu ihm entbrennen könnte.“
„Das ändert nichts an der Tatsache, dass du noch zu jung bist, um auf Dauer allein zu bleiben“, meinte Katharina. „Wenn dir wenigstens einer der sympathischen Jensen-Brüder gefiele.“
Hanna schaute Katharina an, als sei sie nicht ganz zurechnungsfähig.
„Was immer du geschluckt hast; es war eindeutig zu viel.“
„Nun übertreibst du aber“, sagte Romy. „Der Bruder, den ich kennengelernt habe, hatte was. Wäre ich zwanzig Jahre jünger, würde ich den bestimmt nicht entkommen lassen.“
„Du bist unmöglich, Mama. Außerdem habe ich dir von den

Schwierigkeiten erzählt, die wir seit seinem Einzug haben."
„Hatten", korrigierte Romy ihre Tochter. „Du hast gesagt, dass sich das mittlerweile gegeben hat."
„Ein friedlicher Umgang ist noch lange kein Grund für eine Affäre."
„Wer spricht hier von einer belanglosen Bettgeschichte?", warf Katharina ein. „Wir reden über eine Langzeitbeziehung."
„Ihr – ich nicht", stellte Hanna fest, wobei sie die Augen gen Himmel schlug. Sie kannte sowohl ihre Mutter als auch Katharina gut genug, um zu ahnen, dass die beiden ihre Kuppelversuche nicht so leicht aufgeben würden.
„Was ist eigentlich mit dem anderen Bruder?", fragte Romy interessiert, wobei sie die Reaktion ihrer Tochter geflissentlich ignorierte. „Ist der genauso attraktiv?"
„Worauf du dich verlassen kannst", behauptete Katharina, bevor sie nach rechts deutete. „Urteile selbst, Romy. Dort kommt gerade sein Ältester, der seinem Vater sehr ähnelt."
Drei Augenpaare blickten Max, der durch den Garten kam, entgegen. Der Junge wirkte etwas verlegen, als er mit seinen Büchern unter dem Arm auf der Terrasse stehenblieb.
„Hallo, Hanna", wandte er sich zuerst an sie, bevor er Katharina die Hand reichte. „Guten Tag, Frau von Lehnsdorff."
„Hallo, Max", erwiderte sie freundlich, während er schon Romy anschaute. Sein Onkel hatte nicht übertrieben: Hannas Mutter sah toll aus und wirkte ausgesprochen sympathisch.
„Das ist...", begann Hanna, wurde aber sofort von ihm unterbrochen.
„... deine Mutter!", platzte er heraus. „Ich habe schon viel von Ihnen gehört, Frau... Martinez."
„So?" Aus amüsiert funkelnden Augen musterte Romy den jungen Mann. „Was denn?"
Unwillkürlich streifte sein Blick ihre übereinandergeschlagenen Beine. Als es ihm bewusst wurde, errötete er bis über beide Ohren.
„Eh..., dass Sie in Spanien leben", stotterte Max. „Auf Menor-

ca ... Und dass Sie die Großmutter von Anna, Sara und Lisa sind."
„Eigentlich die Großtante", stellte Romy vergnügt richtig. „Die Mädchen haben keine Großeltern mehr. Deshalb habe ich die Oma-Rolle übernommen."
Verstehend nickte Max. Ihm fiel ein Stein vom Herzen, als Anna durch die offene Terrassentür trat.
„Wir wollen zusammen lernen", erklärte er hastig und verschwand mit dem Mädchen im Haus.

Unterdessen blickten sich die drei Frauen vielsagend an – und lachten.
„Ich fürchte, kein Jensen kann sein Faible für schöne Beine leugnen", bemerkte Hanna schelmisch. „Ganz der Onkel."
„An irgendwas müssen sich die Herren der Schöpfung doch orientieren", scherzte Romy. „Worauf schaust du denn bei einem Mann zuerst?"
„Auf die Hände", erwiderte Hanna, ohne lange nachzudenken. „Ungepflegte, womöglich noch mit Trauerrändern unter den Nägeln sind mir ein Gräuel. Sie müssen schlank sein, sensibel..." Ihr Blick schweifte in die Ferne. „Achim hatte schöne Hände, die zu trösten konnten, Geborgenheit schenkten, Lust und Leidenschaft wecken konnten und unglaublich zärtlich waren..."
„Du vermisst ihn immer noch sehr", stellte ihre Mutter mit sanfter Stimme fest, worauf Hanna nur nickte.
„Das ergeht wohl jedem so, der einmal eine so tiefe Liebe erlebt hat", sagte Katharina. „Vermissen wir alle drei nicht unsere Männer? Es ist schwer, ganz loszulassen. Man muss es aber versuchen, damit man sich wieder für neue Gefühle öffnen kann."
„Besonders wenn man noch jung ist, darf man nicht in der Vergangenheit leben", fügte Romy hinzu. „Ich jedenfalls habe beschlossen, keinen Blick mehr zurück zu werfen, sonst bekomme ich noch Depressionen."

Anna und Max lernten zwei Stunden lang konzentriert. Geduldig erklärte er ihr mit einfachen Worten, wie man die verschiedenen Körper berechnete. Durch das offene Fenster hörten sie hin und wieder das Lachen von der Terrasse.

„Die scheinen viel Spaß zu haben“, meinte Max, wobei er die neben ihm sitzende Anna fragend anschaute. „Verstehen sich Hanna und deine ... Oma immer so gut?“

„Oma?“, wiederholte Anna vorwurfsvoll. „Wir alle nennen sie Romy. Oder sieht sie etwa wie eine Oma aus?“

„Absolut nicht“, gab Max ihr Recht. „Sogar Onkel Jakob findet sie umwerfend. – Wieso lebt sie eigentlich in Spanien?“

Bereitwillig erzählte Anna, dass Romys verstorbener Mann Alfonso aus Spanien gestammt hatte. Sein verwitweter Vater war Eigentümer eines großen Hotels in Madrid. Zunächst lebte das junge Paar jedoch in Hannover, aber als Romys Schwiegervater einen Schlaganfall erlitten hatte, war sie mit Mann und Tochter in die spanische Hauptstadt gezogen. Alfonso und sein Bruder Paolo hatten das Hotel fortan zusammen geleitet, während Romy sich liebevoll um den halbseitig gelähmten Vater ihres Mannes gekümmert hatte. Oft hatte sie für ihn auf dem Flügel gespielt und ihm täglich vorgelesen. Bald nach seinem Tod war Hanna allein nach Deutschland zurückgekehrt, um zu studieren. Unterdessen hatten ihre Eltern weiterhin in dem seit Jahrzehnten im Familienbesitz befindlichen Hotel gelebt. In ihrer knapp bemessenen Freizeit träumten sie davon, eines Tages nach Menorca zu ziehen, um in der kleinen Bucht, die Alfonsos Vater ihnen zur Hochzeit geschenkt hatte, eine exklusive Clubanlage zu errichten. Dort wollten sie ihren Lebensabend verbringen. Alfonsos plötzliche Erkrankung machte diese Pläne jedoch zunichte. Die Ärzte diagnostizierten Magenkrebs mit Metastasen in fast allen Organen. Für Romy war es die Hölle, hilflos mit ansehen zu müssen, wie ihr Mann gelitten hatte. Dennoch war sie nicht von seiner Seite gewichen. Monatelang hatte sie beinah Tag und Nacht an seinem Krankenbett gesessen. Es hatte sie ein wenig getröstet, dass

Hanna sich bei ihrer Zeitung Urlaub genommen hatte, um ihr beizustehen. In dieser Zeit sind Mutter und Tochter eng zusammengewachsen. Als es mit Alfonso zu Ende ging, versprach Romy ihrem Mann, ihren gemeinsamen Traum zu verwirklichen. Mit einem Lächeln auf den Lippen war er für immer eingeschlafen. Nun musste Romy nicht mehr an ihrer eisernen Disziplin festhalten: völlig erschöpft war sie zusammengebrochen. Wenige Wochen nach der Beisetzung hat sie ihren Schwager gebeten, ihr ihren Anteil am Hotel auszuzahlen. Mit dieser Summe, dem Geld aus Alfonsos Lebensversicherung und ihren Ersparnissen war sie nach Menorca gezogen. Ein befreundeter Architekt hatte nach ihren Wünschen eine Anlage entworfen, die mit der Landschaft harmonierte. Im maurischen Stil war das Haupthaus entstanden, in dem Küche, Restaurant, die Bar und ein Kaminzimmer untergebracht wurden. Die Wohnung darüber wurde Romys Domizil. Für die Gäste wurden kleine Bungalows mit allem Komfort auf dem weitläufigen Gelände gebaut. Dazu Freizeiteinrichtungen wie Tennisplätze, Pool, Fitness- und Wellnessräume. Kurz nach ihrem fünfundfünfzigsten Geburtstag hatte Romy die kleine exquisite Anlage mit einem rauschenden Fest eröffnet. Rasch sprach es sich herum, dass der anspruchsvolle Gast hier individuell betreut wurde. Auch die exzellente Küche hatte dazu beigetragen, dass sie sich über einen Mangel an Gästen nicht beklagen konnte. Fast das gesamte Jahr über waren die Unterkünfte ausgebucht...
Max hatte Anna beeindruckt zugehört.
„Romy muss ihren Alfonso sehr geliebt haben."
„Fünfunddreißig Jahre waren sie glücklich verheiratet", erzählte Anna. „Ich wünsche mir, dass auch ich eines Tages jemanden finde, mit dem ich alt werden möchte."
„Wer wünscht sich das nicht", meinte Max, wobei ein trauriger Ausdruck seine braunen Augen erfüllte. „Manchmal kommt leider was dazwischen. – So wie bei meinen Eltern."
„Du vermisst deine Mutter sehr, nicht wahr? Ich kann mir ein

Leben ohne meine Mam gar nicht vorstellen."
„Man fühlt sich oft einsam", gestand Max ohne Scheu, denn er wusste, Anna würde seine Worte nicht ins Lächerliche ziehen. „Alleingelassen. Ich denke jeden Tag an sie. Wie schön es war, wenn sie nach der Schule auf uns gewartet hat. Wie sie uns getröstet hat, wenn wir Kummer hatten. – Sie war einfach da."
Das leichte Lächeln auf Annas Gesicht irritierte ihn. „Jetzt hältst du mich wohl auch für ein Muttersöhnchen."
„Nein", widersprach sie ernst. „Ich finde es gut, dass du über deine Gefühle sprechen kannst. – Das mag ich an dir", fügte sie leise hinzu.
„Echt?", freute sich Max. „Du findest das nicht peinlich?"
„Heuchler sind peinlich. Die aus unserer Klasse, die sich einschleimen und so tun, als ob sie mich mögen. Dabei wollen sie nur das Eine."
„Ich mag dich wirklich", gestand Max, ohne sie anzusehen. „Sehr sogar. Aber ich verstehe auch, dass du auf deine erste Liebe warten willst." Unsicher suchten seine braunen Augen ihr strahlendes Blau. „Darf ich trotzdem dein Freund sein, Anna?" Und als sie schwieg: „Ich will wirklich nur dein Freund sein. Du musst keine Angst haben, dass ich dir zu nah auf die Pelle rücke."
„Schade", meinte Anna mutig, obwohl ihr das Herz bis zum Hals klopfte. „Freunde habe ich schon jede Menge. Ich hätte gern jemanden, der mehr als nur eine Klassenkameradin in mir sieht..."
Diese Worte musste Max erst einmal verdauen. War es möglich, dass Anna wie er empfand?
„Jemanden wie mich vielleicht?", fragte er vorsichtig, wobei er behutsam seine Hand über ihre schob. „Eigentlich solltest du nie erfahren, dass mich schon am ersten Tag in der neuen Klasse in dich verliebt habe."
„Warum nicht?"
„Du hast nie ein Geheimnis daraus gemacht, wie du über Jungs denkst, die dich anbaggern. Ich hatte Angst, du würdest mich

auslachen. – Oder glauben, ich sei wie die anderen."
„Ich wusste sofort, dass du nicht so bist. Die anderen Mädchen aus der Klasse fanden dich auch gleich unheimlich toll. Und sie haben dir das ganz offen gezeigt. Manchmal schon megapeinlich. Mir liegt so etwas nicht. Als Steffi dann damit geprahlt hat, du wüsstest, wie man eine Frau glücklich macht, war ich ziemlich enttäuscht von dir."
„Weil du dachtest, ich hätte mich zu schnell für ein Mädchen entschieden?"
„Nein, weil es ausgerechnet Steffi war. Ich hätte dir mehr Geschmack zugetraut."
„Davon habe ich sogar eine Menge mehr", sagte Max und legte den Arm um ihre Schultern. „Hätte ich mich sonst in dich verliebt?"
Lange schaute Max in ihre großen blauen Augen, bevor er sich zu Anna hinüberbeugte. Ihre Lippen trafen sich in einem ersten zarten Kuss.

Kapitel 18

Bei ihrem Spaziergang mit Geisha am Freitag in der Früh begegnete Hanna ihrem Nachbarn.
„Guten Morgen, Jakob", begrüßte sie ihn, während die Hunde sich beschnüffelten. „So zeitig schon unterwegs?"
„Heute hat Pavarotti keine Rücksicht darauf genommen, dass ich erst eine Stunde später zur Schule muss", antwortete Jakob freundlich. Wohlweislich verschwieg er, dass er den kleinen Hund mit einem Kauknochen bestochen hatte, damit er sein behagliches Körbchen verlassen und mit ihm Gassi gehen würde. „Vielleicht sollte ich ihm eine Uhr schenken."
„Solange Sie ihm nicht beibringen, zu jeder vollen Stunde Kuckuck zu rufen", ging Hanna auf seine scherzhaften Worte ein. „Eine Fremdsprache muss er nicht unbedingt lernen. Sein Bellen genügt völlig."
„Tut er das oft, wenn er vormittags allein im Haus ist?", fragte er schuldbewusst. „Stört er dadurch Ihren Schlaf?"

„Nicht wirklich“, verneinte sie. „Hin und wieder höre ich ihn, wenn ich noch wach bin. Meistens ist der Briefbote der Grund. Pavarotti demonstriert ihm, dass er ein gefährliches Raubtier ist, wenn sein Herrchen außer Haus ist.“
„Tatsächlich?“, schmunzelte Jakob. „Bisher habe ich befürchtet, er würde jeden Einbrecher schwanzwedelnd begrüßen und ihm seinen Ball bringen, damit er mit ihm spielt.“
„Man soll niemanden unterschätzen. – Und sei er noch so klein.“
Lächelnd betrachtete Jakob ihr Profil von der Seite. Ihm fiel die Ähnlichkeit mit Romy auf. Abgesehen von den aufsehenerregenden Beinen besaßen sie die gleiche zierliche Nase, die gleichen sanft geschwungenen Lippen.
„Waren Sie eigentlich sehr überrascht über den Besuch Ihrer Mutter?“
„Ziemlich. Normalerweise kündigt sie sich vorher an. Aber in einer Ausnahmesituation handelt man einfach aus dem Bauch heraus. Ich bin froh, dass meine Mutter zu mir gekommen ist, anstatt sich irgendwo allein zu verkriechen.“
„Das klingt, als hätte sie Kummer“, schloss Jakob etwas verwundert aus Hannas Worten. „Auf mich hat sie eher einen ausgeglichenen Eindruck gemacht.“
„Alles Fassade“, verriet Hanna ihm. „Meine Mutter ist wohl der disziplinierteste Mensch, den ich kenne. Es fiele ihr nicht im Traum ein, sich vor anderen gehen zulassen. Schon gar nicht vor Fremden. Selbst für mich war es mühsam, aus ihr rauszubekommen, dass sie sich von ihrem Lebensgefährten getrennt hat, weil er sie mit einer Jüngeren betrogen hat.“
„Was für ein Narr muss dieser Mann sein“, sagte Jakob verständnislos. „Zwar habe ich Ihre Mutter nur relativ kurz kennen gelernt, aber sie ist eine faszinierende Frau – so viel ist sicher.“
„Auch das schützt nicht vor Enttäuschung. Hoffentlich kommt sie bald darüber hinweg. Dabei möchte ich ihr, soweit ich das vermag, helfen.“ Abrupt blieb Hanna stehen. Warum erzählte sie ihm das alles? „Sagen Sie, spielen Einsteins Söhne am

Sonntagabend wieder im Club? Die Ablenkung würde meiner Mutter sicher gut tun."
„Ausnahmsweise spielen wir in dieser Woche schon am Samstag", erklärte Jakob. „Der Abend steht unter dem Motto: Frank Sinatra und seine Welterfolge."
„Am Samstag...", wiederholte Hanna nachdenklich. Das kam ihr sogar gelegen. Wenn Maries Onkel anreiste, musste sie sich ohnehin etwas einfallen lassen, damit die beiden einander nicht begegneten. Eine Einladung in den Club schien keine schlechte Lösung zu sein.
„Muss man vorher reservieren?"
„Erfahrungsgemäß wird es bei solchen Veranstaltungen sehr voll", wusste er. „Für wie viele Personen brauchen Sie einen Tisch?"
„Für drei", überlegte sie. „Katharina begleitet uns bestimmt gern."
„Ich kümmere mich darum", versprach er. „Sie bekommen die besten Plätze."
Ein Lächeln belohnte ihn für seine Hilfsbereitschaft.
„Danke, Jakob."

Nach der Klausur verließ der Mathematiklehrer den Klassenraum mit den Arbeitsheften. Sofort sprangen die Schüler auf und diskutierten über die Aufgaben. Unterdessen schlenderte Steffi zu Max hinüber und setzte sich auf seinen Tisch. Lässig ließ sie die Beine baumeln.
„War gar nicht so schwer", meinte sie. „Ohne deine Nachhilfe wäre es für mich aber nicht so gut gelaufen. Nur bei einer Aufgabe hatte ich bei der Körperberechnung Schwierigkeiten."
„Eigentlich hätte dir gerade das leicht fallen müssen", konnte Max sich nicht verkneifen, zu bemerken. „Angeblich haben wir uns bei der Nachhilfe doch nur mit Körpern befasst."
Sie begriff nicht gleich, worauf er hinaus wollte.
„Wie meinst du denn das?"
„Hast du nicht überall erzählt, dass sich mein Körper mit dei-

nem beschäftigt hat?"
„Was nicht ist, kann ja noch werden", sagte Steffi leichthin. „Zusammen sind wir beide unschlagbar." Kokett beugte sie sich etwas vor. Der großzügige Ausschnitt ihres Shirts rückte in sein Blickfeld. „Wenn du heute Nachmittag zu mir kommst, erhältst du eine ganz besondere Belohnung für die Nachhilfestunden."
„Vergiss es! Such dir einen anderen!"
„Ich will aber nur dich", säuselte sie mit verheißungsvollem Augenaufschlag. „Ich brauche einen richtigen Mann."
Allmählich platzte Max der Kragen.
„Sag mal, schnallst du es nicht?", brauste er auf. „Ich habe keinen Bock auf dich! Lass mich gefälligst in Ruhe mit deiner peinlichen Anmache! Du bist nicht mein Typ!"
Während das Mädchen Max wütend anstarrte, kam höhnisches Gelächter unter ihren Klassenkameraden auf. Sie hatten alles mitgehört und geizten nicht mit spöttischen Bemerkungen. Vor Scham wäre Steffi am liebsten im Boden versunken.
Trotzdem versuchte sie, sich keine emotionale Regung anmerken zu lassen. Mit zusammengepressten Lippen trat sie langsam an die Fensterfront. Ihre Tränen mühsam zurückhaltend, schaute sie auf den Schulhof. Das würde sie Max heimzahlen! Sie vor der ganzen Klasse lächerlich zu machen! Innerlich aufgewühlt schmiedete Steffi Rachepläne. Darüber bemerkte sie nicht, dass der Deutschlehrer den Raum betrat. Sofort setzten sich die Schüler auf ihre Plätze. Nur Steffi blieb, den anderen den Rücken zugewandt, reglos am Fenster stehen.
Zunächst warf Jakob nur einen Blick in ihre Richtung. Er legte seine Büchertasche auf das Pult und schaute abermals hinüber. Abwartend lehnte er sich gegen seinen Schreibtisch und verschränkte die Arme vor der Brust. In der Klasse wurde es so still, dass man eine Stecknadel würde zu Boden fallen hören. Schließlich ging Jakob zu Steffi hinüber, griff nach ihrer Hand und zog sie durch seine Armbeuge.
„Darf ich Sie zu Ihrem Platz geleiten, Fräulein Borchers?",

sagte er in scherzhaftem Ton. „Wenn es Ihnen recht ist, möchte ich mit dem Unterricht beginnen, bevor er zur Pause klingelt." Sprachs und führte sie zur Belustigung ihrer Mitschüler zu ihrem Tisch. Galant schob Jakob dem Mädchen den Stuhl zurecht. Mit einer leichten Verbeugung deutete er darauf, so dass Steffi sich mit hochrotem Kopf setzte.

„Herzlichen Dank." Langsam schritt Jakob wieder nach vorn. „Heute wollen wir ein sozialkritisches Gedicht von Erich Kästner schrittweise interpretieren", wandte er sich an seine Schüler. „Mit Blick auf die Entstehungszeit des Gedichtes werden wir uns mit dem stilistischen Mittel der Ironie auseinandersetzen." Er nahm einen Stapel loser Blätter aus seiner Mappe und reichte ihn einem Jungen in der ersten Reihe. „Verteilst du bitte die Arbeitsblätter, Alex?"

Während die Schüler bald lebhaft verschiedene Interpretationen diskutierten, wirkte Steffi völlig abwesend. Den Kopf in beide Hände gestützt, starrte sie ins Leere. Nach einer Weile bemerkte der Lehrer, dass das Mädchen mit seinen Gedanken weit fort war.

„Offenbar ist das heute nicht mein Tag", seufzte Jakob mit Blick auf Steffi. „Hätte ich geahnt, dass mein Unterricht so langweilig ist, wäre ich besser im Bett geblieben." Ein wenig lauter setzte er hinzu. „Meinst du nicht auch, Steffi?"

Erschrocken zuckte sie zusammen.

„Ja", sagte sie geistesgegenwärtig. „Das glaube ich auch."

Irritiert blickte sie sich um, als ihre Mitschüler schallend lachten. Durch eine Geste sorgte Jakob rasch wieder für Ruhe.

„Was ist heute los mit dir, Steffi?", fragte er geradeheraus. „Du bist doch sonst nicht so unaufmerksam. Geht es dir nicht gut?"

„Alles in Ordnung", verneinte sie, um sich vor den anderen keine Blöße zu geben. „Tut mir Leid..."

Jakob warf dem Mädchen noch einen zweifelnden Blick zu, fuhr dann jedoch mit dem Unterricht fort. Am Ende der Stunde strömten die Schüler aus dem Klassenraum. Als Steffi am Lehrerpult vorbei wollte, hielt Jakob sie auf.

„Moment, Steffi..."
Ruckartig blieb sie stehen. Ihr Lehrer wartete jedoch, bis ihre Mitschüler die Klasse verlassen hatten.
„Irgendwas stimmt nicht mit dir", sagte Jakob sanft. „Hat es mit der Schule zu tun?"
„Nein", behauptete das Mädchen. Es war nicht gut auf den Studiendirektor zu sprechen, weil es ihm die Schuld gab, dass man im Unterricht über es gelacht hatte. „Es ist nichts."
„Häusliche Schwierigkeiten?", fragte ihr Lehrer unbeirrt. „Solltest du Probleme mit deinen Eltern haben, bin ich dir bei der Lösung gern behilflich."
„Warum lassen Sie mich nicht einfach in Ruhe?", brachte sie ungehalten hervor. „Ich brauche Ihre Hilfe nicht!"
Hoch erhobenen Hauptes marschierte das Mädchen aus dem Klassenraum.

Mittags sah Steffi, dass Max vor der Schule offenbar auf jemanden wartete. Sie nahm an, er würde ihretwegen dort stehen, weil er sich bei ihr entschuldigen wolle. Wahrscheinlich tat ihm sein Ausbruch leid. Wohl auch, weil die Nachhilfestunden für ihn eine sichere Einnahmequelle bedeuteten. Trotzdem beschloss sie, es Max nicht leicht zu machen. Er musste sich schon etwas einfallen lassen, wenn sie ihm verzeihen sollte. Als würde es ihn gar nicht bemerken, schlenderte das Mädchen auf ihn zu. Max schaute in ihre Richtung – und strahlte über das ganze Gesicht. Na also, dachte Steffi siegessicher und beschleunigte ihre Schritte. Die Schülerin, die an ihr vorbeilief, beachtete sie kaum. Erst als Anna Max erreichte, und er den Arm um ihre Schultern legte, blieb Steffi so abrupt stehen, als sei sie gegen eine unsichtbare Wand geprallt. Ungläubig beobachtete sie, dass der Junge Anna auf die Schläfe küsste, bevor sie Arm in Arm die Straße überquerten.
Max und Anna! durchfuhr es Steffi. Ausgerechnet Anna, diese hinterhältige Schlampe, die immer so unschuldig tat, schnappte ihr den begehrtesten Jungen der Klasse weg! Diese Schmach

konnte Steffi kaum ertragen. Die Wut und Enttäuschung über Max' Zurückweisung trieben ihr Tränen in die Augen.
„Wer hätte das gedacht?", sagte plötzlich Daniel neben ihr. „Miss Rühr-mich-nicht-an und unser Muttersöhnchen. Lässt du dir das einfach so gefallen, Steffi?"
„Bestimmt nicht!", verneinte sie entschlossen. „Die sollen mich kennenlernen!"
„Das wird nicht leicht werden", prophezeite Daniel. „Immerhin steht er unter DJ's persönlichem Schutz."
„Das wird ihm auch nichts nützen."
„Die stecken sowieso alle unter einer Decke", stichelte Daniel. Dass er seit seiner fünf im Geschichtstest sauer auf den Lehrer war, verschwieg er vorsichtshalber. „Der Jensen wusste garantiert, was da läuft. Sonst hätte er dich heute nicht vor der ganzen Klasse lächerlich gemacht. Wahrscheinlich redete er Max sogar ein, dass Anna besser zu ihm passt."
„Glaubst du wirklich?"
„Logisch", bekräftigte der Junge. „Die wohnen doch unter einem Dach. Bestimmt haben die das zu Hause zusammen ausgeheckt. Dafür verdienen sie beide einen Denkzettel."

Nichts ahnend verließ Jakob eine halbe Stunde später die Schule mit seiner Mappe unter dem Arm. Auf dem Weg zu den Lehrerparkplätzen entdeckte er eine Schülerin. Wie ein Häufchen Unglück saß sie auf der niedrigen Mauer.
„Was machst du denn noch hier, Steffi?", sprach Jakob das Mädchen an. „Wartest du auf jemanden?"
„Nein..." Schuldbewusst schaute sie zu ihm auf. „Na ja, eigentlich habe ich auf Sie gewartet, Herr Dr. Jensen. Ich wollte mich entschuldigen, weil ich vorhin ausgerastet bin."
„Schon vergessen", erwiderte Jakob verständnisvoll. „So was passiert mir auch schon mal." Forschend musterte er das Mädchen. Steffis Gesicht war gerötet, als hätte sie Fieber. „Fühlst du dich nicht gut?"
„Mir ist schon den ganzen Tag übel", gestand sie, behielt aber

für sich, dass sie sich absichtlich in die pralle Sonne gesetzt hatte. „Deshalb war ich heute wohl so unkonzentriert."
„Hast du deine Eltern benachrichtigt, damit sie dich abholen?"
Kopfschütteln. „Dann fahre ich dich nach Hause", beschloss Jakob, der sich auch außerhalb des Unterrichts für seine Schüler verantwortlich fühlte. „Sonst kippst du unterwegs noch aus den Latschen", setzte er scherzhaft hinzu, als sie noch zögerte.
„Das ist wirklich nicht nötig", protestierte sie schwach. „Ich schaffe das schon."
„Keine Widerrede!", entgegnete ihr Lehrer energisch. „Komm, steig ein."

Hand in Hand verließen Anna und Max die Eisdiele. Sich gegenseitig neckend blieben sie an einer roten Fußgängerampel stehen.
„Da kommt dein Onkel", sagte Anna, die das seltene Gefährt ihres Lehrers und Nachbarn sofort erkannte. Unbewusst ließ sie die Hand ihres Freundes los. Da fuhr der Wagen auch schon an ihnen vorüber.
„Das war doch Steffi", wunderte sich Max. „Was hat die bei Onkel Jakob im Auto zu suchen?"
„Vielleicht muss er sie trösten", meinte Anna mit leisem Spott.
„Das war heute schließlich die Niederlage ihres Lebens. Normalerweise bekommt sie immer, was sie will."
„Sie ist eine verwöhnte Ziege", lautete sein Kommentar, wobei er seine Finger wieder mit den ihren verschränkte. „Hast du mich eben losgelassen, weil mein Onkel vorbeigefahren ist?"
Verlegen wich Anna seinem Blick aus.
„Die Ampel ist grün."
„Keine gute Antwort", tadelte er sie, setzte sich aber mit ihr in Bewegung. „Schämst du dich, mit mir gesehen zu werden?"
„Bestimmt nicht", versicherte Anna ihm. „Es ist nur noch so neu für mich, dass du und ich..."
„Daran wirst du dich schon noch gewöhnen. Und wegen Onkel Jakob kannst du unbesorgt sein: Er hat für alles Verständnis."

Kapitel 19

Nach ihrem täglichen Lauf mit Geisha trabte Hanna am Samstag auf Katharinas Grundstück. Die Hündin lief schon voraus um das Haus herum und kündigte den auf der Terrasse sitzenden Freundinnen den Besuch an.

„Setz dich zu uns, meine Liebe“, forderte Katharina die sportlich gekleidete Frau lächelnd auf. „Kaffee?“

„Danke, gern.“ Da der Tisch für sie mitgedeckt war, schenkte Romy ihrer Tochter gleich eine Tasse ein. Für Geisha stand eine Schale mit frischem Wasser im Schatten der Markise bereit. „Habt ihr heute Abend schon was vor?“, fragte Hanna, während Katharina ihr ein Stück Erdbeertorte auf den Teller legte. „Ich möchte euch einladen.“

„Geht ihr zwei ohne mich“, schlug Katharina vor. „Alte Leute müssen zeitig ins Bett.“

„Seit wann zählst du zu denen – und ich nicht?“, tadelte Romy die Freundin. „Nur weil du ein halbes Jahr älter bist?“

„Ihr beide braucht doch ein bisschen Zeit für euch“, erklärte Katharina. „Nur weil du bei mir wohnst, müsst ihr mich nicht überall mitschleppen.“

„Wir möchten dich aber gern dabeihaben“, entschied Hanna. „Zuerst gehen wir gut Essen und anschließend besuchen wir eine ganz besondere Veranstaltung.“

Schon über ihren Gartenzaun hinweg sah Hanna, dass Maries Onkel mittlerweile eingetroffen war. Umringt von seinen zwei jüngsten Großnichten und den Nachbarsjungen Leon und Timo saß er im Schneidersitz auf dem Rasen und beantwortete die neugierigen Fragen der Kinder. Hanna wusste, wie spannend und anschaulich Frederik Wolf von seinen Auslandsaufenthalten zu erzählen vermochte. Deshalb beschloss sie, ihn später zu begrüßen und betrat das Haus, um erst einmal zu duschen.

Die Kinder hingen immer noch an seinen Lippen, als Hanna nach einer halben Stunde über die Terrasse in den Garten ging.

Maries Onkel sah sie kommen und sprang geschmeidig auf. In den verwaschenen Jeans und dem hellen Leinenhemd wirkte er jung und dynamisch.
„Hanna!“ Mit strahlendem Lächeln zog er sie an seine breite Brust. „Lass dich anschauen“, bat er und hielt sie ein Stück von sich. „Du siehst aus, wie das blühende Leben“, stellte er zufrieden fest. „Dadurch erübrigt sich die Frage, wie es dir geht.“
„Immer noch der alte Charmeur“, lachte sie, wobei sie ihn ihrerseits musterte. Man sah ihm an, dass er sich viel im Freien aufhielt. Sein kantiges Gesicht war braungebrannt und bildete einen reizvollen Kontrast zu seinem kurzgeschnittenen weißen Haar. „Schön, dass du uns wieder mal besuchst, Frederik. Wie lange kannst du bleiben?“
In seinen lebhaften Augen blitzte es lausbubenhaft auf.
„Wie lange duldest du mich denn in deinem Gästezimmer?“
„Eine Weile werden wir es schon Wand an Wand aushalten“, vermutete sie und hängte sich bei ihm ein, als Marie mit einem Tablett ins Freie trat. „Ihr habt später noch Gelegenheit, unseren Gast mit Fragen zu löchern!“, rief Hanna den Kindern zu und führte Frederik auf die Terrasse. Dort schenkte Marie bereits den Kaffee ein, bevor sie die Kuchenplatte herumreichte.
„Für mich nicht“, lehnte Hanna ab. „Ich habe schon mit Katharina und ...“ Erschrocken hielt sie inne. „...ihrer Freundin gesündigt.“
Frederik hatte ihr Zögern bemerkt, sagte aber nichts. Er ahnte, dass es sich bei dieser Freundin um ihre Mutter handelte. Als er vor wenigen Tagen mittags angerufen hatte, um einen Besuch zu verabreden, war die kleine Lisa am Apparat gewesen. Freimütig hatte sie erzählt, Marie sei gerade mit Romy unterwegs. Daraufhin hatte er Lisa gebeten, ihrer Mutter nichts von diesem Telefonat zu sagen, da er sie überraschen wolle. Bei seinem Anruf am gleichen Abend hatte er seiner Nichte eröffnet, ein Besuch würde ihm an diesem Wochenende am besten passen. Zwar hätte er noch mindestens eine Woche in Hamburg zu tun gehabt, aber er wollte Romy unbedingt wiedersehen.

„Wo musst du denn als nächstes hin?“, wandte sich Hanna an ihn. „Wieder in irgendein Krisengebiet?“
„Das steht noch nicht fest. Ich spiele mit dem Gedanken, mich zur Ruhe zu setzen. Auch ich werde nicht jünger.“
„Das sagt ein vitaler Mann, wie du es bist?“
„Immerhin bin ich seit drei Monaten fünfundsechzig. Da sollte man allmählich ans Aufhören denken.“
„Kannst du überhaupt ohne deinen Beruf leben?“, zweifelte Marie. „So lange ich denken kann, hast du immer von irgendeinem Ende der Welt berichtet. Ich kannte dich fast nur aus den Fernsehnachrichten.“
„Bislang habe ich geglaubt, diese Unabhängigkeit wie die Luft zum Atmen zu brauchen“, erwiderte er nachdenklich. „Mittlerweile gibt mir dieses Leben aus dem Koffer nichts mehr. Ich bin wohl an einem Wendepunkt angelangt. Am liebsten würde ich mich irgendwo niederlassen und Wurzeln schlagen.“
„Hoffentlich in unserer Nähe“, sagte Marie mit warmem Lächeln. „Dann könnte ich meinen Lieblingspatenonkel endlich häufiger sehen.“
„Soviel ich weiß, bin ich dein einziger Patenonkel.“
„Eben. – Deshalb wäre es schön, wenn du wieder nach Hannover ziehen würdest.“
„Das hängt von mehreren Faktoren ab“, bekannte Frederik, wobei er seiner Nichte dankbar die Hand tätschelte. „Allerdings steht ein Standortwechsel in deine Nähe ganz oben auf meiner Wunschliste.“

Da sie den Nachmittag ausschließlich mit ihrem Gast verbrachten, fand Hanna keine Gelegenheit, Marie von ihren abendlichen Plänen zu unterrichten.
Mit Romy und Katharina besuchte sie später ein kleines italienisches Restaurant, das für seine exzellente Küche bekannt war. Nach dem Essen fuhren sie in Hannas Wagen zum Blue Moon. Dort war tatsächlich der beste Tisch in der Mitte des Clubs mit freiem Blick auf die Bühne auf den Namen Flem-

ming reserviert.
„Ein ungewöhnliches Ambiente", meinte Romy, die sich interessiert umblickte. „Welche Art von Veranstaltung wird denn hier geboten?"
„Eine ganz besondere", sagte Hanna geheimnisvoll. „Lasst euch überraschen."
Während sie Getränke bestellten, hörte man, dass sich hinter dem roten Vorhang der Bühne etwas tat. Plötzlich wurde das Licht gedämpft; Scheinwerfer flammten auf; der Vorhang öffnete sich wie von Geisterhand.
Das Bühnenbild zeigte die nächtliche Skyline von Manhattan. Hanna erkannte den Richter am Klavier, den Architekten am Schlagzeug und den Zahnarzt am Bass. Nur der Saxophonist fehlte. Dennoch begannen die in nachtblaue Anzüge gekleideten Musiker zu spielen. Nach wenigen Tönen setzte aus dem Dunkel eine Stimme ein:
„Start spreading the news. I'm leaving today.
I want to be a part of it New York, New York..."
Es klang, als eröffne Frankieboy persönlich die Veranstaltung mit seinem Welterfolg. Unvermittelt trat der Sänger aus dem Schatten heraus ins Scheinwerferlicht
„...I want to wake up in a city, that doen't sleep
and find I'm king of the hill – top of the heap..."
Romy und Katharina blickten Hanna völlig überrascht an.
„Ist das etwa dein Nachbar?"
„Life und in Farbe", beantwortete Hanna die Frage ihrer Mutter, bevor sie wieder zur Bühne schaute. Es war nicht zu übersehen, wie elegant Jakob in dem dunkelblauen Anzug aussah. Sogar die passende Fliege stand ihm ausgesprochen gut.
„... it's up to you New York, New York..."
Geschickt befestigte Jakob das Mikrofon an einem Stativ und griff das bereitstehende Saxophon, mit dem er den Solopart fortsetzte.
„Beeindruckend", flüsterte Romy ihrer Tochter zu. „Dein Nachbar scheint ein musikalisches Multitalent zu sein."

„Dieser Mann beherrscht noch ganz andere Rollen“, erwiderte sie und stimmte in den stürmischen Applaus der Gäste ein. Während des Beifalls tauschte Jakob den Platz mit dem Pianisten, der nun das Mikrofon übernahm.
„*Come fly with me...*“, lautete der nächste Sinatra-Song.

Nicht ahnend, wen sie im Blue Moon treffen würden, betrat Marie mit ihrem Patenonkel den Club.
„Wir sind zu spät“, stellte Frederik fest, wobei er sich über die Köpfe der Gäste hinweg umsah. „Alle Plätze sind besetzt...“ Verblüfft hielt er inne. „Ist das da vorn nicht Hanna?“
Entsetzt weiteten sich Maries Augen. Eine solche Situation hatte sie unter allen Umständen vermeiden wollen. Wie sollte sie sich nun verhalten? Es würde ihr kaum gelingen, ihren Onkel auf elegante Weise wieder hinaus zu komplimentieren, nachdem sie ihn wortreich überredet hatte, mit ihr diese Veranstaltung zu besuchen.
„Wir warten einfach bis zum Ende dieses Songs“, schlug Frederik vor. „Dann setzen wir uns zu Hanna und ihren Freundinnen. Dort sind noch zwei freie Stühle.“
Offenbar hatte er Romy, die ihnen den Rücken zugewandt saß, noch nicht erkannt.
„Vielleicht wollen die drei lieber unter sich bleiben“, sagte Marie, aber es klang wenig überzeugend. „Wir könnten doch woanders hingehen.“
„Anna und Max haben doch gesagt, wir würden hier eine tolle Überraschung erleben“, wandte er ein. Um nichts in der Welt würde er den Club wieder verlassen, ohne mit Romy gesprochen zu haben. „Deshalb sind wir schließlich hergekommen.“

Unterdessen schaute sich Romy nach der Kellnerin um. Augenblicklich vergaß sie, dass sie noch ein Glas Wein bestellen wollte, als sie Marie mit ihrem hochgewachsenen Begleiter an der Bar stehen sah. Sichtlich erblasst wandte sich Romy an ihre Tochter.

„Was tut dieser Mann hier?“
„Wer?“
„An der Bar – mit Marie.“
Ein Blick über ihre Schulter genügte Hanna. Innerlich aufstöhnend legte sie die Hand auf den Arm ihrer Mutter.
„Es war nicht meine Idee, dass er Marie ausgerechnet jetzt besucht“, sagte Hanna mit gedämpfter Stimme. „Verhindern konnte ich es allerdings auch nicht.“
„Hätte ich das geahnt, wäre ich mit Sicherheit nicht nach Hannover gekommen“, gab Romy unumwunden zu. „Wohnt Frederik etwa bei euch?“
„In meinem Gästezimmer“, gestand Hanna. „Da du bei Katharina logierst, haben wir gehofft, verhindern zu können, dass ihr euch begegnet.“
„Wieso taucht Marie dann hier mit ihm auf?“
„Sie wusste nichts von meinen Plänen für den heutigen Abend.“
Der einsetzende Applaus machte jede weitere Diskussion unmöglich. Diese Gelegenheit nahm Frederik wahr, um Marie an den Tisch zu führen.
„Guten Abend, meine Damen“, sagte er lächelnd. „Dürfen wir uns dazusetzen?“
„Bitte“, nickte Katharina. Sie glaubte, diesen Mann schon einmal gesehen zu haben, erinnerte sich aber nicht, bei welcher Gelegenheit.
„Tut mir Leid“, raunte Marie derweil ihrer Cousine zu. „Ich wusste nicht...“
Hanna zuckte nur in einer Nun-ist-es-auch-nicht-mehr-zu-ändern Weise die Schultern.
Auf der Bühne tauschte Jakob unterdessen abermals den Platz mit dem Richter; der Zahnarzt griff zur Gitarre. Ein kurzer Trommelwirbel erklang.

„Meine sehr verehrten Damen und Herren“, sagte der Architekt am Schlagzeug in sein Mikrofon. „Wir präsentieren Ihnen nun

ein Highlight des Abends: Das berühmte Duett, das Frank Sinatra mit seiner Tochter Nancy gesungen hat: Something stupid!"
Mit dem Zwischenapplaus der Gäste wurde das Licht auf der Bühne schwächer. Jakob stand den Zuschauern abgewandt im Scheinwerferkegel. Nach dem Einsetzen der Musik trat ein zierliches weibliches Wesen in einem weit schwingenden weißen Kleid zwischen den Kulissen hervor.
„I know I stand in line until you think you have the time to spend an evening with me", sangen sie zweistimmig. *"And if we go some place to dance I know that there's a chance you would be leaving with me..."*
Erst als sie zu Jakob in das Licht des Scheinwerfers trat, erkannte man die junge Sängerin.
„Anna...", flüsterte Marie maßlos überrascht, und auch die anderen am Tisch zeigten sich überaus erstaunt.
„...the time is right your perfume fills my head, the stars get red and all the night so blue..."
Jakob und Anna sangen diesen Hit sehr gefühlvoll. Es klang so professionell, als seien sie ein gut aufeinander eingestimmtes Duo.
„...I'm saying something stupid like I love you..."
Unter dem stürmischen Beifall verbeugten sich die beiden. Jakob nahm das strahlende Mädchen bei der Hand, beugte sich zu Anna hinüber und küsste sie auf die Wange.
Zur Pause schloss sich der Vorhang.
Kurz darauf kamen Anna, Max und Jakob an den Tisch.
„Was sagen Sie zu Ihrer talentierten Tochter, Marie?", wandte sich Jakob lächelnd an sie. „War Anna nicht großartig?"
„Ich fasse es immer noch nicht", gestand Marie. „Warum habt ihr uns nichts davon erzählt?"
„Meine Duett-Partnerin wurde heute Nacht mit akutem Blinddarm ins Krankenhaus eingeliefert", erklärte Jakob. „Als ich heute Mittag erwähnt habe, dass dieser Höhepunkt des Abends nun leider ausfällt, hat Max mich gefragt, ob ich mich nicht an

Annas schöne Stimme aus dem Musikunterricht erinnere."
„Die beiden haben mich dazu überredet", fügte Anna hinzu. „Wir haben den ganzen Nachmittag geprobt."
„Es klang wunderschön", lobte Romy das Mädchen lächelnd. „Als Marie hereingekommen ist, dachte ich eigentlich, du passt heute Abend auf deine Schwestern auf."
„Mein Vater spielt Kindermädchen", grinste Max. „Er geht nachher sogar mit den Hunden Gassi."
Frederik hielt sich völlig aus diesem Gespräch heraus. Er beschränkte sich darauf, Romy zu beobachten. Seit sie an einem Tisch saßen, hatte sie ihm noch keinen einzigen Blick geschenkt. Als sei er Luft. Zwar wusste er von vornherein, es würde nicht einfach, einen Zugang zu ihr zu finden. Allerdings hatte er nicht damit gerechnet, dass sie ihn vollständig ignorieren könnte. Er selbst war kaum fähig, die Augen von ihr zu wenden. Sie hatten sich jahrelang nicht gesehen. Romy war ihm absichtlich aus dem Weg gegangen. Zu Familienfeiern, an denen er aus beruflichen Gründen nicht teilnehmen konnte, war sie stets aus Spanien angereist. Hatte er jedoch sein Kommen zugesagt, war sie mit absoluter Sicherheit ferngeblieben.
Dadurch hatte sie ihm demonstriert, wie sehr sie ihn verabscheute. Immer wieder hatte er versucht, sich einzureden, es sei ihm gleichgültig. Dennoch hatte er sich an jedem Ende der Welt nach ihr gesehnt. Auch seine Hoffnung, die Jahre hätten deutliche Spuren in ihrem Gesicht hinterlassen, so dass sie an Attraktivität eingebüßt hätte, erwies sich nun beinah als lächerlich. Frauen wie Romy wurden mit zunehmendem Alter nicht unansehnlicher, sondern faszinierender. Bis auf die winzigen Lachfältchen um die Augen hatte sie sich kaum verändert. Ihre reife Anmut verlieh ihr etwas Unwiderstehliches. Frederik war versucht, Romy direkt anzusprechen, um sie aus der Reserve zu locken, verschob diesen Vorsatz jedoch auf später, da Jakob ankündigte, wieder auf die Bühne zu müssen.
Das Licht wurde schwächer; der Vorhang öffnete sich. Auch den ersten Song nach der Pause sang Jakob:

Stangers in the night.
Zuerst schritt er beim Singen quer über die Bühne. Abrupt blieb er dann in der Mitte stehen, während sein Blick Hannas Augen suchte.
„*... something in your eyes was so inviting,*
something in your smile was so exciting,
something in my heart, told me I must have you.
Strangers in the night, two lonely people.
We were strangers in the night
up to the moment, when we said our first hello.
Little did we know. Love was just a glance away,
a warm embracing dance away,
ever since that night, we've been together.
Lovers at first sight, in love forever.
It turned out so right for strangers in the night..."
Da Jakob nun das Saxophon an die Lippen setzte, beugte sich Romy zu ihrer Tochter.
„Dieser Mann scheint in dich verliebt zu sein."
„Jakob will mich nur wieder herausfordern", widersprach Hanna ebenso leise. „Daraus wird aber nichts."
„Schade..."

Nachdem der letzte Song *My way* verklungen war, schloss sich der Vorhang unter dem Beifall der Gäste. Nach und nach leerte sich der Club etwas.
Mit großem Hallo begrüßten die Musiker bald Hanna, schoben noch einen Tisch dazu und setzten sich zu der Runde. Nur Anna und Max fehlten, wie Marie sofort feststellte.
„Wo sind denn die Kinder?", wandte sie sich an Jakob.
„Ich habe die beiden in ein Taxi gesetzt", entgegnete er. „Wahrscheinlich sind sie inzwischen längst zu Hause."
Das beruhigte Marie. Wer ihr allerdings noch Sorge bereitete, waren Romy und Frederik. Bislang hatten die beiden kein Wort miteinander gewechselt.
„Das war eine gelungene Vorstellung", sagte Romy zu Jakob,

der neben ihr saß. „Vor Jahren habe ich Sinatra in Vegas erlebt. Ihre Stimme ist dem Original sehr ähnlich."
„Es freut mich, dass es Ihnen gefallen hat", erwiderte er lächelnd, bevor er Hanna anschaute. „Konnten Einsteins Söhne auch vor Ihren hohen Ansprüchen bestehen?"
„Ich bin immer noch tief beeindruckt", behauptete sie. „Ihre sängerischen Qualitäten sind bemerkenswert, Jakob. Aber auch Ihre schauspielerischen Fähigkeiten sind nicht zu verachten. Dieser schmachtende Blick bei *Strangers in the night* war beinah glaubwürdig."
„Nobody is perfect", meinte er achselzuckend, um nicht vor allen anderen zugeben zu müssen, was er für Hanna empfand. „Ich werde daran arbeiten."
„Das kann nicht schaden", sagte Hanna, wobei ihr Blick zwischen Frederik und ihrer Mutter schweifte. Sie bedauerte, dass Romy ihn überhaupt nicht zur Kenntnis nahm. Hanna mochte den Onkel ihrer Cousine seit jeher sehr. Tatenlos mit anzusehen, wie angeregt Romy mit den anderen am Tisch plauderte, während Frederik für sie gar nicht zu existieren schien, brachte Hanna nicht übers Herz. Deshalb widmete sie sich ihm umso intensiver.
Da er zu ihrer Linken saß, konnte Hanna sich mit ihm unterhalten, ohne dass die Runde ihren Gesprächsstoff mitbekam.
Romy bemerkte schon bald, dass ihre Tochter sich offenbar ausgezeichnet mit Frederik verstand. Das ärgerte sie nicht nur; es veranlasste sie auch, ein wenig mit Jakob zu flirten. Diesem wiederum gefiel nicht, wie vertraut Hanna mit ihrem – zugegebenermaßen sympathischen – Sitznachbarn flüsterte. Deshalb versprühte er seinen Charme bei ihrer attraktiven Mutter.
Nach kurzer Zeit wurde Romy dieses Spielchen jedoch zu dumm. Hatte sie das nötig? Sie erklärte, sie sei müde und würde sich ein Taxi nehmen. Katharina schloss sich ihr an, worauf Hanna ihren Autoschlüssel aus der Tasche zog.
„Ich würde gern noch ein bleiben, aber ihr könnt meinen Wagen haben. Mich nimmt nachher schon jemand mit."

„Meine Kutsche steht Ihnen jederzeit zur Verfügung“, bot Jakob ihr sofort an, so dass Hanna zustimmend nickte.
„Damit wäre mein Transportproblem gelöst. Jetzt möchte ich noch einen Drink.“
Eine halbe Stunde später drängte auch Marie zum Aufbruch. Sie wollte Jonas nicht zu lange zumuten, ihre Kinder zu hüten. Sofort erhob sich auch Frederik, beugte sich aber noch einmal zu Hanna hinunter und küsste sie auf die Wange.
„Danke.“
„Wofür?“
„Du weißt schon...“

Derweil saßen Romy und Katharina noch bei einem Absacker auf der Terrasse.
„Das war wirklich ein schöner Abend“, sagte Katharina, wobei sie die nachdenklich wirkende Romy forschend musterte. „Darf ich dich was fragen?“
„Ich weiß schon, was jetzt kommt“, ahnte Romy. „War das so offensichtlich?“
„Für mich schon. Was steht zwischen dir und deinem Schwager?“
„Schwippschwager“, korrigierte Romy sie. „Sein Bruder war der Mann meiner Schwester.“
„Ist das ein Grund, ihn nicht zu mögen?“
„Das ist eine lange Geschichte. – Eine unerfreuliche dazu. Ich habe noch nie darüber gesprochen. Selbst Hanna weiß nichts davon...“
Katharina wollte nicht indiskret erscheinen, deshalb stellte sie keine weiteren Fragen.
Nach einem Moment des Schweigens begann Romy jedoch mit leiser Stimme zu erzählen:

Die kleine Hanna war gerade vier Jahre alt und besuchte mit ihren Eltern den Großvater in Madrid. Das Kind freute sich darauf, bald bei der Hochzeit seiner Tante Christine Blumenstreuen zu dürfen. Zwei Tage vor ihrer Rückreise erkrankte das Mädchen jedoch an Windpocken. Da Romy als Trauzeugin ihrer Schwester fungieren sollte, bat Alfonso seine Frau, allein nach Hannover zu fliegen. Er würde bei seiner kranken Tochter bleiben. Schweren Herzens stimmte Romy zu. Auf der Hochzeitsfeier lernte sie den Bruder ihres Schwagers kennen. Frederik Wolf war ein gut aussehender, sehr charmanter junger Mann, der sofort von der attraktiven Schwester der Braut fasziniert war. Sie schien ihn aber nicht ernst zu nehmen, denn sie kommentierte all seine Flirtversuche mit spöttischen Bemerkungen. Das forderte ihn umso stärker heraus. Er wollte eine Chance bei der Frau, in die er sich vom ersten Augenblick an verliebt hatte. Auch die Tatsache, dass sie verheiratet und Mutter einer kleinen Tochter war, schreckte ihn nicht. Immer wieder suchte er ihre Nähe. Dabei kam ihm gelegen, dass die Gäste häufig mit ihr anstoßen wollten. Der ungewohnte Alkohol ließ Romy entspannter werden, so dass sie gegen Abend sogar mit Frederik tanzte. Der nahm die Gelegenheit wahr und verwickelte sie in ein Gespräch über klassische Musik. Zwar interessierte er sich nicht sonderlich dafür, aber er wusste von seinem Bruder, dass die junge Frau Pianistin war. Erst zögernd, dann mit zunehmender Begeisterung erzählte Romy von ihren Konzerten. Dabei bemerkte sie nicht, dass Frederik sie wie unabsichtlich in den hinteren Teil des Gartens führte. Es war eine laue Nacht; die helle Scheibe des Mondes und die unzähligen funkelnden Sterne bildeten eine romantische Kulisse. Plötzlich, ohne Vorwarnung, zog Frederik die junge Frau in seine Arme und küsste sie leidenschaftlich. Sekundenlang überließ Romy sich seinem stürmischen Begehren. Dann setzte jedoch ihr Verstand wieder ein und erinnerte sie an ihre Familie. Energisch stieß sie Frederik von sich. Obwohl auch sie sich zu ihm hingezogen fühlte, glaubte sie seinen Beteuerungen, er hätte sich auf den ersten Blick in sie verliebt, nicht. Sie ließ ihn einfach stehen und mischte sich schuldbewusst wieder unter die Gäste...

Aufmerksam hatte Katharina der Freundin zugehört.
„Nur weil er dich in Sektlaune einmal geküsst hat, reagierst du so abweisend auf ihn?“, resümierte sie kopfschüttelnd. „Das ist mehr als vierzig Jahre her, Romy! Er war jung und verliebt! Ist das denn so schlimm?“
„Das war noch nicht alles“, entgegnete sie mit ernster Miene. „Wenig später musste ich feststellen, dass Frederik ein Lügner und Heuchler ist, der nur ein Abenteuer suchte. Er war so sehr verliebt in mich, dass er sich die Freundin meiner Schwester geschnappt und engumschlungen mit ihr getanzt hat. Irgendwann ist er mit ihr zu der gleichen Stelle im Garten verschwunden, an der er mir eine Liebeserklärung gemacht hat. Erst nach mehr als einer Stunde sind die beiden wieder aufgetaucht. Man konnte ihnen deutlich ansehen, dass sie nicht nur Händchen gehalten hatten.“
„Das hat dich gekränkt“, nickte Katharina verstehend. „Wahrscheinlich brauchte er nach deiner Zurückweisung eine Bestätigung seiner Männlichkeit. Ein Zeichen, dass er noch nicht reif genug für eine ernsthafte Beziehung war.“
„Das war er auch zwanzig Jahre später nicht“, sagte Romy hart. „Frederik ist immer nur auf eine schnelle Affäre aus.“
„Woher weißt du das so genau? Hast du nicht gesagt, ihr hättet kaum Kontakt zueinander gehabt? Womöglich beurteilst du ihn völlig falsch!?“
Stumm schüttelte Romy den Kopf. Während sie gedankenverloren in die Flamme des Windlichts auf dem Tisch schaute, begann sie erneut zu sprechen:

Seit der Hochzeit ihrer Schwester waren zwanzig Jahre vergangen, in denen Romy den Bruder ihres Schwagers gemieden hatte. Hin und wieder sah sie ihn auf dem Bildschirm, da ermittlerweile als Auslandskorrespondent für einen großen Fernsehsender arbeitete. Romy selbst war mit der Pflege ihres kranken Schwiegervaters derart ausgelastet, dass sie keine Konzerte mehr gab. Dennoch beklagte sie sich nie. Sie fiel abends völlig erschöpft ins Bett. Durch seine vielfältigen Aufgaben in dem großen Hotel blieb auch Alfonso kaum noch Zeit für seine Frau. Zwischen ihnen schlich sich eine Entfremdung ein, die Romy erschreckte. Was war aus ihrer Ehe geworden? Aus ihren gemeinsamen Träumen? Trotz aller Entbehrungen zögerte Romy, die Pflege ihres Schwiegervaters in fremde Hände zu geben. Erst als sie immer schmaler wurde, wurde Alfonso klar, dass seine Frau völlig überfordert war. Er versprach Romy den längst nötigen Urlaub und reservierte ein Zimmer auf ihrer Insel. Wie gewöhnlich kam dann aber wieder etwas Wichtiges im Hotel dazwischen, so dass Alfonso seiner Frau vorschlug, allein nach Menorca zu fliegen. Er würde in einer Woche nachkommen. Zunächst war Romy enttäuscht, fügte sich jedoch, um die Tage bis zu seinem Eintreffen zum Nachdenken zu nutzen.

Auf dem Flughafen in Madrid bemerkte Romy nicht, dass wenige Meter von ihr entfernt ein Mann stand, der gerade von einer Pressekonferenz kam. Frederik erkannte Romy sofort. Aus einem ersten Impuls heraus wollte er zu ihr laufen, um sie zu begrüßen, unterdrückte diesen Wunsch aber, als ihm bewusst wurde, dass sie seine Wiedersehensfreude kaum teilen würde. So behielt er sie im Auge, bis sie sich zum Abfertigungsschalter der Maschine nach Menorca wandte. Entschlossen, diese Chance nicht ungenutzt verstreichen zu lassen, buchte er ebenfalls einen Flug dorthin.

Auf der Insel folgte Frederik ihr in einem Taxi bis zu ihrem Hotel. Absichtlich nahm er sich ein Zimmer in einem anderen Haus, aber er beobachtete Romy fortan bei ihren einsamen Strandspaziergängen. Oft sah er sie allein auf einer Bank sitzen und in Gedanken versunken über das Meer schauen. Nicht nur ihre traurigen Augen verrieten ihm, dass sie Kummer hatte. Schließlich arrangierte Frederik eine zufällig wirkende Begegnung. Wie erwartet reagierte Romy wenig erfreut auf ihn. Durch Behutsamkeit und Einfühlungsvermögen gelang es ihm jedoch, allmählich ihr Vertrauen zu gewinnen. Überrascht stellte Romy fest, dass er in den vergangenen Jahren erwachsen geworden war. Der ungestüme Jüngling hatte sich in einen ernsthaften, aber immer noch charmanten Mann verwandelt. Es tat ihr gut, einmal alles Belastende beiseite zu schieben, sogar unbeschwert lachen konnte sie plötzlich wieder. Nach einigen Tagen wurde Frederik bewusst, dass er sich abermals in Romy verliebt hatte. Wahrscheinich waren diese Gefühle sogar seit damals in ihm lebendig gewesen. Sie war die Frau, für die er sesshaft werden wollte. Zwar war sie immer noch verheiratet, aber ihre Ehe steckte in einer Krise. Deshalb gestand er Romy eines Abends auf der Terrasse seines Hotelzimmers seine Gefühle und sprach begeistert von einer gemeinsamen Zukunft. Damit überwältigte er Romy so sehr, dass sie unfähig war, einen klaren Gedanken zu fassen. Frederik interpretierte ihr Schweigen als Zustimmung und schloss sie glücklich in seine Arme. Unerwartet küsste er sie – erst zärtlich, doch dann mit zunehmender Leidenschaft. Romy war nicht imstande, sich dagegen zu wehren. Zu lange schon entbehrte sie das Gefühl, geliebt und begehrt zu werden...

„Ihr hattet eine Affäre?“, schloss Katharina aus den letzten Worten der Freundin. „Das hätte ich dir gar nicht zugetraut.“
„Vielleicht hätte ich tatsächlich die Nacht mit ihm verbracht“, erwiderte Romy müde. „Aber ich habe diesen Moment der Schwäche sehr rasch überwunden.“
„Du hast dir wieder mal selbst verboten, deine eigenen Bedürfnisse zu leben“, vermutete Katharina verständnislos. „Zu viel Disziplin kann manchmal auch ein Fehler sein.“
„Zu viel Gutgläubigkeit und zu viel Vertrauen auch“, sagte Romy, und es klang bitter. „Frederik ist plötzlich aufgesprungen, um in der Bar eine Flasche Champagner zu holen. Kaum war er gegangen, hat das Telefon geläutet. Also bin ich hineingegangen und habe abgehoben...“
„Lass mich raten“, bat Katharina. „Am anderen Ende der Leitung war eine Frau.“

„Zuerst wollte sie wissen, wer ich bin. Als ich gesagt habe, ich sei seine Schwägerin, hat sie mir freimütig erklärt, sie sei seit Jahren eng mit ihm verbunden. – Nicht nur in beruflicher Hinsicht, versteht sich. Ich möge ihm ausrichten, sie käme wie vereinbart am nächsten Tag mit der Mittagsmaschine. – Und dass sie sich schon sehr auf entspannende Urlaubstage freue, da sie doch bereits in einer Woche wieder nach Israel müssten."
„Das war es dann", sagte Katharina trocken. „Anstatt auf ihn zu warten und ihn zur Rede zu stellen, bist du davongelaufen. – Richtig?"
„Ich hätte eben wissen müssen, dass er sich nicht wirklich geändert hatte. Wie damals war er nur auf eine Affäre aus." Ein tiefer Seufzer löste sich von ihren Lippen. „Am meisten habe ich mich über mich selbst geärgert, weil ich mich wieder von seinem Charme habe einwickeln und sogar küssen lassen."

Unterdessen befanden sich auch Hanna und Jakob auf dem Heimweg. Entspannt saß sie neben ihm in seinem Wagen.
„Das war ein ereignisreicher Abend", sagte sie zufrieden. „Auch meiner Mutter hat die Vorstellung sehr gut gefallen."
„Ihr Onkel scheint sich ebenfalls ausgezeichnet unterhalten zu haben", erwiderte er, wobei er sich auf den nächtlichen Verkehr konzentrierte. „Besonders mit Ihnen."
„Frederik ist nicht mein Onkel", erklärte sie leise lächelnd. „Wir sind weder verwandt noch verschwägert. Die Schwester meiner Mutter war die Frau seines Bruders."
„Demnach ist er Maries Onkel? Wieso hat er sich dann fast ausschließlich Ihnen gewidmet?"
„Wir mögen uns", bekannte Hanna amüsiert. „Sehr sogar. Frederik ist ein toller Mann mit vielen Facetten: ernsthaft und einfühlsam, aber auch humorvoll und spontan. Manchmal wirkt er wie ein zu Streichen aufgelegter Lausbub."
„Aha", sagte Jakob nur. „Ist er in einem Hotel in der Nähe abgestiegen?"
„Er wohnt oben bei mir", versetzte Hanna ihm einen weiteren

Stich. „Wenn man beruflich bedingt ständig in Hotelzimmern schläft, ist man für ein wenig Nestwärme sehr empfänglich."

„Dieser Mann ist doch mindestens zwanzig Jahre älter als Sie", wagte er, zu bemerkten und bog in ihre Straße ein.

„Na, und?", erwiderte sie leichthin. „Lebenserfahrung und Reife wirken manchmal unwiderstehlich. Deshalb fühlen Sie sich doch auch zu Romy hingezogen."

„Das ist etwas völlig anderes", behauptete er etwas unwirsch und bremste den Wagen vor seinem Haus ab. „Außerdem wirkt Ihre Mutter wesentlich jünger."

„Das ändert aber nichts an der Tatsache, dass sie ungefähr zwanzig Jahre älter als Sie ist."

Herausfordernd blickte Jakob sie an.

„Eifersüchtig?"

„Machen Sie sich keine Illusionen", lachte sie und stieg aus. „Ich finde es sogar gut, dass sich nach der erlittenen Enttäuschung jemand um Romy bemüht", fügte sie hinzu, als er neben ihr auf dem Gehsteig stand. „Selbst, wenn Sie dieser jemand sind."

„Dann passen Sie bloß auf, dass Sie nicht eines Morgens erwachen – und ich bin Ihr Stiefvater, Hanna", entgegnete er trocken, worauf sie vergnügt abwinkte.

„Darüber muss ich mir bestimmt keine Sorgen machen. Für einen Flirt sind Sie vielleicht geeignet – aber sonst..."

„... bin ich anscheinend indiskutabel", vollendete er verärgert. „Offenbar halten Sie mich immer noch für einen beziehungsunfähigen Volltrottel! Dabei kennen Sie mich gar nicht! Wer sagt Ihnen denn, dass ich nicht auf ältere Damen stehe? Oder vielleicht sogar auf blutjunge Mädchen? Nur weil ich Sie angebaggert habe, bedeutet das noch lange nicht, dass mich tatsächlich mittel alte Frauen mit mittelmäßigen Begabungen reizen!"

„Ihre Vorlieben sind mir völlig egal!", versetzte Hanna, nun auch erzürnt. Seine abfälligen Worte kränkten sie. „Ich rate Ihnen aber, meine Mutter nicht so zu behandeln, wie Sie mit mir vorzugsweise umgehen! Sollten Sie ihr wehtun, werden Sie

den Tag verfluchen, an dem Sie mich kennengelernt haben!"
„Bislang hatte ich ohnehin wenig Freude an unserer Bekanntschaft", konterte Jakob. „Schade, dass Sie nicht ein bisschen mehr von Ihrer Mutter haben. Hinter Romys attraktiven Äußeren verbirgt sich ein wundervoller Mensch mit liebenswerten Eigenschaften."
„Während ich eine komplizierte Ziege bin", vollendete Hanna. „Ich bedauere wirklich außerordentlich, dass ich Ihren Vorstellungen so gar nicht entspreche", fügte sie spöttisch hinzu. „Da die Fronten nun geklärt sind, sollten wir uns gegenseitig mit unserem Anblick verschonen. – Gute Nacht!"
Hoch erhobenen Hauptes wandte sich Hanna ab und ließ den verdutzten Jakob einfach stehen.

Kapitel 20

Obwohl keine arbeitsreiche Nacht hinter ihr lag, kam Hanna am Sonntag erst gegen Mittag herunter. Marie und ihr Onkel saßen im Wohnzimmer.
„Guten Morgen, meine Liebe", begrüßte Frederik seine Zimmernachbarin. „Hast du gut geschlafen?"
Sie ließ sich in einen Sessel sinken.
„Nein."
„Gehst du deshalb heute nicht joggen?", fragte Marie, da ihre Cousine Jeans und T-Shirt trug. „Oder hast du keine Lust, durch den Sommerregen zu laufen?"
„Beides."
„Was hat dir denn den Schlaf geraubt?" wollte Marie wissen. „Hattest du nach unserem Verschwinden noch so anregende Erlebnisse? Womöglich mit einem netten Mann?"
„Hör bloß auf", winkte Hanna ab. „Ich hätte besser mit euch fahren sollen, dann wären mir die ätzenden Sprüche des allwissenden Oberlehrers erspart geblieben." Kopfschüttelnd blickte sie vor sich hin. „Allmählich müsste der an der Last seiner Selbstgefälligkeit so schwer zu tragen haben, dass er kaum noch aufrecht gehen könnte."

„Fängt das etwa schon wieder an?“, stöhnte Marie. „Was war denn diesmal der Anlass?“
„Im Grunde läuft das immer nach dem gleichen Muster ab“, meinte Hanna. „Zuerst interpretiert er mich absichtlich falsch – und dann wird er beleidigend. Aber davon habe ich jetzt endgültig genug! Auf eine weitere Konfrontation mit diesem verdrehten Typen lege ich absolut keinen Wert!“
„Darf ich fragen, von wem die Rede ist?“, schaltete sich Frederik in das Gespräch der Cousinen ein. „Wer hat es gewagt, dich zu beleidigen, Hanna?“
„Der Frank Sinatra von nebenan“, erklärte sie. „Wir stehen ständig auf Kriegsfuß miteinander. Manchmal glaube ich, er sucht akribisch nach einem Grund, mir eins auszuwischen.“
„Gestern Abend habe ich eher den Eindruck gewonnen, dass er dich mag“, überlegte Frederik etwas erstaunt. „Außerdem war er so freundlich, dir sofort anzubieten, dich mit nach Hause zu nehmen.“
„Alles Tarnung“, behauptete Hanna. „Mit Jakob Jensen bin ich ein für alle Mal fertig.“
„Wie ich Jakob kenne, tut es ihm bereits leid“, versuchte Marie einzulenken. „Er wird sich bei dir entschuldigen und ...“
„Das kann es sich sparen!“, unterbrach Hanna sie unnachgiebig. „Mir reicht es!“
„Es wird alles nicht so heiß gegessen, wie es gekocht wird“, meinte Marie. „Apropos Essen: Ich muss in die Küche.“
„Plan mich bitte nicht mit ein, Marie. Ich esse heute auswärts.“
„Gehst du zu Romy und Katharina?“
„Nein, ich treffe mich mit Dagmar. Meine Mutter hat keine Zeit für mich. Sie ist mit ihrem Jugendfreund verabredet.“
„Doch nicht etwa mit diesem Bankdirektor, der schon seit Ewigkeiten hinter ihr her ist?“
„Der gute Robert war schon mit siebzehn in sie vernarrt. Angeblich hat er Romys wegen nie geheiratet. Da verdient er doch nach fünfzig Jahren eine Chance – oder? Zumal sie jetzt wieder frei ist.“

„Romy ist nicht mehr mit ihrem Carlos zusammen?“, folgerte Frederik verwundert aus ihren Worten. Er kannte den Spanier nur aus Maries Erzählungen, wusste aber, dass Romy in ihm noch einmal einen Lebenspartner gefunden hatte. „So viel ich weiß, waren sie doch ziemlich lange ein Paar.“
„Erst kürzlich hat sie sich von ihm getrennt“, erwiderte Hanna, ohne näher auf den Grund einzugehen. „Eine neue Liebe würde ihr bestimmt gut tun.“
„Eher fürchte ich, dass der arme Robert wieder den Kürzeren zieht“, sagte Marie nachdenklich. „Wie ich deine Mutter kenne, liebt sie Carlos trotz allem noch. – Was er für sie empfindet, steht außer Frage, sonst würde er nicht täglich hier anrufen, um zu hören, ob Romy sich gemeldet hätte. Heute Morgen hat er richtig verzweifelt geklungen.“
„Du hast hoffentlich trotzdem dichtgehalten, Marie!?“
„Schweren Herzens“, gestand ihre Cousine. „Carlos tat mir so leid, als er von seinem plötzlich so sinnlos gewordenen Dasein gesprochen hat.“
„Manche Menschen merken leider erst, was ihnen ihr Partner wirklich bedeutet, wenn es zu spät ist“, sagte Hanna und erhob sich. „Gegen Abend bin ich zurück.“

Als die Kinder am kommenden Morgen das Haus verließen, saßen die Erwachsenen noch am Frühstückstisch. Hanna bei einem Becher Kakao, Marie und Frederik bei einer Tasse Kaffee. Unerwartet betrat plötzlich Katharina die Küche.
„Die Mädchen haben mich im Gehen reingelassen“, erklärte sie, ohne sich mit einer Begrüßung aufzuhalten. „Tut mir leid, dass ich euch schon so früh überfalle, aber ich bin in Sorge um Romy. Sie ist letzte Nacht nicht nach Hause gekommen.“
„Nun setz dich erst mal zu uns“, sagte Hanna lächelnd. „Du hast doch bestimmt noch nicht gefrühstückt.“
„Hast du mich nicht verstanden?“, fragte Katharina irritiert. „Deine Mutter ist verschwunden! Ihr Handy ist auch ausgeschaltet!“

„Ein Zeichen, dass sie nicht gestört werden möchte“, erwiderte Hanna gelassen. „Dem reizenden Robert scheint es gelungen zu sein, sie davon zu überzeugen, dass sie in seinen Armen gut aufgehoben ist.“
„Denkst du das wirklich?“ zweifelte Katharina. „Zwar hat Romy mir erzählt, dass dieser Mann ihr gefährlich werden könnte, aber sie ist viel zu klug und besonnen, um gleich am ersten Abend mit ihm...“ Die Anwesenheit Frederiks ließ sie verlegen verstummen. „Na, du weißt schon.“
„Meinetwegen müssen Sie kein Blatt vor den Mund nehmen, Frau von Lehnsdorff“, sagte Maries Onkels scheinbar verständnisvoll, obwohl ihm das eben Gehörte ziemlich zu schaffen machte. „Ich bin schon groß und bestens darüber informiert, was zwischen Männlein und Weiblein abläuft.“
„Das glaube ich Ihnen aufs Wort, Herr Wolf“, rutschte es Katharina heraus. Dann schaute sie ihn jedoch unter erhobenen Brauen interessiert an. „Sind Sie auch der Meinung, dass Romy sich so rasch in eine Affäre stürzen könnte? Halten Sie sie für leicht verführbar?“
Eine innere Stimme warnte Frederik. Diese zierliche Lady wusste mehr von ihm, als ihm lieb war. Gewiss hatte Romy der Freundin ihre Erlebnisse mit ihm anvertraut.
„Darüber kann ich mir kein Urteil erlauben“, sagte Frederik vorsichtig. „Allerdings macht sie nicht den Eindruck, unüberlegt zu handeln.“
„Halten Sie das für einen Fehler?“
„Nicht unbedingt. In manchen Situationen sollte man allerdings auf seine Gefühle hören – nicht auf den Verstand.“
„Romy ist eine erwachsene Frau“, bemerkte Marie. „Sie verfügt über genug Lebenserfahrung, um zu wissen, was sie tut. Außerdem hilft eine neue Liebe manchmal über eine alte Liebe hinweg.“

Nervös wanderte Frederik vor dem Fenster des Gästezimmers auf und ab. Von hier oben konnte er die Straße gut überblicken.

Ungeduldig wartete er auf Romys Rückkehr.
Erst um die Mittagsstunde sah er plötzlich eine schwarze Limousine vorfahren. Aber nicht vor Katharinas Haus, sondern vor Hannas Grundstück. Ein elegant gekleideter Mann stieg aus, lief um das Fahrzeug herum und öffnete die Beifahrertür.
Galant war er seiner Begleiterin beim Aussteigen behilflich. Romy trug ein modisches helles Kostüm von schmaler Silhouette; ihr in der Sonne glänzendes blondes Haar war im Nacken zu einem dicken Knoten verschlungen. Abwartend blieb sie neben dem Wagen stehen, während der Mann die Heckklappe öffnete und dem Kofferraum einen üppigen Strauß roter Rosen entnahm. Behutsam legte er der strahlenden Frau die Blumen in die Arme.
Romy hatte den Beobachter am Fenster des Gästezimmers bereits beim Aussteigen bemerkt. Deshalb beugte sie sich nun zu ihrem Begleiter und verabschiedete sich gut sichtbar mit einem Kuss von ihm.
Ahnungslos öffnete Hanna die Haustür, um ihr tägliches Lauftraining zu absolvieren.
„Ach, nee...“, sagte sie vieldeutig lächelnd, als ihre Mutter unerwartet vor ihr stand. „Die Spätheimkehrerin.“
„Ich komme nur kurz vorbei, um mich zurückzumelden“, erwiderte Romy ohne eine Spur von Verlegenheit und trat ein.
„Falls du dir Gedanken gemacht hast, wo ich stecke.“
„Mir ist schon klar, dass du kein Kindermädchen brauchst“, meinte Hanna im Flur. „Oder etwa doch?“
„Mit Sicherheit nicht. Ich habe mich schon lange nicht mehr so phantastisch gefühlt. Wir waren in Roberts Blockhaus im Harz. Es war alles perfekt: das Essen, der Sonnenuntergang, die Musik, das Kerzenlicht – und der Mann, der mich mit liebevoller Aufmerksamkeit geradezu überschüttet hat.“
„Und mit Rosen“, vermutete Hanna und deutete auf den langstieligen Strauß. „Das sind doch mindestens zwei Dutzend.“
„Es sind genau fünfzig“, korrigierte Romy ihre Tochter. „Eine für jedes Jahr, das Robert auf mich gewartet hat.“ Sie war si-

cher, dass Frederik sich in Hörweite befand, und hätte nun gern sein Gesicht gesehen. „Ist das nicht bezaubernd?“

„Dieser Mann scheint keine Kosten und Mühen zu scheuen, dich einzufangen. Wird ihm das gelingen?“

„Wir werden sehen.“

„So wie du heute strahlst, scheinen seine Chancen nicht schlecht zu stehen.“

„Nun ja, in einer Verschnaufpause hat Robert mir sogar schon einen Heiratsantrag gemacht“, gestand Romy. „Allerdings bin ich unsicher, ob ich überhaupt noch mal eine so enge Bindung eingehen möchte.“ Ein Lächeln huschte über ihr apartes Gesicht. „In meinem Alter weiß man zwar, was einem gut tut, aber meistens siegt die Vernunft. Gestern konnte ich einfach nicht anders, als mich fallen zu lassen.“

„Das verstehe ich, Mama. Wenn die Situation, die Atmosphäre und auch gefühlsmäßig alles stimmt, sollte man aus dem Bauch heraus handeln. Mir ist kürzlich etwas Ähnliches passiert. Hinterher war ich selbst überrascht, dass sich bei mir überhaupt keine Bedenken eingeschlichen haben.“

„Und? Was ist daraus geworden?“

„Nichts“, sagte Hanna mit einem Anflug von Bedauern. „Trotzdem war es ein besonderes Erlebnis.“ Ihr fragender Blick streifte die Rosen. „Sollten wir diesem prächtigen Strauß nicht Wasser geben?“

„Nicht nötig“, verneinte Romy. „Den stelle ich in mein Zimmer bei Katharina.“ Erst jetzt fiel ihr auf, wie ihre Tochter gekleidet war. „Wolltest du gerade joggen? Wie wäre es, wenn ich mitkäme? Du müsstest mich nur rasch zu Katharina begleiten, damit ich mich umziehen kann.“

„Gern“, stimmte Hanna sofort zu. „Wir sind lange nicht zusammen gelaufen.“ In scheinbarer Sorge krauste sie die Stirn. „Wird dir das auch nicht zu viel nach einer so bewegten Nacht?“

„Heute verfüge ich über erstaunlich viel Energie“, meinte Romy amüsiert. „Pass nur auf, dass dir deine alte Mutter nicht

davonsprintet."
Sich gegenseitig neckend verließen sie das Haus.
Frederik, der unbemerkt am Treppenabsatz gestanden hatte, ging müden Schrittes wieder hinauf.

Der Unterricht war schon eine halbe Stunde zu Ende. Im Lehrerzimmer hatte Jakob noch einige Kopien für den nächsten Tag angefertigt, bevor er das Schulgebäude verließ.
Auf dem Parkplatz bestieg er seinen Wagen und fuhr mit mäßiger Geschwindigkeit vom Gelände. Beim Einbiegen in die Straße bemerkte er das Mädchen, das wenige Meter weiter allein an der Bushaltestelle stand. Sanft bremste der Lehrer seinen Wagen ab.
„Hallo, Steffi!", rief er seiner Schülerin durch die geöffnete Seitenscheibe zu. „Hast du den Bus verpasst?"
„Leider", bestätigte das Mädchen und trat einen Schritt näher. „Bis der nächste kommt, schaffe ich es jetzt nicht mehr rechtzeitig zu meinem Arzttermin."
„Fühlst du dich immer noch nicht besser?"
„Doch, aber meine Mutter will unbedingt, dass ich mich untersuchen lasse, weil mir manchmal übel ist."
„Sehr vernünftig. Wo genau musst du denn hin?"
„In die Georgstraße."
„Wann sollst du dort sein?"
„In zwanzig Minuten."
„Das schaffen wir", sagte Jakob spontan und öffnete von innen die Beifahrertür. „Komm, steig ein. Ich nehme dich mit."
„Das ist doch bestimmt ein Umweg für Sie", zögerte das Mädchen, aber Jakob schüttelte den Kopf.
„Ich fahre ohnehin in die City, um meine bestellten Bücher abzuholen."
Erleichtert schlüpfte das Mädchen zu seinem Lehrer in den Wagen.
„Danke, Herr Dr. Jensen."
„Schon gut", erwiderte Jakob und winkte einem vorbeifahren-

den Kollegen zu, ehe er sich in den fließenden Verkehr einreihte.

In der Hoffnung, Hanna zu begegnen, verließ Jakob abends mit Pavarotti das Haus. Mit dem Hund an der Leine schlug er den Weg zu den Kleingärten ein. Ihm war bewusst, dass er sich in der letzten Nacht wieder einmal hatte dazu hinreißen lassen, zum Angriff überzugehen. Seine zwiespältigen Gefühle waren der Grund. Einerseits konnte er Hanna nicht gestehen, was er für sie empfand, andererseits war er eifersüchtig auf jeden potentiellen Konkurrenten. Obwohl er sich geschworen hatte, nie wieder so emotional auf eine von Hannas Äußerungen zu reagieren, waren ihm in seiner Erregung diese kränkenden Worte herausgerutscht. Jakob ahnte, dass er sich dadurch selbst ins Abseits geschossen hatte. Es musste ihm gelingen, Hanna irgendwie plausibel zu machen, weshalb das abermals passieren konnte. Sonst würde sie ihn überhaupt nicht mehr zur Kenntnis nehmen.
Pavarotti witterte seine Hundefreundin schon, bevor sie zu sehen war. Ungeduldig zerrte der kleine Hund an der Leine, so dass Jakob ihn losmachte. In diesem Moment bog Geisha um die Ecke. Gleich darauf auch Hanna. Enttäuscht sah Jakob, dass sie nicht allein unterwegs war. Den Arm um ihre Schultern gelegt, begleitete Frederik Wolf sie. Die beiden waren so sehr in ein Gespräch vertieft, dass sie Jakob nicht sofort bemerkten.
„Dein Sinatra", flüsterte Frederik ihr zu, als er Jakob entgegenkommen sah. „Soll ich ihn zum Duell fordern?"
„Reine Kraftverschwendung", gab Hanna ebenso leise zurück.
„Guten Abend, Hanna", sprach Jakob sie an, worauf sie ihn nur mit einem kühlen Blick bedachte.
„N'Abend", sagte sie nur, während sie sich nach ihrem Hund umschaute. „Hierher, Geisha!" Sofort kam die Hündin angelaufen. „Ab – nach Hause!", befahl Hanna und setzte ihren Weg mit Frederik an Jakob vorbei fort.

Unschlüssig blieb er stehen und schaute ihnen resigniert nach.

In dieser Nacht hätte Jakob gern mit dem Engel der Nacht Kontakt aufgenommen. Seltsamerweise empfand er die Gespräche mit Angel stets als tröstlich. Mehr als eine Stunde lang versuchte er es vergeblich, denn die Leitung war ständig besetzt. So gab Jakob schließlich auf, denn er musste am nächsten Morgen ausgeruht zum Unterricht erscheinen.

Kapitel 21

Hanna war an diesem Morgen rechtschaffen müde. Mit ihren Sandaletten in der Hand stieg sie barfuß die Treppe hinauf. Im Obergeschoss fiel ihr Blick im Vorbeigehen in ihr Wohnzimmer. Abrupt blieb sie stehen, als sie Frederik sah, der den Kopf in beide Hände gestützt auf dem Sofa. Besorgt trat Hanna ein.
„Frederik? Alles in Ordnung?“
Leise aufstöhnend ließ er die Hände sinken.
„Ja...“ Abermals stöhnte er leise. „Nein, nichts ist in Ordnung. Eigentlich wollte ich dich fragen, ob ich noch ein paar Tage bleiben darf, aber...“
Während sie ihn besorgt musterte, setzte sie sich zu ihm.
„„... dein Sender braucht dich?“
„Zwar wollen sie, dass ich weitermache, aber es ist alles so sinnlos geworden. Ich will nicht mehr...“
„Frederik!“ Beunruhigt legte sie die Hand auf seinen Arm. „Was ist los? Du bist doch nicht etwa krank?“
Ein resigniertes Lächeln huschte über seine markanten Züge.
„Nein..., doch... Nur kann man diese Krankheit nicht mit ein paar Pillen heilen.“
Hanna vermochte ihre Betroffenheit kaum zu verbergen.
„Demnach ist es etwas Ernstes?“
„Das kann man wohl sagen“, sagte er betrübt, doch dann zwang er sich zu einem Lächeln. „Tut mir leid, ich wollte dich nicht mit meinen Problemen belasten. Du bist bestimmt müde und möchtest ins Bett.“

„Gar nicht“, schwindelte sie. „Ich bin noch viel zu aufgedreht, um jetzt schon schlafen zu können.“
Langsam hob er die Hand und streichelte zart ihre Wange.
„Weißt du eigentlich, dass ich mir immer eine Tochter, wie du es bist, gewünscht habe, Hanna?“
„Warum hast du nie geheiratet und eine Familie gegründet?“
„Bei meinem Job?“, erwiderte er kopfschüttelnd. „Außerdem habe ich kein Glück bei Frauen.“
„Das nehme ich dir nicht ab. Wenn man dem Familienklatsch glauben darf, konnte noch keine deinem Charme widerstehen.“
„Das waren alles belanglose Affären“, winkte er ab. „Nimm beispielsweise deine Mutter: Für Romy existiere ich nicht mal.“ Ernst schaute er Hanna in die Augen. „Hast du dich nie gefragt, weshalb sie mich nicht leiden kann?“
„Sogar schon oft“, gestand Hanna. „Als ich sie mal darauf angesprochen habe, tat sie es mit Worten wie unvereinbare Charaktere oder unüberwindbare Gegensätze ab. Dennoch hatte ich immer das Gefühl, irgendwas müsse vor langer Zeit zwischen euch vorgefallen sein.“
„Versprichst du mir, niemals mit Romy darüber zu reden, wenn ich es dir erzähle?“
„Selbstverständlich schweige ich Mama gegenüber.“
Nach kurzem Überlegen berichtete Frederik ihr von seiner ersten Begegnung mit ihrer Mutter und von ihrem Wiedersehen auf Menorca – aus seiner Sicht.
Als er schwieg, war Hanna nicht nur überrascht, sondern auch seltsam berührt.
„Bedeutet das, du liebst meine Mutter seit mehr als 40 Jahren?“
„Wahrscheinlich war es falsch, zu versuchen, Romy in den Armen anderer Frauen zu vergessen“, nickte Frederik. „Mir war immer klar, dass mir das nie gelingen würde. Aber wenn etwas so aussichtslos ist, sucht man Trost. – Zusätzlich vergräbt man sich in seiner Arbeit.“
„Du hast aber gesagt, du möchtest dich zur Ruhe setzen“, wandte Hanna ein. „Oder musst du deinen Job gezwungener-

maßen wegen deiner Erkrankung aufgeben?"
„Ach, Hanna... Meine Beschwerden sind nicht körperlicher Natur. Verzeih, falls das vorhin so geklungen hat. Der Schmerz sitzt trotzdem ganz tief in mir."
„Verstehe. Ich wünschte, ich könnte dir helfen."
„Mir kann wohl niemand helfen. Dabei möchte ich nur einmal mit Romy sprechen. Es stehen so viele Missverständnisse zwischen uns, die ich endlich aufklären muss. Sonst komme ich nie zur Ruhe."
„Wir werden eine Möglichkeit finden", versprach Hanna. „Irgendwie werde ich ein Zusammentreffen arrangieren."

Jakobs Unterrichtsstunde im Musikraum des Gymnasiums erfreute sich großer Beliebtheit. Alle hatten viel Spaß daran, gemeinsam zu singen und zu musizieren. Geschickt spannte der Lehrer einen Bogen zwischen klassischer - und moderner Pop-Musik.
Gegen Ende der Stunde packten die Schüler ihre Instrumente ein. Unterdessen improvisierte Jakob ein wenig am Klavier. Als es zur Pause läutete, verließen die Kinder den Raum. – Bis auf ein Mädchen, das wartete, bis es mit seinem Lehrer allein war.
„Das war eben echt toll, Herr Dr. Jensen", sagte Steffi bewundernd. „Genial, wie Sie aus Beethoven die Beatles machen. Das möchte ich auch lernen. Können Sie mir das noch mal zeigen?"
„Jetzt?", wunderte er sich. „Du solltest besser zu den anderen an die frische Luft gehen und dich mit deinem Pausenbrot beschäftigen."
„Ich habe keinen Hunger", behauptete Steffi und schaute ihn bittend an. „Nur einmal ganz kurz, Herr Dr. Jensen. Dann kann ich zu Hause üben."
„Also gut", stimmte er zu. „Aber nur fünf Minuten."
Spielerisch ließ er seine Finger über die Tasten gleiten. Beethovens *Ode an die Freude* erklang. Übergangslos wurde

daraus nach einer Weile *Yesterday* von den Beatles.
Beeindruckt schaute Steffi ihrem Lehrer zu, bis er den Klavierdeckel zuklappte.
„Genug für heute!“, sagte Jakob energisch. „Ab mit dir auf den Schulhof! Ich räume hier noch auf.“
„Danke, Herr Dr. Jensen“, sagte Steffi nur und lief hinaus. Da der 10. Jahrgang nach der Pause eine Freistunde hatte, blieben die Schüler draußen in der Sonne. Niemandem fiel auf, dass Steffi fehlte.
Unterdessen begann Jakob mit dem Geschichtsunterricht in der 7. Klasse. Gerade die Hälfte der Stunde war vergangen, als die Schulsekretärin nach kurzem Anklopfen eintrat.
„Was gibt es, Frau Kampmann?“
„Sie möchten dringend zur Chefin kommen, Herr Dr. Jensen.“
„Sofort?“
„Ja.“
Da man ihn aus dem Unterricht holte, konnte es sich nur um etwas sehr Wichtiges handeln. So stellte er seinen Schülern eine Aufgabe, ermahnte sie, sich bis zu seiner Rückkehr ruhig zu verhalten, und verließ den Klassenraum.
Minuten später betrat er das Arbeitszimmer der Oberstudiendirektorin. Frau Dr. Helmberger-Kaiser, seine zur Fülligkeit neigende grauhaarige Vorgesetzte, saß mit ernster Miene hinter ihrem Schreibtisch. Durch eine Geste deutete sie auf den Besuchersessel davor.
„Setzen Sie sich, Herr Kollege.“ Und als er das tat: „Ich habe Sie in einer sehr ernsten Angelegenheit rufen lassen“, kam sie ohne Umschweife zur Sache. „Nach der Pause war eine Schülerin völlig aufgelöst bei mir.“ Man sah ihr an, wie unangenehm ihr diese Angelegenheit war. „Stefanie Borchers behauptet, Sie hätten sie nach der Musikstunde sexuell belästigt.“
Unwillkürlich richtete sich Jakob kerzengerade in seinem Sessel auf. Sexuelle Belästigung? Noch dazu einer minderjährigen Schülerin? Ein Alptraum für jeden Lehrer. Es war, als drücke ihm jemand die Kehle zu.

„Haben Sie nichts dazu zu sagen, Herr Dr. Jensen?“
„Das ist völlig absurd“, brachte er heiser heraus, ehe er sich räusperte. „Ich bin Steffi niemals zu nahe getreten.“
„Stimmt es, dass Sie das Mädchen zweimal in Ihrem Wagen mitgenommen haben?“
„Allerdings“, gab Jakob sofort zu. „Am Freitag war ihr im Unterricht übel. Mittags schien es, als hätte sie Fieber. Deshalb hielt ich es für meine Pflicht, das Mädchen nach Hause zu bringen. Gestern hatte Steffi zwar nur den Bus verpasst und hätte dadurch den von ihrer Mutter vereinbarten Arzttermin versäumt. Da ich ohnehin noch in die Innenstadt wollte, habe ich ihr angeboten, sie mitzunehmen.“ Verständnislos schüttelte er den Kopf. „Hätte ich geahnt, dass sie mir meine Hilfsbereitschaft auf diese Weise dankt...“
Ohne ihn zu unterbrechen, hatte seine Vorgesetzte ihn angehört.
„Was ist wahr an dem Gerücht, dass Sie am Samstagabend mit einer Ihrer Schülerinnen in einem Club aufgetreten sind?“
„Auch das trifft zu“, bestätigte Jakob, bevor er sie Umstände erklärte.
„Haben Sie Anna Mertens nach dem gemeinsamen Auftritt auf offener Bühne geküsst?“
„Ich weiß nicht, von wem Ihre Informationen stammen, Frau Dr. Helmberger – Kaiser, aber ich kann Ihnen versichern, dass es sich um einen harmlosen Kuss auf die Wange handelte. Im Übrigen hat Annas Mutter im Publikum gesessen. Auch Frau Mertens fand absolut nichts Anstößiges daran.“ Mittlerweile hatte sich Jakob wieder vollständig unter Kontrolle. „Wie lautet Steffis Anschuldigung konkret?“ wollte er wissen. „Was genau wirft sie mir vor?“
„Ersparen Sie mir bitte Details“, entgegnete sie peinlich berührt. „Diese unangenehme Sache muss nun erst einmal grundsätzlich geklärt werden.“ Fragend hob sie die Brauen. „Halten Sie es für möglich, dass Stefanie sich für irgendetwas an Ihnen rächen will, Herr Kollege? Vielleicht fühlt sie sich unverstan-

den oder in ihren Gefühlen verletzt, weil Sie sie bei irgendeiner Gelegenheit nicht ernst genommen haben?"
„Nein", sagte Jakob nach kurzem Nachdenken. „Völlig ausschließen kann ich natürlich nicht, dass ich irgendwann etwas gesagt habe, das sie mir übel nimmt. Allerdings ist mir in ihrer Verhaltensweise mir gegenüber nichts Ungewöhnliches aufgefallen. Auch heute, als sie mich nach der Musikstunde bat, ihr das letzte Stück noch mal vorzuspielen, war für mich glaubhaft, dass sie daran interessiert ist, etwas zu lernen. – Zumal Steffi sehr gut auf dem Klavier spielt."
„Vielleicht lügt sie ebenso gut?", meinte die Oberstudiendirektorin. „Vielleicht aber auch nicht. Jedenfalls darf ich ihren Vorwurf nicht einfach ignorieren. Ich habe Stefanie für die nächsten Tage vom Unterricht befreit, sie aber gebeten, sich übermorgen für eine Anhörung beider Seiten bereitzuhalten. Sollte sie bei ihren Anschuldigungen bleiben, bin ich gezwungen, die Schulbehörde zu informieren, die dann ihrerseits die Staatsanwaltschaft einschaltet."
„Was bedeutet das für mich?", fragte Jakob äußerlich ruhig. „Bin ich suspendiert?"
„Sie sollten dem zuvorkommen und sich beurlauben lassen", riet sie ihm. „Stefanies Eltern konnte ich leider noch nicht er reichen, da sie sich bis Ende der Woche geschäftlich irgendwo in den Staaten aufhalten. Die Haushälterin kümmert sich solange um das Mädchen."
„Halten Sie mich für schuldig?"
„Zunächst einmal stehe ich voll und ganz hinter meinen Lehrern", entgegnete sie etwas unbehaglich. „Ohne Vertrauen wäre das nicht machbar. Ich habe damals Ihre Einstellung befürwortet, weil ich Sie für einen ausgezeichneten Pädagogen gehalten habe. Daran hat sich nichts geändert. Dennoch sitze ich momentan zwischen zwei Stühlen. Hoffen wir, dass sich übermorgen bei der Anhörung alles aufklärt."

Triumphierend lief Daniel auf dem Hof zu seinen Mitschülern.

„Ihr könnt euch freuen: In den nächsten Tagen gibt es bestimmt jede Menge Stundenausfälle.“
„Wieso?“, fragte ein Klassenkamerad. „Ist unter den Paukern eine Epidemie ausgebrochen?“
„Die Kaiserin hat gerade einen aus ihrer Garde abgesägt.“
„Woher weißt du das?“
„Kleiner Lauschangriff unter ihrem offenen Fenster“, berichtete Daniel stolz. „Nach der Pause habe ich gesehen, dass einige Lehrer wie aufgescheuchte Hühner diskutierten. Um herauszubekommen, was da im Busche ist, musste ich mich nur unter das Fenster der Frischluftfanatikerin hocken.“
Die Gruppe um Daniel wurde immer größer.
„Nun erzähl schon“, forderte Felix ihn auf. „Was hast du gehört?“
„Da konnte wohl einer seine Finger nicht bei sich behalten“, sagte Daniel mit gewichtiger Miene. „Sexuelle Belästigung einer minderjährigen Schülerin lautet die Anklage. Das arme Opfer ist übrigens unsere Steffi.“
„Unglaublich“, murmelte Max. „Wer ist dieses Schwein?“
„Einer, der kleine Mädchen erst in seinem Wagen mitnimmt und sie dann bei erster Gelegenheit gegrabscht.“ Mitleidig blickte er seinen Mitschüler an. „Tja, das war es dann wohl mit der Karriere deines Onkels.“
„Was?“ Max fühlte sich, als hätte er einen Schlag in den Magen erhalten. „Du lügst!“, fuhr er Daniel an. „Mein Onkel würde nie so was Abscheuliches tun!“
„Ach, nein?“, höhnte Daniel. „Steffi ist nicht die einzige, an die er sich rangemacht hat. Frag doch mal Anna, wer sie am Wochenende in einem Club geküsst hat.“
„Das war ein harmloser Kuss auf die Wange nach unserem Auftritt“, erklärte Anna nachdrücklich. „Meine ganze Familie war dabei – und Max auch.“ Vorwurfsvoll blickte sie in die Runde. „Glaubt ihr diesen Schwachsinn etwa, dass sich ausgerechnet DJ an einer Schülerin vergreift? Wir alle haben ihn als prima Lehrer kennengelernt. Obwohl er noch nicht lange an

unserer Schule ist, konnten wir von Anfang an offen mit ihm über alles reden. Er war immer fair zu uns." Scharf fixierte sie Daniel. „Was hat DJ zu Steffis Anschuldigungen gesagt?"
„Natürlich hat er alles abgestritten, aber so einfach kommt er aus dieser Sache nicht mehr raus. Würde die Kaiserin Steffi nicht glauben, wäre sie nicht vom Unterricht freigestellt worden. Nach der Anhörung übermorgen wird sich die Polizei mit dem sauberen Herrn Studiendirektor befassen."
„Nur wenn Steffi weiterhin lügt", sagte Max hart. „Wenn ich nur wüsste, weshalb sie das tut. In den letzten Tagen war sie schon so komisch. Vielleicht hat sie sich über meinen Onkel geärgert und will sich nun an ihm rächen!?"
„Blödsinn!", behauptete Daniel. „Finde dich ruhig damit ab, dass dein Onkel ein mieser Kinderschänder ist!"
Ohne zu überlegen, holte Max aus und schlug seinem Mitschüler die Faust ins Gesicht. Getroffen taumelte Daniel zurück. Sofort hob Max abermals die Faust, aber Anna hielt ihn am Arm fest.
„Max, das hilft DJ auch nicht!"
„Das war schon lange fällig", erwiderte der Junge, ließ die Hand aber sinken. „Komm, Anna, wir gehen."
Ohne auch nur einen Gedanken an den noch anstehenden Kunstunterricht zu verschwenden, verließen Max und Anna die Schule. Sie bemerkten, dass Jakobs Wagen nicht mehr auf dem Parkplatz stand und vermuteten, er sei bereits zu Hause.

Unterwegs legte Max den Arm um Annas Schultern.
„Danke."
„Wofür?"
„Weil du meinen Onkel sofort verteidigt hast."
„Das musste ich tun", gestand Anna. „Ich mag deinen Onkel und fand es ätzend, wie Daniel über ihn hergezogen hat. Für mich steht sowieso fest, dass Steffi das alles nur erfunden hat."
„Wir müssen Onkel Jakob helfen", überlegte Max. „Irgendwie muss es uns gelingen, Steffi davon zu überzeugen, die Wahr-

heit zu sagen."
„Solange sie vom Unterricht befreit ist, kommen wir nicht an sie ran", mutmaßte Anna. „Außerdem wird sie garantiert nicht ausgerechnet mit uns beiden darüber reden. Immerhin bist du sein Neffe – und ich deine Freundin."
„Ich kann doch nicht tatenlos zusehen, wie sie Onkel Jakob fertig macht!" Es klang beinah verzweifelt. „Mein Onkel hat sich immer um uns gekümmert! Ich kann ihn nicht hängen lassen!"
„Wir sprechen mit Hanna", schlug Anna vor. „Wenn uns jemand helfen kann, dann ist sie es. Bislang wusste sie immer einen Rat."

Hanna hatte nach dem Gespräch mit Frederik erst knapp zwei Stunden geschlafen, als jemand an ihrer Schulter rüttelte. Benommen schlug sie die Augen auf.
„Anna...", murmelte sie schlaftrunken, als sie das Mädchen erkannte. „Was ist denn...?"
„Tut mir leid, dass wir dich wecken", sprudelte es aus Anna heraus. „Es ist was Schreckliches passiert! Wir brauchen deine Hilfe! DJ wurde heute vom Unterricht suspendiert! Nur weil Steffi gelogen hat! Er ist doch gar nicht fähig..."
„Moment...", unterbrach Hanna ihren aufgeregten Redefluss und richtete sich etwas auf. Dadurch bemerkte sie auch Max, der verlegen an der Schlafzimmertür stand. „Lasst mich erst mal richtig wach werden." Mit allen zehn Fingern strich sie ihr zerzaustes Haar zurück, stopfte sich ein Kissen in den Rücken und lehnte sich dagegen. Durch eine Geste bedeutete sie den Kindern, sich zu ihr auf die Matratze zu setzen. „So, nun der Reihe nach", forderte Hanna sie auf. „Was genau ist passiert?"
„Eine Mitschülerin war heute nach der Pause bei unserer Direktorin", erklärte Anna. „Steffi hat behauptet, sexuell belästigt worden zu sein. – Von Dr. Jensen."
Sprachlos starrte Hanna das Mädchen an. Jakob sollte sich an einer Schülerin vergriffen haben? Unvorstellbar!

Sekundenlang war nur das leise Summen des Deckenventilators in der Stille zu hören.
„Weiter“, bat Hanna schließlich mit belegter Stimme. „Was wisst ihr noch?“
Abwechselnd berichteten Anna und Max, was sich in der Schule ereignet hatte.
„Wir waren eben bei mir zu Hause“, schloss der Junge. „Onkel Jakob ist total fertig. Er will niemanden sehen.“
„Verständlich.“. Ihr fragender Blick wechselte zwischen Anna und Max. „Ihr habt mich doch nicht nur geweckt, um diese schlechten Nachrichten loszuwerden?“
„Na ja, ich dachte, dass du uns vielleicht helfen kannst“, bekannte das Mädchen. „Wir müssen einen Weg finden, Steffi dazu zu bringen, die Wahrheit zu sagen.“
„Glaubst du, es wäre deinem Onkel recht, wenn ausgerechnet ich mich da einmische, Max?“, zweifelte Hanna. „Diese Angelegenheit wird ihm auch so schon unangenehm genug sein.“
„Trotzdem müssen wir was tun!“, sagte Max eindringlich. „Wenn Steffi mit ihren Lügen durchkommt, ist Onkel Jakob erledigt! Er ist mit Leib und Seele Lehrer! Außerdem ist er seit Mamas Tod immer für uns da! Wer soll sich denn für ihn einsetzen – wenn nicht seine Familie?“ Aufmerksam forschte er in Hannas Gesicht. „Ich weiß, ihr versteht euch nicht besonders. Willst du uns deshalb nicht helfen, Hanna? Oder glaubst du etwa, dass mein Onkel Steffi wirklich belästigt hat?“
„Nein, das glaube ich nicht“, betonte Hanna. „Trotz unserer ständigen Differenzen kann ich mir beim besten Willen nicht vorstellen, dass Jakob sich an einer Schülerin vergreifen könnte. Dazu ist er viel zu verantwortungsbewusst.“
„Dann hilf uns bitte, Hanna!“, flehte Anna. „Dir fällt bestimmt was ein!“
„Okay, ich bin dabei“, gab sie nach. „Um mir ein genaueres Bild zu machen, müsste ich mit deinem Onkel über seine Sicht der Vorwürfe gegen ihn sprechen. Schon das wird nicht einfach werden. Wie ich Jakob kenne, lässt er mich gar nicht rein.“

„Wozu habe ich einen Schlüssel?“, sagte Max erleichtert. „Wann willst du mit ihm reden?“
„So bald wie möglich“, überlegte Hanna, wobei sie einen bedauernden Blick zu ihrem Wecker warf. „Schlafen kann ich jetzt sowieso nicht mehr. Wartet bitte unten auf mich. Wenigstens duschen will ich noch.“

Bereits eine halbe Stunde später betrat Hanna mit Max das Nachbarhaus. Interessiert blickte sie sich um, denn bislang kannte sie von ihren Stippvisiten nur die Terrasse und den Keller. Die Räume im Erdgeschoss waren nicht nur geschmackvoll, sondern auch gemütlich gestaltet. Einen reinen Männerhaushalt hatte sie sich dennoch chaotischer vorgestellt, aber die Unordnung hielt sich in Grenzen. Das ließ vermuten, dass Jakob Jensen eine passable Hausfrau abgab.
„Hier unten ist er nicht“, flüsterte Max seiner Verbündeten zu. „Bestimmt ist er in seinem Dachstübchen. Dort oben ist kinderfreie Zone.“
„Meinst du, ich darf ihn dort stören? Am Ende wirft er mich gleich raus.“
„Du bist sein erster Damenbesuch unter dem Dach“, verriet Max ihr lächelnd. „Das musst du ausnutzen.“
Mit skeptischer Miene wandte sich Hanna zur Treppe.
„Immer geradeaus?“
Mit gemischten Gefühlen stieg sie die Stufen empor, passierte die erste Etage und erreichte die zweite. Zuerst nahm sie die Musik wahr. Schwere, bedrohliche Klänge, die offenbar die innere Verfassung des Zuhörers widerspiegelten. Hanna tippte auf Wagner, während sie auf die halb geöffnete Tür zusteuerte. Jakob saß in seinem Ohrensessel, den Oberkörper nach vorn gebeugt; in den Händen einen Cognacschwenker.
Um sich bemerkbar zu machen, klopfte Hanna an den Türrahmen. Unwillkürlich zuckte Jakob zusammen; sein Kopf ruckte in ihre Richtung.
„Darf ich reinkommen?“

„Was wollen Sie? Wer hat Sie ins Haus gelassen?“
„Max“, antwortete Hanna ruhig und trat trotz seiner unfreundlichen Reaktion ein. „Er macht sich Sorgen um Sie.“
„Dann wissen Sie schon, was man mir vorwirft“, entgegnete er hart und leerte sein Glas in einem Zug. „Empfinden Sie jetzt Genugtuung, weil ich am Boden bin? Oder sind Sie scharf auf schmutzige Details?“
„Seien Sie nicht albern, Jakob“, tadelte sie ihn. „Ich bin hier, um Ihre Version der Vorfälle zu hören.“
„Wozu?“ Aus der auf dem Tisch stehenden Cognacflasche schenkte er sich nach. „Sie halten mich doch ohne dies schon für einen Idioten, der alles kaputtmacht. Warum nicht zur Abwechslung das Leben eines jungen Mädchens?“
„Ich traue ihnen eine Menge zu“, sagte sie und blieb vor ihm stehen, „Aber nicht, dass sie sich an einer Minderjährigen vergreifen.“
„Was macht Sie so sicher?“ Mit dem Glas in der Hand erhob er sich, schaltete die Musik aus und trat ans Fenster. „Haben Sie vergessen, dass ich ein Spanner bin, der Ihnen schon mehrfach unsittliche Angebote gemacht hat? Sie wären eine perfekte Zeugin für die Gegenseite, wie wenig ich mich unter Kontrolle habe! Bei unserem letzten Gespräch habe ich sogar die Möglichkeit in Betracht gezogen, dass mich blutjunge Mädchen reizen könnten! Offenbar bin ich tatsächlich das Schwein, für das Sie mich halten!“
„Hör endlich auf mit diesem Schwachsinn!“, fuhr Hanna ihn an. Sie bemerkte nicht mal, dass sie Jakob duzte. „Sarkasmus und Selbstmitleid bringt dich auch nicht weiter!“ Statt zu antworten, leerte er sein Glas abermals. Energisch nahm Hanna es ihm ab. „Und hör auf zu saufen! Probleme ertrinken nicht in Alkohol – sie können schwimmen!“
Verdutzt blickte Jakob sie an. Nach ihrer letzten frostigen Begegnung hatte er befürchtet, es sich endgültig mit Hanna verdorben zu haben.
„Warum bist du hier?“

„Weil ich versuchen will, dir zu helfen“, erwiderte sie ernst. „Es muss eine Erklärung dafür geben, weshalb dieses Mädchen solch schwere Anschuldigungen gegen dich vorbringt.“
„Darüber habe ich mir seitdem den Kopf zerbrochen, aber ich finde einfach keine Antwort darauf.“
„Schlechte Zensuren?“, schlug Hanna vor. „Vielleicht eine Note, die sie als ungerecht empfindet?“
„Steffi ist eine mittelmäßige Schülerin“, entgegnete Jakob kopfschüttelnd. „Ihre Noten liegen im 3er – Bereich.“
„Könnte es sein, dass sie in dich verliebt ist?“ Befremdet schaute Jakob sie an.
„In mich alten Knacker? Das ist doch lächerlich!“
„Wieso? –Ich war mit vierzehn unsterblich in meinen Englischlehrer verknallt.“
„Selbst wenn es so wäre, würde sie mir doch nicht schaden wollen. – Oder hältst du es für möglich, dass hier der Wunsch Vater des Gedankens war?“
„Wer weiß, wozu die komplizierte Psyche eines Teenagers, der zu viel Fantasie, aber umso weniger Realitätssinn besitzt, fähig ist?“, sagte sie nachdenklich. „Auch Menschen mit einem Aufmerksamkeitsdefizit behaupten manchmal unwahre Dinge, um in den Mittelpunkt des Interesses zu gelangen. Dabei ist es völlig egal, ob auf positive oder negative Weise.“
„Dann ist ihr womöglich gar nicht bewusst, was sie anrichtet“, folgerte Jakob aus Hannas Ausführungen. „Ihr ist nicht klar, dass sie meine Existenz zerstört.“
„Soweit ist es noch lange nicht“, sagte Hanna kopfschüttelnd. „Solange dir kein Fehlverhalten nachgewiesen werden kann, gilt die Unschuldsvermutung.“
„Von einen solchen Vorwurf bleibt immer etwas haften“, sagte Jakob deprimiert. „Sexuelle Nötigung einer Minderjährigen, noch dazu einer Abhängigen, einer Schutzbefohlenen ist ein schwerwiegendes Verbrechen. Auch wenn sich meine Unschuld herausstellen sollte, werden die Leute tuscheln. So etwas vergisst niemand. Glaubst du, dann vertrauen Eltern mir

noch ihre Kinder an? Einem Lehrer mit solch einem Makel?"
„Die Schulleitung hat bestimmt kein Interesse daran, die Angelegenheit an die große Glocke zu hängen", versuchte Hanna, ihn zu beruhigen. „Bis der Sachverhalt geklärt ist, werden sie die ganze Geschichte gewiss sensibel behandeln. Selbst wenn das Mädchen bei seiner Behauptung bleiben sollte, steht immer noch Aussage gegen Aussage. Dann kommt es auf die Glaubwürdigkeit an. Deshalb musst du um deinen guten Ruf kämpfen, anstatt zu resignieren."
Leise aufstöhnend schüttelte Jakob den Kopf.
„Wie denn?"
„Ich werde mir was einfallen lassen", versprach Hanna. „Irgendwie bringen wir die Wahrheit ans Licht."
Dicht blieb Jakob vor ihr stehen. Seine grauen Augen konzentrierten sich auf die ihren.
„Warum tust du das alles für mich, Hanna?"
„Weil ich Lügen und Ungerechtigkeit verabscheue", antwortete sie ruhig. „Außerdem habe ich es Anna und Max versprochen."
Das war zwar nicht das, was Jakob gern gehört hätte, aber er hoffte, es brächte sie einander näher. Es bedeutete ihm schon sehr viel, dass Hanna an ihn glaubte. Momentan gab es sicher nur wenige Menschen in seiner Umgebung, die ihn nicht für ein skrupelloses Monster hielten, das mit seinen sexuellen Gelüsten nicht einmal vor einer Minderjährigen Halt machte.
Unerwartet beugte sich Jakob etwas vor und hauchte ihr einen Kuss auf die Wange.
„Danke, Hanna."

Bei ihrem täglichen Jogging dachte Hanna darüber nach, auf welche Weise man das Mädchen zum Sprechen bringen könnte. Ihre ersten Einfälle verwarf sie wieder, weil sie am Gelingen der Durchführung zweifelte. Erst auf ihrem Weg durch den Stadtwald Eilenriede kam ihr eine zündende Idee. Um sie in die Tat umzusetzen, waren jedoch einige Vorbereitungen nötig. Bei Hannas Rückkehr war ein konkreter Plan in ihrem Kopf

entstanden. Es kam ihr sehr gelegen, dass Marie und ihr Onkel mit Anna und Max im Wohnzimmer saßen.
„Frederik, wie gut kannst du mit dem Computer umgehen?“, wandte sie sich an ihn. „Ich brauche jemanden, der mir bei der Erstellung eines Dokuments hilft.“
„Ich bin dein Mann. Verrätst du mir auch, wozu du das brauchst?“
„Lieber nicht. Die Aktion ist nicht ganz legal.“
„Was hast du denn vor?“, fragte Marie beunruhigt. „Nun sag schon, Hanna!“
„Ich habe einen Plan, wie man Steffi eventuell dazu bringen könnte, die Wahrheit zu sagen“, erklärte Hanna. „Mehr braucht ihr nicht zu wissen.“ Mit fragendem Blick wandte sie sich an Anna und Max. „Seid ihr vollkommen sicher, dass ihre Eltern auf Reisen sind?“
„Ich habe gehört, wie Steffi einer Freundin erzählte, dass ihre Eltern die ganze Woche auf Geschäftsreise in Amerika sind“, bestätigte Anna. „Sie hat sogar geprahlt, was die ihr alles mitbringen.“
„Gut“, sagte Hanna nur. „Ich gehe jetzt duschen.“ An der Tür drehte sie sich noch einmal herum. „Kein Wort zu niemandem. – Verstanden?“

In ihrem Schlafzimmer schlüpfte Hanna nur aus den Joggingschuhen, ehe sie zum Telefon griff.
„Hallo, Daggi“, sagte sie, als die Freundin sich meldete. „Ich brauche deine Hilfe.“
„Worum geht es?“
„Hast du morgen Vormittag für mich Zeit?“
„Für dich immer. Was kann ich für dich tun?“
„Kannst du mich in eine ältere Frau mit grauem Haar und unmoderner Kleidung verwandeln? Mit strenger Frisur, unförmiger Figur und so weiter?“
„Was soll denn das darstellen?“
„Eine Frau vom Jugendamt.“

„Kein Problem“, stimmte die Maskenbildnerin zu. „Aber nur, wenn du mir morgen erzählst, wieso ich aus dir ein so unscheinbares Wesen machen soll.“
„Versprochen“, sagte Hanna. „Danke, Daggi. Kann ich gleich morgen früh vom Sender aus zu dir kommen?“
„Bis dahin habe ich alles vorbereitet.“

Zu gewohnter Stunde war der Engel der Nacht auf Sendung. Angel teilte ihren Hörern mit, dass sie mit ihnen über Verzweiflung sprechen wollte und gab die Telefonnummer des Senders bekannt. Während die Musik einsetzte, schenkte sich die Moderatorin einen Becher starken Kaffee ein. Nach nur zwei Stunden Schlaf hätte sie diese Nacht liebend gern in ihrem Bett verbracht, anstatt vor dem Mikrofon zu sitzen. Aber auch sie besaß Pflichtbewusstsein. Ihre Kollegen und die Zuhörer zu enttäuschen, kam für Hanna nicht in Frage.
Nach den ersten beiden Gesprächen war ein alter Bekannter in der Leitung.
„Guten Abend, Dracula“, begrüßte der Engel der Nacht den Anrufer. „Mit dir hätte ich schon beinah nicht mehr gerechnet. Ich habe befürchtet, du hättest dir eine angenehmere nächtliche Beschäftigung gesucht.“
„Ach, Angel...“, seufzte Jakob. „Leider bin ich nicht der einzige, der nachts mit dir plaudern möchte. Oft komme ich einfach nicht zu dir durch.“
„Heute hast du es aber geschafft. Darüber freue ich mich. Offen gestanden litt ich schon fast unter Entzugserscheinungen.“
„Endlich ein Lichtblick nach diesem fürchterlichen Tag“, freute sich Jakob. „Ich war bereits nahe daran, zu verzweifeln.“
„Somit sind wir beim Thema unserer Sendung“, nahm die Moderatorin die Gelegenheit wahr. „Für dich war das heute ein schrecklicher Tag? Wie fühlst du dich dadurch?“
„Niedergeschlagen“, gestand Jakob offen. „Momentan befinde ich mich in einer sehr schwierigen persönlichen Situation. Sozusagen an einem Tiefpunkt meines Lebens.“

„Glaubst du nicht, dass auch wieder bessere Zeiten für dich anbrechen?“
„Nein“, sagte er, und es klang deprimiert. „Wenn einem plötzlich etwas sehr Wichtiges genommen wird, verliert man jede Hoffnung, jede Zuversicht. Es gibt keinen Ausweg aus meiner vertrackten Lage. Dabei bin ich völlig schuldlos in dieses Schlamassel geraten.“
„Womöglich siehst du das alles zu schwarz“, vermutete Angel. Ihr fielen die Parallelen zu den Problemen ihres Nachbarn auf, der ebenfalls in einer Lebenskrise steckte. „Erzähl mir, was geschehen ist. Vielleicht kann ich dir einen Rat geben.“
„Man beschuldigt mich einer Tat, die ich nicht begangen habe.“
„Kannst du das beweisen?“
„Es steht Aussage gegen Aussage. Am Ende wird man mir nicht glauben. Dadurch geht meine ganze Existenz den Bach runter.“
„Hast du denn niemanden, der für dich einsteht?“
„Meine Familie natürlich, aber sonst stehe ich auf verlorenem Posten. – Nein, nicht ganz“, korrigierte er sich. „Es gibt noch jemanden: einem Menschen, der mir in einem Moment tiefster Verzweiflung Mut zugesprochen und mir seine Hilfe angeboten hat.“
„Ein Fremder?“, fragte der Engel der Nacht vorsichtig. Die Ahnung, die unwillkürlich in ihr aufstieg, erschien ihr absurd. Würde Draculas Stimme nicht völlig anders klingen, wäre die Moderatorin dennoch geneigt zu glauben, sie spräche mit Jakob Jensen. „Oder war es ein Freund?“
„Weder noch“, überlegte er. „Zwar kennen wir uns schon länger, aber es ist kein gutes Verhältnis zwischen uns zustande gekommen. – Was leider ausschließlich an mir gelegen hat. Umso erstaunlicher, dass ausgerechnet sie mir als erstes ihr Vertrauen ausgesprochen hat.“
„Du sprichst von einer Frau?“
„Ja...“

„... die du aber nicht magst“, vollendete Angel.
„Im Gegenteil“, bekannte Jakob. „Deshalb ärgert es mich, dass sie mich weder wirklich wahr noch ernst nimmt.“
„Immerhin ernst genug, um dir helfen zu wollen. Könnte das nicht eine Basis für einen friedlichen Umgang miteinander sein? Manchmal gewinnt man erst in schwierigen Situationen wirkliche Freunde.“
„Das könnte tatsächlich als einzig Positives aus dieser schrecklichen Angelegenheit hervorgehen“, sagte er nachdenklich. „Allerdings ändert auch das nichts an meiner verzweifelten Lage. Mir hilft nur noch ein Wunder.“
„Du darfst den Glauben an die Gerechtigkeit nicht verlieren, Ja ... Dracula.“ Beinah hätte sie ihn Jakob genannt. „Auf jedes Dunkel folgt auch wieder Licht. Ich wünsche dir, dass sich diese Sache rasch zu deinen Gunsten aufklärt.“
„Danke, Angel. – Du bist wirklich ein Engel.“
„Vielleicht meldest du dich bei Gelegenheit wieder und erzählst mir, ob sich für dich alles zum Guten gewendet hat.“
„Das tue ich ganz bestimmt. – Gute Nacht, Angel.“
„Bis bald, Dracula.“
Während nun wieder Musik gespielt wurde, war die Moderatorin sicher, dass sich Jakob Jensen hinter dem Pseudonym Dracula verbarg. An eine zufällige Ähnlichkeit der Probleme glaubte sie nun nicht mehr. Dafür waren die Umstände zu identisch. Wahrscheinlich hatte Jakob seine Stimme bereits bei seinem ersten Anruf verstellt oder etwas über die Sprechmuschel gelegt, um nicht erkannt zu werden. Dadurch beugte er vor allem Gerede unter seinen Schülern vor, die womöglich seine Stimme im Radio als die ihres Lehrers ausgemacht hätten. Das war nicht nur umsichtig, sondern auch verantwortungsbewusst seinen Neffen gegenüber, die sonst vielleicht dem Spott ihrer Mitschüler ausgesetzt worden wären. Unwillkürlich erinnerte sich Hanna an die anderen Anrufe des selbsternannten Vampirs. Seine Beiträge waren stets klug, sehr menschlich, aber auch humorvoll. Sogar geflirtet hatte er mit

dem Engel der Nacht. Nur gut, dass er nicht wusste, wer Angel wirklich war. Sein Umgang mit seiner Nachbarin ließ zwar oft zu wünschen übrig, aber er hatte eben indirekt zugegeben, dass sein Verhalten ihr gegenüber keiner Abneigung entsprang.

Kapitel 22

Gleich nach der Sendung fuhr Hanna zum Atelier ihrer Freundin. Dagmar hatte ein kleines Frühstück vorbereitet, bei dem Hanna ihr den Grund für die Verkleidung erklärte.
„Dieser Jakob“, sagte Dagmar nachdenklich, als Hanna am Schminktisch saß. „Ist das nicht dein unmöglicher Nachbar, von dem du mir kürzlich erzählt hast? Wieso bist du plötzlich nicht mehr sauer auf den Mann?“
„Das kann ich doch später wieder sein“, meinte Hanna achselzuckend. „Ihm fällt bestimmt bald was Neues ein, um mich zu ärgern. Jetzt ist es vorrangig, diese unwahren Behauptungen aus der Welt zu schaffen.“
„Du und dein Helfersyndrom“, murmelte Dagmar, bevor sie sich an die Arbeit machte.
Im Laufe der nächsten beiden Stunden wurde Hannas Gesicht zunehmend faltiger. Eine graue Perücke mit streng zurück gekämmtem Haar, das im Nacken zu einem Knoten zusammengefasst war, blaue Kontaktlinsen und eine Hornbrille vervollständigten den Eindruck einer ältlichen Beamtin.
„So, jetzt sorge ich dafür, dass du mindestens 20 Kilo mehr auf die Rippen bekommst.“
„Solange ich mir die hinterher nicht wieder mühsam runterhungern muss“, scherzte Hanna. „Bei Maries Kochkünsten wäre das nämlich so gut wie unmöglich.“
„Auf meine Art sind Zu – und Abnehmen kein Problem“, prophezeite Dagmar und griff nach einem unförmigen Gebilde. Es war fleischfarben und wirkte wie ein dick gepolsterter Body. Mithilfe der Freundin zwängte sich Hanna in ihr Übergewicht. Darüber zog sie einen wadenlangen beigefarbenen Rock und eine hochgeschlossene braune Bluse an. Flache Schnürschuhe

aus hellem Veloursleder rundeten das Outfit ab.
Kritisch drehte sich Hanna vor dem hohen Spiegel. Sie erkannte sich selbst nicht wieder.
„Du bist echt genial, Daggi“, sagte sie beeindruckt. „Ich sehe aus wie ein gut gemästetes spätes Mädchen vom Lande.“
„Kennt diese Steffi dich eigentlich gut?“
„Da ich die Schulveranstaltungen gewöhnlich mit Marie zusammen besuche, hat das Mädchen mich schon häufiger gesehen. Ohne diese Maskerade würde mein Plan vermutlich nicht funktionieren.“

In ihrem Wagen fuhr Hanna nach Kirchrode, parkte aber nicht direkt vor der Villa der Familie Borchers. Sie stellte den Golf in einer Nebenstraße ab und ging zu Fuß zurück zur Hausnummer 3.
Vor der breiten Eingangstür atmete sie noch einmal tief durch, bevor sie läutete.
Die Tochter des Hauses öffnete selbst die Tür.
„Guten Tag. Mein Name ist Dorothea Wackernagel“, stellte sie sich vor und hielt dem Mädchen einen grünen Ausweis unter die Nase. „Vom Jugendamt. – Bist du Stefanie Borchers?“
Unbehaglich nickte das Mädchen.
„Wir haben von der Schulleitung eine Meldung über einen Vorfall im Ratsgymnasium erhalten. Dazu muss ich dir ein paar Fragen stellen.“
Abermals nickte Steffi. Ihr blieb nichts anderes übrig, als die Frau hereinzulassen.
„Können wir in dein Zimmer gehen?“, schlug Hanna vor. „Ich möchte es sehen.“
Wortlos ging das Mädchen voraus. Außer ihm schien niemand im Haus zu sein. Das kam Hanna sehr gelegen.
In Stefanies Zimmer schaute sich Hanna kurz um, ehe sie auf dem Stuhl vor dem Schreibtisch Platz nahm. Aus ihrer Tasche zog sie einen Notizblock sowie einen Kugelschreiber.
Unterdessen setzte sich das Mädchen auf die Bettkante und

schaute die Frau abwartend an.
„Stefanie, erzähl mir bitte, was gestern nach dem Musikunterricht passiert ist."
„Dr. Jensen hat gesagt, ich soll noch bleiben, weil er mir etwas auf dem Klavier vorspielen wollte."
„Deine Mitschüler hatten den Raum bereits verlassen?"
„Ja."
„Was ist dann geschehen?"
„Erst hat er auf dem Klavier gespielt", sagte Steffi, ohne die Besucherin anzusehen. „Plötzlich stand er ganz nah vor mir, hat mich hier angefasst..," sie deutete auf ihre linke Brust, „... und gesagt, mein Herz würde ganz wild klopfen... Und dann wollte er mich küssen..."
„Wie hast du darauf reagiert?"
„Ich habe ihn weggestoßen und bin rausgelaufen."
Forschend musterte Hanna das Mädchen. Steffi wirkte angespannt und rang nervös die Hände. Auf der weißen Haut ihrer linken Halsseite leuchtete eine rote Schramme.
„Stammt der Kratzer an deinem Hals von Dr. Jensen?"
„Ja."
„Stimmt es, dass du in den Tagen davor zweimal mit deinem Lehrer in seinem Wagen mitgefahren bist?"
Stumm nickte Steffi.
„Wurde er dabei in irgendeiner Weise zudringlich?"
„Beim ersten Mal hat er beim Fahren seine Hand auf mein Knie gelegt", behauptete das Mädchen. „Und am Montag hat er mir über den Arm gestreichelt und mich dabei ganz komisch angesehen."
Trotz des mitlaufenden Bandgerätes in ihrer Tasche machte sich Hanna einige Notizen.
„War dir das unangenehm?"
„Ja, sehr. Ich wollte nicht, dass er mich anfasst."
„Hast du ihm das klar und deutlich gesagt?"
„Das habe ich mich nicht getraut."
„Trotzdem bist du nach dem Musikunterricht allein mit ihm im

Raum geblieben“, begann Hanna mit ihrer geplanten Verunsicherungstaktik. „Obwohl du damit rechnen musstest, dass er dich wieder berührt. Hast du eine Erklärung dafür, warum du das in Kauf genommen hast, obwohl dir das zuwider war?“
„Nein, ich ...“ Hilflos irrte ihr Blick durch ihr Zimmer. „Er ist doch mein Lehrer ... Ich meine ... Wenn er sagt, ich soll bleiben, kann ich doch nicht einfach gehen.“
„Tust du immer alles, was ein Lehrer von dir verlangt?“
„Nein!“, empörte sich das Mädchen. „Wenn ich etwas nicht will, sage ich das auch!“
„Wieso hast du das dann nicht schon im Auto getan?“, bohrte Hanna weiter. „Ein selbstbewusstes Mädchen, das weiß, was es will, wehrt sich doch normalerweise sofort.“ Abrupt wechselte Hanna das Thema. „Wo sind eigentlich deine Eltern? Auch mit ihnen muss ich über den Vorfall sprechen.“
„Das geht nicht“, sagte Steffi etwas zu hastig. „Meine Eltern sind in Amerika.“
„Wie lange?“
„Die ganze Woche.“
„Deine Eltern lassen dich hier eine volle Woche allein?“, tat Hanna verwundert und machte sich eine Notiz. „Ein Mädchen von noch nicht mal 16 Jahren?“
„Unsere Haushälterin versorgt mich“, beeilte Steffi sich, ihr zu versichern. „Sie ist gerade einkaufen.“
„Trotzdem gilt es zu prüfen, ob hier eine Verletzung der Aufsichtspflicht deiner Eltern vorliegt“, sagte Hanna sachlich. „Sollte sich herausstellen, dass sie dich vernachlässigen, wird das Ärger geben. Soviel ist sicher.“ Fragend hob sie die Brauen. „Was macht dein Vater beruflich?“
„Er hat eine Computerfirma.“
„Hoffentlich wirkt sich diese Sache nicht geschäftsschädigend für ihn aus.“
„Müssen meine Eltern unbedingt davon erfahren?“, fragte Steffi erschrocken. „Ich meine, es ist doch nichts weiter passiert.“

„Da du deinen Lehrer bei der Schulleitung gemeldet hast, geht das alles jetzt seinen Gang: Polizei, Staatsanwaltschaft, Verhöre...“, zählte sie zu Steffis Entsetzen auf. Mit dem Kugelschreiber deutete Hanna auf den Hals des Mädchens. „Außerdem bist du verletzt.“

„Das ist doch nur ein kleiner Kratzer.“

„Ein etwas merkwürdiger Kratzer“, fiel Hanna nun auf. Scheinbar konzentriert ging sie ihre Notizen durch. „Bist du sicher, dass er wirklich von deinem Lehrer stammt?“

„Absolut sicher!“ Warum glaubte diese Frau ihr nicht? „Wieso?“

„Ich zeige es dir“, sagte Hanna und erhob sich. „Steh bitte auf.“ Dicht trat Hanna vor das Mädchen. Sie hob die rechte Hand und ließ sie vor Steffis linker Brust schweben. „Jetzt stoß mich zurück!“ forderte sie das Mädchen auf.

Ohne die Folgen absehen zu können, beugte sich Steffi ein wenig vor, um die vermeintliche Jugendamtsmitarbeiterin wegzuschubsen. Dabei stieß sie gegen Hannas Arm, so dass ihre Hand hochschnellte und fast die rechte Halsseite des Mädchens berührte.

„Genau so war es!“, sagte Steffi triumphierend. „Glauben Sie mir jetzt, dass Dr. Jensen mich gekratzt hat?“

„Wenn man auf mehr als dreißig Jahre Erfahrung in diesem Job zurückgreifen kann, fallen einem Ungereimtheiten sofort auf“, sagte Hanna völlig ruhig. „Du hast nicht bedacht, dass dein Lehrer Linkshänder ist. – Schau her.“ Sie hob die Linke in Steffis Brusthöhe. „Um deinen Herzschlag zu spüren, müsste Dr. Jensen seine Hand völlig verdreht haben“, sagte Hanna und demonstrierte es ihr. „Auf diese Weise fasst kein Mensch einen anderen an.“

„Dann hat er mich eben an die rechte Brust gefasst!“, sagte Steffi trotzig. „Ist doch egal!“

„Das ist es nicht, mein Kind. Ein Lehrer wird doch wissen, auf welcher Seite das Herz schlägt. Außerdem müsste sich der Kratzer dann rechts an deinem Hals befinden. – Es sei denn, man kratzt sich als Rechtshänder selbst." Eindringlich schaute sie ihr in die Augen. „Du bist doch Rechtshänderin!?" Mit gesenktem Blick nickte Steffi. Sie verspürte plötzlich Panik in sich aufsteigen, wusste nicht, was sie sagen sollte.

„Ich hoffe, du bist dir über die Folgen einer Falschaussage im Klaren, Stefanie. Willst du mir nicht die Wahrheit sagen? Dann kann man das Schlimmste noch abwenden." Sie unterbrach sich, als das Mädchen unerwartet in Tränen ausbrach. Behutsam zog Hanna es mit sich auf die Bettkante. „Noch ist es nicht zu spät, Stefanie. Wenn die Lawine erst ins Rollen gerät, nimmt dich die Polizei in die Mangel. Ich fürchte, den Verhören bist du nicht gewachsen. Auch deine Eltern..."

„Ich wollte das alles doch gar nicht!", schluchzte das Mädchen. „Ich wollte doch nur, dass er einen Denkzettel bekommt! Er und Max!"

„Wer ist Max?", tat Hanna ahnungslos.

„Der Neffe von Dr. Jensen. Er ist in meiner Klasse."

„Was hat der Junge mit der Sache zu tun?"

Stockend gestand Steffi von der Prahlerei vor ihren Freundinnen, dass sie Max in kürzester Zeit zum Freund hätte. Sie berichtete von der Demütigung seiner Zurückweisung und dem Scherz ihres Lehrers über ihre Unaufmerksamkeit. Auch ließ sie Daniels Behauptung nicht aus, Onkel und Neffe hätten sie absichtlich vor den anderen lächerlich gemacht.

„Dafür wolltest du dich rächen", schloss Hanna aus dem Geständnis, worauf Steffi schuldbewusst nickte.

„Max hat mir bei der Nachhilfe erzählt, wie sehr er seinen Onkel bewundert. Ihn würde es am meisten treffen, wenn sein toller Onkel plötzlich als gemeiner Lump dasteht." Betreten blickte sie Hanna an. „Ich dachte, die Kaiserin wirft Dr. Jensen stillschweigend von der Schule. – Und das war's. Mit Polizei und so habe ich nicht gerechnet."

„Dem entgehst du nur, wenn du morgen bei der Anhörung die Wahrheit sagst."

„Das kann ich nicht", erwiderte Steffi, wobei ihr wieder Tränen in die Augen stiegen. „Ich schäme mich so. Außerdem spricht die Kaiserin dann bestimmt mit meinen Eltern. Wenn die davon erfahren, ist der Teufel los.“ Mit flehendem Blick schaute sie Hanna an. „Können Sie morgen nicht für mich aussagen? Sie wissen doch jetzt die Wahrheit.“

„Zwar bin ich nun durch mein Wissen eine Zeugin, aber die Aussage kann ich dir leider nicht abnehmen. Du musst selbst reinen Tisch machen. Einen anderen Ausweg gibt es nicht. Bedauerlicherweise kann ich dir die Anhörung nicht ersparen.“

„Ich kann das nicht!“, wiederholte Steffi verzweifelt. „Vor der Schulleitung und Dr. Jensen! Sie werden mich ansehen wie eine Verbrecherin! Gibt es keine andere Möglichkeit, Frau Wackernagel?“

Obwohl sie sich das selbst eingebrockt hatte, tat das Mädchen Hanna leid. Nachdenklich erhob sie sich und trat an das Fenster. Minutenlang überlegte sie, welche Alternative es zur Anhörung geben mochte. Plötzlich hatte sie einen Einfall.

„Hast du schon mal vom Engel der Nacht gehört?“

Irritiert nickte das Mädchen.

„Wenn ich nicht schlafen kann, höre ich Angel manchmal zu. – Warum?“

„Ruf sie heute Nacht im Sender an und sprich mit ihr über dein Problem“, schlug Hanna vor. „Dabei musst du aber offen zu deinem Fehler stehen. Ich könnte vorher mit Frau Helmberger-Kaiser reden und sie bitten, die Sendung genau zu verfolgen. Dadurch würde die Anhörung womöglich überflüssig. Sollte sich der Sachverhalt dadurch klären, gäbe es auch für das Jugendamt keinen Grund, die Angelegenheit weiter zu verfolgen. Außerdem kämen weder die Polizei noch die Staatsanwaltschaft ins Spiel.“

„Und meine Eltern?“

„Auch dafür finden wir bestimmt eine Lösung.“ Es überraschte und erleichterte Steffi, dass diese Frau ihr offenbar zur Seite stehen wollte.

„Warum wollen Sie mir helfen, obwohl ich Sie zuerst angelogen habe?“

„Mir ist eine kleine Schwindelei, die noch dazu bereut wird lieber, als ein Lehrer, der eine Schülerin sexuell belästigt“, sagte Hanna sehr ernst. „Mädchen, die eine solche Tat bewältigen müssen, gibt es wahrlich schon genug.“ Auf ihrem Notizblock notierte sie eine Telefonnummer, löste das Blatt heraus und reichte es Steffi. „Unter dieser Nummer kannst du den Engel der Nacht erreichen.“

„Woher wissen Sie das?“

„Auch ich habe mich schon Rat suchend an Angel gewandt, als ich nicht weiter wusste“, behauptete Hanna. „Versprichst du mir, dass du sie heute Nacht anrufst?“

„Ja“, nickte Steffi. „Danke, dass Sie das für mich regeln.“

Unterdessen hatte Marie einen Brunch vorbereitet. Nachdem Romy mit Katharina eingetroffen war, bat Marie ihre Tante, zum Nachbarhaus hinüberzugehen, um Jakob zu holen. Wie erwartet, weigerte er sich, mit ihr zu kommen, aber Romy gelang es, ihn und seinen Bruder, der sich diesen Tag freigenommen hatte, zu überreden. Gemeinsam wollten sie nach einer Möglichkeit suchen, dem verleumdeten Lehrer zu helfen. Sie diskutierten lebhaft miteinander im Wohnzimmer, als jemand an die offene Terrassentür klopfte.

„Verzeihen Sie, dass ich einfach durch den Garten komme“, sagte Hanna mit verstellter Stimme. „Leider haben Sie mein Läuten überhört.“ Unaufgefordert trat die ältliche Frau näher. „Ich möchte zu Frau Mertens.“

„Das bin ich“, erwiderte Marie. „Worum geht es?“

„Dorothea Wackernagel vom Jugendamt“, stellte sie sich mit ihrem Notizblock in der Hand vor. „Wir überprüfen momentan alle Familien mit allein erziehenden Elternteilen. Nach meinen Unterlagen leben in diesem Haus drei minderjährige Kinder.“ Missbilligend registrierte sie die Gläser und Flaschen auf dem Tisch. „Veranstalten Sie hier schon am hellen Vormittag ein Gelage? Das ist ja sehr interessant...“ Unverzüglich machte sie

sich eine Notiz. „Sie sind heute schon die zweite Familie, bei der um diese Zeit Alkohol konsumiert wird. Wie sollen unschuldige Kinder bei derartigen häuslichen Verhältnissen von Alkohol und Drogen ferngehalten werden?“
„Was erlauben Sie sich?“, empörte sich Jonas. „Sie können hier nicht einfach urplötzlich reinplatzen und ...“
„Wir kommen immer unangemeldet!“, fiel sie ihm streng ins Wort. „Nur dadurch erhält man Einblick in die oft katastrophalen Umstände, unter denen die Kinder aufwachsen müssen.“ Unter hochgezogenen Brauen musterte sie ihn. „Wer sind Sie überhaupt? Der Ex-Ehemann oder ein Liebhaber?“
„Nur der Nachbar“, entgegnete Jonas frostig. „Ich bin Jonas Jensen. Im Übrigen gefällt mir weder Ihr Ton noch Ihre Vorgehensweise, Frau ...“
„Zu Ihnen komme ich heute auch noch“, unterbrach sie ihn abermals. „Hoffentlich sind Sie dann noch in der Lage, mir die gewünschten Auskünfte zu geben. Ihre Anwesenheit hier spricht nicht gerade für einen soliden Lebenswandel.“
Während Romy und Katharina einen befremdeten Blick tauschten, konnte Frederik nur mit Mühe seine Belustigung unterdrücken.
„Warum setzen Sie sich nicht zu uns, gute Frau?“, sprach er Hanna mit charmantem Lächeln an. „Eine weltgewandte Lady, wie Sie es sind, bringt doch bestimmt Verständnis für die kleinen Schwächen ihrer Mitmenschen auf“, schmeichelte er ihr. „Kommen Sie, trinken Sie ein Glas mit uns. Dabei plaudert es sich viel leichter.“
„Das ist versuchte Beamtenbestechung“, stieß sie vorwurfsvoll hervor. „Das werde ich in meinem Bericht sicher nicht unerwähnt lassen.“ Während abermals Notizblock und Kugelschreiber zum Einsatz kamen, setzte Frederik zu einer Erwiderung an. Blitzschnell stieß Romy ihn unter dem Tisch mit der Schuhspitze gegen das Bein. Der Blick mit dem sie ihn dabei bedachte, schien zu sagen: Halt bloß den Mund, sonst machst du es nur noch schlimmer. Ein Schmunzeln unterdrückend,

zuckte Frederik nur die Achseln.
„Frau Mertens“, wandte sich die vermeintliche Jugendamtsmitarbeiterin an Marie. „Ich möchte jetzt die Kinderzimmer inspizieren. Falls es auch dort Beanstandungen gibt, müssen wir uns ernsthaft über das Sorgerecht für die Mädchen unterhalten.“
„Das reicht!“ Unvermittelt erhob sich Jakob und baute sich vor der grauhaarigen Frau auf. „Meines Wissens haben Sie überhaupt kein Recht, sich in die Angelegenheiten dieser Familie einzumischen, wenn nicht ein begründeter Verdacht besteht, dass die Kinder in irgendeiner Weise vernachlässigt oder unzureichend versorgt werden! Deshalb fordere ich Sie auf, dieses Haus unverzüglich zu verlassen!“
„Sie erdreisten sich, mich hinauszuwerfen?“, fragte Hanna nicht nur herausfordernd, sondern auch mit unverstellter Stimme. „Aus meinem eigenen Haus?“
Fünf Augenpaare weiteten sich fassungslos.
„Hanna...?“ Romy war die erste, die sich fing. „Das ist doch nicht möglich! Bist du das wirklich?“
„Scheint beinah so“, lachte ihre Tochter. „Dass nicht mal du mich erkannt hast, sollte ich dir eigentlich übel nehmen.“
„Du siehst aus, wie meine eigene Großmutter!“, rief Romy kopfschüttelnd aus. „Wozu diese Maskerade?“
„Hanna war als Dorothea Wackernagel vom Jugendamt bei Stefanie“, erklärte Frederik sichtlich amüsiert. „Um die Wahrheit aus dem Mädchen rauszuholen.“
„Du wusstest davon?“ Es war das erste Mal, dass Romy ihn direkt ansprach. „Wieso hast du uns nicht gleich gesagt, dass Hanna unter dieser schrecklichen Verkleidung steckt?“
„Weil ich ihr den Spaß nicht verderben wollte“, erwiderte Frederik nun wieder ernst. „Da keiner von euch ihre Tarnung durchschaut hat, ist auch nicht anzunehmen, dass das Mädchen gewusst, hat, wer Hanna wirklich ist. An deiner Tochter ist eine Schauspielerin verlorengegangen.“
Derweil forschte Jakob ungläubig in dem fremden Gesicht. Nicht einmal die Augen, deren tiefes Grün ihn sonst faszinier-

te, stimmten überein. Spontan hob Jakob die Hand und berührte vorsichtig die faltige Wange.
„Na, na, na, junger Mann“, tadelte Hanna ihn. „Wirke ich so unwiderstehlich auf Sie, dass Sie Ihre Finger nicht bei sich behalten können?“
„Ich liebe Antiquitäten“, sagte Jakob mit entwaffnendem Lächeln und legte die Hand auf ihre ungewohnt ausladende Hüfte. „Besonders barocke Formen haben es mir angetan.“
„Dann sollte ich mich schleunigst wieder zurückverwandeln“, entgegnete Hanna trocken. „Für solche Schmeicheleien bin ich viel zu müde.“
„Kein Wunder“, meinte Marie. „In den letzten beiden Tagen hast du nicht mehr als zwei Stunden geschlafen.“
„Was nimmt man nicht alles für ein gutes nachbarschaftliches Verhältnis in Kauf“, sagte sie und setzte sich auf die Armlehne von Frederiks Sessel. Wie selbstverständlich nahm sie ihm sein Mineralwasserglas aus der Hand und leerte es in durstigen Zügen. „Das habe ich jetzt gebraucht.“
„War deine Mission so schwierig?“, fragte Maries Onkel. „Was für einen Eindruck hat das Mädchen auf dich gemacht?“
„Zuerst hat sie ihre Nervosität überspielt, aber es ist mir gelungen, sie zunehmend zu verunsichern. Schließlich hat sie unter Tränen zugegeben, sich das alles ausgedacht zu haben, um sich zu rächen. – In erster Linie an Max, der sie abblitzen ließ.“
Mit wenigen Worten erzählte sie die Gründe.
Daraufhin schaute Jakob sie in banger Erwartung an
„Wird Steffi auch morgen bei der Anhörung die Wahrheit sagen?“
„Dazu konnte ich sie leider nicht überreden“, bedauerte Hanna. „Steffi schämt sich zu sehr, der Schulleitung und ihrem Lehrer gegenüberzutreten. Auch die Tatsache, dass sie mir die Wahrheit anvertraut hat, können wir nur verwenden, wenn ich eine Anzeige wegen Amtsmissbrauchs riskiere.“
„Das kommt überhaupt nicht in Frage.“ Deprimiert schüttelte Jakob den Kopf. „Ich muss mich damit abfinden, dass es für

mich keinen Ausweg gibt. Trotzdem danke ich dir für deinen gut gemeinten Einsatz, Hanna."
„Noch ist nichts verloren, Jakob", erwiderte sie. „Immerhin war mir von Anfang an klar, was ich tue, wenn ich mich als Mitarbeiterin des Jugendamtes ausgebe..."
„Ich möchte aber nicht, dass du meinetwegen Schwierigkeiten bekommst."
„Keine Sorge: Wenn Steffi sich an unsere Vereinbarung hält, sind wir beide aus dem Schneider."
„Du hattest noch einen Trumpf im Ärmel", vermutete Frederik. „Was für einen Deal hast du mit dem Mädchen?"
„Um Steffi die Anhörung zu ersparen, habe ich ihr spontan vorgeschlagen, mit dem Engel der Nacht zu sprechen", erklärte Hanna. „Steffi wird Angel anrufen und ihr die Wahrheit eingestehen. Die Schulleiterin habe ich bereits informiert; sie wird heute Nacht am Radio sitzen."
„Glaubst du wirklich, das funktioniert?", zweifelte Jakob. „Soviel ich weiß, ist die Leitung zum Sender ständig besetzt."
„Deshalb habe ich Steffi eine zweite Telefonnummer gegeben. Sowie sie anruft, wird sie sofort zu Angel durchgestellt."
„Kannst du das denn einfach so verfügen?", fragte Romy. „Wer weiß, ob diese Moderatorin überhaupt mitspielt."
„Wozu bin ich mit dem Chef des Senders befreundet? Mit Uli habe ich schon gesprochen. Er wird Angel vor der Sendung einweihen."
„Großartig", sagte Jonas mit offener Bewunderung. „Du bist einmalig, Hanna."
„In dieser Verkleidung bestimmt", scherzte sie und erhob sich. „Trotzdem will ich dieses Outfit so schnell wie möglich loswerden."
„Darauf muss man erst mal kommen", sagte Katharina, als Hanna den Raum verließ. „Ein Geständnis vor Tausenden von Zuhörern. Da kann hinterher niemand behaupten, die Schulleitung hätte die Sache unter den Teppich gekehrt. Eine bessere Rehabilitation können Sie sich gar nicht wünschen, Jakob."

„Ich weiß..." Für einen Moment schloss er die Augen. „Sollte das heute Nacht tatsächlich klappen, stehe ich tief in Hannas Schuld. – Und das, nachdem ich ständig Konflikte zwischen uns provoziert habe. Das ist sehr beschämend für mich."
„Hanna ist nicht nachtragend", bemerkte Frederik mit einem Seitenblick auf deren Mutter. Da er den Namen ihrer Tochter betont hatte, verstand Romy seinen versteckten Vorwurf. Sie äußerte sich jedoch nicht dazu. Dieser Mann sollte nie wieder die Gelegenheit bekommen, sie zu verletzen.
Als Marie nun vorschlug, sich dem vorbereiteten Essen zu widmen, erhob sich Jakob. Bevor Hanna wieder herunterkäme, musste er mit ihr allein sprechen. Es war an der Zeit, ihr sein widersprüchliches Verhalten zu erklären.
So verließ er den Raum und stieg die Treppe bis in die obere Etage hinauf.
„Hanna?"
Keine Antwort. Zögernd bewegte sich Jakob auf ihr Schlafzimmer zu. Die Tür war nicht geschlossen, so dass sein Blick die auf dem Bett liegende Gestalt erfasste.
„Hanna?" Sie rührte sich nicht. Offenbar war sie eingeschlafen. Auf Zehenspitzen trat Jakob näher und blickte auf die Frau hinunter. Ihr Gesicht wies ohne die Schminke wieder die vertrauten Züge auf und war völlig entspannt. Nur mit weißen Dessous bekleidet lag Hanna wie gemalt auf der Matratze. Mit einem Griff nahm Jakob den Rock, die braune Bluse sowie die barocken Pfunde vom Bett und legte die Verkleidung auf einen Hocker. Vorsichtig zog er anschließend die leichte Decke unter Hanna hervor und breitete sie über die Schlafende.
Sie murmelte etwas Unverständliches und seufzte leise, erwachte aber nicht. Zärtlich betrachtete Jakob sie sekundenlang, bevor er sich über sie beugte und einen Kuss auf ihre leicht geöffneten Lippen hauchte. So leise er gekommen war, zog er sich wieder zurück.

Kapitel 23

Kaum hatte Hanna am Abend die Redaktion betreten, kam Ulrich mit skeptischer Miene auf sie zu.

„Willst du das heute Nacht wirklich durchziehen?"

„Selbstverständlich", nickte sie und zog das Tuch vom Kopf. „Waren wir uns darüber nicht einig?"

„Begeistert bin ich von deinem Plan immer noch nicht", gestand er. „Das ist Sache der Ermittlungsbehörden. Ich finde es nicht in Ordnung, dass sich der Engel der Nacht für eine solche Aktion missbrauchen lässt."

„Es war allein meine Idee", betonte Hanna. „Außerdem dient sie der Gerechtigkeit."

„Bist du wirklich hundertprozentig sicher, dass dieser Mann an dem Mädchen nicht schuldig geworden ist? Immerhin hat er auch versucht, sich an dich ranzumachen."

„Das war ausschließlich verbal", erinnerte sie ihn ungehalten. „Ich bin eine erwachsene Frau und kann damit umgehen, Uli. Was ich allerdings nicht tatenlos mit ansehen kann ist, dass einem Menschen durch eine Lüge die Existenz zerstört wird."

Forschend musterte der Programmchef seine Moderatorin. „Steckt da nicht noch mehr dahinter? Du setzt dich für einen Mann ein, der dir in den letzten Wochen nur Ärger eingebracht hat. Was läuft da eigentlich zwischen euch?"

„Überhaupt nichts!" Ruhig hielt sie seinem eindringlichen Blick stand. „Was hast du eigentlich für ein Problem, Uli? Falls du eifersüchtig bist, kannst du das getrost vergessen."

Behutsam legte sie ihre schmale Hand auf seinen Arm. „Denk lieber daran, was dieses Telefongespräch für den Sender bedeuten könnte. Ein Geständnis live in die Wohnzimmer der Zuhörer. Die Einschaltquoten könnten steigen – und dadurch auch die Werbeeinnahmen. Ist das nicht Grund genug für dich, diese Sache positiv zu sehen?"

„Nun ja...", gab Ulrich zu. „Schaden könnte das nicht. Obwohl deine Sendung auch ohne dies an der Spitze steht. Nach den neuesten Umfragen sind wir der meistgehörte Privatsender hier im Norden. Durch den Engel der Nacht ist unser Marktanteil erheblich gestiegen."

„Das ist nur der Moderatorin dieser Sendung zu verdanken", sagte Sandro, durch die Verbindungstür tretend. „Und der Tatsache, dass sie bei der Gestaltung ihrer Sendung freie Hand hat. Du solltest Angel nicht hineinreden, Ulrich. Sie weiß, was sie tut. Bislang sind wir sehr gut damit gefahren."

Um Mitternacht saßen mehr Hörer als gewöhnlich am Radio.

Die Schulleiterin des Ratsgymnasiums hatte das Kollegium über die zu erwartende Sendung informiert. Auch Max und Anna waren nicht untätig gewesen. Sie hatten eine Telefonkette unter ihren Mitschülern gestartet, ohne jedoch zu verraten, weshalb sie in dieser Nacht unbedingt den Engel der Nacht einschalten sollten. Dennoch hatten sie Daniel von dieser Aktion ausgenommen. Er sollte am nächsten Morgen der einzige in der Klasse sein, der nicht Bescheid wusste.

Im Hause Jensen saß Leon mit seinem Vater und mit seinem Onkel im Wohnzimmer bei eingeschaltetem Radio. Seinen Jüngsten hatte Jonas bereits vor zwei Stunden zu Bett gebracht, nachdem Timo auf dem Sofa eingeschlafen war.

Max hingegen war bei den Nachbarn. Außer Frederik, Sara und Anna waren auch Katharina und Romy anwesend. Marie hatte sie eingeladen, gemeinsam auf den Beginn der Sendung zu warten. So lange hatte die kleine Lisa nicht durchgehalten. Nachdem sie in Frederiks Armen entschlummert war, hatte er das schlafende Kind vorsichtig in sein Bett getragen. Mit Geisha an seiner Seite kehrte er zu den anderen zurück.

„Hallo, liebe Freunde, Nachtschwärmer, Kapitäne der Landstraße und alle, die noch nicht in den Schlaf finden: Hier ist wieder euer Engel der Nacht...", erklang pünktlich um Mitternacht die sanfte Stimme der Moderatorin aus dem Radio. Irritiert hob Geisha den Kopf und blickte sich suchend um. Mit dem Schwanz wedelnd blieb sie vor dem Lautsprecher stehen.

Nur Marie ahnte, dass die kluge Hündin als einzige die Stimme ihrer Herrin erkannte.

„... heute möchte ich mit euch über Fehler sprechen. – Über Fehler, die ihr unüberlegt begangen und später tief bereut habt. Über Fehler, die ihr wieder ausbügeln konntet ebenso wie über Fehler, die euer Leben verändert haben. – Ruft mich bitte an unter der Nummer ...“

Nicht nur die Geduld der Zuhörer wurde in dieser Nacht auf eine harte Probe gestellt. Auch die Moderatorin wartete mit zunehmender Spannung auf eine bestimmte Anruferin. Jedes Mal, wenn sie in der ersten Stunde nach Mitternacht mit einem Hörer

verbunden wurde, warf sie Sandro einen fragenden Blick durch die Glasscheibe des Studios zu. Er schüttelte jedoch von Mal zu Mal den Kopf. Hanna fürchtete bereits, das Mädchen hätte der Mut verlassen, als Sandro gegen Ende der zweiten Stunde nebenan plötzlich aufgeregt gestikulierte. Erleichtert nickte Hanna und nahm das Gespräch entgegen.

„Ich bin der Engel der Nacht“, sagte sie ins Mikrofon. „Mit wem spreche ich?“

„Ich heiße Steffi“, lautete die zaghafte Antwort.

„Ein schöner Name“, erwiderte der Engel der Nacht. „Hast du einen Beitrag zu unserem heutigen Thema, Steffi?“

„Warst du schon mal verliebt, Angel?“

„Schon öfter“, bekannte die Moderatorin. „Hältst du das für einen Fehler, Steffi?“

„Eigentlich nicht“, überlegte das Mädchen. „Aber wenn man sich in jemanden verliebt, der das gar nicht will, ist das hart.“

„Ist dir das schon mal passiert, Steffi?“

„Ja“, gestand sie. „Ich bin ihm wohl ziemlich auf den Geist gegangen, weil ich immer in seiner Nähe sein wollte. Ich glaube, deshalb hat er mich vor der ganzen Klasse bloßgestellt.“

„Demnach gehst du noch zur Schule“, tat Angel ahnungslos. „Darf ich fragen, wie alt du bist?“

„Fast sechszehn...“

„Du bist noch sehr jung“, stellte der Engel der Nacht fest. „Aber auch in deinem Alter verliebt man sich. Leider werden solche Gefühle nicht immer erwidert. Hast du dich damit abgefunden?“
„Zuerst nicht“, bekannte Steffi. „Ich war sauer auf ihn, weil er in ein anderes Mädchen verliebt ist und mich deshalb lächerlich gemacht hat. – Und über seinen Onkel habe ich mich auch total geärgert.“
„Über seinen Onkel? Ist der denn so schrecklich?“
„Das habe ich mir nur eingeredet“, kam die schuldbewusste Antwort. „Eigentlich ist er sehr nett, und auch verständnisvoll. Trotzdem habe ich ihn zum Sündenbock gemacht...“
„Das verstehe ich nicht“, behauptete der Engel der Nacht. „Hattest du Streit mit ihm?“
„Nein...“ Sekundenlang schwieg sie. „Er ist mein Lehrer“, sagte sie dann mit leiser Stimme. „Gestern nach der Musikstunde war ich bei unserer Direktorin. Ich habe ihr gesagt, dass ... dass DJ mich sexuell belästigt hat...“
„Du meinst, er hat dich gegen deinen Willen...?“
„Nein!“, unterbrach Steffi sie unglücklich. „Er hat überhaupt nichts gemacht! Das habe ich nur behauptet, weil ich mich an ihm und ... seinem Neffen rächen wollte! Inzwischen weiß ich, wie dumm das von mir war...“
„Das ist also der Fehler, den du begangen hast“, resümierte die Moderatorin. „Bereust du, dass du eine so schwere Anschuldigung gegen deinen Lehrer erhoben hast?“
„Es tut mir wahnsinnig leid“, sagte Steffi kleinlaut. „Ich wollte doch nur, dass ich ihn und seine Neffen nicht mehr sehen muss.“
Ein leises Schluchzen wurde hörbar. „Erst jetzt ist mir klar, was ich angerichtet habe. Wie soll ich ihm unter die Augen treten können, nachdem ich fast sein Leben zerstört hätte?“
„Glaubst du, du bringst den Mut auf, dich bei ihm zu entschuldigen?“, fragte Angel. „Vorhin hast du gesagt, er ist verständnisvoll. Möglicherweise verzeiht er dir?“

„Das kann ich nicht...“, wisperte das Mädchen. „Vielleicht hört er jetzt zu. Dann weiß er, dass ich das alles am liebsten ungeschehen machen möchte.“
„Da du dich offenbar nicht überwinden kannst, mit ihm zu sprechen, müssen wir einen anderen Weg finden.“
„Den ganzen Abend habe ich darüber nachgedacht, was ich nun tun soll...“ Eine neue Entschlossenheit lag plötzlich in Steffis Stimme. „Um ihm meinen Anblick zu ersparen, werde ich meinen Eltern sagen, dass ich die Schule wechseln will.“
„Das könnte die beste Lösung für alle Beteiligten sein“, stimmte die Moderatorin dem Mädchen zu. „Um mit deinem Lehrer und mit deinem Gewissen ins Reine zu kommen, könntest du ihm einen Brief schreiben, in dem du ihm dein Handeln erklärst. Gewiss bringt er Verständnis für dich auf. – Zumal du eingesehen hast, dass du einen falschen Weg gegangen bist.“
„Du hast wahrscheinlich recht“, sagte das Mädchen leise.
„Danke, dass ich mit dir darüber sprechen durfte, Angel. Damit hast du mir sehr geholfen.“
„Ich danke dir, dass du dich mit deinem Problem an mich gewandt hast“, erwiderte der Engel der Nacht. „Es ist nicht immer leicht, einen Fehler einzugestehen. Du hast uns mit deinem Geständnis demonstriert, dass es nie zu spät ist, die Wahrheit zu sagen. Dadurch haben wir alle heute Nacht etwas dazugelernt.“

Mit dem Einsetzen der Musik sprang Jonas auf. Im Vorbeigehen klopfte er seinem Bruder auf die Schulter.
„Sie hat es tatsächlich geschafft, Jakob! Darauf müssen wir anstoßen!“ Er schenkte zwei Gläser Cognac ein und reichte eines davon seinem Bruder. „Was ist, Jakob? Freust du dich gar nicht?“
„Ich kann es immer noch nicht fassen, dass dieser Alptraum wirklich vorbei ist“, gestand er. „Ohne Hannas Hilfe wäre ich jetzt am Ende.“
„Sie ist schon eine tolle Frau. Es zeugt von wahrer menschli-

cher Größe, dass sie sich trotz eurer ständige Differenzen so selbstlos für dich eingesetzt hat. Hoffentlich geratet ihr bei nächster Gelegenheit nicht wieder aneinander. Das wäre wirklich schade."
„Von meiner Seite wird es keine Schwierigkeiten mehr geben", versprach Jakob. „Ich weiß, was ich Hanna schuldig bin."

Auch im Nachbarhaus war man erleichtert über das öffentliche Geständnis des Mädchens.
„Damit dürfte diese unangenehme Sache aus der Welt sein", sagte Romy zufrieden. „Ich freue mich für Jakob. Ein so sympathischer Mann verdient es, dass man sich für ihn einsetzt."
„Ohne Hannas Hilfe wäre das womöglich nicht so glimpflich für ihn ausgegangen", bemerkte Frederik. „Der Engel der Nacht allerdings auch sehr geschickt vorgegangen." Fragend blickte er Marie an. „Verbirgt sich eine Psychologin hinter diesem himmlischen Wesen?"
„Das weiß niemand", behauptete Marie. „Die Identität des Engels der Nacht ist das bestgehütete Geheimnis von Radio 2000. Nicht mal dem Reporter vom Focus ist es gelungen, Angels Inkognito zu lüften."
„Interessant", sagte Frederik nachdenklich, wobei er zu Geisha hinüberschaute, die wie suchend in der Nähe des Lautsprechers herumlief.
„Ich glaube, sie muss noch einmal hinaus", interpretierte Romy die Unruhe der Hündin und erhob sich. „Ich gehe noch ein Stück mit ihr."
„Aber nicht allein", nahm Frederik die Gelegenheit wahr und stand ebenfalls auf. „Um diese späte Stunde sollte keine Frau ohne männlichen Schutz draußen rumlaufen."
„Bemüh dich nicht", sagte Romy kühl. „Wenn ich Geisha dabei habe, passiert mir nichts."
„Ich muss mir noch ein bisschen Bewegung verschaffen", beharrte Frederik. „Oder hast du ein Problem damit?"
„Warum sollte ich", gab sie zurück, um sich keine Blöße zu

geben, und rief nach dem Hund.
Minutenlang gingen sie wie Fremde nebeneinander her, während Geisha vorauslief. Keiner sagte ein Wort.
„Warum bist du damals ohne eine Erklärung gegangen, Romy?“, stellte Frederik schließlich die Frage, die ihn seit Jahren beschäftigte. „Was habe ich falsch gemacht?“
„Solltest du das nicht am besten wissen?“, entgegnete sie vorwurfsvoll. „Du warst nie aufrichtig zu mir, hast nur mit mir gespielt, um dir die Zeit bis zur Ankunft deiner Freundin zu vertreiben.“
„Welche Freundin?“
„Erinnerst du dich nicht mal mehr an die Namen deiner zahlreichen Affären? Hast du die Frau, mit der du unbeschwerte Tage auf Menorca verbracht hast, und die dich anschließend nach Israel begleitet hat, sofort vergessen, als du dich der nächsten zugewandt hast?“
„Du meinst Peggy!?“, überlegte er. „Wie kommst du darauf, dass ich was mit ihr hatte? Wir waren Kollegen – und freundschaftlich verbunden. – Sonst nichts.“
„Das klang damals bei ihrem Anruf in deinem Hotelzimmer aber ganz anders“, erwiderte sie mit unverkennbarem Zweifel in der Stimme. „Als könne sie es kaum erwarten, in deine Arme zu sinken.“
„Das musst du missverstanden haben.“ Eindringlich blickte Frederik sie von der Seite an. „Glaubst du, ich würde etwas mit der Frau meines besten Freundes anfangen? Henry war zu diesem Zeitpunkt bereits in Israel. Eigentlich wollte ich mich mit Peggy in Rom treffen. Da ich aber dir nach Menorca gefolgt bin, habe ich sie telefonisch gebeten, dorthin zu kommen. Einen Tag nach deinem Verschwinden ist sie mit ihren zwei Kindern und ihrer Schwiegermutter auf der Insel eingetroffen. In der darauffolgenden Woche sind Peggy und ich zu Henry nach Jerusalem geflogen.“
„Das ist jetzt auch nicht mehr wichtig“, behauptete Romy. Sie verspürte so etwas wie Erleichterung, vermochte dieses Gefühl

jedoch nicht einzuordnen. „Mir jedenfalls wurde nach diesem Anruf klar, dass es dir beinah gelungen wäre, mich zu einer großen Dummheit zu verleiten. Man kann Probleme nicht lösen, indem man vor ihnen davonläuft.“

„Demnach war ich nur ein Irrtum für dich?“, vermutete er fassungslos. „Willst du behaupten, du hättest nichts für mich empfunden?“ Nachdrücklich schüttelte er den Kopf. „Das glaube ich dir nicht, Romy.“

„Ich streite gar nicht ab, dass mir deine Aufmerksamkeit gut getan hat“, gestand sie widerwillig. „Erst dadurch wurde mir bewusst, was ich in den langen Monaten davor vermisst hatte. Das hat unweigerlich dazu geführt, dass ..., dass ich verliebt war“, fügte sie mit erstaunlicher Offenheit hinzu. „Allerdings hat das nicht bedeutet, dass meine Gefühle für Alfonso einfach aufgehört hätten, zu existieren.“

„Warum hast du uns keine Chance gegeben?“

„Mehr als zwanzig Jahre Ehe schüttelt man nicht einfach ab wie ein lästiges Insekt“, erwiderte Romy ernst. „Noch in derselben Nacht habe ich Alfonso angerufen und ihn gebeten, zu kommen. Gleich am nächsten Morgen war er da. Erst durch ein längst fälliges intensives Gespräch über unser Leben wurde uns deutlich bewusst, dass wir nahe daran waren, einander zu verlieren. Wir haben beschlossen, uns viel Zeit füreinander zu nehmen, um uns wiederzufinden. Dadurch haben wir die Krise überwunden und hatten noch einige glückliche Jahre.“

„... in denen du mir – wie schon einmal Jahre zuvor – konsequent aus dem Weg gegangen bist“, fügte Frederik hart hinzu. „Immerhin war ich in deinen Augen ein Casanova, der nur an sein Vergnügen gedacht hat.“

„Auch wenn diese Sichtweise falsch war, hat sie es mir leichter gemacht, nach vorn zu schauen. Um meiner Ehe willen musste ich vergessen, was zwischen uns war.“

„Das kann ich sogar verstehen“, sagte Frederik beeindruckt von ihrer Loyalität ihrem verstorbenen Ehemann gegenüber.

„Nach Alfonsos Tod gab es aber keinen Grund mehr, mich wie

die Pest zu meiden."
„Ich hielt es für besser, nicht an dieser alten Geschichte zu rühren. Außerdem war ich vollauf damit beschäftigt, mir auf Menorca eine neue Existenz aufzubauen."
„... und dich wieder für einen Mann zu öffnen."
„Mit Carlos bin ich erst vor sechs Jahren zusammengekommen", widersprach Romy. „Bis dahin habe ich allein gelebt."
Mittlerweile hatten sie den an den Kleingärten vorbeiführenden Weg erreicht. Um diese späte Stunde waren keine Spaziergänger mehr unterwegs. Bis auf das leise Rascheln des Windes in den Baumwipfeln war es still. Die vereinzelten Laternen spendeten jedoch genug Licht, um zu sehen, dass Geisha weit vorauslief, um in ihrem bevorzugten Gebüsch ein Geschäft zu erledigen.
Romy überlegte, ob sie Frederik fragen solle, wie es ihm in den letzten Jahren ergangen sei, als plötzlich eine schwarz gekleidete Gestalt aus einem Seitenweg auf sie zusprang. In der Hand hielt der Mann ein langes Messer; sein Gesicht bedeckte eine Skimaske.
„Geld her!", befahl er. „Schnell!"
Bevor Romy oder ihr Begleiter reagieren konnte, kam Geisha laut bellend angelaufen. Sprungbereit blieb sie vor dem Maskierten stehen.
„Rufen Sie den Köter zurück", verlangte der Schwarzgekleidete. „Sonst steche ich euch alle ab!"
„Hierher, Geisha!", rief Frederik das Tier. Zögernd blieb die Hündin neben ihm stehen. „Sitz!" Sofort gehorchte sie, ließ aber ein gefährliches Knurren hören.
„Los, die Wertsachen her!" verlangte der Maskierte abermals in barschem Ton. „Wird's bald!?"
„Wir haben kein Geld", flüsterte Romy, die nicht einmal eine Handtasche dabei hatte.
„Verarsch mich nicht!", stieß er wütend hervor und fuchtelte mit dem Messer vor ihrem Gesicht herum. Er sah die Perlen an ihrem Hals und die passenden Ohrringe. „Her mit den Klun-

kern! – Und du, leer deine Taschen aus, Alter!", herrschte er Frederik an. „Dann leg dich mit dem Gesicht nach unten auf den Boden, bis ich mit deiner Tussi fertig bin!"

„So spricht man nicht von einer Lady, du mieser kleiner Gauner", sagte Frederik völlig ruhig, um den Maskierten von Romy abzulenken. „Dir sollte man erst mal Manieren beibringen."

Wie erwartet, ließ sich der Verbrecher provozieren: Bereit, zuzustechen, federte er nach vorn. Durch eine geschickte Drehung wich Frederik zur Seite. Er verspürte nur einen kurzen Schmerz am linken Unterarm, während er schon herumwirbelte und dem Angreifer mit aller Kraft in die Kniekehle trat. Auf der Stelle sackte der Mann in die Knie. Sofort war Frederik über ihm und drückte ihn auf den Boden. Mit beiden Händen packte er den Arm des Verbrechers und drehte ihn weit nach hinten, so dass das Messer seinen Fingern entglitt. Geisha umkreiste die beiden aufgeregt bellend.

„Sitz und pass auf!", befahl Frederik der Hündin. Ohne seinen Griff zu lockern, warf er einen Blick über seine Schulter.

Romy lehnte mit entsetzt geweiteten Augen kreidebleich an einem Baum.

„Romy, hast du dein Handy dabei?", sprach Frederik sie eindringlich an, worauf sie stumm nickte. „Ruf die Polizei!"

Aus ihrer Kostümjacke fischte sie das kleine Telefon. Mit zitternden Fingern tippte sie die Nummer ein. Ihre Stimme mochte ihr kaum gehorchen, als sie die Polizei über den Vorfall informierte.

Bereits Minuten später trafen zwei Streifenwagen und eine Ambulanz ein. Erst jetzt ließ Frederik von dem Verbrecher ab und erhob sich, so dass die Beamten den Mann festnehmen konnten.

„Frederik!", rief Romy erschrocken aus, als sie im Schein der Laterne seinen blutigen Arm sah. „Du bist verletzt!"

„Ach, das ist nur ein Kratzer", wiegelte er ab, obwohl die Wunde höllisch schmerzte. „Wie geht es dir?"

Seine Sorge rührte sie, aber der Schock saß noch zu tief, um

angemessen zu reagieren.
„Nicht ich habe eine Stichwunde, sondern du!“, stieß sie erregt hervor. „Warum hast du nicht getan, was er verlangt hat? Musstest du unbedingt den Helden spielen? Wegen ein bisschen Geld und Schmuck riskiert man nicht sein Leben! Wie kann man nur so unvernünftig sein? Du hast...“
Sie verstummte, als der Arzt des Ambulanzwagens bei ihnen stehenblieb.
„Kommen Sie bitte mit in den Notarztwagen“, wandte sich der Mann an Frederik. „Ihre Wunde muss versorgt werden.“
Fürsorglich geleitete er den Verletzten zum Krankenwagen. Nach kurzer Untersuchung stellte er fest, dass die Wunde genäht werden musste. Deshalb legte er nur einen Verband an, um die Blutung zu stoppen.
„Möchten Sie, dass Ihre Frau mit uns in die Klinik fährt?“
„Die Dame ist nicht meine Frau.“ Fragend wandte er sich an den Polizisten, der neben der offenen Wagentür erschien. „Kann jemand Frau Martinez nach Hause begleiten?“
„Selbstverständlich“, sagte der junge Beamte. „Sie hat ihre Aussage gerade gemacht. – Auch Ihre brauchen wir noch. Aber das hat Zeit, bis Ihre Wunde behandelt wurde.“
In Begleitung einer Polizistin und der inzwischen angeleinten Hündin trat Romy zu ihnen.
„Ich muss zum Nähen mit ins Krankenhaus fahren“, teilte er Romy mit. „Die Herren bringen dich heim.“
„Soll ich nicht mit in die Klinik kommen?“
„Nicht nötig. Sag Marie bitte, sie soll sich keine Sorgen machen und schlafen gehen. Spätestens zum Frühstück bin ich wieder da.“
Unschlüssig blickte Romy ihn an. Am liebsten hätte sie Frederik ins Krankenhaus begleitet, aber darauf legte er offenbar keinen Wert. Deshalb nickte sie nur und ließ sich von der Polizeibeamtin zu einem Streifenwagen führen.
„Wo wart ihr nur so lange?“, fragte Katharina vorwurfsvoll, als Romy den Wohnraum betrat. „Ich bin hundemüde und möchte

ins Bett.“ Erstaunt blickte sie an der Freundin vorbei. „Wo hast du denn deinen Begleitschutz gelassen?“
Ohne zu antworten, trat Romy an das Buffet, griff sich wahllos eine Flasche und schenkte ein Glas ein, das sie in einem Zug leerte. Der Whisky brannte wie Feuer in ihrer Kehle. Dennoch goss sie noch einmal nach und setzte sich mit dem Glas in der Hand in einen Sessel.
„Ist was passiert, Romy?“, fragte Marie alarmiert, da ihre Tante so Hochprozentiges gewöhnlich ablehnte. „Wo ist Frederik?“
„Im Krankenhaus“, erklärte sie, ehe sie von den Umständen berichtete. „Mir ist unbegreiflich, wie Frederik so leichtsinnig sein konnte“, schloss sie. „Immerhin ist er auch nicht mehr der Jüngste.“
„Vielleicht wollte er dir imponieren“, vermutete Katharina. „Schließlich wollte er dich begleiten, um dich vor den Gefahren der Nacht zu beschützen.“
„Sein gesunder Menschenverstand hätte ihm das Risiko, sich diesem Verbrecher zu widersetzen, verdeutlichen müssen“, beharrte Romy, ohne zu bemerken, dass auch die Angst um ihn aus ihr sprach. „Statt den starken Mann zu spielen, hätte Frederik diesem Kerl seine Geldbörse überlassen sollen. Dadurch hätte er sich das Krankenhaus erspart.“

Kapitel 24

Mit Beginn der 6 – Uhr – Nachrichten verließ Hanna das Studio. Sie fühlte sich wie zerschlagen. Das Schlafdefizit der letzten Tage machte sich noch bemerkbar. Sie wollte so schnell wie möglich nach Hause in ihr Bett.
„Gratuliere!“, empfing Ulrich sie begeistert in der Redaktion.
„Du hattest wieder einmal den richtigen Riecher. Deine Sendung ist wie eine Bombe eingeschlagen. Sämtliche Telefone im Sender haben die ganze Nacht nicht stillgestanden. So viele Anrufer, so viel positive Resonanz hatten wir noch nie.“
„Schön. Dann haben wir jetzt beide, was wir wollten.“
„Verstehst du denn nicht?“, sagte er eindringlich. „Diese Sen-

dung macht dich noch populärer! Wir müssen jetzt unbedingt am Ball bleiben! Du musst deinen Urlaub verschieben."

„Vergiss es, Uli!"

„Wir können doch nicht vier Wochen pausieren, wenn es am besten läuft!"

„Mein Urlaub beginnt erst in vierzehn Tagen", erinnerte sie ihn. „Bis dahin werde ich dir wie versprochen ein Konzept für die Engel- freie -Zeit liefern." Herausfordernd hielt sie seinem Blick stand. „Bezüglich meiner Ferien hatten wir eine klare Absprache. Sollte dir das plötzlich nicht mehr passen, kannst du mir jederzeit kündigen. Da die Rechte am Engel der Nacht bei mir liegen, nimmt mich jeder andere Sender mit Kusshand. – Zu meinen Bedingungen."

„Ist ja schon gut", sagte er und schloss sie in seine Arme. „Ich hätte wissen müssen, dass du auf unserer Urlaubsplanung bestehst. Du bist stur wie ein Maulesel."

„Das wärst du auch, wenn dein Schlafrhythmus seit Monaten..." Hanna unterbrach sich, als die Redaktionsassistentin den Raum betrat.

„Morgen", grüßte Babs knapp. „Habt ihr eben die Nachrichten gehört?"

„Nein", antwortete Ulrich kopfschüttelnd. „Warum?"

„Dieser bekannte Auslandskorrespondent", wandte sie sich an Hanna. „Frederik Wolf..., der ist mit dir verwandt, oder?"

„Frederik gehört zur Familie." Sie löste sich von ihrem Jugendfreund . „Was ist mit ihm?"

„Er ist der Held des Tages", erklärte Babs. „Letzte Nacht ist es ihm gelungen, das Schwarze Phantom zu überwältigen."

„Willst du mich auf den Arm nehmen, Babs?" fragte Hanna ungläubig. „Frederik ist doch nicht James Bond."

„Hier, lies selbst." Babs reichte ihr einen bedruckten Bogen. „Diese Pressemeldung haben wir vor einer Stunde bekommen."

Hanna wagte kaum zu glauben, was sie nun schwarz auf weiß vor Augen hatte.

„Ich muss sofort nach Hause", brachte sie fassungslos hervor.

„Kann ich den Bericht behalten, Babs?"
„Es ist eine Kopie", nickte die Redaktionsassistentin, worauf Hanna den zusammengefalteten Bogen in ihre Handtasche steckte.
Rasch verwandelte sie sich wieder in die türkische Putzfrau, ehe sie das Funkhaus verließ.
Zu Hause angekommen, strich sie Geisha in der Diele nur kurz über den Kopf, da Frederik mit einem Kaffeebecher in der Hand an der Küchentür lehnte.
„Gratuliere, Hanna", sagte er mit gedämpfter Stimme, um die anderen im Haus nicht zu wecken. „Dein Einsatz für Jakob war ein voller Erfolg."
„Deine Verbrecherjagd auch."
„Davon weißt du schon?"
„Wir haben im Sender eine Pressemitteilung erhalten", bestätigte sie und schloss die Küchentür von innen. „Du hast einiges riskiert, Frederik."
„Mir blieb keine Wahl", erwiderte er achselzuckend. „Als mir klar war, wer der Kerl ist, musste ich sofort handeln."
„Wie konntest du wissen, dass er das Schwarze Phantom ist?", fragte Hanna und setzte sich an den Küchentisch. „Sein letzter Überfall liegt ungefähr drei Wochen zurück. Zu diesem Zeitpunkt warst du noch im Irak."
„Oben bei dir im Flur steht ein großer Korb mit älteren Ausgaben der HAZ", erinnerte er sie. „Abends habe ich mir immer welche davon mit ins Gästezimmer genommen, um ein wenig auf dem Laufenden zu sein, da ich im Irak leider auf deutsche Zeitungen verzichten musste. – Vor ein paar Tagen habe ich gelesen, dass das sogenannte Schwarze Phantom schon mehrere ältere Paare überfallen hätte. Immer nach dem gleichen Muster: Zuerst raubte er seine Opfer aus und dann..."
„... musste der Mann sich auf den Boden legen und hilflos mit ansehen, wie der Kerl seine Frau mit dem Messer an der Kehle vergewaltigt hat", vollendete Hanna erschaudernd. „Du hast dein Leben riskiert, um Romy vor einem so schrecklichen

Schicksal zu bewahren."
„Jeder andere hätte das gleiche getan."
„Dann wäre den Frauen bei den vorangegangen Überfällen dieses furchtbare Verbrechen erspart geblieben", widersprach Hanna. „Du aber hast, ohne lange zu überlegen, reagiert."
„Mir blieb gar keine Zeit, über das Risiko nachzudenken. Als er mich aufforderte, meine Taschen zu leeren und mich dann mit dem Gesicht nach unten auf den Boden zu legen, hat für mich kein Zweifel mehr bestanden, dass dieser Maskierte das Schwarze Phantom ist. Mir fiel so schnell nichts Besseres ein, als ihn zu provozieren, um ihn von Romy abzulenken."
„Gott sei Dank hat er dich nur am Arm getroffen", sagte sie, wobei sie auf seinen Verband deutete. „Tut es sehr weh?"
„Ich werde es überleben", erwiderte er nach einem Blick aus dem Küchenfenster. „Mein Taxi fährt gerade vor."
„Wohin willst du denn schon so früh am Morgen?"
„Zum Bahnhof."
„Du willst abreisen? Warum gerade jetzt?"
„Ich habe eure Gastfreundschaft schon lange genug in Anspruch genommen", wich er aus. „Außerdem werde ich morgen beim NDR in Hamburg in einer Talkshow erwartet."
„Kommst du anschließend nach Hannover zurück?"
„Nein."
„Warum nicht? Du wolltest dich doch mit Romy aussprechen."
„Gestern Abend hat sich eine Gelegenheit ergeben", erklärte Frederik und griff nach der vor dem Küchenschrank stehenden Reisetasche.
„Es ist alles gesagt."
Beunruhigt erhob Hanna sich. Sie ahnte, dass ihn auch deshalb nichts mehr in Hannover hielt.
„Was bedeutet das: Es ist alles gesagt?"
„Mittlerweile hält mich deine Mutter nicht nur für völlig indiskutabel, sondern auch für einen leichtsinnigen Vollidioten."
„Aber du..."
„Nein, Hanna", unterbrach er sie im Hinausgehen. „Ich dränge

mich niemandem auf." Im Flur schloss er sie liebevoll in die Arme. „Danke für alles, Engelchen."
„Ich bin kein Engel."
„Nicht nur von Mitternacht bis in die frühen Morgenstunden", widersprach er lächelnd, worauf Hanna fassungslos den Kopf schüttelte. „Geisha hat dich verraten", erklärte Frederik schmunzelnd. „Die treue Seele wäre gestern Abend fast in den Lautsprecher gekrochen, um ihr Frauchen zu finden. Hunde haben eben ein feineres Gehör als wir Menschen. Aber ich bin genauso verschwiegen wie Geisha."
Zusammen mit ihrer Hündin begleitete Hanna ihn zu dem wartenden Taxi.
„Kommst du wieder, Frederik?"
„Irgendwann – vielleicht."
„Es tut mir so leid, dass meine Mutter dir immer noch ablehnend gegenübersteht. Ihr würdet gut zusammenpassen."
„C'est la vie", entgegnete er mit wehmütigem Lächeln. „Statt Ruhestand gibt es nun eben wieder ein Krisengebiet für mich. – Ist vielleicht besser so." Noch einmal umarmte er Hanna. „Grüß bitte Marie und die Mädchen von mir. Ich werde euch vermissen."
„Wir dich auch", flüsterte sie und küsste ihn liebevoll auf die Wange.

Während das Taxi abfuhr, beschloss sie, ihrer Mutter bei nächster Gelegenheit einige Denkanstöße zu geben.
„Komm, Geisha!", rief sie nach der Hündin. „Gassi gehen!"
Der Weg, den sie einschlugen, war derselbe wie an jedem Morgen. Bei den Kleingärten blieb Geisha plötzlich stehen und schaute sich wachsam um. Hanna ahnte, dass dies die Stelle des nächtlichen Überfalls sein musste. Sofort produzierte ihre Fantasie Bilder des Schreckens.
Sie hörte schnelle Schritte auf dem Seitenweg und blickte wie gehetzt in diese Richtung.
„Hanna!" Lächelnd lief Jakob auf sie zu, fasste sie einfach um

die Taille und wirbelte sie herum. „Du hast es geschafft! Ich bin der glücklichste Mensch unter der Sonne!“ Seine Augen strahlten vor Freude. „Du bist die wundervollste Nachbarin der Welt!“ Spontan drückte er ihr einen Kuss auf den Mund. Plötzlich hielt er inne und forschte nach einer Reaktion. Der Ausdruck in seinen Augen veränderte sich. Es lag auf einmal eine Zärtlichkeit in ihnen, die Hanna völlig unvorbereitet traf. Unfähig, sich zu bewegen, sah sie sein Gesicht näherkommen. Seine Lippen legten sich auf ihre und küssten sie mit einer solchen Intensität, dass Hanna erschauerte. Sie überließ sich ihm nur wenige Sekunden, bevor sie ihn sanft, aber bestimmt von sich schob.

„Das ist ein bisschen viel am frühen Morgen“, sagte sie in scherzhaftem Ton. „Du bist heute schon der dritte Mann, der mich an sein Herz gedrückt hat. Ist das irgendwie ansteckend?“

„Sorry“, bat er, während er sich die Frage verkniff, wer die anderen beiden sein mochten. „Nur die Freude hat mich verleitet, übers Ziel hinauszuschießen. Ich bin dir sehr dankbar für alles, was du für mich getan hast, Hanna. Noch in der letzten Nacht hat mich unsere Schulleiterin angerufen. Sie erwartet mich heute pünktlich zum Unterricht.“

„Das war der Sinn der Übung“, erwiderte Hanna lächelnd. „Deine Schüler brauchen dich.“

„Ohne deine Hilfe müssten sie wahrscheinlich für immer auf mich verzichten.“

„Irgendwie musste ich doch verhindern, dass du vormittags ständig zu Hause hockst und dir womöglich die Zeit damit vertreibst, deinen geräuschintensiven Fuhrpark zu aktivieren.“

„Für deinen ungestörten Schönheitsschlaf nimmst du wohl jede Mühe in Kauf“, nickte Jakob schmunzelnd. „Mit mir persönlich hatte dein Einsatz vermutlich gar nichts zu tun.“

„Gut erkannt, Herr Oberlehrer“, neckte Hanna ihn, während sie Seite an Seite den Hunden folgten. „Außerdem war ich nur für die Vorarbeit zuständig. Ohne den Engel der Nacht wäre ein öffentliches Geständnis gar nicht möglich gewesen.“

„Bei Angel bedanke ich mich noch“, erklärte Jakob. „Euch möchte ich am Samstag zu einer Grillparty einladen: Marie und die Mädchen, Romy und Katharina.. – Natürlich auch Frederik“, fügte er nach kurzem Zögern hinzu. „Und du bist mein Ehrengast.“
„Auf Frederik musst du verzichten. Er ist abgereist.“
„Gestern Abend habe ich doch noch mit ihm gesprochen.“
„Er ist morgen Gast in einer Talkshow.“ Mehr brauchte er nicht zu wissen. „Ob meine Mutter am Samstag noch hier sein wird, ist auch ungewiss. Sie wird sich heute noch einiges von mir anhören müssen. Das veranlasst sie womöglich, umgehend nach Hause zu fliegen.“
„Gibt es Differenzen zwischen euch?“, fragte Jakob beunruhigt. „Bislang habe ich den Eindruck, dass ihr ein ausgesprochen harmonisches Verhältnis habt.“
„Wenn man sich sehr nahe steht – oder genau deshalb – sollte man dem anderen, wenn nötig, auch etwas sagen können, das er vielleicht nicht so gerne hört.“
Nachdenklich nickte Jakob. Sie gingen noch ein Stück zusammen und spielten mit den Hunden. Vor dem Haus ihres Nachbarn blieb Hanna später stehen und zog eine kleine Kassette aus der Tasche, die sie Jakob reichte.
„Das gehört dir.“
„Ist das...?“
„Ja. – Bis bald, Jakob.“
„Ich wünsche dir angenehme, ungestörte Träume“, erwiderte er mit warmem Lächeln. „Gute Nacht, Hanna.“

In der Schule wurde Jakob von den Kollegen freundlich begrüßt. Man versicherte ihm, niemals an seiner Integrität gezweifelt zu haben. Auch die Schulleiterin zeigte sich erleichtert darüber, dass sich die Vorwürfe gegen ihren Studiendirektor als haltlos erwiesen hatten.
Auch die Schüler trafen zur ersten Unterrichtsstunde ein. Anna und Max betraten den Klassenraum gemeinsam. Mit überhebli-

chem Grinsen stellte sich ihnen Daniel in den Weg.
„Hast du immer noch diesen Looser an der Backe, Anna? Du solltest besser vorsichtiger mit deinen Freundschaften sein. Immerhin hat das Weichei die gleichen Gene wie sein Onkel."
„Das will ich doch hoffen", konterte Anna mit honigsüßem Lächeln. „Es wäre toll, wenn Max in dreißig Jahren noch genau so ein Supertyp wie DJ wäre."
Ohne auf die spöttischen Mienen seiner Mitschüler zu achten, fixierte Daniel das hübsche Mädchen.
„Bist du so blöd – oder tust du nur so? DJ ist fertig! Wahrscheinlich landet er sogar im Knast! Willst du dich etwa weiterhin mit diesem kriminellen Pack abgeben?"
„Wenn du den Mund aufmachst, kommt nur Müll raus", sagte Max gelassen. „Du bist nicht nur strohdumm, sondern auch schlecht informiert. Es reicht eben nicht, wenn man andere aufhetzt und dann den großen Mann spielen will."
„Was willst du damit sagen?"
„Nur, dass du ein mieses kleines Stinktier bist", erwiderte Max und führte Anna an ihm vorbei zu ihrer Bank.
Da nun die Referendarin hereinkam, setzten sich die Schüler.
„Soll ich die Tür schließen?", fragte ein Mädchen, worauf Birgit Köhler den Kopf schüttelte.
„Wir sind noch nicht vollzählig."
Während die Schüler ihre Bücher für den Deutschunterricht auspackten, betrat Jakob den Klassenraum. Bis auf Daniel klopften alle spontan auf ihre Tische und jubelten.
Gerührt blieb Jakob vor dem Lehrerpult stehen und wartete ab, bis sich die Begeisterung legte.
„Guten Morgen", begann er mit ernster Miene. „Erstmal möchte ich mich bei euch für die vielen Anrufe und Mails bedanken, die mich in den letzten beiden Tagen von euch erreicht haben. Ihr alle – fast alle", korrigierte er sich mit Blick auf Daniel, „habt mir euer Vertrauen ausgesprochen. – Und das, obwohl ihr mich erst seit wenigen Wochen kennt. Darüber habe ich mich nicht nur gefreut; es hat mir auch geholfen, diese ausweg-

los erscheinende Situation zu überstehen."
„Heißt das, Sie unterrichten wieder, als ob nichts passiert wäre?", fragte Daniel ungläubig. „Ein Lehrer kann sich hier wohl jede Gemeinheit erlauben, ohne dafür bestraft zu werden! Die sitzen immer am längeren Hebel!"
„Hättest du Steffi nicht Salz in die Wunden gestreut, wäre es vermutlich gar nicht zu ihrer falschen Anschuldigung gekommen", sagte Jakob mit ruhiger Stimme. „Wahrscheinlich kam dir Steffis Kummer gelegen, um mir für deine schlechten Zensuren eins auszuwischen. Gleichzeitig wolltest du Max treffen, weil Anna sich für ihn entschieden hat."
„So ein Schwachsinn!" empörte sich Daniel. Er würde nie zugeben, dass die Vermutung seines Lehrers zutraf. „Sie wollen doch nur von Ihrem eigenen miesen Verbrechen ablenken!"
„Anscheinend weißt du nicht, dass Steffi gestanden hat", spottete Felix. „Im Gegensatz zu dir bereut sie ihre Lüge sogar!"
„Dann wurde sie unter Druck gesetzt!" war Daniel überzeugt. „Von der Kaiserin, den Lehrern oder ihren Eltern! Die stecken doch alle unter einer Decke!"
„Steffi rief den Engel der Nacht an", widersprach sein Mitschüler. „Inzwischen weiß jeder, der letzte Nacht Radio 2000 gehört hat, dass sie gelogen hat, um sich an DJ und Max zu rächen. Du kannst dir deine Show also sparen. Von uns hört dir sowieso keiner zu."
„Dann kann ich ja gehen", meinte der Junge, warf seinen Rucksack auf den Tisch und stopfte seine Sachen hinein. „In dieser Klasse sind doch nur Idioten!"
„Vielleicht würdest du dich in der Parallelklasse wohler fühlen", bemerkte Jakob. „Da du weder mit mir noch mit deinen Mitschülern klar kommst, solltest du einmal über einen Klassenwechsel nachdenken, Daniel."
Ohne auf die Worte seines Lehrers zu antworten, verließ der Junge den Klassenraum. Krachend fiel die Tür hinter ihm ins Schloss.

An diesem Donnerstag besuchte Hanna die Freundin nicht wie gewohnt nach dem Lauftraining mit Geisha, sondern bereits vorher.
Katharina sah die beiden schon vom Fenster aus und ließ sie zur Haustür herein.
„Ihr kommt heute aber früh“, sagte sie, wobei sie Geisha hinter den Ohren kraulte. „Du sorgst dich um Romy, nicht wahr?“
Stumm nickte die Jüngere.
„Wie verkraftet sie das alles?“
„Schwer zu sagen...“ Hilflos hob Katharina die Schultern. „Sie ist die ganze Nacht im Haus herumgewandert. Heute Morgen kam sie erst spät runter, aber ich habe ihr angesehen, dass sie keinen Schlaf gefunden hat. Seitdem ist Romy ungewöhnlich still und in sich gekehrt. Aber sie möchte anscheinend nicht darüber sprechen, was sie bewegt.“
„Wo ist sie jetzt?“
„Auf der Terrasse.“ Durch den Wohnraum deutete Katharina ins Freie. „Nachdem sie das Mittagessen nicht angerührt hat, ist sie draußen eingeschlafen.“
Verstehend nickte Hanna und durchquerte das Wohnzimmer. Sie fand ihre Mutter schlafend auf einer Liege unter der aufgespannten Markise. Vorsichtig setzte Hanna sich zu Romy und betrachtete das angespannte Gesicht ihrer Mutter. Es war unübersehbar, wie unruhig Romys Schlaf war. Plötzlich zuckte sie zusammen und schlug die Augen auf. Für einen Moment war Panik darin zu lesen.
„Hanna...“ Leise aufstöhnend richtete sie sich etwas auf. „Was tust du denn schon hier?“
„Nachschauen, wie es dir geht“, antwortete ihre Tochter. „Das Erlebnis der letzten Nacht scheint dir noch zu schaffen zu machen. Du siehst ziemlich mitgenommen aus.“
„Wundert dich das? Man wird schließlich nicht alle Tage überfallen. Ich dachte immer, dies sei eine gute und sichere Wohngegend.“
„Normalerweise treiben sich hier keine fragwürdigen Gestalten

herum“, wusste Hanna. „Ich bin abends oft noch spät mit Geisha draußen, ohne befürchten zu müssen, dass mir jemand auflauert. Trotzdem kannst du froh sein, dass Frederik gestern bei dir war, um dich zu beschützen.“

„Fängst du nun auch noch damit an?“, erregte sich Romy, schwang die Beine von der Liege und schlüpfte in ihre Pantoletten. „Dieser dumme Mensch musste sich unbedingt als Retter in der Not aufspielen! In seinem Alter einen jüngeren, kräftigeren, noch dazu bewaffneten Mann herauszufordern, ist doch total verrückt! Was wollte er damit beweisen? Dass immer noch ein ganzer Kerl in ihm steckt? In meinen Augen war das bodenloser Leichtsinn! Aber das passt zu Frederik: verantwortungslos und oberflächlich! So war er schon immer!“

Vorwurfsvoll blickte Hanna ihre Mutter an.

„Mir scheint, du kennst Frederik überhaupt nicht.“

„Dass du sofort Partei für ihn ergreifst, war mir klar!“ Sich zur Ruhe zwingend stand Romy auf. „Immerhin warst du nach jedem seiner Gastspiele hier begeistert von ihm. Dir zeigt er nur seine liebenswürdige, charmante Seite, mit der er die Menschen – besonders die weiblichen – um den Finger wickelt.“

„Mir ist auch ein anderer Frederik bekannt“, widersprach Hanna. „Ein Mann, der sensibel ist, verletzbar – und einsam. Ein Mann, der alles andere als verantwortungslos und oberflächlich ist. Ein Mann, der für einen Menschen sein Leben riskiert, obwohl er weiß, dass es für ihn nichts zu gewinnen gibt. Der die Konsequenzen auf sich nimmt, anstatt einen Nutzen daraus zu ziehen. Der seine Träume begräbt, anstatt sich aufzudrängen.“

„Du weißt erstaunlich viel über ihn“, spottete Romy. „Wenn man Wand an Wand wohnt, kommt man sich wohl zwangsläufig näher. Wahrscheinlich hat er sich sogar an dich rangemacht. Eine bildhübsche, attraktive junge Frau, wie du es bist, kann er natürlich nicht auslassen.“

„Warum siehst du Frederik eigentlich immer absichtlich falsch?“, fragte Hanna kopfschüttelnd. „Du redest dir doch nur

ein, dass er ein oberflächlicher Windhund ist, weil du dir nicht verzeihen kannst, dass du damals bei ihm beinah schwach geworden wärst."
„Was weißt du denn?", brauste Romy auf. Sie wollte nicht glauben, dass ihre Tochter Recht haben könnte. „Gar nichts weißt du! Überhaupt nichts!"
„Ich weiß alles darüber", widersprach Hanna sanft. „Du hast dich damals für Papa entschieden. – Und ich bin froh darüber, weil für mich unverkennbar war, dass euch diese Krise enger zusammengeschweißt hat."
„Das stimmt", gab Romy zögernd zu. „Wer hat dir das erzählt?"
„Frederik hat mir kürzlich sein Herz ausgeschüttet", erklärte ihre Tochter offen. „Deine Verachtung hat ihn tief getroffen." Eindringlich blickte sie ihrer Mutter in die Augen. „Du hast Frederik jahrelang wie einen Aussätzigen gemieden, obwohl er sich nichts hat zuschulden kommen lassen. Sein einziger Fehler war, dass er sich in eine wundervolle Frau verliebt hat. – Noch dazu in eine verheiratete. Aber fragen Gefühle danach? Nein, sie sind einfach vorhanden, ob man will oder nicht. Frederik hat deine Entscheidung für deine Ehe respektiert und nie wieder Kontakt zu dir aufgenommen. Hast du selbst nicht erst kürzlich am eigenen Leib erfahren, wie weh es tut, wenn sich ein geliebter Mensch einem anderen zuwendet?"
„Das ist nicht dasselbe", warf Romy ein, doch es klang lahm. „Das kann man nicht miteinander vergleichen."
„Schmerz und Enttäuschung tut immer weh", behauptete Hanna. „Nach allem, was Frederik in der vergangenen Nacht für dich riskiert hat, könntest du wirklich versuchen, ein bisschen mehr Verständnis für ihn aufzubringen."
Missbilligend schüttelte Romy den Kopf.
„Ich weiß nicht, was Frederik dir erzählt hat, aber das war ein ganz normaler Überfall. Der Kerl wollte nur unsere Wertsachen. Wegen meiner Perlen hätte Frederik ganz bestimmt nicht so ein Theater veranstalten müssen. Das sind schließlich nicht

die Kronjuwelen. Sie waren noch nicht mal besonders wertvoll. – Und Frederik wird auch kein Vermögen in seiner Geldbörse mit sich herumschleppen. Es bestand absolut kein Grund, den Verbrecher zu provozieren, sein Messer zu gebrauchen."
„Hast du heute noch keine Nachrichten gehört, Mama?"
„Wieso? Hat die Presse die Sache etwa aufgebauscht?"
„In den Zeitungen stand heute noch nichts darüber. Allerdings hat die Pressestelle der Kripo eine Mitteilung rausgegeben. Ich habe nach meinem Dienst davon erfahren." Aus der Tasche ihrer Jogginghose zog Hanna einen zusammen gefalteten Bogen. Mit ernster Miene reichte sie ihn ihrer Mutter.

Während Romy den Bericht las, wurde sie zunehmend blasser. Ihre Beine schienen sie plötzlich nicht mehr tragen zu wollen, so dass sie haltsuchend die Hand nach dem Tisch ausstreckte und schwer auf einen Gartenstuhl sank. Fassungslos suchten ihre Augen den Blick ihrer Tochter. Romy war sekundenlang nicht in der Lage, zu sprechen. Die Gedanken überschlugen sich förmlich hinter ihrer Stirn.
„Katharina!", rief Hanna nach der Freundin. „Romy braucht einen Schnaps!"
Mit einem Cognacschwenker betrat Katharina die Terrasse und stellte ihn vor Hannas Mutter auf den Tisch.
„Hast du das gewusst?", fragte Romy sie, wobei sie mit zitternden Fingern nach dem Glas griff.
„Vorhin war ein ausführlicher Bericht über das Schwarze Phantom im Radio", sagte Katharina. Während sie sich setzte, tauschte sie einen beunruhigten Blick mit Hanna. „Einiges davon wusste ich schon aus den Berichten in der HAZ."
„Der Kerl hat seine Opfer wirklich jedes Mal zuerst ausgeraubt und danach die Frau..." Entsetzt brach Romy ab und hob den Cognacschwenker an die Lippen. Nach einem tiefen Schluck aus dem Glas schüttelte sie sich erschaudernd.
„Verstehst du nun, dass Frederik nicht leichtfertig reagiert hat?", fragte Hanna behutsam. „Ihm war verdammt bewusst,

was er getan hat."
„Wie konnte er von diesem Verbrecher wissen? Er ist doch auch erst seit wenigen Tagen in der Stadt."
„Als Journalist ist er an Informationen interessiert", erklärte ihre Tochter. „Deshalb hat er die alten Zeitungen, die oben bei mir für das Altpapier bereitstehen, gelesen. Zwar deponiere ich den Korb immer direkt neben der Treppe, aber ich verpasse oft den Abholtermin."
„Gott sei Dank", entschlüpfte es Katharina. „Ich darf gar nicht daran denken, was sonst noch passiert wäre. Als Romy uns gestern Nacht von dem Überfall berichtet hat, nahm auch ich an, dass es nur sein Beschützerinstinkt war, der Frederik veranlasst hat, sich dem Verbrecher zu widersetzen. Nun stellt sich raus, dass er ganz bewusst sein Leben riskiert hat, um eine grausame Tat an Romy zu verhindern."
„Ich glaube, mir wird schlecht...", murmelte Romy, stand hastig auf und eilte ins Haus. Erst Minuten später kehrte sie auf die Terrasse zurück.
„Leg dich wieder hin", sagte Katharina, wobei sie auf die Liege deutete. „Du kannst dich ja kaum auf den Beinen halten."
„Nein, ich ..." Entschlossen straffte Romy die schmalen Schultern. „Ich muss zu Frederik. Anstatt mich zu bedanken, habe ich ihm in der letzten Nacht bodenlosen Leichtsinn vorgeworfen. Meinetwegen wurde er sogar verletzt. Ich muss ihm sagen, wie Leid mir das alles tut."
„Dafür ist es nun zu spät", bedauerte Hanna und zog ihre Mutter neben sich auf einen Gartenstuhl. „Frederik ist heute Morgen abgereist."
„Abgereist?", wiederholte Romy enttäuscht. „Er kann doch nicht einfach... Wieso gerade jetzt?"
„Er meinte, es sei alles gesagt", erwiderte ihre Tochter. „Morgen ist er noch in Hamburg in einer Talkshow zu Gast. Danach wird er wohl wie gehabt von irgendeinem Kriegsschauplatz berichten." Absichtlich seufzte Hanna tief auf. „Dabei sehnt er sich eigentlich nach einem ruhigen Lebensabend. Stattdessen

begibt er sich nun doch wieder in Gefahr."
„Irgendwie kann ich das sogar verstehen", bemerkte Katharina, die ahnte, was Hanna bezweckte. „Wenn man sozusagen heimatlos ist und niemanden hat, der zu einem gehört, flüchtet man sich in die Arbeit. Zwischen Rebellen, Selbstmordattentätern oder anderen bewaffneten Fanatikern bleibt einem keine Zeit, über sein Leben oder seine Träume nachzudenken."
„Ich fürchte, auch in dieser Hinsicht weiß Frederik genau, worauf er sich einlässt", übernahm wieder Hanna. „Als ich ihn gefragt habe, ob er wiederkommt, sagte er: irgendwann – vielleicht. Wahrscheinlich muss man dort unten immer damit rechnen, in die Nähe einer Bombe oder in einen Kugelhagel zu geraten. Wie kann man nur jahrelang freiwillig ein so gefährliches Leben führen?"
„Wenn niemand da ist, der einen davon abhält..."
„Könnt ihr bitte damit aufhören!" verlangte Romy energisch. „Kennst du seine Adresse in Hamburg?", wandte sie sich an ihre Tochter.
„Hat Frederik dort eine Wohnung?"
„Frederik hat überhaupt keine Wohnung", wusste Hanna. „Wozu auch? Er war sein Leben lang in fremden Ländern unterwegs. Er hat mir erzählt, er hätte seine persönlichen Sachen in einer kleinen Kammer auf einem Bauernhof eines Freundes in der Nähe von München untergestellt."
„Dann wohnt er in Hamburg in einem Hotel?"
„Nur ein paar Tage", bestätigte ihre Tochter. „Marie hat ihn vorhin übers Handy angerufen, um ihn zu überreden, nach der Talkshow zurückzukommen. Leider steht sein Entschluss unabänderlich fest. Am Montag unterschreibt er die Vertragsverlängerung bei seinem Sender."

Im Funkhaus gab es an diesem Tag nur zwei Gesprächsthemen: das öffentliche Geständnis in der Sendung des Engels der Nacht und die Festnahme des Schwarzen Phantoms. Auch in der Redaktion diskutierte man darüber.

„Hallo, zusammen“, begrüßte Hanna die Kollegen im Hereinkommen. „Gibt es etwas Neues?“
„Das wollten wir eigentlich dich fragen“, erwiderte Sandro. „Dein Onkel hat dir doch bestimmt Einzelheiten des Überfalls erzählt!?“
„Viel mehr als in der Pressemitteilung steht, weiß auch ich nicht“, behauptete Hanna. „Vielleicht solltest du dir morgen Abend die Talkshow ansehen, in der Frederik zu Gast ist. Die Kollegen vom NDR werden ihn bestimmt auf seine Heldentat ansprechen.“
„Hat er dir wenigstens verraten, wer die Frau ist, mit der er so spät in der Nacht unterwegs war?“, wollte Ulrich wissen. „Ihr Name taucht in keinem Bericht auf.“
„Habt ihr eigentlich sonst nichts zu tun?“, überging Hanna die Frage ihres Jugendfreundes und schlüpfte aus der unförmigen Strickjacke. „Mich interessieren die gestrigen Einschaltquoten viel mehr. Haben wir zugelegt?“
„Und wie!“, strahlte Ulrich. „Wenn das so weitergeht, bricht der Engel der Nacht noch sämtliche Rekorde. Sogar mehrere Anfragen von der Presse hat es heute gegeben. Die Zeitungen werden morgen nicht nur ganz groß über das Schwarze Phantom berichten, sondern auch über das Geständnis des Mädchens.“ Jungenhaft zwinkerte er Hanna zu. „Es ist schon beinah unheimlich, dass du irgendwie mit beiden Fällen zu tun hast.“
„Ein Engel sollte auch immer ein bisschen unheimlich sein“, scherzte sie. „Meine heutige Sendung beschäftigt sich übrigens mit der Angst.“
Dieses Thema gab die Moderatorin um Mitternacht auch ihren Zuhörern bekannt. Die ersten Gespräche betrafen die Angst vor Arbeitslosigkeit und Krankheit, aber auch die Angst, von anderen nicht akzeptiert zu werden.
Bereits der vierte Hörer war ein Anrufer, auf den der Engel der Nacht insgeheim gewartet hatte.
„Hier spricht Angel“, sagte sie mit sanfter Stimme ins Mikro-

fon. „Mit wem habe ich das Vergnügen?"
„Mit einem glücklichen Vampir."
„Daraus schließe ich, dass es dir heute besser geht als bei deinem Anruf vor zwei Tagen. Erzählst du uns, was inzwischen geschehen ist, Dracula?"
„Um beim Thema deiner heutigen Sendung zu bleiben...", sagte Jakob, „... bei unserem letzten Gespräch hatte ich Angst. Angst davor, dass nichts mehr so sein würde wie vorher. Angst vor einer ungewissen Zukunft. – Existenzangst."
„Die hast du nun nicht mehr?"
„Der Alptraum ist vorbei", entgegnete Jakob erleichtert. „Die Wahrheit hat gesiegt. Das verdanke ich zwei wundervollen weiblichen Wesen, ohne deren Hilfe ich vermutlich am Ende wäre."
„Mit fällt auf, dass es oft Frauen sind, die dir helfen oder Hilfe anbieten", sagte der Engel der Nacht. „Offenbar bist du sehr beliebt beim weiblichen Geschlecht."
„Ein Herzensbrecher bin ich nicht, falls du darauf anspielst, Angel. Auch meine beiden rettenden Engel zählen nicht unbedingt zu meiner Fangemeinde. – Obwohl eine der beiden Damen genau meinen Vorstellungen einer Traumfrau entspräche."
„Weiß sie das?"
„Nein. – Das ist auch gut so. Es würde unsere gerade beginnende Freundschaft kaputtmachen. Das will ich nicht riskieren. Ich habe ihr schon genug zugemutet."
„Hast du Angst vor ihr?"
„Angst?" wiederholte er nachdenklich. „Sicher nicht. – Allenfalls vor dem, was daraus werden könnte. Ich darf mich nicht binden."
„Warum nicht?", fragte die Moderatorin gespannt. „Was spräche dagegen?"
„Ein Vampir kann einem solchen Vollweib kein Partner sein", flüchtete er sich wieder in seine Rolle. „Unsereins muss frei und ungebunden bleiben, um seine Pflicht zu erfüllen. Das ist

das Schicksal unserer Spezies. Wir dürfen unserer Sehnsucht, unseren Träumen und geheimsten Wünschen nicht nachgeben."
„Ist es nicht frustrierend, die eigenen Bedürfnisse unterdrücken zu müssen?"
„Wir haben eben alle eine Bestimmung. Man ordnet sich ihr unter – und bekommt sogar ein vielfaches Echo zurück. Auch das befriedigt auf eine gewisse Weise. Damit erzähle ich dir aber bestimmt nichts Neues, Angel. In deiner Position erlebst du das gewiss ähnlich."
„Als Engel der Nacht muss auch ich mich an gewisse Spielregeln halten. Allerdings scheint es jemand von meiner Zunft leichter zu haben, als ein Mitglied deines Vereins."
„Wir alle haben unser Päckchen zu tragen, Angel. Dennoch müssen wir unseren Platz im Leben so gut wie möglich ausfüllen. Trotz aller Ängste und Zweifel, trotz aller Wünsche und Hoffnungen."
„Da kann ich dir nur zustimmen, Dracula. Es freut mich, dass du deine Existenzangst überstanden hast und wieder positiv in die Zukunft blicken kannst."
„Ohne, dass es dir bewusst ist, hast auch du dazu beigetragen, Angel", sagte Jakob weich. „Dafür möchte ich dir danken."
„Du kannst dich jederzeit wieder an mich wenden. – Ob mit Problemen, oder nur, um mit mir zu plaudern. – Gute Nacht, Dracula."
„Bis bald, Angel."

Während das nächste Musikstück gespielt wurde, dachte Hanna über Jakobs Worte nach. Offenbar hatte Katharina mit ihrer Vermutung Recht, er würde aus Pflichtbewusstsein keine Bindung eingehen. Für ihn standen seine Neffen an erster Stelle. Für die Jungen verzichtete er auf ein eigenes Lebensglück. Ihnen zuliebe reduzierte er seine Bedürfnisse auf ein Minimum. Das imponierte Hanna nicht nur; sie bewunderte seine uneigennützige Haltung.
Auf ein Zeichen von Sandro übernahm die Moderatorin das

nächste Gespräch.
„Ich bin der Engel der Nacht“, meldete sie sich. „Wer bist du?“
Sekundenlang blieb es still.
„Rosi“, stellte sich die Teilnehmerin am Ende der Leitung schließlich vor.
„Hallo, Rosi“, entgegnete Angel freundlich. Das Zögern der Anruferin verriet ihr deren Unsicherheit. „Was hast du zu unserem heutigen Thema beizutragen? Möchtest du von überwundenen Ängsten sprechen, oder gibt es aktuell etwas, vor dem du dich fürchtest?“
„Ich..., ich...“ Verlegen räusperte sie sich. „Entschuldige, ich mache so etwas heute zum ersten Mal. Deine Sendung habe ich auch erst einmal gehört. Trotzdem glaube ich, dass du mir weiterhelfen könntest...“
Mama! schoss es Hanna durch den Kopf, denn sie erkannte die Stimme ihrer Mutter sofort. Ihr erstaunter Blick traf Sandro durch die Studioscheibe, worauf er fragend die Brauen hob. Sie schüttelte jedoch nur vage den Kopf, ehe sie sich wieder auf ihre Aufgabe konzentrierte.
„Vielleicht schilderst du mir zuerst, worum es sich handelt.“
„Ich habe jemandem Unrecht getan.“
„Mann oder Frau?“
„Einem Mann. Im Grunde schon seit vielen Jahren. Ich bin ihm erfolgreich aus dem Weg gegangen, weil ich mir einredet habe, er sei ein Schuft, der nur darauf aus ist, mein Leben durcheinander zu bringen.“
„Wie hätte ihm das gelingen können?“, hakte der Engel der Nacht nach. „Hat er besondere Talente dafür?“
„So könnte man es tatsächlich nennen“, erwiderte Romy nachdenklich. „Er war schon immer ein faszinierender Mann – sich seiner Wirkung auf das weibliche Geschlecht voll bewusst.“
„Warst du verliebt in ihn?“
„Vor vielen Jahren ...“
„Warum ist nichts daraus geworden? Hattest du Angst, dass du nur ein Abenteuer für ihn sein könntest?“

„Nicht nur das: Ich hatte bereits einen Partner."
„Den du liebtest?"
„Ja..."
„Soviel ich weiß, passiert es manchmal, dass man zwei Menschen gleichzeitig liebt", wusste der Engel der Nacht. „Wenn ich dich richtig verstanden habe, ist deine Entscheidung zugunsten deines Partners ausgefallen. Dem anderen Mann bist du seitdem ausgewichen. Hast du ihn wiedergetroffen?"
„Vor ein paar Tagen", lautete die Antwort. „Obwohl ich mittlerweile frei bin, habe ich versucht, ihn zu ignorieren. Aus Angst, noch einmal seinem Charme zu erliegen, habe ich mich kühl und abweisend verhalten. Trotzdem habe ich mich gestern auf eine Aussprache mit ihm eingelassen. Dadurch wurde mir klar, dass ich mir ein völlig falsches Bild von ihn zurechtgebastelt hatte."
„War er nicht der Schuft, für den du ihn gehalten hast?"
„Nein. – Das änderte allerdings nichts an meiner Haltung ihm gegenüber. Dann ist jedoch etwas geschehen, das alles verwandelt hat: In einer gefährlichen Situation hat er sich schützend vor mich gestellt und dadurch sein Leben riskiert. Hinterher ist mir nichts Besseres eingefallen, als ihm schwere Vorwürfe zu machen. Erst heute wurde mir bewusst, dass ich völlig überreagiert habe, weil ich Angst um ihn hatte. Seitdem quält mich mein Gewissen."
„Solltest du nicht mit ihm darüber sprechen?", fragte Angel behutsam. „Ihm deine Reaktion erklären?"
„Er ist nicht mehr in der Stadt."
„Weißt du, wo er sich aufhält?"
„Ja, aber ich fürchte, für ihn ist dieses Kapitel längst abgeschlossen. Mein Verhalten muss ihn sehr verletzt haben. Deshalb legt er bestimmt keinen Wert auf meine Dankbarkeit."
„Vielleicht ist er aber aus einem anderen Grund abgereist?" formulierte der Engel der Nacht vorsichtig. „Hältst du es nicht für möglich, dass er immer noch etwas für dich empfindet?"
„Nein."

„Wie kannst du so sicher sein?“
„Das ist mehr als zwanzig Jahre her. Außerdem hat er kein einziges Wort über seine Gefühle verloren. – Weil sie schon lange nicht mehr existieren. Wahrscheinlich waren sie nie wirklich vorhanden.“
„Glaubst du das tatsächlich, Rosi? Weshalb hast du mich dann überhaupt angerufen?“
„Weil..., weil ich gehofft habe, eine objektive Meinung von jemandem, der uns beide nicht kennt, würde mir helfen, eine Entscheidung zu treffen.“
„Weißt du nicht längst, was du tun musst?“, forderte Angel sie heraus. „Einerseits möchtest du diesem Mann für seinen Mut, dich zu beschützen, danken. Andererseits möchtest du rausfinden, ob du ihm mittlerweile gleichgültig bist. Vor der Antwort hast du zwar noch ein wenig Angst, aber du bist stark genug, die Wahrheit zu verkraften. – Egal wie sie ausfällt.“
„Du glaubst nicht, es wäre klüger, einen endgültigen Schlussstrich zu ziehen und nicht mehr daran zu rühren?“
„Könntest du damit leben, Rosi?“
„Schwerlich...“
„Dann wünsche ich dir eine gute Reise.“
Stille. Eine Weile schwieg die Anruferin verblüfft.
„Rosi?“, sagte die Moderatorin sanft. „Bist du noch da?“
„Ja...“, gab Romy zögernd zurück. „Mir wurde gerade klar, weshalb deine Sendung so beliebt ist, Angel. Es ist erstaunlich, wie gut du dich in die Menschen hineinversetzen kannst. So viel Einfühlungsvermögen ist fast unheimlich.“
„Für einen Engel ist das keine herausragende Eigenschaft“, erwiderte sie leise lächelnd. „Wir setzen all unsere Fähigkeiten ein, um zu helfen.“
„Mir hast du tatsächlich geholfen“, sagte Romy beeindruckt.
„Danke, Angel.“
„Gute Nacht, Rosi.“
Mit dem Ende ihrer Sendezeit verließ die Moderatorin das Studio. Im Redaktionsraum traf sie unverhofft Ulrich.

„Was tust du denn noch hier?“
„Ich habe auf dich gewartet“, gestand er. „Auch deine heutige Sendung hat wieder großen Anklang gefunden. Besonders zwei Gespräche ragten heraus.“ Fragend schaute er in ihre grünen Augen. „Du weißt, welche?“
„Sicher“, erwiderte Hanna müde. „Dracula und Ro... si.”
„Stimmt. Du wirst von Tag zu Tag besser.“
„Von Nacht zu Nacht“, korrigierte sie ihn lächelnd. „Ich weiß eben, was ich meinen Hörern schulde.“
„Und was ist mit mir?“, fragte er treuherzig und legte die Hände auf ihre Schultern. „Eigentlich wollte ich die Anwesenheit deiner Mutter nutzen, um bei ihr um deine Hand anzuhalten.“
„Dann musst du dich aber beeilen.“ Sie tauchte unter seinen Händen weg und griff nach der Strickjacke. „Romy hat gestern beim Abendessen gesagt, dass sie heute nach Hause fliegt.“
„So plötzlich?“
„Immerhin ist auf Menorca Hochsaison. Da wird jede Hand gebraucht. Auf die Dauer schafft Joanna das nicht allein.“
„Schade“, meinte Ulrich enttäuscht. „So wird das nie was mit uns beiden.“ Plötzlich erhellte ein schelmisches Lächeln seine markanten Züge. „Allerdings könnte ich dich in den Urlaub begleiten, Hanna. Da du ihn bei deiner Mutter verlebst...“
„Vergiss es“, unterbrach sie ihn lachend. „In meinen wohlverdienten Ferien will ich niemanden aus dem Sender sehen. Schließlich muss ich mich von euch erholen.“
„Wie kann man nur so gnadenlos sein? Magst du mich denn überhaupt nicht?“
„Wärst du sonst mein engster Freund?“ Im Vorbeigehen küsste sie ihn flüchtig auf die Wange. „Das muss dir genügen, mein Lieber. Du weißt, dass mehr nicht drin ist.“

Kapitel 25

Am späten Nachmittag traf Romy in ihrem Leihwagen in Hamburg ein. Zwar war es möglich gewesen, ihren Flug um einen Tag zu verschieben und auf den Airport Fuhlsbüttel umzubuchen, aber es schien in der ganzen Stadt kein einziges freies Hotelzimmer mehr zu geben. Diese Tatsache bereitete ihr allerdings die wenigsten Sorgen. Zur Not würde sie bis zum Abflug auf einer Bank im Wartesaal des Flughafens verharren. Viel mehr fürchtete sie sich vor der erneuten Begegnung mit Frederik. Das Gespräch mit ihrer Tochter hatte ihr verdeutlicht, dass sie ihren Schwager im Grunde kaum kannte. Eigentlich wusste sie nur, was sie vor mehr als zwanzig Jahren wahrgenommen – und noch dazu falsch interpretiert hatte. Was er wirklich dachte oder fühlte, was ihn interessierte oder am Herzen lag, war ihr unbekannt. Auch hatte sie Hanna nie danach gefragt, wenn sie einen seiner seltenen Besuche erwähnte. Umgekehrt dürfte es sich ähnlich verhalten. Frederik wusste allenfalls durch ihre Tochter ein wenig von ihren Lebensumständen. Hanna zählte nicht zu den Menschen, die allzu Persönliches ausplauderten. Obwohl Romy ihren Schwager vor mehr als vierzig Jahren durch die Hochzeit ihrer Schwester mit seinem Bruder kennenlernte, waren sie einander fremd geblieben.

Von Marie wusste Romy nicht nur, in welchem Hotel Frederik abgestiegen war, sie kannte sogar seine Zimmernummer. Das nutzte ihr jedoch nichts, denn an der Rezeption erfuhr sie, dass der Gast zurzeit nicht im Hause sei. Unschlüssig blickte sich Romy in dem eleganten Foyer um. Es blieb ihr nichts anderes übrig, als auf Frederiks Rückkehr zu warten. Womöglich kam er aber nicht noch einmal ins Hotel, bevor die Talkshow begann? Romy beschloss, die Zeit bis zum Abend sinnvoll zu nutzen und entschied sich für den längst fälligen Friseurbesuch. Danach bummelte sie durch einige Geschäfte, fuhr den Wagen in die Tiefgarage des Hotels und erkundigte sich an der Rezeption abermals nach ihrem Schwager. Da er noch immer nicht eingetroffen war, lag nahe, dass er erst nach der Sendung zurückkehrte.

So setzte sich Romy ins Restaurant, um zu Abend zu essen. Kurz vor zweiundzwanzig Uhr betrat sie wieder das Foyer,

blieb aber nach wenigen Schritten stehen, um zu prüfen, ob der Nachtportier bereits seinen Dienst aufgenommen hätte.
Ein erleichtertes Lächeln huschte über ihre aparten Züge, als sie den Mann sah, den sie noch aus der Zeit ihrer Konzertreisen kannte. Langsam schritt Romy auf die Rezeption zu. Erstaunen malte sich auf das runde Gesicht des Portiers, als er die elegante Erscheinung erkannte.
„Guten Abend, Karl."
„Frau Winterstein!", rief er freudig aus und deutete eine Verbeugung an. „Welche Ehre, Sie wieder einmal in unserem Haus begrüßen zu dürfen."
„Es ist schön, nach so langer Zeit wieder hier zu sein", erwiderte Romy mit strahlendem Lächeln. „Haben Sie noch ein Zimmer für mich, Karl?"
„Sie haben nicht reserviert, gnädige Frau?"
„Es war ein spontaner Entschluss, nach Hamburg zu kommen", verneinte sie. „Ist das ein Problem? Es muss nicht unbedingt die Präsidentensuite sein. Ein einfaches Zimmer genügt mir vollkommen."
„Leider sind wir bis unter das Dach ausgebucht", bedauerte der Mann. „In der ganzen Stadt gibt es kein freies Hotelbett mehr. Zurzeit ist Messe. Außerdem findet dieser internationale Medizinerkongress momentan statt."
„Ach, Karl", sagte sie mit einem Seufzer. „Was soll ich denn jetzt tun? Ich brauche dringend ein Zimmer mit einem Fernsehgerät. Und sei es nur eine winzige Dachkammer. Mein Schwager tritt gleich in einer TV -Talkshow auf. Das darf ich auf keinen Fall versäumen."
Sein Blick nahm einen fragenden Ausdruck an.
„Ihr Schwager, gnädige Frau?"
„Frederik Wolf. Ich wollte ihn überraschen."
„Ihr Herr Schwager ist Gast unseres Hauses", wusste der Nachtportier. Mit flinken Fingern bediente er seinen Computer. „Er bewohnt Zimmer 324."
„Ich weiß. Bedauerlicherweise habe ich ihn verpasst, sonst

würde ich mir die Talkshow in seinem Zimmer anschauen."
Einen Moment lang überlegte der Mann. Er verehrte die Pianistin, seit sie vor Jahren mehrmals bei Gastspielen in diesem Hotel logiert hatte.
„Ich denke, Ihr Herr Schwager hätte nichts dagegen einzuwenden, wenn ich Ihnen den Zugang zu seinem Zimmer ermögliche, gnädige Frau."
Abermals schenkte sie ihm ein strahlendes Lächeln.
„Das ist wirklich reizend von Ihnen, Karl."

Wenige Minuten später saß Romy in Frederiks Doppelzimmer vor dem eingeschalteten Fernsehgerät. Gerade rechtzeitig zum Beginn der Sendung.
Zunächst wurden die Gäste vorgestellt. Die Runde bestand aus zwei Schauspielern, einem Journalisten, einer Politikerin, einem Sterne-Koch und einer Sopranistin samt Ehemann. Begonnen wurde das Gespräch mit der Schauspielerin Carina Imhoff, die neben Frederik Wolf saß. Der Moderator befragte sie nach ihrer Hauptrolle in dem Theaterstück, das am nächsten Abend in Hamburg Premiere haben würde. Während sie davon erzählte, nickte Frederik mehrmals zustimmend. Daraufhin fragte ihn der Moderator, ob er das Stück bereits kenne.
„Heute Nachmittag hatte ich das Glück, der Generalprobe beiwohnen zu dürfen", erwiderte Frederik. „Das war ein ganz besonderes Erlebnis. Carina ist bezaubernd in ihrer Rolle."
Lächelnd legte die Schauspielerin die Finger über seine auf der Sessellehne ruhende Hand.
Diese vertrauliche Geste weckte die unterschiedlichsten Emotionen in Romy. Plötzlich zweifelte sie daran, ob sie diesen Mann tatsächlich falsch eingeschätzt hatte. Offensichtlich war die Schauspielerin seine neueste Eroberung. Das zärtliche Lächeln, mit dem sie seine Worte belohnte, sprach Bände.
Im Verlauf des Gesprächs tauschten die beiden öfter einen Blick, so dass anzunehmen war, sie würden einander schon länger kennen.

Dem zweiten Gast der Runde widmete sich die Kollegin des Moderators.
„Herr Wolf, Sie gelten als *der* Nahost-Experte. Wir alle kennen Ihre Berichte aus den Kriegsgebieten dieser Welt. Unter anderem aus Afghanistan, Israel, dem Kosovo und dem Irak. Bevor wir darüber sprechen, möchte ich Sie zu einem aktuellen Ereignis befragen. Die Zeitungen waren voll davon, dass Sie das Schwarze Phantom gestellt haben.“ Knapp erläuterte sie, um wen es sich dabei handelte. „Wie ist es dazu gekommen?“
„Zufall“, erwiderte Frederik lapidar. „Eigentlich wollte ich nur frische Luft schnappen.“
„Sie waren mit einer Dame unterwegs“, fuhr die Moderatorin fort. „Während Ihr Name groß in der Presse gestanden hat, ist absolut nichts über die Identität Ihrer Begleiterin verlautet. Gibt es einen Grund, ein Geheimnis um sie zu machen?“
„Ein solcher Überfall bringt schon genug Aufregung mit sich. So was verkraftet man nicht von heute auf morgen. Außerdem weiß ich leider, wie rücksichtslos manche Kollegen – besonders die von der Sensationspresse – sind, die die Opfer oft gnadenlos mit ihrer Kamera jagen. Deshalb hielt ich es für angebracht, den Namen meiner Begleiterin aus dem Spiel zu lassen. Sie hat schon genug durchgemacht.“
Spontan applaudierten die Zuschauer im Studio.
„Dank Ihres Mutes ist ihr das Schrecklichste, was einer Frau passieren kann, erspart geblieben, Herr Wolf.“
„Als Mut würde ich das nicht unbedingt bezeichnen“, sagte Frederik selbstkritisch. „Im Grunde ist es sogar dumm und leichtsinnig, einen bewaffneten Mann zu provozieren. Allerdings hatte ich keine andere Wahl.“
„Ist Ihre Verletzung sehr schlimm?“, fragte sie, wobei sie auf seinen linken Arm deutete, den er in einer Schlinge trug. „Wie ich hörte, musste die Wunde genäht werden.“
„Mit zwölf Stichen. – Keine große Sache.“
„Sind Sie immer so hart im Nehmen? Immerhin wollen Sie auch schon bald wieder arbeiten. – Obwohl ich kürzlich im

Spiegel gelesen habe, dass Sie sich in den wohlverdienten Ruhestand begeben werden. Was hat Sie bewogen, den Vertrag noch mal zu verlängern?"
„Wahrscheinlich kann ich auf die Dauer gar nicht schlafen, wenn mir dabei nicht ein paar Kugeln um die Ohren fliegen oder wenigstens hin und wieder eine Granate in meiner Nähe einschlägt", scherzte Frederik. „Ich bin wohl mit meinem Job verheiratet."
„Sie könnten sich scheiden lassen", ging die Moderatorin auf seinen leichten Ton ein. „Ihre weiblichen Fans wären sicher glücklich darüber."
„Ist das Recherche? Oder nur ein Versuchsballon?"
„Ich glaube schon, dass es unsere Zuschauer interessiert, warum ein so attraktiver Mann noch zu haben ist. Hat es in Ihrem Leben niemals eine Frau gegeben, für die Sie Ihren gefährlichen Job an den viel zitierten Nagel gehängt hätten?"
„Doch, die gab es", bekannte Frederik mit erstaunlicher Offenheit. „Vor vielen Jahren. – Aber sie wollte mich nicht." Lässig hob er die Schultern, ließ sie wieder sinken. „Wahrscheinlich weil ein Vagabund, wie ich einer bin, im Allgemeinen als unzuverlässig gilt. Frauen haben andere Vorstellungen von einer Partnerschaft. Sie wünschen sich Beständigkeit – und keinen Mann, der sich wissentlich in Gefahr begibt. Deshalb hatte ich wohl auch später nie die Chance, eine Familie zu gründen."
„Vermissen Sie das manchmal?"
„Ja", gab er unumwunden zu. „Mit zunehmendem Alter sehnt man sich nach einem Menschen, der zu einem gehört. Besonders in Nächten fernab der Heimat, wenn nicht mehr geschossen wird und eine beinah unheimliche Stille einkehrt."
„Stimmt es, dass Sie für solche Momente immer Ihren Mp3-Player dabeihaben?"
„Offenbar haben Sie tatsächlich gut recherchiert", sagte Frederik erstaunt lächelnd. „Wer hat Ihnen denn das verraten?"
„Das bleibt mein Geheimnis. Allerdings weiß ich noch mehr: Sie hören stets Klavierkonzerte – und immer Aufnahmen von

der gleichen großartigen Pianistin, die sich vor einigen Jahren fast völlig aus der Öffentlichkeit zurückgezogen hat: Rosemarie Winterstein. – Sind Sie ihr mal begegnet?"
„Flüchtig", bestätigte er. „Bis dahin konnte ich nicht viel mit klassischer Musik anfangen. Doch dann habe ich begonnen, mich damit auseinander zusetzen. Seitdem hilft mir diese Musik durch einsame Nächte."

Romy vermochte kaum zu glauben, was sie durch diese Talkshow erfuhr. Ausgerechnet für ihr Klavierspiel begeisterte sich der einsame Wolf? Dieser Mann versetzte sie immer wieder in Erstaunen. Allein die Tatsache, ihren Namen im Zusammenhang mit dem Überfall aus der Presse herauszuhalten, zeugte von enormem Einfühlungsvermögen. Das hätte sie ihm ebenso wenig zugetraut, wie seine Vorliebe für klassische Musik. Auch jetzt, da er die Fragen der Moderatorin zur Lage im Nahen Osten beantwortete, musste Romy ihm sehr differenzierte Antworten zugestehen.
Frederik wusste nicht nur genau, wovon er sprach, er erklärte die politischen Zusammenhänge zudem anhand einfacher anschaulicher Beispiele, so dass jedermann sie verstand. Auch in diesem Punkt hatte Romy ihn unterschätzt. Er war nicht nur ein einfacher Berichterstatter, sondern er wusste über die Hintergründe Bescheid und warnte vor Gefahren, die in absehbarer Zeit auf die Bevölkerung, aber auch auf die ausländischen Soldaten lauerten.
Auch im weiteren Verlauf der Talkshow gab Frederik hin und wieder einen klugen oder humorvollen Kommentar ab. An der Reaktion der Gäste in der Runde sowie der Zuschauer war zu erkennen, dass der Journalist viele Sympathien genoss.
Mit dem Ende der Sendung um Mitternacht schaltete Romy das Fernsehgerät aus.
Erst jetzt schaute sie sich ein wenig in dem großen Hotelzimmer um. Offenbar war Frederik ein ordentlicher Mensch: nichts lag herum. Nur seine Velourslederjacke hing über einem Stuhl.

Auf der Nachtkonsole lag der in der Talkshow erwähnte Player. Spontan schaltete Romy das kleine Gerät ein und hielt sich einen der Kopfhörer ans Ohr.
„Chopin...“, murmelte sie und lächelte unwillkürlich. „Paris 1988...“
Natürlich erinnerte sie sich an eines ihrer letzten großen Konzerte, von dem dieser Live – Mitschnitt stammte. Seitdem ließ sie sich nur noch selten zu einem Auftritt überreden, obwohl auch heute noch Angebote großer Konzertagenturen an sie herangetragen wurden. Erst kürzlich hatte man der Pianistin ein Weihnachtskonzert in New York offeriert. Drei Abende mit Werken ihrer Wahl für eine traumhafte Gage. Ohne lange darüber nachzudenken, hatte Romy abgelehnt. Sie brauchte das Geld nicht. Ihr Hotel warf genug für ein angenehmes Leben ab und ihre CDs verkauften sich nach wie vor gut. Außerdem verbrachte sie die Weihnachtsfeiertage seit dem Tod ihres Mannes stets bei ihrer Tochter in Hannover. Für keine noch so hohe Gage würde sie darauf verzichten, das Weihnachtsfest im Kreise ihrer Familie zu feiern.
Gedankenverloren legte Romy den Kopfhörer zurück und schaltete den Player aus. Sie beschloss, Frederik nicht in seinem Hotelzimmer zu erwarten. Diese Umgebung war ihr zu intim. So verließ sie den Raum und setzte sich in einen Sessel der großzügig im Foyer stehenden Sitzgruppen. Von einem Ober ließ sich Romy ein Glas Rotwein und einige Zeitschriften bringen.

Die zweite Morgenstunde war gerade angebrochen, als eine Gruppe von Talkshowteilnehmern das Foyer betrat. Romy erkannte außer der Moderatorin den Sterne-Koch sowie die Sopranistin mit ihrem Ehemann. Ebenso Frederik, dessen unverletzter Arm um die Schultern der Schauspielerin Carina Imhoff lag.
Rasch wandte Romy der munter plaudernden Gruppe den Rücken zu. Plötzlich empfand sie es als Schnapsidee, nach Ham-

burg gekommen zu sein. Frederik verschwendete sicher keinen Gedanken mehr an ihre unbedachten Vorhaltungen nach dem Überfall. Sein Interesse galt der attraktiven Schauspielerin, die bewundernd zu ihm aufschaute.
Während Romy sich erhob, sprach der Portier den Journalisten an und deutete zu ihr hinüber. Rasch bat Frederik die anderen, schon in die Panorama-Bar vorauszugehen, bevor er Romy nacheilte, die, ohne sich umzusehen, auf den zweiten Ausgang des Hotels zusteuerte.
„Romy!"
Leise aufseufzend verhielt sie ihren Schritt. Da blieb Frederik auch schon neben ihr stehen.
„Was tust du in Hamburg?"
„Morgen Vormittag fliege ich von hier nach Hause", erklärte sie ihre Anwesenheit. „Da ich von deinem Talkshowauftritt gehört habe, wollte ich eigentlich die Gelegenheit nutzen, mit dir zu sprechen, um..."
„Aber nicht hier zwischen Tür und Angel", unterbrach er sie hastig. So einfach würde er sie nicht wieder gehen lassen. „Wir können uns in die Piano- Bar setzen."
„Ich will dich nicht lange aufhalten", erwiderte sie kopfschüttelnd. „Du möchtest sicher so schnell wie möglich zu Frau Imhoff zurück. Was ich zu sagen habe, kann ich auch..."
„... in der Bar tun", vollendete Frederik und nahm ihren Arm. „Komm, bitte."
Widerstandslos ließ sie sich über die Treppe in die im Untergeschoss liegende Bar führen. Frederik wählte einen Tisch in einer Nische und bestellte Rotwein.
Aufmerksam forschte er im klaren Gesicht seiner Begleiterin. „Worüber möchtest du mit mir sprechen, Romy?"
„Über mein Verhalten nach dem Überfall." Sie musste das jetzt so schnell wie möglich hinter sich bringen. „Es tut mir leid, dass ich dir Vorhaltungen gemacht habe. Ich hielt dich für leichtsinnig und verantwortungslos und habe an deinem Verstand gezweifelt, weil ich geglaubt habe, du musstest unbedingt

den Helden spielen. Dafür möchte ich mich entschuldigen."
„Aus deiner Sicht schien das doch gar nicht so abwegig zu sein", erwiderte Frederik nüchtern. „Zumal ich in deinen Augen ohnehin ein oberflächlicher, egoistischer Zeitgenosse bin."
„Wie hätte ich denn ahnen können, was dieser Kerl mit mir vorhatte?" rechtfertigte sie sich. „Und woher sollte ich wissen, was du über ihn gelesen hast? Warum hast du mich nicht aufgeklärt, als er verhaftet war?"
Kaum merklich zuckte er die Schultern.
„Das muss ich in der Aufregung wohl vergessen haben."
„Nachdem du deswegen dein Leben riskiert hast? Du hast geschwiegen, weil du mich nicht beunruhigen wolltest!"
„Du traust mir doch nicht wirklich so viel Einfühlungsvermögen zu?", tadelte er sie mit leisem Spott. „Immerhin passt das überhaupt nicht zu mir."
„Genauso wenig wie die Tatsache, dass du dafür gesorgt hast, meinen Namen aus der Presse herauszuhalten. Vermutlich hast du das nur getan, damit dir die uneingeschränkte Aufmerksamkeit der Medien zuteilwird."
„Du hast die Talkshow gesehen", kombinierte er. „Ich hätte denen irgendeine abenteuerliche Geschichte auftischen sollen."
„Dazu bist du zu ehrlich."
„Ich?", staunte er. „Du musst mich verwechseln."
„Jetzt hör doch endlich auf damit!", erregte sich Romy. „Mehr als entschuldigen kann ich mich nicht! Du weißt verdammt genau, wie dankbar ich dir für das alles bin!"
„Du musst mir nicht danken", sagte Frederik kopfschüttelnd. „Für jede andere Frau hätte ich das gleiche getan."
„Das weiß ich", nickte Romy. „Für dich ist die ganze Sache damit offenbar erledigt. Mir hingegen macht das alles aber noch zu schaffen."
„Weil ausgerechnet ich das Schlimmste verhindert habe?", vermutete er. „Weil ich vor Jahren in dich verliebt war? – Na und? Du hast dich gegen mich entschieden und wie einen Aussätzigen gemieden. – Was soll's?"

„Auch du hast dich nie wieder gemeldet."
„Was hast du erwartetet? Dass ich um etwas kämpfe, das völlig aussichtslos ist? Dass ich mich wie eine Klette an dich hänge und mich wie ein liebeshungriger Kater zum Narren mache? Deine Ehe torpediere und den Familienfrieden durcheinanderbringe?" Nachdrücklich schüttelte er den Kopf. „Du hattest deine Wahl getroffen, Romy. Das musste ich notgedrungen akzeptieren. Wenigstens deinen Respekt wollte ich mir bewahren." Hart lachte er auf. „Obwohl ich auch den niemals hatte. – Für dich war und bin ich eine unerwünschte Person."
„Das ist nicht wahr", gestand sie betroffen. „Erst in den letzten Tagen wurde mir bewusst, dass ich dich überhaupt nicht kenne. Damals auf Menorca war ich viel zu sehr mit meinen eigenen Problemen beschäftigt, um dich wirklich kennenzulernen. Mir hat deine Aufmerksamkeit gut getan; du warst charmant, witzig und verständnisvoll. Dafür war ich in meiner Situation sehr empfänglich, so dass ich mich in dich verliebt habe. Gleichzeitig plagte mich mein Gewissen wegen dieser verbotenen Gefühle. Ich habe auch meinen Mann geliebt. Zwar anders, aber ich habe ihn geliebt. Ich hätte mich niemals von Alfonso trennen können. Uns hat so unglaublich viel verbunden."
„Du musst dich für deine Entscheidung nicht rechtfertigen, Romy", sagte er voller Verständnis für ihr damaliges Handeln. „So schmerzhaft das auch für mich war, ich habe gelernt, damit umzugehen. Wenn ich mich gelegentlich zu einem Familienbesuch in Hannover aufgehalten habe, und Hanna die wundervolle Ehe ihrer Eltern erwähnt hat, wurde mir deutlich bewusst, dass ich niemals wirklich eine Chance hatte. Mit der Zeit bin ich über die Enttäuschung hinweggekommen."
„Das ist gut", murmelte Romy, obwohl ein schmerzliches Gefühl in ihr aufstieg. Sie versuchte es zu ignorieren, wollte nicht wahrhaben, wie weh es tat, dass sie ihm gleichgültig geworden war. Zwar hatte sie nichts anderes erwartet, dennoch verspürte sie Trauer. „Dann wäre jetzt wohl alles gesagt", vermutete sie in burschikosem Ton, wobei sie einen Blick auf ihre zierliche

Armbanduhr warf. „Es ist spät geworden."
Frederik verstand diesen Wink.
„Wahrscheinlich bist du müde. Übernachtest du hier?"
„Nein, ich fahre gleich zum Flughafen."
„Jetzt schon? Hast du nicht gesagt, du fliegst erst morgen Vormittag?"
„Um kurz nach zehn", bestätigte sie und erhob sich. „Vorher habe ich noch einiges zu erledigen: den Leihwagen zurückgeben, mein Gepäck aufgeben..."
„Du hast kein Hotelzimmer mehr bekommen", schloss er aus ihren Worten und griff nach ihrer Hand. Behutsam zog er sie wieder neben sich. „Wegen der Messe und des Kongresses ist alles ausgebucht, nicht wahr!?"
„Ich hätte mich eben vorher erkundigen sollen."
Forschend betrachtete er ihr immer noch faszinierendes Gesicht.
„Kann es sein, dass du nur meinetwegen den Umweg über Hamburg in Kauf genommen hast?"
„Ich wollte ein klärendes Gespräch, bevor ich nach Hause fliege", gestand sie widerwillig. „Es macht mir nichts aus, am Flughafen..."
„... aber mir", unterbrach er sie. „Glaubst du allen Ernstes, ich lasse zu, dass du den Rest der Nacht im Wartesaal des Flughafens verbringst? Du kannst mein Zimmer haben."
„Nein!", lehnte sie sein großzügiges Angebot entschieden ab. „Das möchte ich nicht!"
Schmunzelnd blickte er ihr in die Augen.
„Kein Sorge, ich übernachte woanders."
„Aber..."
„Ich komme schon irgendwo unter", fiel er ihr nochmals ins Wort. „Wo hast du dein Gepäck?"
„Im Wagen. Er steht unten in der Tiefgarage."
Fordernd streckte er die Hand aus.
„Gib mir den Schlüssel."
„Frederik, ich möchte wirklich nicht ..."

„Den Schlüssel“, beharrte er, worauf sie ihn seufzend aus der Tasche ihrer Kostümjacke zog.
„Sturkopf.“
„Dickschädel“, konterte er amüsiert und erhob sich. „Lauf nicht weg; ich bin gleich wieder da.“
„Bring bitte nur die kleine Reistasche mit. Sie enthält alles, was ich für eine Nacht brauche.“
Während er die Bar verließ, nippte Romy nachdenklich an ihrem Rotwein. Warum war Fredrik immer noch so aufmerksam und zuvorkommend? Aus reiner Höflichkeit, beantwortete sie sich diese Frage selbst. Für ihn bedeutete es vermutlich nicht einmal ein Opfer, ihr sein Zimmer zu überlassen, weil er ohnehin vorhatte, diese Nacht mit Carina Imhoff zu verbringen.
Als Frederik zurückkehrte, hatte er nicht nur Romys Reisetasche, sondern auch ihr Beautycase dabei. Um beide Gepäckstücke tragen zu können, befand sich sein verletzter Arm nicht mehr in der Schlinge.
„Vorsichtshalber habe ich das Köfferchen auch mitgebracht“, erklärte er und reichte ihr den Wagenschlüssel. „Wie ich das einschätze, brauchst du den Inhalt bestimmt.“
„Du hast Recht: In meinem Alter kann man sich ohne die Hilfe der Kosmetikindustrie nicht mehr unter die Leute wagen.“
„So habe ich das nicht gemeint. Du weißt genau, dass du fantastisch aussiehst. Als seien die Jahre spurlos an dir vorübergegangen.“
„Alles Tarnung“, behauptete sie, obwohl sie sich über seine Worte freute. Rasch erhob sie sich, um ihm die Kosmetikbox abzunehmen.
„Lass nur, es geht schon.“
„Gib her“, forderte sie unnachgiebig und nahm sie ihm einfach aus der Hand. „Leg deinen Arm wieder in die Schlinge. Es ist schon schlimm genug, dass du meinetwegen verletzt wurdest. Ich möchte nicht auch noch dafür verantwortlich sein, dass sich die Heilung verzögert.“
Kommentarlos fügte sich Frederik und bettete den Arm brav

wieder in der Schlinge.
In seinem Hotelzimmer stellte er die Reistasche vor dem breiten Bett ab. Gedankenverloren blickte er auf das bequeme Lager.
„Darin habe ich schon eine Nacht geschlafen“, murmelte er und griff zum Telefon. „Ich rufe an der Rezeption an, damit man jemanden schickt, der die Wäsche wechselt.“
„Das ist nicht nötig, Frederik.“
Langsam legte er den Hörer zurück.
„Macht es dir wirklich nichts aus?“
„Ich habe kein Problem damit“, versicherte Romy ihm. „Es sei denn, du leidest an irgendwelchen ansteckenden Krankheiten.“
„Bei meinem letzten Checkup nach meiner Rückkehr aus dem Irak wurde lediglich festgestellt, dass ich für meine alten Tage erschreckend gesund bin“, entgegnete er in scherzhaftem Ton, wobei er sich noch einmal unschlüssig umblickte. „Tja, dann verschwinde ich jetzt.“ Rasch griff er sich den kleinen Mp3-Player von der Nachtkonsole und wandte sich zur Tür.
„Wo willst du denn jetzt hin?“, stellte sie die Frage, auf die sie die Antwort bereits zu wissen glaubte.
„Unter irgendeiner Elbbrücke wird schon noch ein Plätzchen zu finden sein. Ich habe schon bei ganz anderen Temperaturen unter freiem Himmel übernachtet.“
Beunruhigt blickte Romy ihn an.
„Du willst doch nicht wirklich im Freien schlafen?“
„Das war nur ein Scherz. Mach dir um mich keine Gedanken. Ich bleibe im Hotel.“
Verstehend nickte Romy.
„Frau Imhoff wartet sicher schon.“ Hatte sie das tatsächlich laut ausgesprochen? Verlegen griff sie nach der Reisetasche und stellte sie auf das Bett. „Lass dich nicht aufhalten.“
„Wie kommst du darauf, dass ich die Nacht mit ihr verbringe?“
„Liegt das nicht nahe?“, erwiderte Romy leichthin. „Sie ist eine sehr schöne, attraktive Frau. – Außerdem ist sie nicht uninteressiert an dir, wie man in der Talkshow erkennen konnte.“

„Du besitzt eine gute Beobachtungsgabe", gestand er ihr unerwartet zu. „Wahrscheinlich hätte ich diese Nacht tatsächlich mit ihr verbracht. Wenn ich erst wieder im Nahen Osten bin, habe ich monatelang nicht die Möglichkeit, die Wärme und Nähe eines weiblichen Wesens zu spüren. Vermutlich hältst du mich nun wieder für oberflächlich, weil ich gelegentlich einem einfachen menschlichen Bedürfnis nachgebe. Von irgendwas muss man schließlich zehren, wenn man fernab der Heimat tagtäglich mit Toten und Verletzten konfrontiert wird." Entschlossen legte er die Hand auf die Türklinke, drehte sich dann aber noch einmal herum. „Zu deiner Information: Ich habe Carina aus der Tiefgarage angerufen und ihr mitgeteilt, dass mit mir heute Nacht nicht mehr zu rechnen ist."
„Frederik!", hielt Romy ihn auf, als er sich wieder zur Tür wandte. „Diese dumme Bemerkung tut mir leid. Es geht mich nichts an, mit wem du deine Nächte verbringst. Allerdings möchte ich nicht, dass du nun meinetwegen in der Hotelbar oder im Foyer sitzen musst." Ihr Blick wechselte zwischen dem Bett und der Sitzgruppe. „Bleib hier und schlaf in deinem Bett. Mir genügt das Sofa."
„Kommt nicht in Frage", lehnte er ihr Angebot ab, obgleich er sich wunderte, dass Romy plötzlich kein Problem damit zu haben schien, mit ihm im selben Raum zu übernachten. Vor wenigen Tagen hatte sie sich noch geweigert, ihn überhaupt zur Kenntnis zu nehmen. „Falls ich bleibe, nimmst du das Bett – und ich die Couch."
„Das ist viel zu unbequem. Mit deinem verletzten Arm ..."
„Fängst du schon wieder damit an?", unterbrach er sie, ein Schmunzeln unterdrückend. „Gegen meinen Sturkopf kommst selbst du mit deinem Dickschädel nicht an."
„Ich gebe es auf. Sonst kommen wir heute überhaupt nicht mehr ins Bett."
„Braves Mädchen", lobte er sie lächelnd. „Möchtest du zuerst ins Bad?"
Wortlos nickte sie, nahm einige Sachen aus der Reisetasche,

schnappte sich das Beautycase und verschwand im angrenzenden Badezimmer.
In einem hellen seidenen Morgenmantel; die Kleider über dem Arm kehrte sie nach dem Duschen zurück.
Unterdessen war Frederik damit beschäftigt, sich ein Lager auf dem Sofa zu bereiten. Absichtlich schenkte er Romy dabei nur einen kurzen Blick, der jedoch genügte, um festzustellen, wie hinreißend sie ausschaute. Es war das erste Mal, dass er sie mit offenem Haar sah, das in weichen Wellen weit über ihre Schultern fiel. Das verlieh ihr etwas Mädchenhaftes, Verletzbares. In Frederik erwachte der Wunsch, diese glänzende blonde Fülle durch seine Finger gleiten zu lassen, dieser Frau nur einmal so nah sein zu dürfen, wie er es sich seit vierzig Jahren erträumte. Ein Stöhnen entrang sich seinen Lippen, als er sich aufrichtete. Etwas Unverständliches murmelnd flüchtete er ins Bad.
Bei seiner Rückkehr lag Romy bereits im Bett. Das Licht war bis auf die kleine Lampe neben dem Sofa ausgeschaltet. Nur in dunkelblauen Boxershorts gekleidet schlüpfte Frederik unter die Decke der Couch.
„Gute Nacht, Romy“, sagte er knapp und löschte das Licht.

Kapitel 26

Irgendwann in der Morgendämmerung schreckte Frederik aus dem Schlaf. Er benötigte einen Moment, um sich zu orientieren.
„Frederik, so hilf mir doch!“
Sofort war er hellwach und sprang auf. Barfuß lief er im Halbdunkel zum Bett und setzte sich auf die Matratze. Es war unschwer zu erkennen, wie unruhig Romys Schlaf war. Stöhnend warf sie den Kopf herum; auf ihrer Stirn glitzerten winzige Schweißperlen.
„Bitte nicht...“, wisperte Romy verzweifelt und begann am ganzen Körper zu zittern. „Nein!“, schrie sie plötzlich und bäumte sich auf. Unter ihren geschlossenen Lidern rannen Tränen hervor.

Sie spürte Hände, die ihre Schultern umspannten und schlug unkontrolliert nach dem vermeintlichen Verbrecher.
„Geh weg! Fass mich nicht an!"
„Romy!", sagte Frederik eindringlich, wobei er seine Finger von ihren Schultern löste, um ihren Schlägen auszuweichen. „Wach auf! Das ist nur ein Traum!"
„Hilf mir!", flehte sie, wobei sie weiter um sich schlug. „Frederik, wo bist du?"
Ein Schmerzenslaut entfloh ihm, als sie seinen verletzten Arm traf.
„Du musst aufwachen, Romy!", verlangte er mit erhobener Stimme und fing ihre Hände ein. „Mach die Augen auf und sieh mich an!"
Zuerst kämpfte sie noch, um sich zu befreien, aber er hielt sie ganz fest.
„Romy!", sagte er noch einmal eindringlich. „Das ist nur ein böser Traum! Schau mich an!"
Zögernd schlug sie die Augen auf. Ein Ausdruck aus Panik und Entsetzen lag in ihnen; ihr Atem ging schwer.
„Es ist alles in Ordnung, Romy", beruhigte Frederik sie mit sanfter Stimme und gab ihre Hände frei. „Du hast schlecht geträumt."
„Es war... so furchtbar", brachte sie erschaudernd über die Lippen. „Dieser Verbrecher... hat mir die Kleider vom Leib gerissen... mich überall angefasst... und... und..." Sekundenlang schloss sie die Augen, öffnete sie wieder mit vorwurfsvollem Blick.
„Du warst nicht da, um mir zu helfen! Wo warst du, Frederik?"
„Es tut mir leid, dass ich dich im Stich gelassen habe", sagte er bedauernd, da seine angebliche Unzuverlässigkeit offenbar tief in ihrem Unterbewusstsein verwurzelt war. „Du weißt doch, dass man nur selten auf mich zählen kann." Schwerfällig erhob er sich. „Versuch wieder zu schlafen."
„Bitte, geh nicht weg", flüsterte sie. „Lass mich jetzt nicht allein."

Seufzend nahm er wieder auf der Bettkante Platz.
„Okay, ich bleibe hier sitzen, bis du wieder eingeschlafen bist."
„Kannst du dich nicht zu mir legen?", bat sie leise. „Ich weiß, es ist albern, aber ich muss spüren, dass ich nicht allein bin. Sonst finde ich keine Ruhe."
„Mein Gott, wie stellst du dir das denn vor?" Er hoffte, dass sie seinen gequälten Gesichtsausdruck in dem Dämmerlicht nicht erkennen konnte. „Immerhin bin auch ich nur ein Mann."
„Tut mir leid", erwiderte sie schuldbewusst. „Ich dachte, weil du gesagt hast, du seiest lange über die Enttäuschung hinweg ... Außerdem bin ich eine alte Frau..." Sie kam sich plötzlich wie ein Idiot vor. „Verzeih", entschuldigte sie sich abermals. „Ich bin noch schrecklich durcheinander. Normalerweise benehme ich mich nicht wie ein verängstigtes Kind. Dabei habe ich dir in den letzten Tagen wirklich schon genug zugemutet. Geh wieder schlafen, Frederik, und vergiss, was ich..."
„Halt den Mund und rutsch rüber!"
„Macht es dir auch wirklich nichts aus, neben..."
„Du sollst den Mund halten", unterbrach Frederik sie barscher als beabsichtigt. „Sonst überlege ich es mir noch mal."
Schweigend rutschte Romy zur Seite, so dass Frederik zu ihr unter die Bettdecke schlüpfen konnte. Sorgsam darauf achtend, sie nicht zu berühren, blieb er reglos auf dem Rücken neben ihr liegen. Ihm war bewusst, dass er in dieser Nacht kein Auge mehr zu tun würde.
Romy hingegen fühlte sich in seiner Nähe sicher und geborgen. Das bewirkte – ebenso wie die Tatsache, seit dem Überfall kaum Ruhe gefunden zu haben – dass sie bald wieder einschlief. Irgendwann rückte sie unbewusst näher an Frederik heran, so dass er sich insgeheim für wahnsinnig erklärte, ihrem Wunsch nachgegeben zu haben. Wie sollte es ihm gelingen, die Liebe seines Lebens endgültig zu begraben, wenn sie so vertrauens- voll an ihn geschmiegt bei ihm lag? Er glaubte, Romy gut genug zu kennen, um zu wissen, dass sie diese Nacht am Morgen mit ihrer Abreise ad acta legen würde. Womöglich

würde sie diesen Moment der Schwäche sogar bedauern oder als unangenehm empfinden, so dass sie ihm wieder zwanzig Jahre aus dem Weg ginge. Das durfte er nicht zulassen. Er musste unbedingt vor ihrem Abflug noch einmal mit ihr sprechen...

Durch seinen schmerzenden Arm erwachte Frederik. Aufstöhnend drehte er sich von der Bauch- in die Rückenlage. Dabei bemerkte er, dass Romy nicht mehr neben ihm lag. Ruckartig setzte er sich auf und warf einen Blick zur Uhr. Gleich neun! durchfuhr es ihn.
Hastig sprang er aus dem Bett und schaute sich um. Nichts deutete darauf hin, dass Romy diesen Raum jemals betreten hatte. Dasselbe im Bad. Dort fand Frederik allerdings ein mit Lippenstift an den Spiegel geschriebenes Wort: Danke.
„So einfach kommst du mir nicht davon“, murmelte er, lief ins Zimmer zurück und griff zum Telefon. Beim Portier erkundigte er sich nach der Nummer des Flughafens. Über sein Handy war er kurz darauf mit dem Airport verbunden. Während die Dame am anderen Ende der Leitung nachschaute, ob in der Maschine nach Menorca noch ein Platz frei sei, schaltete Frederik das Handy auf Lautsprecher, legte es auf die Ablage im Bad und begann, sich zu rasieren. Er war noch nicht fertig damit, als ihm die freundliche Stimme mitteilte, bei diesem Linienflug seien noch zahlreiche Plätze unbesetzt. Erleichtert bat Frederik sie, die Buchung vorzunehmen und nannte ihr die Nummer seiner Kreditkarte. In Windeseile machte er sich frisch und kleidete sich an, ehe er seine Reisetasche packte. Um die Rechnung musste er sich nicht kümmern; die wurde vom Sender übernommen. So sagte Frederik nur an der Rezeption Bescheid und stieg vor dem Hotel in ein Taxi.
„Zum Flughafen!“, wies er den Fahrer an. „So schnell wie möglich!“
Während sich das Taxi durch den zähfließenden Verkehr kämpfte, warf er immer wieder einen nervösen Blick auf seine

Armbanduhr. Noch zwanzig Minuten bis zum Abflug! Bei diesem Tempo würde er den Flieger nie rechtzeitig erreichen! Rasch zog er seine Brieftasche hervor und überprüfte seinen Bargeldbestand.
„Ich gebe Ihnen 100 Euro extra, wenn Sie es bis 10.00 Uhr schaffen!"
Durch einen Blick in den Rückspiegel verständigte sich der junge Mann mit seinem Fahrgast.
„Dann halten Sie sich gut fest, Chef", sagte er nur und trat das Gaspedal durch.
Eine halbe Minute nach der vereinbarten Zeit stoppte er den Wagen mit quietschenden Reifen vor dem Flughafengebäude.
Einige Scheine wechselten den Besitzer, bevor Frederik im Laufschritt in die Abflughalle stürmte. Er orientierte sich nur kurz an der großen elektronischen Hinweistafel, hastete weiter zum Schalter des Terminals, um sein Ticket in Empfang zu nehmen. Die anderen Passagiere waren längst abgefertigt, als er durch die verglaste Röhre zur Maschine eilte. Gerade noch rechtzeitig, denn die Stewardess wartete schon darauf, die Tür schließen zu können.
„Tut mir leid", entschuldigte er sich mit jungenhaftem Lächeln.
„Nehmen Sie mich trotz meiner Verspätung noch mit?"
„Ausnahmsweise", sagte die junge Frau, sein Lächeln strahlend erwidernd. „Sie dürfen sich sogar einen Platz aussuchen, Herr Wolf."
„Sie kennen mich?"
„Wir erhielten eine Nachricht vom Schalter der Airline, dass wir auf Sie warten sollen", erklärte sie, während sie die Tür von innen verriegelte. „Prominente Fluggäste werden uns meistens angekündigt. Allerdings hätte ich Sie auch sonst erkannt. Die Zeitungen haben in den letzten Tagen ständig Ihr Foto gebracht. – Und in der Talkshow gestern habe ich Sie auch gesehen. Sie waren beeindruckend."
„Danke, das ist sehr freundlich von Ihnen", sagte Frederik, während er sich unauffällig umschaute. „Dann suche ich mir

jetzt einen Platz, damit wir starten können."
Mit seiner Reisetasche ging er den Gang entlang. Er sah Romy an einem Fensterplatz sitzen, hievte seine Tasche in die Gepäckablage und setzte sich neben die blonde Frau.
Romy nahm ihren Sitznachbarn überhaupt nicht wahr. Durch die dunklen Gläser ihrer Sonnenbrille starrte sie aus dem Fenster – ohne jedoch wirklich etwas zu sehen. Ihre Gedanken kreisten um die letzte Nacht. Nachdem sie am frühen Morgen dicht an Frederik geschmiegt erwacht war, hatte sie den schlafenden Mann lange betrachtet: sein markantes gebräuntes Gesicht mit den feinen Linien um die Augen, seinen sinnlichen Mund, sein kurzgeschnittenes weißes Haar. Auch heute noch war Frederik das, was man einen gut aussehenden Mann nannte. In der morgendlichen Stille des Hotelzimmers hatte Romy sich eingestanden, dass sie nach nunmehr zwanzig Jahren immer noch etwas für ihn empfand. Alles, was sie seit damals verdrängt hatte, war wieder lebendig. Hinzu kamen die neuen Gefühle, die er in den letzten Tagen durch seine unvermutet einfühlsame, rücksichtsvolle Art in ihr geweckt hatte. Erschrocken über diese Erkenntnis war sie ins Bad geschlichen, um sich reisefertig zu machen. Sie neigte nicht dazu, sich selbst etwas vorzugaukeln. Frederik war an ihr als Frau nicht mehr interessiert, soviel war klar. Verständlicherweise bevorzugte er jüngere, attraktivere Damen und kein altes Weib, das zudem zwei Jahre mehr als er zählte. Sie musste sich damit abfinden, dass es für sie beide nie den richtigen Zeitpunkt gäbe. Das tat zwar weh, aber sie würde auch dieses Mal darüber hinwegkommen.
Ein tiefer Seufzer löste sich von ihren Lippen.
„Das klingt deprimiert", sagte Frederik mit leiser Stimme. „Kann ich vielleicht etwas tun, um dich aufzuheitern?"
Langsam wandte sie den Kopf. Träumte sie, oder saß Frederik tatsächlich neben ihr?
„Wie kommst du in dieses Flugzeug?"
„Genau wie du: Ich habe mir ein Ticket gekauft."

„Wozu? Diese Maschine fliegt nicht in den Irak oder nach Syrien."
„Tatsächlich nicht? Da muss mir mein Unterbewusstsein wohl einen Streich gespielt haben."
„Was soll das, Frederik?", fragte sie ungehalten. Wie sollte sie ihn vergessen, wenn er schon wieder in ihrer Nähe auftauchte? „Wieso bist du an Bord?"
„Weil dieser Flug etwa drei Stunden dauert, in denen du mir nicht davonlaufen kannst", erklärte er mit tiefem Ernst. „Das ist hoffentlich genug Zeit, um dich davon zu überzeugen, dass ich mich nicht noch mal aus deinem Leben ausschließen lasse."
Daher wehte also der Wind!
„Du möchtest wirklich, dass wir Freunde werden?"
Behutsam zog er ihr die dunkle Brille von der Nase und schaute ihr in die Augen.
„Freundschaft genügt mir nicht, Romy."
„Was willst du denn noch von mir?"
„Da du mich heute Morgen um das Vergnügen gebracht hast, neben dir aufzuwachen, gehen meine Wünsche in diese Richtung. – Ich weiß, meine Chancen stehen immer noch nicht besonders gut", fuhr er rasch fort, als sie empört zu einer Erwiderung ansetzte. „Vielleicht bedeutet dir dieser Carlos immer noch sehr viel – oder dein Jugendfreund mit der dunklen Limousine und dem Hang, dich mit Unmengen von Rosen zu ködern. Trotzdem schreckt mich das alles nicht. Diesmal werde ich mein Ziel beharrlich verfolgen. – Es sei denn, du willst mich absolut nicht in deinem Leben haben."
„Nach den Ereignissen der letzten Tage ist eine konsequent distanzierte Haltung wohl kaum möglich", formulierte Romy vorsichtig. „Ich werde dir nicht mehr absichtlich aus dem Weg gehen, wenn du zufällig zur gleichen Zeit wie ich zu einem Besuch von deinem Einsatzort nach Hannover kommst."
„Noch habe ich den Vertrag nicht unterschrieben, Romy. Momentan reizt mich eine sonnige Insel mehr."
„Warum? Glaubst du, ich lasse zu, dass du mein Leben noch

mal durcheinander bringst? Das kann ich mir und meinem Seelenfrieden nicht antun. Mittlerweile bin ich alt und..."
"... ich auch", fiel er ihr ins Wort. „Alter schützt vor Liebe nicht – aber Liebe vor dem Altern." Entschlossen, aufs Ganze zu gehen, nahm er ihre Hand in seine. „Unsere Vergangenheit ist Geschichte, unsere Zukunft ist ein Geheimnis – aber jeder Augenblick ist ein Geschenk, Romy. Meine Gefühle für dich haben sich nicht geändert. Tagsüber ist es mir gelungen, sie zu verdrängen. Aber nachts, wenn ich deiner Musik gelauscht habe, waren sie sehr gegenwärtig. Seit unserem Wiedersehen wurden sie so stark, dass es beinah schmerzt. Du bist das Wichtigste in meinem Leben. Ich werde dich niemals aufgeben. Sag mir bitte offen, wenn du mich partout nicht in deiner Nähe haben willst. Dann steige ich sofort wieder aus diesem Flugzeug aus."
„Wir befinden uns bereits in der Luft."
„Das ist mir egal. Ohne dich kann und will ich nicht weiterleben."
Gerührt erwiderte sie seinen warmen Blick.
„Das geht mir zu schnell, Frederik", bekannte sie verwirrt. „Bitte gib mir ein bisschen Zeit."
„So viel du möchtest", sagte er verständnisvoll, wobei er sie in banger Erwartung anschaute. „Bedeutet das, du empfindest ein ganz klein wenig Sympathie für mich?"
„Würdest du dich damit zufriedengeben? Ich habe meine Gefühle für dich zu lange in den Kerker meines Willens gesperrt. In den letzten Tagen drohten sie immer wieder auszubrechen, aber ich fürchte mich davor, ihnen die Freiheit zu schenken."
„Sie werden sich ganz allein den Weg ans Licht bahnen", entgegnete er unsagbar erleichtert, dass Romy ihm nicht von vornherein die Hoffnung nahm. Ihre Worte ermutigten ihn sogar. „Ich glaube, wir haben inzwischen unsere Flughöhe erreicht. Jedenfalls fühle ich mich plötzlich wie im 7. Himmel." Er hielt immer noch ihre Hand umschlossen und drückte sie sanft. „Und du?"

„Ich bin ziemlich durcheinander", gestand sie. „In den letzten Tagen ist so vieles geschehen, das mich verunsichert und verwirrt hat. Erst gestern habe ich den Entschluss gefasst, vorerst keinen Mann mehr in mein Leben zu lassen. – Und nun sitzt du neben mir und machst mir eine Liebeserklärung."
„Vermutlich war das wieder einmal falsches Timing", räumte er ein. „Aber wann ist schon der richtige Zeitpunkt? Ich stehe momentan vor der Entscheidung, wie mein weiteres Leben verlaufen soll. Entweder arbeite ich noch ein paar Jahre, oder ich werde sesshaft und fange endlich richtig zu leben an. Das kann ich aber nur mit dir an meiner Seite."
„Bitte versteh, dass ich dazu jetzt noch nichts sagen kann."
„Ich werde warten", versprach er – und dann wechselte er das Thema.
Die Zeit an Bord verging für Romy und Frederik wie im Flug. Endlich nahmen sie die Gelegenheit wahr, sich ungestört voneinander zu erzählen. Dadurch erfuhren sie viel Neues aus dem Leben des anderen, lernten sich besser kennen und verstehen.
Beim Anflug auf Menorca deutete Romy lächelnd aus dem Fenster.
„Das ist meine Insel, mein Zuhause."
Sofort beugte er sich zu ihr hinüber und schaute hinaus. Das Meer rings um die Insel schimmerte im Sonnenlicht in allen Farben zwischen Türkis und Ultramarin. Im grünen Norden sah Frederik die fjordartig eingeschnittene Küste und sich ins Meer schiebende zerklüftete Landspitzen. Die Südküste hingegen zeigte sich geprägt von kleinen Sandbuchten. Deutlich erkannte man die Straße, die die Insel von Ost nach West in zwei Hälften teilte.
„So schön hatte ich Menorca gar nicht in Erinnerung", sagte er. „Bekomme ich jetzt in der Hochsaison überhaupt noch ein Zimmer in deinem Hotel?"
„Ich vermiete keine Zimmer. In unserer Anlage gibt es nur Bungalows – mit ein bis zwei Schlafzimmern, je nach Bedarf. Dazu Wohnraum, Bad und Terrasse. Bei meiner Abreise waren

wir bereits bis zum Oktober komplett ausgebucht."
„Schade", bedauerte Frederik. „Dann muss ich mir wohl eine andere Unterkunft suchen."
„Das nächste Hotel befindet sich in der Nachbarbucht – etwa zwölf Kilometer entfernt."
„So weit?", fragte er beinah entsetzt, doch dann zwang er sich zu einem schiefen Lächeln. Er fragte Romy nicht, ob sie ihn bei sich unterbringen könnte, denn keinesfalls wollte er sie bedrängen. Er würde ihr die Zeit geben, die sie brauchte, um sich über ihre Gefühle für ihn klarzuwerden.
Nach der Landung fuhren sie in Romys am Flughafen geparktem offenem Wagen über die Insel. Nach mehr als einer Stunde Fahrt bog sie von der Hauptstraße ab.
Bahia Silencio las Frederik im Vorbeifahren auf einem Hinweisschild. Er sah Obstbäume, Sträucher, üppiges Grün, eine von Palmen umsäumte Finca.
„Gehört dieses Gelände schon zu deiner Anlage, Romy?"
„Leider nicht", bedauerte sie. „Seit Jahren möchte ich es kaufen, aber der Besitzer lässt mich nicht. – Obwohl er es loswerden möchte."
„Aus welchem Grund will er nicht an dich verkaufen?"
„Weil ich ihn nicht nur in seiner männlichen Eitelkeit gekränkt, sondern angeblich auch sein Leben zerstört habe", erklärte sie mit einem kurzen Seitenblick auf Frederik. „Maurice Blanc ist gebürtiger Franzose. Kurz nachdem ich die Clubanlage vor zwölf Jahren eröffnet habe, ist er zu einem Antrittsbesuch rübergekommen. Ein charmanter, gut aussehender, auf den ersten Blick sympathischer Mann..."
„Und auf den zweiten Blick...?"
„...aufmerksam und liebenswürdig", ergänzte Romy. „Ich mochte ihn, aber das hat ihm bald nicht mehr genügt. Immer öfter ist er bei mir mit Blumen und kleinen Geschenken aufgetaucht..."
„Wundert dich das?", warf Frederik ein. „Du bist eine sehr attraktive Frau."

„Damals war ich das vielleicht noch", erwiderte sie illusionslos. „Jedenfalls habe ich versucht ihm klarzumachen, dass ich zu mehr als Freundschaft nicht bereit bin."
„Hat ihn das entmutigt?"
„Im Gegenteil. Es schien ihn herauszufordern. Offenbar hielt er sich für unwiderstehlich und war es nicht gewohnt, einen Korb zu bekommen. Deshalb hat er sich noch mehr ins Zeug gelegt. Mir wurde das allmählich schon peinlich. – Bis eines Tages eine Frau zu mir kam, mich zuerst wüst beschimpft und mich dann auffordert hat, gefälligst aufzuhören, ihrem Mann nachzustellen. Was sei ich nur für ein Mensch, skrupellos eine Familie zu zerstören!? Ich hätte keinen Funken Anstand im Leib, hätte mich ihm angeboten wie ein Flittchen und solle dahin verschwinden, wo ich hergekommen sei..."
„Seine Frau", folgerte Frederik. „Wusstest du nicht, dass er verheiratet ist?"
„Woher denn? Mir war über ihn nur bekannt, was er mir erzählt hat."
„Wie hast du auf die Anschuldigungen seiner Frau reagiert?"
„Zuerst war ich total perplex, doch dann habe ich ihr so ruhig wie möglich erklärt, dass nicht ich hinter ihm, sondern er hinter mir her war. Das hat sie völlig unvorbereitet getroffen, so dass sie mir erzählt hat, man hätte im Dorf getuschelt, wir hätten ein Verhältnis miteinander. Sie hätte ihren Mann daraufhin zur Rede gestellt, und er hätte behauptet, ich hätte mich ihm praktisch an den Hals geworfen. Es ist mir gelungen, ihr glaubhaft zu versichern, dass ich so bald nach dem Tod meines Mannes absolut kein Interesse an einer Affäre hätte."
„Wie ist es weitergegangen?"
„Sie fand heraus, dass er bei anderen Frauen mehr Glück als bei mir hatte. Offenbar hat er sie jedes Mal betrogen, wenn sie mit den Kindern in Ferien bei ihren Eltern in Frankreich war."
„Ihre Konsequenz war vermutlich die Trennung!?"
„Sie ließ sich scheiden und ging mit ihren Kindern in ihre Heimat zurück", bestätigte Romy. „Verständlicherweise möch-

te er in die Nähe seiner Sprösslinge ziehen, aber er findet keinen Käufer für sein Anwesen, weil es keinen direkten Zugang zum Meer hat. Die kleine Bucht samt Strand gehört mir."
„Dann sollte er an dich verkaufen."
„Solange er mir die Schuld an seinem verpfuschten Leben gibt, bin ich die Letzte, der er seinen Grund und Boden geben würde", sagte sie und lenkte den Wagen durch ein weißes Tor. „Anstatt seiner Frau die Wahrheit zu sagen, hätte ich wohl behaupten sollen, er sei so unwiderstehlich, dass ich ihn unbedingt in mein Bett zerren musste." Sie ignorierte sein Lachen und deutete nach vorn. „Wir sind da."
„Wundervoll", kommentierte er das, was er sah. Vereinzelte weiße Bungalows, Palmen, Blumen in allen Farben in Kübeln und auf Beeten, viele Grünflächen. Das imposante Haupthaus im maurischen Stil fügte sich perfekt in die gepflegte Umgebung.
„Als erstes muss ich Hanna anrufen", sagte Romy und ließ das Cabrio auf dem Parkplatz ausrollen. „Sie sorgt sich sonst, dass ich nicht gut zu Hause angekommen sein könnte."

Am Nachmittag half Hanna ihrer Cousine beim Zubereiten der Salate für die geplante Grillparty im Hause Jensen. Dabei war sie ungewöhnlich still. Irgendetwas schien sie stark zu beschäftigen. Fragend blickte Marie schließlich vom Zwiebelschneiden auf.
„Was ist los mit dir, Hanna?"
„Nichts..."
„Komm schon", drängte ihre Cousine. „Du bist bereits den ganzen Tag so schweigsam. Ist es wegen heute Abend? Fürchtest du, dass Jakob sich wieder schlecht benimmt?"
„Sollte er sich nochmal als nicht nachbarschaftskompertibel erweisen, lasse ich zwischen unseren Grundstücken eine zehn Meter hohe Mauer errichten."
„Das wird nicht nötig sein", erwiderte Marie amüsiert. „Mittlerweile hat Jakob bestimmt begriffen, was für ein fabelhafter

Kerl in dir steckt."
„Kerl?", wiederholte Hanna lachend. „Na ja, dann würde er mir wenigstens keine unsittlichen Anträge machen."
„Das ist aber nicht der Grund, aus dem du so nachdenklich bist. Hast du irgendwelche Probleme?"
Ein dankbarer Blick traf Marie.
„Ich frage mich die ganze Zeit, was in Romy vorgehen mag. Ich habe auf sie eingeredet wie auf ein lahmes Pferd, so dass sie abends sogar den Engel der Nacht um Rat gefragt hat. Eigentlich war ich sicher, sie würde daraufhin nach Hamburg fahren, um sich mit Frederik auszusprechen..."
„Hast du das Video von der Talkshow schon gesehen?"
„Ja, nach dem Mittagessen. Ich war überzeugt davon, dass sich meine Mutter diese Sendung nicht entgehen lässt. Alles, was Frederik über sein Leben gesagt hat, muss sie doch berührt haben."
„Worauf willst du hinaus?"
„Romy hat vorhin von Menorca angerufen, gesagt, es täte ihr leid, dass sie sich erst jetzt meldet, aber es gäbe seit ihrer Rückkehr so viel zu tun. Sie müsse nun erst mal alles, was während ihrer Abwesenheit liegengeblieben ist, aufarbeiten. – Sehr geschäftig – kein Wort über Frederik."
„Warum hast du sie nicht einfach nach ihm gefragt?"
„Meine Mutter war so kurz angebunden, dass ich das Gefühl hatte, sie wolle dieses Thema unter allen Umständen vermeiden." In ihren Augen lag ein besorgter Ausdruck. „Vermutlich muss sie diese ganze leidige Überfallgeschichte erst mal verarbeiten."
Von ihrem Schneidebrett schob Marie die Zwiebelringe in eine Glasschüssel.
„Ich könnte Frederik anrufen und ihn beiläufig fragen, ob er noch was von Romy gehört hat."
„Das würde ich nicht tun", meinte Hanna und gab die Paprikastreifen zu den Zwiebeln in die Salatschale. „Romys Verhalten setzt ihm schon genug zu."

Am frühen Abend machte sich der Frauenclan auf den Weg zur Männerwirtschaft. Hanna, Marie und Anna trugen große Salatschüsseln. Sara, Lena und Geisha folgten ihnen.
Im Garten der Nachbarn legte Jakob gerade Fleisch und Würstchen auf den Grill. Deshalb empfing Jonas die Damen und zeigte ihnen, wo sie die Salate abstellen konnten. Für die Kinder befand sich eine Biergartengarnitur auf dem Rasen; für die Erwachsenen war der Terrassentisch gedeckt.
Da Jonas sie zur Begrüßung auf beide Wangen küsste, winkte Hanna seinem Bruder nur kurz zu, um zu vermeiden, dass er womöglich wieder auf ihre Lippen zielte. Obwohl sie sich das nur ungern eingestand, hatte sie Jakob mittlerweile zu viel voraus, um ihm unbefangen zu begegnen: Sie wusste, dass er der Schlangenbeschwörer war, dem sie sich leichtsinnigerweise auf dem Kostümfest hingegeben hatte. Jakob selbst kannte weder die Identität der Schlangenfrau noch die des Engels der Nacht, mit dem er nicht nur ernsthafte Gespräche geführt, sondern auch geflirtet hatte.
So nahm Hanna bei Katharina auf der Terrasse Platz und probierte die von Jonas angesetzte Bowle.
Die ersten fertig gegrillten Würstchen bekamen sie Kinder. Kurz darauf stellte Jakob eine Platte mit duftenden Puten – und Nackensteaks auf den Terrassentisch.
„Das Fleisch ist wunderbar zart", stellte Marie während des Essens fest. „Hast du ein Geheimrezept dafür, Jakob?"
„Man muss es einige Stunden vor dem Grillen in einer Marinade einlegen", entgegnete er nicht ohne Stolz. „Zwar bin ich kein toller Koch, wie meine liebe Familie nicht müde wird, mir zu versichern, aber mit dem Grill kann ich umgehen."
„Ein Überbleibsel aus der Steinzeit", bemerkte Hanna. „Schon die Neandertaler haben mit Begeisterung ein Feuer entfacht, um ihre Beute zu braten."
„Mit meiner Beute wüsste ich aber etwas Prickelnderes anzufangen."
„Tatsächlich?" Erwartungsvoll beugte sie sich etwas vor. „Lass

hören, Jakob."
Vielsagend schaute er in ihre Augen.
„Das verrate ich dir, wenn wir mal allein sind."
„Dann werde ich es wohl nie erfahren."
„Musst du eigentlich immer so störrisch sein?"
„Ich muss nicht – aber ich will!"
„Gib es auf, Jakob", lachte sein Bruder. „Allmählich solltest du wissen, dass du bei Hanna nicht landen kannst. Vielleicht sollte ich es zur Abwechslung mal versuchen." Tief senkte er den Blick in ihre Augen. „Ich war schon immer der Traumaller Schwiegermütter."
Verstehend nickte sie.
„Nur die Töchter machen stets Schwierigkeiten, nicht wahr!?"
„Ist das kein Grund, sich meiner zu erbarmen?"
„Leider habe ich meine gute Tat heute schon hinter mir."
Theatralisch seufzte Jonas, bevor er seine flehenden Augen auf Marie richtete.
„Herrin der Töpfe, könntest du dich eventuell für einen intelligenten, äußerst attraktiven Nachbarn erwärmen?"
„Aber immer!", rief Marie begeistert aus. „Wann lerne ich ihn kennen?"
„So wird das auch nichts, kleiner Bruder", schmunzelte Jakob.
„Ich fürchte, wir beide haben ein Problem mit Frauen."
„Das haben alle Männer", bemerkte Katharina trocken. „Deshalb ist die gebräuchlichste Art der Kriegsführung die Scheidung."
„Aber wir wollen doch genau das Gegenteil", erklärte Jakob ihr absichtlich in schulmeisterlichem Ton. „Wie steht es eigentlich mit Ihnen, Katharina? Könnte Ihr Mitgefühl Sie nicht veranlassen, wenigstens einen der netten Jensen – Brüder glücklich zu machen?"
„Sie müssen es wirklich nötig haben", konterte sie mit teilnahmsvoller Miene. „Oder fühlen Sie sich insgeheim zu alten Schachteln hingezogen?"
„Sie befinden sich doch in der Blüte Ihrer Jahre", widersprach

Jakob charmant. „Auch Erdbeeren schmecken erst wirklich gut, wenn sie reif sind."
„Hat er das nicht schön gesagt?" Lächelnd schaute Katharina in die Runde. „Überlegt euch gut, ob ihr tatsächlich verzichten möchtet, Mädels. Wenn ich ihn erst in den Fängen habe, ist es zu spät."
„Ich gönn ihn dir von Herzen!", verkündete Hanna und trank ihr fröhlich zu. „Auf das junge Glück!"
Jakob ließ sich nicht anmerken, dass ihre Worte ihn an einer empfindlichen Stelle trafen. Es wäre ihm weitaus lieber gewesen, sie hätte – wenn auch scherzhaft – Besitzansprüche angemeldet. Das war jedoch ebenso utopisch, wie sein Wunsch, sein Leben mit ihr zu teilen. Diese ihre Unabhängigkeit liebende Frau würde ihn auslachen – und er selbst konnte erst wieder frei entscheiden, wenn Jonas eine Partnerin fände, die bereit wäre, auch die Mutterstelle zu übernehmen.

Bald nach dem Essen ging Max ins Haus, um seine Gitarre zu holen. Bei seiner Rückkehr war er in Begleitung eines hochgewachsenen Mannes.
„Guten Abend zusammen", sagte Jakobs Studienfreund. „Ich hoffe, ich störe nicht!?"
„Thomas!" Jakob war mehr als erstaunt. „Wo kommst du denn so plötzlich her?"
„Als wir neulich telefoniert haben, sagtest du, ich solle mich bald sehen lassen", erklärte der Besucher. „Und da ich gerade in der Nähe war, wollte ich die Gelegenheit zu einem kurzen Besuch nutzen." Freudig überrascht blickte er sich um. „Dabei konnte ich allerdings nicht ahnen, dass ich bei dir auch die reizenden Damen aus der Nachbarschaft treffe." Lächelnd beugte er sich zu Hanna hinunter und küsste sie ungeniert auf den Mund. „Hallo, Prinzessin. Auf meiner Geburtstagsparty warst du noch sauer auf meinen alten Kumpel mit seinem unüberhörbaren Maschinenpark. Wie hat er es geschafft, dass du nun einträchtig mit ihm an einem Tisch sitzt?"

„Manchmal vertragen wir uns“, erwiderte sie in einem Ton, als sei sie selbst verwundert darüber. „Allerdings bin ich zuversichtlich, dass wir uns bald wieder fetzen.“ Mit Unschuldsblick schaute sie ihren Gastgeber an. „Nicht wahr, Jakob? In dieser Hinsicht hast du mich noch nie enttäuscht.“
„Zu gegebener Zeit lasse ich mir etwas einfallen, um dich zufriedenzustellen, meine liebe Hanna“, sagte er prompt. „Man muss sich doch auf seine Nachbarn verlassen können.“
„Nachbarn sind auch nur Menschen“, meinte Thomas Maiwald und zog sich einen Stuhl heran. Hanna rückte mit ihrem Gartensessel etwas zur Seite, damit ihr Jugendfreund am Tisch Platz hatte. „Ist deine Mutter gar nicht mehr da?“, fragte er, als er mit einem Glas Bowle versorgt war. „Ulrich hat vor einigen Tagen erwähnt, dass Romy in Hannover ist.“
„Sie ist schon wieder zu Hause.“
„Schade“, bedauerte Thomas. „Hast du Romy zufällig kennengelernt, Jakob?“ Und als dieser nickte: „Damals waren wir Nachbarskinder. Mein Bruder und ich gingen bei ihr praktisch ein und aus, so dass sie fast wie eine zweite Mutter für uns war.“ In Gedanken an diese Zeit lächelte er versonnen. „Romy ist schon eine faszinierende Frau.“
„Ich habe schon immer geahnt, dass ihr nur ihretwegen so oft zu uns gekommen seid“, sagte Hanna. „Ihre nervende kleine Tochter habt ihr vermutlich nur billigend in Kauf genommen.“
„Aber, Prinzessin“, tadelte Thomas sie empört. „Wie kannst du nur so was sagen? Uli und ich, wir haben dich vom ersten Moment an geliebt. Daran hat sich bis heute nichts geändert.“
„Ihr hattet es nur auf meine Spielsachen abgesehen“, widersprach Hanna scheinbar vorwurfsvoll. „Und auf den Apfelkuchen meiner Mutter.“ Amüsiert lachend schüttelte sie den Kopf. „Meine Güte, ward ihr verfressen!“
„Immerhin wollten wir groß und stark werden. Unbestritten hat Romy dazu beigetragen, dass wir keine Zwerge geblieben sind.“
„Wie habt ihr euch eigentlich wiedergetroffen?“, fragte Jakob.

„Hanna ist doch irgendwann mit ihren Eltern nach Spanien gezogen.“
„Wenn sie zu einem Familienbesuch nach Hannover gekommen, sind, haben wir uns meistens gesehen“, erzählte Thomas. „Später hat Hanna beschlossen, hier zu studieren, so dass wir wieder oft zusammen waren.“ Vielsagend warf er Hanna einen Seitenblick zu. „Sie war inzwischen zu einer wahren Schönheit erblüht und hat allen jungen Männern den Kopf verdreht – einschließlich meines kleinen Bruders. Zu seiner Enttäuschung hatte sie aber so gar keine Ambitionen, ihn zu erhören.“
„Wenn man jemanden so lange und so gut kennt...“, bemerkte Hanna, während sie die Früchte mit einem kleinen Löffel aus ihrem Glas fischte, „... mit all seinen Macken, verzichtet man lieber auf eine Intim-Beziehung. Sie würde eine wundervolle Freundschaft kaputtmachen.“
„Das sah Uli zwar anders, aber irgendwann ist ihm ohnehin der Fehler unterlaufen, dich auf diese legendäre Veranstaltung der Uni mitzunehmen.“
„Warum war das ein Fehler?“, wünschte Jakob zu wissen. „Ist dort etwas Außergewöhnliches passiert?“
„Das kann man wohl sagen“, nickte Thomas. „Mein leichtsinniger Bruder hat Hanna mit einigen Leuten bekannt gemacht. Unter anderem hat er ihr einen jungen Mann namens Joachim Flemming vorgestellt. Die beiden schienen sich gesucht und gefunden zu haben. Sie wurden unzertrennlich und...“
„... und der Rest ist Geschichte“, unterbrach ihn seine Jugendfreundin rasch. Zwar spürte sie allmählich den Alkohol, aber noch nicht genug, um hier ihr gesamtes Leben ausgebreitet zu hören. „Ihr wollt doch wohl nicht den ganzen Abend über mich reden. Zur Abwechslung könnte uns Jakob doch von seiner großen Liebe erzählen.“
„Die hat es nie gegeben“, behauptete ihr Gastgeber abweisend, worauf Hanna hell auflachte.
„Willst du uns etwa weismachen, du warst noch nie verliebt? Komm schon, irgendeine Leiche hat jeder im Keller. Wer war

die Frau deiner Träume?"
„Ich träume nicht", entgegnete er mit unbewegter Miene. „Schon gar nicht von einer Frau."
„Spielverderber", spottete sie, bevor ihr Blick zu Jonas wechselte. „War dein Bruder schon immer so spießig? Er wird doch schon mal eine Freundin gehabt haben. Oder hat er etwa Angst vor Frauen?"
„Schau ihn dir doch an", forderte Jonas sie auf. „Sieht so ein Mann aus, der keine Chancen beim weiblichen Geschlecht hat? Ich könnte euch da Geschichten erzählen..."
„Oh ja!", rief Hanna erwartungsvoll aus. „Schieß los!"
„Untersteh dich, Jonas!", knurrte Jakob und erhob sich, um die Teller abzuräumen. Als er den Stapel ins Haus brachte, beugte sich Katharina in leisem Vorwurf zu Hanna hinüber.
„Du kannst es wohl auch nicht lassen."
„Wer sich so offensichtlich für meine Biographie interessiert, muss im Gegenzug auch mit einigen Fragen rechnen. Sonst wird das hier eine ziemlich einseitige Veranstaltung."
Den Rest des Abends rührten sie nicht mehr an dieses Thema. Dennoch kam bei Jakob keine gelöste Stimmung mehr auf. Dazu trug auch die Anwesenheit seines Studienfreundes bei. Jakob mochte Thomas zwar sehr, aber es störte ihn, wie vertraut er mit Hanna umging. Sie lachten miteinander und tauschten verständnisinnige Blicke. Gelegentlich legte er den Arm um ihre Schultern und drückte sie liebevoll an sich. Thomas erlaubte sich all das, was Jakob verboten war. Zu guter Letzt begleitete er seine Jugendfreundin sogar nach Hause.
„Ich gehe noch eine Runde mit Geisha", sagte Hanna zu ihrer Cousine, nachdem Thomas sich verabschiedet hatte.
„Das kann ich doch machen", schlug Marie ihr vor. „Du scheinst mir nicht mehr ganz sicher auf den Beinen zu sein."
„So viel habe ich nun auch nicht getrunken", winkte Hanna ab. „Ich bin nur ein bisschen angeschickert." Sie angelte sich die Leine von der Garderobe, legte Geisha das Halsband um und öffnete die Haustür. „Bis später, Marie!"

Wie immer lief Geisha ein Stück voraus, jedoch nicht, ohne sich hin und wieder zu versichern, dass ihr Frauchen in Sichtweite blieb. Ausgiebig schnüffelte die Hündin an Bäumen und Laternenmasten, schlug naserümpfend einen Bogen um ein Häufchen von der Konkurrenz und hielt auf die Kleingärten zu.
„Erstaunlich, dass du schon wieder mit Geisha unterwegs bist", vernahm Hanna plötzlich Jakobs Stimme hinter sich. Rasch holte er auf und blieb an ihrer Seite, während Pavarotti zu seiner Freundin flitzte. „Konntest du dich tatsächlich so schnell von Thomas trennen?"
„Das ist mir wahrlich verdammt schwer gefallen", konterte sie. „Ich habe wirklich ernsthaft in Erwägung gezogen, diesen Abend auf besondere Weise ausklingen zu lassen."
„Was hat dich gehindert?", fragte er mit deutlichem Spott. „War er etwa nicht willig?"
„Ich hatte zu viel von der süffigen Bowle", erklärte sie leichthin. „Mir macht es mehr Spaß, wenn ich nüchtern bin. Mit wachen Sinnen kann ich einen Mann mit jeder Faser genießen." Mitleidig schaute sie ihn an. „Kannst du mir trotz deines geringen Erfahrungsschatzes folgen?"
„Es fällt mir schwer", erwiderte Jakob prompt. „Ich trenne nicht gern Liebe und Sex. Für mich gehört das zusammen."
„Was du nicht sagst", spottete nun Hanna. „Willst du ehrlich behaupten, du hast jede Frau, mit der du je geschlafen hast, geliebt?"
„Zumindest habe ich immer etwas für sie empfunden."
„Demnach warst du also doch schon verliebt", resümierte Hanna. „Wahrscheinlich, bevor du die Rolle des Mädchen für alles bei der Familie deines Bruders übernommen hast. Was ist so schlimm daran, das zuzugeben?"
„Das geht niemanden etwas an!", sagte er schärfer als beabsichtigt. „Das ist ganz allein meine Angelegenheit!"
„Oh, I' m so sorry", sagte sie mit tiefem Bedauern. „Ich fürchte, du hast tatsächlich ein Problem mit Frauen."

„Ach, wirklich?“ Mit den Händen umspannte er Hannas Schultern und zog sie hart an sich, während seine Augen sich herausfordernd auf ihr Gesicht hefteten.
Ohne mit der Wimper zu zucken, hielt Hanna seinem eindringlichen Blick stand. Deutlich spürte sie die Hitze seines Körpers, der unwillkürlich auf ihre Nähe reagierte.
„Was soll das werden?“, fragte sie schließlich gefährlich ruhig. „Willst du dem Schwarzen Phantom nacheifern, oder hast du einfach nur Lust auf eine Ohrfeige?“
„Wer weiß...?“ Er dachte gar nicht daran, sie freizugeben. „Vielleicht möchte ich den Abend nun auf eine besondere Weise ausklingen lassen!?“
„Nur über meine Leiche!“ Unauffällig blickte sie sich nach Geisha um. Die Hündin stand jedoch schon keine zwei Meter entfernt. Sprungbereit beobachtete das Tier die Szene.
„Angst?“, fragte Jakob leise.
„Nicht die Spur“, verneinte Hanna, straffte ihre Gestalt und stieß Jakob mit beiden Händen von sich. „Ich kann es überhaupt nicht leiden, wenn mich jemand unerlaubt anfasst! Merk dir das gefälligst!“ Ohne ihn weiter zu beachten, wandte Hanna sich ab. „Hierher, Geisha!“
Langsam setzte sich die Hündin in Bewegung. Im Vorbeilaufen warf sie Jakob einen, wie es schien, vorwurfsvollen Blick zu. Nicht von der Seite ihrer Herrin weichend, traten sie den Rückweg an.
„Bist ein braves Mädchen“, lobte Hanna das Tier und klopfte ihm die Flanke. „Sollte er noch mal so frech werden, darfst du ihn beißen.“

Bei Jakobs Rückkehr war sein Bruder gerade dabei, den Geschirrspüler zu bestücken. Max saß noch bei seinem Vater in der Küche.
„Ihr seid aber schnell zurück“, sagte der Junge zu seinem Onkel. „Das war ein schöner Abend, nicht wahr? Anna hat es auch bei uns gefallen. Schade, dass bald Ferien sind.“

„Seit wann bedauerst du es, nicht zur Schule zu müssen?“
„Na ja, dann kann ich Anna vier lange Wochen nicht sehen“, gab sein Neffe offen zu. „Sie fliegt mit ihrer Familie zu Romy und wir...“ Fragend wechselte sein Blick zwischen seinem Vater und seinem Onkel. „Habt ihr euch eigentlich schon geeinigt? Wohin fahren wir denn nun?“
„In den Süden“, erwiderte Jonas und schloss die Tür der Spülmaschine. „Gebucht habe ich bereits; Montag in einer Woche geht es los.“
„Wenn es unbedingt sein muss“, seufzte Max und erhob sich. „Ich gehe ins Bett. – Gute Nacht.“
„Schlaf gut“, sagten Jakob und Jonas unisono.
„Muss ich eigentlich unbedingt mit euch in den Urlaub fahren?“, fragte Jakob, als sein Neffe die Küche verlassen hatte. „In den Ferien braucht ihr mich doch gar nicht.“
„Du willst dich doch nicht etwa ausklinken?“ Der Vorwurf in Jonas’ Stimme war nicht zu überhören. „Wir haben abgesprochen, dass wir in diesem Sommer alle zusammen fahren, Jakob. Ich habe für dich mitgebucht und...“
„Ich weiß“, unterbrach sein Bruder ihn. „Trotzdem möchte ich lieber zu Hause bleiben. So eine Reise kann man stornieren.“
„Eine Woche vorher? Ist dir überhaupt klar, was das kostet? Mindestens 60% vom Reisepreis! Es wäre Wahnsinn, so viel Geld zu verschenken, nur weil du...“ Fragend hob er die Brauen. „Wieso eigentlich? Hast du uns so satt, dass du uns nicht mal mehr in den Ferien ertragen kannst?“
„Natürlich nicht. Aber ich bin einfach nicht in der Stimmung, mich in den Touristentrubel zu stürzen. In der letzten Zeit ist so viel geschehen. Dazu die ständigen Reibereien mit Hanna...“
„Ich denke, die gehören der Vergangenheit an?“ Forschend betrachtete er das ernste Gesicht seines Bruders. „Oder nimmst du ihr die kleine Stichelei von heute Abend etwa übel?“
„Ach, was!“, winkte Jakob ab. „Im Grunde ärgere ich mich nur über mich selbst, weil ich mich in ihrer Gegenwart so wenig unter Kontrolle habe...“

„Wieso? Ihr habt die Grillparty doch einigermaßen friedlich überstanden.“ Jakobs schuldbewusste Miene ließ Jonas die Zusammenhänge erahnen. „Sag bloß, sie war eben noch mit Geisha draußen, als du mit Pavarotti unterwegs warst? Kann es sein, dass du wieder mal all deine guten Vorsätze vergessen hast?“

„Mir ist auch unbegreiflich, weshalb mir das immer wieder passiert“, brachte Jakob zerknirscht hervor. „Als sei es vorprogrammiert, sobald wie allein aufeinandertreffen. Ein Wort gibt das andere – und schon haben wir Zoff.“ Deprimiert schüttelte er den Kopf. „Ich fürchte, jetzt habe ich es mir endgültig mit Hanna verdorben. Vermutlich wird sie mir nun permanent aus dem Weg gehen. Dabei würde ich gern einmal vernünftig mit ihr reden.“

„Kein Problem“, befand Jonas. „Fahr mit uns in den Urlaub.“

„Was hat das eine mit dem anderen zu tun?“

„Wir fliegen nach Spanien.“

„Und?“

„Um genau zu sein: nach Menorca.“ Vielsagend blinzelte Jonas seinem Bruder zu. „Zufälligerweise verbringt Hanna ihre Ferien immer bei ihrer Mutter.“

„Bedeutet das, auch du hast Zimmer in Romys Anlage gebucht?“

„Korrekt“, grinste Jonas. „Irgendwelche Einwände?“

„Wie ist es dir gelungen, dort so kurzfristig noch was zu bekommen?“, wunderte sich Jakob. „Hat Romy nicht erwähnt, dass die Anlage bis in den Herbst hinein ausgebucht ist?“

„Anna hat das arrangiert“, erklärte sein Bruder. „Weil Max so traurig war, dass sie sich in den Ferien kaum sehen können. Sie hat mich gefragt, ob ich es erlauben würde, dass er mit ihrer Familie mitfährt. Daraufhin habe ich ihr gesagt, dass wir in diesem Jahr alle zusammen verreisen wollen.“ Leise lächelnd schüttelte er den Kopf. „Liebe macht anscheinend einfallsreich, denn sie wollte wissen, ob ich schon gebucht hätte oder ob wir uns schon auf ein Ziel geeinigt hätten.“

„Als nächstes hat sie wahrscheinlich vorgeschlagen, wir könnten mit der ganzen Familie nach Menorca fliegen“, vollendete Jakob, worauf Jonas nickte.
„Anna hat mit Romy gesprochen, die es dann nach Rücksprache mit ihrer Hotelmanagerin irgendwie möglich gemacht hat: Wir bekommen einen Familienbungalow – und du einen kleineren ganz für dich alleine.“ Bedauernd hob er die Achseln. „Aber da du ja unbedingt zu Hause bleiben willst...“
„Ich?“, tat Jakob entrüstet. „Das musst du falsch verstanden haben, kleiner Bruder. Selbstverständlich stehe ich zu meinem Versprechen, mit meiner lieben Familie in die Ferien zu fahren. Ich es kaum erwarten, mit euch in den Flieger zu steigen.“
„Ach, nee? Woher dein plötzlicher Sinneswandel? Steckt da etwa eine ganz bestimmte Frau dahinter?“
„Aber nicht weitersagen“, bat Jakob mit Verschwörermiene. „Vom ersten Moment an hatte ich eine Schwäche für Romy. Diese Frau hat etwas, das mich ungeheuer fasziniert.“
„Eine ebenso schöne wie widerspenstige Tochter. Bislang wissen außer uns beiden nur Romy und Anna von unseren Urlaubsplänen. Bis zur Abreise sollten wir sie für uns behalten, sonst bringt es die Prinzessin fertig, ihre Ferien in die Antarktis zu verlegen.“
„Ich kann schweigen“, versprach Jakob. „Schon in meinem eigenen Interesse.“

Kapitel 27

In den nächsten Tagen achtete Hanna darauf, Jakob Jensen nicht zu begegnen. Sie verspürte weder das Bedürfnis, sich schon wieder eine Entschuldigung von ihm anzuhören, noch sehnte sie sich nach neuen Streitigkeiten. Sie wollte sich überhaupt nicht mehr mit diesem Mann auseinandersetzen. Jedes Mal, wenn sie gerade begann, ihn zu mögen, ließ er sich etwas einfallen, um seinem Image als schwieriger Zeitgenosse gerecht zu werden. Dieses ständige hin und her zerrte an Hannas

Nerven. Mochte er noch so liebevoll und selbstlos für seine Familie einstehen. Hanna war nicht gewillt, weiterhin Zeit und Energie in ein gutes nachbarschaftliches Verhältnis zu investieren, das doch nie zustande käme.
Am Freitag wechselte sie bei ihrem Abendspaziergang mit Geisha demonstrativ die Straßenseite, als sie den Nachbarn nur von weitem sah. Zügigen Schrittes kehrte sie mit dem Hund nach Hause zurück. Dort plauderte sie noch ein wenig mit Marie, ehe sie auf den gewohnten Umwegen zum Sender fuhr.

Im Funkhaus diskutierten Hannas Kollegen bei ihrem Eintreten lebhaft miteinander.
„Das ist eine Sauerei!“, schimpfte Barbara. „So einen gefährlichen Psychopaten kann man doch nicht mit nur einem Mann Bewachung rauslassen!“
„Ich finde das auch unverantwortlich“, schloss Sandro sich ihrer Meinung an. „Der hat doch nur auf eine günstige Gelegenheit gewartet, um zu türmen.“
„Wahrscheinlich hat er nur simuliert“, vermutete Ulrich. „Wie ich das beurteile, hat er seine Flucht genau geplant.“
„Darf ich fragen, von wem die Rede ist?“ Während sie sich zu ihren Kollegen setzte, zog Hanna das bunte Tuch vom Kopf.
„Wer ist von wo getürmt?“
„Wir sprechen gerade über die neuesten Agenturmeldungen“, erklärte Ulrich. „Klaus Schmidtbauer ist geflohen.“ Ratlos zuckte Hanna die Schultern.
„Müsste ich den Mann kennen?“
„Schmidtbauer sitzt... saß wegen Körperverletzung mit Todesfolge. Seit Tagen hat er im Gefängnis über starke Magenschmerzen geklagt, so dass er heute Nachmittag von einem Vollzugsbeamten zwecks Magenspiegelung in ein Krankenhaus gebracht wurde. In einem günstigen Moment ist dem Verbrecher die Flucht aus der Klinik gelungen.“
„Der Mann gilt als sehr gefährlich“, fügte Sandro hinzu. „Schmidtbauer ist ein sogenannter Stalker. Du hast sicher

schon von diesen Verrückten gehört, die ihr Opfer überallhin verfolgen, mit Briefen, Geschenken und Anrufen bombardieren. Angeblich tun sie das aus Liebe zum Objekt ihrer Begierde. Dabei schrecken sie auch vor Gewalttaten nicht zurück, um an das Ziel ihrer völlig unrealistischen Wünsche zu gelangen. Man konnte Schmidtbauer zwar keinen geplanten Mord nachweisen, aber es sprach alles dafür, dass er den Ehemann der Frau, hinter der er her war, kaltblütig erschossen hat, nur weil sie ihn seinetwegen abgewiesen hat. Vorher saß der Kerl übrigens schon mal, weil er seine Freundin krankenhausreif geschlagen hatte. Dabei hätte man ihn als gelernten Versicherungskaufmann eigentlich für zivilisiert halten können. Auch vor Gericht hat er damals einen gepflegten Eindruck gemacht. Man hat ihm Intelligenz gepaart mit hoher krimineller Energie bescheinigt."

„Ich erinnere mich dunkel", sagte Hanna. „Glaubt die Polizei, dass er noch in der Stadt ist?"

„Die sofort nach seiner Flucht eingeleitete Großfahndung hat noch nichts ergeben", wusste Barbara. „Offenbar ist er irgendwo untergetaucht. Wie vom Erdboden verschluckt. Hoffentlich fassen sie ihn bald, sonst traut man sich nach Einbruch der Dunkelheit gar nicht mehr auf die Straße."

„Er wird es schon nicht auf dich abgesehen haben", zog Sandro seine Kollegin auf. „Du passt nicht in sein Beuteschema. – Ähnlich hat es sich übrigens beim Schwarzen Phantom verhalten. Wie heute bekannt wurde, überfiel der Maskierte immer ältere Paare, weil er ein stark gestörtes Verhältnis zu seinen Eltern hat. Besonders zu seiner dominanten Mutter, die ihn wohl ständig gegängelt und trotz seiner 36 Jahre nicht für voll genommen hat."

„Deshalb hat er die überfallenen Frauen jedes Mal brutal vergewaltigt", vermutete Hanna erschauernd. „Aus Rache an seiner Mutter wollte er seine Macht demonstrieren. Zeigen, dass er ein ganzer Mann ist, vor dem man sich fürchten muss." Unwillig schüttelte sie den Gedanken ab, dass Romy fast das

gleiche widerfahren wäre. „Habt ihr nicht wenigstens eine gute Nachricht zu bieten?"
„Leider nicht", verneinte Ulrich bedauernd. „Alles wird teurer, die Benzinpreise steigen immer weiter, und du fährst morgen in die Ferien. Eine Katastrophenmeldung nach der anderen."
„Wie gefällt dir denn mein Konzept für die engelfreie Zeit?", fragte Hanna leise lächelnd. „Hältst du es für durchführbar?"
„Die Idee mit dem Azubi-Engel hat was", meinte ihr Jugendfreund. „Das Konzept ist gut durchdacht – auch die wechselnden Fragespiele sind interessant. Du darfst nur nicht vergessen, deinen Lehrling in der Sendung anzurufen."
„Ich melde mich regelmäßig mit guten Ratschlägen", versprach Hanna. „Meine astronomische Telefonrechnung für die Gespräche von Menorca lege ich dir zu gegebener Zeit vor."
„Ich wusste, dass die Sache einen Haken hat", stöhnte Ulrich. „Was hast du dir denn für den letzten Abend vor deinem Abtauchen ausgedacht, Engelchen?"
„Gespräche über die Sehnsucht."
„Wie passend", befand er. „Nicht nur deine Hörer werden sich in den nächsten vier Wochen nach dir sehnen."

„Hallo liebe Freunde, Nachtschwärmer, Kapitäne der Landstraße und alle, die noch nicht in den Schlaf finden: Hier ist wieder euer Engel der Nacht. Wie immer begleite ich euch in die Morgendämmerung eines neuen Tages. Vielleicht habt ihr Lust, heute mit mir über etwas zu sprechen, das viele Dichter oft beschrieben haben: die Sehnsucht. Wonach – oder nach wem sehnt ihr euch? Wann wurde für euch etwas lang Ersehntes Wirklichkeit? Wonach sehnt man sich ein Leben lang? Bitte ruft mich an unter der Nummer..."
Mehr als eine Stunde lang sprach Angel mit ihren Hörern über erfüllte und unerfüllte Sehnsüchte. Auch Jakob, der inzwischen Ferien hatte, saß zu Hause am Radio. Nachdem die letzten Wochen mit Zeugniskonferenzen und Zensurenschreiben angefüllt gewesen waren, freute er sich auf den Urlaub. Immer

wieder versuchte er vergeblich, zum Sender durchzukommen. Es war die letzte Gelegenheit, noch einmal mit Angel zu sprechen, bevor er am Montagmorgen in den Flieger nach Menorca steigen würde.
Während Jakob abermals die Wahlwiederholungstaste drückte, schlich ein Mann unbemerkt durchs Funkhaus. Anhand der Hinweisschilder fand er den Weg zu den Studios in der 4. Etage. Vorsichtig verließ er den Lift und schaute sich nach allen Seiten um. Niemand war auf dem Flur zu sehen. Lautlos bewegte sich der Mann vorwärts. Über einer der Türen entdeckte er eine rot leuchtende Lampe mit der Aufschrift: *on air*. Behutsam legte er die Hand auf die Klinke und öffnete die Tür nur so weit, dass er in den Raum schlüpfen konnte. Im Halbdunkel blieb er stehen. Sein Blick fiel auf die Moderatorin, die an einem Tisch voller Unterlagen vor dem Mikrofon saß. Da momentan Musik gespielt wurde, hielt sie ihren Kopfhörer nur mit einer Hand ans Ohr.
„Hallo, Angel."
Verwundert schaute die Moderatorin zur Tür.
„Sie dürfen hier nicht einfach reinkommen", sagte sie freundlich. „Wir sind auf Sendung. Bitte verlassen Sie das Studio."
„Nicht ohne dich", erwiderte er im Näherkommen. „Ich habe viel riskiert für uns."
„Für uns?", wiederholte sie kopfschüttelnd. „Ich verstehe nicht...? Wer sind Sie überhaupt?"
„Ich bin der Mann, mit dem du deine Zukunft verbringst." Mit vorwurfsvoller Miene blieb er vor ihrem Tisch stehen. „Warum hast du nicht auf meine Briefe geantwortet?"
„Welche Briefe?"
„Die ich dir jede Woche aus dem Knast geschrieben habe!", erklärte er ungehalten. „Ich bin Klaus! Klaus Schmidtbauer!"
Hanna war viel zu überrascht, um erschrocken zu reagieren.
„Tut mir leid, aber ich habe keine Briefe bekommen", behauptete sie, obgleich sie sich an den einen erinnerte, den sie Marie vorgelesen hatte. „Bei der vielen Post, die hier täglich eingeht,

kann ich mich aus Zeitgründen leider nicht damit befassen."
Spontan nahm sie die Hornbrille vom Tisch und setzte sie sich auf die Nase. „Das erledigt eine Redakteurin."
Mittlerweile hatte auch Sandro durch die Glasscheibe den Mann im Studio bemerkt.
„Was ist denn da los bei dir?", fragte er über die Lautsprecheranlage. „Was hat der Mann im Studio zu suchen?"
„Antworte ihm!", befahl Schmidtbauer, bevor er auf seine Jackentasche klopfte. „Sag ihm, dass ich bewaffnet bin. Falls er die Polizei einschaltet, gibt es hier ein Blutbad."
Mit gemischten Gefühlen drückte Hanna auf dem Schaltpult vor sich einen der Knöpfe, während sie Blickkontakt zu ihrem Kollegen suchte.
„Sandro, das ist Klaus Schmidtbauer", sagte sie ins Mikrofon. „Er ist bewaffnet. Du darfst auf keinen Fall die Polizei alarmieren, sonst richtet er ein Blutbad an."
Unwillkürlich sprang Sandro auf.
„Was will er?"
Rasch trat Schmidtbauer hinter die Moderatorin.
„Ich spreche selbst mit ihm."
Abermals betätigte Hanna die Taste, bevor sie dem Verbrecher zunickte.
„Hör zu... Sandro: Angels Sendung läuft wie geplant weiter, damit niemand Verdacht schöpft, hier könnte irgendwas nicht stimmen. Du rührst dich nicht von der Stelle! Solltest du die Polizei rufen, bleibt mir immer noch genug Zeit, dir eine Kugel zu verpassen!"
Er zog die Waffe aus der Tasche und zielte auf die Glasscheibe. Ohne abzudrücken, ließ er die Pistole wieder verschwinden.
„Was ist mit Angel?", fragte Sandor scheinbar unbeeindruckt. „Was hast du mit ihr vor?"
„Angel kommt nach der Sendung mit mir", erklärte Schmidtbauer, wobei er eine Hand auf ihre Schulter legte. „Mehr brauchst du nicht zu wissen."

Sich zur Ruhe zwingend, blickte Hanna den Mann an. Sie musste sich etwas einfallen lassen, aber dafür brauchte sie Zeit.
„Wenn ich weiter moderieren soll, müssen Sie sich hinsetzen“, sagte sie und zeigte auf den Stuhl vor ihrem Arbeitstisch. „Ich bin es gewohnt, hier allein zu sein. Sie machen mich nervös, Herr Schmidtbauer.“
„Klaus“, korrigierte er sie nachsichtig lächelnd. „Du wirst dich schon noch an mich gewöhnen, Angel.“
Niemals, dachte sie, wobei sie Sandro signalisierte, er möge sie mit dem nächsten Anrufer verbinden. Während sie scheinbar konzentriert mit einer Hörerin über deren Sehnsüchte sprach, suchte Hanna insgeheim fieberhaft nach einem Ausweg aus dieser gefährlichen Situation. Ihr blieben kaum mehr als vier Stunden bis zum Ende ihrer Sendezeit.
Mit dem Einsetzen der Musik blickte sie ihr Gegenüber bedauernd an.
„Hoffentlich erwarten Sie nun keine großartige Konversation von mir. Ich brauchte die kurzen Pausen, um mich sozusagen für den nächsten Anrufer freizuschwimmen.“
„Kein Problem“, nickte Schmidtbauer. „Tu so, als wäre ich gar nicht hier.“ Aus seinen kleinen, etwas schräg stehenden grauen Augen musterte er sie. „Beantworte mir nur eine Frage, Angel: Wieso kleidest du dich so... unvorteilhaft? Diese unförmige Bluse scheint nicht gerade der letzte modische Schrei zu sein.“
„Dafür ist sie bestens geeignet, Problemzonen zu kaschieren“, behauptete sie in der Hoffnung, ihm einreden zu können, wie wenig attraktiv sie sei. „Wer stellt sein Übergewicht schon gern zur Schau?“
„Eigentlich hatte ich mir ausgemalt, dass du gertenschlank bist“, antwortete er prompt, worauf sie die Schultern zuckte.
„Die meisten Menschen haben eine völlig falsche Vorstellung vom Engel der Nacht. Sie definieren mich nur über meine Stimme. Niemand weiß, dass ich verheiratet und Mutter von vier Kindern bin, schwaches Bindegewebe und den Bauch voller Schwangerschaftsstreifen habe. Von meinen Krampfa-

dern ganz zu schweigen."
Der Blick, mit dem er sie ansah verriet, dass er damit nicht gerechnet hatte.
„Tut mir leid, dass ich nicht deinen Erwartungen entspreche", fügte sie hinzu und rückte ihre Brille zurecht. „Würde ich dem Wunschdenken meiner Hörer entsprechen, würde ich mir hier bestimmt nicht die Nächte um die Ohren schlagen. Dann wäre ich beim Fernsehen und hätte vielleicht schon meine eigene Talkshow."
Ehe er etwas dazu sagen konnte, signalisierte sie Sandro, dass sie wieder übernehmen würde.
„Liebe Freunde und alle, die mich in den Morgen begleiten", wandte sie sich an ihre Hörer. „Für meine vorläufig letzte Sendung – bevor ich meine Ferien auf Wolke 7 verbringe – habe ich euch einige Überraschungen versprochen: Zum ersten Mal gelang es heute jemandem, in mein Allerheiligstes vorzudringen. Deshalb möchte ich die Gelegenheit wahrnehmen, mit meinem Studiogast über unser heutiges Thema zu sprechen."
Nun schaute sie ihr Gegenüber direkt an. „Guten Abend, Klaus. Erzähl uns bitte, wonach sich ein Mann sehnt, wenn er so abgeschieden lebt, wie du das bislang musstest."
Plötzlich wirkte Schmidtbauer stark verunsichert. Er wusste nicht, wie er auf diese plötzliche Wendung reagieren sollte.
Hanna nickte ihm jedoch aufmunternd zu und deutete auf die zweiten Kopfhörer, die er sich automatisch anlegte. Der Mann war viel zu verblüfft, in die Sendung einbezogen zu werden, um über mögliche Folgen nachzudenken.
„Na ja, man sehnt sich nach einer Frau", gestand er etwas verlegen ins Mikrofon. „Deshalb bin ich heute hier."
„Sehnt man sich hinter so hohen Mauern nicht auch noch nach etwas anderem?"
„Nach Freiheit", antwortete er unüberlegt. „Am schlimmsten ist es nachts, wenn man allein ist. Irgendwann habe ich dann zum ersten Mal deine Stimme gehört, Angel. Plötzlich war ich nicht mehr allein. Du warst Nacht für Nacht bei mir. So wird es

von nun an immer sein. Auch wenn dich dieser aufdringliche Vampir noch so oft anbaggert: Wir gehören zusammen."
Rasch gab die Moderatorin Sandro ein Zeichen, Musik einzuspielen, ohne jedoch das Mikrofon auszuschalten.
„Sie scheinen immer noch nicht begriffen zu haben, dass Sie mich nach der Sendung nicht einfach mitnehmen können, Herr Schmidtbauer", sagte Hanna mit der gleichen sanften Stimme wie zuvor. „Sie wollen mir doch kein Leben auf der Flucht zumuten. Jeder Cop in der ganzen Stadt ist hinter Ihnen her. Es ist nur eine Frage der Zeit, wann Sie erwischt werden."
„Wir werden sehen, Angel", antwortete er gelassen. „Wenn wir nicht miteinander leben können, gibt es noch eine andere Möglichkeit, für immer zusammenzubleiben. Jedenfalls wird nichts und niemand uns je wieder trennen."

Mit einem lauten Scheppern fiel die Edelstahlplatte auf die Fliesen des Küchenfußbodens. Entsetzt starrte Marie auf das kleine Radio. Schmidtbauer, Klaus Schmidtbauer, der entflohene Straftäter befand sich bei Hanna im Studio! Auch Marie erinnerte sich an den erschreckenden Brief in der Fanpost ihrer Cousine. Nach dem, was vor einer halben Stunde in den Nachrichten gesagt wurde, handelte es sich bei diesem Mann um einen gefährlichen, zu allem fähigen, unberechenbaren Verbrecher...

Zu der gleichen Schlussfolgerung gelangte auch Frederik, der auf Menorca im Wohnzimmer seiner Gastgeberin die Sendung über Satellitenempfang hörte.
„Du bist noch auf?", wunderte sich Romy, als sie den Raum betrat. Sie hatte in ihrem Büro noch einiges aufgearbeitet und wähnte ihn längst im Bett des Gästezimmers. „Hast du etwa auf mich gewartet? Es war doch mehr zu tun, als ich dachte."
„Pst!", bat er, und deutete auf das Radio. Er schien mit seinen Gedanken weit fort zu sein.
Irritiert setzte sich Romy zu ihm.

„Das ist der Engel der Nacht“, stellte sie nach kurzem Zuhören fest, aber Frederik reagierte erst, als wieder Musik gespielt wurde.
„Entschuldige“, bat er und zog sein Handy aus der Tasche. „Ich muss Marie anrufen.“
Romy blickte ihn an, als sei er nicht bei Verstand.
„Weißt du eigentlich, wie spät es ist? Du kannst das Mädel doch nicht aus dem Schlaf reißen!“
Mit knappen Worten schilderte Frederik, in welcher Gefahr sich der Engel der Nacht befand.
„Wie entsetzlich“, sagte Romy betroffen. „Ausgerechnet diese sympathische Moderatorin befindet sich in der Gewalt eines Verbrechers.“ Auf ihrer klaren Stirn bildete sich eine steile Falte. „Allerdings verstehe ich nicht, weshalb du Marie deswegen mitten in der Nacht anrufen willst.“
„Sie muss davon erfahren!“, entgegnete Frederik etwas unwirsch. Er brachte es nicht übers Herz, Romy über Angels Identität aufzuklären. Die neuesten Meldungen über das Schwarze Phantom hatten ihr schon genug zugesetzt. Zusätzlich Angst um das Leben ihrer Tochter musste er ihr ersparen.
„Wenn du glaubst, Marie unbedingt davon erzählen zu müssen, kannst du sie auch morgen Vormittag informieren“, schlug Romy vor. „Sie braucht ihren Schlaf.“
Ungeachtet ihrer Worte griff Frederik auf die gespeicherte Nummer seiner Nichte zu.
Missbilligend schüttelte Romy den Kopf und erhob sich, um sich ein Glas Rotwein einzuschenken.
„Marie“, sagte Frederik, als seine Nichte sich meldete. „Entschuldige, dass ich dich geweckt habe, aber...“
„Ich habe noch nicht geschlafen“, unterbrach sie ihn. „Da ich morgen ein großes Buffet liefern muss, habe ich noch in der Küche zu tun.“
„Hörst du dabei zufällig dem Engel der Nacht zu?“
„Ja...“ Marie war erleichtert, mit jemandem darüber sprechen zu können. „Ich bin in großer Sorge um... Angel.“

„Mir ergeht es genauso. Wenn wir nur irgendwas tun könnten, um sie da rauszuholen..."
„Ahnst du, wer sich hinter dem Engel der Nacht verbirgt?", sagte Marie vorsichtig. „Oder irre ich mich?"
„Ich weiß es sogar definitiv", antwortete er. „Und du wahrscheinlich auch?"
„Von der ersten Sendung an", bestätigte Marie. „Seit ich gehört, habe, was im Studio passiert ist, versuche ich, dort jemanden zu erreichen, aber die Leitungen sind ständig besetzt."
„Man müsste hinfahren, um nachzusehen, ob wenigstens die Polizei schon vor Ort ist. Womöglich halten die Hörer das alles für eine von Angel vorbereitete Episode. Immerhin hat sie für den letzten Abend vor ihren Ferien einige Überraschungen angekündigt. Wäre ich in der Stadt, würde ich selbst zum Funkhaus fahren, um..."
„Anscheinend hatte jemand den gleichen Gedanken", fiel Marie ihrem Onkel ins Wort, während sie aus dem Fenster blickte. „Ich sehe gerade Jakob aus dem Haus laufen. Er steigt in seinen Wagen und fährt mit quietschenden Reifen davon."
„Dann hat wohl auch er die Sendung gehört", schloss Frederik daraus. „Dabei weiß er gar nicht, dass Hanna der Engel der Nacht ist."

Vor Entsetzen über das Gehörte entglitt das Rotweinglas Romys Hand und zerschellte auf den Terrakottafliesen.
Erschrocken erfasste Frederik, was seine unbedachten Worte ausgelöst hatten: Romy stand wie gelähmt mitten im Zimmer; den Blick panisch auf ihn gerichtet.
Sie fühlte sich wie betäubt. Ihr war schwindelig; vor ihren Augen verschwammen die Konturen, während es in ihren Ohren rauschte.
„Bitte melde dich, falls es was Neues gibt, Marie", sagte Frederik in das kleine Telefon. Während er die Verbindung unterbrach, stand er schon auf. Behutsam legte er den Arm um Romys Schultern und führte sie zum Sofa. Er setzte sich neben

sie und umschloss ihre eiskalten Finger in einer tröstenden Geste mit seinen Händen. Romy entzog sich ihm aber abrupt.
„Wie konntest du mir das verschweigen?“, brachte sie anklagend hervor. „Mir hätte klar sein müssen, dass man dir nicht vertrauen kann! Und ich Idiot habe dir sogar mein Gästezimmer zur Verfügung gestellt! Es ist besser, du suchst dir umgehend eine andere Unterkunft! – In einem anderen Land!“
„Solange Hanna nicht in Sicherheit ist, gehe ich nirgendwohin“, erwiderte Frederik, sich seine Enttäuschung nicht anmerken lassend. „Keinesfalls lasse ich dich in dieser quälenden Situation allein.“
„Wozu jetzt noch diese sinnlose Rücksichtnahme?“ Aufstöhnend schlug sie die Hände vors Gesicht. „Wenn ich nur etwas tun könnte, um Hanna zu helfen. Sie muss doch furchtbare Angst ausstehen, diesem Verbrecher ausgeliefert zu sein ...“
„Wie ich das beurteile, behielt Hanna einen klaren Kopf“, versuchte er, sie zu beruhigen. „Sonst hätte sie bei der Musikeinspielung ihr Mikrofon nicht offen gelassen. Dadurch wollte sie auf die Gefahr aufmerksam machen. Bestimmt hat Schmidtbauer mit irgendwas gedroht, falls jemand die Polizei einschaltet. Hanna hat wohlüberlegt reagiert.“

Unterdessen traf Jakob auf dem Parkplatz des Senders ein. Ungeachtet der Einsatzfahrzeuge stieg er aus und bahnte sich einen Weg zwischen den zahlreichen Schaulustigen hindurch zum Funkhaus. An der von der Polizei errichteten Absperrung blieb er notgedrungen stehen und blickte sich um. Direkt vor dem Eingang sah er den Bruder seines Studienfreundes im Gespräch mit zwei Männern.
„Herr Maiwald!“, rief Jakob hinüber, worauf der Programmchef den Kopf wandte. „Ich muss Sie dringend sprechen!“
„Dafür habe ich jetzt keine Zeit!“, gab Ulrich unwirsch zurück. Dieser Oberlehrer hatte ihm gerade noch gefehlt. „Gehen Sie nach Hause! Hier gibt es nichts zu sehen!“
„Ich habe eine Idee, wie man den Verbrecher überlisten könn-

te!“, beharrte Jakob, der gar nicht daran dachte, sich unverrichteter Dinge zurückzuziehen. „Sie müssen mich anhören!“
Nach kurzem Zögern gab einer der Männer neben Ulrich den Beamten an der Absperrung ein Zeichen, Jakob durchzulassen. Im Laufschritt eilte er zu ihnen.
„Diecke, Kripo Hannover“, stellte sich der hagere, grauhaarige Kommissar vor. „Wer sind Sie?“
„Jakob Jensen, Studiendirektor am Ratsgymnasium“, stellte er sich vor. „Ich bin sozusagen ein alter Bekannter von Angel.“
Verblüfft blickte Ulrich ihn an.
„Sie kennen die Identität des Engels der Nacht?“
„Das leider nicht“, gab Jakob zu. „Allerdings hatten wir schon häufiger telefonischen Kontakt. Ich bin der aufdringliche Vampir, den Schmidtbauer vorhin erwähnt hat.“
Nun wuchs Ulrichs Verblüffung noch.
„Sie sind Dracula?“
„Nicht nur mit Rücksicht auf meine Familie und auf meine Schüler habe ich mich hinter diesem Pseudonym versteckt. Sogar meine Stimme habe ich durch ein Taschentuch über der Sprechmuschel verändert. Da niemand weiß, wer sich hinter dem Engel der Nacht verbirgt, wollte auch ich anonym bleiben. Irgendwie hat das den Reiz erhöht.“
„Sie sagten, Sie wüssten, wie man Schmidtbauer eventuell überlisten könnte“, ergriff Kommissar Diecke wieder das Wort. „Lassen Sie hören, Herr Jensen.“
„Mir schien es, es sei Schmidtbauer nicht gut auf mich zu sprechen. Er empfindet er Dracula wohl als Konkurrent um Angels Gunst. Womöglich ist er sogar eifersüchtig.“
„Klingt logisch“, meinte der Kommissar. „Immerhin scheint er davon besessen zu sein, Angel für sich allein haben zu wollen. Dafür schreckt er offenbar vor nichts zurück.“ Fragend schaute er Jakob an. „Weiter!?“
„Ich könnte Angel anrufen und ihn auf eine Art ins Gespräch bringen, die ihn derart herausfordert, dass er eingreift. Vielleicht gelingt es mir, ihn zu einem Kampf um den Engel der

Nacht zu provozieren. Wenn wir Glück haben, lässt er mich ins Studio – oder er kommt zu mir runter."
„Vermutlich hat sich Schmidtbauer eine Waffe besorgt", meinte Diecke kopfschüttelnd. „Das ist viel zu gefährlich."
„Dann sollten Sie den Parkplatz von den Schaulustigen räumen", riet Jakob ihm unbeirrt. „Außerdem dürfen keine Polizisten zu sehen sein."
„Bislang weiß er noch nicht, dass wir hier sind", erwiderte der Kommissar. „Herr Maiwald sagte, im Studio gäbe es keine Fenster." Sekundenlang dachte er nach. „Schmidtbauer müsste Sie tatsächlich entweder hineinlassen oder herunterkommen. Sollte er das Studio allein verlassen, wäre der Zugriff kein Problem. Meine Leute sind im ganzen Gebäude postiert." Fragend hob er die buschigen Brauen. „Wieso wollen Sie ein so großes Risiko eingehen, Herr Jensen?"
„Der Engel der Nacht hat mir auch schon aus einer ausweglosen Situation geholfen", berichtete Jakob. „Ich bin es Angel schuldig, alles zu tun, um sie aus den Händen dieses Verbrechers zu befreien."
Sorgfältig wägte der Kommissar das Für und Wider ab. Das Studio stürmen zu lassen, erschien ihm zu riskant, da er dadurch das Leben der Moderatorin und ihres Redakteurs gefährden würde. Ihm blieb kaum eine andere Wahl, als sich auf den Vorschlag des selbsternannten Vampirs einzulassen.
„Okay", sagte Diecke schließlich. „Wir brauchen ein paar Minuten, um alles vorzubereiten. Wenn Sie telefoniert haben, sehen wir weiter."
Über sein Sprechfunkgerät gab er Anweisung, den Parkplatz zu räumen und die Einsatzfahrzeuge zu entfernen. Die im gesamten Gebäude befindlichen Beamten der Spezialeinheit wurden angewiesen, vorläufig unsichtbar zu bleiben. Während man Jakob eine kugelsichere Weste unter seinem Hemd anlegte, wurde noch der Pförtner gegen einen Polizisten in Zivil ausgetauscht.
Die Vier-Uhr-Nachrichten waren gerade gesendet, als die

Vorbereitungen abgeschlossen waren.
Ulrich sorgte dafür, dass Jakobs Anruf sofort zu Angel durchgestellt wurde.
„Ich bin der Engel der Nacht“, sagte die Moderatorin mit sanfter, ein wenig müde klingender Stimme. „Wer bist du?“
„Jemand, den die Sehnsucht so sehr quält, dass er unbedingt mit dir sprechen muss.“
„Dracula!“, rief sie erkennbar erleichtert aus, worauf Schmidtbauer ärgerlich die Stirn runzelte. „Ich freue mich über deinen Anruf! Du hast lange nichts von dir hören lassen.“
„Ich wollte mal testen, wie viele Nächte ich es ohne dich aushalte“, entgegnete er durch das Taschentuch. „Sehnsucht ist was Seltsames, meine liebe Angel. Dieses innige, schmerzhafte Verlangen nach dir wurde mir rasch unerträglich. Ich habe mich vor Sehnsucht nach deiner Stimme verzehrt, drohte fast, zu vergehen.“
„Auch ich habe mir insgeheim gewünscht, du würdest mich anrufen“, gestand sie. „Anscheinend war ich genau wie du von Sehnsucht ergriffen, mein lieber Dracula.“
„Das habe ich deutlich gespürt“, behauptete er. „Seit Mitternacht versuche ich schon, dich zu erreichen. Immerhin ist heute die letzte Gelegenheit vor deinen Ferien. Das wusste wohl auch dein Studiogast. Was war das überhaupt für ein komischer Vogel? Glaubt der tatsächlich, er könne sich zwischen uns drängen? Der weiß wohl nicht, dass uns zwei Nachtschwärmer etwas Besonderes verbindet?“
Schmidtbauer, der über Lautsprecher mithörte, ballte die Hände zu Fäusten.
„Du kannst ihn selbst danach fragen“, sagte die Moderatorin spontan. Sie ahnte plötzlich, dass Jakob alias Dracula ihr helfen wollte. „Klaus kann dich hören.“
„Hallo, Klaus“, sagte Jakob prompt. „Das war vorhin nur ein Scherz, oder? Du willst mir mein Engelchen doch nicht wirklich ausspannen?“
„Das ist nicht dein Engelchen“, knurrte Schmidtbauer ins Mi-

rofon. „Angel gehört mir! Also verschwinde in deine Gruft!"
„Ich soll verschwinden?", lachte Jakob. „Du bist vielleicht ein Traumtänzer! Bist du etwa so naiv zu glauben, dass Angel sich für dich entscheidet, nur weil du bei ihr im Studio sitzt? Ich bin auch ganz in der Nähe; ich stehe direkt vorm Funkhaus."
„Das nützt dir gar nichts", erregte sich Schmidtbauer. „Angel braucht dich nicht! Du bist ihr gleichgültig! Sie will nur mich!"
„Das möchte ich von ihr selbst hören", erwiderte Jakob ruhig. „Meine liebe Angel", wandte er sich an sie. „Willst du nicht selbst entscheiden, mit wem du zusammen sein möchtest?"
„Eigentlich schon...", antwortete sie vorsichtig, da sie nicht wusste, worauf er hinaus wollte. „Aber das ist gar nicht so einfach. Ihr seid beide interessante Männer. – Obwohl ich dich leider noch nicht persönlich getroffen habe, Dracula. Andererseits gefällt Klaus mir recht gut. Er hat viel auf sich genommen, um mich zu besuchen."
„Wäre er auch – wie ich – bereit, um dich zu kämpfen?", fragte Jakob entschlossen. „Dazu ist dein Gast bestimmt viel zu feige. Im Grunde hat er doch Angst vor mir."
„Vor dir Möchtegern-Vampir?", höhnte Schmidtbauer. „Mit dir werde ich mühelos mit nur einer Hand fertig!"
„Ich zittere schon jetzt am ganzen Körper", forderte Jakob ihn heraus. „Angel, bei einem Kampf Mann gegen Mann, würdest du dich für den Sieger entscheiden und mit ihm gehen?"
„Um mich hat noch nie ein Mann gekämpft", sagte die Moderatorin scheinbar entzückt. „Schon gar nicht zwei. Dem mutigen Gewinner würde ich bis ans Ende der Welt folgen."
„Du hast es gehört, Klaus! Traust du dich, um das zu kämpfen, was du dir wünschst? Falls du nicht kneifst, komm zu mir auf den Parkplatz. Ich warte auf dich."
„Für wie blöd hältst du mich?" lautete Schmidtbauers höhnische Antwort, so dass Jakob bereits das Scheitern seiner Mission befürchtete. „Glaubst du, ich lasse Angel noch mal allein? Falls es dir nicht zu mühsam ist, kommst du gefälligst zu uns rauf. Wir treffen uns in fünf Minuten vor dem Studio."

„Bin schon unterwegs“, kündigte Jakob erleichtert an und unterbrach die Verbindung.
Sofort trat der Kommissar aus dem Schatten des Gebäudes auf ihn zu. Über Kopfhörer eines kleinen Transistorradios hatte er das Gespräch mitgehört.
„Gut gemacht, Herr Jensen“, lobte er. „Allerdings haben wir nun ein Problem: Wäre Schmidtbauer auf Ihren Vorschlag eingegangen, hätten wir ihn auf dem Weg nach unten überwältigen können. Ich kann unmöglich verantworten, Sie da rauf zu lassen.“
„Trotzdem gehe ich da jetzt rein“, widersprach Jakob entschlossen. „Auf meine Verantwortung. Sollte Schmidtbauer bewaffnet sein, bietet mir die Weste Schutz.“ Eindringlich blickte er den Kommissar an. „Das ist unsere einzige Chance, Herr Diecke! Die Zeit läuft!“
„Also gut“, gab der Polizist nach. „Aber nehmen Sie vorsichtshalber die Treppe statt des Lifts in den vierten Stock. Womöglich greift Schmidtbauer Sie sonst schon an, wenn sich die Aufzugstüren öffnen.“
Über Funk informierte der Kommissar seine Leute. Dann nickte er Jakob zu. Ein Beamter in der Halle wies ihm den Weg zum Treppenhaus. Immer zwei Stufen auf einmal nehmend, lief er nach oben. Durch die Glastür in der vierten Etage betrat Jakob den Flur. Niemand war zu sehen. Allerdings verriet ihm die leuchtende rote Lampe, wo sich das Studio befand. Langsam bewegte sich Jakob vorwärts. Fast hatte er sein Ziel erreicht, als sich die Studiotür unvermittelt öffnete und ein Mann, sich nach allem Seiten sichernd umsehend, heraustrat. In seinem Rücken zog er die Tür hinter sich zu, bevor er sich breitbeinig vor Jakob aufbaute.
Mit einem schnellen Blick taxierten sich die Männer. Jakob las Hass in den Augen des anderen und spannte unwillkürlich seine Muskeln.
„Bist du Dracula?“
„Worauf du dich verlassen kannst“, antwortete Jakob, wobei er

jede seiner Bewegungen genau beobachtete. „Möchte Angel uns nicht zuschauen, wenn wir um sie kämpfen?“
„Das lohnt nicht“, behauptete Schmidtbauer und zog blitzschnell die Pistole aus dem Hosenbund. Er hatte sich gut auf diesen Moment vorbereitet. „Du hättest besser davonflattern sollen“, spottete er und richtete die Mündung auf Jakobs Brust. „Jetzt hat dein letztes Stündlein geschlagen.“
„Für einen Kampf Mann gegen Mann bist du also doch zu feige“, sagte Jakob ruhig. Innerlich war er jedoch bis zum Zerreißen angespannt. „Damit kannst du Angel bestimmt nicht imponieren.“
„Halts Maul!“, befahl Schmidtbauer mit dem Finger am Abzug. „Angel gehört mir!“ Mit einem lauten Knall löste sich der Schuss. Fast gleichzeitig verspürte Jakob einen Schlag in der Herzgegend, der ihn gegen die Wand taumeln ließ. Aus den Augenwinkeln sah er die schwarzgekleideten Männer in den Flur springen.
„Waffe weg, Schmidtbauer!“
Sofort wirbelte der Verbrecher herum, hechtete auf die Studiotür zu. Ein Schuss stoppte ihn mitten in der Bewegung. Noch während Schmidtbauer fiel, schoss er zurück. Nur einen Sekundenbruchteil später traf ihn die zweite Kugel.
Unterdessen deckten zwei vermummte Männer der Spezialeinheit Jakob mit ihren Körpern, schoben ihn Richtung Glastür und brachten ihn im Treppenhaus in Sicherheit.
Schwer bewaffnete Beamte stürmten an ihnen vorbei den Flur.
Während Jakob in das Foyer des Funkhauses geleitet wurde, bestieg Kommissar Diecke mit Ulrich Maiwald den Lift. In der 4. Etage war der Verbrecher mittlerweile entwaffnet. Zwei Beamte bewachten ihn bis zum Eintreffen der Ambulanz.
Reglos stand Hanna im Studio neben ihrem Arbeitstisch. Seit der erste Schuss gefallen war, machte sie sich heftige Vorwürfe, ein Zusammentreffen Jakobs mit Schmidtbauer nicht verhindert zu haben. Zwar hatte sie zunächst geglaubt, Dracula würde in Absprache mit der Polizei handeln – und dass ein

Beamter an seiner Stelle heraufkommen würde. Nachdem sie aber mehrere Schüsse gehört hatte, verspürte sie nur noch Angst. – Angst, dass Jakob sich ihretwegen in Gefahr begeben und Schmidtbauer ihn womöglich kaltblütig erschossen hatte. Urplötzlich wurde die Studiotür geöffnet. In Panik wich Hanna bis an die Wand zurück.
„Uli...", flüsterte sie erleichtert und warf sich förmlich in seine Arme. Er spürte, dass sie zitterte und hielt sie einfach nur fest.
„Es ist vorbei", sagte Ulrich überwältigt. Er hatte noch nie so große Angst ausgestanden wie in den letzten Stunden um Hanna. „Schmidtbauer wurde überwältigt."
In banger Erwartung schaute sie in seine Augen.
„Was ist mit ... Dracula? Ist er verletzt?"
„Nein", sagte eine Stimme von der Tür her. „Ihm ist nichts passiert."
Hanna fiel ein Stein vom Herzen.
„Hauptkommissar Diecke", stellte der Mann sich vor, wobei er sie interessiert musterte. „Sie sind also der Engel der Nacht."
„Vermutlich ähnele ich momentan mehr einem Gespenst", erwiderte sie mit einem Anflug von Humor. „Das war die wohl längste Nacht meines Lebens."
„Fühlen Sie sich in der Verfassung, mir einige Fragen zu beantworten?"
„Selbstverständlich."
Innerhalb der nächsten Minuten erfuhren sowohl der Kommissar als auch Ulrich, was sich seit Schmidtbauers Eindringen im Studioereignet hatte.
„Ich habe alles mitgeschnitten", sagte Sandro, der über Lautsprecher mithörte. „Sie können das Band haben, Herr Kommissar." Durch die Glasscheibe nahm er Blickkontakt mit dem Programmdirektor auf. „Ulrich, wir sollten allmählich die Hörer informieren. Die Telefone stehen nicht still, weil wir seit einer Dreiviertelstunde nur Musik senden. Außerdem sind bereits Hunderte besorgter Mails eingegangen. Die Leute wollen wissen, was mit Angel passiert ist."

„Okay, ich informiere die Hörer", erwiderte Ulrich und wandte sich zum Mikrofon.
„Lass mich das machen", bat Hanna. „Sonst gibt es nur neue Spekulationen."
Energisch schüttelte er den Kopf.
„Nach der ganzen Aufregung solltest du..."
„Es geht mir gut", unterbrach sie ihn. „Ich bin es meinen Hörern schuldig, ihnen den Sachverhalt selbst zu erklären. Tu du mir inzwischen bitte einen Gefallen, Uli. Falls Dracula noch im Haus ist, soll er mich noch mal anrufen. Gib ihm die Nummer der Direktleitung."
„Wozu soll das gut sein?"
„Ich muss mich bei ihm bedanken. – Auf diese Weise erfahren auch die Hörer, dass er wohlauf ist."
Verstehend nickte ihr Jugendfreund, worauf Hanna vor dem Mikrofon Platz nahm.

Derweil herrschte auf Menorca eine unerträglich angespannte Atmosphäre. Romy saß wie versteinert auf dem Sofa und starrte vor sich hin, während Frederik nervös auf und ab ging. Seit von Radio 2000 nur noch Musik gesendet wurde, hatten die beiden kaum ein Wort miteinander gesprochen. Insgeheim beschäftigten sich beider Gedanken jedoch mit den gleichen erschreckenden Spekulationen: Irgendwas Furchtbares musste im Studio vorgefallen sein. Hannas letztes Gespräch mit Dracula und Schmidtbauer ließ die Zuhörer fürchten, dass es tatsächlich zu einem Kampf zwischen den Männern gekommen sei. Wer war als Sieger daraus hervorgegangen? Gab es Verletzte? Sah der Verbrecher sich so sehr in die Enge getrieben, dass er seine versteckte Drohung wahrgemacht hatte, dennoch einen Weg zu finden, für immer mit dem Engel der Nacht vereint zu sein? Hatte der Verbrecher keinen anderen Ausweg gesehen, als Angel mit sich in den Tod zu nehmen?
„Liebe Freunde, die ihr noch geduldig am Radio sitzt", erklang plötzlich die sanfte Stimme des Engels der Nacht. „Es tut mir

Leid, dass ich mich erst jetzt wieder melden kann..."
In wenigen Sätzen unterrichtete die Moderatorin ihre Hörer über die Ereignisse dieser Nacht.
Romy saß noch immer auf dem Sofa. Ihre Haltung war nicht mehr so verkrampft; über ihr schmales Gesicht liefen Tränen unsagbarer Erleichterung.
Frederik empfand genauso. Dennoch zögerte er, sich wieder zu Romy zu setzen. In der letzten Stunde war ihm klargeworden, dass sie noch sehr viel mehr Zeit benötigte, um ihm zu vertrauen. Möglicherweise würde sie es nie können. Zwar hatte sie ihn in ihrem Gästezimmer untergebracht, aber das geschah vermutlich nur, weil sämtliche Bungalows ausgebucht waren. Hätten sie einander sonst in den letzten Tagen nicht näherkommen müssen? Außer langen Gesprächen gab es jedoch keine Fortschritte zwischen ihnen. Allerdings hatte er feststellen können, wie souverän und kompetent Romy ihren Betrieb leitete. Bei Gästen und Personal war sie gleichermaßen beliebt. Ihr offenes Wesen, ihre freundliche und humorvolle Art sowie ihre immer noch faszinierende Erscheinung bewirkte die große Anziehung, die Romy auf ihre Mitmenschen ausübte. Am meisten beeindruckte aber ihre enorme Ausstrahlung: innere Heiterkeit gepaart mit kluger Gelassenheit. Auch die Tatsache, dass sie mehrere Sprachen fließend beherrschte, war in ihrem Umgang mit den internationalen Gästen sehr hilfreich.

Angels Stimme unterbrach Frederiks Gedanken.
„Hallo, Dracula", sagte die Moderatorin. „Schön, dass du noch mal anrufst. Wie geht es dir jetzt?"
„Ausgezeichnet", erwiderte Jakob. „Was ist mit dir? Hast du diese unerfreuliche Geschichte einigermaßen überstanden?"
„Ich denke schon", antwortete sie nach kurzem Zögern. „Obwohl das eine sehr nervenaufreibende Situation war. Dadurch bin ich ziemlich fertig."
„Wie hast du dich gefühlt, als der Kerl plötzlich im Studio aufgetaucht ist?"

„Unendlich hilflos“, gestand sie. „Weil er die Kontrolle über mich übernommen hat, ohne dass ich was dagegen tun konnte. Auf einmal konnte ich nicht mehr selbst entscheiden. Das hat aber auch meinen Widerstand geweckt. Da ich keinesfalls mit ihm gegangen wäre, musste ich mir was einfallen lassen.“

„Das hast du getan, indem du ihn in deine Sendung einbezogen hast“, sagte Jakob anerkennend. „Ein kluger Schachzug, um auf die Gefahr aufmerksam zu machen. – Hattest du gar keine Angst vor ihm?“

„Seltsamerweise nicht“, überlegte sie. „Dieses ohnmächtige Gefühl, ihm ausgeliefert zu sein, hat mich eher wütend gemacht. Mir war klar, dass ich auf Hilfe von außen angewiesen bin. Ich bin dir sehr dankbar, dass du sofort reagiert hast.“

„Offen gestanden habe ich mich herausgefordert gefühlt. Kein Vampir lässt sich ungestraft als aufdringlich bezeichnen.“

„War das der einzige Grund für deinen heroischen Einsatz? Oder hast du gehofft, ich würde dem Gewinner des Duells tatsächlich bis ans Ende der Welt folgen?“

„Das war zweifellos eine verlockende Vorstellung.“ Sie hörte am Klang seiner Stimme, dass er lächelte. „Als Realist war mir aber bewusst, dass ich dich vermutlich noch nicht mal zu Gesicht bekomme. Trotzdem musste ich alles versuchen, um dir zu helfen, Angel. Immerhin hast auch du kürzlich entscheidend dazu beigetragen, mich aus einer verzweifelten Lage zu retten.“

„Du meinst, damit sind wir jetzt quitt?“

„Vielleicht“, entgegnete er vage. „Allerdings hoffe ich, dass wir noch viele gute Gespräche führen werden.“

„Das würde mich freuen, Dracula. Obwohl wir in den nächsten vier Wochen darauf verzichten müssen. Für mich sind nun erst mal Ferien angesagt.“

„Für mich auch.“

„Wo wirst du deinen Urlaub verbringen? In Transsilvanien?“

„Kluges Mädchen. Während du bei deiner Engelschar auf Wolke 7 relaxt, treffe ich meine blutsaugende Verwandtschaft auf dem Schloss unserer Urahnen.“

„Dann wünsche ich dir eine angenehme Reise", ließ die Moderatorin das Gespräch ausklingen. „Aber verflieg dich nicht."
„Mein artenspezifisches Radarsystem funktioniert einwandfrei. – Erhol dich gut, Angel. – Bis bald."

Von Romys Lippen floh ein befreiter Seufzer. Hannas Gespräch mit Dracula beruhigte ihre aufgewühlten Nerven etwas. Entgegen ihrer Befürchtung, schien sie das Erlebte einigermaßen zu verkraften. Obgleich Romy wusste, dass sie selbst sich momentan nicht in der besten Verfassung befand, wäre sie nun gern bei ihrer Tochter gewesen.
„Das war es dann wohl", hörte sie Frederik sagen und wandte sich nach ihm um. Sekundenlang blickte er sie traurig an, dann schritt er wortlos zur Tür.
„Gehst du schlafen?"
„Nein, packen." Schon war er draußen.
Romy war viel zu überrascht, um sofort zu reagieren. Als ihr die Tragweite seiner Worte bewusst war, kam Leben in sie. Rasch erhob sie sich und folgte ihm zum Gästezimmer.
In der Tür blieb sie stehen, sah, dass Frederik achtlos Kleidungsstücke in die auf dem Bett stehende Reisetasche warf.
„Darf ich fragen, was du vorhast?"
„Ich richte mich nach deinen Wünschen. Du hast gesagt, ich solle mir eine andere Unterkunft suchen – in einem anderen Land. – In ein paar Minuten bist du mich los."
„Du scheinst es ziemlich eilig zu haben, von hier fort zu kommen. Wahrscheinlich liegt das nicht nur an meiner unbedachten Äußerung. Deine Erwartungen haben sich nicht schnell genug erfüllt. Deshalb willst du weg." Da Frederik nicht gleich antwortete, zuckte sie resigniert die Schultern. „Reisende soll man nicht aufhalten", murmelte sie und ließ ihn allein.
In ihrem Schlafzimmer streifte sie die Pumps von den Füßen und entkleidete sich. Sie war zu müde und erschöpft, ins Bad zu gehen, um zu duschen oder sich die Zähne zu putzen. So zog sie nur ein dünnes Nachthemd über und schlüpfte unter die

leichte Decke. Ihr letzter Gedanke galt ihrer Tochter, die bald eintreffen würde. Fast übergangslos fiel Romy in einen unruhigen Schlaf.
Unterdessen hatte sich Frederik im Gästezimmer telefonisch um einen Rückflug nach Deutschland bemüht, bekam jedoch die Auskunft, es gäbe erst in drei Tagen einen freien Platz in einer Maschine. Dennoch würde er Romys Gästezimmer räumen. Er hatte es ihr angekündigt, und sie hatte ihn nicht gebeten, zu bleiben. Damit waren die Fronten geklärt: Sie brauchte ihn nicht. Vermutlich war ihr längst bewusst geworden, dass sie seine Gefühle nicht in demselben Umfang erwidern konnte. Er musste verschwinden, bevor ihm das noch schwerer fallen würde. Entschlossen nahm er die Reisetasche vom Bett und trat auf den Flur hinaus. Vor Romys Schlafzimmertür verhielt er sekundenlang. Mit einem bedauernden Seufzer umfasste er sein Gepäckstück fester und verließ die Wohnung.
Um die sechste Morgenstunde war es noch ungewöhnlich still in der Clubanlage Bahia Silencio. Die Gäste in den kleinen Bungalows lagen noch in tiefem Schlaf. Nur das Zwitschern der Vögel und das ferne Rauschen der Wellen waren zu hören. Es versprach, ein warmer, sonniger Tag zu werden.
Tief in Gedanken versunken schlug Frederik den auf das weiße Tor zuführenden Weg ein. Er bemerkte die junge Frau, die aus einem Seitenpfad auf kam erst, als sie vor ihm stehenblieb.
„Guten Morgen, Frederik“, sprach sie ihn lächelnd an. „So früh schon auf den Beinen?“
„Das gleiche könnte ich dich fragen, Joanna.“
„Samstags ist einer der Ab – und Anreisetage“, erklärte sie. „Da gibt es viel zu tun.“ Ihr interessierter Blick streifte seine Reisetasche. „Willst du uns etwa schon verlassen?“
„Es ist besser so“, entgegnete er lapidar.
„Für wen? Für Romy oder für dich?“
Er fuhr sich mit dem Handrücken über die Stirn.
„Für uns beide.“
„Das klang vor wenigen Tagen aber noch ganz anders“, erin-

nerte sie ihn. „War da nicht von großen Gefühlen die Rede?“
„Daran hat sich nichts geändert, Joanna: Ich werde Romy immer lieben. – Aber sie vertraut mir nicht. Irgendwas wird sie wohl immer daran hindern.“
Überzeugt schüttelte die blonde junge Frau den Kopf und legte beschwichtigend die Hand auf seinen Arm.
„Wahrscheinlich ist es ihr selbst noch nicht bewusst, aber sie vertraut dir, Frederik. In Romys Gästezimmer darf normalerweise nur Verwandtschaft logieren – oder eine enge Freundin. Dass sie dich dort untergebracht hat, ist ein untrügliches Zeichen dafür, wie sehr sie dir vertraut. Ich kenne meine Großmutter: Nach der Enttäuschung durch Carlos wagt sie vermutlich nicht, sich selbst einzugestehen, was sie für dich empfindet.“
„Glaubst du wirklich? Ich will es uns beiden nicht unnötig schwer machen.“
„Indem du davonläufst, wird es auch nicht leichter. – Für keinen von euch beiden.“
„Vielleicht hast du recht“, räumte er ein. „Da ich erst in drei Tagen eine Platz in einem Flieger nach Deutschland bekomme, werde ich die Zeit bis dahin zum Nachdenken nutzen. Kannst du mir ein Hotel empfehlen?“
„Jetzt in der Hochsaison ist es schwierig, überhaupt noch was zu bekommen“, wusste Joanna. „Warum bleibst du nicht in Romys Gästezimmer?“
„Wir hatten Unstimmigkeiten, so dass sie mir nahe gelegt hat, mir eine andere Unterkunft zu suchen.“
„Lass dich bloß nicht durch ihr Temperament vertreiben“, riet sie ihm und zog ein großes Schlüsselbund aus ihrer Basttasche. „Ich weiß schon, wo wir dich unterbringen.“
Sie führte Frederik zu einem abseits von den anderen, jedoch nahe am Strand gelegenen Bungalow. Zahlreiche mannshohe Büsche schirmten das kleine Grundstück gegen neugierige Blicke ab. Er erinnerte sich, dass Romy es ihm am Tage ihrer Ankunft bei einem Rundgang durch die Anlage gezeigt hatte.
„Ist das nicht Hannas Bungalow?“

„Sie hat bestimmt nichts dagegen, wenn ich dich hier einquartiere“, war Joanna überzeugt und sperrte die Tür auf. „Zufälligerweise haben wir beide eine Schwäche für dich.“
„So, so“, schmunzelte Frederik und folgte ihr hinein. Der große Wohnraum mit den hellen Möbeln wirkte auf Anhieb gemütlich. Rechts davon war die integrierte Küche durch eine Theke abgeteilt. Von der Meerseite her ließ eine verglaste Wand mit vorgelegter Terrasse viel Licht ins Haus strömen.
Joanna zeigte Frederik das Gästezimmer, das direkt neben Hannas Schlafraum lag, sowie das Bad.
„Vielleicht solltest du dich noch ein wenig hinlegen“, schlug die junge Frau vor. „Du siehst nicht so aus, als hättest du eine erholsame Nacht hinter dir.“
„Ich war überhaupt noch nicht im Bett“, gab Frederik zu. Tatsächlich verspürte er auf einmal eine bleierne Müdigkeit. „Sei bitte so lieb und lass Romy ausschlafen“, bat er. „Sie hat sich erst vor einer knappen Stunde zurückgezogen.“
„Kein Problem.. Falls du was brauchst: Du kannst mich meistens an der Rezeption erreichen.“
„Joanna!“, hielt er sie zurück, als sie sich zur Tür wandte.
„Weißt du eigentlich, dass du deiner Mutter sehr ähnlich bist?“
„Das fasse ich mal als Kompliment auf“, sagte sie lächelnd und winkte ihm kurz zu. „Bis später, Frederik.“
„Danke, Joanna.“

Kapitel 28

Müde und ermattet verließ Hanna das Studio. Sie fühlte sich völlig ausgelaugt. Ihre Blässe war unübersehbar. Dunkle Schatten lagen unter ihren ausdrucksvollen Augen, ließen sie noch größer erscheinen.
„Ich fahre dich nach Hause“, sagte Ulrich in der Redaktion. „Du musst völlig fertig sein.“
„Auch wenn ich momentan scheußlich aussehe, fahre ich selbst“, entschied sie, warf ihm jedoch ein dankbares Lächeln zu. „Mein Wagen steht im Parkhaus. Den brauche ich, um nach

München zu kommen."
„Muss das unbedingt heute sein?", fragte er besorgt. „In deiner Verfassung kannst du unmöglich eine so weite Strecke fahren. Verschieb die Reise um ein paar Tage – bis du dich ein wenig erholt hast."
„Martin hat nur morgen Zeit, mich von München nach Menorca zu fliegen", erwiderte sie kopfschüttelnd. „Ich werde bis zum Mittag schlafen und dann mit Geisha Richtung Süden starten. Meine Koffer sind schon gepackt." Freundschaftlich tätschelte sie ihm die Wange. „Nun schau mich nicht so beunruhigt an, Uli. Ich schaffe das schon."
„Trotzdem mache ich mir Sorgen um dich", gab er unumwunden zu. „Nach den Ereignissen der letzten Nacht... Erlaube mir wenigstens, dass ich euch nach München fahre."
„Das ist lieb, aber nicht nötig", beendete sie die Diskussion. Zehn Minuten später verschwand sie als türkische Putzfrau durch den Hintereingang. Auf diese Weise entkam sie der vor dem Funkhaus wartenden Meute von Reportern.
An diesem Morgen erwartete Marie ihre Cousine voller Ungeduld. Trotz der frühen Stunde war der Tisch in der Küche bereits gedeckt. Für Hanna stand heiße Schokolade bereit, und mit Geisha war Marie auch schon vom Morgenspaziergang zurück.
Da die Kinder noch schliefen, saßen die Cousinen eine Weile ungestört zusammen und sprachen über die Vorfälle der vergangenen Nacht. Allerdings behielt Hanna für sich, dass sie wusste, wer sich hinter dem hilfsbereiten Vampir verbarg. Sie wollte vermeiden, dass Marie dem Nachbarn womöglich dankbar um den Hals fiele und dadurch das Geheimnis des Engels der Nacht preisgäbe.
Nach sechs Stunden tiefem traumlosem Schlaf kam Hanna wieder herunter. Die drei Mädchen waren am Vormittag von ihrem Vater zum letzten gemeinsamen Wochenende vor den Ferien abgeholt worden, so dass Hanna nur eine Kleinigkeit bei ihrer Cousine im Souterrain aß.

Später verstaute Hanna ihr Gepäck im Auto, als Jakob vor seinem Grundstück stoppte. Erstaunt registrierte das Gepäck- neben dem Golf. Rasch stieg er aus seinem Wagen.

„Hallo, Hanna. Was hast du denn heute noch vor?"

„Ich verreise", erwiderte sie und stellte eine Tasche in den Kofferraum.

„Mit dem Auto?" Plötzlich fürchtete er, sie könne ihre Urlaubspläne geändert haben. Hatte sie inzwischen etwa erfahren, dass Menorca auch das Ferienziel der Nachbarn war? „Ist das nicht viel zu weit?"

„Ich fahre nur bis nach München", erklärte sie. „Wenn ich gut durchkomme, sitze ich schon heute Abend mit meinem Freund in einem gemütlichen Biergarten." Aufmerksam schaute sie ihn an. Es war unübersehbar, wie schwer es ihm fiel, ihre Worte nicht zu kommentieren. „Was ist eigentlich mit euch? Ihr bleibt doch sicher nicht die gesamten Ferien in Hannover?"

„Wir fahren nächste Woche in den Süden", entgegnete Jakob ausweichend. „Du hast einen Freund in München?"

Er konnte es einfach nicht lassen, dachte Hanna.

„Man gönnt sich ja sonst nichts", sagte sie innerlich amüsiert. „Irgendwelche Einwände?"

„Das wäre wie Schnee schippen, wenn es schneit", meinte Jakob, doch dann besann er sich. Er wollte herausfinden, ob Ulrich Maiwald ihr verraten hatte, dass ihr Nachbar mit Dracula identisch sei. „Wie ich gehört habe, war bei euch im Sender letzte Nacht die Hölle los. Das muss Angel ziemlich mitgenommen haben."

„Machst du dir Sorgen um sie?"

„Ist das verboten?"

„Entschuldige. Ich hatte vergessen, dass du ein Faible für den Engel der Nacht hast. Was reizt dich eigentlich so sehr an Angel? Bist auch du ihrer Stimme verfallen?"

„Ihre sanfte Stimme ist nur ein Teil von dem, was ihre Faszination ausmacht. Du solltest dir mal die Zeit nehmen, ihr zuzuhören. Sie ist intelligent und einfühlsam, humorvoll und gebildet.

Außerdem vermag sie sich in Sekundenschnelle auf ihr Gegenüber einzustellen.“
„So ein Image hätte ich auch gern. Vielleicht war es ein Fehler, Ulis Angebot abzulehnen, Angels Urlaubsvertretung zu übernehmen.“
„Nimm es mir nicht übel, aber dieser Job wäre eine Nummer zu groß für dich“, sagte er unüberlegt. „Du bist ganz und gar nicht der Typ dafür.“
„Mir fehlt es an Feingefühl“, entgegnete sie scheinbar verstehend, obwohl sie ihm am liebsten einen Tritt versetzt hätte. „Außerdem bin ich zu kontrovers und bringe nicht genug Verständnis für die Nöte anderer Menschen auf. Mit mir kann man zwar prima streiten, aber keine ernsthaften Gespräche führen.“ Herausfordernd stemmte sie die Hände in die Hüften. „Oder bin ich dafür einfach nur zu dumm?“
„Tut mir Leid, falls das so geklungen hat.“ Welcher Teufel hatte ihn geritten, sie schon wieder zu provozieren? „So war das wirklich nicht gemeint, Hanna. In deinem Job bist du bestimmt großartig, aber... Nimm beispielsweise, wie cool Angel in ihrer letzten Sendung reagiert hat. Sie...“
„Ich habe schon verstanden“, unterbrach sie ihn und schloss den Kofferraum. „Entschuldige mich; ich möchte so schnell wie möglich nach München aufbrechen.“
„Du kannst es wohl gar nicht erwarten, zu deinem Freund zu kommen?“
„Wenn man sich nicht täglich sehen kann, hat man Sehnsucht nacheinander“, erwiderte sie und zeigte ein zärtliches Lächeln. „Martin ist so... so...“ Achselzuckend brach sie ab. „Das verstehst du sowieso nicht.“ Betont beschwingt marschierte sie ins Haus zurück. Dort holte sie ihre Handtasche, verabschiedete sich von Marie und rief nach Geisha.
Die Hündin wurde auf dem Rücksitz mit einem speziellen Geschirr angeschnallt, bevor Hanna auf den Fahrersitz rutschte. Vor Katharinas Haus tippte sie kurz auf die Hupe. Wenige Augenblicke später kam die Freundin herausgelaufen.

„Ich fahre jetzt, Katharina", sagte Hanna beim Aussteigen. „Möchtest du nicht doch mitkommen?"
Lächelnd schüttelte die Ältere den Kopf.
„Jetzt im Sommer ist es mir zu heiß auf der Insel. Romy hat mich eingeladen, wieder die Wintermonate bei ihr zu verbringen. – Außerdem muss ich mich um deine Pflanzen kümmern."
„Oscar hätte das gern übernommen."
„Das ist mein Job", widersprach Katharina. „Wenn Marie am Montag mit den Mädchen fliegt, sorge ich für alles."
„Okay", nickte Hanna. „Den Schlüssel hast du ja. Sollte irgend was sein, kannst du mich jederzeit übers Handy erreichen." Liebevoll umarmte sie die Freundin. „Pass auf dich auf."
„Fahr vorsichtig, Hanna. Und grüß bitte Romy und Joanna."

Während Hanna auf der Autobahn Richtung Süden unterwegs war, blieb Romy vor der Rezeption ihrer Clubanlage stehen.
„Warum hast du mich nicht längst geweckt, Joanna?"
„Es war nicht viel zu tun", schwindelte die junge Frau. „Außerdem hast du deinen Schlaf gebraucht." Ihre Augen glitten suchend über das Gesicht ihrer Großmutter. „Trotzdem siehst du noch ein bisschen mitgenommen aus."
„Das bildest du dir nur ein", widersprach Romy, obgleich sie vor wenigen Minuten vor dem Spiegel genau dasselbe festgestellt hatte. Um von sich abzulenken, trat sie neben die junge Frau und bediente den Computer. Scheinbar interessiert betrachtete sie die Gästeliste. „Hast du Frederik heute eigentlich schon gesehen?"
„Wieso?", tat Joanna ahnungslos. „Ist er nicht bei dir?"
„Ich fürchte, er ist abgereist, weil... weil er unzufrieden war."
„Unzufrieden? Womit?"
„Mit mir, mit sich, mit den Umständen hier...", zählte Romy auf. „Es ist nicht alles so gelaufen, wie er sich das vorgestellt hatte. Hinzu kommt wahrscheinlich, dass ich hier meine Aufgaben erfülle, während er nichts zu tun hatte. Es ist eben nicht einfach, sein Leben von heute auf morgen so radikal umzustel-

len. Als Vollblutjournalist ist er es nicht gewohnt, tatenlos herumzusitzen."
„Wollte er nicht ein Buch schreiben?"
„Das hat er sich wohl anders überlegt."
Forschend schaute Joanna ihre Großmutter an.
„Bedauerst du seine Abreise?"
„Nein..., ja..., ich weiß es nicht", brachte sie hilflos hervor. „Eigentlich wollte ich ihn besser kennen lernen, nach Gemeinsamkeiten forschen. Schließlich bin ich kein Teenager mehr, der sich bedenkenlos auf eine Beziehung einlässt. In meinem Alter wird man vorsichtig, weil man mehr zu verlieren hat." Resigniert winkte sie ab. „Nun ja, das hat sich jetzt auch erledigt. Wir hätten sowieso nicht zusammengepasst."
„Wem willst du das einreden? Dir oder mir?"
„Sei nicht so vorlaut", tadelte Romy ihre Enkelin. „Das hast du von deiner Mutter." Ihre Augen nahmen einen fragenden Ausdruck an. „Hast du den Reinigungstrupp in Hannas Bungalow geschickt?"
„Es ist alles für ihre Ankunft vorbereitet."
„Hast du auch daran gedacht, den Kühlschrank zu füllen?"
„Es wird ihr an nichts fehlen. Nachher bringe ich noch frisches Obst und einen Willkommensstrauß hinüber."
„Das erledige ich", beschloss Romy, aber das hielt Joanna für keine gute Idee. Ihr erschien es vernünftiger, ihre Großmutter eine Weile von Frederik fernzuhalten.
„Wolltest du dich nicht um die Weinbestellung kümmern?", fragte sie mit Unschuldsmiene. „Oder überlässt du das ausnahmsweise mir? Dann müsstest du mich allerdings hier am Empfang vertreten."
„Der Weinkeller ist mein Refugium", erwiderte Romy kopfschüttelnd. „Deshalb steige ich erst mal hinunter und mache eine Bestandsaufnahme."

Am Abend traf Hanna in der bayrischen Metropole ein. Sie verbrachte die Nacht im Haus von Martin Sembach, dem engs-

ten Freund ihres verstorbenen Mannes. Der Münchener war ebenfalls Musikwissenschaftler und begeisterter Hobbyflieger. Seit einigen Jahren besaß er eine kleine Maschine, in der er Hanna und Geisha am nächsten Vormittag nach Menorca flog.
Romy erwartete die beiden am Flughafen. Sichtlich bewegt schloss sie ihre Tochter in die Arme, worauf Hanna sie prüfend musterte.
„Wie geht es dir, Mama?"
„Wie geht es dir?", antwortete sie mit einer Gegenfrage, wobei Tränen ihre Augen füllten. „Wie verkraftest du das alles?"
„Was meinst du?"
„Die schreckliche Sache mit diesem Psychopaten", erklärte Romy. „Ich wäre aus Angst um dich beinah gestorben."
„Du weißt, dass ich...?"
„... dass du der Engel der Nacht bist", vollendete Romy und übernahm die Leine mit Geisha. „Frederik hat sich vor kurzem verplappert. Warum hast du mir das verheimlicht, Hanna?"
„Weil ich mich vertraglich zum Schweigen verpflichten musste", entgegnete ihre Tochter. „Nur Marie durfte ich einweihen. Da wir unter einem Dach leben, hätte ich es nur schwerlich vor ihr verbergen können."
„Aber wieso wusste Frederik davon? Vertraust du einem praktisch Fremden mehr als deiner Mutter?"
Während sie mit dem Gepäckwagen zu Romys Cabriolet gingen, erzählte Hanna, wie Geisha ihn darauf gebracht hatte.
Auf der Fahrt über die Insel musterte Hanna ihre Mutter eine Weile nachdenklich.
„Hast du eigentlich noch Kontakt zu Frederik?"
„Nein."
„Demnach hast du Angels Rat nicht befolgt?"
Rasch warf Romy ihrer Tochter einen Seitenblick zu.
„Du wusstest sofort, dass ich die Anruferin war, die sich Rosi genannt hat, nicht? Wahrscheinlich hast du dich köstlich darüber amüsiert, dass ausgerechnet deine Mutter sich Rat suchend an den Engel der Nacht gewandt hat."

„Mit Sicherheit nicht. Es hat mir imponiert, dass du das Gespräch mit jemandem gesucht hast, der sich nicht so nah am Geschehen befand. Trotzdem bedauere ich, dass sich die Dinge zwischen euch nicht wie erhofft entwickelt haben."
„So etwas kann man nicht erzwingen", erwiderte Romy mit fester Stimme. Dennoch klang es resigniert. „Männer sind für mich derzeit sowieso kein Thema."
„Und was ist mit Carlos?", fragte Hanna behutsam. „Hat er nach deiner Ankunft nicht sofort auf der Matte gestanden, um dich zurückzuerobern?"
„Wir haben uns noch gar nicht gesehen. Er hält sich seit einer Woche geschäftlich in Barcelona auf, wie ich von Joanna weiß. Seine Rückkehr ist für morgen geplant, aber das ändert nichts daran, dass es vorbei ist."
„Wenn Frederik und Carlos tatsächlich aus dem Rennen sind, bleibt dir immer noch der gute alte Robert."
„Robert ist ein Freund", stellte Romy richtig. „Ein lieber Freund – sonst nichts."
„Mit dem du immerhin eine romantische Nacht in seinem Blockhaus verbracht hast", fügte Hanna hinzu. „Soweit ich mich erinnere, bist du nicht nur mit einem riesigen Rosenstrauß, sondern auch ziemlich beschwingt zurückgekommen."
„Du hast diese Geschichte wirklich geglaubt?", fragte Romy leise lächelnd. „Eigentlich war sie nur für Frederik bestimmt. Ich habe geahnt, dass er in der Nähe war."
„Wie meinst du das?"
„Tatsache ist: Wir haben zwar eine Nacht miteinander verbracht – aber nur geredet. Robert ist ein sehr verständnisvoller Mann, der genau gespürt hat, dass ich so kurz nach der Trennung von Carlos nicht bereit für eine neue Beziehung bin. Er ist eben ein wahrer Freund. Mehr wird er nie für mich sein."
„Du hast uns ganz schön an der Nase herumgeführt", tadelte Hanna sie scheinbar streng. „Dabei hätte ich das eigentlich durchschauen müssen. Du warst schon immer viel zu diszipliniert, um mal eben deinen Bedürfnissen nachzugeben."

„Mir fehlt es an Spontanität“, urteilte Romy nüchtern über sich selbst. „Schon als Kind wurde mir immer wieder klargemacht, wie wichtig Disziplin ist: Du musst üben, üben, üben. Dein Talent ist eine Verpflichtung. Nur wer an sich arbeitet, bringt es zu was...“ Ein bitteres Lächeln schlich sich auf ihre Züge. „Manchmal habe ich es gehasst, am Klavier sitzen zu müssen, während meine Freundinnen schwimmen gegangen sind oder eine Radtour unternommen haben. – Andererseits hätte ich mir ein Leben ohne mein Instrument und ohne die Musik nicht vorstellen können.“

„Dennoch hast du dich irgendwann entschlossen, nicht mehr auf Konzertreisen zu gehen.“

„Mir bleib keine andere Wahl“, erwiderte Romy mit einem Anflug von Bedauern. „Ich wusste, ich würde das alles vermissen, aber es war einfach nicht mehr mit einem Familienleben vereinbar. Mein Kind, mein Mann, aber vor allem dein Großvater brauchte mich. Für mich war es selbstverständlich...“

„Für dich war es immer selbstverständlich, zu tun, was man von dir erwartet hat“, fiel Hanna ihrer Mutter ins Wort. „Ich weiß, du hast aus Liebe zu deiner Familie gehandelt. Das hast du immer getan. – Auch es mit einem Opfer verbunden war. Dein enormes Verantwortungsbewusstsein und Pflichtgefühl haben meistens über deine eigenen Bedürfnisse gesiegt. Selbst das Projekt hier auf Menorca hast du größtenteils nur verwirklicht, weil du es Papa versprochen hattest.“

„Das stimmt zwar, aber ich bin froh, dass ich das in Angriff genommen habe. Es hat mir nicht nur geholfen, über Alfonsos Tod hinwegzukommen. Ich habe mich hier schon bald zu Hause gefühlt. Ich kann mir gar nicht mehr vorstellen, woanders zu leben. Auf dieser Insel habe ich meinen Platz gefunden.“

„Trotzdem solltest du nicht allein bleiben.“

Sanft bremste Romy das Cabriolet ab, bog aber nicht von der Hauptstraße ab, sondern ließ den Wagen auf dem Seitenstreifen ausrollen. Liebevoll schaute sie ihre Tochter an.

„Leben wir beide nicht ein Stück weit von der Erinnerung,

Hanna? Zwar hat der Schmerz des Verlustes mit den Jahren den Stachel verloren, aber die Liebe unserer Vergangenheit hindert uns immer noch daran, erneut eine feste Bindung einzugehen. – Obwohl wir uns nach einem Menschen sehnen, der bis an unser Ende zu uns gehört."
„Das beurteilst du vollkommen richtig", gab Hanna unumwunden zu. „Unter all den Männern, die ich nach Achims Tod kennengelernt habe, war aber keiner, der den Wunsch nach einem gemeinsamen Leben in mir geweckt hätte." Nachdenklich zuckte sie die Schultern. „Vielleicht bin ich schon zu lange Single, um mich noch mal ganz auf einen Mann einlassen zu können." Ihre Augen hielten den zweifelnden Blick ihrer Mutter fest. „Du bist aber noch nicht aus der Übung, Mama: In Carlos hattest du noch einmal einen Partner gefunden. Ihr habt zwar nicht unter einem Dach gelebt, aber ihr ward ein Paar. Frederik wäre gewiss..."
„Noch eine derartige Enttäuschung wie mit Carlos ginge über meine Kräfte", unterbrach Romy ihre Tochter. „In meinem Alter steckt man das nicht mehr so einfach weg."
„Aber Frederik würde dir niemals wehtun."
„Ich weiß", sagte Romy zur Überraschung ihrer Tochter. „Deshalb hat er die Gelegenheit ergriffen und ist rechtzeitig verschwunden."
„Das verstehe ich nicht. Demnach musst du doch in Hamburg gewesen sein. Seid ihr dort etwa wieder aneinandergeraten?"
„Im Gegenteil", verneinte Romy. „Wir haben uns beide um einen freundschaftlichen Umgang bemüht. Zwar hat sich Frederik mehr erhofft, aber er hat rasch erkannt, dass das nicht funktioniert. Unsere Vorstellungen vom Leben sind einfach zu verschieden. Vielleicht wurde ihm auch einfach nur klar, dass man Gefühle nach so vielen Jahren nicht aufwärmen kann."
„Mir schien es, als sei er sich seiner Gefühle für dich sehr sicher", widersprach Hanna. „Frederik liebt dich seit damals."
„Damals war ich eine andere, erheblich jünger und attraktiver, aber auch verletzbarer und sehr traurig. Ich habe seine Auf-

merksamkeit und sein Verständnis dankbar angenommen. In seiner Gegenwart lebte ich auf..." Sie beschrieb eine hilflose Geste. „Heute bin ich eine alte Frau. Das Leben hat mich verändert und gestärkt. Ich musste lernen, allein zurechtzukommen und mich durchzusetzen. Geschäftlich muss ich meinen Mann stehen, täglich Entscheidungen treffen und manchmal hart durchgreifen, damit der Laden läuft, wie man so schön sagt. Das alles muss Frederik so sehr erschreckt haben, dass er nur auf ein Stichwort gewartet hat, um sich abzusetzen. Wahrscheinlich sollte ich ihm sogar dankbar sein, dass er verschwunden ist, bevor unsere Beziehung intensiver werden konnte. So blieb uns beiden eine größere Enttäuschung erspart."

„Irgendwie passt das nicht so recht zu Frederik", sinnierte Hanna. „Bei seinem nächsten Familienbesuch werde ich ihn darauf ansprechen." Mit einer Hand griff sie nach hinten, weil Geisha auf dem Rücksitz unruhig wurde. Besänftigend streichelte sie der Hündin den Kopf. „Lass uns bitte weiterfahren, Mama. Geisha es kaum noch erwarten, Joanna zu begrüßen. – Mir ergeht es übrigens genauso."

Verständnisvoll lächelnd lenkte Romy das Cabrio wieder auf die Straße. Es dauerte keine halbe Stunde, bis sie Bahia Silencio erreichten. Sie stellte den Wagen auf dem vorgelagerten Parkplatz ab, da in der Anlage autofreie Zone herrschte. Nach dem Aussteigen pfiff Romy kurz auf den Fingern nach einem Angestellten. Sofort setzte sich der Spanier in einen kleinen Elektrobuggy, fuhr zum Parkplatz und übernahm Hannas Gepäck. Während er es zu ihrem Bungalow brachte, betraten Romy und Hanna mit Geisha das Hauptgebäude. Dabei zog die Hündin so ungeduldig an der Leine, dass Hanna sie losmachte.

„Lauf und such Joanna!"

Aufgeregt stürmte das Tier voraus. An der Rezeption verhielt die Hündin, sah aber nur eine Angestellte dahinter stehen. Ohne sich aufzuhalten, trabte Geisha weiter auf die offen stehende Bürotür zu.

„Da seid ihr ja endlich!“, begrüßte Joanna die freudig um sie herumschwänzelnde Hündin, ging in die Hocke und kraulte das Tier ausgiebig. „Bist du immer noch so liebesbedürftig, du kleine Genießerin?“ Obwohl Geishas letzter Besuch Monate zurücklag, setzte sie sich in Bewegung und blieb vor dem großen Schreibtisch stehen. Mit der Nase stupste sie an die mittlere Schublade. „Du hast nicht vergessen, wo ich die Leckerlis versteckt habe“, lachte Joanna, zog die Schublade auf und entnahm einen Hundekuchen.
„Kaum sind wir hier, verwöhnst du Geisha“, sagte Hanna scheinbar vorwurfsvoll von der Tür her. „Und was bekomme ich?“
„Zuerst einen dicken Kuss!“, erwiderte Joanna und flog förmlich in ihre Arme. Innig drückte sie Hanna an sich. „Ich habe dich wahnsinnig vermisst, Mam.“
„Dann frag mich mal“, sagte Hanna gerührt. „Es kommt mir wie eine Ewigkeit vor, seit du Ostern zu Hause warst. Wüsste ich nicht, wie gut du bei deiner Großmutter aufgehoben bist, hätte ich dich bestimmt nicht wieder weggelassen.“
„Du willst mir doch nicht etwa meine beste Kraft abspenstig machen?“, tadelte Romy ihre Tochter lächelnd. „Joanna ist hier unentbehrlich.“ Sie legte einen Arm um ihre Enkelin, den anderen um Hannas Schultern. „Schon vor einiger Zeit habe ich beschlossen, dass Joanna meine Nachfolgerin werden soll. Bei ihr weiß ich Bahia Silencio in den besten Händen.“
„Ist das dein Ernst, Großmutter?“, fragte die junge Frau völlig überrascht. „Ich soll das alles einmal übernehmen? Dafür habe ich doch gar nicht genug Erfahrung.“
„Keine Sorge, ich plane nicht, mich gleich morgen zur Ruhe zu setzen“, beruhigte Romy ihre Enkelin. „Du musst dich erst einmal von dem Schock erholen, dass ich dir eines Tages die ganze Arbeit aufbürden möchte. Vermutlich spielst du bereits mit dem Gedanken, so schnell wie möglich von hier zu verschwinden.“
„Niemals“, versicherte Joanna ihr ernsthaft. „Ich liebe dieses

Fleckchen Erde – und mir macht die Arbeit viel Freude.“ Herzlich küsste sie ihre Großmutter auf die Wange. „So einfach wirst du mich nicht los. Außerdem muss ja irgendjemand auf dich aufpassen.“

Da Romy anwesend war, konnte Joanna ihre Mutter nicht über den Mann in ihrem Bungalow informieren. Dementsprechend erstaunt reagierte Hanna beim Betreten ihres Häuschens. Im Gegensatz zu Geisha, die freudig auf ihn zusprang, blieb Hanna wie angewurzelt auf der Schwelle stehen.
„Frederik! Was tust du hier? Ich dachte, du seiest längst wieder im Nahen Osten?“
Mit schuldbewusstem Lächeln trat er auf sie zu.
„Verzeih, dass ich, ohne dich zu fragen, in dein Reich eingedrungen bin. Deine Tochter hat mich hier untergebracht, weil...“ Kopfschüttelnd brach er ab. „Romy soll vorläufig nichts davon erfahren.“
„Dann bist du nicht ihretwegen auf der Insel?“
„Doch, aber... Das ist eine lange Geschichte...“
„Ich habe vier Wochen Zeit.“ Spontan umarmte sie ihn. „Hallo, Frederik. Schön dich zu sehen.“
„Ach, Hanna...“ Bewegt drückte er sie an sich. „Noch niemals war ich so erleichtert wie gestern, als du dich gegen Morgen unversehrt bei deinen Hörern zurückgemeldet hast.“ Er hielt sie etwas von sich, um ihr in die Augen schauen zu können. „Zu wissen, in welcher Gefahr du geschwebt hast, und nichts tun zu können, war beinah unerträglich. Gott sei Dank schätzte dieser Dracula die Situation richtig ein. Ich darf gar nicht daran denken, was ohne sein mutiges Eingreifen alles hätte passieren können.“
„Mein Schutzengel war ein Vampir“, bestätigte Hanna. „Romy weiß von dir, dass ich Angel bin. Habt ihr die Sendung zusammen gehört?“
Stumm nickte Frederik. Er legte den Arm um Hannas Taille und führte sie zum Sofa. So sachlich wie möglich berichtete er,

was sich seit Romys Besuch in seinem Hamburger Hotel zugetragen hatte.
Aufmerksam hörte Hanna ihm zu.
„Was hast du denn jetzt vor?“, fragte sie, als er schwieg. „In absehbarer Zeit wird Romy zwangsläufig merken, dass du nicht abgereist bist.“
„Ich möchte mich hier auf der Insel niederlassen.“
Seine Antwort versetzte sie in Erstaunen.
„Ohne zu wissen, ob es eine Zukunft für euch gibt?“
„Wer liebt, muss auch bereit sein, ein Risiko einzugehen“, sagte er überzeugt. „Romy kann nicht ewig vor mir davonlaufen. Sollte sie mich endgültig abweisen, möchte ich wenigstens in ihrer Nähe sein.“
„Eine mutige Entscheidung.“ Es imponierte ihr, wie konsequent Frederik zu seinen Gefühlen für ihre Mutter stand. „Hast du dir schon überlegt, wo du wohnen wirst? – Bitte versteh mich nicht falsch“, fügte sie rasch hinzu, als ihr bewusst wurde, wie wenig gastfreundlich ihre Frage klang. „Selbstverständlich kannst du bleiben, so lange du möchtest. Eine Dauerlösung wäre das allerdings nicht. Falls Romy...“
„Schon gut“, entgegnete Frederik dankbar. „Ich weiß, dass du mich nicht vor die Tür setzen würdest, Hanna. Mir schwebt jedoch etwas Eigenes vor: Ich möchte das Nachbargrundstück kaufen.“
„Das von dem Franzosen?“
„Kennst du ihn?“
„Nicht persönlich“, verneinte sie. „Da Romy es damals gern erworben hätte, weiß ich aber, dass es eine hübsche Stange Geld kostet.“
„In der letzten Nacht habe ich einige Stunden an meinem Laptop verbracht. Im Internet fand ich das Anwesen unter den Menorca- Immobilien-angeboten. Anschließend habe ich meine Konten gecheckt. Bislang habe ich mich selten damit befasst, so dass ich nicht genau wusste, ob ich mir das alles überhaupt leisten kann.“ Bequem lehnte er sich zurück und schlug

die langen, in Jeans steckenden Beine übereinander. „Meinen Anteil an der kleinen Firma meiner Eltern habe ich damals gewinnbringend angelegt. Während meiner mehr als 35-jährigen Tätigkeit als Auslandskorrespondent liefen viele Kosten über Spesen, so dass mein Gehaltskonto stetig gewachsen ist. Ich brauchte nicht viel; laufende Kosten hatte ich auch kaum." Zufrieden beugte er sich etwas vor. „Nach dem Kauf des Grundstücks bliebe noch genug übrig. Hinzu käme meine recht anständige Pension." Unternehmungslustig zwinkerte er Hanna zu. „Kurz und gut: Meine finanzielle Situation erlaubt es mir, der Nachbar deiner Mutter zu werden. Dafür brauche ich allerdings ein wenig Hilfe von dir."

„Inwiefern?"

„Ich möchte dich bitten, mich zu Maurice Blanc zu begleiten. – Als meine zukünftige Frau."

„Wozu soll das gut sein?"

„Romy hat mir von den Erlebnissen mit ihm erzählt, deshalb muss ich unter allen Umständen verhindern, dass er womöglich eine Verbindung zwischen uns wittert. Mit dir an meiner Seite wird er hoffentlich gar nicht erst auf die Idee kommen, mein Interesse an dem Anwesen hätte etwas mit Romy zu tun. Außerdem soll der Franzose für weibliche Schönheit sehr empfänglich sein. Bei deinem Anblick wird er keinen klaren Gedanken fassen können."

„Ich soll ihn also davon abhalten, zu viele Fragen zu stellen", kombinierte Hanna vergnügt. „Gleichzeitig muss ich so tun, als sei ich schwer verliebt in dich. Oder soll ich etwa durchblicken lassen, dass ich nur an dir interessiert bin, um finanziell versorgt zu sein?" Belustigt hob sie die linke Augenbraue. „Ich könnte natürlich auch ein wenig mit ihm flirten, aber dann riskierst du, dass er mich dir ausspannt."

Schmunzelnd schüttelte Frederik den Kopf.

„Der Mann hat keine Chance. Immerhin hast du eine Schwäche für mich."

„Wer hat dir denn das verraten?"

„Deine Tochter. Joanna ist nicht nur ebenso attraktiv wie ihre Mutter; sie hat genau wie du das Herz auf dem rechten Fleck."
„Was du nicht sagst." Ein Lächeln unterdrückend, erhob sich Hanna. „Während ich auspacke, kannst du mir erzählen, wie du dir meinen Auftritt wirklich vorstellst."
In groben Zügen weihte Frederik sie in seine Pläne ein.
„Je nachdem, wie er reagiert, müssen wir improvisieren", schloss er. „Darin bist du doch geübt."
„Bin ich das?" Sie stapelte mehrere Konservendosen aus ihrer Reisetasche auf der Küchenanrichte. „Wenn wir die Sache vor meiner Mutter geheim halten wollen, muss ich dich nachher leider allein lassen. Normalerweise verbringen wir meinen ersten Abend auf der Insel immer gemütlich hier bei mir und reden, reden, reden."
„Ich kann mich irgendwohin verdrücken", schlug Frederik vor. „An den Strand oder..."
„Vorerst solltest du dich draußen nicht blicken lassen", unterbrach Hanna ihn kopfschüttelnd. „Falls dich zufällig ein Angestellter bemerkt, erfährt Romy im Handumdrehen, dass du nicht abgereist bist. Das Personal steht hundertprozentig loyal zu meiner Mutter."
„Nur gut, dass ich vorsichtshalber im Gästezimmer verschwunden bin, als der junge Mann vorhin dein Gepäck brachte", sagte er erleichtert. „Sonst wüsste Romy jetzt bereits, dass ich bei dir untergeschlüpft bin."
Nachdenklich räumte Hanna die Konserven in einen Schrank.
„Mir fällt schon etwas ein, unseren ersten Abend woandershin zu verlegen."
Wortlos nickte Fredrik, wobei er ihr die Dosen reichte.
„Ist das alles Leberwurst?", fragte er mit einem verwunderten Blick auf die Etiketten. „Fürchtest du, hier nicht genug zu essen zu bekommen? Oder brauchst du ein kulinarisches Stück Heimat in der Fremde?"
„Ich nicht, aber Geisha. Hast du vergessen, dass sie es gewohnt ist, jeden Abend ein Leberwurstbrot zu bekommen? Das hier

ist die Urlaubsration für vier Wochen."
Lächelnd schaute Frederik zu der auf der Terrasse in der Sonne schlafenden Hündin hinüber.
„Du hängst sehr an ihr, nicht wahr?"
„Sie stand mir immer treu zur Seite", nickte Hanna, plötzlich sehr ernst geworden. „Wie du weißt, hat Joanna bald nach Achims Tod ihre Ausbildung im Hotelfach begonnen. Meinetwegen wollte sie die Chance, im *Fairmont Hotel* in San Francisco erste Erfahrungen zu sammeln, nicht wahrnehmen. Dabei hatte sie lange um diese Stelle gekämpft. Joanna wollte mich nicht allein lassen, aber ich habe sie überredet, ihren Traum zu verwirklichen. Nach ihrer Abreise fühlte ich mich tatsächlich sehr einsam. Ich habe das Haus nur noch verlassen, um zur Arbeit zufahren. Und auch dazu musste ich mich buchstäblich zwingen."
In Erinnerung an diese schwere Zeit seufzte sie tief auf.
„Wenn ich abends in dieses große, leere Haus zurückgekommen bin, überfiel mich das heulende Elend." Plötzlich erhellte ein Lächeln ihr Gesicht. „Eines Tages stand Katharina vor der Tür. Sie hat mir dieses sechs Wochen alte tapsige Häufchen Hund mit den Worten in den Arm gelegt, es sei allmählich Zeit, aus diesem trostlosen Kreislauf rauszukommen. Dann ist sie einfach verschwunden. Etwa zwei Stunden später war sie wieder da – mit einem Körbchen, Leine, Futter und einem Hundebuch. Diese rührende Person hatte darauf gesetzt, dass ich den großen braunen Augen dieses niedlichen Welpen nicht widerstehen könne. – Und sie hatte Recht. Unseren ersten gemeinsamen Spaziergang unternahmen wir schließlich zu dritt."
„Katharina scheint ein sehr einfühlsamer Mensch zu sein", sagte Frederik beeindruckt. „Sie wusste, eine Aufgabe würde dir helfen. Du hast jemanden gebraucht, um den du dich kümmern konntest – und musstest."
„Geisha half mir über eine sehr schwere Zeit hinweg", bestätigte Hanna. „Zwischen uns war es Liebe auf den ersten Blick."
„Wie bei mir, als ich Romy kennenlernte", erwiderte Frederik

gedankenverloren. „Vom ersten Moment an hat sie mich fasziniert. Damals war ich noch so jung und unreif, dass ich glaubte, ich könne sie vergessen. Immer wieder habe ich mir ihre Abfuhr vor Augen gehalten und versucht, mich selbst zu überzeugen, dass es aussichtslos sei. – Zumal sie Mann und Kind hatte. Außerdem war ich ein Niemand, während sie eine erfolgreiche und gefeierte Pianistin war, der die Welt zu Füßen lag."
„Du hast es in deinem Beruf auch weit gebracht."
„Zu diesem Zeitpunkt war ich nicht mehr als ein besserer Laufbursche bei einem kleinen Provinzblatt", gab Frederik zu. „Sehr ehrgeizig war ich bis dahin nicht, aber plötzlich wollte ich allen beweisen, dass mehr in mir steckt: Romy, mir selbst, der Familie, einfach allen. Ich habe mein Journalistik-Studium mit Auszeichnung absolviert, ein Volontariat bei der HAZ begonnen und wurde nach knapp einem Jahr politischer Redakteur. Zwei Jahre später habe ich zum NDR gewechselt und wurde dann mit Anfang dreißig Auslandskorrespondent."
„Warum hat es dich eigentlich immer in Krisengebiete gezogen?", fragte Hanna direkt. „Was hat dich daran gereizt? Du hättest genauso gut irgendwo in Europa oder Amerika arbeiten können."
Sekundenlang dachte Frederik nach.
„Ich wollte schon immer darauf aufmerksam machen, wie viel Leid und Unrecht es in der Welt gibt", sagte er schließlich. „Wenn um einen herum geschossen wird, wenn man Menschen um ihr Leben laufen sieht, die Angst in den Augen der Kinder, die Toten und Verletzten, dann rücken die eigenen Probleme in den Hintergrund. Man erkennt, wie bedeutungslos das eigene kleine Schicksal ist, mit dem man so oft hadert. Wenn ein ganzes Volk leidet, empfindet man sich selbst als unwichtig."
Leicht wie eine Feder legte Hanna die Hand auf seinen Arm.
„Und nachts?", fragte sie sanft. „Was empfindet man in der Stille der Nacht?"
„Einsamkeit", entgegnete Frederik ohne jegliches Zögern.

„Tagsüber, wenn ich beschäftigt war, ist es mir gelungen, meine Sehnsüchte und Träume zu verdrängen, aber in der Dunkelheit war all das wieder gegenwärtig. Jede Nacht hatte Romys Gesicht. Irgendwann habe ich mir Kassetten ihrer Konzerte besorgt, später CDs. Wenn ich ihre Musik hörte, fühlte ich mich ihr näher." Ein gezwungenes Lächeln lief über sein Gesicht. „Entschuldige, normalerweise bin ich nicht so redselig."
„Hast du überhaupt jemals mit jemandem darüber gesprochen, was dich tief in deinem Inneren bewegt?"
„Im Allgemeinen interessieren sich die Leute nur für mein abenteuerliches Leben", verneinte er, und es klang hart. Mit zwei Fingern deutete er auf seine Brust. „Wie es da drinnen aussieht, will keiner wissen."
„Mir hast du es aber anvertraut."
„Dir fühle ich mich verbunden", bekannte er etwas verlegen. „So wie einer Tochter, die ich nie haben werde", fügte er leise hinzu.
„Wenn es dir gelingt, Romy zu erobern, hast du eine", sagte Hanna und drückte ihm einen Kuss auf die Wange. „Also gib dir gefälligst Mühe und enttäusch mich nicht. Wie ich Joanna kenne, spekuliert sie schon auf einen Großvater. Dann bekommst du sogar eine Enkelin."
Gerührt schloss Frederik sie in die Arme.
„Drei so wundervolle Powerfrauen habe ich mir schon immer als Familie gewünscht."
Unbemerkt war Geisha hereingekommen und stupste ihn mit der Pfote an.
„Vier Powerfrauen", korrigierte Frederik sich und klopfte der Hündin die Flanke. „Du gehörst selbstverständlich auch dazu, Geisha."

Joanna holte Hanna später zum Abendessen ab. Während Frederik sich aus dem gut gefüllten Kühlschrank bedienen würde, schlenderten Mutter und Tochter durch die Anlage. Plötzlich blieb Joanna stehen.

„Mam. Wir müssen noch mal mit Romy über ihren Entschluss sprechen, dass ich ihre Nachfolgerin werden soll."
„Warum? Traust du dir diese Aufgabe nicht zu?"
„Darum geht es nicht. Großmutter darf dich doch nicht einfach übergehen! Du bist ihre Tochter! Dir steht das alles hier zu!"
„Ich habe doch gar keine Ahnung vom Hotelfach…", begann Hanna, wurde aber sofort von Joanna unterbrochen.
„Das ist doch nebensächlich, Mam! Großmutter kann doch nicht wollen, dass du leer ausgehst! Weißt du denn nicht, wie viel diese Anlage wert ist? Du musst sie bekommen – nicht ich! Bestimmt hat Großmutter das vorhin ganz spontan gesagt, ohne darüber nachzudenken."
„Du solltest Romy besser kennen: Sie weiß genau, was sie tut."
„Aber das kannst du unmöglich hinnehmen, Mam! Macht es dich nicht wütend, oder wenigstens traurig, wenn deine Mutter deine Ansprüche ignoriert?"
Zu ihrer Überraschung schüttelte Hanna den Kopf und hakte sich bei ihrer Tochter unter.
„Als Romy kürzlich bei mir war, haben wir schon mal darüber gesprochen. Sie hat mich um meine Meinung gebeten, und ich habe ihr mein Einverständnis gegeben, dass du ihre Nachfolgerin werden sollst."
„Aber…"
„Es ist gut und richtig so", fuhr Hanna unbeirrt fort. „Ich habe das Haus und einen gut bezahlten Job in Hannover. Das würde ich ganz sicher nicht aufgeben, um auf Menorca die Hotelbesitzerin zu spielen. Ein paar Wochen im Jahr kann ich es hier leicht aushalten, aber irgendwann würde mir mein Zuhause fehlen. – Und das ist nun einmal dort, wo ich mich am wohlsten fühle: in Hannover. Woanders möchte ich nicht leben." Mit ernstem Blick schaute sie ihrer Tochter in die immer noch zweifelnden braunen Augen. „Glaub mir, mein Kind, ich habe alles, was ich brauche. Sonst hätte ich nicht schon damals, nach dem Tod deines Großvaters auf mein Erbteil verzichtet."
Das Erstaunen stand deutlich in Joannas Gesicht geschrieben.

„Das wusste ich gar nicht. Warum hast du das getan, Mam?"
„Romy hat meinem Vater auf dem Sterbebett versprochen, ihren gemeinsamen Traum zu verwirklichen. Viel eher als ihr war mir klar, dass sie dafür jede Pesete brauchen würde, die sie kriegen konnte. Deshalb habe ich zu ihren Gunsten verzichtet."
„Das hat Großmutter angenommen?", wunderte sich Joanna. „Das passt gar nicht zu ihr."
„Erst nach endlosen Diskussionen ist es mir gelungen, sie zu überzeugen", sagte Hanna lächelnd. „Deine Großmutter kann ganz schön stur sein."
„Wieso wolltest du unbedingt, dass sie diese Anlage baut?"
„Da Romy unter keinen Umständen zu uns nach Hannover ziehen, sondern Papas letzten Wunsch erfüllen wollte, musste ich sie einfach unterstützen. Ich habe gehofft, es würde ihr helfen, mit dem Tod deines Großvaters fertigzuwerden."
Nachdenklich ging Joanna neben ihrer Mutter her.
„Im Grunde gehört dir schon ein Teil von alldem hier", sagte die junge Frau. Vor dem Hauptgebäude blieb sie abermals stehen. „Du kannst nicht ein zweites Mal darauf verzichten."
„Lass es gut sein", bat Hanna. „In dieser Hinsicht hat Romy die richtige Entscheidung getroffen." Aufmerksam blickte sie ihre Tochter an. Joanna ähnelte ihrer Großmutter nicht nur äußerlich. Sie war ebenso beliebt und wurde trotz ihrer Jugend als Managerin respektiert. Bahia Silencio wäre eines Tages in den besten Händen bei ihr. „Was würdest du eigentlich von einer Verbindung zwischen Romy und Frederik halten?"
„Sie wären ein Traumpaar", erwiderte ihre Tochter lächelnd. „Frederik ist ein toller Mann."
„Soweit ich mich erinnere, hast du schon als Teenager von ihm geschwärmt."
„Würde ich ihn nicht so sehr mögen, hätte ich ihn ins nächste Flugzeug nach Timbuktu gesetzt, anstatt ihn bei dir zu verstecken", erwiderte Joanna schelmisch, wurde aber gleich wieder sehr ernst. „Bei Carlos hatte ich immer so ein leises Gefühl, als würde er Großmutter zwar lieben, aber noch mehr bewundern:

die gefeierte Pianistin, die anerkannte Geschäftsfrau, ihre charismatische Ausstrahlung… – Frederik hingegen…“ Ihr Blick schweifte gedankenverloren in die Ferne. „Wenn er Großmutter anschaut, ist so unglaublich viel Wärme in seinen Augen. Ich glaube, ihm ist völlig egal, ob sie berühmt oder erfolgreich ist. Seine Liebe gilt nicht dem, was sie tut oder erreicht hat, sondern nur ihr selbst.“
„Du besitzt eine gute Beobachtungsgabe“, lobte Hanna ihre Tochter. „Wir müssen uns etwas einfallen lassen, damit Romy erkennt, wie gut Frederik für sie ist.“

Kapitel 29

Während Marie am frühen Nachmittag mit ihren Töchtern auf der Insel eintraf, steuerte ihre Cousine einen offenen Leihwagen aus dem Städtchen Ciutadella hinaus.
Neben ihr saß Frederik und rang nervös die Hände.
„Bleib ganz ruhig“, sagte Hanna amüsiert. „Du siehst fabelhaft aus; der neue Anzug steht dir ausgezeichnet.“
„Damit habe ich auch kein Problem. Ich musste meine Garderobe sowieso aufstocken.“
Durch die dunklen Gläser seiner Sonnenbrille wanderte sein Blick über den hellen Leinenstoff bis zu seinen Füßen, die in weißen Slippern steckten. Unter dem Anzug trug er ein hellblaues Hemd. Die oberen Knöpfe standen offen, damit man die schwere Goldkette an seinem Hals sehen konnte. Ein passendes Armband zierte Frederiks Handgelenk. Am meisten störte ihn jedoch der protzige Ring an seiner rechten Hand.
„Ich fühle mich wie ein Weihnachtsbaum“, murmelte er und schob den hellen Hut in den Nacken. „Hoffentlich merkt der Franzose nicht, dass ich nur billigen Modeschmuck trage.“
„So genau wird er dich nicht anschauen“, vermutete Hanna vergnügt. „Dafür sorgt schon mein Push-up-Dekolleté.“
„Wahrscheinlich hast du recht“, schmunzelte er. „Das ist wirklich sensationell.“
„Und ganz ohne Silikon“, lachte sie, setzte den Blinker und

bog von der Hauptstraße ab.
Vor ihrem Einkaufsbummel hatten sie telefonisch einen Besichtigungstermin mit Maurice Blanc abgesprochen. Auch hatten sie sich auf Spanisch als Verhandlungssprache geeinigt. Für Hanna war es die zweite Muttersprache. Frederik hingegen war vor seiner langjährigen Berichterstattung aus dem Nahen Osten als Korrespondent in Südamerika gewesen. Außer der spanischen beherrschte er die englische und die arabische Sprache. Durch zahlreiche Kontakte zu Kollegen aus aller Welt bereitete Frederik auch heute die vor Jahren erlernte Sprache keine Schwierigkeiten.
Absichtlich lenkte Hanna das Cabrio erst zwanzig Minuten nach dem verabredeten Zeitpunkt auf das Grundstück. Sie hatte Frederik erklärt, man könne einem Mann, der unbedingt sein Haus verkaufen wolle, ruhig ein wenig zappeln lassen.
Verstimmt über die Unpünktlichkeit der Besucher öffnete der Besitzer die schwere Eingangstür. Sein Ärger verflog jedoch sofort beim Anblick der attraktiven Erscheinung an der Seite des Kaufinteressenten. Erfreut bat er das Paar herein.
Der großzügige Wohnbereich war geschmackvoll mit Möbeln aus cherryfarbigem Pinienholz kombiniert mit hellen Polstern eingerichtet.
„Nett“, sagte Frederik wohlwollend, wobei er sich umschaute. „Der Internetanzeige war zu entnehmen, dass sämtliches Mobiliar im Haus verbleibt. Ist das noch aktuell?“
„Selbstverständlich“, bestätigte der etwa sechzigjährige Franzose. „Es wäre viel zu aufwendig, das alles mit nach Paris zu nehmen.“
Seine Augen folgten Hanna, die mit geschmeidigen Bewegungen durch den Raum schritt. Fasziniert starrte er auf ihre langen gebräunten Beine, die durch die hohen Pumps auffallend zur Geltung kamen. Ihre schlanke Gestalt steckte in einem cremefarbenen Kleid von schlichter Eleganz. Man hätte diesem Modell ohne dem atemberaubenden Dekolleté kaum einen zweiten Blick geschenkt. Maurice Blanc war mittlerweile be-

reits beim vierten oder fünften angelangt. Auch während der Führung durch die Finca verschlang der Franzose diese pure Erotik ausstrahlende Erscheinung mit den Augen, wie Frederik zufrieden feststellte.
„Ein schöner Ausblick“, sagte Hanna, als sie aus einem Fenster im Obergeschoss schaute. „Schade, dass man von hier das Meer nicht sehen kann.“
„Das sieht man bestimmt von der anderen Seite des Hauses“, vermutete Frederik, wobei er dem hochgewachsenen Franzosen einen fragenden Blick zuwarf. „Ist es nicht so?“
„Leider nicht“, bedauerte Maurice Blanc. „Die Bucht ist zu weit entfernt. Außerdem versperrt die Clubanlage die Sicht.“
„Es gibt keinen direkten Zugang zum Meer?“, schloss Frederik überzeugend ungläubig aus seinen Worten. „Wie weit ist es denn bis zum Strand?“
„Ungefähr anderthalb Kilometer“, antwortete der Franzose widerwillig.
„Ziemlich weit, um mal eben zur Abkühlung ins Meer zu springen“, sagte Frederik. „Offenbar muss man jedes Mal ins Auto steigen, um an den Strand zu gelangen.“
„Man könnte nur die etwa fünfhundert Meter bis zum Parkplatz der Bahia Silencio fahren“, erklärte Maurice Blanc notgedrungen. Er fürchtete bereits jetzt, dass aus dem Verkauf nichts würde. „Die Besitzerin duldet keine Autos auf ihrem Gelände.“
„Wahrscheinlich erlaubt sie Fremden auch nicht, ihren Grund und Boden zu betreten, um ans Wasser zu kommen“, fügte Frederik missmutig hinzu. „Wozu soll ich viel Geld für ein Haus in Meernähe ausgeben, wenn der Strand für mich unerreichbar bleibt?“
„Ganz so ist es nicht“, widersprach der Franzose triumphierend. „Das spanische Recht gestattet freien Zugang zum Meer, sofern es keinen anderen Weg gibt, auch über privaten Grundbesitz. Selbst die Martinez muss sich diesem Gesetz beugen.“
„Verlockend klingt das nicht gerade“, wandte Frederik sich an Hanna. „Ich fürchte, wir haben die Fahrt hierher völlig umsonst

unternommen, Liebling."
„Dieses Haus gefällt mir aber besser als die beiden von heute Morgen", sagte sie, was ihr einen dankbaren Blick des Franzosen einbrachte. „Lass uns erst mal den Garten anschauen."
„Meinetwegen", brummte Frederik und legte den Arm um ihre Schultern. „Dann zeigen Sie uns mal, was Sie sonst noch zu bieten haben, Senõr Blanc."
Um eine freundliche Miene bemüht, führte der Mann die Besucher ins Freie. In Blumenkübeln blühte es üppig in allen Farben. Vereinzelte Palmen spendeten Schatten auf der gepflegten Rasenfläche.
„Für eine Erfrischung steht Ihnen der Pool zur Verfügung", sagte Maurice Blanc und deutete nach rechts, worauf Frederik skeptisch die Brauen hob.
„Besonders groß ist der aber nicht gerade. Morgens nach dem Aufstehen schwimme ich gern einige Runden – aber nicht unbedingt in ständigem Kreisverkehr."
„So klein ist der Pool nun auch nicht", tadelte Hanna ihn lächelnd. „Außerdem scheint der Garten pflegeleicht angelegt zu sein. Da muss man nicht ständig einen Gärtner bezahlen."
„Er ist ganz hübsch", gab Frederik zu. „Dennoch überwiegen alles in allem die Nachteile." Scharf fasste er den Franzosen ins Auge. „Warum wollen Sie das Anwesen unbedingt verkaufen? Wo ist der Haken?"
„Es gibt keinen", beteuerte der Franzose. „Meine Familie lebt schon seit... einiger Zeit wieder in Paris. Auch geschäftlich bin ich überwiegend in Frankreich tätig, so dass ich kaum noch hier sein kann. Es lohnt sich einfach nicht mehr, dieses Haus zu halten. – Obwohl mein Herz daran hängt."
„Nun ja, ein gewisses Flair ist dem Haus nicht abzusprechen", räumte Frederik ein. „Laut dem Gutachten im Internet scheint es auch in gutem baulichem Zustand zu sein. Wir haben aber noch andere Objekte auf unserer Liste, die zudem den Vorteil haben, direkt am Meer zu liegen. Sie werden verstehen, dass

wir uns diese zunächst noch anschauen möchten, bevor wir eine Entscheidung treffen. Außerdem stehen diese Häuser bereits leer, so dass wir nach den Formalitäten sofort einziehen könnten. Wir wollen den Sommer noch ein wenig genießen."

„Auch meine Finca könnten Sie in Kürze beziehen", beeilte sich der Franzose, zu bemerken. „Meine persönlichen Sachen sind schnell gepackt."

„Gegebenenfalls kommen wir darauf zurück."

„Wolltest du dir nicht noch den Keller ansehen, Freddy?", erinnerte Hanna ihn. „Du wolltest doch prüfen, ob er sich zum Lagern deiner Weine eignet."

„Der Keller ist geradezu ideal dafür", sagte Maurice Blanc eifrig. „Darf ich vorausgehen?"

Hinter seinem Rücken lächelte Hanna ihrem Begleiter verschwörerisch zu.

Während Frederik dann den Weinkeller inspizierte, hielt Hanna den Franzosen an der Tür zurück.

„Mir gefällt das Anwesen ausgesprochen gut", flüsterte sie ihm zu. „Ich würde es sofort nehmen, aber ich brauche Hilfe, um meinen Verlobten zu überzeugen, Maurice."

„Ich täte nichts lieber als das", bekannte er, wobei seine Augen sich schon wieder in ihr verführerisches Dekolleté verirrten. Auf seiner Stirn bildeten sich winzige Schweißperlen. „Allerdings fürchte ich, der etwas längere Weg zum Meer wird ihn dennoch schrecken."

„Nach der Hochzeit werde ich sowieso Fahrräder anschaffen", verriet Hanna ihm. „Mein Verlobter verfügt leider über wenig Kondition. Das möchte ich ändern. – Falls Sie verstehen, was ich meine."

„Oh ja", nickte er charmant lächelnd. Eine so hinreißende Frau war bestimmt nicht leicht zufriedenzustellen. „Schon in meinem eigenen Interesse würde ich gern an Sie verkaufen. Leider fällt mir nichts ein, um Ihrem Verlobten das Anwesen schmackhafter zu machen."

„Können Sie ihm nicht ein wenig im Preis entgegenkommen?",

schlug Hanna leise vor. „Womöglich ließe er sich dadurch überzeugen."
„Einen Versuch wäre es wert", überlegte er, obgleich er nicht mit einem Erfolg rechnete. Seit einigen Jahren versuchte er bereits vergeblich, einen Käufer für das Anwesen zu finden. Alle bisherigen Interessenten waren aufgrund der Entfernung zum Strand abgesprungen. – Bis auf Romy Martinez war niemand zum Kauf bereit gewesen. Dieser Frau würde er seinen Grund und Boden jedoch niemals überlassen. Andererseits wollte er die Finca so schnell wie möglich loswerden. Diesen Besitz in Ordnung zu halten verursachte nur unnötige Kosten. Womöglich war dies seine letzte Chance, die Vergangenheit endgültig hinter sich zu lassen und in der Heimat noch einmal neu zu beginnen.
„Einen Versuch wäre es wert", flüsterte der Franzose abermals, worauf Hanna verstehend nickte.
„Ich gehe solange nach oben und schaue mich noch ein wenig um."
Während Hanna die Treppe wieder hinaufstieg, ergriff Maurice Blanc die Gelegenheit zu einem Gespräch von Mann zu Mann.
Zehn Minuten später betraten die Herren den Wohnraum. Hanna saß auf dem Sofa, die langen Beine dekorativ übereinandergeschlagen, wie der Franzose insgeheim sofort feststellte.
Frederik nahm neben seiner Verlobten Platz und legte den Arm um ihre Schultern.
„Können wir gehen, Liebling? Wir haben heute noch zwei Besichtigungstermine."
„Ach, Freddy. Diese Finca entspricht genau meinen Vorstellungen. Hier fühle ich mich richtig wohl." Lächelnd schaute sie ihm in die Augen. „Dieses Haus strahlt so viel Wärme aus. Ich weiß, dass wir hier sehr glücklich sein werden."
„Anscheinend lässt du mir gar keine Wahl", erwiderte Frederik zärtlich. „Da du dein Herz anscheinend schon an diese Finca verloren hast, muss ich sie wohl kaufen."
Strahlend fiel Hanna ihm um den Hals.

„Du bist wundervoll, Freddy!“ Über seine Schulter hinweg zwinkerte sie dem Franzosen heimlich zu. „Wann können wir einziehen?“
„In zwei Tagen. Morgen treffen wir uns beim Notar und erledigen die Formalitäten.“
Maurice Blanc ließ es sich nicht nehmen, das Geschäft mit einem Glas Champagner zu besiegeln. Später begleitete er das Paar noch zu seinem Wagen.
Galant hob er beim Abschied Hannas Hand an seine Lippen.
„Es war mir ein ganz besonderes Vergnügen, Sie kennenzulernen“, sagte er mit einem letzten sehnsüchtigen Blick auf ihr großzügiges Dekolleté.
„Verraten Sie mir bitte noch, wie wir ans Meer kommen“, bat sie, um ihm eine Erklärung zu liefern, weshalb sie geradewegs in die Richtung des Clubs fahren würde. „Den Strand möchte ich mir heute wenigstens noch anschauen.“
„Biegen Sie einfach an der Grundstückausfahrt links ab. Die Straße führt direkt zur Bahia Silencio.“
Hanna winkte dem Franzosen noch einmal zu, ehe sie mit Frederik dem beschriebenen Weg folgte. Auf dem Parkplatz stellten sie das Cabrio ab.
Bevor sie die Clubanlage betraten, rief Hanna ihre Tochter über das Handy an, um zu erfahren, wo Romy sich aufhielt. Joanna teilte ihr mit, ihre Großmutter sei in die Stadt gefahren, so dass keine Gefahr bestünde, ihr zufällig über den Weg zu laufen.
„Die Luft ist rein“, wandte sich Hanna an Frederik und hängte sich bei ihm ein. „Bist du mit dem Ausgang unserer kleinen Komödie zufrieden, Freddy?“
„Mehr als das, Liebling“, entgegnete er vergnügt. „Obwohl ich erstaunt war, als er mir im Weinkeller plötzlich 15% Rabatt in Aussicht stellte, falls ich mich noch heute entscheide.“
„Das verdankst du nur dem Dekolleté deiner Verlobten.“
„Nicht nur. Da dieser überaus reizvolle Anblick ihn sofort magisch anzog, fürchtete ich zunächst, er würde jeden Moment kollabieren oder dir vorschlagen, bei ihm einzuziehen und

mich in die Wüste zu schicken. Stattdessen unterbreitete er mir dieses unerwartete Angebot." Fragend schaute er sie durch die dunklen Gläser seiner Sonnenbrille an. „Da hast du doch dran gedreht, Hanna."

„Ach, ich habe ihm nur ein bisschen auf die Sprünge geholfen", winkte sie ab. „Eigentlich wollte ich nur sicherstellen, dass du meine Mutter ernähren kannst, falls sie sich demnächst aus dem Geschäftsleben zurückziehen sollte."

„Im Gegensatz zu ihr bin ich doch ein armer Schlucker", erwiderte er illusionslos. Plötzlich fragte er sich, ob Romy ihm auch deshalb stets misstrauisch begegnete. Hielt er sie am Ende für einen Mitgiftjäger? Für jemanden, der sich auf ihre Kosten einen angenehmen Lebensabend bereiten wollte?

„Was ist?", fragte Hanna, die seine auf einmal finstere Miene bemerkte. „Du wirkst nicht wie jemand, der glücklich darüber ist, einen ordentlichen Batzen Geld gespart zu haben."

Abrupt blieb Frederik stehen. Mit einer müden Geste zog er die Sonnenbrille von der Nase.

„Möglicherweise begehe ich gerade den größten Fehler meines Lebens. Vielleicht sollte ich besser meine Sachen packen und schnellstens von dieser Insel verschwinden."

„Bekommst du plötzlich Panik? Wovor fürchtest du dich?"

„Ich fühle mich auf einmal total verunsichert", gestand er mit einem leisen Aufstöhnen. „Romy hat alles, was man sich wünschen kann: ein schönes Zuhause, eine wundervolle Familie, Erfolg in jeder Hinsicht. Wozu sollte sie ausgerechnet einen Kerl wie mich brauchen? Was könnte ich ihr geben?"

„Alles, was sie nicht hat", zählte Hanna prompt auf. „Liebe, Geborgenheit, Zärtlichkeit, eine verlässliche Schulter zum Anlehnen. – All das, wonach sich jede Frau sehnt." Sanft legte sie die Hand an seine Wange. „Sind das nicht genug Gründe, nicht aufzugeben?"

„Du hast recht", sagte er dankbar lächelnd. „Ich weiß, was ich für Romy empfinde. – Und ich weiß, was ich will. Wenn ich jetzt abreise, werde ich mir das niemals verzeihen."

Erst seit einer knappen Stunde weilte die Familie Jensen in der kleinen Bucht. Eine junge Spanierin hatte sie am Empfang begrüßt und ihnen die Schlüssel für ihre Unterkünfte überreicht. Jonas hatte mit seinen Jungs einen Familienbungalow nicht weit vom großen Pool bezogen. Der Singlebungalow seines Bruders lag in Strandnähe.
Nachdem Jakob seinen Koffer ausgepackt hatte, beschloss er, einen Spaziergang durch die exklusive Anlage zu unternehmen, um sich mit den Örtlichkeiten vertraut zu machen. Beim Schließen des Fensters sah er das Paar draußen auf dem Weg. Hanna erkannte er sofort, aber wer war der Mann, der sie so offensichtlich liebevoll in die Arme schloss? Ihr Freund aus München?
Hatte er sie auf die Insel begleitet? Sein Gesicht beschattete ein tief in die Stirn gezogener Hut; der elegante helle Anzug bezeugte modischen Geschmack. Die schlanke hochgewachsene Erscheinung des Mannes ließ keine Rückschlüsse auf sein Alter zu.
Jakob beobachtete, wie das Paar nun Arm in Arm auf dem von hohen Büschen umsäumten Nachbargrundstück verschwand.
Nach wenigen Augenblicken tauchte Hanna mit Geisha an der Leine wieder auf. Jakob bemerkte, dass Hanna die hohen Pumps gegen flache weiße Leinenschuhe getauscht hatte und vermutete einen längeren Spaziergang mit der Hündin. Rasch rief er nach Pavarotti. Bei seiner Ankunft war Jakob gebeten worden, seinen Hund auf dem Clubgelände an der Leine zu führen. Auch war ihm das freie Gebiet außerhalb der Anlage zum Gassi gehen empfohlen worden. Da er annahm, Hanna sei ebenfalls dorthin unterwegs, folgte Jakob ihr nach einigen Minuten. Hinter dem weißen Tor blieb er stehen und blickte sich um. Zu seiner Rechten lag das private Anwesen, das ihm schon auf der Herfahrt vom Bus aus aufgefallen war. Die mannshohe Natursteinmauer des Grundstücks begann nur wenige Meter vom Club entfernt. Demnach musste er sich links halten, folgerte Jakob und verließ die Straße. Ein kleiner Pfad

schlängelte sich durch die bizarr geformte Landschaft. Überall am Wegesrand wuchsen Küchenkräuter wie Rosmarin, Thymian, Fenchel sowie wilder Spargel. Zwischen vereinzelten Felssteinen entfaltete sich eine Blütenpracht in allen Farben: das flammende Rot der Mohnblumen, das kräftige Gelb des Ginsters, das tiefe Blau der Kornblumen. Graugrüne dornige Olivenbüsche wuchsen neben Steineichen und hoch aufragenden Zypressen. In der Ferne leuchtete ein Kiefernwäldchen in sattem Grün.
Jakob entdeckte Hanna unter einem Jahrhunderte altem Olivenbaum auf einer großen Wurzel sitzend. Den Kopf an den knorrigen ausgedörrten Stamm gelehnt, schien sie mit geschlossenen Augen die Stille zu genießen. Geisha jagte ein Stück voraus einem wilden Kaninchen hinterher.
Mit einem Handgriff ließ Jakob seinen Hund von der Leine. Sofort stürmte Pavarotti los. Bei Hanna verhielt er kurz und bellte zweimal, so dass sie irritiert die Augen aufschlug.
„Das glaube ich jetzt nicht...“, murmelte Hanna beim Anblick des kleinen Hundes, der sich schon wieder in Bewegung setzte, um Geisha nachzulaufen. Da Pavarotti seiner Freundin mit Sicherheit nicht allein nachgereist war, konnte sein Herrchen nicht weit sein. Suchend schaute Hanna sich um und sah Jakob jungenhaft lächelnd näherkommen.
„Buenos días, Hanna“, begrüßte er sie. „Cómo está?“
„Déjeme en paz!“
„So weit reichen meine Spanischkenntnisse leider nicht“, bedauerte er, obwohl er ahnte, dass es sich nicht um erfreute Worte über sein Erscheinen handelte. „Darf ich mich setzen?“, fügte er hinzu und nahm, ohne eine Aufforderung abzuwarten neben ihr auf der Baumwurzel Platz.
„Was tust du auf Menorca?“, fragte Hanna überflüssigerweise. „Verbringst du etwa deinen Urlaub hier?“
„Mit der ganzen Familie“, bestätigte er. „Allerdings habe ich mit Pavarotti einen Singlebungalow bezogen, so dass wir nicht wie zu Hause ständig aufeinander hocken.“

„Ihr wohnt in Romys Anlage?“, schloss sie wenig begeistert aus seinen Worten. „Wie konnte euch das so kurzfristig gelingen?“
„Das hat Anna irgendwie mit deiner Mutter arrangiert. Damit das junge Glück die Ferien zusammen verleben kann.“ Mit unübersehbarem männlichen Interesse schweifte sein Blick über ihre Gestalt, blieb an dem aufsehenerregenden Dekolleté haften. Scharf sog Jakob den Atem ein. „Ich dachte, dass du in München bei deinem Freund bist. Oder ist er auch hier?“
„Martin hat Geisha und mich in seinem kleinen Flieger auf die Insel gebracht.“
„Warum bist du nicht von Hannover aus geflogen? Das hätte dir die lange Autofahrt nach Bayern erspart. Ihr hättet euch doch auch hier treffen können.“
„Ein großes Tier wie Geisha müsste den Flug in einer Transportbox im Laderaum der Maschine überstehen“, erklärte Hanna. „Diesem Stress setze ich meinen Hund nicht aus. Auch auf Umwegen gelangt man ans Ziel.“
„So rücksichtsvoll handelt nicht jeder Hundebesitzer“, bemerkte Jakob beeindruckt von ihrer Liebe zu ihrer Hündin. „Nur gut, dass ich Pavarotti problemlos in einer Tasche mit an Bord nehmen konnte. – Bleibt dein Freund die gesamten Ferien auf der Insel?“
„Wieso?“
„Zufällig habe ich euch vorhin zusammen gesehen. Der Mann scheint ja mächtig auf dich abzufahren. Kleidest du dich seinetwegen so aufreizend?“
„Noch muss ich mich nicht unter meterweise Stoff verstecken“, konterte sie. „Oder gefällt dir etwa nicht, was du siehst?“
„Welchen Mann zwischen achtzehn und achtzig würde dieser appetitliche Anblick schon kalt lassen? Mir allerdings wäre es nicht recht, würde das Dekolleté meiner Freundin die Fantasie anderer Männer anheizen. Mit mir an deiner Seite dürftest du nicht so provozierend rumlaufen.“
„Dann kann ich froh sein, dass du nur mein Nachbar bist.“

„Das könnte sich sehr schnell ändern. Mit ein bisschen gutem Willen könnten wir bereits in Kürze das Paar des Jahres sein."
„Nein."
„Nein im Sinne von: nicht so bald oder im Sinne von ..."
„Nein im Sinne von: Vergiss es!", vollendete Hanna und erhob sich. Spöttisch blickte sie auf Jakob hinunter. „Falls du dich den Urlaubsplänen deines Bruders nur angeschlossen hast, weil du dachtest, ich sei unter südlicher Sonne empfänglicher für deine unsittlichen Angebote, muss ich dich enttäuschen. Ich bin nach wie vor nicht interessiert. Du hättest dein Geld in eine erfolgversprechendere Reise investieren sollen."
Äußerlich gelassen stand auch Jakob auf.
„Hier gefällt es mir ausgesprochen gut. Was ich bislang von Romys Club gesehen habe, übertrifft all meine Erwartungen." Sein Blick richtete sich auf ihre Oberweite. „Auch die Landschaft empfinde ich als überaus reizvoll."
Statt seine Worte zu kommentieren, pfiff Hanna nach Geisha. An der Seite der Hündin kam auch Pavarotti angelaufen.
Gemeinsam traten sie den Rückweg an. Bevor sie das Tor zum Club passierten, legten sie die Hunde wieder an die Leine.
Hanna wunderte sie etwas darüber, dass Jakob auch in der Anlage den gleichen Weg wie sie selbst einschlug. Wollte er dadurch herausfinden, welchen Bungalow sie bewohnte? Kaum war ihr dieser Gedanke gekommen, winkte Jakob ihr schmunzelnd zu und steuerte das Häuschen neben ihrem kleinen Grundstück an.
„Auch das noch...", stöhnte Hanna. Womit hatte sie es verdient, Jakob Jensen auch in den Ferien als Nachbarn ertragen zu müssen?
In ihrem Bungalow suchte Hanna zunächst ihr Schlafzimmer auf und entkleidete sich bis auf den Slip. In bequemen Shorts und ärmellosem Top setzte sie sich bald zu ihrem Gast auf die Terrasse.
„Du glaubst nicht, wer mir eben begegnet ist, Frederik. Oder hat Romy erwähnt, dass die gesamte Familie Jensen ihren Ur-

laub hier verbringt?“
„Mit keinem Wort. Vielleicht haben sie sich kurzfristig zu dieser Reise entschlossen, weil die Mädchen ihnen von ihrem Urlaubsort vorgeschwärmt haben.“
„Ausgeschlossen“, war Hanna überzeugt. „Der Club ist Monate im Voraus ausgebucht. Angeblich hat Anna meine Mutter um Unterkünfte für die Jensens gebeten. Mich interessiert, weshalb sie Jakob ausgerechnet bei mir nebenan einquartiert hat.“
„Hast du ein Problem damit?“, wunderte sich Frederik. „Habt ihr eure Differenzen inzwischen nicht beigelegt?“
„Wir bemühen uns...“
„... aber du magst ihn nicht!?“
„Eigentlich schon“, gab Hanna zu. „Manchmal geht mir sein sprunghaftes Verhalten allerdings gehörig auf die Nerven.“
Ein amüsiertes Lächeln spielte um ihre Lippen. „Übrigens hat Jakob den Mann, mit dem er mich vorhin gesehen hat, für meinen Freund gehalten.“
„Das bin ich doch auch“, meinte er, wobei er ihr einen dankbaren Blick zuwarf. „Hat er den alten Onkel nicht erkannt?“
„Deine Tarnung war perfekt“, bestätigte Hanna. „In der Fantasie eines Schulmeisters bist du aber die Art Freund, mit dem ich das Bett teile.“
„Immerhin sind wir verlobt“, erwiderte Frederik mit Lausbubenmiene. „Hoffentlich vergisst du das nicht und schleichst dich nach Einbruch der Dunkelheit zu deinem attraktiven Nachbarn.“
„Es wird nicht leicht, dieser Versuchung zu widerstehen“, ging Hanna scheinbar bedauernd darauf ein. „Trotzdem muss ich nachher für eine Weile verschwinden, Frederik. Da Marie heute mit den Mädchen angekommen ist, muss ich mich bei ihnen sehen lassen, sonst tauchen sie womöglich hier auf und entdecken meinen geheimnisvollen Liebhaber.“

Alljährlich bezog Marie mit ihren Töchtern den gleichen Bungalow. Als Hanna dort eintraf, war ihre Cousine damit beschäftigt, nasse Badeanzüge und Handtücher auf der Terrasse zum Trocknen aufzuhängen. Lächelnd beobachtete Marie, wie stürmisch ihre Töchter Hanna und Geisha begrüßten.

„Wir wollten dich vorhin schon besuchen“, sagte die kleine Lisa, während sie mit Geisha schmuste. „Aber du warst nicht da, Hanna.“

„Ich war in der Stadt“, erklärte sie. „Einkaufen.“

„Am Strand waren wir auch schon“, schwärmte Sara. „Das Wasser ist so warm wie in der Badewanne. Echt Spitze!“

„Das Beste weißt du noch gar nicht“, fügte Anna strahlend hinzu. „Rate mal, wer auch hier ist.“

„Gehe ich recht in der Annahme, dass du von der schrecklich netten Familie Jensen sprichst?“

„Hast du sie etwa schon gesehen?“

„Bislang ist mir nur DJ über den Weg gelaufen. Er hat gesagt, du hättest das eingefädelt, Anna.“

„Mit Romys Hilfe“, gestand das Mädchen. „Das hat aber nur geklappt, weil zufällig zwei Gäste abgesagt hatten.“ Bedrückt senkte sie den Blick. „Bist du jetzt sauer auf mich?“

„Warum sollte ich das sein?“

„Ich schätze, du bist nicht gerade begeistert, weil DJ auch dabei ist. Aber er gehört nun mal dazu. Der kümmert sich das ganze Jahr so toll um seine Familie, da kann man ihn doch vom Urlaub nicht ausschließen. Max’ Vater hat dieser Reise sowieso nur zugestimmt, weil auch ein Bungalow für seinen Bruder frei war.“ Um Verständnis bittend schaute sie Hanna in die Augen. „Vielleicht versteht ihr euch hier besser als zu Hause. – Ganz ohne Nachbarschaftsstress. Jedenfalls hat Romy mir fest versprochen, das Personal anzuweisen, sämtliche Gartengeräte unter Verschluss zu halten.“

„Wenigstens ein Trost“, meinte Hanna, ein Lächeln unterdrückend. „Das mit dem Nachbarschaftsstress wird sich aber erst noch rausstellen müssen. Irgendjemand, der es besonders gut meinte, hat den Herrn Oberlehrer nämlich direkt bei mir nebenan untergebracht.“

„Trag es mit Fassung“, riet Marie ihrer Cousine. „Du verzichtest in den nächsten vier Wochen einfach auf männliche Gesellschaft, kleidest dich wie eine alte Jungfer und hältst konsequent deinen Mund, wenn Jakob in der Nähe ist. – Dann klappt's auch mit dem Nachbarn.“
„Eigentlich habe ich mir meine wohlverdienten Ferien etwas anders vorgestellt.“ Listig blitze es in ihren Augen auf. „Falls mein streitbarer Nachbar es wagen sollte, mich auch hier ständig zu kritisieren, wende ich mich einfach an die Leitung des Clubs. Zu der habe ich nämlich allerbeste Kontakte. Mir zuliebe würden sie dem Mann sicherlich eine Unterkunft am anderen Ende der Insel besorgen.“

Den Abend verbrachte Hanna mit ihrer Tochter. Da sie sich seit Ostern nicht gesehen hatten, gab es viel zu erzählen.
Später gesellte Hanna sich wieder zu ihrem Mitbewohner.
„Hast du dir schon Gedanken über die Einrichtung deines neuen Zuhauses gemacht, Frederik? Außer dem Schlafzimmer des Hausherrn stehen die anderen Räume im Obergeschoss leer. Laut Maurice Blanc waren dort ursprünglich die Kinder untergebracht.“
„Das jetzige Schlafzimmer werde ich wohl als Gästezimmer umfunktionieren“, überlegte er. „Der Raum nach hinten mit dem kleinen Balkon schwebt mir als Schlafzimmer vor. Ich habe an eine helle, freundliche Möblierung gedacht.“
„Das würde Romy sicher gefallen...“
„So weit sind wir leider noch nicht“, erwiderte Frederik betont sachlich. „Außerdem möchte ich mir oben ein Arbeitszimmer einrichten. Vielleicht bringe ich dort tatsächlich ein Buch zustande.“
„Da ich weiß, wie brillant du formulieren kannst, wird das bestimmt ein Bestseller.“
„Wir werden sehen, was daraus wird“, winkte er ab. „Erinnerst du dich an den Flügel unten im Musikzimmer, Hanna? Bei der Besichtigung bin ich absichtlich nicht näher darauf eingegan-

gen, um keine schlafenden Hunde zu wecken. Mir war allerdings sofort klar, dass das Instrument ideal für Romy wäre, zumal sie jederzeit darauf spielen könnte."
„Da ihr Flügel hier im Club aus Platzgründen im Kaminzimmer steht, kann sie sich nur selten ungestört ihrer Kunst widmen. Schon allein das wäre ein Grund, dich zu erhören."
„So leicht wird Romy es mir nicht machen", bedauerte er illusionslos. „Das Musikzimmer könnte auch noch einige Möbel vertragen, da es außer dem Flügel praktisch leer ist. Weißt du zufällig, ob es hier auf der Insel ein Einrichtungshaus gibt?"
„In Mahón oder in Ciutadella wirst du bestimmt fündig", vermutete Hanna. „Wenn du möchtest, begleite ich dich gern." Nachdenklich krauste sie die Stirn. „Soweit ich mich erinnere, bauen in Ciutadella donnerstags abends in den Gassen rund um die Kathedrale Kunst – und Antiquitätengeschäfte ihre Stände auf. Auch dort könnte sich das Stöbern lohnen." Ihr Blick streifte ihre Armbanduhr. „Es ist gleich Mitternacht. Stört es dich, wenn ich das Radio einschalte?"
„Zeit für den Engel der Nacht", ahnte Frederik. „Hast du eigentlich eine Urlaubsvertretung?"
„Ich habe sogar das Konzept für die Nächte meiner Abwesenheit entwickelt", nickte Hanna und machte sich an der Stereoanlage zu schaffen.
Die letzten Worte des Nachrichtensprechers wurden von Wetter – und Verkehrsmeldungen abgelöst, bevor eine junge weibliche Stimme aus dem Lautsprecher erklang:
„Hi, Fans", begrüßte sie die Hörer. „In den nächsten vier Wochen gebe ich hier den Ton an. Der Engel der Nacht ist in den Urlaub abgedüst und chillt auf Wolke 7. – Was unter uns gesagt, auch Zeit wurde. – Das ist die Chance für den vielversprechenden Nachwuchs. Ich bin übrigens Angelina, ein Azubi-Engel. Wie ihr euch denken könnt, bin ich nicht nur einige Jahrhunderte jünger und natürlich erheblich knackiger, sondern auch viel cooler als Angel, die mit ihrer ach, so verständnisvollen Art manchmal ganz schön nervt. Deshalb will ich mit euch

nicht über so öde Themen wie Hoffnung, Schmerz oder Einsamkeit sprechen. Das interessiert doch keinen. Schließlich leben wir in einer Spaßgesellschaft. Deshalb plaudere ich mit euch lieber über angesagte Dinge: Wo steigen die besten Partys, wo kann man so richtig abhotten, wer treibt es mit wem, was ist in der Szene los... Dazwischen ein paar Quizfragen. – Keine Bange, nichts Jauch-mäßiges, sondern was Witziges, bei dem ihr auch kleine Gewinne einfahren könnt. – So, jetzt habe ich erst mal genug. Nun seid ihr an der Reihe. Egal, was ihr loswerden wollt: Ruft mich an unter der Nummer ...“

Als die Musik einsetzte, schaute Frederik seine Gastgeberin amüsiert an.

„Wo habt ihr denn diese Göre aufgetrieben? Sie klingt wie ein pubertierender Teenager.“

„Uli meinte, ich solle mir etwas völlig Gegensätzliches zum Engel der Nacht einfallen lassen.“

„Das ist dir zweifellos gelungen“, sagte er anerkennend. „Schon die Idee, einen Azubi – Engel namens Angelina als Urlaubsvertretung einzusetzen, ist grandios.“

„Danke für die Blumen.“

„Wenn Angelina ihre Rolle vier Wochen lang durchzieht, werden deine Hörer die Rückkehr des sanften Engels der Nacht kaum erwarten können.“

„Ein bisschen vermissen sollen sie Angel schon. Ist man heutzutage nicht ständig in den Medien präsent, gerät man leicht in Vergessenheit.“

„Wie ich dich kenne, beinhaltet dein Konzept sicher irgendwas, das deine Hörer bei der Stange hält.“

„Lass dich überraschen“, bat Hanna mit dem Ausklingen der Musik. „Auf Angelinas erstes Gespräch bin ich schon sehr gespannt.“

Darauf musste Hanna nicht lange warten.

„Hi, hier ist Angelina“, meldete sich die Moderatorin zurück. „Verrätst du mir, wer du bist?“

„Ich heiße Julia.“

„Hi, Julia. Worüber möchtest du mit mir plauschen?“
„Über Untreue.“
„Über Untreue?“
„Ja. – Oder weißt du nicht, was das ist?“
„Logisch weiß ich das“, behauptete Angelina. „Du meinst dieses Gefühl, das du hast, wenn dein Freund mit einer anderen rummacht.“
„Genau das“, bestätigte Julia mit trauriger Stimme. „Es tut so verdammt weh, wenn er mir mit einer Ausrede absagt, um zu ihr gehen zu können. Oder wenn er mich vertröstet, weil er angeblich länger arbeiten muss. Dabei trifft er sich dann mit ihr. Er fühlt sich so sicher, dabei habe ich längst rausgefunden, dass er mich belügt und betrügt.“
„Warum knallst du ihm dein Wissen nicht vor den Kopf? Oder versetz ihm gleich einen Tritt. Der Typ ist es doch gar nicht wert, dass du seinetwegen so mies drauf bist. Jag den Kerl zum Teufel und such dir einen, der dich verdient.“
„Ein toller Rat“, spottete Julia. „Kannst du dir nicht vorstellen, dass ich ihn trotzdem liebe? Deshalb tut es doch so weh!“
„Wie kann man nur so einen Mistkerl zurückhaben wollen?“
„Das verstehst du nicht. Ich hätte schon letzte Woche anrufen sollen, als Angel noch da war.“
Ohne ein weiteres Wort unterbrach sie die Verbindung. Sofort setzte wieder Musik ein.
„Sehr geschickt stellt sich dein Lehrling aber nicht an“, kommentierte Frederik. „Oder ist das etwa Absicht?“
„Einem Azubi mangelt es eben an Erfahrung“, meinte Hanna achselzuckend und nahm ihr Handy vom Tisch. „Man muss ihm hin und wieder auf die Sprünge helfen.“ Ohne Eile erhob sie sich. „Entschuldige mich bitte einen Moment.“ Mit dem kleinen Telefon in der Hand betrat Hanna ihr Schlafzimmer und schloss die Tür hinter sich. Per Knopfdruck griff sie auf eine gespeicherte Nummer zu.
„Hi, ich bin Angelina“, sagte die Moderatorin nach dem Musikstück betont fröhlich. „Hoffentlich hast du nicht auch so ein

ätzendes Problem. Worüber wollen wir plaudern?"
„Über dich", erklang die sanfte Stimme der Anruferin, worauf Frederik sich in seinem Sessel unwillkürlich gerade aufrichtete.
„Mir scheint, du nimmst deine Aufgabe nicht ernst genug."
„Angel!?", rief Angelina erschrocken aus. „Hörst du mir etwa zu? Du bist doch in den Ferien!"
„Das hindert mich nicht daran, dich im Auge zu behalten, Angelina. Oder dachtest du, du hast während meiner Abwesenheit Narrenfreiheit?"
„Nein..., ich.... eh..." Eine kurze Pause entstand. „Wie geht es dir, Angel? Ist es cool auf Wolke 7?"
„Angelina", mahnte der Engel der Nacht. „Jetzt nimm erst mal das Kaugummi aus dem Mund und hör auf, so verlegen an einer deiner rot gefärbten Haarsträhnen zu drehen."
„Kannst du hellsehen? Woher weißt du, was ich gerade tue?"
„Wie du vorhin richtig bemerkt hast, bin ich einige Jahrhunderte älter als du. – Ob du deshalb tatsächlich knackiger bist, halte ich allerdings für ein Gerücht. Fest steht jedenfalls, dass ich sehr viel erfahrener bin. Du musst noch eine Menge lernen, Angelina. Vor allem musst du deinen Hörern Respekt entgegenbringen – und Verständnis für ihre Ängste und Nöte haben. Wenn dir jemand seinen Kummer anvertraut, solltest du dich bemühen, dem Ratsuchenden bei der Lösung dieses Problems zu helfen. Dafür sind wir Engel da. Unsere Aufgabe ist es, Hilfestellung zu leisten."
„Okay, okay", seufzte Angelina. „Darf ich dabei wenigstens ein bisschen Spaß haben?"
„Übertreib es aber nicht", ermahnte Angel sie sanft. „Denk immer daran, dass auch ich dir zuhöre. Ich melde mich bald wieder. – Gute Nacht, Engelchen."

Kapitel 30

Nach dem Notartermin erklärte Maurice Blanc dem neuen Besitzer der Finca, fast all seine persönlichen Sachen seien bereits am Morgen abgeholt worden, so dass er am Nachmittag nach

Paris zurückflöge. Obwohl Frederik sich darüber amüsierte, wie eilig der Mann es zu haben schien, von der Insel zu verschwinden, kamen ihm die Pläne des Franzosen sehr entgegen. Zum einen wollte Frederik Hannas Gastfreundschaft nicht länger als nötig in Anspruch nehmen. Zum anderen wollte er den Club so schnell wie möglich verlassen, um etwas Zeit zu gewinnen, bevor er Romy erneut gegenübertreten würde.
Nachdem sie sich von Maurice Blanc verabschiedet hatten, schlenderten Hanna und Frederik zum Hafen der Inselhauptstadt Mahón. Dort lud Frederik seine attraktive Begleiterin in das Restaurant Gregal zum Mittagessen ein. Von der reichhaltigen Speisekarte wählten sie beide ein Fischgericht und besprachen beim Essen Frederiks weiteres Vorgehen.

Unterdessen betrat Jakob das Büro der Hotelmanagerin. Fragend blickte die junge Frau von ihren Unterlagen auf.
„Was kann ich für Sie tun?“ Das Läuten des Telefons kam Jakobs Antwort zuvor. „Perdón“, bat sie mit entschuldigendem Lächeln, deutete auf den Stuhl vor ihrem Schreibtisch und griff zum Hörer. „Hola!?“
Sie führte das Gespräch in spanischer Sprache, nebenbei bediente sie mit einer Hand den Computer, so dass Jakob sich auf eine längere Wartezeit einstellte und in dem bequemen Besuchersessel Platz nahm. Er bemerkte einen Stapel Clubprospekte auf dem Schreibtisch und beugte sich etwas vor. Als er danach griff, stieß er an ein an den Monitor gelehntes Foto, das zu Boden fiel. Flink hob er es auf und wollte es zurückstellen. Er warf nur einen flüchtigen Blick darauf – und stutzte überrascht: Die Hochglanzaufnahme zeigte eine Frau in einem Schlangenkostüm. Unwillkürlich produzierte Jakobs Gedächtnis Erinnerungsbilder: Er sah sich, wie er dieses verführerische Wesen beim Tanzen in den Armen hielt, wie sie den ganzen Abend zusammen gelacht und geflirtet hatten. Plötzlich spürte er ihre Nähe fast körperlich, die lockenden Lippen, den erregenden Duft ihrer Haut, die Leidenschaft, die sie beide im Dunkel des

Pavillons überwältigt hatte. Jakob bemerkte nicht, dass Joanna ihr Gespräch beendete und ihn aufmerksam anschaute.
„Tut mir Leid, dass Sie warten mussten", sprach sie ihn an, den Blick auf das Foto in seinen Händen gerichtet. „Tolles Kostüm, nicht wahr!?"
Prüfend musterte Jakob die hübsche junge Frau. Größe und Figur könnten ungefähr passen.
„Sie waren schon mal in Hannover?"
„Das kann ich nicht leugnen."
„Dann sind Sie die Schlangenfrau auf diesem Foto."
Lächelnd schüttelte Joanna den Kopf.
„Leider nicht." Ihre großen braunen Augen richteten sich erwartungsvoll auf sein Gesicht. „Täusche ich mich, oder haben Sie dieses exotische Wesen schon einmal gesehen, Herr...?"
„Jensen", stellte Jakob sich vor. Dadurch bestätigte sich Joannas Verdacht, dass es sich bei ihm um den Nachbarn ihrer Mutter handelte. Aber um welchen der beiden Brüder?
„Ich bin der Schlangenfrau auf einem Kostümfest begegnet", beantwortete Jakob ihre Frage. „Wer ist sie denn nun?"
„Meine Mutter."
„Ihre Mutter?", echote Jakob fassungslos. Das konnte unmöglich wahr sein! Er teilte ein intimes Erlebnis mit einer Frau, die schätzungsweise um die sechzig sein musste? War sie deshalb so schnell aus dem Pavillon geflohen? Wollte sie verhindern, dass er sich sonst nach der Demaskierung entsetzt aus dem Staub gemacht hätte? „Unglaublich", murmelte er und stellte das Foto an seinen Platz zurück. „Wie dem auch sei, ich bin hier, weil ich mich erkundigen möchte, wo man ein Auto mieten kann."
„Einen Mietwagen können Sie über mich buchen", erwiderte Joanna gleichbleibend freundlich und griff nach einem Prospekt, den sie ihm über den Schreibtisch hinweg reichte. „Diese Liste enthält alle verfügbaren Modelle und die dazugehörigen Preise. Wenn Sie sich entschieden haben, welchen Wagen Sie für wie lange leasen wollen, arrangiere ich, dass Ihnen das

Fahrzeug zu diesem Termin zur Verfügung steht. Für Sie ergeben sich durch unsere Vermittlung keinerlei Mehrkosten. Wir bieten diesen Service an, weil unsere Bucht vom nächsten Ort mit einer Rent-a-car-Niederlassung relativ weit entfernt liegt. – Das gleiche gilt auch für einen Fahrradverleih."

„Ihr Service ist wirklich beeindruckend", befand Jakob. „Haben Sie zufällig auch Prospektmaterial über die Sehenswürdigkeiten der näheren Umgebung?"

„Selbstverständlich, Herr Jensen." Geschmeidig erhob sie sich und trat an ein Regal, aus dem sie verschiedene Broschüren nahm. Jakobs Blick folgte der jungen Frau, erfasste etwas Gerahmtes an der Wand neben ihr. Interessiert erhob er sich, um sich das genauer anzusehen.

„Tatsächlich eine Goldene Schallplatte", brachte er staunend hervor. Der eingravierte Name darunter überraschte Jakob noch mehr. „Rosemarie Winterstein...", las er halblaut. „Woher haben Sie dieses kostbare Stück?"

„Es gehört meiner Großmutter."

Verstehend nickte Jakob.

„Hat sie die Goldene Schallplatte irgendwo ersteigert?"

„Nein, sie wurde ihr verliehen."

„Ihre Großmutter ist die begnadete Pianistin Rosemarie Winterstein?", folgerte er verblüfft. „Ich wusste gar nicht, dass sie schon so alt ist."

Joannas fröhliches Lachen erklang.

„Lassen Sie das bloß nicht Romy hören."

„Was soll ich nicht hören?", fragte ihre Großmutter im Hereinkommen. Mit einem Lächeln registrierte sie die Anwesenheit des Gastes und streckte ihm die Hand entgegen. „Hallo, Jakob. Wie geht es Ihnen?"

„Ausgezeichnet." Galant beugte er sich über ihre Rechte. „Schön, Sie wiederzusehen, Romy."

„Gefällt es Ihnen bei uns?" Fragend wechselte ihr Blick zu Joanna. „Oder hat Herr Dr. Jensen etwa Grund zur Beanstandung?"

„Natürlich nicht, Großmutter." Joanna beobachtete, dass er jetzt schon zum dritten Mal verblüfft schien. „Oder doch?"
Wortlos schüttelte Jakob den Kopf. Plötzlich war ihm klar, weshalb sie ihm schon bei ihrer ersten Begegnung bekannt vorgekommen war. Der Blick, mit dem er sie bedachte, drückte Bewunderung aus.
„Sie sind tatsächlich die berühmte Rosemarie Winterstein?"
„Das ist mein Mädchenname. Wussten Sie das nicht?"
„Bislang hat mir das niemand verraten. Allerdings wundert mich Ihr hinreißendes Klavierspiel nun nicht mehr. Warum haben Sie mir damals verschwiegen, wer Sie wirklich sind?"
„Soweit ich mich erinnere, sagte ich Ihnen, ich sei Hannas Mutter. Nur in dieser Eigenschaft war ich in Hannover."
„Sie hätten mir wenigstens erzählen können, dass Hanna kein Einzelkind ist. Haben Sie außer ihr noch einen Sohn?"
Nun war es Romy, deren Augen einen überraschten Ausdruck annahmen.
„Ich habe keinen Sohn. Wie kommen Sie darauf?"
„Dann muss es eine zweite Tochter sein", war Jakob überzeugt. „Ich spreche von der Mutter Ihrer reizenden Enkelin."
„Ach, die meinen Sie ..." Ein Lachen unterdrückend, zwinkerte sie der jungen Frau kaum merklich zu. „Wissen Sie, Jakob, Joannas Mutter ist ein ziemlich komplizierter Mensch: hochintelligent, aber furchtbar eigenwillig. Bildschön, aber sehr wählerisch. Sie ist so schwierig, dass sie sich sogar ständig mit den Nachbarn anlegt."
„Offenbar sind sich die Schwestern sehr ähnlich", rutschte es ihm heraus. „Man könnte meinen, die beiden sind Zwillinge."
„Sie gleichen einander tatsächlich wie ein Ei dem anderen", setzte Romy vergnügt noch eins obenauf. „Selbst ich kann sie nicht auseinanderhalten."
„Du bist beinah noch schlimmer als Mam", tadelte Joanna ihre Großmutter in absichtlich vorwurfsvollem Ton. „Müsst ihr andere immer an der Nase herumführen? Herr Dr. Jensen möchte sich bei uns erholen. Und du schockst ihn damit, dass

es angeblich zwei von der Sorte meiner Mutter gibt.“
Sichtlich verwirrt schaute Jakob die junge Frau an.
„Bedeutet das, die beiden sind gar keine Zwillinge?“
„Das bedeutet, Romy hat nur eine Tochter: meine Mutter.“
Diese Neuigkeit bewirkte zum vierten Mal einen total verblüfften Gesichtsausdruck bei Jakob.
„Sie sind...?“
„... Joanna Flemming“, vollendete sie. „Hannas Tochter.“
„Hanna hat eine erwachsene Tochter...“, murmelte er fassungslos. „Wieso hat sie das nie erwähnt?“
„Vielleicht hätten Sie, anstatt mit ihr zu streiten, öfter mit ihr reden sollen“, schlug Romy als Erklärung vor. „Das könnte man allerdings hier auf der Insel nachholen.“

Zum Service des Clubs zählten auch Liegen und Sonnenschirme am feinen, zu beiden Seiten von Felsen eingerahmten Sandstrand. Wild wachsende Kamille breitete sich kissenförmig als grün-weiß-gelbe Farbtupfer auf den Felssteinen aus. Das türkisfarbene Wasser war kristallklar und bot weiter draußen Ankerplätze für Jachten in der gut geschützten kleinen Bucht. Auch das zum Club gehörende Motorboot dümpelte hier in den sanften Wellen. Die an eine Felswand gebaute Strandbar mit dem Dach aus überhängenden Palmwedeln fügte sich vollkommen in die Landschaft.
Am Nachmittag zog es auch Hanna an den Strand. Dort hielt sie nach Marie und den Mädchen Ausschau, entdeckte aber nur ihren Nachbarn, der es sich lesend auf einer Liege bequem gemacht hatte.
„Hallo, Jakob.“ Die herumliegenden Badesachen verrieten, dass der Rest der Familien nicht weit sein konnte. „Wo stecken denn die anderen?“
Durch die Gläser seiner Sonnenbrille musterte er die Frau, die einen bunten Pareo um ihren Körper geschlungen trug.
„Marie und Jonas spielen mit den Kindern Beach-Volleyball. Du kannst dich aber trotzdem zu mir legen. Ich bin harmlos.“

Auch Hanna trug eine Sonnenbrille, so dass er das amüsierte Funkeln in ihren Augen nicht sehen konnte.
„Echt?“ Sie breitete ihr Badelaken auf der Liege neben ihm aus. „Wirst du in diesem südlichen Klima etwa träge?“
„Schon möglich“, meinte er achselzuckend, während er Hanna beobachtete, wie sie das farbenfrohe Tuch ablegte. Der knappe rote Bikini, den sie darunter trug, wirkte wie Warndreiecke für allzu interessierte männliche Betrachter.
Unbefangen ließ Hanna sich auf der Liege nieder und streckte die langen Beine aus. Genauso ungeniert, wie Jakob ihre Figur gemustert hatte, tat sie das mit seinem Körper. Dabei erkannte sie nicht nur, wie gut er in Form war. Auch das blau-grünlich verfärbte Hämatom an seiner linken Brustseite blieb ihr nicht verborgen. Stammte das etwa von seiner Auseinandersetzung mit Klaus Schmidtbauer? Unwillkürlich streckte Hanna die Hand aus und strich behutsam darüber.
„Wo hast du dir das denn eingehandelt?“
„Ich war nur ein bisschen ungeschickt“, behauptete Jakob, ohne sich anmerken zu lassen, wie sehr er ihre kurze, sanfte Berührung genossen hatte. „Ein Zusammenstoß mit der Kellertür vor ein paar Tagen.“
Hanna ahnte, dass dies nicht der Wahrheit entsprach, beließ es aber dabei. Sie nahm die Sonnenlotion aus ihrer Tasche und öffnete den Verschluss. Zuerst cremte sie ihre schlanken Beine ein, dann folgten Arme, Bauch und Dekolleté.
„Bist du so nett?“ Sie reichte Jakob das Fläschchen und streckte sich bäuchlings aus.
Während er wortlos etwas von der milchigen Flüssigkeit in seine Hände gab, griff Hanna hinter sich und öffnete das Häkchen des Bikinioberteils. Nach kurzem Zögern setzte Jakob sich auf den Rand ihrer Liege und legte die Finger auf Hannas Schultern. Mit sanften, kreisenden Bewegungen verteilte er die Lotion auf ihrer zarten Haut. Sie fühlte sich unglaublich samtig an, so dass Jakob sich viel Zeit ließ, bis er bei den beiden kleinen Grübchen oberhalb des roten Warndreiecks des Bikinislips

angelangt war.
„Danke, Jakob“, sagte sie schließlich, da seine Hände diese Stelle offenkundig intensiver als nötig vor den gefährlichen Sonnenstrahlen schützen wollten.
„Danke niemals einem Mann für etwas, das ihm Vergnügen bereitet“, erwiderte er und zog sich wieder auf seine Liege zurück. „Wo versteckt sich eigentlich dein geheimnisvoller Freund? Ist er abgereist – oder lichtscheu?“
„Er hat zu tun“, antwortete sie vage. „Sonst noch Fragen?“
„Heute habe ich zufällig eine reizende junge Frau kennengelernt“, ging er über ihre Worte hinweg. „Warum hast du mir deine Tochter verschwiegen?“
„Nenn mir einen Grund, aus dem ich dir auch noch das erzählen sollte, was du noch nicht aus meinen Nächsten über mich rausgekitzelt hast.“
„Ich interessiere mich eben für meine Mitmenschen. Ist das verboten?“
„Eher erstaunlich, da du über dich selbst so gut wie nichts verrätst. Was hast du zu verbergen, dass du im Hinblick auf deine Vergangenheit so verschlossen bist? Findest du es fair, von anderen Offenheit zu erwarten, während du selbst sofort dicht machst oder irgendwelche Sprüche von dir gibst?“
„Das ist mir gar nicht bewusst“, behauptete Jakob. „Bei welcher Gelegenheit war ich denn nicht offen zu dir?“
„Das letzte Mal vor wenigen Minuten“, entgegnete sie prompt. „Ein Zusammenprall mit einer Kellertür hinterlässt nicht ein solches Hämatom.“
„Die Wahrheit würdest du mir ohnehin nicht glauben.“
„Warum versuchst du es nicht einfach?“
Sekundenlang fixierte Jakob die Frau neben sich durch die dunklen Gläser. Unvermittelt nahm er die Sonnenbrille dann jedoch ab.
„Jemand hat auf mich geschossen.“
„Was?“, entfuhr es Hanna nun doch erschrocken, denn das hatte man ihr im Sender verheimlicht. „Wer?“

„Der Verbrecher, der bei euch im Funkhaus war. Der Kerl hat genau auf mein Herz gezielt, aber ich habe eine kugelsichere Weste getragen. Dennoch versetzte mir der Schuss einen gewaltigen Schlag.“ Fragend hob er die Brauen. „Möchtest du auch noch hören, was ich dort zu suchen hatte?“
„Du bist Dracula und wolltest dem Engel der Nacht helfen.“
„Woher weißt du das? Von deinem Freund Maiwald?“
„Seltsamerweise hat Uli mir nicht die Identität des Vampirs verraten“, wurde ihr erst jetzt bewusst. Sie ahnte, dass ihr Jugendfreund befürchtete, sie könne ihren Nachbarn sonst mit anderen Augen sehen. „Schon nach einem deiner Anrufe bei Angel habe ich vermutet, dass du dich hinter dem Namen Dracula verbirgst. Das war, als du ihr von dem schwärzesten Tag deines Lebens erzählt hast. Mir sind die Parallelen zu deiner verzweifelten Lage aufgefallen.“
„Demnach hörst du Angels Sendung während der Arbeit“, schloss er daraus. „Warum hast du mir deinen Verdacht nicht bei erster Gelegenheit an den Kopf geworfen?“
„Du wolltest dein Inkognito wahren. – Das habe ich respektiert und mit niemandem darüber gesprochen.“
„Du bist eine erstaunliche Frau“, sagte Jakob bewundernd. Auch dafür liebe ich dich, fügte er in Gedanken hinzu. „Hast du das Inkognito deiner Mutter aus dem gleichen Grund nicht gelüftet?“
„Meiner Mutter? Wieso?“
„Mir gegenüber hast du nie erwähnt, dass Romy die begnadete Pianistin Rosemarie Winterstein ist.“
„Das wusstest du nicht? Hat sie nicht am Tage ihrer Ankunft in Hannover auf deinem Flügel Mozart gespielt?“
„Und wie. Ich habe Romy gesagt, ich hätte das Jeunehomme-Konzert selten so brillant gehört. Abgesehen von dem Japaner Tasanaki nur noch auf einer älteren Aufnahme der grandiosen Winterstein.“ Er stieß einen tiefen Seufzer aus. „Deine Tochter hält mich vermutlich auch für einen Vollidioten, weil ich nicht sofort begriffen habe, dass du ... ihre ... Mutter... bist...“, voll-

endete Jakob mit einer Mischung aus Verblüffung und plötzlichem Verstehen. Erst in diesem Augenblick wurde ihm klar, was das bedeutete: Hanna war die aufregende Boa! Sie war die geheimnisvolle Fremde, die sich ihm in völliger Dunkelheit des Pavillons hingegeben hatte! Seit Wochen wünschte er sich, Hanna nah zu sein, ohne zu wissen, dass sie bereits eine sehr intime Nähe miteinander teilten...
„Was ist?", fragte sie irritiert über seinen überraschten Gesichtsausdruck. „Stimmt was nicht?"
„Doch, doch", sagte er hastig und schob die Sonnenbrille wieder auf die Nase. „Alles in Ordnung." Erleichtert sah er Marie und Jonas mit den Kindern zurückkehren, denn er musste diese neue Erkenntnis erst einmal verdauen.

Den abendlichen Treffpunkt der Gäste des Clubs bildete zweifellos der Bereich um die Poolbar. Für die musikalische Unterhaltung sorgte eine kleine Band, so dass sich schon einige Tanzfreudige im Rhythmus romantischer Klänge wiegten, während andere plaudernd an den Tischen saßen und die milde Sommernacht genossen.
Zu vorgerückter Stunde fanden sich auch die Jensen-Brüder dort ein, da Romy sie zu einem Willkommensdrink eingeladen hatte.
„Nehmen Sie bitte Platz", sagte Romy und deutete auf die zwei freien Teakholzstühle am Tisch. „Was möchten Sie trinken, meine Herren?"
Jakob blickte zu Hanna hinüber, die ein orangefarbenes Getränk in einem hohen, hübsch dekorierten Glas vor sich hatte.
„Dein Drink sieht sehr appetitlich aus", sprach er sie an. „Ist das ein Cocktail?"
„Ich fürchte, der ist völlig ungeeignet für dich", erwiderte sie todernst. „Diese Gebräu nennt sich: Sex on the beach."
„Genau das, was ich jetzt brauche", konterte Jakob. „Von Sex am Stand habe ich schon immer geträumt." Mit scheinbarer Besorgnis schaute er seinen Bruder an. „Bevor du das jetzt

kommentierst, rate ich dir zu einem frisch gezapften Euterpils. Milch macht müde Männer munter."

„Falls du denkst, nur weil ich mich hier rund um die Uhr um meine Kinder kümmere, sei meine Energie um diese Zeit schon auf dem Nullpunkt, muss ich dich enttäuschen, mein lieber Bruder. Ich bin fit wie ein Turnschuh." Vielsagend wechselten Jonas' Augen zwischen ihm und Hanna. „Da du aber offenbar der einzige sein möchtest, der mit dieser reizenden Lady Sex on the beach genießt, entscheide ich mich für eine Caipirinha."

Leise lächelnd gab Romy einem der Kellner ein Zeichen, worauf der junge Mann sofort an ihren Tisch trat und die Bestellung aufnahm.

Bald darauf gesellte sich auch Joanna zu der Runde. Bevor die junge Frau sich setzte, küsste sie ihre Mutter leicht auf die Wange. Der liebevolle Blick, den die beiden tauschten, verriet ihre herzliche Verbundenheit.

„Sie haben mehr Ähnlichkeit mit Ihrer Großmama als mit Ihrer Mutter", stellte Jakob fest. „Dadurch könnte man Sie ohne weiteres für Romys Tochter halten."

„Bei mir haben sich die starken mediterranen Gene meines Vaters durchgesetzt", bemerkte Hanna ironisch. „Vielleicht überspringt diese sanftmütige, engelhafte Wesensart aber auch immer eine Generation. Dazwischen muss man eben nehmen, was man kriegt."

„Bei dir hat die Natur auch nicht gerade mit aufsehenerregenden Attributen gegeizt", sagte Jonas charmant. „Jedenfalls habe ich mich selten unter so viel weiblicher Schönheit befunden wie heute Abend."

„Der Mann scheint nicht viel rumgekommen zu sein", bemerkte Marie. „Tolle Frauen wie in unserer Familie gibt es viele."

„Ich seid nicht zu überbieten", widersprach Jonas lachend. „Von der Großmutter bis zur kleinen Lisa. Allmählich glaube ich, das liegt daran, dass es bei euch keine männlichen Störfaktoren gibt. – Selbst euer Hund ist weiblich."

„Dafür sind bei Ihnen bis hin zu Ihrem Mini-Pavarotti alle

männlich“, warf Romy ein. „Vielleicht sollte man unsere beiden Familien mal ein bisschen mixen!?“

„Wie kann man nach nur einem Drink auf so abwegige Ideen kommen?“, tadelte Hanna ihre Mutter. „Oder hast du uns etwa schon ein paar Gläschen voraus?“

„Nicht einen Tropfen“, verneinte Romy. „Obgleich ich allen Grund dazu gehabt hätte: Heute Nachmittag habe ich erfahren, dass ich einen neuen, unangenehmen Nachbarn bekomme.“

„Warum sollte es dir besser ergehen als mir?“, rutschte es Hanna heraus, während sie sich fragte, wie ihre Mutter schon jetzt von Frederiks Grundstückskauf erfahren haben könnte. Zwar war sie stets gut informiert, was ihrer großen Beliebtheit auch unter den Einheimischen zuzuschreiben war, aber außer den unmittelbar am Kauf Beteiligten konnte eigentlich niemand davon wissen. Hanna konzentrierte sich ausschließlich auf ihre Mutter, so dass sie nicht bemerkte, was ihre unbedachten Worte bei Jakob bewirkt hatten. Er war bei ihrer Äußerung zusammengezuckt und blickte nun finster vor sich hin.

Unterdessen forschte Hanna immer noch in Romys klaren Zügen. Auf den ersten Blick wirkte sie strahlend wie eh und je. Nur wer Romy so gut wie ihre Tochter kannte bemerkte, dass sie hinter eiserner Disziplin etwas zu verbergen suchte. Irgendetwas schien sie zu beunruhigen, aber Hanna zweifelte daran, dass es mit dem Grundstücksverkauf zusammenhing.

„Woher weißt du überhaupt von deinem neuen Nachbarn?“, fragte sie vorsichtig. „Hat er sich hier schon vorgestellt?“

„Maurice Blanc hat mich vom Flughafen aus angerufen, um mir triumphierend zu berichten, er hätte seine Finca endlich verkauft. Zwar verriet er mir nicht, an wen, aber er meinte, dieser Mann sei ein harter Brocken, der genau wisse, was er wolle. Ich könne mich schon einmal darauf einstellen, dass er sich nicht nur freie Zufahrt zum Strand erstreiten wird.“

„Mit Aussicht auf Erfolg?“, fragte Jakob. „Kennen Sie sich mit der Rechtslage aus?“

„Nach spanischem Recht darf man niemandem den Zugang

zum Strand verwehren“, wusste Romy. „Dennoch stellen einige Landbesitzer Wachposten auf, um Touristen am Betreten ihres Grund und Bodens zu hindern. Auch deshalb hat das spanische Umweltministerium vor etwa fünf Jahren damit begonnen, ganze Küstenstriche aufzukaufen, um Badegästen das Erreichen der Buchten zu garantieren. Manche Grundbesitzer verlangen allerdings weiterhin eine Wegegebühr.“ Sie beugte sich etwas vor und griff nach ihrem Weinglas. „Mir bereitet Sorge, dass der neue Besitzer womöglich mit dem Wagen bis an den Strand fahren möchte. Immerhin ist der Club autofreie Zone. Dürfte hier jeder mit seinem stinkenden Abgasen nach Lust und Laune durchfahren, würde das die Erholungsqualität erheblich mindern.“
„Vorläufig solltest du dir keine Gedanken darüber machen“, empfahl Hanna ihrer Mutter. „Solange der neue Besitzer nicht mit irgendwelchen Forderungen an dich herantritt ...“
„Nach Maurices Worten wird das schon bald passieren. Er schien sehr zufrieden damit zu sein, einen Käufer gefunden zu haben, der mir das Leben schwer machen wird.“
Verständnislos schüttelte Jonas den Kopf.
„Warum sollte er das tun? Gibt es einen Grund dafür?“
„Maurice Blanc konnte bei meiner Tante nicht landen“, entgegnete Marie, bevor sie die Zusammenhänge erklärte. „Seitdem gibt er Romy die Schuld am Scheitern seiner Ehe“, schloss sie.
„Deshalb hat er sich so vehement geweigert, an mich zu verkaufen“, fügte Romy hinzu. „Obwohl ich seit Jahren an dem Grundstück interessiert bin.“

Weit nach Mitternacht kehrte Hanna in ihren Bungalow zurück. Wie gewöhnlich empfing Geisha sie freudig schwänzelnd.
„Habe ich dich solange alleingelassen, meine Süße?“, Sie kniete sich zu der Hündin auf den Boden und kraulte sie ausgiebig. „Das nächste Mal darfst du wieder mitkommen“, versprach sie.

„Oder wollen wir jetzt noch mal an den Strand gehen?"
Sofort sprang Geisha auf und schaute ihr Frauchen erwartungsvoll an. Da die Hündin bei ihrer Abendrunde bereits sämtliche Geschäfte erledigt hatte, nickte Hanna lächelnd.
„Okay, ich ziehe mich schnell um."
In ihrem Schlafzimmer entkleidete sie sich, schlüpfte in den Bikinislip und streifte ein Bigshirt über. Auf dem Weg hinaus griff sie sich noch ein Handtuch, ehe sie den Bungalow mit ihrer Hündin über die Terrasse verließ. Das kleine Grundstück hatte über einen schmalen Pfad direkten Zugang zum Strand. Geisha lief voraus und tobte im Mondlicht durch den feinen Sand. Obwohl die Bucht bei maximal einhundert Gästen des Clubs niemals überfüllt wirkte, liebte Hanna die nächtliche Ruhe am Wasser. Sie ließ das Frotteetuch achtlos in den Sand fallen, streifte das Shirt ab und tauchte in die Wellen. Es war gar nicht nötig, nach Geisha zu rufen. Mit schnellen Sätzen sprang die Hündin ins seichte Wasser.
Während sie durch das erfrischende Nass tollten, setzte sich ein Mann auf einen der großen Felssteine in Ufernähe und nahm die mitgebrachte Klarinette aus dem Futteral. Unerwartet wehte der leichte Wind leise Musik zu Hanna herüber.
„Komm, Geisha", sagte sie zu ihrer Hündin. „Wir sind nicht mehr allein."
Als sie an das Ufer zurückkehrten, sah sie die Silhouette des Mannes auf dem Felsen. Sie ahnte, dass nur einer verrückt genug sein konnte, mitten in der Nacht am Strand *In the air tonight* auf der Klarinette zu spielen. Vermutlich hatte er auch längst erkannt, dass sie oben ohne mit Geisha gebadet hatte. Sich nun überhastet anzukleiden, empfand Hanna als lächerlich. Deshalb bückte sie sich nach dem Handtuch und tupfte ihre Haut trocken, bevor sie wieder in das Shirt schlüpfte. Unterdessen hatte sich Geisha zweimal geschüttelt und lief neugierig quer durch den Sand auf den Felsen zu. Langsam folgte Hanna der Hündin. Im Näherkommen tat sie überrascht.
„Ach, du bist das, Jakob."

„Um nicht auch noch in den Ferien deinen Schönheitsschlaf zu stören, hat sich dein unangenehmer Nachbar hierher verzogen“, erwiderte er mit einer Spur Sarkasmus, wobei er seine Klarinette einpackte. „Ich bin schon so gut wie verschwunden.“
„Nun sei nicht albern. Das war vorhin nicht bös gemeint. Ich wollte dich nicht kränken.“
„Gib ruhig zu, dass du mich in deinem Urlaub am allerwenigsten in deiner Nähe haben möchtest. Egal, was ich tue, du wirst mich immer für einen Idioten halten.“
„Das ist nicht wahr“, widersprach Hanna. „Manchmal imponierst du mir sogar.“
„Ich?“, spottete Jakob. „Gibt es tatsächlich etwas, das ich nicht falsch mache?“
„Das weißt du sehr genau. Sei es nun dein unermüdlicher Einsatz in deiner Familie, oder dein mutiges Eingreifen, als sich der Engel der Nacht in Gefahr befunden hat. Du bist immer bereit, anderen zu helfen.“
„Für mich ist das selbstverständlich“, winkte Jakob ab. „Für dich übrigens auch. Sonst hättest du dich kaum für einen unliebsamen Nachbarn eingesetzt, als er völlig verzweifelt war. Mittlerweile habe ich mir die Tonbandkassette angehört. Wie geschickt du Steffi mit dem Argument überführt hast, dass ich sie als Linkshänder gar nicht so angefasst haben konnte, wie sie behauptet hat, war genial. Offenbar bist du in der Lage, blitzschnell Zusammenhänge zu erfassen und zu analysieren.“
„Wahrscheinlich fielen mir diese Ungereimtheiten nur auf, weil auch mein Mann Linkshänder war“, lautete ihre nüchterne Erklärung. „Steffi zum Sprechen zu bringen, ist mir doch nur gelungen, weil sie mich für eine Frau vom Jugendamt hielt.“
„Dazu hat auch deine perfekte Maskerade beigetragen. Du hast genauso ausgesehen, wie man sich eine gestrenge Dame vom Jugendamt, die noch dazu Dorothee Wackernagel heißt, vorstellt. Habt ihr im Sender jemanden, der
darauf spezialisiert ist, eine blühende Schönheit in eine unförmige Landpomeranze zu verwandeln?“

„Ich dachte, du stehst auf barocke Formen!?“, neckte sie ihn mit seinen damaligen Worten. „Da ich beim Rundfunk und nicht beim Fernsehen arbeite, habe ich eine Freundin gebeten, mir bei der Verwandlung zu helfen. Dagmar ist zugleich Masken und Kostümbildnerin. Wenn man zwischen ihre Finger gerät, ist man nicht wiederzuerkennen.“
„Offenbar beherrscht sie ihr Metier meisterhaft“, sagte Jakob anerkennend. Ihm war klar, dass diese Frau auch für Hannas Schlangenkostüm verantwortlich gewesen sein musste. Das war so gekonnt gearbeitet, dass er von selbst niemals auf den Gedanken gekommen wäre, ausgerechnet seine Nachbarin könne sich darunter verbergen. „Vielleicht sollte ich deine Freundin Dagmar mal besuchen. Bei ihrem Talent gelingt es ihr bestimmt, mich in jemanden zu verwandeln, den du magst.“
„Die Mühe kannst du dir sparen“, sagte Hanna zu seiner Enttäuschung und pfiff nach Geisha, die im Sand buddelte. „Meistens mag ich dich nämlich so, wie du bist“, fügte sie hinzu und setzte sich in Bewegung. „Gute Nacht, Jakob.“
Erstaunt blickte er ihrer schlanken Gestalt im Mondschein nach. – Und dann lächelte er.

Kapitel 31

Nach ihrem Morgenspaziergang mit Geisha betrat Hanna das Hauptgebäude des Clubs. Ihre Tochter war bereits an der Rezeption beschäftigt.
„Guten Morgen, mein Schatz“, begrüßte Hanna sie. „Hast du eine Ahnung, wo ich Romy finde?“
„Großmutter ist noch gar nicht runtergekommen“, erwiderte Joanna hilflos. „Ich weiß auch nicht, was mit ihr los ist. Seit sie wegen Carlos Hals über Kopf weggefahren ist, hat sie sich verändert.“
„Inwiefern?“
Sekundenlang überlegte Joanna.
„Sie ist nicht mehr so ausgeglichen wie vorher, ernster, in sich gekehrter. Zwar versucht sie, sich nichts anmerken zu lassen,

aber irgendwas scheint sie sehr zu belasten. Wahrscheinlich schläft sie deshalb so schlecht. Früher war Großmutter spätestens um 7.00 Uhr auf den Beinen. Seit ihrer Rückkehr erscheint sie oft erst zwei Stunden später."

„Ich ahne, womit das zusammenhängt", sagte Hanna, bevor sie ihre Tochter darüber in Kenntnis setzte, was sich in Hannover ereignet hatte. „Die Trennung von Carlos, der nächtliche Überfall und vermutlich auch die Enttäuschung über Frederiks Abreise macht Romy bestimmt noch sehr zu schaffen. Ich gehe jetzt hinauf und rede mit ihr darüber."

Rasch zog Joanna eine Schublade auf und griff hinein.

„Nimm Großmutters Wohnungsschlüssel mit, Mam. Vielleicht steht sie gerade unter der Dusche."

Tatsächlich reagierte Romy nicht auf das Klopfen ihrer Tochter. Deshalb benutzte Hanna den Schlüssel, um in die Wohnung zu gelangen.

„Mama!?" Keine Antwort. Zunächst warf Hanna einen Blick in den Wohnraum, dann ins Schlafzimmer. Trotz der geschlossenen Fensterläden war es hell genug, um die Gestalt zu erkennen, die bäuchlings auf dem Bett lag. Auf Zehenspitzen trat Hanna näher und schaute auf ihre Mutter hinunter. Von Romys Gesicht war nichts zu sehen, da das lange, zerzauste Haar es verdeckte. Selten hatte Hanna ein derart zerwühltes Lager gesehen: Die dünne Decke hing größtenteils auf den Fußboden; das Laken war völlig zerknautscht. Eines der beiden Kissen war von der Matratze gerutscht, das zweite befand sich zerdrückt auf der anderen Seite des Bettes. Die Szenerie wirkte wie nach einer lustvollen Nacht oder wie nach einem Kampf.

Vorsichtig setzte Hanna sich. Dabei bemerkte sie das Tablettenröhrchen neben einem Wasserglas auf dem Nachtkästchen. Alarmiert nahm sie es zur Hand und erkannte, dass es sich um ein Schlafmittel handelte.

„Oh, Gott...", entfuhr es Hanna, als sie feststellte, dass es leer war. „Mama!" Mit beiden Händen umfasste sie die Schultern ihrer Mutter. „Mama! Wach auf, um Himmels willen!"

Ein Stöhnen brach über Romys Lippen, wobei sie sich kaum merklich bewegte.
Unwillkürlich schossen Hanna Tränen in die Augen.
„Mama! Du musst aufwachen!“, flehte sie und schüttelte ihre Mutter ein wenig. „Bitte, tu mir das nicht an!“
Mühsam rappelte sich Romy etwas hoch und strich ihr Haar zurück.
Aus glanzlosen Augen starrte sie ihre Tochter verwirrt an.
„Was ... was ist denn passiert?“
„Das fragst du noch?“ Aufgewühlt hielt sie ihr das Tablettenröhrchen unter die Nase. „Wie viele hast du davongeschluckt?“
„Was?“ Romy war noch zu schlaftrunken, um zu begreifen, was hier vor sich ging. Mit einer Hand zog sie sich das Kissen heran und bettete ihren schmerzenden Kopf darauf. „Lass mich schlafen, Hanna...“
Schon fielen ihr die Augen zu.
„Du darfst nicht wieder einschlafen!“, beschwor ihre Tochter sie, kniete sich auf die Matratze und zog ihre Mutter hoch. „Komm, steh auf! Du musst dich bewegen!“
Unwillig befreite sich Romy aus ihrem festen Griff.
„Was, zum Teufel, soll dieser Unsinn? Warst du zu lange in der Sonne, oder wieso platzt du hier herein und führst dich wie eine Verrückte auf?“
„Kannst du dir nicht vorstellen, dass ich Angst um dich habe? Du liegst hier wie tot in einem völlig zerwühlten Bett, die leere Tablettenpackung auf dem Nachttisch...“
„Dachtest du etwa, ich hätte...?“ Kopfschüttelnd brach sie ab. „Das ist doch absurd, Hanna! Weshalb sollte ich das tun?“
„Vielleicht, weil du dich mit deinem Kummer alleingelassen fühlst!?“ Seit ich hier bin, habe ich mich überhaupt noch nicht um dich gekümmert.“
„Ach, du bist doch...“ Gerührt zog Romy ihre Tochter in die Arme und wiegte sie wie ein kleines Kind. „Musst du immer das Schlimmste annehmen und dann auch noch die Schuld bei dir selbst suchen? Ich konnte nicht einschlafen und habe mich

stundenlang herumgewälzt. Gegen halb fünf heute Morgen habe ich eine Schlaftablette genommen, um wenigstens noch ein bisschen Ruhe zu finden. Das ergeht mir in letzter Zeit häufig so, deshalb war es die letzte in der Packung." Zärtlich wischte sie ihrer Tochter die feuchten Spuren von den Wangen. „Mach dir nicht immer so viele Gedanken um mich, Spatz."
In einer liebevollen Geste strich Hanna ihrer Mutter das zerzauste Haar zurück.
„So hast du mich lange nicht genannt."
„Obwohl mittlerweile eine starke, selbstbewusste Frau aus dir geworden ist, bist du in meinem Herzen immer noch mein kleiner Spatz. Ich hab dich lieb."
„Und weil ich dich liebe, mache ich mir Sorgen um dich", gestand ihre Tochter. „Bitte, sag mir, war dich quält."
„Wie kommst du denn überhaupt darauf, dass ..."
„Das ist unübersehbar", fiel Hanna ihr ins Wort. „Nicht ohne Grund findest du nachts keine Ruhe."
„In letzter Zeit war alles wohl ein bisschen viel für mich", gab Romy widerstrebend zu. „Das verkrafte ich nicht mehr so leicht wie früher. Hinzu kommt, dass Carlos mich unbedingt zurückerobern will. Obwohl ich mich weigere, mich mit ihm zu treffen, ruft er täglich an, schickt Rosen..." Mit beiden Händen beschrieb sie eine hilflose Geste. „Außerdem werden die Alpträume von dem Überfall immer schrecklicher..."
„Erzähl mir davon."
„Manchmal hat das Schwarze Phantom Carlos' Gesicht", sagte sie erschaudernd. „Anstatt mir zu helfen, wendet sich Frederik wortlos ab und überlässt mich meinem Schicksal..."
„Du weißt, dass Frederik das niemals täte", sagte Hanna eindringlich. „Er würde dir jederzeit wieder beistehen. Trotzdem fühlst du dich von ihm durch seine Abreise im Stich gelassen. – Von Carlos hingegen fühlst du dich vermutlich bedroht, weil du insgeheim fürchtest, doch wieder schwach zu werden. Würdest du ihm verzeihen, käme das einer endgültigen Absage an Frederik gleich."

„Möglich, dass in meinem Unterbewusstsein noch ein ziemliches Chaos herrscht", räumte Romy ein. „Wahrscheinlich ist das alles noch zu frisch. Mit der Zeit komme ich schon darüber hinweg. Verstandesmäßig habe ich die Ereignisse schließlich auch akzeptiert. Ich bin realistisch genug, um mir nichts vorzumachen." Um nicht näher darauf eingehen zu müssen, erhob sich Romy und schlüpfte in ihren Morgenmantel. „Entschuldige, Hanna, ich muss jetzt unter die Dusche. Sag Joanna bitte, dass ich sie in einer halben Stunde ablöse."
„Okay." Sie spürte, dass ihre Mutter noch nicht bereit war, über ihre Gefühle zu sprechen.
Nachdenklich verließ sie Romys Wohnung. An der Rezeption gab sie ihrer Tochter den Schlüssel zurück.
„Ist Großmutter schon auf?", fragte Joanna. „Wie geht es ihr?"
„Nicht gut. Anscheinend glaubt sie, auch diesmal mittels ihrer eisernen Disziplin mit den Ereignissen fertigzuwerden. Nur fürchte ich, wird das nicht funktionieren. Ich muss mir was einfallen lassen..." Fragend hob sie die Brauen. „Du kennst dich hier doch gut aus. Wo würdest du Möbel kaufen?"
„Möbel? Willst du deinen Bungalow neu einrichten?"
„Das erkläre ich dir später. – Also?"
„In Ferreries. Das liegt südlich der Hauptstraße nach Mahón in einem Talkessel. Im Untergeschoss der hohen Mietshäuser am Ortsrand sind große Möbelgeschäfte untergebracht. Wenn du dort kaufst, musst du nicht mit langen Lieferzeiten rechnen, weil die Möbel im Industriegebiet von Ferreries hergestellt werden."
„Sehr gut", sagte Hanna zufrieden. „Danke, mein Schatz."
Auf dem Weg zurück durch die Clubanlage begegnete Hanna ihrer Cousine mit ihren beiden jüngeren Töchtern.
„Vermisst du dein Essen auf Rädern etwa schon?", fragte sie und deutete auf den großen Picknickkorb in Maries Hand. „Oder seid ihr neuerdings Selbstversorger? Dann lasst euch bloß nicht von Romys Spitzenkoch erwischen."
„Bei José waren wir gerade", erzählte Sara grinsend. „Er hat es

sich nicht nehmen lassen, die Speisen für Señora Marie höchstpersönlich zusammenzustellen. Der Typ ist immer noch in Mam verknallt.”

„Damit muss man rechnen, wenn man mit dem Meister des Kochlöffels geheime Rezepte austauscht”, meinte Hanna vergnügt. „Was habt ihr denn mit den ganzen Fressalien vor?”

„Wir holen jetzt Timo ab und Leon und Jonas“, erklärte die kleine Lisa. „Und dann fahren wir in den Freizeitpark. Da gibt es eine ganz, ganz große Wasserrutsche.“

Lächelnd strich Hanna dem Kind über die Wange.

„Das ist bestimmt genau das richtige für eine kleine Badenixe, wie du eine bist. – Nehmt ihr Anna und Max nicht mit?“

„Verliebte brauchen hin und wieder Zeit für sich allein – ohne nervende Familien“, sagte Marie verständnisvoll. „Die restliche Bande will beschäftigt werden. Deshalb unternehmen wir den Ausflug zusammen. Jakob weiß auch schon Bescheid. Gegen Abend sind wir zurück.“

„Dann wünsche ich euch viel Spaß!“

In ihrem Bungalow griff Hanna gleich zu ihrem Handy.

„Ich bin es, deine Teilzeit-Verlobte“, gab sie sich zu erkennen, als Frederik sich meldete. „Wie läuft es denn bei dir?“

„Hervorragend, Liebling“, entgegnete er neckend. „Heute Morgen wurden Michel Blancs restliche Kartons abgeholt. Im Gegenzug sind meine Sachen aus Bayern in Kürze unterwegs. Mein Freund hat zwar an meinem Verstand gezweifelt, weil ich mich hier niederlasse, aber er hat mir versprochen, alles so bald wie möglich auf die Insel zu schicken. Jetzt muss ich mich schnellstens um Regale kümmern. Wenn meine vielen Bücher eintreffen, möchte ich sie gleich im Arbeitszimmer einsortieren. Auch die anderen Räume wirken ohne Möbel noch ziemlich trostlos.“

„Von meiner Tochter stammt der Tipp, zum Möbelkauf nach Ferreries zu fahren“, erzählte Hanna. „Dort gibt es viele Möbelgeschäfte. Alles, was dort angeboten wird, kommt aus den

ortsansässigen Fabriken, so dass eine schnelle Lieferzeit garantiert ist."
„Das ist optimal für mich. Ich fahre ich am besten gleich heute hin."
„Weißt du, wo der Ort liegt?"
„Ich besorge mir eine Karte der Insel – oder ein Navi. Hoffentlich gelingt es mir, Romys Geschmack zu treffen. In Einrichtungsdingen bin ich leider völlig unerfahren."
„Du könntest mich fragen, ob ich dich begleite."
„Ich hätte nicht gewagt, dich darum zu bitten", gestand er. „Nachdem ich dir zuerst in Hannover zur Last fiel und dich dann auch noch in den Ferien für meine Pläne einspannt habe, sollst du deinen Resturlaub genießen, anstatt für einen alten Mann das Kindermädchen..."
„Nenn mir eine Frau, die nicht gern einkauft", unterbrach Hanna ihn mit einem Lächeln in der Stimme. „Es wird mir ein Vergnügen sein, dich zu beraten. In einer halben Stunde könnte ich mit Geisha auf der Straße vor dem Club stehen. Sammelst du uns dort auf?"
„Es gibt nichts, das ich lieber täte", freute er sich. „Danke, Hanna."

Unterwegs auf der Hauptstraße berichtete sie Frederik zunächst von Maurice Blancs Anruf. Anschließend sprach sie von ihrer Sorge um ihre Mutter. Gemeinsam beschlossen sie, Romy schon bald mit ihrem neuen Nachbarn zu konfrontieren.

Marie und Jonas unternahmen in der darauffolgenden Woche mit den Kindern eine Katamaranfahrt an der Punta des Clot, bei der die Passagiere in Unterwasserkammern hinuntersteigen konnten, um durch die Fenster die Meeresvegetation und zahlreiche farbenfrohe Wasserbewohner zu betrachten.

Mittlerweile waren in Frederiks Finca sowohl die neuen Möbel als auch seine Kisten aus Deutschland eingetroffen. Wäh-

rend er mit dem Auspacken und Einräumen beschäftigt war, unternahm Jakob außerhalb der Clubanlage einen Spaziergang mit seinem Hund. Nach mehr als einer Stunde kehrten sie zum Tor der Bahia Silencio zurück. Dort zögerte Jakob einen Moment, bevor er Pavarotti an die Leine nahm und mit ihm die entgegengesetzte Richtung einschlug. Am Straßenrand entlang marschierten sie bis zur Einfahrt des Nachbargrundstückes. Jakob plante, dem Besitzer der Finca einen Besuch abzustatten. Da Romy über die Absichten dieses Mannes sehr besorgt schien, wollte Jakob herausbekommen, ob von ihm tatsächlich Schwierigkeiten zu erwarten seien. Jakob würde sich einfach als Kaufinteressent ausgeben und so tun, als wüsste er nicht, dass die Finca bereits den Besitzer gewechselt hatte.
Auf dem Weg zum Haus war unübersehbar, mit wie viel Liebe zum Detail die Bepflanzung des Grundstücks gestaltet war. Die Komposition aus Blumen, Büschen und Bäumen ergab ein harmonisches Bild. Der Steingarten am Haus wirkte wie von Mutter Natur selbst angelegt. Allein wegen dieses traumhaften Grundstücks war Romys seit langem gehegtes Kaufinteresse verständlich. Sollte das imposante Haus von innen halten, was es von außen versprach, handelte es sich zweifellos um ein architektonisches Schmuckstück.
„Okay, Pavarotti“, sagte Jakob und fasste die Leine kürzer. „Bringen wir es hinter uns.“
Energisch betätigte er den Türklopfer.
„Es ist offen, Liebling!“, ertönte eine männliche Stimme durch das geöffnete Fenster von drinnen. „Immer hereinspaziert!“
„Zwar sind wir nicht Liebling, aber was soll' s...“, murmelte Jakob während er am Türknauf drehte und mit dem Hund eintrat.
„Ich bin oben im Arbeitszimmer, Hanna!“, erklang die Stimme erneut, worauf Jakob irritiert stehen blieb.
Liebling? Hanna? War ihr Freund etwa der Käufer der Finca? Aus welchem Grund hatte sie das ihrer Mutter verheimlicht? Blitzartig wurde Jakob bewusst, wohin Hanna in den letzten

Tagen oft für mehrere Stunden verschwunden war. Offenbar hatte ihr Freund die Finca als Liebesnest erworben...
Entschlossen, sich Klarheit zu verschaffen, band Jakob die Leine am Treppengeländer fest.
„Sitz!“, befahl er dem kleinen Hund. „Herrchen ist gleich wieder da.“
Immer zwei Stufen auf einmal nehmend, stieg Jakob die Treppe empor. Die Geräusche verrieten ihm, wohin er sich wenden musste. Zögernd betrat er das Arbeitszimmer, in dem ihm abgewandt ein Mann auf einer Leiter stand und Bücher in das raumhohe Regal stellte.
„Reichst du mir bitte die Goethe-Bände?“, bat Frederik, ohne sich umzuwenden. „Der Karton steht auf dem Schreibtisch.“
Ohne den Irrtum aufzuklären, griff Jakob in die Kiste. Als Bücherfreund erkannte er, dass es sich um eine wertvolle Erstausgabe handelte. Wortlos reichte Jakob einen Band hinauf. Bei der Übergabe trafen sich ihre Blicke.
„Sie?“, wunderten sich beide Männer unisono.
Frederik fing sich als erster und stieg von der Leiter.
„Nun ist mein kleines Geheimnis wohl keines mehr.“ Freundlich streckte er dem unerwarteten Besucher die Hand entgegen. „Guten Tag, Jakob.“
„Hallo, Frederik.“ Fest erwiderte er den Händedruck. „Tut mir leid, dass ich hier einfach so reinplatze, aber ich wusste nicht, dass Sie der neue Besitzer der Finca sind.“
„Das sollte vorläufig auch niemand erfahren“, erklärte Frederik. „Lassen Sie uns bitte hinunter in den Wohnraum gehen. Hier oben herrscht noch ein ziemliches Chaos.“
An der Treppe befreite Jakob seinen Hund von der Leine und ließ ihn mit Frederiks Zustimmung in den Garten.
Die Männer nahmen einander gegenüber in der Sitzecke Platz.
„Sie haben doch zuerst ein paar Tage bei Hanna gewohnt“, formulierte Jakob seine Vermutung als Feststellung, worauf Frederik bestätigend nickte. „Lieben Sie Hanna?“
„So könnte man das durchaus bezeichnen“, sagte Frederik, der

für sie wie für eine Tochter empfand.
„Fühlt Hanna genauso?"
„Seltsamerweise scheint sie eine Schwäche für mich zu haben."
„Warum soll Romy nichts davon erfahren?"
„Oh, ich denke, das weiß sie längst", erwiderte Frederik mit unterdrücktem Schmunzeln, denn er ahnte, was Jakob zu diesen sehr direkten Fragen veranlasste.
„Trotzdem soll Romy nicht wissen, dass Sie das Grundstück gekauft haben!?"
„Dafür gibt es Gründe."
„Die Sie mir aber nicht nennen wollen."
„Vielleicht sagen Sie mir erst mal, weshalb Sie hier sind, obwohl Sie nicht wussten, wer Romys neuer Nachbar ist."
Bereitwillig berichtete Jakob ihm vom Anruf des Franzosen und Romys Besorgnis.
„Eigentlich bin ich nur hier, um unter einem Vorwand rauszufinden, ob von dem neuen Besitzer des Grundstücks tatsächlich Schwierigkeiten zu erwarten sind", endete er. „Mit Ihnen hätte ich offen gestanden am wenigsten gerechnet, Frederik. Darf ich fragen, was Sie bewogen hat, diese Finca zu erwerben?"
„Auf der Suche nach einem geeigneten Plätzchen, mich zur Ruhe zu setzen, habe ich erfahren, dass dieses herrliche Fleckchen Erde zum Verkauf steht."
„Wussten Sie nicht, wie sehr Romy schon seit langem an diesem Grundstück interessiert ist?"
„Das war mir durchaus bekannt", gab Frederik ohne weiteres zu. „Da Maurice Blanc aber unter keinen Umständen an Romy verkauft hätte, griff ich mit Hanns Hilfe zu einer List, damit er es mir überlässt."
Sichtlich vergnügt erzählte Frederik, dass die erfolgreichen Verhandlungen überwiegend Hanna und ihrem aufsehenerregenden Dekolleté zu verdanken seien.
„Wozu dieser Aufwand?", fragte Jakob, als sein Gegenüber schwieg. „Hatten Sie Grund zu der Befürchtung, er könne sich

weigern, an Sie zu verkaufen? Wie ich gehört habe, wollte er die Immobilie doch schon lange loswerden."
„Wir wollten verhindern, dass er mich womöglich für einen Mittelsmann seiner Nachbarin hält oder zu viele Fragen stellt. Hätte der Franzose Erkundigungen über mich eingeholt, wäre er vielleicht darauf gestoßen, dass es eine Verbindung zwischen Romy und mir gibt."
„Demnach kam für Sie kein anderes Haus in Frage?"
„Nein."
„Ist daraus zu schließen, dass Sie heiraten werden?"
„Konsequenterweise habe ich das vor", bestätigte Frederik. „Ist es nicht herrlich, dass ich auch gleich noch eine Tochter dazu bekäme?" Aufmerksam beobachtete er Jakobs Reaktion. „Und sogar eine Enkelin."
Verdutzt erwiderte Jakob seinen prüfenden Blick.
„Da ich keine Ahnung von Hannas Tochter hatte, sollte es mich eigentlich nicht wundern, dass auch Joanna bereits Mutter ist. – Trotz ihrer Jugend."
„Sie ist dreiundzwanzig, hat aber noch kein Kind."
„Aber Sie sagten doch eben..." Verwirrt brach Jakob ab. War er zu lange in der Sonne gewesen? „Ich fürchte, ich kann Ihnen nicht folgen, Frederik. Wenn Sie Hanna heiraten..."
„Fände das Ihre Zustimmung?", unterbrach Frederik ihn gespannt. „Oder halten Sie mich für zu alt?"
„Gefühle fragen nicht nach dem Alter..."
„... aber?" Interessiert beugte sich Frederik etwas vor. Würde Jakob ehrlich sagen, was er bei dem Gedanken empfand? „Geben Sie ruhig zu, wie wenig Ihnen die Vorstellung behagt, dass Hanna meine Frau werden könnte."
„Stimmt", gestand Jakob mit erstaunlicher Offenheit. „Das liegt aber nicht an Ihnen."
„Sondern?"
„An mir", entgegnete Jakob mit hilflosem Schulterzucken. „Unbewusst habe ich die idiotischsten Dinge angestellt, um mich vor Hannas Ausstrahlung zu schützen. Genutzt hat das

absolut nichts. Ich habe noch nie so viel für eine Frau empfunden."
„Genauso ergeht es mir mit Romy", erwiderte Frederik zu Jakobs Erstaunen. „Sie ist diejenige, die ich erobern will."
Jakob fiel ein Stein vom Herzen. Erleichtert lächelnd schaute er sein Gegenüber an.
„Das haben Sie absichtlich getan, nicht wahr? Sie wollten mich aus der Reserve locken."
„Ich gebe es zu", schmunzelte Frederik. „Schon seit Ihrem Auftritt als Frank Sinatra hege ich den Verdacht, dass Sie Hanna lieben. Warum offenbaren Sie ihr Ihre Gefühle nicht?"
Nach sekundenlangem Zögern sprach Jakob von der Verantwortung seinem Bruder und seinen Neffen gegenüber. Er ließ weder die Furcht vor Zurückweisung aus noch die Unsicherheit, mit fast 50 nicht mehr fähig zu sein, sich ganz auf eine Partnerschaft einzulassen.
„Ich bin 15 Jahre älter und sozusagen ein Beziehungsneuling", wandte Frederik ein. „Trotzdem werde ich es wagen."
„Es fällt mir schwer zu glauben, dass Sie nie eine Freundin hatten, Frederik. Einem Mann, wie Sie es sind, mit Ihrem Aussehen und Ihrem Intellekt liegen Frauen normalerweise zu Füßen. Immerhin habe ich geglaubt, Sie hätten auch Hanna problemlos erobert."
„An Gelegenheiten mangelte es mir tatsächlich nicht", räumte Frederik ein. „Mehr als einige kurze Affären gab es dennoch nicht für mich, weil ich jede Frau mit Romy verglichen habe..."
Ohne etwas zu beschönigen erzählte Frederik von seiner unerfüllten Liebe.
„Ihre Chancen stehen vermutlich weitaus besser als meine", sagte Jakob illusionslos. „Ich habe Hanna zu oft gekränkt, beleidigt und ständig mit ihr gestritten. Sie würde mir niemals vertrauen."
„Das käme auf einen Versuch an", widersprach Frederik. „Hanna ist wie ihre Mutter eine harte Nuss, aber es lohnt sich. – Bei beiden."

Während dieses offenen Gesprächs stieg die Achtung, aber auch die Sympathie der beiden Männer füreinander. Außerdem verfolgten sie das gleiche Ziel. Jeder wollte das Vertrauen der Frau gewinnen, die er liebte. Sie kamen überein, sich dabei gegenseitig zu unterstützen.

Am späten Vormittag verabschiedete sich Jakob mit dem guten Gefühl, in Frederik einen Freund gefunden zu haben.
Auf halber Strecke zur Clubanlage begegnete der Mann mit dem Jack-Russell-Terrier der Frau mit der Boxerhündin.
Mit leisem Unbehagen blieb Hanna am Straßenrand stehen.
„Wo kommt ihr denn her?“
„Pavarotti wollte die Gegend erkunden“, flüchtete sich Jakob in eine Notlüge, da er sich mit Frederik abgesprochen hatte, ihr Gespräch den betreffenden Damen gegenüber für sich zu behalten. „Und was habt ihr zwei Hübschen vor?“
„Geisha möchte ein wenig die Gegend erkunden“, erwiderte sie mit ähnlichen Worten, denn sie kannte Jakob mittlerweile gut genug, um zu bemerken, dass er einer ehrlichen Antwort ausgewichen war.
„Nicht sehr originell“, meinte Jakob spöttisch. „Offenbar ist es ein Geheimnis, wohin ihr geht.“
„Nicht größer als das, woher ihr kommt“, konterte sie im gleichen Tonfall. „Im Übrigen muss Geisha öfter mal auf der Straße laufen, damit sich ihre Krallen abwetzen.“
Jakob glaubte zwar, das entspräche sogar den Tatsachen, vermutete aber, dass Hanna aus einem anderen Grund auf der Straße unterwegs war: Sie wollte zu Frederik.
„In meinem Reiseführer steht, dass es rund um die Insel gute Tauchgründe gibt“, wechselte er das Thema. „Vielleicht kannst du mir einen Tipp geben, wo sich ein Tauchgang lohnt. Wie ichgehört habe, kennst du die schönsten Stellen.“
„Wer hat dir denn das verraten?“
„Deine Tochter“, erklärte Jakob prompt. „Joanna ist eine reizende junge Frau. Du kannst stolz auf sie sein.“

„Das bin ich“, gab Hanna ohne Scheu zu. „Kannst du überhaupt tauchen? Oder meinst du einfaches Schnorcheln?“
„Tauchen“, wiederholte Jakob. „Hast du Lust, mit mir zusammen ein Unterwasserabenteuer zu erleben?“
„Warum nicht?“, stimmte sie spontan zu. „Bitte Joanna, für heute Nachmittag ein Boot zu buchen und eine Ausrüstung zusammenstellen zu lassen.“
„Okay“, freute sich Jakob. „Wann darf ich dich abholen?“
„Um drei“, schlug sie vor. „Bis später, Jakob.“
In die entgegengesetzten Richtungen gingen sie mit ihren Hunden davon. Da die Straße um eine leichte Kurve führte, konnte Hanna sicher sein, von Jakob beim Betreten des Nachbargrundstücks nicht beobachtet zu werden.
Frederik freute sich über Hannas Kommen, um ihm beim Einräumen zu helfen.
Später ließ sie Geisha bei ihm und kehrte in den Club zurück.
Zur abgesprochenen Uhrzeit stand Jakob vor Hannas Tür.
„Komm rein“, bat Hanna, worauf er eintrat und sich interessiert umschaute.
„Dieser Bungalow ist größer als die anderen“, fiel ihm sofort auf. „Ist er nur besonderen Gästen vorbehalten?“
„Nein, er gehört mir“, erklärte Hanna. „Nach dem Tod meines Vaters habe ich auf mein Erbteil verzichtet, damit meine Mutter ihren gemeinsamen Traum verwirklichen konnte. Romy hat einen Bungalow mehr als ursprünglich geplant bauen lassen. Nur Achim ... meinen Mann hatte sie eingeweiht. Zur Eröffnung des Clubs hat sie uns auf die Insel eingeladen und mir den schönsten Bungalow der ganzen Bucht geschenkt.“
„Mit der besten Lage“, fügte Jakob hinzu. „Kommst du eigentlich oft hierher?“
„Zwei- bis dreimal im Jahr. Romy besucht mich mindestens genauso häufig. Seit auch Joanna hier lebt, würde ich aber am liebsten ständig zwischen Hannover und Menorca pendeln.“
„Du hängst sehr an deiner Tochter, nicht wahr!?“
„Joanna ist der wichtigste Mensch in meinem Leben. Sie hat

übrigens alles für einen Tauchgang vorbereitet. Bevor wir starten, muss ich allerdings wissen, wohin du möchtest, Jakob. Die schönsten Tauchgründe liegen nördlich von Ciutadella, an der Südostspitze rund um die Illa de L'Aire und im Norden bei Addaia."
Ratlos hob Jakob die Schultern.
„Welches Gebiet schlägst du vor?"
„Von Tauchern geschätzt und international bekannt ist die Tropfsteinhöhle Pont d'en Gil. Auch das Wrack Malakoff, das in einer Tiefe von mehr als 30 m liegt, ist ein besonderer Leckerbissen. Oder die felsige Halbinsel Cap d'en Font mit ihrer riesigen Grotte, auch als Kathedrale bekannt, ist ein interessantes Tauchrevier. Ebenso die Höhlen von Na Macaret."
„Das Wrack klingt interessant", überlegte Jakob. „Was ist das für ein Schiff?"
„Das erzähle ich dir unterwegs", beschloss Hanna und griff nach ihrer Tasche. „Lass uns gehen."
In Romys Wagen fuhr Hanna mit Jakob zum Hafen von Ciutadella. Am Liegeplatz des großen Motorbootes ging Hanna an Bord und überprüfte die Tauchausrüstung.
„Es ist alles vorhanden, was wir brauchen!", rief sie Jakob zu, der immer noch auf dem Steg stand. „Worauf wartest du?"
„Auf unseren Steuermann."
„Der Kapitän vom Traumschiff war leider unabkömmlich", erwiderte Hanna vergnügt. „Du musst schon mit mir vorlieb nehmen."
Sein entsetzter Gesichtsausdruck ließ sie hell auflachen.
„Verlässt dich jetzt etwa der Mut? Keine Sorge, ich kann mit dem Kahn umgehen."
„Bist du sicher?", zweifelte er, kam aber an Bord. „Hast du wirklich einen Führerschein für ein so großes Boot?"
„Vertrau mir", sagte sie in einem Ton, als müsse sie ein verängstigtes Kind beruhigen. „Falls ich dir zu schnell fahre, kannst du jederzeit aussteigen."
Jakob kommentierte Hannas Worte mit einem ergebenen Blick.

Schon bald stellte er fest, dass sie das Boot sicher durch das Wasser jagte: Entlang der Westküste in südlicher Richtung, um das Cap d 'Artrutx herum bis zur Cala des Talaier. Dort warf sie den Anker.
Während sie die Neopren-Anzüge anzogen, erzählte Hanna ihrem Begleiter die Geschichte des französischen Frachtschiffes Malakoff, das in der Nacht zum 2. Januar 1929 die kleine Felseninsel Escull des Governador rammte.
„Das Schiff war etwa vier Meilen vom Leuchtturm des Cap d'Artrutx entfernt und hatte 41 Matrosen sowie die Ehefrau des Kapitäns und des Ersten Maschinisten an Bord. Ein starker Schneesturm machte es unmöglich, die Signale des Leuchtturms zu erkennen. Dadurch ist das Schiff zu nah an die Küste geraten und auf den Felsen aufgelaufen.“
„Gab es Überlebende? Oder ist der Kahn mit Mann und Maus untergegangen?“
„Nur sechs Besatzungsmitgliedern ist es gelungen, in ein Rettungsboot zu flüchten, bevor der Frachter gesunken ist. Die Überlebenden trieben mehrere Tage im sturmgepeitschten Meer, ehe sie endgültig gerettet wurden. Die restliche Mannschaft hat nicht überlebt. Sie wurde später an verschiedenen Stränden der Insel und sogar in Cala Fuguera auf Mallorca geborgen.“
Der Tauchgang zur Malakoff wurde für Jakob ein einmaliges Erlebnis. Nicht nur das seit 75 Jahren auf dem Meeresgrund liegende Wrack war faszinierend. Auch die Unterwasserlandschaft, in der die Sichtverhältnisse im glasklaren Wasser bis zu vierzig Meter weit reichten, bot eine Vielfalt an Meeresbewohnern. Es begegneten den Tauchern Langusten, Zackenbarsche, Tintenfische und Barrakudas sowie zahlreiche andere Fische in schillernden Farben.
„Das war toll“, sagte Jakob begeistert, als sie zurück an Bord waren. „Danke, Hanna.“
„Jetzt sollten wir uns beeilen, zum Club zurückzukommen“, entgegnete sie, während sie den Taucheranzug abstreiften.

„Heute findet der Spanische Abend statt.“
„An der Rezeption habe ich die Ankündigung auf einem Plakat gesehen“, erinnerte sich Jakob. „Was wird denn da geboten?“
„Spanische Musik, Flamenco, ausgesuchte spanische Weine – und nicht zu vergessen: landestypische Delikatessen.“
„Klingt vielversprechend. Darf ich dir zu diesem Ereignis meine Begleitung anbieten?“
„Du darfst“, gestattete sie großzügig. „Sollte dir wieder der Sinn danach stehen, mich zu ärgern, musst du allerdings damit rechnen, dass ich dich in den Pool werfe.“
„Am Ende eines Tages ziehe ich es vor, unbekleidet unter der Dusche zu verschwinden, anstatt in Klamotten im Pool abzutauchen“, parierte Jakob. „Wenn du aber unbedingt willst, erlaube ich dir, mich nach dem Fest unter die Dusche zu schubsen. Um Wasser zu sparen könnten wir dann eigentlich gleich zusammen duschen. Was hältst du davon, Hanna?“
„Wie wäre es anschließend mit einer heißen Liebesnacht? Ich hätte wieder mal Lust auf richtig wilden Sex.“ Verheißungsvoll schaute sie ihm in die Augen. „War es das, was du hören wolltest, mein Lieber?“
„Punktgenau...“
Ihr Gesichtsausdruck veränderte sich in ein ironisches Lächeln.
„Nun hast du es gehört, Jakob! Können wir diese albernen Spielchen jetzt endlich lassen? Eine Zeitlang war das zwar recht amüsant, aber allmählich nervt es mich.“ Ungewohnt ernst sprach sie weiter. „Wir sind gerade dabei, zu einem freundschaftlichen Umgang miteinander zu finden. Mach das nicht wieder durch diese sinnlose Anmache kaputt.“
Auch seine Gesichtszüge wirkten plötzlich ernst, fast hart. Er wusste, dass er mehr als Freundschaft von Hanna nicht erwarten konnte – und auch nicht zulassen durfte. Sonst würde er sich selbst in einen schweren Konflikt stürzen.
„Entschuldige, dass es manchmal mit mir durchgeht. Künftig wirst du keinen Grund haben, dich über mich zu beklagen.“
Wortlos nickte Hanna nur und startete den Motor.

Zurück im Club trennten sie sich vor Jakobs Bungalow.
„Bis nachher“, sagte sie. „Und sei pünktlich.“
„Mit Krawatte und geputzten Schuhen“, versprach er und verschwand in seiner Unterkunft.

Tatsächlich stand er auf die Minute pünktlich zum verabredeten Zeitpunkt vor der Tür seiner Nachbarin.
Dem Spanischen Abend entsprechend trug Hanna ein burgunderrotes Kleid, wie man es von Flamenco- Tänzerinnen kannte. Ihr dunkles Haar war hochgesteckt und mit einer weinroten Blüte dekoriert.
„Du siehst hinreißend aus“, sagte Jakob bei ihrem Anblick galant, besann sich aber sofort. „Falls diese Feststellung von einem Freund erlaubt ist“, fügte er vorsichtshalber hinzu. „Man könnte dich tatsächlich für eine Menorquinerin halten.“
„Dass in meinen Adern zur Hälfte spanisches Blut fließt, lässt sich nun mal nicht leugnen“, erwiderte sie lächelnd, wobei sie ihn ebenso wohlgefällig musterte. Der helle Anzug stand ihm ausgesprochen gut. „Pass nur auf, dass mein südländisches Temperament heute Abend nicht mit mir durchgeht.“
„Wie würde sich das denn auswirken?“
„Das ist unvorhersehbar, kann aber sehr gefährlich werden“, behauptete sie fröhlich und hängte sich bei ihm ein. „Lass uns gehen und es rausfinden, Jakob.“

Der Spanische Abend fand wie die meisten Feste im Club rund um die Poolbar statt. Das dort aufgebaute landestypische Buffet war schon rein optisch ein Genuss.
Kurz nach Hanna und Jakob erschienen auch Marie und Jonas mit den Kindern. Für den Nachwuchs hatte Joanna einen Extratisch reserviert. Der Rest der Familien saß ebenfalls zusammen.
Romy eröffnete den Spanischen Abend mehrsprachig, so dass sich alle Gäste der verschiedenen Nationen einbezogen fühlten.
Hannas Mutter trug ein ähnlich geschnittenes Kleid wie ihre Tochter. Es war jedoch aus glänzendem schwarzem Stoff gear-

beitet, was Romy noch zierlicher wirken ließ. Ihr blondes Haar war im Nacken zu einem kunstvollen Knoten geschlungen, der von einem reich verzierten schwarzen Kamm gehalten wurde. Insgeheim wettete Jakob, dass auch Joanna so ein Modell tragen würde. Damit behielt er sogar recht, nur war ihr Kleid ganz in weiß gearbeitet. Alle Modelle reichten hinten in spitzenbesetzten Volants bis zum Boden; vorn waren sie allerdings nur knielang, so dass die rassigen Beine der drei Damen nicht zu übersehen waren.
Lächelnd betrachtete Jakob die hübsche junge Frau. Er selbst hätte bereits eine Tochter in diesem Alter haben können, wäre die Kollegin, die er sich damals als Mutter seiner Kinder vorgestellt hatte, nicht die größte Enttäuschung seines Lebens geworden. Nun war es vermutlich endgültig zu spät für ihn, jemals Vater zu werden.
„So nachdenklich, Herr Dr. Jensen?", sprach Joanna ihn an, die bemerkte, dass seine Augen schon eine Weile auf ihr ruhten. „Stimmt was nicht?"
Ein entschuldigendes Lächeln huschte über sein Gesicht.
„Alles in Ordnung, Joanna. – Darf ich Sie so nennen? Sie tragen einen sehr aparten Namen. Stammt er nicht ursprünglich aus dem englischsprachigen Raum?"
„Möglich. Allerdings verdanke ich ihn dem Einfallsreichtum meiner Eltern. Als etwas Einzigartiges aus der Liebe von Joachim und Hanna hervorgegangen, setzt sich mein Name aus Teilen ihrer Vornamen zusammen. – So hat es mir vor Jahren mein Vater erklärt."
Wieder einmal wurde Jakob bewusst, wie tief die Verbundenheit zwischen Hanna und Joannas Vater gewesen sein musste. Er bezweifelte, dass je wieder ein Mann Hanna so viel bedeuten könnte. Er selbst schon gar nicht.
Mit mäßigem Interesse sah Jakob einen tief gebräunten blonden Hünen an den Tisch treten. Zunächst begrüßte er Romy mit einem galanten Handkuss, ehe er den Tisch umrundete.
Ein strahlendes Lächeln erhellte Hannas Antlitz, während sie

sich erhob.
„Hallo, David“, begrüßte sie ihn erfreut und ließ sich von ihm umarmen. „When did you arrive?“
„In the morning”, erwiderte er, wobei er sie lächelnd musterte. „You look very beautiful, Hanna.“
“Thank you, David.”
“May I have the next dance?”
“With plaesure”, nickte Hanna, worauf er ihren Arm nahm und sie zu den anderen Tanzenden führte.
Da Jakobs Englischkenntnisse seine spanischen weit übertrafen, hatte er alles verstanden. Zwar hatten die Worte unverfänglich geklungen, aber die Augen des Mannes hatten ihn verraten: Dieser David begehrte Hanna!
„Wer ist das?“, wandte Jakob sich an Romy, die ihn offenbar zu kennen schien. „Ein Gast?“
„David ist ein amerikanischer Millionär, der seit einigen Jahren jeden Sommer mit seiner Yacht in unserer Bucht ankert“, erklärte sie leise lächelnd. Es hätte sie auch gewundert, würde Jakob sich nicht nach dem Mann erkundigen, der sich ganz offensichtlich für ihre Tochter interessierte. „Zweifellos ein sehr sympathischer Zeitgenosse.“
„Demnach kennt auch Hanna ihn schon länger?“
„Seit er das erste Mal hier aufgetaucht ist“, bestätigte Romy. „Bisher ist es ihm trotz aller Bemühungen aber nicht gelungen, sie zu erobern. Da sie sich von seinem Reichtum völlig unbeeindruckt zeigt, lässt er sich jedes Mal was Neues einfallen, um sie in seine Arme zu locken. Ich bin schon gespannt, wie er es in diesem Jahr versucht.“
Auf ziemlich unmissverständliche Weise, dachte Jakob, der das tanzende Paar beobachtete. Es gefiel ihm ganz und gar nicht, wie eng an sich gepresst der Amerikaner Hanna in den Armen hielt. Bei diesem Mann war Tanzen eindeutig der vertikale Ausdruck eines horizontalen Verlangens. Um ihn in seine Grenzen zu weisen, erhob sich Jakob und trat zu den beiden.

„Partnerwechsel", kündigte er lächelnd an, worauf ihn der Amerikaner mit einem verständnislosen Blick bedachte. „Now it's my time", erklärte Jakob freundlich, so dass Hanna tatsächlich in seinen Arm wechselte.
„Ich erinnere mich gar nicht, dir einen Tanz versprochen zu haben."
„Das ist unter Freunden so üblich", entgegnete er schmunzelnd und zog sie dichter an sich. „Wusstest du das nicht?"
„Warum habe ich dann das Gefühl, dass du mir nur den Spaß verderben möchtest?"
„Das Gegenteil ist der Fall", antwortete er prompt, während er sie im langsamen Rhythmus der Musik führte. „Mit mir kann man jede Menge Spaß haben."
„Ohne Ermüdungserscheinungen zu zeigen", fügte Hanna mit verstehendem Lächeln hinzu. Über Jakobs Schulter hinweg bemerkte sie einen hochgewachsenen Mann im Abendanzug. Unwillkürlich vergaß sie, sich weiterhin im Takt zu bewegen.
„Was ist?", fragte Jakob irritiert. „Hast du etwa schon genug von mir?"
„Bring mich bitte an unseren Tisch zurück."
„Bin ich im Gegensatz zu diesem amerikanischen Playboy ein so miserabler Tänzer?"
„Das erkläre ich dir später", sagte sie, wobei sie sich von ihm löste. Energisch griff sie nach seiner Hand. „Komm." Kurz bevor sie den Tisch erreichten, blickte sie Jakob eindringlich an. „Tu mir den Gefallen und fordere Romy zum Tanz auf."
„Mit Vergnügen, aber warum soll ich gerade jetzt...?"
„Bitte!"
„Okay. Auch das erklärst du mir vermutlich später." Er führte sie zuerst zu ihrem Platz, ehe er bei ihrer Mutter stehenblieb.
„Schenken Sie mir den nächsten Tanz, Romy?"
„Sollten Sie sich nicht besser einer der hübschen jungen Damen widmen?"
„Das tue ich doch gerade", erwiderte er charmant und reichte ihr die Hand. „Sie sind meine erste Wahl."

Amüsiert lächelnd ergriff sie seine Rechte.
„Seien Sie vorsichtig, Jakob; für Schmeicheleien bin ich empfänglich."
Während sie sich mit ihm unter die Tanzenden mischte, trat der Neuankömmling an ihren Tisch.
„Guten Abend, Hanna", begrüßte er sie in ihrer Muttersprache. „Schön, zu sehen dich."
„Hallo, Carlos", sagte sie, sich zu einem Lächeln zwingend. Hanna erhob sich und führte den Spanier außer Hörweite der anderen Gäste. „Offen gestanden habe ich nicht damit gerechnet, dich in diesem Sommer zu treffen, Carlos."
„Ich weiß, ich habe benommen mich wie große idiota, aber ich lieben Romy."
„Dann hättest du ihr nicht weh tun dürfen", warf Hanna ihm vor. Sie hatte diesen Mann immer gemocht. Dennoch brachte sie keinerlei Verständnis für seine Seitensprünge auf. „Wenn man so lange zusammen ist, muss man einander vertrauen können. Wie konntest du nur mit einer anderen ins Bett steigen? Noch dazu mit einer erheblich Jüngeren? Da liegt es doch auf der Hand, dass Romy auch euren Altersunterschied dafür verantwortlich macht."
„Das absolut unwichtig ist", behauptete Carlos. „Romy sein schön, temperamentvoll und klug. Diese neun Jahre zwischen uns niemals haben eine Rolle gespielt für mich."
„Trotzdem bist du bei einer Jüngeren schwach geworden", hielt Hanna ihm entgegen. „Und das, nachdem du Romy nach dem ersten Fehltritt fest versprochen hattest, es sei ein einmaliger Ausrutscher gewesen. Wie konnte dir das noch mal passieren?"
„Ich nur habe Erklärung, dass ich war frustriert", führte er als Entschuldigung an. „Bevor Romy ist geflogen zu ihre Familie nach Madrid, ich sie wie schon so oft habe gebeten, zu heiraten mich, aber sie mich wieder hat Zustimmung verweigert."
„Soviel ich weiß, ließ Romy dich nie im Unklaren darüber, dass eine zweite Ehe für sich nicht in Frage kommt. Hattest du das nicht schon vor Jahren akzeptiert?"

„Si“, seufzte der braungebrannte Mann. „Aber ich immer gehofft, sie eines Tages ändert ihre Einstellung dazu. Ich leben wollte mit ihr in eine große Haus. Romy nicht sollte mehr arbeiten für Touristen, sondern sich widmen ihre Musik. Mit meine Vermögen ich legen wollte ihr zu Füße die ganze Welt, aber sie nur hat gelacht, wenn ich habe gesprochen davon.“ Seine Augen schweiften über die Anwesenden, entdeckten Hannas Mutter unter den Tanzenden. Das erweckte seinen Argwohn. „Wer ist diese große Mann mit die graue Haar? Warum Romy sieht aus glücklich in seine Arm?“

„Das ist Dr. Jakob Jensen“, erklärte Hanna mit gleichbleibend ernster Miene. „Romy mag ihn, seit sie sich bei ihrem letzten Besuch in Hannover kennengelernt haben.“

„Und schon er ist sie nachgereist? Diese Mann doch nicht ist mehr als 50 Jahre alt!“

„Offenbar werden ihre Bewunderer immer jünger“, sagte sie, ein Lächeln unterdrückend. „Genau wie deine Freundinnen.“

„Das nur waren kurze Episoden ohne Bedeutung, Hanna! Was diese doctore wollen von meine Romy? Ist er die Grund, sie weigert sich, zu treffen mich?“

„Ich fürchte, meine Mutter möchte dich nicht sehen, weil du sie tief enttäuscht hast.“

„Ich sofort muss sprechen mit ihr“, sagte Carlos, als er sah, dass Romy die Tanzfläche an Jakobs Arm verließ. Auf halbem Weg zu ihren Tisch stellte sich der Spanier ihnen in den Weg. Romys Lächeln verblasste bei seinem Anblick.

„Buenos tardes, Romy“, sprach er sie verlegen an. „Qué tal?“

„Muy bien, gracias. – Y tú ?“

„Quiere tú bailar?“

„No!“, lehnte sie seine Bitte um einen Tanz entschieden ab, ehe sie wieder Jakob anschaute. „Jetzt brauche ich einen Drink.“

„Perdone“, wandte Carlos sich an Jakob. „Ich sprechen muss mit Romy. Es importante!“

„Also gut“, sagte Romy an Jakobs Stelle, denn sie wusste, Carlos würde sich nicht noch einmal abwimmeln lassen. „Ge-

hen Sie bitte schon vor, Jakob. Ich komme gleich nach."
Sie führte ihren ehemaligen Lebensabschnittspartner zu den großen Oleanderkübeln neben der Poolbar, ehe sie ihre braunen Augen auf sein markantes Gesicht richtete.
„Warum bist du gekommen, Carlos?"
„Weil ich nicht kann leben ohne dich", gestand er. „Wir so viele Jahre waren glücklich. Kannst du werfen das alles fort, nur wegen ein kleines unbedeutende amoroso?"
„Was erwartest du denn von mir? Soll ich großzügig darüber hinwegsehen und zur Tagesordnung übergehen?"
„Du versuchen könntest, zu verzeihen mir", bat er inständig und nahm ihre Hände. „Ich alles dafür tun. Du die einzige Frau bist, die ich kann lieben. Sollen wir unsere restliche Leben verbringen allein? Einsam? Ohne Liebe? Ohne Zärtlichkeit?"
„Ach, Carlos", seufzte sie hin und hergerissen. „Ich weiß nicht, ob ich dir noch mal vertrauen könnte..."
„Ich dich nie wieder enttäuschen", versicherte er ihr. „Gib die Chance mir, zu beweisen dir, wie sehr ich lieben dich!"
Nacheinander küsste er ihre Hände, bevor er Romy in seine Arme zog. In diesem Moment, in dem er sie an sich gedrückt hielt, wurde Romy bewusst, dass es vorbei war. Es schmerzte nicht einmal mehr. Carlos war nicht der Mann, nach dem sie sich sehnte. Diese Erkenntnis verwirrte und verunsicherte sie. Carlos flüsterte zärtliche Worte an ihrem Ohr, aber Romy nahm sie kaum wahr. Plötzlich überschlugen sich die Gedanken hinter ihrer Stirn und ihre Gefühle gerieten in Aufruhr. Nicht der Spanier, der sie immer noch fest umschlungen hielt, war der Grund, sondern ein anderer Mann, der sich ihnen mit unbewegter Miene näherte.
Wie in Zeitlupe löste sich Romy von Carlos, während sie den wie aus dem Nichts aufgetauchten Gast ungläubig anstarrte.
„Frederik...", brachte sie mit belegter Stimme hervor. „Was tust du hier?"
„Beim letzten Mal habe ich vergessen, mich zu verabschieden", erwiderte er, seine ursprünglichen Pläne verdrängend. Er

kannte Carlos von Fotos und glaubte, Romy hätte sich mit ihm versöhnt. Schweren Herzens zog Frederik ein kleines Päckchen aus der Tasche und reichte es ihr.
„Ich bin nur gekommen, um dir das zu geben."
Ihr verständnisloser Blick wechselte zwischen dem mit einer roten Schleife versehenen Kästchen und Frederiks ernstem Gesicht.
„Was ist das?"
„Ein Abschiedsgeschenk", sagte er lakonisch. „Morgen früh bin ich für immer aus deinem Leben verschwunden." Hastig beugte er sich etwas vor und berührte ihre Lippen flüchtig mit seinem Mund. „Leb wohl, Romy."
Ehe sie noch reagieren konnte, ging er mit langen Schritten davon.
„Frederik!" Hanna, die die Szene beobachtet hatte, eilte ihm nach.
„Was hatte das eben zu bedeuten?"
„Es tut mir leid, Hanna", bedauerte er mit gedämpfter, traurig klingender Stimme. „Ich dachte, ich könnte es ertragen, aber... Leider habe ich mich überschätzt..." Ohne ein weiteres Wort entfernte er sich.
Sekundenlang blickte Hanna ihm nach, begriff die Zusammenhänge. Dann sah sie ihre Mutter und Carlos auf sich zukommen. Sein Arm lag um Romys Schultern.
Energischen Schrittes ging Hanna ihnen entgegen und griff nach der Hand ihrer Mutter.
„Entschuldige, Carlos, aber ich muss dringend mit Romy sprechen", sagte sie und zog ihre Mutter mit sich auf die andere Seite des Pools.
„Was soll denn das?", fragte Romy ungehalten. Sie war immer noch durcheinander.
„Was hat Frederik zu dir gesagt?"
„Nichts Wichtiges."
„Mama!", ermahnte ihre Tochter sie. „Was wollte er?"
„Nun mach nicht so eine Staatsaffäre daraus, Hanna. Er wollte

sich nur verabschieden."
„Verabschieden?"
„Ja, verabschieden!", wiederholte Romy ungewohnt heftig. „Und dann hat er mir das hier gegeben", fügte sie ruhiger hinzu und wog das Päckchen in ihrer Hand. „Ein Abschiedsgeschenk."
Hanna ahnte, was es enthielt. Frederik hatte ihr verraten, dass er Romy damit überraschen wollte.
„Hast du schon hineingeschaut?"
„Nein..."
„Mach es auf!"
Unschlüssig blickte Romy ihre Tochter an, bevor sie die Schleife löste und das Kästchen öffnete. Auf dunkelblauem Samt lag ein einzelner silberner Schlüssel.
„Was hat Frederik noch gesagt?"
„Dass er morgen früh für immer aus meinem Leben verschwunden ist"
„Warum hast du ihn nicht zurückgehalten?"
„Wieso sollte ich das tun?"
„Weil du ihn liebst", erklärte Hanna geduldig und fuhr rasch fort, als Romy zu einem Protest ansetzte. „Du weißt das – und ich weiß das. Wenn du ihn jetzt nicht zurückhältst, wirst du ihn nie wiedersehen."
„Das ist wahrscheinlich am besten so", sagte Romy halbherzig. „Mir ist unbegreiflich, weshalb er hier noch mal aufgetaucht ist. Noch dazu mit einem so merkwürdigen Abschiedsgeschenk."
„Vielleicht ist das der Schlüssel zu seinem Herzen", meinte Hanna, obgleich sie wusste, dass er den Zutritt zur Finca ermöglichte . Sie hatte mit Frederik besprochen, dass er den Spanischen Abend nutzen sollte, um Romy von seinen Gefühlen zu überzeugen. Er musste sie mit Carlos beobachtet und resigniert haben. „Was willst du nun tun?", fragte sie, als ihre Mutter nachdenklich schwieg. „Hast du Carlos verziehen und zwischen euch ist alles wieder beim alten? Dann vergiss den

Mann, der dich mehr als alles andere auf der Welt liebt."
„Das kann ich nicht", gestand Romy leise. „Seit Frederiks Abreise versuche ich mir einzureden, dass er mir nichts bedeutet. Trotzdem muss ich jeden Tag an ihn denken. Ich bekomme ihn einfach nicht aus dem Kopf."
„... und aus dem Herzen", fügte ihre Tochter hinzu. „Du musst dich mit ihm aussprechen, Mama! Sag ihm, was du für ihn empfindest!"
„Ich weiß doch noch nicht mal, wo er sich jetzt aufhält."
„Ganz in der Nähe auf dem Nachbargrundstück", entgegnete Hanna triumphierend. „Frederik hat die Finca gekauft."
Fassungslos weiteten sich Romys Augen.
„Was sagst du da? Wahrscheinlich hat er das nur getan, um mich zu ködern! Wenn er glaubt, mich auf diese Weise..."
„Mama!", unterbrach ihre Tochter sie in warnendem Ton. „Du musst endlich dein Misstrauen gegenüber Frederik überwinden. Er hat die Finca gekauft, um darin zu leben – notfalls auch ohne dich. Heute wurde ihm wohl klar, dass er es nicht ertragen kann, in deiner Nähe zu sein, während du mit Carlos glücklich bist. Deshalb will er so schnell wie möglich von hier fort." Tief seufzte Hanna. „Man braucht nicht viel Fantasie, um sich vorzustellen, wohin er flüchtet."
„In irgendein Kriegsgebiet...", murmelte Romy. Die Vorstellung, Frederik würde sich dort wieder in ständiger Lebensgefahr befinden, ließ sie erschaudern. Entschlossen klappte sie das kleine Kästchen zu und küsste ihre Tochter auf die Wange. „Danke, mein Kind."
Sie umrundete den Pool, blieb an der Bar stehen und bat den dahinter stehenden jungen Spanier um den Schlüssel für einen der hoteleigenen Elektro-Buggys. Vom Club aus benötigte sie mit dem wendigen kleinen Wagen nur wenige Minuten bis zur Einfahrt des Nachbargrundstücks. Fast lautlos lenkte Romy den Buggy bis vor die hell erleuchtete Finca.
Anstatt den Schlüssel zu benutzen, umrundete sie das Haus, betrat die Terrasse und blieb unentschlossen dort stehen, als

sie Frederik telefonieren hörte.
„Ja, ich habe mir das gut überlegt", sagte er in den Hörer, während er mit der freien Hand einige CDs aus dem Schrank nahm und in die davor stehende Reisetasche legte. „Morgen Nachmittag bin ich in London. Sowie ich den Vertrag unterzeichnet habe, kannst du mir einen Flug nach Damaskus buchen." Er hörte noch einen Moment zu, ehe er das Gespräch beendete. Romy sah, wie er sich schwer in einen Sessel fallen ließ. Mit einer müden Geste strich er sich über die Augen, bevor er ein gerahmtes Foto vom Tisch nahm. Das Betrachten der Aufnahme schien ihn sehr zu bewegen. Er neigte den Kopf nach hinten gegen die Sessellehne und starrte zur Zimmerdecke hinauf, um die aufsteigenden Tränen zum Rückzug zu zwingen. Ein Geräusch von der Terrasse her ließ ihn hochschrecken.
„Romy..." Hastig legte er das Foto aus der Hand und strich sich abermals über die Augen. Er versuchte, ihre hinreißende Erscheinung zu ignorieren und blickte an ihr vorbei, als suche er etwas. „Du kommst ein paar Stunden zu früh. Ich reise erst morgen Vormittag ab."
„Darf ich fragen, wohin du fliegst?"
„Erst nach London – und dann nach Syrien."
„In den Nachrichten wurde eindringlich davor gewarnt, nach Syrien zu reisen", wandte Romy hilflos ein, denn sie wusste nicht, wie sie ihre Sorge um ihn formulieren sollte. „Täglich gibt es neue Meldungen über Selbstmordattentäter, Autobomben und bewaffnete Überfälle auf Ausländer. Erst vor kurzem wurden zwei französische Reporter entführt."
„Ich weiß", sagte Frederik nur und packte weiter seine Tasche. „Ich habe ein verlockendes Angebot von der BBC, deshalb..."
„... deshalb willst du dein Leben riskieren?", unterbrach Romy ihn vorwurfsvoll. „Wieso hast du dann erst diese Finca gekauft? Wurde dir schon nach wenigen Tagen klar, dass du nicht sesshaft werden kannst?"
„Mit wurde bewusst, dass ich einem unerfüllbaren Traum nachgejagt habe", widersprach er mit müder Stimme. „Aber

das ist jetzt nicht mehr wichtig."
Langsam trat sie näher und legte die Hand auf seinen Arm, um ihn am Weiterpacken zu hindern.
„Warum nicht?"
Nun schaute er ihr doch ins Gesicht.
„Mein Gott, Romy, mach es mir nicht so schwer", stöhnte er. „Du weißt doch längst, wie es in mir aussieht."
„Anscheinend interessiert es dich aber nicht, wie es in mir aussieht", sagte sie sanft. „Hättest du mich danach gefragt, würdest du nicht abreisen."
„Du möchtest offenbar verhindern, dass ich wieder in einem Kriegsgebiet arbeite", vermutete Frederik, alle anderen Möglichkeiten außer achtlassend. „Um mich musst du dir keine Sorgen machen, Romy. Wenn ich erst fort bin, wirst du mich bald vergessen haben. Aus den Augen – aus dem Sinn."
„Hältst du mich für so oberflächlich?"
„So meinte ich das nicht. Du hast aber ein erfülltes Leben: mit deiner Familie, Carlos, dem Club..." Achselzuckend brach er ab. „Entschuldige, ich habe noch viel zu packen."
„Möchtest du mir vorher nicht noch das Haus zeigen?", fragte sie, einer Eingebung folgend. „Oder glaubst du, ich bin aus einem anderen Grund hier?"
„Natürlich nicht", brummte Frederik. Er versuchte nicht daran zu denken, dass sie hier wahrscheinlich mit Carlos einziehen würde. Dennoch fiel es ihm schwer, Romy durch die Räume zu führen, die er für den Traum eines gemeinsamen Lebens liebevoll gestaltet hatte. Dass es ein Musikzimmer gab, überraschte und freute sie. Im Obergeschoss beeindruckte sie das geräumige Schlafzimmer am meisten. Staunend blieb sie vor dem großen Himmelbett stehen, das aus einem mittelalterlichen Schloss zu stammen schien.
„Das Bett ist wunderschön", sagte sie begeistert und strich mit den Fingerspitzen über die gedrechselten Holme, die den Himmel trugen. „Wie im Märchen..." Unbefangen setzte sie sich auf die Matratze. „Hier schläft man bestimmt wie in Mor-

pheus Armen."
„Es ist sehr bequem", bestätigte er, ohne eine Miene zu verziehen. „Bevor ich morgen abreise, wechsele ich noch die Wäsche. Dann kannst du..."
„Nicht nötig". fiel sie ihm ins Wort. „Wie du dich vielleicht erinnerst, habe ich schon mal in einem Bett geschlafen, in dem du bereits genächtigt hattest. Ich habe das nicht als unangenehm empfunden."
„Trotzdem plagten dich in jener Nacht Alpträume."
„Aber nur, bis du dich zu mir gelegt hast", fügte sie hinzu. „Seitdem habe ich nie wieder so gut geschlafen."
„Bedeutet das, du hast immer noch diese schrecklichen Träume?", fragte er, obwohl Hanna ihm davon vor Tagen berichtet hatte. „Du findest seit Wochen nachts keine Ruhe?"
„Die Ereignisse lassen mich einfach nicht los", seufzte sie. „Erst heute wurde mir bewusst, dass ich jemanden brauche, der mir Sicherheit gibt. Die verlässliche Schulter eines Mannes, dem ich vertrauen möchte."
„Dafür kommt wohl nur einer in Frage", stellte Frederik so sachlich wie möglich fest, worauf Romy erwartungsgemäß nickte.
„Lange habe ich versucht zu verdrängen, dass ich ihn liebe. Nun muss ich ihm nur noch beibringen, wie wichtig es mir ist, mit ihm in diesem Haus zu leben und in diesem Bett zu schlafen." Abrupt erhob sie sich. „Entschuldige mich bitte einen Moment, ich möchte kurz ins Bad."
Wehmütig blickte Frederik ihrer attraktiven Gestalt nach, wie sie im angrenzenden Badezimmer verschwand. Mit Bedauern setzte auch er sich in Bewegung und verließ müden Schrittes den Raum.
Schon nach wenigen Minuten öffnete Romy die Verbindungstür zum Schlafzimmer. Sie trug den seidenen Morgenmantel des Hausherrn und war barfuß. Enttäuscht stellte sie fest, dass Frederik gegangen war. Davon ließ sie sich aber nicht von ihrem Vorhaben abbringen. Irgendwann würde Frederik sie

schon vermissen und wieder heraufkommen...

Mit einem Glas Wein in der Hand ging Frederik im Wohnzimmer unruhig auf und ab. Er wünschte, Romy sei vor seiner Abreise nicht in dieses Haus gekommen. Es fiel ihm auch so schon schwer genug, seine Hoffnungen und Träume auf der Insel zurückzulassen, um wieder ein Leben zu führen, das er gar nicht mehr wollte. Aber ihm blieb keine Wahl: Romys Entscheidung war gefallen. Ihr war klargeworden, wie sehr sie den Mann, mit dem sie seit Jahren eine Partnerschaft verband, liebte und brauchte. So sehr, dass sie ihm seinen Fehltritt verziehen hatte und ihre Zukunft mit ihm plante. Frederik redete sich ein, es hätte sich für ihn im Grunde nichts geändert: Seine Gefühle für Romy seien immer aussichtslos gewesen. Tief in seinem Inneren wusste er dennoch, dass nichts mehr wie vor seinem Besuch in Hannover sein würde. Bis dahin hatte er Romy aus der Ferne geliebt, obwohl er sie kaum kannte. Mittlerweile war sie ihm vertraut geworden, hatte in jener Nacht in Hamburg sogar dicht an ihn geschmiegt bei ihm geschlafen. In den ersten Tagen auf Menorca hatten sie sich viel voneinander erzählt. Frederik hatte Romy im Umgang mit ihrer Familie, ihren Gästen und Angestellten erlebt. Die vielen Facetten ihres Wesens hatten ihn noch stärker in ihren Bann gezogen. Frederik wusste schon jetzt, er würde sich in der Ferne mehr als jemals zuvor nach Romy sehnen.
Ungeduldig blickte er zur Tür. Müsste Romy nicht längst wieder heruntergekommen sein? Was tat sie so lange dort oben?
Von einer leisen Unruhe erfasst, sprintete Frederik die Treppe hinauf. Obwohl er die Tür beim Verlassen des Schlafzimmers hatte weit offen stehen lassen, war sie nun bis auf einen Spalt geschlossen. Mit einer Hand drückte er sie auf und betrat den nun nur durch eine kleine Nachttischlampe schwach beleuchteten Raum. Mehr noch wunderte er sich allerdings darüber, dass Romy mit gelöstem Haar unter der leichten Decke lag.
„Ich habe schon befürchtet, dass du vorzeitig abgereist bist“,

sagte sie in vorwurfsvollem Ton, wobei sie sich etwas aufrichtete. Dadurch verrutschte die Decke und gewährte den Blick auf ihre nackten Schultern. „Wo warst du so lange, Frederik?“
Irritiert blieb er vor dem Himmelbett stehen.
„Was tust du in meinem ...“ Kopfschüttelnd brach er ab. „Willst du etwa schon heute hier übernachten, Romy? Oder was hast du vor?“
„Ich versuche gerade, dem Mann, den ich liebe beizubringen, dass ich mit ihm in diesem Haus leben und in diesem Bett schlafen möchte.“
Sein Gesichtsausdruck wechselte zwischen verblüfftem Staunen und unsagbarer Erleichterung. Frederik war derart überwältigt, dass kein Wort über seine Lippen kam.
„Findest du es nicht ein wenig ungalant, mich so lange warten zu lassen, bis du dich entschließt, dich zu mir zu legen?“
„Ich bin ein ungehobelter Klotz“, schmunzelte Frederik und streifte hastig seine Kleidung ab. Als er nur noch Boxershorts trug, suchte sein fragender Blick Romys Augen. Sie antwortete ihm mit einem erwartungsvollen Lächeln, worauf er auch aus dem letzten Stück Stoff schlüpfte.
Einladend hob sie die Bettdecke etwas an. Während Frederik sich zu ihr legte, bemerkte er, dass Romy nichts als einen Hauch Parfum am Körper trug.
Lange schauten sie einander in die Augen. Nun waren keine Worte mehr nötig. Ihre Blicke drückten all das aus, was sie füreinander empfanden. Sehr behutsam schloss Frederik die Frau, die er fast sein ganzes Leben lang liebte, in die Arme. Ihre Lippen trafen sich in einem leidenschaftlichen Kuss...

Seit dem Gespräch mit ihrer Mutter war Hanna verändert. Jakob spürte, dass sie etwas stark beschäftigte. Am Tischgespräch beteiligte sie sich kaum noch. Auch ihre ausgelassene Stimmung schien wie weggeblasen. Ernst und nachdenklich saß sie da und lehnte jede Aufforderung zum Tanz kategorisch ab. Auf ein aufgeregtes Zeichen ihrer Tochter erhob sie sich

schließlich und trat zu ihr an die Poolbar.
„Was gibt es, Joanna?“
„Großmutter hat mich gerade auf dem Handy angerufen“, sagte die junge Frau, und es klang alles andere als begeistert. „Sie kommt heute Nacht nicht nach Hause.“ Missbilligend verzog sie das hübsche Gesicht. „Ich wusste, Carlos kriegt sie wieder rum, wenn er die Chance hat, mit ihr zu sprechen! Jetzt ist sie bei ihm und lässt sich von seinen Liebesschwüren einlullen!“
„Hat Romy gesagt, dass sie bei Carlos ist?“
„Das brauchte sie nicht, Mam. Vorhin habe ich die beiden in inniger Umarmung gesehen. Als Romy das Fest verließ, ist Carlos ihr nur wenig später gefolgt. Bestimmt überredete er sie, mit ihm zu gehen.“
„Mit Sicherheit nicht“, widersprach Hanna lächelnd. „Romy ist bei ihrem Nachbarn.“
„Bei dem Mann, der die Finca gekauft hat?“, kombinierte Joanna erstaunt. „Was will sie dort?“
„Die Liebe finden.“
Diese Antwort verblüffte ihre Tochter noch mehr.
„Carlos ist der neue Besitzer? Er hat das Anwesen gekauft, um Großmutter zurückzuerobern?“
„Romys neuer Nachbar heißt Frederik.“
„Wirklich? Und Romy ist jetzt bei ihm? Woher weißt du das?“
„Ich habe deiner Großmutter auf die Sprünge geholfen.“
„Toll!“, freute sich Joanna. „Du bist einsame Spitze, Mam!“ Skeptisch runzelte sie die Stirn. „Glaubst du, sie werden zusammenbleiben?“
Hanna nickte nur. Sie war davon überzeugt, dass sich Romy und Frederik auf wundervolle Weise ergänzten. Beschwingt kehrte sie an ihren Tisch zurück. Dort legte sie die Hand auf Jakobs Schulter.
„Was ist? Tanzt du mit mir – oder schwächelst du schon?“
„Noch bin ich topfit.“ Sofort erhob er sich. „Welchem Umstand ist es zu verdanken, dass du plötzlich wieder so guter Stimmung bist?“

„Das erzähle ich dir später.“ Sie fasste ihn bei der Hand und zog ihn unternehmungslustig mit sich.
„Hast du Lust, morgen Abend mit mir zum Strand zu gehen?“, fragte er, als sie sich im Takt bewegten. „ Man sagt, es soll einen wahren Sternschnuppenregen geben.“
„Ich bin dabei.“
„Bring aber viel Zeit mit, damit du mir alles erzählen kannst, was du mir heute nicht verraten möchtest.“
„Du bist doch nicht etwa neugierig, Herr Oberlehrer?“
„Nur wissensdurstig“, parierte er. „Ein Schulmeister sollte immer auf dem neuesten Stand der Dinge sein.“
„Ach, ja?“
„Ach, ja“, lachte er und schwenkte sie temperamentvoll im Kreis.

Kapitel 32

Die hellen Sonnenstrahlen flossen ungehindert ins Zimmer. Mit einem wohligen Seufzer schlug Romy die Augen auf. Sie fühlte sich wie im siebten Himmel. – Was nicht an dem außergewöhnlichen Bett lag, sondern an dem nackten Mann in ihrem Rücken, dessen Arm um ihre Hüfte geschlungen war, als fürchte er noch im Schlaf, sie könne ihm wieder fortlaufen. Vorsichtig bewegte sich Romy, aber der Arm ließ sich nicht abstreifen. Frederik war schon eine Weile wach und genoss seitdem ganz intensiv Romys Nähe.
„Wohin willst du?“, flüsterte er hinter ihr.
„Ins Bad“, erwiderte sie ebenso leise. „Nach einer solchen Nacht sehe ich bestimmt aus wie hundert.“
„Fühlst du dich auch so?“
„Erstaunlicherweise nicht halb so alt“, sagte sie mit einem Lächeln in der Stimme. „Daran bist du nicht ganz unschuldig.“
„Das freut den alten Vagabunden“, murmelte er, strich ihr Haar zur Seite und hauchte kleine Küsse in ihren Nacken. Spielerisch glitt seine Hand dabei über ihren schlanken Körper.
„Willst du mich etwa schon wieder verführen? Wenn du so

weiter machst, gewöhne ich mich noch daran."
„Das wirst du auch müssen. Als meine Frau solltest du damit rechnen, dass ich meine ehelichen Pflichten sehr ernst nehme."
Überrascht fuhr Romy herum.
„Als deine Frau? Fängst du jetzt auch schon damit an? Du hast wohl vergessen, wie alt ich bin? Eine Ehe kommt für mich nicht mehr in Frage. – Schon gar nicht mit einem Mann, der jünger ist als ich."
„Was bedeuten schon zwei Jahre?" Er ließ sich seine Enttäuschung nicht anmerken. „Außerdem bin ich nicht Carlos." Behutsam fasste er nach ihren nackten Schultern. „Ich werde dich niemals enttäuschen. Du allein bist die Erfüllung all meiner Träume und Sehnsüchte."
„Aber ich bin..."
„Du bist auch nach einer solchen Nacht wunderschön, unglaublich erotisch und sinnlich", sagte er zärtlich. „Ich liebe dich und werde dich davon überzeugen, dass wir bis an das Ende unserer Tage zusammengehören."
Sanft umrahmte sie sein Gesicht mit ihren schmalen Händen.
„Dir glaube ich sogar, dass du jedes Wort so meinst, wie du es gesagt hast, Frederik. Gib mir bitte trotzdem ein bisschen Zeit, mich an den Gedanken zu gewöhnen, eines Tages vielleicht doch noch mal zu heiraten." Zart küsste sie ihn. „Ich liebe dich. Nichts soll uns je wieder trennen."
Überwältigt senkte er den Mund auf ihre Lippen. Sein Kuss enthielt das Versprechen, immer für Romy da zu sein.

Den ganzen Vormittag über war Hanna versucht, einfach in Frederiks Finca zu spazieren, um sich davon zu überzeugen, ob er und ihre Mutter vor Glück nur so strahlten.
Gegen Mittag hielt Hanna nichts mehr im Club. Mit Geisha an der Leine erreichte sie den Parkplatz, sah Frederik aus seinem Wagens steigen. Die Tatsache, dass er allein war, beunruhigte sie ein wenig.
„Entschuldige, dass ich dich gestern Abend einfach stehenlas-

sen habe, Hanna“, sagte er statt einer Begrüßung. „Ich war ziemlich fertig, als ich Romy in Carlos’ Armen sah. Plötzlich wurde mir bewusst, dass ich es nicht ertragen kann, unter diesen Umständen in ihrer Nähe zu bleiben. Deshalb habe ich mit einem Freund in London telefoniert, um ihm zu sagen, dass ich das An-gebot der BBC annehme.“
„Aber ich dachte ...“Hilflos sie ab. War es möglich, dass Joannas Annahme richtig war, Carlos hätte Romy abgefangen und überredet, mit ihm zu gehen? Sollte ihre Mutter die Nacht tatsächlich bei ihm verbracht haben, konnte sie das jetzt unmöglich zur Sprache bringen, ohne Frederik weh zu tun.
„Es tut mir so leid“, sagte sie schließlich, ohne zu bemerken, dass Romy auf den Parkplatz zuging. „Ich hätte dir so gern geholfen, aber offenbar habe ich das völlig falsch angefangen. Hast du schon gepackt!?“
„Gleich gestern Abend habe ich damit begonnen“, bestätigte er, ein Lächeln unterdrückend. „Nach einer solchen Niederlage will man so schnell wie möglich weit weg...“
Nun stand Hanna die Sorge deutlich ins Gesicht geschrieben.
„Was kann ich tun, damit du nicht fliegst?“
„Sag deiner Mutter, sie soll mich heiraten“, schlug er vor und deutete hinter sie. „Da kommst sie gerade.“
Sofort drehte Hanna sich herum. Mit einem schnellen Blick musterte sie ihre Mutter. Romy trug weiße Caprihosen und eine türkisfarbene Bluse. Ihr Gesicht wirkte frisch und entspannt; die Augen strahlten.
„Gut siehst du aus“, musste sie ihr zugestehen, obwohl die Nacht mit Carlos das bewirkt hatte. „Viel ausgeruhter als in den vergangenen Wochen.“
„Letzte Nacht hatte ich seit langer Zeit keine Alpträume“, erklärte Romy lächelnd. „Trotzdem war das in jeder Hinsicht eine aufregende Nacht. Es ist einfach wundervoll, geliebt und begehrt zu werden.“
„Mama!“ Vorwurfsvoll schüttelte Hanna den Kopf. Musste sie ausgerechnet in Frederiks Gegenwart davon schwärmen? „Das

ist doch jetzt nicht wichtig!“
„Mir schon“, widersprach Romy, bevor sie Frederik anschaute. „Dir ist es doch auch nicht gleichgültig, wie ich mich fühle?“
„Ganz und gar nicht.“ Liebevoll legte er den Arm um Romys Schultern. „Ab sofort werde ich immer dafür sorgen, dass nächtliche Schreckgespenster keine Chance mehr haben, dir den Schlaf zu rauben.“
„Wie jetzt?“, fragte Hanna irritiert. „Beurteile ich das nun richtig, oder liege ich schon wieder völlig daneben?“
„Du wolltest deiner Mutter etwas sagen, damit ich bleibe“, erinnerte er sie schmunzelnd. „Wenn ich Glück habe, hört sie auch diesmal auf dich.“
„Bitte, tu mir einen Gefallen, Mama“, flehte Hanna. „Heirate diesen Mann! Dann kann ich mich endlich wieder meinem eigenen Liebesleben widmen.“
„Welchem Liebesleben?“, neckte Romy ihre Tochter. „Als einsichtige Mutter werde ich deine Bitte jedoch wohlwollend in Erwägung ziehen. – Zumal ich den Gedanken, dir einen Stiefvater zu bescheren, seltsamerweise gar nicht mehr so schrecklich finde.“
„Wundervoll!“, freute sich Hanna, ehe sie zuerst ihre Mutter und dann Frederik umarmte. „Ich wünsche euch, dass ihr sehr, sehr glücklich miteinander werdet.“
„Das sind wir schon“, erwiderte Romy lächelnd. „Deshalb packe ich jetzt meine Sachen und ziehe zu Frederik in die Finca. Meine Wohnung hier bekommt Joanna.“

Am Abend traf Hanna sich mit Jakob, um die angekündigten Sternschnuppen zu beobachten. Als sie den Strand erreichten, war unverkennbar, dass auch die anderen Gäste des Clubs dieses Naturschauspiel nicht versäumen wollten. Sie saßen in Grüppchen oder vereinzelnd im Sand und wurden von der Strandbar mit Drinks versorgt, um sich die Wartezeit zu verkürzen.
„Ach, du liebe Güte“, rutschte es Jakob heraus. „Mit so viel

Trubel habe ich nicht gerechnet."
„Es hat es sich wohl rumgesprochen, dass es heute Nacht Sternchen regnet", meinte Hanna. „Wahrscheinlich sind unsere Familien hier auch irgendwo. Wollen wir sie suchen?"
„Das muss nicht sein. Eigentlich wollte ich das Ereignis mit dir in Ruhe genießen. Können wir nicht woanders hingehen?"
„Am Strand hat man aber die beste Sicht", überlegte sie. „Wir könnten allerdings..." Geheimnisvoll schaute sie ihren Nachbarn an. „Warte einen Moment; ich bin gleich wieder da."
Durch den Sand lief Hanna zur Strandbar. Dort wechselte sie einige Worte mit einem Kellner, ehe sie etwas von ihm entgegennahm. Zurück bei Jakob hielt sie ihm triumphierend einen Schlüssel in Augenhöhe.
„Traust du dich, mit mir in einem kleinen Boot zu fahren?"
„Wohin soll die Reise denn gehen?"
„In eine idyllische Nachbarbucht, die nur von der Meerseite erreichbar ist."
„Worauf warten wir noch?", stimmte er erfreut zu. „Mit dir würde ich sogar in einer Nussschale übers Meer paddeln."
„Paddeln musst du nur, wenn uns unterwegs das Benzin ausgeht", entgegnete sie vergnügt und führte ihn zu dem Motorboot, das am Steg bei den Felsen lag.
Hanna schaltete den Scheinwerfer ein und startete den Motor. Zuerst steuerte sie das Boot in langsamer Fahrt aus der Bucht, beschleunigte dann und drosselte nach wenigen Minuten das Tempo. Geschickt manövrierte sie das Boot um ein Riff herum, bevor sie in eine einsame Bucht fuhr. Mittlerweile war es dunkel, dennoch war im Mondlicht der von Felsen umsäumte Strand zu erkennen. Gemeinsam zogen sie das Boot an Land.
„Und?", fragte Hanna lächelnd. „Entspricht das hier mehr deinen Vorstellungen?"
„Perfekt." Er nahm die mitgebrachte Decke aus dem Boot. „Kommst du oft hierher?"
„Früher", sagte sie nur, doch Jakob erkannte im Mondschein den Schatten, der über ihr Gesicht glitt. Er ahnte, sie sei mit

ihrem verstorbenen Mann hier gewesen, behielt das aber für sich. Sie liefen ein Stück durch den Sand bis etwa zur Mitte der Bucht. Dort breitete Jakob die Decke aus.
„Am liebsten würde ich jetzt schwimmen“, sagte Hanna mit Blick auf das Meer. „Kommst du mit?“
„Leider habe ich keine Badehose dabei.“
„Wie furchtbar“, neckte sie ihn, zog sich ihr Kleid über den Kopf und ließ es achtlos in den Sand fallen. „Keine Sorge, ich schaue nicht hin.“ Sie schlüpfte noch aus dem Slip und lief in die sanften Wellen.
Fasziniert blickte Jakob ihr nach. Für einen Moment war er wie gelähmt. Träumte er, oder hatte Hanna gerade vor seinen Augen ihre Kleider abgelegt, als sei es die natürlichste Sache der Welt, in Anwesenheit eines unliebsamen Nachbarn nackt schwimmen zu gehen? Oder vertraute sie ihm inzwischen sogar, weil sie wusste, er würde eine solche Situation niemals ausnutzen?
In Windeseile streifte auch er seine Sachen ab und folgte ihr ins Wasser.
„Ist das nicht herrlich?“, rief sie ihm zu. „Wie in einer riesengroßen Badewanne.“
„Mit dir würde ich mich auch in einer sehr viel kleineren wohlfühlen.“
„Darf ich das als Einladung verstehen?“ Mit der Hand fuhr sie durchs Wasser, damit es bis zu Jakob spritzte. „Oder ist das nur Verlegenheitskonversation?“
„Du würdest meiner Einladung sowieso nicht folgen.“
„Unterschätzt du mich schon wieder? In diesen Zeiten müssen wir alle sparen, wie du gestern so treffend festgestellt hast. Also auch am Wasserverbrauch.“
„Ich werde dich daran erinnern, wenn wir wieder zu Hause sind“, versprach Jakob. „Noch wünsche ich mir allerdings, dieser Urlaub würde nie vergehen.“
„Leider hat alles Schöne im Leben irgendwann ein Ende“, lautete Hannas ernste Antwort, ehe sie an den Strand zurück-

schwamm.
Aus dem Boot nahm sie ein Handtuch, mit dem sie ihre Haut trocknete. Sie setzte sich auf die Decke und beobachtete, wie Jakob aus dem Wasser stieg. Er zögerte kaum merklich, als sei es ihm peinlich, unbekleidet näherzukommen.
Es war zu dunkel, um auf die Entfernung zu erkennen, ob Hanna sich schon wieder angezogen hatte. Da seine Kleidung neben der Decke lag, hatte er jedoch keine Wahl. Langsam schlenderte er heran.
„Setz dich“, forderte Hanna ihn auf, wobei sie das um ihren Körper geschlungene Frotteetuch löste. Als Jakob sich neben ihr niederließ, rieb sie mit dem weichen Stoff über seinen Rücken. „Den Rest schaffst du sicher selbst.“
Wortlos nahm er ihr das Tuch aus der Hand. Während er damit flüchtig über seine Haut fuhr, legte Hanna sich zurück und verschränkte die Arme hinter dem Kopf.
„Eine Sternschnuppe“, machte sie Jakob aufmerksam, worauf er die gleiche Position einnahm und die Augen auf den klaren Sternenhimmel richtete. Schweigend beobachteten sie das angekündigte Naturschauspiel.
„Es gibt Momente, die sind nur zu zweit wirklich schön.“
„Dann sei froh, dass ich dich begleitet habe“, erwiderte Hanna lächelnd. „Hast du dir schon was gewünscht?“
„Ja“, antwortete er knapp. „Und du?“
„Ich bin noch unentschlossen, ob ich mir wieder mal ein paar erotische Stunden wünschen soll – oder lieber ein gutes Buch.“
„Es ist nicht schwer zu erraten, wofür du dich entscheidest.“
Seit geraumer Zeit konzentrierte er sich darauf, nicht daran zu denken, dass diese begehrenswerte Frau keine 30 cm von ihm entfernt splitternackt neben ihm lag. Er würde diesen Härtetest bestehen – komme, was wolle. „Womöglich hast du dir sogar schon einen Liebhaber ausgeguckt.“
„Wer weiß...?“ Geschmeidig drehte sie sich auf die Seite und parkte wie unabsichtlich die Hand auf seiner Brust. „Würde dich das wundern?“

„Eigentlich nicht..." Jakob versuchte mit aller Kraft, das Prickeln zu ignorieren, das ihre Berührung auslöste. „Du bist eine emanzipierte Frau, die weiß, was sie will. Außerdem bist du frei und ungebunden. Was sollte dich daran hindern, deiner Leidenschaft freien Lauf zu lassen?"
„Eben...", flüsterte sie, beugte sich etwas vor und legte die Lippen auf seinen Mund. Ohne zu überlegen nahm Jakob die Einladung an und erwiderte den Kuss mit einer erregenden Sinnlichkeit. Im nächsten Moment setzte er sich jedoch abrupt auf. Ein Stöhnen entrang sich seiner Brust.
„Ich kann das nicht...", murmelte er und fuhr sich mit allen zehn Fingern durch sein kurzgeschnittenes Haar. „Es wäre ein Fehler, den ich bitter bereuen würde..."
„Du würdest es bereuen?", flüsterte Hanna ungläubig und sprang auf. „Und das, nachdem du mich wochenlang angebaggert hast? Wie konnte ich nur vergessen, dass bei dir ohne Gefühle nichts läuft? Wahrscheinlich wurde dir längst klar, dass du etwas Besseres haben kannst, als eine zickige Nachbarin, die es mit jedem treibt!" Aufgebracht sammelte sie ihre Kleidungsstücke zusammen und drückte sie wie schützend an ihre Brust. „Habe ich das nötig? Ich finde problemlos noch heute Nacht einen Mann, der all meine Wünsche befriedigt! Auf dich bin ich weiß Gott nicht angewiesen!"
Ohne Jakob noch eines Blickes zu würdigen, marschierte sie auf das Boot zu.
„Warte, Hanna!", rief er, kam auf die Beine und lief ihr nach.
„Lass mich in Ruhe!", gab sie über ihre Schulter zurück, stolperte dabei und fiel in den Sand. Als sie sich wieder aufrappelte, hechtete Jakob nach ihr und bekam sie am Fuß zu fassen. Dadurch landeten sie beide im Sand. Ehe Hanna ihm entwischen konnte, war Jakob über ihr.
„Verschwinde!", fauchte sie und schlug mit beiden Händen nach ihm, so dass Jakob sich gezwungen sah, sie festzuhalten. „Lass mich los, du verdammter Mistkerl!"
„Hanna", versuchte er, sie zu beruhigen. „Ich muss dir erklä..."

„Behalt es für dich!“, fiel sie ihm verärgert ins Wort. „Es interessiert mich nicht!“
„Bitte, Hanna!“, sagte er eindringlich. Sie kämpfte wie eine Wildkatze und erschien ihm schöner als je zuvor. „Sei doch vernünftig! – Und hör auf, so zu zappeln!“
„Geh sofort von mir runter!“
Sie wand sich unter ihm, wodurch er in eine Position geriet, die Hanna spüren ließ, in welchen Zustand ihr nackter Körper ihn versetzt hatte.
„Beruhige dich, Hanna“, bat er noch einmal. „Du hast mich missverstanden. Glaub mir, ich täte nichts lieber als...“
„Vergiss es!“, unterbrach sie ihn, sich immer noch unter ihm windend. „Du hattest deine Chance, aber du hast wieder mal alles kaputtgemacht! Ich hätte auf meine innere Stimme hören sollen, anstatt auf dein falsches Spiel reinzufallen!“ Wütend funkelte sie ihn an. „Lass mich los, verdammt! Ich habe endgültig genug von dir!“
„Tatsächlich?“ Herausfordernd bewegte er die Hüften. „Willst du nicht etwas ganz anderes?“ Seine Lippen streiften ihren Hals, glitten tiefer bis zu ihren verführerischen Rundungen.
Plötzlich lag Hanna ganz still. Sie wehrte sich nicht mehr gegen ihn.
Mit fragendem Blick hob Jakob den Kopf, sah, dass Hanna völlig teilnahmslos zur Seite starrte, die Lippen hart aufeinandergepresst. Sie wirkte wie jemand, der sich in das Unvermeidliche fügte.
„Oh, mein Gott...“, murmelte er betroffen, sprang auf und rannte ein Stück am Wasser entlang, bevor er sich einfach fallen ließ und die Hände vors Gesicht schlug.
Hilflos blickte Hanna zu ihm hinüber. Obgleich sie immer noch wütend auf Jakob war, regte sich ihr Mitgefühl. Sie stand auf, lief ins Wasser und spülte den Sand von ihrer Haut. Unweit von Jakob kehrte sie an den Strand zurück und hockte sich neben ihn.
„Es tut mir so leid, Hanna“, sagte er mit brüchiger Stimme.

„Was ich beinah getan hätte, ist unverzeihlich. Du musst mich dafür hassen."
„Ich hasse dich nicht", widersprach sie sanft. „Dazu besteht kein Grund."
„Oh, doch!", erregte er sich. „Du bist vertrauensvoll mit mir hierher gefahren! Und plötzlich hast du wie gelähmt unter mir gelegen, als würdest du fürchten, ich wolle dich vergewaltigen! Als ob ich dir wehtun könnte! Dafür bedeutet mir unsere zarte Freundschaft viel zu viel."
Behutsam legte sie die Hand auf seine Schulter.
„Sag das noch mal."
„Ja, du bedeutest mir mehr, als ich mir lange eingestehen wollte", wiederholte er hart. „Um mich zu schützen, war ich oft so ekelhaft zu dir. Außerdem war mir klar, dass du bestimmt nicht auf einen besserwisserischen Oberlehrer gewartet hast. – Davon abgesehen, hätte es ohnehin nicht funktionieren können", fügte er resigniert hinzu.
„Wie kannst du das so genau wissen, Jakob? Wenn du jedes Mal von vornherein so pessimistisch über eine mögliche Beziehung denkst, wirst du nie eine Partnerschaft haben."
„Schon vor Jahren habe ich mich für das Single-Leben entschieden", betonte Jakob beinah trotzig. „Erst kürzlich habe ich das erste Mal in Erwägung..." Er hielt es für sinnlos, Hanna seine stetig gewachsenen Gefühle zu offenbaren. „Jedenfalls spräche alles dagegen", nahm er den Faden wieder auf. „Ich habe nun mal die Verantwortung für meine Familie übernommen. Da kann ich nicht egoistisch nur an mich denken. Schon mein Tagesablauf lässt mir kaum Spielraum."
„Wo ein Wille ist, gibt es auch einen Weg."
„So einfach ist das leider nicht. Solange wir keine Haushaltshilfe haben, muss ich mich nach Schulschluss ums Mittagessen und um die Hausaufgaben der Kinder kümmern. Von Putzen, Waschen, Einkaufen ganz zu schweigen. Bis Jonas abends heim kommt, bleibt mir kaum eine freie Minute. Meinen Unterricht muss ich dann auch noch vorbereiten."

„Blieben dir immer noch die Abendstunden", warf Hanna ein. „Vielen Paaren, die berufstätig sind, ergeht es genauso."
„Das funktioniert aber nicht, wenn beispielsweise einer der beiden nachts arbeitet."
„Dann musst du dich eben nach einer Partnerin umsehen, die abends verfügbar ist."
„Du willst mich nicht verstehen", seufzte Jakob. In diesem Moment war er froh, Hanna keine Liebeserklärung gemacht zu haben. „Lange Rede, kurzer Sinn", fasste er zusammen. „Ich wollte dir nur verdeutlichen, dass es nicht in meiner Absicht lag, dir weh zu tun, Hanna. Deine Freundschaft bedeutet mir wirklich sehr viel."
„Damit kann ich leben", sagte Hanna, obwohl sie spürte, dass Jakob seine Wünsche und Bedürfnisse wieder einmal seiner Familie zuliebe verdrängte. „Freundschaft ist etwas Wundervolles", fügte sie hinzu und erhob sich. „Allerdings brauche ich heute Nacht keinen Freund – sondern einen Mann. Lass uns zurückfahren."
„Hanna!" Rasch sprang Jakob auf und lief ihr bis zu der im Sand ausgebreiteten Decke nach. „Du willst dir nach unserer Rückkehr doch nicht wirklich den nächstbesten Typen aufgabeln und mit ihm...?"
„Erinnerst du dich an den Amerikaner, mit dem ich gestern Abend getanzt habe? David verbringt seit einigen Jahren seinen Urlaub hier. Seitdem begegnen wir uns jeden Sommer. Er ist ein lieber Kerl, der..."
„... der dich vom ersten Augenblick an wollte", vollendete Jakob missbilligend. „Romy sagte außerdem, du seiest an seinen Millionen nicht interessiert."
„Vielleicht hat dieser attraktive Mann aber noch was anderes zu bieten!?", entgegnete sie herausfordernd, um Jakob aus der Reserve zu locken. „Seine Yacht liegt in unserer Bucht vor Anker. Ich setze dich am Strand ab und fahre mit dem Motorboot zu ihm rüber."
„Nein."

„Nein?" Spöttisch blickte sie ihm im Mondlicht in die Augen. „Wie willst du das verhindern?"
Ohne eine Miene zu verziehen, hielt Jakob ihrem Blick stand. „Indem ich dich davon überzeuge, dass dieser Mann dich nicht liebt."
„Spar dir die Mühe", winkte sie ab. „Das weiß ich selbst."
„Trotzdem willst du mit ihm schlafen?", spottete nun er. „Was ist mit den Gefühlen, die angeblich auch bei dir vorhanden sein müssen, um mit einem Mann intim werden zu können?"
„Ich mag David", behauptete sie, um keine Antwort verlegen. „Zwischen uns knistert es jeden Sommer ziemlich heftig. Große Sympathie verbunden mit erotischer Anziehung ist doch eine gute Voraussetzung für eine heiße Urlaubsaffäre."
„Demnach bist du nicht an etwas Dauerhaftem interessiert?"
„Nun tu nicht so, als sei das völlig abwegig", deutete sie seinen befremdeten Gesichtsausdruck. „Als angeblich überzeugter Single lässt doch auch du dich nicht auf mehr als ein paar leidenschaftliche Stunden ein. – Oder hast du es dir inzwischen total abgewöhnt?" Um seine Reaktion zu testen, legte sie eine Hand auf seine Brust. „Vermisst du nicht dieses erotische Knistern, diese Spannung, wenn der Funke überspringt?" Abrupt zog sie ihre Hand zurück. „Anscheinend bist du nicht mal im Urlaub fähig, alles zu vergessen und deinen Bedürfnissen zu folgen. Du bist ein hoffnungsloser Fall, Jakob. Wir sollten jetzt zusammenpacken und von hier verschwinden."
„Noch nicht ..." Er durfte nicht zulassen, dass Hanna die Nacht mit diesem reichen Amerikaner verbringen würde. Wie von selbst griffen seine Hände nach ihren Schultern. „Ich werde dir zeigen, wozu ich fähig bin", flüsterte er, zog Hanna an sich und küsste sie stürmisch.
Überrascht von seiner plötzlich aufflammenden Leidenschaft erwiderte Hanna seinen Kuss. Die Erinnerung an die Nacht in dem kleinen Pavillon wurde wieder sehr lebendig, so dass sie in Jakobs Armen erschauerte. Unwillkürlich wurde ihr bewusst, wie sehr sie sich danach sehnte, noch einmal etwas

Ähnliches zu erleben. Noch einmal dieses ungezügelte Verlangen zu spüren, das sie damals beide überwältigt hatte.
Jakobs Gedanken waren mit den ihren fast identisch. Seine Hände glitten von Hannas Schultern zu ihrer Taille, zogen sie noch dichter an sich. Unweigerlich spürte sie seine harte Männlichkeit. Aber nur für einen kurzen Moment. Als der Mond hinter einer Wolke verschwand, löste sich Jakob von Hannas Lippen und zog mit seinem Mund eine heiße Spur zu ihren Brüsten. Seine Zunge lockte und reizte die empfindsamen Knospen, bis Hanna laut aufstöhnte. Davon ermutigt glitten Jakobs Lippen tiefer. Seine Zungenspitze umkreiste den Nabel, wobei seine Hände ihre Hüften umspannten. Mit quälender Langsamkeit strich sein Mund hinunter zu ihrem Schoß und suchte den Weg zum Zentrum ihrer Weiblichkeit. Hannas Körper reagierte sofort auf das erregende Spiel seiner Zunge. Ein sehnsüchtiges Kribbeln durchflutete sie, während sie die Finger in Jakobs dichtem Haar vergrub. Ihr Denken vernebelte sich.
Sie vergaß alles um sich herum und bestand nur noch aus Gefühl. Über ihre Lippen flohen kurze, atemlose Laute, und ihre Beine begannen zu zittern. Etwas Unverständliches murmelnd ließ sie sich rückwärts auf die Decke sinken und zog Jakob mit sich.
„Ich will dich – jetzt – sofort..." Ihre Stimme klang heiser vor Erregung. Hanna schlang die Beine um Jakobs Mitte, so dass er mühelos in sie hineinglitt. Sekundenlang verhielt er ganz tief, um sich dann so langsam in ihr zu bewegen, dass Hanna glaubte, es nicht länger aushalten zu können. Endlich steigerte er den Rhythmus. Auch sein Atem wurde heftiger. Sein Mund senkte sich auf ihre Lippen, küsste sie wild und fordernd. Er trieb sie immer schneller dem Gipfel der Leidenschaft entgegen. Plötzlich spannte sich Hanna an, wobei sie einen Lustschrei ausstieß. Immer wieder erbebte sie unter Jakob, spürte, dass auch sein Verlangen Erfüllung fand.
„Ich liebe dich...", entschlüpfte es ihm dabei mit rauer Stimme. Als ihm das bewusst wurde, verfluchte er sich innerlich dafür.

Schwer atmend löste er sich von Hanna und setzte sich neben ihr auf.
„Verdammt", stieß er verärgert über sich selbst hervor und fuhr sich mit den Händen durchs Haar. „Das wollte ich nicht..."
Hanna glaubte, sich verhört zu haben. Eben noch hatte ihn die Leidenschaft überwältigt – und nun bedauerte er es bereits? Diesem Mann war nicht zu helfen! Offenbar litt er an postkoitalen Depressionen! Wortlos erhob sie sich und tauchte noch einmal ins Meer.
Mit Beklemmung sah Jakob im fahlen Mondlicht, wie sie sich seine Berührungen von der Haut spülte.
Als sie aus dem Wasser kam, kehrte sie nicht zu Jakob zurück, sondern sammelte ihre Kleider auf und streifte sie über.
Hastig zog auch Jakob sich an.
„Beeil dich! Ich will zurückfahren!", rief Hanna ihm zu. Noch bevor er sie erreichte, schob sie das Boot ins Wasser.
Er konnte gerade noch hineinspringen, als Hanna den Motor startete. Im Licht der Scheinwerfer steuerte sie das Boot um das Riff herum, jagte es übers Meer und verlangsamte die Fahrt erst, als sie Romys Bucht erreichten.
„Es tut mir leid, Hanna", sagte Jakob zerknirscht. Er bedauerte allerdings nur, dass ihm im Eifer des Gefechts eine Liebeserklärung herausgerutscht war. „Ich wollte nicht, dass mir das passiert. Was ich gesagt habe ..."
„Vergiss es einfach", unterbrach sie ihn, als sei es ihr gleichgültig. „Auch ich wollte ganz bestimmt nicht, dass so was geschieht." Konzentriert manövrierte sie das Boot an den Steg.
„Lass uns diese unselige Nacht aus unserem Gedächtnis streichen, Jakob – Und nun steig bitte aus."
Enttäuscht kam Jakob dieser Aufforderung nach und kletterte in dem Glauben auf den Steg, es solle das Boot festmachen. Kaum hatte er jedoch die Holzbohlen unter den Füßen, heulte der Motor auf. Mit hohem Tempo fuhr Hanna auf die weiter draußen ankernden Yachten zu.
„Verdammt!", fluchte Jakob, der ahnte, zu wem sie wollte.

Dieses gemeinsame intime Erlebnis schien ihr überhaupt nichts zu bedeuten! Während er es als Erfüllung seiner Träume empfand, der Frau, die er liebte, so uneingeschränkt nahe zu sein, war es für sie nur die Befriedigung eines körperlichen Verlangens! Wahrscheinlich hatte sie sich bei ihm nur Appetit geholt, um die Nacht in den Armen dieses amerikanischen Playboys zu genießen!
Unterdessen steuerte Hanna das Motorboot hinter die Yachten und schaltete den Motor aus. Sie ließ das Boot ein wenig treiben, um ungestört nachdenken zu können...

Kapitel 33

In jedem Jahr fand in Ciutadella das Festival Música d' Estiu, ein klassisches Musikfestival im Priesterseminar des ehemaligen Augustinerklosters mit Solisten und Kammerorchestern aus aller Welt statt. Auch die berühmte Pianistin Rosemarie Winterstein war stets darunter.
Tagsüber war es Hanna gelungen, Jakob aus dem Weg zu gehen. Da er und sein Bruder es nicht versäumen wollten, Romy bei einem Konzert zu erleben, traf Hanna dort zwangsläufig mit ihnen zusammen. Sie vermied es jedoch, Jakob direkt anzusehen und setzte sich zwischen Marie und Frederik. Derweil wurden die Kinder im Club von Joanna betreut.
In einem langen cremefarbenen Kleid betrat die Pianistin die kleine Bühne. Von jeher demonstrierte das Publikum seine Verehrung durch anhaltenden Begrüßungsapplaus, der die Künstlerin zu ihrem Instrument begleitete. Neben dem Flügel blieb Romy einen Moment lang stehen. Ihre Augen glitten über die Gäste, entdeckten vertraute Gesichter. Ein strahlendes Lächeln, das Frederik galt, blühte in ihrem aparten Gesicht auf, das er mit einem warmen Blick beantwortete.
Zwar hatte sie sich am Nachmittag in der Finca noch einmal auf ihren Auftritt vorbereitet, Frederik jedoch hinausgescheucht. Dennoch war ihr hinreißendes Spiel im ganzen Haus zu hören gewesen. An diesem Abend war es das erste Mal,

dass Frederik die geliebte Frau auf einer Bühne erlebte. Zu seiner Freude spielte Romy die Kompositionen von Chopin, von denen er ihr vor Wochen während des Fluges auf die Insel erzählt hatte, sie seien seine Lieblingsstücke. Hingerissen lauschte er dem virtuosen Spiel der Pianistin. Hanna bemerkte, wie sehr ihn das bewegte. Sie fasste nach seiner Hand und drückte sie ein wenig. Dankbar schaute Frederik sie an, so dass sie seine feucht schimmernden Augen sah. Es rührte sie, wie sehr dieser Mann ihre Mutter liebte.

Wie erwartet reagierte auch das Publikum begeistert auf Romys grandioses Spiel, applaudierte stürmisch und ehrte die Künstlerin mit stehenden Ovationen.

Nach Ende des Konzerts traf sich die Pianistin mit ihrer Familie und den Freunden im romantischen Innenhof des ehemaligen Klosters, um zusammen zur Finca zu fahren. Unerwartet stand plötzlich Carlos vor Romy.

„Deine concierto war imponente!“, sprach er sie enthusiastisch an. „Das wir unbedingt müssen feiern, Romy! Ich bestellt habe eine Tisch für uns in...“

„Es tut mir leid, Carlos, aber wir wollten gerade aufbrechen“, fiel Romy ihm ins Wort.

So leicht gab er sich aber nicht geschlagen.

„Ich auch gerne begleite dich zu Bahia Silencio“, bot er ihr an, aber sie schüttelte den Kopf.

„Du solltest besser nach Hause fahren, Carlos. Es gibt keine Zukunft für uns.“ Unmerklich straffte sie die Schultern. „Ich liebe einen anderen Mann.“

Ungläubig starrte er sie an. Sein verstehender Blick wechselte zu Jakob, der neben Romy stand. Unwillkürlich ballte Carlos die Hände zu Fäusten.

„Du mir nicht wegnehmen Romy!“, herrschte er Jakob an. „Sie gehören mir!“ Wütend holte Carlos zum Schlag aus, aber Frederik schob sich blitzschnell dazwischen und blockte die herannahende Faust mit dem Arm ab.

„Das ist der falsche Mann“, sagte er völlig ruhig. „Romy hat

sich für mich entschieden. Das sollten Sie respektieren und sich zurückziehen."
Mit einem letzten traurigen Blick auf Romy wandte sich Carlos stumm um und verließ fluchtartig den Klosterhof.
„Dieser Zwischenfall tut mir sehr leid", sagte Romy bedauernd. „Bitte lasst uns gehen. Wir treffen uns in der Finca."
Romy fuhr mit Frederik; die Cousinen folgten ihnen mit den Jensen-Brüdern.
Während Romy später die Gäste in der Finca herumführte, holte Frederik den kaltgestellten Champagner aus der Küche.
„Das ist ein tolles Haus", wandte sich Marie im Wohnraum an ihren Onkel. „Du hast bei der Einrichtung viel Geschmack bewiesen." Anerkennend deutete sie auf den üppigen Strauß roter Rosen, der in einer Kristallvase auf dem Tischchen neben dem Sofa stand. „Auch die Blumendekoration ist traumhaft."
„Die Rosen scheinen von einem Verehrer deiner Tante zu stammen", überlegte Frederik unter hochgezogenen Brauen. „Als wir das Haus verließen, standen sie noch nicht dort."
„Das ist wirklich seltsam", stimmte Romy ihm zu, trat an den Tisch und zog einen kleinen Umschlag zwischen den dunkelroten Blüten hervor. Sie entnahm das Kärtchen und las:

Willkommen in meinem Leben
und in unserem Zuhause
Immer Dein Frederik

„Nun mach es nicht so spannend", forderte Hanna ihre Mutter auf. „Von wem sind die herrlichen Rosen?"
„Von einem Mann."
„Hat er zufällig auch einen Namen?"
Geheimnisvoll nickte Romy nur, ging lächelnd zu Frederik hinüber und küsste ihn zart auf die Lippen.
„Danke, mein Lieber. – Besonders für die schönen Worte."
„Te quero, mi corazón", antwortete er, weil er wusste, dass außer Romy nur ihre Tochter diese Sprache verstand. Dennoch

schauten sich die anderen vielsagend an.
„Der rechte Zeitpunkt, um auf das junge Paar anzustoßen", sagte Hanna und reichte die Champagnergläser weiter.

Im Laufe des Abends fragte sich Jakob, was in Hanna vorgehen mochte. Sie schien in bester Stimmung zu sein und plauderte so unbefangen, als hätte sie die Leidenschaft der letzten Nacht komplett aus ihrem Gedächtnis gestrichen. Sie sprach mit Marie über ein verlorenes Schmuckstück, worauf Romy sich einschaltete.
„Meinst du etwa die Kette mit dem kleinen Kreuzanhänger, Hanna?", fragte sie ihre Tochter mit leisem Vorwurf. „Vermisst du sie schon lange?"
„Seit heute Morgen. Als ich gestern vom Schwimmen kam, war sie mit Sicherheit noch an meinem Hals."
„Wo warst du denn danach?"
„Am Nachmittag haben wir mit den Kindern Minigolf gespielt", überlegte sie. „Dann war ich noch zweimal mit Geisha draußen – und abends am Strand."
Jakob glaubte sich zu erinnern, das Kettchen in der kleinen Bucht im Mondschein auf Hannas nackter Haut funkeln gesehen zu haben, doch er behielt das für sich. Sonst müsste er auch die Vermutung äußern, sie hätte die Kette an Bord der Yacht des Amerikaners verloren. Wie Hanna darauf reagieren würde, war nicht schwer zu erraten. Also schwieg er.
„Offenbar hängst du sehr an dem Schmuck", mutmaßte Jonas. „Das ist doch die Kette, die du immer trägst."
„Mein Vater hat sie mir zu meinem 18. Geburtstag geschenkt", sagte Hanna traurig. „Fast dreißig Jahre lang war sie mein ständiger Begleiter. Ich habe sie ganz selten abgelegt. Wahrscheinlich hätte ich den Verschluss hin und wieder kontrollieren sollen. Jetzt ist es leider zu spät."
„Vielleicht taucht die Kette schon bald wieder auf", versuchte Romy ihre Tochter zu trösten, denn sie ahnte, wie nahe ihr der

Verlust ging. „Sollte sie jemand finden, gibt er sie bestimmt bei Joanna ab."
Jakob versuchte sich zu erinnern, ob Hanna die Kette noch trug, als sie die kleine Bucht in der letzten Nacht verließen.
Je länger er darüber nachdachte, umso klarer wurde ihm, dass er bei ihrer überstürzten Abfahrt nicht darauf geachtet hatte. Er hielt es aber für möglich, dass Hanna den Schmuck im Eifer des Gefechts verloren hatte. Immerhin war es zwischen ihnen ziemlich heiß hergegangen. – Auch wenn Hanna dieses Erlebnis bereits aus ihrem Gedächtnis verbannt hatte; er selbst würde sich sein Leben lang daran erinnern.
„Ich möchte gern was Wichtiges loswerden", bat Jonas um Gehör. „Wie ihr alle wisst, reisen wir Jensens am Wochenende ab", fuhr er fort. „Zunächst möchte ich Romy danken. Ohne ihr Entgegenkommen wären für uns diese herrlichen drei Urlaubswochen in der Bahia Silencio nicht möglich gewesen. In dieser Zeit sind auch unsere Familien näher zusammengerückt. Die Kinder hatten plötzlich den Wunsch, alles gemeinsam zu unternehmen. Dadurch hat sich unsere stille Hoffnung erfüllt, Maries Mädchen und meine Jungens würden im täglichen Umgang erkennen, wie wundervoll es ist, eine komplette Familie zu sein." Lächelnd trat er neben Marie und legte den Arm um ihre Schultern. „Nachdem unsere Kinder uns heute vor dem Konzert einstimmig ihr Einverständnis gegeben haben, möchten wir nun auch euch mitteilen, dass wir so bald wie möglich heiraten wollen."
Die erstaunten Blicke, die das Paar trafen, verrieten die völlige Ahnungslosigkeit der anderen.
„Ist das nicht ein bisschen übereilt?", fragte Hanna vorsichtig. „Nach nur drei gemeinsamen Wochen?"
„Wir waren schon vorher zusammen", gestand Marie, wobei sie ihrer Cousine einen um Verständnis bittenden Blick zuwarf. „Anfang des Jahres hatte ich den Auftrag, anlässlich eines Jubiläums ein großes Buffet in der Landeszentralbank auszurichten. Bei dieser Gelegenheit habe ich Jonas kennengelernt."

„Zwischen funkte es sofort“, warf Jonas glücklich ein. „Schon nach kurzer Zeit wussten wir, dass wir zusammengehören. Allerdings war uns klar, wie unsere Kinder darauf reagieren würden. Deshalb dachten wir, es sei einfacher, die Familien würden sich erst mal unbefangen kennenlernen.“
„Und weil die Villa bei uns nebenan seit einiger Zeit leer stand, seid ihr dort eingezogen“, kombinierte Hanna vorwurfsvoll. „Ihr habt uns die ganze Zeit an der Nase rumgeführt!“
„Bitte, nimm uns das nicht übel“, bat Marie. „Es ist mir verdammt schwergefallen, dich nicht einzuweihen, aber wir wollten, dass ihr alle unbeeinflusst aufeinander zugeht.“
Unter hochgezogenen Brauen schaute Jonas seinen Bruder an. „Warum sagst du nichts dazu, Jakob? Du wolltest doch immer, dass die Jungens wieder eine Mutter bekommen.“
„Davon abgesehen, wie unvorbereitet mich diese Neuigkeit trifft, kann ich dir nur gratulieren, Jonas“, erwiderte Jakob sehr ernst. „Du hast eine ausgezeichnete Wahl getroffen.“ Der leichte Unterton in seiner Stimme ließ seinen Bruder aufhorchen.
„Sehr begeistert klingt das aber nicht.“
„Doch, doch“, beeilte Jakob sich, zu versichern. „Mir wurde eben nur klar, dass ihr mich nun nicht mehr braucht. Da ihr bald heiraten wollt, bedeutet das wohl, dass ihr alle zusammen in der Villa wohnen werdet. Dafür braucht ihr Platz. Ich werde mir so schnell wie möglich was anderes suchen.“
„Unseretwegen musst du doch nicht ausziehen“, sagte Marie kopfschüttelnd. „Wir werden eine Lösung finden, um...“
„Willst du deinen Beruf aufgeben?“, fiel Jakob ihr ins Wort. „Oder kommen deine Kunden weiterhin in den Genuss deiner Kochkünste?“
„Falls Hanna damit einverstanden ist, möchte ich den Partyservice auch nach der Hochzeit von ihrem Haus aus weiter betreiben. Bislang wurde unser Familienleben durch meinen Beruf nicht beeinträchtigt. Die meiste Arbeit erledige ich morgens, wenn die Kinder in der Schule sind. Falls du befürchtest, ich schaffe das nicht, wenn sich die Familie vergrößert ...“

„So war das nicht gemeint, Marie“, unterbrach Jakob sie abermals. „Ich bin sogar überzeugt davon, dass du das unter einen Hut bekommst. Dafür wäre es aber optimal, wenn ihr die Villa bewohnt. Solltest du mal länger in deiner Küche zu tun haben, bist du für die Kinder nebenan jederzeit erreichbar. Deshalb werde ich das Feld räumen und mir eine neue Bleibe suchen.“ Erwartungsvoll schaute er Hanna in die Augen. „Du spielst nicht zufällig mit dem Gedanken, dir einen Untermieter zu nehmen, wenn Marie mit den Mädchen auszieht?“
Der Blick, mit dem sie ihn bedachte, drückte starke Zweifel an seinem Verstand aus.
„Auf einen Mitbewohner, der ständig meine Art zu leben kritisiert, kann ich gut verzichten. Sollte es mir tatsächlich irgendwann zu ruhig im Haus werden, gebe ich eine Annonce auf.“
„Im Gegensatz zu einem Fremden, weißt du bei mir aber, woran du bist.“
„Bei dir weiß ich, was ich absolut nicht will.“
Nun bestand für Jakob kein Zweifel mehr daran, Hanna nichts zu bedeuten. Zwar würde er in absehbarer Zeit wieder frei über sein Leben bestimmen können, aber er empfand weder Freude noch Erleichterung darüber. Vielleicht war er schon zu sehr in seine Rolle hineingewachsen, um die Verantwortung einfach abstreifen zu können. Womöglich fürchtete er sich auch ein wenig davor, plötzlich wieder allein zu leben. – Ohne Menschen, die ihn brauchten, ohne dass ständig Anforderungen an ihn gestellt wurden, aber auch ohne die vertrauensvolle Zuneigung seiner Neffen. Für Jakob bestand kein Zweifel: Marie würde sich der Jungen liebevoll annehmen. Dennoch würde er die drei schrecklich vermissen.

Später saßen die beiden Brüder noch weit nach Mitternacht im Club auf Jonas’ Terrasse bei einem Glas Rotwein zusammen.
„Du warst vorhin auf einmal auffallend still, Jakob“, bemerkte sein Bruder. „Bist du sauer auf mich, weil ich dir meine Beziehung zu Marie vorenthalten habe?“

„Eigentlich sollte ich dir das tatsächlich übel nehmen, aber ich verstehe auch eure Beweggründe. Außerdem hat euer Plan im Hinblick auf die Kinder funktioniert. Sie mögen Marie und akzeptieren sie. Ihr werdet eine wundervolle Familie sein."
„Und du? Zählst du dich plötzlich nicht mehr dazu?"
„Meine Mission ist erfüllt", sagte Jakob und wich dem forschenden Blick seines Bruders aus. „Ich nehme mir irgendwo eine kleine Wohnung und richte mein Leben neu ein."
„Kommt in deinen Plänen auch eine Frau vor?", fragte Jonas vorsichtig. „Beispielsweise eine Hanna Flemming?"
„Nein."
„Ich dachte, ihr versteht euch inzwischen richtig gut!? Ihr ward zusammen tauchen, habt abends miteinander getanzt und gelacht. Seid ihr euch dabei nicht nähergekommen?"
„Zu nah. Ich wollte das verhindern, weil ich wusste, es würde alles kaputtmachen. Trotzdem habe ich letzte Nacht am Strand mit Hanna geschlafen. Das war ein Riesenfehler."
„Warum?"
„Es waren weder die richtigen Umstände noch war es der richtige Zeitpunkt. Zwischen uns ist von Anfang an alles schiefgelaufen. Das wird sich auch nie ändern. Hanna liebt mich nicht. Nach allem, was zwischen uns geschehen ist, verstehe ich sogar, dass ich ihr nie wirklich was bedeuten kann."
„Hast du ihr gestanden, was du für sie empfindest?"
„Nicht ernsthaft", erwiderte Jakob nachdenklich. „Jedenfalls hat sie es gar nicht realisiert. Für sie war unser Erlebnis am Strand nur ein sexuelles Abenteuer, das sich eben so ergeben hat. Sie hat es hinterher bei klarem Verstand so sehr bedauert, dass sie es sofort aus ihrem Gedächtnis gestrichen hat."
„War es so furchtbar?"
„Es war einmalig!" betonte Jakob. „Hanna ist so unglaublich hingebungsvoll und leidenschaftlich. Sie hat es ebenso genossen wie ich. Dennoch war es für sie nur Sex, während es für mich sehr viel mehr war."
„Du hast sie in dieser Hinsicht schon mal falsch eingeschätzt",

erinnerte Jonas seinen Bruder. „Warum stehst du nicht konsequent zu deinen Gefühlen? Vielleicht wartet sie nur darauf! Rede mit ihr, Jakob!“
„Bislang hat sie keine meiner Andeutungen in diese Richtung ernst genommen“, widersprach er resigniert. „Hanna mich immer noch für einen verdrehten Spinner, der heute baggert und morgen streitet, der sich hinter seinem Pflichtbewusstsein und seiner Verantwortung versteckt und ...“
„Inzwischen hat sich aber alles verändert! Ich bin dir wirklich dankbar, dass du aus Rücksicht auf uns ständig zurückgesteckt hast. Uns zuliebe hast du dein eigenes Leben ausgeblendet. Damit ist jetzt Schluss, Jakob! Lebe deine Wünsche und Bedürfnisse, deine Träume und Hoffnungen!“
Leise aufstöhnend schüttelte sein Bruder den Kopf.
„Was glaubst du, würde Hanna denken? Dass ich bislang zu feige war, oder zu bequem? Dass ich plötzlich Angst vor dem Alleinsein habe? Dass ich nur zu ihr stehe, weil ihr mich nicht mehr braucht? Dass sie so was wie die zweite Wahl ist? Muss sie mich, den überzeugten Single nicht für total unglaubwürdig halten?“ Abermals schüttelte er den Kopf. „Es ist besser, ich ziehe mich völlig von ihr zurück.“
„Was hast du zu verlieren? Hast du nicht jahrelang darauf gehofft, einer Frau zu begegnen, die du lieben kannst? Nimm dir ein Beispiel an Frederik. Auch seine Gefühle schienen aussichtslos. Trotzdem hat er seine letzte Chance wahrgenommen und um seine Liebe gekämpft.“

Auch in einem anderen Bungalow waren die Lichter noch nicht verloschen. Nachdem Hanna ein Telefongespräch mit ihrem Azubi – Engel geführt hatte, setzte sie sich zu ihrer Cousine auf die Terrasse.
„Wie kommt dein Lehrling eigentlich bei den Zuhörern an?“, fragte Marie, die das Gespräch am Radio verfolgt hatte. „Ist Uli zufrieden?“

„Angelina macht ihre Sache recht gut. Allerdings wird sie von den Anrufern wie erwartet häufig nach Angel gefragt.“ Aufmerksam blickte sie ihre Cousine an. „Du wolltest aber sicher nicht noch mit zu mir kommen, um über den Engel der Nacht zu sprechen!?“
„Nein“, gab Marie zu. „Jonas und ich, wir haben dich heute mit unseren Hochzeitsplänen ziemlich überrumpelt, Hanna.“
„Nachdem ihr hier auf der Insel fast alles gemeinsam unternommen habt, ahnte ich, dass sich zwischen euch was anbahnt. Und auf dem Spanischen Fest ist mir aufgefallen, wie Jonas dich anschaut. Allerdings wäre ich nie auf den Gedanken gekommen, dass ich den Nachbarschaftskrieg der vergangenen Wochen im Grunde euch verdanke.“
„Wir konnten doch nicht damit rechnen, wie kontrovers du und Jakob aufeinander reagieren würdet“, sagte Marie bedauernd. „Als das offensichtlich wurde, haben wir beide versucht, immer wieder zwischen euch zu schlichten. Leider hatte Jonas damit bei Jakob ebenso wenig Erfolg wie ich bei dir. Trotzdem hatte ich in den letzten Tagen den Eindruck, dass ihr das Kriegsbeil endgültig begraben habt.“
„Wir hatten uns auf einen freundschaftlichen Umgang geeinigt. Dummerweise vergisst Jakob das immer wieder. Wahrscheinlich merkt er nicht mal, wie kränkend er sich manchmal verhält. – Aber das ist mein Problem“, fügte sie burschikos hinzu. „Darum musst du dich nicht kümmern, Marie. Mit bald sechs Kindern plus Ehemann wirst du völlig ausgelastet sein. Hinzu kommt noch dein Partyservice. Willst du den wirklich nicht aufgeben?“
„Dieses Stückchen Unabhängigkeit möchte ich mir – wenn auch mit weniger Aufträgen – bewahren“, erwiderte Marie und griff nach ihrem Weinglas. „Falls ich weiterhin in deinem Haus kochen darf. Es wäre durchaus verständlich, würdest du dich nun von mir im Stich gelassen fühlen und...“
„Nun sei nicht albern. Wir sind schließlich nicht verheiratet!“
„Aber wenn ich mit den Mädchen zu Jonas ziehe ...“

„... wird es wieder sehr still im Haus“, vollendete Hanna. „Da wird es mir eine Freude sein, dich mit Kochtöpfen klappern zu hören.“ Unvermittelt wurde sie sehr ernst. „Natürlich werde ich euch vermissen, aber ihr seid doch nicht aus der Welt.“ Schelmisch zwinkerte sie ihrer Cousine zu. „Bei dir als Nachbarin muss ich wenigstens nicht fürchten, ständig aus dem Schlaf gerissen zu werden.“
„Wegen Jakob tut mir das alles am meisten leid“, sagte Marie nachdenklich. „Muss er sich jetzt nicht völlig überflüssig fühlen? Und ausgenutzt? Der Mohr hat seine Schuldigkeit getan, der Mohr kann gehen!?“
„Hat Jakob nicht oft genug betont, wie sehr es ihm am Herzen liegt, dass seine Neffen wieder eine Mutter bekommen? Es wird vermutlich etwas dauern, sich auf die neue Situation einzustellen, aber dann wird es ihn sicher erleichtern, sein Leben wieder selbstbestimmt führen zu können.“
„Ich weiß nicht...“, zweifelte Marie. „Jakob ist ein Familienmensch. Nun verliert er nicht nur seine Familie, für die er sich aufgeopfert hat, sondern gleichzeitig auch sein Zuhause. Da muss er sich doch von allem entwurzelt fühlen. Wenn er wenigstens jemanden hätte, der sich um ihn kümmert.“
„Du brauchst mich gar nicht so erwartungsvoll anzuschauen“, sagte Hanna mit abwehrend erhobenen Händen. „Falls du hoffst, dass ich Jakob freiwillig in meinem Haus aufnehme, vergiss es, Marie! Dieser Mann hat mein Leben schon genug durcheinandergebracht. Ich bin froh, wenn er mir nicht mehr täglich über den Weg läuft.“

Kapitel 34

Am nächsten Morgen begann der letzte Urlaubstag der Familie Jensen auf Menorca. In den zurückliegenden Stunden hatte Jakob kaum Schlaf gefunden: Die neusten Ereignisse hatten ihn nicht zur Ruhe kommen lassen. Er hatte über seine Zukunft nachgedacht – und über sein künftiges Verhalten Hanna gegenüber. Bis zu seinem Auszug aus der Villa würde er ihr häu-

fig begegnen. Es musste ihm gelingen, dann nur die Nachbarin in ihr zu sehen, er musste sich damit abfinden, dass er niemals Teil ihres Lebens sein würde.
Schon zeitig unternahm er einen Spaziergang mit Pavarotti. Erst danach frühstückte Jakob im Restaurant, bevor er den Hund in seinem Bungalow fütterte.
Da am Nachmittag ein Einkaufsbummel mit Jonas und den Jungs in Ciutadella geplant war, und er später noch packen musste, beschloss Jakob, den Vormittag zu nutzen, um noch einmal in die kleine Nachbarbucht zu fahren. Nicht nur, weil er die Decke dort vergessen hatte, die in seine Unterkunft gehörte. Hauptsächlich wollte er nach der Kette suchen, an der Hannas Herz hing. Nach längerem Nachdenken war er zu der Überzeugung gelangt, sie könne das Schmuckstück nur dort verloren haben.
Als Jakob den Strand erreichte, fiel ihm ein, dass er keine Erfahrung im Umgang mit einem Motorboot hatte. Kurz entschlossen entschied er sich für eines der Tretboote. Sie standen den Clubgästen kostenlos zur Verfügung; man musste sich für die Benutzung nicht anmelden. Die kurze Strecke bis zur Nachbarbucht traute sich Jakob problemlos mit einem nur durch Körperkraft betriebenen Gefährt zu. Erst unterwegs bekam er zu spüren, dass die Strampelei mit nur einem Mann Besatzung eine nicht zu unterschätzende Belastung der Beinmuskulatur bedeutete: Er kam zusehends langsamer vorwärts. Endlich sah er die kleine Bucht vor sich. Nun musste er nur noch das Riff umfahren. Jakob erinnerte sich an Hannas Worte, es sei für ortsunkundige gefährlich, aber er bezog das auf die Dunkelheit jener Nacht. Im hellen Sonnenschein empfand er die aus dem Wasser ragenden Klippen als unbedenklich. Er steuerte sein Tretboot an der letzten Felsspitze vorbei und nahm Kurs auf die Bucht. Plötzlich knirschte und splitterte es unter ihm. Ehe er realisierte, dass er auf einen Unterwasserfelsen aufgelaufen war, schwankte das schwere Boot und kippte zur Seite, so dass er aus seinem Sitz katapultiert und gegen

das Riff geschleudert wurde. Benommen klammerte er sich daran fest. Dabei ließ ihn ein stechender Schmerz am linken Bein laut aufschreien. Irgendetwas Scharfkantiges bohrte sich in seinen Unterschenkel. Gleichzeitig wurde das gekenterte Tretboot von den Wellen gefährlich dicht an die Felsen getragen. Um nicht zerquetscht zu werden, trat Jakob impulsiv mit dem rechten Fuß gegen das Boot und verschaffte sich dadurch etwas Freiraum. Allerdings würde schon die nächste größere Welle das Bootswrack abermals gegen das Riff werfen. Ohne lange nachzudenken, holte Jakob tief Luft und tauchte. Unter Wasser umschwamm er die Felsen, tauchte prustend wieder auf. Nun musste er nur noch den mehrere hundert Meter vor ihm liegenden Strand erreichen. Obwohl sein Bein höllisch schmerzte, begann er zu kraulen. Verbissen kämpfte er sich durch die Wellen. Als seine Kräfte schwanden, drehte er sich in Rückenlage und ließ sich eine Weile treiben. Noch einmal mobilisierte er seine Energie und schwamm auf das rettende Ufer zu. Endlich spürte er Halt unter den Füßen. Auf allen Vieren kroch er an Land und fiel erschöpft in den warmen Sand. Minutenlang blieb er liegen. Allmählich beruhigte sich sein Atem, und er setzte sich auf. Sein Blick erfasste als erstes die klaffende Wunde an seiner linken Wade. In feinen Rinnsälen lief das Blut bis zu seinem Fuß hinunter.

Leise fluchend erhob sich Jakob und humpelte ins knietiefe Wasser zurück. Behutsam spülte er den Sand aus der Verletzung, bevor er sein Hemd über den Kopf zog und es mehrmals in die Wellen tauchte. Am Strand setzte er sich vorsichtig nahe ans Wasser in den feuchten Sand. Mithilfe seiner Zähne zerriss Jakob das Hemd. Aus einem langen Stoffstreifen fertigte er einen Verband, den er um die immer noch blutende Wunde legte. Dann verlagerte er sein Gewicht etwas und griff in der linken Tasche seiner Bermudashorts nach seinem Handy. Das herauslaufende Wasser demonstrierte anschaulich, wie wenig mittelmeertauglich das kleine Nokia konstruiert war.

„Abgesoffen...“, murmelte er mit einem Anflug von Humor.

Während er das Telefon in die Tasche zurücksteckte, zuckte er schmerzhaft zusammen. Mit den Fingern tastete er seinen Oberkörper ab. Die Seite, mit der er gegen den Felsen geprallt war, schien stark geprellt zu sein.
Schwerfällig stand er auf und schaute sich um. Diese Bucht-wirkte fast winzig im Verhältnis zur Bahía Silencio. Sie wurde von der Landseite komplett von hohen, bis ins Meer ragenden Felsen eingerahmt, die so steil waren, dass er sie unmöglich erklimmen konnte. – Schon gar nicht mit seinem verletzten Bein. Die aufsteigende Panik niederkämpfend, suchte er nach der Decke. Sie lag nicht weit von ihm entfernt. Der Wind hatte eine feine Sandschicht darauf geweht. Deshalb hob er sie auf und schüttelte sie aus. Dabei bemerkte er auch das zusammengeknüllte Frotteetuch. Während er es vom Sand befreite, entdeckte er die vermisste Kette. Der Verschlussring hatte sich an einer der groben Fasern verhakt. Vorsichtig löste Jakob sie vom Stoff. Leise seufzend setzte er sich damit auf die Decke, um seine Situation zu überdenken.
Die Sonne stand hoch am Himmel; in der Bucht gab es kein schattenspendendes Plätzchen. Wie lange konnte er hier verletzt und ohne Wasser durchhalten? Im Club wusste niemand, wo er sich aufhielt. Wann würde man ihn vermissen? Spätestens am Nachmittag, überlegte er, da er mit Jonas einen letzten Einkaufsbummel verabredet hatte. Würde man dann auch bemerken, dass eines der Tretboote fehlte? – Und das mit seinem Verschwinden in Zusammenhang bringen? Oder würde man annehmen, er hätte sich beim Schwimmen zu weit hinausgewagt und sei ertrunken? Wahrscheinlich käme niemand auf den Gedanken, ihn ausgerechnet hier zu suchen. Auf zufällige Besucher der kleinen Bucht konnte er auch nicht hoffen, da Hanna ihm auf der nächtlichen Fahrt erzählt hatte, dass sich wegen der gefährlichen Klippen selten Badegäste hierher verirrten. Es konnte Tage dauern, bis zufällig ein Boot vorbeikäme. Nicht einmal durch ein Feuer konnte er auf sich aufmerksam machen. Es besaß weder Streichhölzer noch gab es hier irgendetwas, das

man anzünden könnte. Keine Bäume oder Büsche, kein Treibholz. Wie lange würde er in der Hitze überleben können – ohne Wasser oder Nahrung? Humorlos lachte Jakob auf. Er befand sich auf einer von Tausenden von Touristen bevölkerten Insel – und doch völlig von der Außerwelt abgeschnitten. So etwas konnte auch nur ihm passieren. Nun ja, er würde eh nicht mehr gebraucht, dachte er sarkastisch und wischte sich mit dem Handtuch über die Stirn. Trotz seiner aussichtslosen Lage zwang er sich zur Ruhe. Er leerte seine Taschen aus, in der Hoffnung, irgendetwas zu finden, das ihm weiterhelfen könnte. Handy, Brieftasche, der Bungalowschlüssel, zwei nasse Papiertaschentücher, eine fast leerte Pfefferminzbox.
Jakob legte alles nebeneinander auf die Decke. Auch den Inhalt der Brieftasche breitete er zum Trocknen aus: Das Foto seiner Neffen, das zusammengefaltete Bild vom Strand, das der kleine Timo ihm vor einigen Tagen gemalt hatte, Personalausweis, Führerschein, ein kleiner Bleistift. Jakob wurde schnell klar, dass er damit nichts anfangen konnte. Seine einzige Chance bestand in seinem Handy. Er öffnete die hintere Abdeckung, nahm den Akku heraus und legte die Teile auf die Decke zurück. Mit etwas Glück würde das kleine Telefon nach dem Trocknen in der Sonne wieder funktionieren...

Am Nachmittag warf Jonas einen ungeduldigen Blick zur Uhr. Sein Bruder, gewöhnlich die Pünktlichkeit in Person, ließ sich auch eine halbe Stunde nach dem verabredeten Zeitpunkt nicht blicken.
„Paps, wann fahren wir denn endlich?“, fragte Leon schon zum zweiten Mal. „Wenn Onkel Jakob nicht bald kommt, gehe ich mit Marie und den Mädchen zum Strand.“
„Warum läufst du nicht schnell rüber zu seinem Bungalow?“, schlug sein Vater vor. „Sag deinem Onkel, es wird sich nicht gedrückt.“
„Ich komme mit!“, verkündete Timo, sprang auf und lief mit seinem Bruder hinaus. Auf dem Weg durch die Clubanlage be-

gegnete ihnen Hanna.
„Hallo, Jungs“, begrüßte sie die beiden. „Wohin wollt ihr denn so eilig?“
„Zu Onkel Jakob“, erklärte Leon. „Hast du ihn gesehen?“
„Heute noch nicht.“
„Willst du zum Strand, Hanna?“, schloss Leon aus der großen Badetasche über ihrer Schulter. „Vielleicht ist Onkel Jakob schwimmen gegangen. Falls du ihn triffst, sag ihm bitte, dass wir auf ihn warten.“
„Wird gemacht“, versprach sie, worauf die Jungens weiterliefen. Der Bungalow ihres Onkels war verschlossen, so dass Timo an die Tür klopfte.
„Onkel Jakob! Bist du da?“
Als Antwort war nur Pavarottis Bellen zu hören. Der kleine Hund sprang von innen an der Tür hoch und kläffte ununterbrochen.
Atemlos kamen die beiden Kinder wieder bei Max und ihrem Vater an.
„Onkel Jakob ist nicht zu Hause“, berichtete Leon. „Er hat Pavarotti eingesperrt, und der bellt wie verrückt.“
„Wenn Pavarotti im Bungalow ist, kann Jakob nicht weit sein. Er lässt den Hund nie länger als nötig allein.“
Fragend wechselte sein Blick zwischen seinen beiden Jüngsten.
„Seid ihr nebenan bei Hanna gewesen? Vielleicht ist er dort.“
„Ist er nicht“, verneinte Timo. „Wir haben Hanna getroffen. Sie hat Onkel Jakob heute noch gar nicht gesehen.“
„Merkwürdig“, sagte Jonas stirnrunzelnd. „Lasst uns zu Marie hinübergehen. Vielleicht weiß sie was.“
Maries Unterkunft lag nur drei Bungalows entfernt. Unbefangen trat Jonas mit seinen Söhnen ein und durchquerte den Wohnraum. Marie saß mit ihren Töchtern und Joanna bei Kaffee und Kuchen auf der Terrasse.
„Wo kommt ihr denn her?“, fragte sie erstaunt. „Ich dachte, ihr seid längst auf Schnäppchenjagd in Ciutadella?“
„Jakob hat uns versetzt“, erklärte Jonas, bevor er erzählte, dass

sich Pavarotti allein im Bungalow aufhielt. „Die Kinder sagen, dass der Hund einen Heidenkrach macht. Das kann nur bedeuten, dass Jakob schon länger weg ist.“

„Oder der Hund möchte darauf aufmerksam machen, dass seinem Herrchen was passiert ist“, vermutete Joanna. „Im letzten Jahr rutschte ein Gast unter der Dusche aus...“ Entschlossen erhob sie sich und zog ihr großes Schlüsselbund aus der Tasche. „Lasst uns vorsichtshalber nachsehen.“

Mit beiden Familien im Gefolge ging es im Laufschritt zu Jakobs Unterkunft.

„Ihr wartet hier draußen“, wies Jonas die Kinder an, da er nicht wusste, in welchem Zustand sie seinen Bruder vielleicht antreffen würden.

Joanna sperrte die Tür auf. Unter lautem Kläffen sprang Pavarotti um sie herum. Die Pfütze auf den Fliesen im Wohnraum bezeugte, dass der kleine Hund offenbar seit Stunden nicht Gassi war. Während Jonas im Bad nachschaute, überprüften Marie und Joanna das Schlafzimmer.

„Fehlanzeige“, sagte Jonas, als sie wieder im Wohnraum zusammentrafen. „Was nun?“

„Jakob hat doch bestimmt ein Handy“, meinte Joanna. „Wenn er es dabei hat...“

Sofort zog Jonas sein kleines Telefon aus der Tasche und griff auf die gespeicherte Nummer seines Bruders zu.

„Der gewünschte Gesprächsteilnehmer ist zurzeit nicht erreichbar“, wiederholte er die automatische Ansage. „Irgendwas stimmt da nicht.“

„Ich rufe Romy an“, beschloss Joanna und holte ihr Handy hervor. „Jakob könnte bei ihr und Frederik in der Finca sein.“

Nach einem kurzen Gespräch mit ihrer Großmutter schüttelte die junge Frau den Kopf. „Da ist er auch nicht aufgetaucht. Romy sagte, wir sollen nachsehen, ob sein Mietwagen auf dem Parkplatz steht und gegebenenfalls sämtliche Einrichtungen des Clubs absuchen. Sie kommt mit Frederik her.“

„Am besten teilen wir uns in Gruppen auf“, schlug Marie vor.

„Wir suchen Parkplatz und Restaurant ab, Fitnessräume, Tennisplätze, den Bereich um den Pool und den Strand. Dort treffen wir uns wieder."
Jeweils zu zweit zogen sie los. Nach und nach kamen sie später zur Strandbar. Auch Romy und Frederik fanden sich dort ein. Kurz darauf gesellte sich Hanna dazu.
„Familientreffen?", vermutete sie lächelnd. „Warum hat mich niemand dazu eingeladen?"
„Das hier ist eher ein Krisenstab", korrigierte Frederik sie. „Jakob ist immer noch verschwunden."
„Wie – verschwunden? Gönnt er sich eine Auszeit und hat vergessen, sich bei euch abzumelden?"
„Er ist verschwunden", wiederholte Romy so ernst, worauf Hannas Lächeln verblasste. „Sein Mietwagen steht auf dem Parkplatz. Demnach hat er den Club nicht verlassen. Dagegen spricht allerdings, dass Pavarotti vermutlich schon seit Stunden allein im Bungalow ist. Sein Handy hat Jakob ausgeschaltet. Möglicherweise ist auch nur der Akku leer. Jedenfalls ist er in keiner Einrichtung des Clubs zu finden. Niemand von uns hat ihn heute gesehen." Fragend schaute sie in die Runde. „Habe ich was vergessen?"
„Die Tatsache, dass Jakob unsere Verabredung platzen ließ", sagte Jonas. „Wäre er aus irgendeinem Grund verhindert, hätte er mir Bescheid gegeben. Er verabscheut Unzuverlässigkeit."
„Kann es nicht sein..." Erschaudernd blickte Marie ihren Zukünftigen an. „Mit unserer Neuigkeit haben wir ihm gestern Abend den Boden unter den Füßen weggerissen, sein Leben total auf den Kopf gestellt. Womöglich fühlte er sich dadurch plötzlich so nutzlos, dass ..."
„Du meinst, Jakob könnte sich was angetan haben?", vollendete Hanna entsetzt. „Weil er sich auf einmal überflüssig gefühlt hat, von niemandem gewollt?" Betroffen schüttelte sie den Kopf. „Sogar ich war so unsensibel, ihn zusätzlich vor den Kopf zu stoßen, indem ich ihn als Untermieter rigoros abgelehnt habe."

„Selbstvorwürfe helfen uns auch nicht weiter“, bemerkte Frederik. „Im Übrigen halte ich Jakob für einen sehr pflichtbewussten und verantwortungsvollen Mann. – Auch sich selbst gegenüber. Nach meiner Einschätzung ist er nicht fähig, sich was anzutun. Schon gar nicht in der Nähe seiner Familie.“
„Möglicherweise hat er sich heute tatsächlich nur eine Auszeit genommen“, sprach Romy ihre Gedanken aus. „Wahrscheinlich hat er sich in ein stilles Eckchen zurückgezogen, um ungestört über sein künftiges Leben nachzudenken.“
„Hoffentlich“, sagte Jonas, immer noch beunruhigt. „Lasst uns zurückgehen. Vielleicht ist er schon in seinem Bungalow.“
Während die anderen den Strand verließen, blieb Hanna noch an der Bar und bestellte sich einen Drink. Sie sorgte sich um Jakob und versuchte sich in seine Situation hineinzuversetzen. Sie wusste, was man empfand, wenn man plötzlich allein dastand. Bald nach dem Tod ihres Mannes war Joanna nach San Franzisco gegangen. Hanna erinnerte sich noch genau, wie einsam und verlassen sie sich damals gefühlt hatte. Jakob empfand das sicher ähnlich. Aus Verantwortungsgefühl seinem Bruder und seinen Neffen gegenüber hatte er bewusst auf die Gründung einer eigenen Familie verzichtet. Vermutlich glaubte er, jetzt mit beinah fünfzig sei der Zug für ihn abgefahren. Der sonst so selbstsichere Studiendirektor ahnte wahrscheinlich nicht, wie attraktiv er auch heute noch auf das weibliche Geschlecht wirkte. Hanna war ehrlich genug mit sich selbst, um sich da nicht auszuschließen. Jakob war ein Mann mit vielen liebenswerten Eigenschaften. Was sie jedoch nicht mochte, war sein manchmal so sprunghaftes Verhalten. Immer, wenn sie sich am besten verstanden, tat oder sagte er irgendetwas, das die Wirkung einer eiskalten Dusche hatte.
„Quiere usted beber algo, Hanna?“
Irritiert blickte sie den Kellner an.
„Nada más, gracias“, lehnte sie einen weiteren Drink ab und blickte sich um. Der Strand hatte sich mittlerweile geleert. Die meisten Gäste zogen sich am späten Nachmittag in ihre Unter-

künfte zurück, um sich für das Abendessen zurechtzumachen. Der junge Spanier, der für Sauberkeit und Ordnung am Strand zuständig war, trat an die Bar.
„Estoy listo“, teilte er seinem Kollegen mit. „Falta un patin acúatico.”
Die Tatsache, dass eines der Tretboote fehlte, ließ Hanna aufhorchen.
„Desde cuándo?“, fragte sie, um zu erfahren, seit wann es vermisst wurde. Der junge Mann zuckte jedoch nur die Schultern. Fieberhaft überlegte Hanna, falls Jakob mit dem Tretboot unterwegs sei, wohin er gefahren sein könnte. Vor ihrem geistigen Auge erschienen leidenschaftliche Szenen in der kleinen Nachbarbucht. Aber warum sollte er ausgerechnet dorthin gestrampelt sein? Die Decke! fiel Hanna nun ein. Sie waren so eilig aufgebrochen, dass sie nicht daran gedacht hatten, sie mitzunehmen. Hanna wusste jedoch, dass sie zur Ausstattung von Jakobs Bungalow gehörte. Da er am kommenden Tag abreisen würde, wollte er sie womöglich holen.
„So ein Idiot“, murmelte Hanna. Hatte sie ihn nicht auf die Gefahren der Klippen des Riffs aufmerksam gemacht? Wie konnte er diese Warnung ignorieren? Hastig rutschte sie vom Barhocker und zerrte das Handtuch von ihren Hüften. Aus der großen Badetasche nahm sie Shorts und T-Shirt und schlüpfte hinein. Vom Kellner verlangte die den Motorbootschlüssel und lief mit ihrer Tasche über der Schulter zum Steg hinunter. Sie löste das Seil und sprang damit an Bord. Hanna zwang sich, das Boot in mäßigem Tempo aus der Bucht zu steuern. Im offenen Meer beschleunigte sie und erreichte bald das Riff.
„Oh, mein Gott!“, entfuhr es ihr, als sie das auf den Felsen geworfene Wrack des Tretbootes sah. Unwillkürlich drosselte sie das Tempo und lenkte das Motorboot langsam um das Riff. Hanna wusste, wie weit die Klippen unter Wasser reichten. In gebührendem Abstand fuhr sie in die kleine Bucht und beschleunigte wieder. Schon von weitem erkannte sie die zusammengesunkene Gestalt im Sand. Sie brachte das Boot nah

ans Ufer, sprang hinaus und zog es an den Strand. Barfuß lief sie durch den Sand, fiel neben der Decke auf die Knie.
„Jakob!“ Er lag zusammengekrümmt mit geschlossenen Augen und rührte sich nicht. Hanna sah den durchgebluteten Verband an seinem Bein, suchte nach weiteren äußerlichen Verletzungen, konnte aber keine erkennen. Sanft umrahmte sie das Gesicht des Mannes mit den Händen.
„Jakob! Kannst du mich hören?“
Ein kaum wahrnehmbares Stöhnen brach über seine Lippen.
„Bitte, Jakob!“, flehte sie. „Schau mich an!“
Seine Lider flatterten, hoben sich unter großer Anstrengung.
„Durst...“
„Moment, ich bin gleich wieder da.“
Geschmeidig sprang sie auf, lief zurück zum Boot und holte ihre Badetasche. Rasch zog sie die halbvolle Plastikflasche mit stillem Wasser heraus und hockte sich wieder zu Jakob.
„Ich habe was zu trinken geholt“, sagte sie und bettete seinen Kopf behutsam in ihrem Schoß, ehe sie ihm die Flasche an die Lippen setzte. Gierig trank er und verschluckte sich prompt.
„Langsam... Nicht so hastig, Jakob.“
Nachdem er noch einmal getrunken hatte, schraubte sie die Flasche wieder zu. Mit dem Handtuch tupfte sie das vorbeigelaufene Wasser von seinem Kinn.
„Wir müssen dich in ein Krankenhaus bringen, Jakob. Kannst du aufstehen?“ Keine Reaktion. „Jakob?“ Sie erkannte, dass er abermals das Bewusstsein verloren hatte. Wie sollte sie ihn in diesem Zustand ins Boot bekommen?
Sie verfluchte sich innerlich dafür, dass sie ihr Handy grundsätzlich nicht mit an den Strand nahm. Sonst hätte sie nun Hilfe rufen können. Auch an der Strandbar hatte sie in der Aufregung nicht hinterlassen, wohin sie fahren würde. Es blieb ihr keine andere Wahl: Sie musste versuchen, Jakob allein von hier fortzubringen. Hastig sammelte sie die auf der Decke ausgebreiteten Papiere ein, die Brieftasche, die Teile des Handys und stopfte alles in ihre Badetasche. Ratlos schweifte ihr Blick

zwischen Jakob und dem Boot. Plötzlich kam ihr eine Idee. Sie brachte zuerst ihre Tasche an Bord. Zurück bei Jakob fasste sie die Decke an zwei Enden und zog ihn damit langsam Richtung Wasser. Es ging leichter, als sie gedacht hatte. Die Decke glitt ohne große Anstrengung über den feinen Sand.
Am Boot angekommen, stand Hanna vor dem größten Problem: Wie sollte sie einen bewusstlosen Hünen von etwa 80 Kilogramm Gewicht an Bord bringen? War es vernünftiger, zum Club zurückzufahren und Hilfe zu holen? Damit würden sie aber womöglich kostbare Zeit verlieren. Sie konnte nicht abschätzen, wie schwer Jakob verletzt war. Außerdem wollte sie ihn auf keinen Fall allein lassen. Sie kniete sich neben ihn und legte die Hand auf seine Schulter.
„Wir müssen dich irgendwie an Bord bekommen, Jakob." Den Blick auf sein verletztes Bein gerichtet, stand sie auf und kletterte auf das Boot. Am Heck befand sich eine schmale Kiste mit zwei Schwimmwesten darin. Eine davon nahm Hanna zur Hand. In ihrer Badetasche kramte sie nach einem kleinen Etui und zog die Nagelschere heraus. Damit schnitt sie die orangefarbene Weste in zwei Teile. Auch die Bänder trennte sie ab und knotete sie zusammen.
Jakob spürte nicht, wie Hanna sein verletztes Bein vorsichtig anhob, das Polster darunter schob und es mit den Schnüren fixierte, damit der Unterschenkel rundherum geschützt war.
„Jakob, hörst du mich?", sprach sie ihn abermals an und tätschelte seine Wange. „Du musst mithelfen! Allein schaffe ich das nicht!"
„Nicht weggehen...", murmelte er. „Bitte.. bleib... bei mir..."
„Wir werden diese Bucht zusammen verlassen", versprach sie. „Aber du musst mir helfen,." Sie schob die Hände unter seine Schultern und stemmte sich dagegen. „Komm, Jakob, setz dich auf!"
„Ich... kann nicht..."
„Du musst!" sagte sie eindringlich. „Ich stütze dich!"
Tatsächlich gelang es ihm unter Stöhnen, sich etwas aufzuset-

zen. Spontan zog Hanna seinen Arm um ihre Schultern. „Du machst das sehr gut. Jetzt stehen wir zusammen auf. Halt dich an mir fest."

Während Hanna auf die Beine kam, zog sie Jakob mit sich. Er taumelte gegen das Boot, so dass Hanna ihn mit aller Kraft stützen musste.

„Wir haben es gleich geschafft", spornte sie ihn an, nahm seine Hand und legte sie auf den Bootsrand. Blitzschnell tauchte sie unter seinen Arm hinweg und stützte ihn von hinten.

„Zieh dich hoch!"

Er legte die Arme auf den Rand, aber ihm fehlte die Kraft, seinen Körper an Bord zu hieven. Erschöpft hing er am Boot. Nicht bereit aufzugeben, glitten Hannas Hände zu seinem Gesäß.

„Versuch es noch mal, Jakob! - Jetzt!"

All seine Kraft mobilisierend, stemmte er sich mit dem Oberkörper höher, während Hanna von hinten schob. Die Hände an seinem Po drehte sie sich und lehnte sein Hinterteil gegen ihre Schultern. Mit den Beinen stemmte sie sich in den nassen Sand, richtete sich etwas auf und griff nach Jakobs unverletztem Bein. Keuchend hob sie es an und schob es über den Bootsrand, drehte sich wieder und versetzte Jakob mit beiden Händen einen festen Stoß, worauf er wie ein nasser Sack an Deck fiel. Schweißgebadet kletterte Hanna an Bord.

„Jakob?" Mit einem Blick erkannte sie, dass er durch die Anstrengung wieder das Bewusstsein verloren hatte. So machte sie es ihm mithilfe der zweiten Schwimmweste und der Decke so bequem wie möglich, sprang von Bord und schob das Boot ins tiefere Wasser.

Um sich abzukühlen, tauchte sie kurz unter, bevor sie wieder an Bord kletterte und den Motor startete.

In langsamer Fahrt steuerte sie das Boot um das Riff herum, um dann sofort zu beschleunigen. In hohem Tempo fuhr sie bald an der Bahía Silencio vorbei der untergehenden Sonne entgegen. Hanna drosselte den Motor erst, als sie in den Yacht-

hafen von Ciutadella einfuhren. Kaum hatte sie angelegt, organisierte sie zwei einheimische Helfer und einen Wagen, der sie und den immer noch bewusstlosen Jakob in rasender Fahrt zum Krankenhaus brachte.
Derweil sich in der Notaufnahme ein Ärzteteam um den Verletzten kümmerte, wurde Hanna von einer Schwester um die Personalien des Patienten gebeten. Geistesgegenwärtig zog sie Jakobs Papiere aus der Badetasche, so dass sie anhand des Personalausweises alle gewünschten Auskünfte geben konnte.
Nach Erledigung der Formalitäten wurde Hanna in den Wartebereich gebeten. Nervös ging sie dort auf und ab. Sie war immer noch barfuß, empfand die kühlen Fliesen unter ihren Füßen aber nicht als unangenehm. Voller Ungeduld streifte ihr Blick mehrmals die große Wanduhr. Warum dauerte das so lange? Sich zur Ruhe mahnend, setzte sie sich in einen der Sessel. Sie hielt Jakobs Ausweis immer noch in der Hand und kramte in ihrer Tasche nach seiner Brieftasche. Als sie den Ausweis hineinsteckte, sah sie das Foto seiner Neffen. Dass er es stets bei sich trug bezeugte, wie viel die Jungen Jakob bedeuteten. Sie waren ein wichtiger Teil seines Lebens, den er mit der Heirat seines Bruders weitgehend aufgeben musste.
Gedankenverloren faltete Hanna die Kinderzeichnung auseinander, bemerkte die eng mit Bleistift geschriebenen Worte auf der Rückseite:

Liebe Hanna,
ich schreibe dir diese Zeilen, weil ich befürchten muss, dass wir uns nicht wiedersehen.
Du hattest recht: Ich bin nicht nur ein hoffnungsloser Fall, sondern auch der Idiot, für den du mich stets gehalten hast. Deshalb habe ich wohl so ziemlich alles falsch gemacht. Es tut mir unendlich leid, dass ich so oft auf Kollisionskurs mit dir gegangen bin. Dadurch wollte ich unbewusst etwas verhindern, gegen das ich doch völlig machtlos war. Man kann immer nur eine Weile gegen seine Gefühle ankämpfen. Irgendwann ge-

winnen sie die Oberhand, wollen gelebt werden.
Vielleicht war es Feigheit, vielleicht Angst, nicht angenommen zu werden, die mich dennoch daran gehindert hat, dir meine Wünsche und Träume zu offenbaren. Nun ist es zu spät. Ich bin hier gestrandet und habe wenig Hoffnung, rechtzeitig gefunden zu werden. Notgedrungen habe ich mich in mein Schicksal gefügt. Nun wirst du den unbequemen Nachbarn schon eher los als erwartet.
Bevor ich gehe, muss ich dir wenigstens einmal gestehen, wie sehr ich dich liebe, Hanna. Diese eine Nacht mit dir hier am Strand war trotz aller Widrigkeiten die wundervollste meines Lebens, denn ich durfte eins mit dir sein.
Bitte, verzeih mir, dass ich in dir wieder einmal jedes positive Gefühl für mich zerstört habe. Mein Talent, im richtigen Augenblick das Falsche zu sagen, hat sich wie stets bewährt. Leider kann ich nun nichts mehr tun, damit du dich gern an mich erinnerst. Vielleicht vergisst du mich trotzdem nicht ganz.
Leb wohl, meine Geliebte! Jakob

Mit tränenverhangenen Augen starrte Hanna auf die Zeilen. In diesem Moment wurde ihr klar, dass auch sie ihre Gefühle immer wieder verdrängt hatte. Sie liebte diesen unmöglichen Mann!
„Señora?“ Auf Kreppsohlen betrat ein Arzt den Wartebereich. „Soy Dr. Schmidt.“
Überrascht erhob sie sich.
„Hanna Flemming“, stellte sie sich vor. „Sie sind Deutscher?“
„Ein auf der Insel gestrandeter Hamburger. Da der Patient ein Landsmann ist, habe ich die Behandlung übernommen.“
Beunruhigt trat Hanna einen Schritt näher.
„Wie geht es ihm?“
„Sind Sie mit dem Patienten verwandt?“
„Nein...“
„Dann darf ich Ihnen leider keine Auskunft geben.“
„Herr Jensen ist... mein Verlobter“, schwindelte Hanna, der so

schnell nichts Besseres einfiel. „Wir leben zusammen. Bitte sagen Sie mir, wie schwer seine Verletzungen sind."
„Die Wunde am linken Unterschenkel war sehr tief. Deshalb mussten wir operieren. Außerdem hat Ihr Verlobter noch eine zweifache Rippenfraktur und zahlreiche starke Prellungen."
„War er deshalb ohne Bewusstsein?"
„Der hohe Blut – und der Flüssigkeitsverlust führten dazu", erklärte der Arzt. „Er wird sich bald davon erholen."
„Darf ich zu ihm?"
„Herr Jensen schläft jetzt." Mit dem besorgten Blick eines Mediziners musterte er sie von den zerzausten Locken bis zu den bloßen Füßen. „Sie sollten in Ihr Hotel fahren, Frau Flemming. Wie ich das beurteile, hat diese Sache auch Ihnen eine Menge abverlangt. Ruhen Sie sich ein wenig aus. Morgen..."
„Ich bleibe", unterbrach Hanna ihn resolut. „Wenn er erwacht, möchte ich bei ihm sein. Vorher muss ich aber telefonieren."
Aus dem Schwesternzimmer rief Hanna ihre Cousine an. Marie würde Jonas informieren und Romy und Frederik bitten, sich um Geisha zu kümmern.
Nach dem Telefonat betrat Hanna an der Seite des Arztes das Krankenzimmer. Sie erschrak über die vielen medizinischen Apparate neben dem Bett. Jakobs Oberkörper war bandagiert, in seiner rechten Hand steckte eine Kanüle, durch die ihm eine farblose Infusion zugeführt wurde.
Dr. Schmidt überprüfte noch einmal die Werte des Patienten, dann ließ er Hanna mit Jakob allein.
Sie setzte sich an sein Bett und betrachtete ihn das erste Mal ganz intensiv. Sein volles, ehemals dunkles Haar durchzogen unzählige Silberfäden. Dass er Humor besaß und gern lachte, verrieten die winzigen Fältchen in seinen Augenwinkeln. Die gleichmäßig geformten Lippen wirkten sanft und sinnlich; das energische Kinn zeugte von Durchsetzungsvermögen.
Hannas Augen glitten zu seinen, auf der Bettdecke ruhenden schlanken Musikerhänden. Unwillkürlich erinnerte sie sich, wie sensibel und zärtlich sie sein konnten.

Kapitel 35

Benommen schlug Jakob die Augen auf. Sein Blick schweifte wie suchend durch den Raum, erfasste die medizinischen Geräte und blieb an einem Mann im weißen Kittel haften.
„Guten Morgen, Herr Jensen. Schön, dass Sie wieder bei uns sind. – Ich bin Dr. Schmidt."
„Eher hätte ich mit Petrus gerechnet – oder mit dem unsympathischen Burschen mit dem Pferdefuß."
„Die beiden Herren werden sich noch ein Weilchen gedulden müssen. Dafür hat Ihre Verlobte gesorgt."
„Meine Verlobte?", wiederholte Jakob verwundert. „Ist sie wenigstens hübsch?"
„Sehr attraktiv. Sie hat die ganze Nacht an Ihrem Bett gesessen. Vor wenigen Minuten musste ich sie unter Androhung eines Besuchsverbotes dazu bewegen, in unserer Cafeteria zu frühstücken."
„Scheint eine resolute Person zu sein, da Sie so strenge Maßnahmen ergreifen mussten."
Forschend musterte der Arzt seinen Patienten.
„Sie erinnern sich nicht an Ihre Verlobte?"
„Nicht wirklich", gab Jakob zu. „Ist das ein gutes oder ein schlechtes Zeichen?"
„Nach allem, was Sie durchgemacht haben, ist das kein Grund zur Beunruhigung, Herr Jensen."
„Was bedeutet das im Klartext?", fragte Jakob und setzte sich etwas auf. Erst jetzt bemerkte er den Verband um seine Brust.
„Wie schwer bin ich verletzt, Herr Dr. Schmidt?"
„Außer der Wunde am linken Unterschenkel, die wir operativ versorgt haben, sind zwei Rippen gebrochen. Ansonsten litten Sie noch unter einem hohen Flüssigkeitsverlust."
Verstehend nickte Jakob.
„Wann kann ich hier raus?"
„Ein paar Tage werden Sie unsere Gastfreundschaft schon in Anspruch nehmen müssen."
„Das geht nicht. Wir fliegen heute Nachmittag nach Hause."

„Ihren Rückflug werden Sie verschieben müssen“, sagte Dr. Schmidt nun wieder sehr ernst. „Zu diesem Zeitpunkt wäre es unverantwortlich, Sie zu entlassen.“
„Ich kann nicht hier bleiben!“ beharrte Jakob. „Aus organisatorischen Gründen muss ich mit meiner Familie zurück nach Deutschland! Noch habe ich eine Verantwortung, die ich nicht einfach ignorieren kann!“
„Besprechen Sie das am besten mit Ihrer Verlobten. Ich bringe sie gleich zu Ihnen.“
Wenige Minuten später betrat Hanna das Krankenzimmer. Lächelnd blieb sie am Fußende des Bettes stehen.
„Kaum wach – und schon wieder Randale?“
„Sind wir wirklich verlobt?“
„Da staunst du – was?“
Befremdet musterte Jakob die Frau, der man ihre Müdigkeit deutlich ansah.
„Es tut mir leid, aber ich kenne Sie nicht“, sagte er bedauernd. „Wie heißen Sie?“
„Hanna...“
„Hanna...“ Interessiert betrachtete er ihren verwirrten Gesichtsausdruck. „Sind wir schon lange verlobt?“
„Seit gestern Abend“, erwiderte sie, ein Lächeln unterdrückend. Das amüsierte Funkeln in seinen Augen war ihr nicht entgangen. Deshalb ließ sie sich auf sein Spiel ein. „Aber eigentlich können wir uns nicht ausstehen. Das wirst du doch nicht vergessen haben? Dr. Schmidt sagte mir zwar, du leidest unter Gedächtnisstörungen, aber...“ Gleichbleibend ernst hielt sie seinem Blick stand. „An was erinnerst du dich denn noch?“
„An meinen Zusammenstoß mit dem Riff“, sagte er wahrheitsgemäß. „Am Strand wurde mir dann meine aussichtslose Lage bewusst.“ Leise aufstöhnend richtete er sich in Sitzposition auf. „Woher wusstest du, wo du mich findest?“
„Ich hielt dich für verrückt genug, mit dem Tretboot in die Bucht zu strampeln, um die vergessene Decke zu holen.“
„Deshalb bist du mit dem Motorboot zu meiner Rettung aufge-

brochen?“
„Da war mir noch nicht klar, dass du im Grunde nicht mehr zu retten bist.“
„Trotzdem hast du mich irgendwie auf das Boot gebracht“, überlegte Jakob, und er schien verwundert darüber. „Wie konntest du das allein schaffen?“
„Du meinst, dass eine schwache Frau sowas unmöglich bewältigen kann, du Macho?“, spottete sie und ließ sich auf dem Stuhl neben dem Bett nieder. „Einfach war das ganz bestimmt nicht, aber ich hatte keine Wahl. Du warst fast die ganze Zeit bewusstlos, und ich wusste nicht, wie schwer deine Verletzungen sind. Außerdem hast du mich in einem klaren Moment angefleht, dich nicht allein zu lassen. Deswegen habe ich notgedrungen in Kauf genommen, heute unter dem Muskelkater meines Lebens zu leiden und dich an Bord gehievt.“
„Es ist schon erstaunlich, welche Kraftanstrengung du für jemanden unternommen hast, den du eigentlich nicht ausstehen kannst“, flüchtete sich nun auch er in eine spöttische Bemerkung, um seine Rührung zu verbergen. Ihm fielen die Zeilen auf der Rückseite des Strandbildes ein, und er fragte sich, ob Hanna sie gelesen hatte. „Hast du außer mir zufällig auch meine Habseligkeiten eingesammelt? Ich hatte meine Papiere auf der Decke zum Trocknen ausgebreitet.“
„Deine Brieftasche und die sterblichen Überreste deines Handys sind dort in der Schublade des Nachtkästchens.“
Gespannt öffnete Jakob die Schublade und nahm seine Brieftasche heraus. Darin befanden sich seine sämtlichen Papiere. - Nur das Bild fehlte. Womöglich hatte es der Wind davongetragen, so dass Hanna es gar nicht bemerkt hatte?
„Ist alles da?“, fragte Hanna, die ahnte, wonach er suchte. Sie würde ihn nicht auf die Zeilen ansprechen, die sie in ihrer Badetasche verwahrte. Sie wünschte, Jakob würde den Mut aufbringen, ihr ins Gesicht zu sagen, was er für sie empfand. Bis dahin würde sie schweigen. „Oder fehlt was?“

„Nein, nein“, sagte er fast ein wenig erleichtert. „Dic Papiere sind vollzählig.“ Rasch legte er die Brieftasche wieder in die Schublade. „Wo sind eigentlich meine Klamotten, die ich gestern getragen habe?“
„Hier im Schrank“, entgegnete sie ein wenig enttäuscht. „Viel ist es nicht, da du dein Hemd zweckentfremdet hattest.“
„Die daraus gefertigten Verbände sind immer wieder durchgeblutet“, erklärte Jakob. „Mehrmals musste ich sie wechseln. – Obwohl ich das für sinnlos hielt. Ich habe wirklich geglaubt, ich müsste in dieser idyllischen kleine Bucht verrecken...“ Vorsichtig hob er die Bettdecke etwas an, um nach seinem verletzten Bein zu sehen. Es war vom Fuß bis zum Knie verbunden.
Besorgt beugte Hanna sich etwas vor.
„Hast du Schmerzen, Jakob?“
„Jetzt nicht mehr“, behauptete er und fixierte die Kanüle an seiner rechten Hand. „Die pumpen hier anscheinend einen hochwirksamen Cocktail in meine Vene.“ Dankbar schaute er sie an. „Tust du mir noch einen Gefallen? Holst du bitte meine Hose aus dem Schrank.“
Wortlos kam Hanna seiner Bitte nach und legte die Bermuda-Shorts auf die Bettdecke. Jakob griff in die linke Tasche und zog ein zusammengefaltetes Papiertaschentuch heraus. Mit einem kleinen Lächeln reichte er es ihr.
„Das gehört dir, Hanna.“
Erwartungsvoll faltete sie es auseinander.
„Meine Kette. Wo hast du sie gefunden?“
„In der Bucht“, gab er widerstrebend zu. „Sie hatte sich in dem vergessenen Handtuch verhakt.“
„Sag jetzt aber nicht, dass du wusstest, wo ich sie verloren hatte. Bist du etwa deshalb so leichtsinnig gewesen, allein in die Bucht zu fahren?“
Zu Jakobs Erleichterung wurde in diesem Moment die Tür geöffnet. Das Eintreten beider befreundeten Familien enthob ihn einer Antwort. Sechs Kinder, Marie und Jonas sowie Romy

und Frederik bevölkerten das Krankenzimmer.
Gerührt nahm Jakob Blumen, Konfekt, Lesefutter und einen Obstkorb entgegen. Jonas hatte seinem Bruder das Nötigste zusammengepackt und stellte die Tasche neben das Bett. Seine Söhne löcherten Jakob zuerst mit Fragen, so dass er ausführlich von der Kollision mit dem Riff erzählen musste.
„Seit der Eröffnung des Clubs habe ich schon so manches erlebt", sagte Romy. „Aber auf diese abenteuerliche Weise ist mir noch kein Gast abhandengekommen."
„Es tut mir leid, dass ich so viel Aufregung verursacht habe", bedauerte Jakob. Sein Blick wechselte zu seinem Bruder. „Sei so gut und pack meine Koffer, Jonas. Der Bungalow muss doch bis mittags geräumt sein."
„Mach dir darum keine Gedanken, Jakob. Joanna hat sich um alles gekümmert."
„Okay, dann komme ich von hier aus direkt zum Flughafen. Ich muss nur noch Dr. Schmidt klarmachen, dass er mich entlassen muss."
„Vergiss es!", bestimmte sein Bruder. „Du wirst brav hierbleiben und an deiner Genesung arbeiten."
„Das kann ich auch zu Hause", widersprach Jakob. „Oder hast du verdrängt, dass du ab Montag wieder arbeiten musst. Wer soll sich dann um die Kinder kümmern?"
„Das übernehme ich", erklärte Anna zu seinem Erstaunen. „Mam hat mir erlaubt, heute mit zurückzufliegen."
„Willst du etwa meinetwegen auf deinen restlichen Urlaub verzichten?" protestierte Jakob. „Das ist lieb von dir, aber das kommt überhaupt nicht in Frage, Anna. Ich werde ..."
„Sie werden die ärztlichen Anweisungen befolgen", unterbrach Romy ihn streng. „Anna ist ein verantwortungsbewusstes Mädchen. Bei ihr sind Ihre Neffen gut aufgehoben. Außerdem habe ich vorhin mit Katharina telefoniert. Sie hat sofort angeboten, vorübergehend das Regiment in Ihrer Küche zu übernehmen."
„Aber..."
„Kein aber!", fiel Hanna ihm entschieden ins Wort. „Du kannst

in einer Woche mit Geisha und mir zurückfliegen, wenn Martin uns abholt."
„So lange muss ich bestimmt nicht in der Klinik bleiben", wandte er ein. „Wo soll ich denn dann wohnen? Der Bungalow ist doch längst weitervermietet."
„Wir haben in der Finca Platz genug"; bot Frederik prompt an. „Sie sind uns jederzeit willkommen, Jakob."
„Auch Johanna sagte heute Morgen, sie hätte in Romys ehemaliger Wohnung ein Gästezimmer für dich frei", erzählte Marie, worauf Hanna den Kopf schüttelte.
„Da meine Tochter Jakobs Gepäck bei mir deponiert hat, kann er auch in meinem Bungalow wohnen. Romy und Joanna müssen schließlich nebenher noch arbeiten, während ich den ganzen Tag Zeit habe."
„Damit wäre das also geklärt", bemerkte Jonas zufrieden. „Bis zum Ende der Schulferien wirst du dich von deinem Crash erholen, Jakob."
Da offensichtlich bereits alles entschieden war, protestierte Jakob nicht mehr. Es gab Schlimmeres, als die Aussicht, noch einige Tage in Hannas Nähe zu verbringen.
Bevor die Besucher sich später verabschiedeten, übergab Romy ihrer Tochter eine Tasche mit Dingen, um die Hanna sie telefonisch gebeten hatte.
Kaum waren sie allein, schaute sie Jakob erwartungsvoll an.
„Du schuldest mir noch eine Antwort."
Bedauernd hob er die Schultern.
„Leider habe ich die Frage vergessen."
„Immer noch Erinnerungslücken? Du weißt genau, was ich wissen will, Jakob: Hast du meine Warnung vor dem gefährlichen Riff nur wegen der Kette ignoriert?"
„Auch", gab er gezwungenermaßen zu. „Allerdings dachte ich, bei guter Sicht sei das Riff kein Problem. Außerdem musste ich die Decke zurückholen. Wie hätte ich Romy oder Joanna sonst erklären sollen, aus welchem Grund sie mir abhandenkam?"
„Warum hast du mich nicht gefragt, ob ich noch mal mit dir

mit dem Motorboot in die Bucht fahre?"
„Ich wollte dich nicht damit belästigen", brummte Jakob. „Trotzdem habe ich dir unabsichtlich noch mehr Unannehmlichkeiten bereitet. Zwar bin ich dir für meine Rettung sehr dankbar, aber nun stehe ich schon wieder in deiner Schuld."
„Für jeden anderen hätte ich das gleiche getan", winkte Hanna ab. „Außerdem habe ich nun meine Kette wieder. Damit sind wir quitt." Fragend hob sie die Brauen. „Oder gibt es sonst noch was, das du loswerden möchtest?"
„Nicht, dass ich wüsste", behauptete Jakob. Er fürchtete, Hanna würde ihn für verrückt erklären, brächte er jetzt seine Gefühle für sie zur Sprache. „Warum bist du eigentlich nicht mit den anderen zurück zum Club gefahren?"
„Weil ich noch was in der Stadt erledigen möchte", gab sie ihm zur Antwort. „Darf ich dein Bad benutzen, um mich frisch zu machen?"
„Wie könnte ich meiner Verlobten etwas abschlagen?", scherzte er. „Was mein ist, ist auch dein."
„Du bist doch ein hoffnungsloser Fall", bemerkte Hanna, bevor sie im angrenzenden Bad verschwand.
Nachdenklich blickte Jakob auf die verschlossene Verbindungstür, während er das Rauschen der Dusche vernahm. Vielleicht wäre zwischen ihnen alles anders verlaufen, hätte er nach ihrer leidenschaftlichen Vereinigung am Strand den Mut aufgebracht, zu seiner Liebeserklärung zu stehen. Zu diesem Zeitpunkt wusste er aber weder von der bevorstehenden Veränderung in seinem Leben, noch glaubte er, dass Hanna seine Gefühle erwidern könnte. Er war ehrlich genug, sich einzugestehen, wovor er sich am meisten fürchtete: vor einer Zurückweisung. Hanna hatte oft genug betont, wie wenig Wert sie auf seine Gegenwart legte. Vermutlich hatte sie tatsächlich nur mit ihm geschlafen, weil es sich so ergab. Ebenso wie bei dem One-night-stand in dem kleinen Pavillon. Auch dort hatte sie sich von der Leidenschaft eines Mannes überwältigen lassen – und war dann schnell verschwunden, um ihm keine Möglich-

keit zu geben, in irgendeiner Weise daran anzuknüpfen. Diese selbständige Frau brauchte und wollte keine dauerhafte Partnerschaft. Kein Mann würde je die Lücke ausfüllen können, die ihr verstorbener Ehemann in ihrem Herzen hinterlassen hatte.

Hanna leistete Jakob in den nächsten Tagen mehrmals Gesellschaft. Manchmal erschien sie in der Begleitung ihrer Tochter oder mit Marie. Auch Romy und Frederik statteten ihm zweimal einen Besuch ab.

Am Donnerstag durfte Jakob die Klinik verlassen. Hanna holte ihn ab und chauffierte ihn im Wagen ihrer Mutter zum Club.

„Warte einen Moment“, sagte Hanna auf dem Parkplatz. „Ich organisiere einen Elektrobuggy, der dich zu meinem Bungalow bringt.“

„Das ist nicht nötig“, winkte Jakob ab. „Mit der Gehhilfe schaffe ich das schon.“

„Hast du vergessen, was dir der Doc mit auf den Weg gegeben hat? Du sollst dein Bein so wenig wie möglich belasten.“

„Willst du mich nun auch noch wie einen Invaliden behandeln? Das kann ja heiter werden.“

„Ich hätte dem Doc nicht versprechen sollen, auf dich aufzupassen!“, stöhnte Hanna. „Soll ich dich geradewegs in seine Obhut zurückbringen?“

„Schon gut“, gab Jakob nach. „In meinem lädierten Zustand muss ich mich wohl oder übel deinen Anweisungen fügen.“

„Eine kluge Entscheidung“, befand sie amüsiert, stieg aus und pfiff nach einem Transporttaxi für Jakob.

Auf seine Gehhilfe gestützt betrat er bald den Bungalow. Hanna ging voraus und stellte seine Tasche ins Gästezimmer.

„Soll ich dir beim Auspacken helfen?“

„Das mache ich später“, beschloss er und schaute sich um. „Hübsches Zimmer. Beherbergst du hier öfter Gäste?“

„Manchmal. Ursprünglich war das Joannas Zimmer. Früher haben wir hier unseren Urlaub immer zu dritt verlebt. Aber seit... seit einigen Jahren bin ich meistens allein auf der Insel.“

„Mit Geisha“, fügte Jakob hinzu. „Wo ist sie eigentlich?“
„Bei Romy und Frederik. Da ich in den letzten Tagen oft bei dir in der Klinik war, habe ich Geisha sozusagen ausgelagert, damit sie nicht so viel allein ist. Nachher hole ich sie ab.“
„Es tut mir leid, dass ich dir solche Umstände bereitet habe.“
„Hör schon auf, dich dauernd dafür zu entschuldigen“, sagte Hanna resolut. „Trinkst du eine Tasse Kaffee mit mir?“
„Gern.“ Er fragte sich schon jetzt, wie er es zwei Nächte lang nur durch eine dünne Wand von Hanna getrennt aushalten sollte.
Minuten später saßen sie auf der Terrasse bei Kaffee und Keksen zusammen.
„Ich möchte dir an deinen letzten Urlaubstagen so wenig wie möglich zur Last fallen, Hanna. Sag mir einfach, was ich beachten muss, damit ich mich deinem gewohnten Tagesablauf anpassen kann.“
„Im Gegensatz zu manch anderen Zeitgenossen läuft bei mir in den Ferien nichts nach Plan“, erwiderte sie. „Keine Verpflichtungen, keine Zwänge, keine Alltagsroutine. Ich tue, wozu ich Lust habe und handele spontan aus dem Bauch heraus. Dabei achte ich nur darauf, dass mein Hund nicht zu kurz kommt.“ Herausfordernd hob sie die Brauen. „Hoffentlich kommst du mit dieser Lebensweise klar, Jakob!?“
„In solchen Dingen bin ich flexibel“, antwortete er, ihre Anspielung ignorierend. „Immerhin ist es mir auch gelungen, mich problemlos auf eine plötzlich vorhandene Verlobte einzustellen.“ Mit ruhiger Hand griff er nach seiner Kaffeetasse. „Aus welchem Grund hast du dich Dr. Schmidt gegenüber als meine zukünftige Frau ausgegeben?“
„Da wir nicht miteinander verwandt sind, wollte mir der nette Doc keine Auskunft über deine Verletzungen geben – geschweige denn mich zu dir bringen“, erklärte sie. „Mir fiel so schnell nichts Effektiveres ein, ihm klarzumachen, dass ich diese Kraftanstrengung nicht unternommen hatte, um mich von ihm einfach nach Hause schicken zu lassen.“

„Weißt du eigentlich, wie sehr du diesen Mann beeindruckt hast?“
„Wieso?“
„Er sagte, eine Frau, die für die Rettung eines Mannes so über sich hinauswächst, müsse sehr tief für ihn empfinden. – Und dann hat er mich gefragt, wie lange wir schon verlobt sind.“
„Was hast du ihm geantwortet?“
„Vom ersten Moment unseres Kennenlernens hätten wir sehr heftig aufeinander reagiert. Aber erst hier auf der Insel hätten außergewöhnliche Umstände zu unserer Verlobung geführt.“
„Das entspricht sogar den Tatsachen.“
„Ich bin eben wahrheitsliebend.“
Ein eindringlicher Blick traf Jakob.
„Immer?“
„Meistens“, schränkte er ehrlicherweise ein. „Manchmal sieht man sich gezwungen, etwas zu verschweigen, weil das erträglicher ist, als die Reaktion auf die Wahrheit.“
„Manchmal sollte man dennoch den Mut zur Wahrheit aufbringen.“ Wie viele Brücken musste sie ihm eigentlich noch bauen, bis er wagte, einen Fuß darauf zu setzen? „Man könnte mit der Einschätzung der Reaktion völlig falsch liegen.“ Damit erhob sie sich. „Ich hole jetzt Geisha ab. Fühl dich wie zu Hause.“

Nachdenklich verließ Hanna den Club. Sie hoffte, Jakob einen Denkanstoß gegeben zu haben, der ihn veranlasste, endlich offen über seine Gefühle zu sprechen.
Unterwegs pflückte sie einen bunten Strauß aus Blumen und Gräsern, die hier überall üppig wuchsen. Sie ging noch die Einfahrt zur Finca hinauf, als Geisha schon durch den Garten auf sie zugestürmt kam. Die Hündin freute sich wie nach wochenlanger Trennung von ihrem Frauchen und hüpfte aufgeregt vor Hanna herum, während ihr kleiner Schwanz fast rotierte. Lächelnd ging Hanna in die Hocke.
„Hallo, meine Süße“, begrüßte sie das Tier mit zärtlicher Stimme und kraulte es überall dort, wo Geisha es am meisten

genoss. „Ich habe dich auch vermisst, mein Mädchen."
Mit der Hündin an ihrer Seite ging sie durch den Garten. Auf der Terrasse wurden sie bereits von Romy erwartet.
„Schon vor zehn Minuten wusste ich, dass du im Anmarsch bist", empfing sie ihre Tochter. „Geisha sprang plötzlich auf und hat reglos die Grundstückseinfahrt beobachtet."
„Ihre feinen Antennen haben ihr signalisiert, dass ich in der Nähe bin", erwiderte Hanna lächelnd und küsste ihre Mutter auf die Wange, bevor sie ihr die Blumen reichte. „Ein kleines Dankeschön für das Hundesitten."
„Danke, mein Kind", freute sich Romy und steckte die zierliche Nase in den Strauß. „Wie herrlich die duften. Ich stelle sie gleich ins Wasser." Ihre braunen Augen nahmen einen fragenden Ausdruck an. „Hast du einen Moment Zeit für einen erfrischenden Drink, oder musst du dich gleich wieder um deinen Bruchpiloten kümmern?"
„Noch ist Jakob kein Pflegefall", winkte Hanna amüsiert ab und folgte ihr ins Haus. „Außerdem gehe ich nicht, bevor ich Frederik begrüßt habe. Wo steckt dein Mann denn?"
„In seinem Arbeitszimmer", erwiderte Romy und deutete nach oben. „Er wollte nur schnell seine eingegangenen E-Mails lesen." Ein Blick auf ihre Armbanduhr verriet, wie viel Zeit seitdem verstrichen war. „Das war allerdings schon vor mehr als einer Stunde."
„Dann werde ich mal nachsehen, was er da oben so lange treibt", beschloss Hanna und wandte sich mit Geisha an ihrer Seite zur Treppe. Leichtfüßig lief sie hinauf und klopfte an den Rahmen der offenstehenden Tür des Arbeitszimmers.
„Darf ich reinkommen?"
„Du doch immer, Liebling!" Sofort erhob er sich hinter seinem Schreibtisch und umarmte Hanna herzlich. „Schön, dich zu sehen. Wie geht es Jakob?"
„Er soll sich noch schonen, darf aber am Samstag mit mir zurückfliegen. Die Fäden der OP-Wunde können auch in Hannover gezogen werden."

„Er hatte einen Schutzengel“, meinte Frederik. „Sonst wäre er vermutlich nicht so glimpflich davongekommen.“
„Mehr Glück als Verstand“, fügte Hanna mit leisem Spott hinzu. „Hätte er meine Warnung vor dem gefährlichen Riff ernstgenommen, wäre ihm das alles erspart geblieben. Ich möchte wissen, was manchmal in diesem Mann vorgeht.“
„Weißt du das inzwischen immer noch nicht?“
„Nicht alles“, räumte sie ein. „Ich wünschte, Jakob würde einmal offen mit mir sprechen. So lange er das nicht von sich aus tut, halte ich mich zurück.“ Um von sich abzulenken, deutete sie auf den Computer. „Hast du schon mit deinem Buch begonnen?“
„Noch bin ich bei der Recherche und bei der Materialzusammenstellung“, verneinte Frederik. „Damit beschäftige ich mich aber nur vormittags, wenn Romy im Club zu tun hat.“ Er ging um den Schreibtisch herum und schaltete den Computer aus. „Eben habe ich meine zahlreichen Mails beantwortet. Das ist schon merkwürdig...“
„Was?“
„Als ich noch für meinen Haussender gearbeitet habe, wurden manchmal Angebote von der internationalen Konkurrenz an mich herangetragen. Irgendwann akzeptiere man aber, dass ich loyal zu meinem Arbeitgeber stehe, und hat mich in Ruhe gelassen. Seit sich rumgesprochen hat, dass ich den Vertrag nicht noch mal verlängert habe, scheine ich ein gefragter Mann zu sein. In den letzten Wochen landeten immer wieder sehr lukrative Angebote in meinem elektronischen Briefkasten. Was heute von CNN kam, ist jedoch eine absolute Spitzenofferte, der Traum eines jeden Auslandskorrespondenten. Nur ein kompletter Narr würde ein solches Angebot mit diesen optimalen Bedingungen ausschlagen.“
Romy, die unbemerkt von den beiden mit den Getränken erschien, blieb wie festgewachsen auf der Schwelle stehen. Frederiks Worte schienen ihr die Luft zum Atmen zu nehmen. Hastig stellte sie das Tablett auf einer Kommode neben der Tür

ab und floh über die Treppe nach unten.
Unterdessen wechselten Hanna und Frederik einen kurzen, verstehenden Blick.
„Verflucht!", murmelte er und setzte sich in Bewegung. Er fand Romy ihm abgewandt an der Terrassentür stehend; die Arme um den Körper geschlungen, als fröre sie.
„Ich habe immer befürchtet, dass dich irgendwann das Fernweh packt", sagte sie, ohne sich zu ihm herumzudrehen. „Allerdings habe ich gehofft, dass es nicht so bald geschieht. Wenn es dich fortzieht, dann geh, Frederik. Ich werde dir nicht im Wege stehen."
„Liegt dir so wenig daran, dass ich bleibe? Was würde aus unseren Zukunftsplänen?"
„Man kann nicht dauerhaft gegen sein Naturell leben und dabei glücklich sein", sagte sie leise. „Du warst dein Leben lang in fremden Ländern unterwegs. Du brauchst..."
„Ich brauche dich, Romy", unterbrach er sie, wobei er sie an den Schultern zu sich herumdrehte. Eindringlich schaute er in ihre tränenverhangenen Augen. „Fällt es dir immer noch so schwer, darauf zu vertrauen, dass ich dich liebe? Für kein noch so großartiges Angebot würde ich dich aufgeben. Im Grunde war ich doch nur ständig in fernen Ländern, weil ich vor meinen Gefühlen davongelaufen bin. Je weiter von dir entfernt – umso besser. Bewirkt hat das unstete Leben allerdings überhaupt nichts. Du hast mich überallhin begleitet, weil du immer in meinem Herzen warst." Zart wischte er mit den Fingerspitzen die feuchten Spuren von ihren Wangen. „Das erste Mal in meinem Leben bin ich wirklich glücklich, Romy. Glaubst du tatsächlich, ich hätte ernsthaft auch nur einen Gedanken daran verschwendet, mich durch einen unwichtigen Job von dir fortlocken zu lassen?"
„Bitte, verzeih mir", bat sie mit tränenerstickter Stimme. „Plötzlich überfiel mich panische Angst, du würdest mich verlassen. Auch ich war in den vergangenen Jahren nicht annähernd so glücklich, wie in den letzten Wochen mit dir. Es tut

mir Leid, dass ich ein so misstrauisches altes Weib bin."
„Das bist du ganz und gar nicht", widersprach er sanft. „Jeder Mensch verspürt wohl tief in sich die Angst, das Wundervollste in seinem Leben plötzlich wieder zu verlieren."
„Ich liebe dich", flüsterte Romy, schlang die Arme um seinen Nacken und küsste ihn innig.

Gemeinsam gingen sie wieder hinauf.
Hanna saß immer noch mit Geisha im Arbeitszimmer. Ein Lächeln erschien auf ihrem Gesicht, als ihre Mutter und Frederik Hand in Hand eintraten.
„Du brauchst gar nichts zu sagen", kam Romy ihrer Tochter zuvor. „Ich weiß es selbst."
„Wunderbar", erwiderte Hanna zufrieden und erhob sich. „Komm, Geisha, wir sind hier überflüssig."
„Vergiss nicht, dass wir euch morgen Abend zum Abschiedsessen erwarten!" rief Romy ihr nach, worauf Hanna ihr über die Schulter zuwinkte, ehe sie hinausspazierte.
Bei ihrer Rückkehr saß Jakob mit einem Buch auf der Terrasse. Während Geisha ihn freudig begrüßte, stellte Hanna einen Korb auf der Küchentheke ab.
„Nicht so stürmisch, Geisha!", befahl sie der Hündin im Näherkommen. „Leg dich auf deine Decke!"
Sofort gehorchte das Tier und verzog sich auf seinen angestammten Platz.
Unterdessen zog Hanna einen Hocker heran und bettete Jakobs linkes Bein darauf.
„Ist es dir recht, zum Abendessen hierzubleiben? Der lange Weg durch die Anlage bis zum Restaurant ist noch zu anstrengend für dich. Ich habe eben schon Josés Küche geplündert. Aus meiner Beute lässt sich sicher was Leckeres zusammenbrutzeln."
„Auch jetzt füge ich mich den Anweisungen meiner fürsorglichen Verlobten."
„Etwas anderes hätte ich auch nicht akzeptiert."

Später servierte Hanna würzige Fleischspieße und einen bunten Salatteller auf der Terrasse.
„Hoffentlich magst du es ein bisschen scharf, Jakob."
„Solange du nicht mit Arsen gewürzt hast..."
„Ich wusste, dass ich eine wichtige Zutat vergessen habe", konterte sie. „Was möchtest du dazu?"
„Sex on the beach", kam es wie aus der Pistole geschossen.
„Bedauerlicherweise habe ich solche Extras so kurz vor Ende meiner Ferien nicht mehr im Angebot", erwiderte sie mehrdeutig. „Wie wäre es mit einem kalten Bier?"
„Hast du nichts anderes?"
„Warmes Bier."
„Keinen Wein?"
„Rot oder weiß?"
„Rot."
Innerlich amüsiert betrat Hanna noch einmal die kleine Küche. Mit zwei Gläsern und einer Karaffe kehrte sie ins Freie zurück. Inzwischen hatte Jakob das Windlicht in der Mitte des Tisches angesteckt.
Sie aßen überwiegend schweigend. Jakob lobte nur Hannas Kochkünste und schaute nach dem Essen dabei zu, wie sie eine Scheibe Brot mit Leberwurst bestrich. Geisha saß schon erwartungsvoll neben ihrem Gartenstuhl und beobachtete, wie Hanna das Brot in Stücke schnitt. Eins nach dem anderen nahm die Hündin von ihrem Frauchen mit der Schnauze entgegen.
„Das ist das letzte", sagte Hanna und hielt es ihr hin. Nachdem Geisha es gekaut hatte, wischte Hanna mit einer Papierserviette über die Schnauze des Tieres.
„Das scheint bei euch ein richtiges Ritual zu sein", meinte Jakob beeindruckt. „Pavarotti ist leider nicht so geduldig. Wenn wir zu Hause am Tisch sitzen, schleicht er ständig in der Hoffnung um uns herum, es könne etwas für ihn abfallen. Ich muss ihn regelmäßig rausschicken."
„Das ist alles eine Frage der Erziehung", kommentierte Hanna und räumte den Tisch bis auf die Gläser und den Wein ab. „Bei

Geisha war ich von klein auf konsequent – auch wenn es mir noch so schwer fiel, ihren braunen Augen zu widerstehen. Mittlerweile kann ich sie problemlos bei Menschen lassen, die sie gut kennt.“

„Beispielsweise bei Romy und Frederik. Geht es dem jungen Glück gut?“

„Nach der Enttäuschung durch Carlos tut sich meine Mutter mitunter noch ein wenig schwer, ihre Liebe vorbehaltlos zu akzeptieren. Wäre Frederik nicht ein so kluger, verständnisvoller Mann, hätte ich vielleicht Bedenken, dass es auf die Dauer gut geht. Aber er ist einfach wundervoll. Er schenkt Romy, was sie seit Jahren vermisst hat. Sie werden es schaffen.“

„Nach einer großen Enttäuschung ist es immer schwer, wieder zu vertrauen“, sagte Jakob. Gedankenverloren blickte er in sein Rotweinglas. „Mir ist es vor vielen Jahren ähnlich wie Romy ergangen...“

Hanna kommentierte seine Worte nicht. Sie lehnte sich abwartend zurück und nippte an ihrem Glas. Sie würde Jakob nicht fragen, wer ihn enttäuschte. Bislang hatte er jedes Gespräch über dieses Kapitel seines Lebens so rigoros abgeblockt, als schäme er sich dafür.

„Etwa zwanzig Jahre ist das jetzt her“, fuhr er plötzlich fort. „Damals war ich ein junger Studienrat. Auf einem Seminar lernte ich Katja kennen. Sie war Referendarin, stand kurz vor dem 2. Staatsexamen. Vom ersten Augenblick an hat sie mich fasziniert. Sie war sehr hübsch, intelligent und humorvoll...“

Abermals hüllte er sich sekundenlang in Schweigen, als müsse er sich die damaligen Ereignisse vergegenwärtigen. „Wir wurden bald ein Paar, haben die gleichen Vorlieben und Interessen geteilt. Zwei Jahre waren wir zusammen, planten eine gemeinsame Zukunft...“ Bitter verzog er die Lippen. „Hochzeit, ein Häuschen im Grünen, zwei, drei Kinder...“ Mit einem Seufzer fuhr er sich über die Stirn. „Ich Trottel habe nicht bemerkt, dass sie sich hinter meinem Rücken mit meinem besten Freund traf. Das habe ich erst erfahren, als ich durch mehrere Stundenausfälle unerwartet zeitig Schulschluss hatte. Unterwegs habe ich Blumen und etwas Leckeres zu essen besorgt, um Katja zu überraschen. In ihrer Wohnung wäre ich dann fast über sie gestolpert, weil sie sich mit meinem Freund splitternackt auf dem Wohnzimmerteppich vergnügt hat..."

„Wenn man gleich von zwei Menschen, denen man vertraut hat, hintergangen wird, empfindet man das vermutlich als größte Niederlage seines Lebens", sagte Hanna mitfühlend. „Das muss dich tief verletzt haben."

„Es riss mir buchstäblich den Boden unter den Füßen weg", bekannte er ohne Scheu. „Von einer Minute auf die nächste hat sich mein Leben radikal verändert. Meine ganze Zukunft glich plötzlich einem riesigen Scherbenhaufen."

„Bist du deshalb nie wieder eine tiefere Beziehung eingegangen?"

„Etwa nach einem Dreivierteljahr war ich wieder offen für eine Frau", widersprach Jakob kopfschüttelnd. „Aber es hat nicht funktioniert. Danach habe ich noch mehrmals eine Partnerschaft angestrebt. Leider endete es jedes Mal enttäuschend. Irgendwann wurde mir klar, dass ich offenbar beziehungsuntauglich bin. Deshalb habe ich mich für das Single-Dasein entschieden."

Aufmerksam forschte Hanna in seinem Gesicht.

„Bereust du das manchmal?"

„Im Nachhinein betrachtet war das eine richtige Entscheidung", sagte er nach kurzem Nachdenken. „Nur dadurch konnte ich meinen Bruder und seine Familie in den letzten Jahren effektiv unterstützen."

Unaufgefordert schenkte Hanna noch einmal Wein nach.

„Wie ich hörte, hast du dich schon immer für Jonas verantwortlich gefühlt."

Bevor er antwortete, nahm er einen Schluck aus seinem Glas.

„Irgendwie bin ich da hineingewachsen", meinte er achselzuckend. „Eben das Schicksal vieler älterer Geschwister."

„Als Einzelkind habe ich keine rechte Vorstellung davon", sagte sie, um ihn zum Weitererzählen zu ermutigen. „Musstest du oft auf deinen kleinen Bruder aufpassen?"
„Unser Vater war Bauleiter", berichtete Jakob bereitwillig. „Als er auf einer Großbaustelle tödlich verunglückt ist, war Jonas acht, ich zwölf. Die kleine Witwenrente reichte hinten und vorn nicht, so dass unsere Mutter wieder arbeiten musste. In ihrem erlernten Beruf als Bankkauffrau fand sie nach so vielen Jahren Pause keinen Job, deshalb hat sie von morgens um sechs bis abends um sechs in einer Bäckerei gearbeitet. Wenn sie dann erschöpft heimkam, wartete noch die Hausarbeit auf sie."
„Demnach musstest du dich tagsüber um deinen Bruder kümmern", schloss Hanna aus seinen Worten. „War das nicht ein bisschen viel? Immerhin warst du selbst noch ein Kind."
„Nach Vaters Tod mussten wir zusammenhalten", wischte Jakob ihren Einwand fort. „Ich habe versucht, meine Mutter zu unterstützen, habe auf Jonas aufgepasst und ihm bei den Schulaufgaben geholfen..." Nachdenklich schweifte sein Blick in die Ferne. „Ich glaube, meine Mutter fühlte sich hin und hergerissen zwischen dem Wunsch, immer für uns da zu sein und uns eine unbeschwerte Kindheit zu bereiten – und dem Bestreben, uns einen sozialen Abstieg zu ersparen. Oft hat sie ihr Gewissen geplagt, weil sie so wenig Zeit für uns hatte und mich so stark forderte. Zwar habe ich ihr versichert, ich täte es gern, aber ich spürte, wie sehr sie sich trotzdem gequält hat. Neun Jahre nach Vaters Tod starb sie an einem Herzinfarkt."
„Damals warst du einundzwanzig", rechnete Hanna nach. „Hast du zu der Zeit noch zu Hause gewohnt?"
„Als Student reichten meine finanziellen Möglichkeiten nicht für eine eigene Wohnung. Mehr als ein Zimmer in einer WG konnte ich mir nicht leisten. Dort habe ich übrigens Thomas Maiwald kennen gelernt."
„Habt ihr lange zusammen in dieser WG gehaust?", fragte sie.
„Mit neunzehn bin ich nach Deutschland zurückgekommen,

um zu studieren. In dieser Zeit war ich oft mit Uli und Tom zusammen. – Auch in ihrer WG war ich häufig. Dir bin ich dort aber nie begegnet."

„Vergiss nicht, dass ich ein paar Jährchen mehr als du auf dem Buckel habe", erinnerte Jakob sie schmunzelnd. „Als Mutter starb, war Jonas siebzehn und somit noch nicht volljährig. Ich musste mich um ihn kümmern. Deshalb haben wir uns eine winzige Zwei-Zimmerwohnung gemietet. Soviel ich weiß, hat Toms Bruder irgendwann mein WG-Zimmer übernommen."

„Jonas erwähnte kürzlich, du hättest in deiner Studienzeit abends in Bars Klavier gespielt. Hast du damit euren Lebensunterhalt verdient?"

„Viel war es nicht. Einschließlich des Kindergelds und der Waisenrente kamen wir einigermaßen über die Runden. Joans hat sein Abitur gemacht, und mit dem Studium begonnen. Und ich wurde irgendwann Lehrer. Gott sei Dank bekam ich sofort eine Stelle. Aber erst als Jonas sein Examen in der Tasche hatte, sind wir getrennte Wege gegangen."

„Bis deine Schwägerin starb", fügte Hanna an. Nun war ihr klar, woraus das enorme Pflichtbewusstsein dieses Mannes resultierte. „Wessen Idee war es eigentlich, wieder zusammenzuziehen?"

„Meine", gab Jakob zu. „Die Kinder haben ausgesprochen allergisch auf jede in Frage kommende Tagesmutter reagiert. Sie brauchten in dieser schweren Zeit jemanden Vertrautes um sich. – Nicht nur jemanden, der sie betreut hat, während ihr Vater gearbeitet hat, sondern jemanden, der sie jederzeit auffangen würde." Etwas verlegen drehte er das Glas zwischen seinen sensiblen Fingern. „Außerdem wäre sonst vieles an Max hängengeblieben. Ich war damals ungefähr im gleichen Alter und wusste aus Erfahrung, wie es ist, wenn plötzlich ein Elternteil fehlt, wenn man tagsüber auf sich allein gestellt ist. Max sollte nicht die Verantwortung für seine jüngeren Brüder übernehmen. Damit wäre seine Kindheit unweigerlich vorbei gewesen. Das musste ich verhindern."

„Niemand hätten den Jungen besser helfen können, über den Verlust ihrer Mutter hinwegzukommen", sagte Hanna weich. Ihr ernster Blick konzentrierte sich auf seine Augen. „Darf ich dich noch was fragen, Jakob?"
„Nur zu."
„Weshalb hast du mir heute all das erzählt, von dem du stets behauptet hast, es ginge mich absolut nichts an?"
Sekundenlang erwiderte er ihren forschenden Blick, bevor seine Augen den Kontakt abbrachen und sich auf das flackernde Windlicht richteten.
„Du hast mir das Leben gerettet", sagte er schließlich. „Deshalb solltest du wissen, wie es bislang verlaufen ist."
„Einen anderen Grund gibt es nicht?"
„Nein", sagte er nach kurzem Zögern, worauf Hanna sich erhob.
„Es ist Zeit für die Abendrunde", teilte sie ihm mit und rief nach der Hündin. „Komm, Geisha! Gassi gehen!"
Jakob saß bei Hannas Rückkehr nicht mehr auf der Terrasse.

Er hatte es sich in der Sitzecke des Wohnraums bequem gemacht. Sein verletztes Bein ruhte auf einem Kissen, während aus der Stereoanlage leise Musik erklang.
„Hoffentlich stört es dich nicht, dass ich das Radio eingeschaltet habe? Der Satellitenempfang hier im Club ist ein toller Service. In meinem Bungalow habe ich nachts oft noch deinen Sender gehört."
„Du kannst wohl auch nicht ohne deine geliebte Angel leben", spottete sie absichtlich, als wüsste sie nicht, wie lange diese im Urlaub weilte. „Ist es nicht frustrierend, wenn man vernarrt in jemandem ist, von dem man nur die Stimme kennt?"
„Erstens verstehst du nichts davon", belehrte Jakob sie. „Und zweitens ist Angel sich in den Ferien."
„Welch ein Glück für dich. Sonst hättest du nach dem Urlaub vermutlich eine astronomische Handyrechnung."
„Das hätte ich in Kauf genommen", gab Jakob freimütig zu.

„Die Gespräche mit ihr sind für mich etwas Besonderes."
„Warum?"
„Uns verbindet etwas Geheimnisvolles. Vom ersten Moment an haben wir uns auf wundersame Weise verstanden."
„Ist dir noch nie der Gedanke gekommen, dass das zu ihrem Konzept gehören könnte? Immerhin wird sie dafür bezahlt, die Hörer bei der Stange zu halten."
„Entschuldige, aber das ist kompletter Unsinn!" erwiderte Jakob etwas zu heftig. „Angel würde nie so tun, als existiere ein Band zwischen uns, wenn es nicht tatsächlich vorhanden wäre. Dazu ist sie zu aufrichtig – und zu klug."
„Sie ist auch nicht anders als die meisten Frauen. Du idealisierst sie – aber sie ist nicht real. Eine erfundene Figur: überirdisch und sanft. Du fühlst dich nur aus einem Grund zu ihr hingezogen: Sie kann dich nicht enttäuschen, weil sie unerreichbar für dich ist."
„Du hast es gerade nötig!", warf er ihr verärgert vor, denn ihre Worte enthielten auch ein Körnchen Wahrheit. „Wenn hier einer jemanden idealisiert, dann du deinen toten Mann! Deshalb hat kein Lebender bei dir eine Chance! Für dich zählt nur, was du verloren hast!"
„Bist du jetzt total abgedreht? Was weißt du denn schon von mir und meinem Leben? Nur weil ich einmal so dumm war, mit dir zu schlafen, kennst du mich noch lange nicht!"
„Zweimal", korrigierte Jakob sie. „Oder hast du das Kostümfest schon vergessen? Der Schlangenbeschwörer, der dich in dem kleinen Pavillon vernascht hat, das war ich!"
Hanna ließ sich ihre Überraschung nicht anmerken. Woher wusste er, dass sie die Schlangenfrau gewesen war?
„Damit erzählst du mir nichts Neues!", konterte sie zu seinem Erstaunen. „Das habe ich schon wenige Tage später rausgefunden! Trotzdem war diese Episode für mich nicht besonders aufregend! Deshalb habe ich sie schlicht und einfach vergessen! Hätte ich damals geahnt, dass ausgerechnet du dich unter dieser Maske verbirgst, wäre es mit Sicherheit nicht zu diesem

Quicky gekommen!"
„Du hast es genauso gewollt wie ich!"
„Aber ich habe dich nicht gewollt!"
„Du willst niemanden! Oder hast du in den letzten Jahren irgendeinen Mann wirklich an dich herangelassen? Zu mehr als einer schnellen Nummer bist du doch gar nicht fähig!"
„Meine Nummern gehen dich gar nichts an!", stieß Hanna wütend hervor. „Außerdem sollte man nicht von sich auf andere schließen! Du bist derjenige, der seinen Kopf in den Sand steckt! Die Verantwortung für deine Familie kam dir doch gerade recht! Dahinter konntest du dich prima verstecken!"
„Und wenn schon", sagte Jakob resigniert. „Das ist immer noch besser, als in der Vergangenheit zu leben!"
„Es ist einfach sinnlos", winkte Hanna ab. „Du begreifst nichts – und du bemerkst nichts. Wir werden nie eine gemeinsame Basis finden." Als er betreten schwieg, wandte sie sich ab. „Ich gehe schlafen."
Jakob blickte ihr nach, wie sie im Bad verschwand. Er hörte, wie sie die Tür von innen absperrte und kurz darauf das Rauschen der Dusche. In einen weißen Bademantel gehüllt kam Hanna bald wieder herein.
„Meine Schlafzimmertür ist nur angelehnt", teilte sie ihrem Gast mit. „Betrachte das bloß nicht als Einladung. Das ist für Geisha, damit sie mich wecken kann, falls sie raus muss."
„Schade", sagte er in scherzhaftem Ton. „Wir könnten noch ein bisschen streiten."
„Wir beherrschen es tatsächlich noch ganz gut, uns gegenseitig zu verletzen", gab sie ihm recht. „Wenn wir wieder zu Hause sind, können wir unseren Nachbarschaftskrieg problemlos wieder aufnehmen. – Gute Nacht, Jakob."
„Gute Nacht, Hanna. – Es tut mir Leid..." ,fügte er leise hinzu, als sie längst in ihrem Schlafzimmer verschwunden war.
Auch Jakob zog sich bald zurück, lag aber noch lange wach. Er dachte darüber nach, was sie ihm vorgeworfen hatte, und kam zu dem Ergebnis, dass fast alles der Wahrheit entsprach.

Kapitel 36

An ihrem letzten Urlaubstag erschien Jakob ungewöhnlich spät. Hanna saß bereits beim Frühstück auf der Terrasse.
„Guten Morgen“, begrüßte sie ihn. „Hast du gut geschlafen?“
„Ausgezeichnet“, behauptete er und setzte sich ihr gegenüber. „Heißt es nicht, was man in der ersten Nacht in einem fremden Bett träumt, geht in Erfüllung?“
„So sagt man“, nickte Hanna mit spöttisch funkelnden Augen. „Da bin ich aber gespannt...“
„Lass dich überraschen“, riet Jakob ihr mit geheimnisvollem Lächeln. „Nur so viel: Wir werden jede Sekunde miteinander genießen.“
Vorwurfsvoll verdrehte Hanna die Augen.
„Wenn du so weitermachst, lasse ich die starken Jungs mit den weißen Jäckchen kommen. Auch hier auf Menorca gibt es Gummizellen.“
„Ich bin eben verrückt nach dir“, sagte er lachend. „Lass uns den letzten Ferientag harmonisch verbringen, Hanna. Ein gemeinsames Frühstück ist genau der richtige Anfang dafür. Essen und Trinken sind immerhin die drei wichtigsten Dinge im Leben.“
„Sehr witzig“, kommentierte sie. „Du solltest dein Geld in einer Fußgängerzone verdienen.“
„Ohne deine Hilfe wäre ich dort womöglich tatsächlich gelandet“, meinte er und nahm sich ein Croissant. „Zuerst habe ich dir meinen Job verdankt – und nun auch noch mein Leben. Ich sollte mich wirklich bemühen, freundlicher zu dir zu sein. Du musst mich nur lassen.“
„Jetzt lasse ich dich erst mal frühstücken“, sagte Hanna und erhob sich. „Inzwischen gehe ich eine Runde mit Geisha. An den Strand möchte ich nachher auch noch mal. Außerdem hat Romy heute Abend zu einem Abschiedsessen in die Finca eingeladen. Wenn du brav bist, darfst du mich begleiten.“
„Ich werde mir die größte Mühe geben.“

Den ganzen Tag über verhielt Jakob sich geradezu vorbildlich. Er hatte sich vorgenommen, Hanna durch nichts mehr zu provozieren, ihr nie wieder die Gelegenheit zu geben, sich über ihn zu beklagen.
In der Finca versammelten sich abends Marie und ihre beiden jüngsten Töchter sowie Joanna, Hanna und Jakob mit Geisha. Romy hatte den großen Tisch im Musikzimmer festlich gedeckt. Zwei Kellnerinnen aus dem Club servierten das vom Chefkoch persönlich zubereitete Menü.
„Bevor ich morgen abreise, möchte ich Sie bitten, mir zu sagen, was ich Ihnen für das Tretboot schuldig bin", wandte sich Jakob während des Essens an Hannas Mutter. „Selbstverständlich komme ich für den Schaden auf."
„Machen Sie sich darum keine Gedanken", winkte Romy ab. „Wir sind gut versichert."
„Ich habeschon alles in die Wege geleitet", fügte Joanna hinzu, bevor sie sich an ihre Mutter wandte, die neben ihr saß. „Schade, dass deine Ferien schon vorüber sind, Mam. Jetzt dauert es wieder Monate, bis wir uns wiedersehen."
„Kündige deinen Job und komm mit mir nach Hause", schlug Hanna lächelnd vor. „Spätestens nach zwei Wochen würdest du dich allerdings wieder nach dieser Insel sehnen."
„Stimmt", gab ihre Tochter mit komischer Miene zu. „Trotzdem ist es noch so lange hin, bis wir Weihnachten bei dir sind."
„Vielleicht gewährt dir deine Chefin zwischendurch ein paar Tage Urlaub?"
„Ihr wird nichts anderes übrig bleiben", warf Marie ein. „Wir erwarten euch alle in etwa sechs Wochen zur Hochzeit."
„Dieses Ereignis lassen wir uns bestimmt nicht entgehen", sagte Frederik. „Der Club wird auch einige Tage ohne die beiden Führungsspitzen auskommen."
„Ich streue Blumen!", verkündete Lisa strahlend. „Und dann ziehen wir alle in Jonas' Haus."
„Erst mal muss sein Bruder ausziehen", belehrte sie die pramatische Sara „Vorher läuft da gar nichts."

„Keine Sorge“, bemerkte Jakob. „Ich werde schon rechtzeitig verschwunden sein.“
„Sorry, DJ. Das war jetzt echt nicht so gemeint.“
„Schon gut, Sara. Auch ich freue mich, dass ihr alle bald eine Familie seid.“ Seine Augen wechselten zu Marie. „Wie ich hörte, hat Anna meine drei Neffen gut im Griff. – Obwohl ich ein schlechtes Gewissen habe, weil deine Tochter ihre Ferien meinetwegen abgebrochen hat, bin ich erleichtert, dass sie sich um die Jungs kümmert.“
„Das war kein Opfer für Anna“, beruhigte Marie ihren zukünftigen Schwager. „Im Grunde hast du ihr mit deinem Unfall sogar einen Gefallen getan. Eine volle Woche Trennung ist in diesem Alter eine Ewigkeit.“
„Hatte mein Tretbootabenteuer also doch was Gutes. Wahrscheinlich hat auch Katharina nur darauf gewartet, den Haushalt der Jensens aufzumischen.“
„Darauf kannst du wetten“, stimmte Hanna ihm amüsiert zu. „Mit der Pflege meiner Pflanzen fühlte sie sich grenzenlos unterfordert.“
Es wurde ein netter, unterhaltsamer Abend. Erst nach Mitternacht kehrten Hanna und Jakob in den Bungalow zurück. Geisha hatte unterwegs sämtliche Geschäfte erledigt, so dass sich die Hündin gleich in ihren Korb verzog.
Hanna ging zuerst ins Bad, wünschte Jakob eine gute Nacht und verschwand in ihrem Schlafzimmer.
Nachdem Jakob geduscht hatte, blieb er vor der Tür seiner Gastgeberin stehen und klopfte behutsam an.
„Hanna? Schläfst du schon?“
„Nein...“ gab sie zurück und wandte sich von dem Koffer ab, in den sie Kleidungsstücke gelegt hatte. „Brauchst du noch was?“
Nach kurzem Zögern drückte Jakob die Tür weiter auf. Er trug nur ein Handtuch um die Hüften und wirkte dadurch sehr männlich. Seine Augen blickten allerdings unsicher.
„Entschuldige, dass ich dich noch mal störe...“ Mehr als einen Schritt wagte er sich nicht vor. „Nun sind unsere letzten Stun-

den auf dieser herrlichen Insel angebrochen. Bevor wir abreisen, muss ich dir noch was Wichtiges sagen..." Er lehnte sich gegen den Türrahmen, um sein verletztes Bein zu entlasten. „Es fällt mir nicht ganz leicht, die richtigen Worte zu finden", sagte er verlegen, aber Hanna half ihm nicht. Abwartend blieb sie neben dem Bett stehen.
„Ich habe dir doch gestern von Katja erzählt", begann er noch einmal. „Wie sehr ich vom ersten Augenblick an von ihr fasziniert war. So was ist mir in all den Jahren nie wieder passiert – bis ich eines Morgens im hellen Sonnenlicht eine wunderschöne, engelhafte Erscheinung auf einer Dachterrasse sah. Je besser ich sie kennengelernt habe, umso größer wurde die Gefahr, in der ich schwebte." In einer hilflosen Geste zuckte er die Schultern. „Es heißt, wer sich in Gefahr begibt, der kommt darin um. Deshalb habe ich mit aller Kraft dagegen angekämpft. Aber es war ein vergeblicher Kampf, den ich niemals gewinnen konnte." Langsam kam er näher. „Allerdings bin ich realistisch genug, um zu wissen, dass es völlig aussichtslos ist. Trotzdem muss ich es wenigstens einmal aussprechen..." Um sich die unvermeidliche Zurückweisung in Hannas Augen zu ersparen, senkte er den Blick. „Ich liebe dich mehr, als ich jemals eine Frau geliebt habe, Hanna", sagte er leise, als wagte er nicht, diese Worte lauter zu sagen. „Ich habe mein ganzes Leben darauf gewartet, dir zu begegnen..." Hannas Schweigen veranlasste ihn, den Kopf wieder zu heben. „Verschlägt es dir vor Entsetzen die Sprache?"
„Ich freue mich..."
„Was?"
„Ich freue mich sogar sehr..."
„Machst du dich lustig über mich?", fragte er irritiert. „Mir hätte klar sein müssen, dass ich mich komplett zum Narren mache. Du wirst nie etwas anderes als den verdrehten Spinner in mir sehen. Ich hätte besser den Mund halten sollen und..."
„Du hast jetzt tatsächlich genug geredet", unterbrach sie ihn, wobei sie die kurze Distanz zwischen ihnen überbrückte. Sie

schlang die Arme um seinen Nacken und legte die Lippen auf seinen Mund.
Hin und hergerissen zwischen Verwirrung und Freude nahm Jakob die Gelegenheit wahr. Sein Kuss drückte all die Sehnsucht aus, die ihn erfüllte. Urplötzlich zog er sich jedoch zurück, umfasste Hannas Arme und löste sie aus seinem Nacken.
„Ich bringe das nicht noch mal über mich..."
Enttäuscht blickte sie ihn an.
„Willst du jetzt wieder alles kaputtmachen?"
„Ich wünschte, ich könnte mich selbst belügen", murmelte er gequält. „Es ist aber nun mal eine Tatsache, dass du meine Gefühle nicht erwiderst."
„Wie kannst du so sicher sein? Hast du mich je danach gefragt?"
„Das war gar nicht nötig. Mir ist sehr deutlich bewusst, dass ich es mir von Anfang an mit dir verdorben habe. Wie könntest du da etwas für mich empfinden?"
„Du bezweifelst, dass ich etwas für dich empfinde? Damit hast du sogar Recht. Es ist nämlich viel, viel mehr als nur etwas." Eindringlich schaute sie ihn an. „Das hast du weder erwartet noch kannst du damit umgehen, nicht wahr!? Es macht dir Angst, geliebt zu werden. Wirst du dich nun mit einem flotten Spruch aus der Affäre ziehen? Du könntest beispielsweise behaupten, du wolltest nur testen, wie ich auf eine Liebeserklärung reagiere. Oder wolltest du rausfinden, wie leichtgläubig ich bin? Vielleicht dachtest du sogar, du könntest mich auf diese Weise dazu bringen, noch mal mit dir zu schlafen? Immerhin wäre das die letzte Gelegenheit. Wenn wir erst wieder zu Hause sind..."
„Bitte, hör auf damit! Ich weiß, dass ich in unserem Umgang viele Fehler begangen habe. Auch kenne ich meine Macken und Unzulänglichkeiten nur zu genau. Aber die Zeiten, in denen ich vor meinen Gefühlen davongelaufen bin, sind vorbei, Hanna! Ich liebe dich!"
Lächelnd hielten ihre Augen seinem Blick stand.

„Kannst du auch akzeptieren, dass ich das gleiche für dich empfinde, Jakob?“
„Ich verstehe es zwar nicht, aber es ist ein atemberaubendes Gefühl“, gestand er, ihr Lächeln erwidernd. „Ich fürchte, ich träume das alles nur.“
„Dann küss mich, bevor du erwachst.“
Darum ließ Jakob sich nicht zweimal bitten. Leidenschaftlich nahm sein Mund von ihren Lippen Besitz.
Hanna erwiderte seinen Kuss auf die gleiche Weise. Dabei strichen ihre Fingerspitzen sanft über die glatte Haut seines Rückens. Sie fanden den Stoff an seinen Hüften und zerrten daran, bis das Frotteetuch zu Boden glitt.
Auch Jakobs Hände blieben nicht untätig. Sie glitten von Hannas Schultern zum Gürtel ihres Bademantels und nestelten daran.
„Ich will dich so sehr...“, flüsterte er rau an ihrem Ohr und zog sie mit sich auf das breite Bett. Seine Finger verschwanden auf der Suche nach warmer Haut unter dem Bademantel, lockten und reizten.
Unerwartet entzog sich Hanna ihm.
„Halt, halt!“, dämpfte sie seinen Forscherdrang. „So geht das nicht, mein Lieber. Du musst dich noch schonen.“
„Ich will mich aber nicht schonen“, protestierte er mit heiserer Stimme, die seine Erregung verriet. „Ich will dich hier und jetzt wild und leidenschaftlich lieben.“
„Keine Chance!“ erwiderte Hanna scheinbar streng. „Heute spielen wir nach meinen Regeln.“
Jakobs Enttäuschung währte nur so lange, bis Hanna aus ihrem Bademantel schlüpfte und sich über den Mann in ihrem Bett beugte. Sie tupfte zarte Küsse auf seinen Mund, strich hinunter zu seiner Brust und reizte ihn mit der Zungenspitze. Hanna ließ sich viel Zeit, Jakobs Körper mit Händen und Lippen zu erkunden. Sein immer schneller werdender Atem ließ keinen Zweifel daran, dass vieles für ihre Spielregeln sprach. Mit quälender Langsamkeit glitt sie wieder höher und küsste Ja-

kobs Lippen, während sie sich auf ihn senkte. Mit den Händen umspannte er ihre Hüften, um ihr in die richtige Position zu helfen. Hanna bewegte sich über Jakob wie in einem sinnlichen Tanz. Allmählich steigerte sie den Rhythmus und schürte dadurch ihrer beider Erregung. Unaufhaltsam trieben sie dem Gipfel der Leidenschaft entgegen. Fast gleichzeitig erreichten sie die Spitze ihrer Lust.

Atemlos sank Hanna auf Jakobs Brust. Seine Arme schlossen sich schützend um sie.

„Oh, mein Gott...“, murmelte er. „Das war... unbeschreiblich...“

„Vielleicht träumst du immer noch?“

„So wundervoll kann kein Traum sein.“

Ein Jaulen ließ sie auseinanderstreben. Vor dem Bett stand Geisha und schaute das Paar aus vorwurfsvollen Augen an.

„Ich fürchte, wir waren zu laut“, schmunzelte Jakob. „Oder ist sie es gewohnt zuzuschauen, wenn du einen Mann in deinem Bett nach allen Regeln der Kunst verwöhnst?“

„Von wegen!“, tat Hanna entrüstet. „Es ist eine völlig neue Erfahrung für Geisha, dass sich ein nackter Mann auf meiner Matratze stöhnend herumwälzt.“

„Da ich meine Nächte nie wieder woanders verbringen will, wird sie sich an diesen Anblick gewöhnen müssen.“

„Das wird dir auf die Dauer bestimmt zu langweilig.“

„Niemals!“

„Hast du vergessen, dass ich nachts arbeite? Vielleicht solltest du dich doch besser nach einer Frau umschauen, die dich in kalten, einsamen Nächten wärmen kann.“

„Dafür ist es jetzt definitiv zu spät. Für den Rest meines Lebens wirst du die Einzige bleiben.“

„Wie schmeichelhaft für mich.“ Behutsam strich sie Geisha über den Kopf. „Es ist alles in Ordnung, meine Süße. Diesen Mann werden wir offenbar nicht wieder los. Aber ich werde schon mit ihm fertig. Geh zurück in deinen Korb, Geisha.“

Ein, wie es schien, skeptischer Blick aus braunen Hundeaugen traf Hanna, bevor die Hündin hinaustrottete.

„Deine Boxerdame ist einmalig“, sagte Jakob und zog Hanna wieder in seine Arme. „Schade, dass mein Bruder Pavarotti schon mit nach Hause genommen hat. Der kleine Kerl wäre vermutlich zu uns ins Bett gesprungen, um genau zu sehen, was wir da treiben.“

„Er hat es sich wohl angewöhnt, deine Bettgespielinnen eingehend unter die Lupe zu nehmen?“

„Touché! – Allerdings betrachte ich dich nicht als meine Gespielin.“ Sein nun ernster Blick senkte sich in ihre Augen. „Du bist das Beste, was mir je in meinem Leben passiert ist, Hanna. Vor Jahren habe ich mich entschieden, niemals eine enge Bindung einzugehen. Mit dir an meiner Seite würde ich mich allerdings mit Freuden auf das Abenteuer Ehe einlassen.“

„Glaubst du tatsächlich, wir würden uns im Alltag vertragen?“

„Mit Sicherheit. Du wirst dich noch wundern, welch netter Kerl ich bin.“

„Nette Männer kenne ich viele“, erwiderte Hanna, während sie sich an ihn schmiegte. „Im Grunde sind sie alle gleich. Sie haben nur unterschiedliche Seriennummern.“

„Mit der Zeit wirst du schon feststellen, dass ich ein Sondermodell bin“, sagte er leise lachend. „Einen Typen wie mich findest du nicht an jeder Straßenecke.“

„An normalen Maßstäben bist du tatsächlich nicht zu messen“, gab sie ihm amüsiert Recht. „Du verliebst dich in eine Frau, die du im Grunde nicht leiden kannst, schlüpfst nachts in die Rolle eines blutsaugenden Vampirs, der eine Schwäche für Engel hat und riskierst für beide dein Leben, weil du der pflichtbewussteste und hilfsbereiteste Mensch bist, den ich kenne.“

„Mir war von Anfang an klar, dass es nicht genügt, ein einfacher Schulmeister zu sein, um eine so außergewöhnliche und noch dazu von allen Seiten umschwärmte Frau zu erobern.“

„Noch vor kurzem hätte ich tatsächlich nicht geglaubt, dass sich so tiefe Gefühle wiederholen können“, gestand Hanna nachdenklich. „Was mich mit Achim verbunden hat, war etwas so Besonderes. Es erschien mir unmöglich, noch mal auf diese Weise für einen Mann zu empfinden." Ihr leises Lachen erklang. „Und dann passiert mir das ausgerechnet bei einem Nachbarn, der mir bei jeder sich bietenden Gelegenheit eins auswischt. Anstatt einen Killer zu engagieren, liege ich hier an ihn geschmiegt und fühle mich auch noch wohl dabei. – Das ist doch total verrückt."

„Darf ich heute Nacht trotzdem bei dir schlafen?"

Statt einer Antwort griff Hanna hinter sich und betätigte den Schalter der Nachttischlampe.

Im Dunkeln kuschelte sie sich wieder an Jakob und schlief in der warmen Geborgenheit seiner Arme ein.

Kapitel 37

„Hallo, liebe Freunde, Nachtschwärmer, Kapitäne der Landstraße und alle, die noch nicht in den Schlaf finden: Hier ist euer Engel der Nacht. Auch nach meinem Urlaub begleite ich euch wieder regelmäßig in die Morgendämmerung eines neuen Tages. Habt ihr Lust, mit mir zu plaudern, freue ich mich über euren Anruf hier im Sender. Selbst wenn ihr nur jemanden zum Zuhören braucht, seid ihr bei mir richtig. Die heutige Sendung soll unter dem Thema Liebe stehen. – Ward ihr schon mal verliebt? Wurden diese Gefühle erwidert? Wie lange hält diese Liebe schon? Oder zerbrach sie? – Ruft mich an unter ..."

Selbstverständlich wusste Jakob, ab wann Angel wieder auf Sendung war. Er hatte den Abend mit Hanna verbracht, bis sie zum Dienst musste. Nun saß er in seinem Dachstübchen bei einem Glas Wein vor dem eingeschalteten Radio und lauschte der sanften Stimme des Engels der Nacht.

Während er den Gesprächen interessiert folgte, versuchte er mit Hilfe der Wahlwiederholungstaste seines Telefons, zum Sender durchzukommen. Seine Geduld wurde auf eine harte Probe gestellt. Offenbar hatten viele Hörer das Bedürfnis, nach vierwöchiger Pause mit dem Engel der Nacht zu sprechen.

Der neue Tag währte schon zweieinhalb Stunden, bis Jakob endlich eine freie Leitung erwischte. Wie gewöhnlich legte er ein Taschentuch über die Sprechmuschel, als er mit der Moderatorin verbunden wurde.
„Ich bin der Engel der Nacht“, vernahm er ihre sanfte, vertraute Stimme. „Mit wem spreche ich?“
„Hallo, Angel. Schön, dass du wieder da bist.“
„Dracula, du alter Blutsauger!“, rief aus. „Welche Freude, dass auch du dich in meiner ersten Nacht nach meinem Urlaub bei mir meldest. Geht es dir gut?“
„Momentan bin ich noch ein bisschen lädiert“, gestand er. „Sozusagen fluguntauglich.“
„Bist du in deinem Heimaturlaub etwa abgestürzt?“
„So könnte man es bezeichnen. Trotzdem waren es die wundervollsten Ferien meines langen Lebens. Endlich bin ich dort angekommen, wo ich schon seit Ewigkeiten hin wollte.“
„In Transsylvanien?“, tat sie ahnungslos. „Oder hast du auf dem Immobilienmarkt für Nachtaktive eine noch komfortablere Gruft erstanden?“
„Nein. – Ich bin in einem Meer der Liebe versunken.“
„Echt?“, reagierte sie überrascht. „Du hast dich verliebt?“
„Viel mehr als das, Angel. Erst jetzt weiß ich, was tiefe, allumfassende Gefühle sind. Das wundervollste daran ist jedoch, dass meine Liebe im vollen Umfang erwidert wird.“
„Was macht diese Frau denn so einzigartig für dich?“
„Alles! – Ihr ganzes Wesen“, schwärmte Jakob. „Sie ist klug, schön, großherzig, ungeheuer erotisch und humorvoll, hilfsbereit und stark – aber auch verletzlich...“
„Du scheinst wirklich deiner Traumfrau begegnet zu sein“, resümierte der Engel der Nacht. „Eigentlich schade...“
„Warum?“
„Nun kann endgültig nichts mehr aus uns beiden werden, Dracula“, erwiderte Angel, wobei sie Bedauern in ihrer Stimme mitschwingen ließ. „Dein Vorschlag bei einem deiner Anrufe, auf die dunkle Jahreszeit zu hoffen, um einander näherzukom-

men, ist nun hinfällig. Oder siehst da noch eine Möglichkeit?"
„Tut mir leid, Angel, aber ich habe mich entschieden", sagte er, ohne das geringste Zögern. „Ich kann und werde meine große Liebe niemals aufs Spiel setzen."
„Ich werde dich vermissen, Dracula."
„Vielleicht können wir trotzdem Freunde bleiben?", schlug Jakob vor. „Auch mir würden unsere guten Gespräche fehlen. Darf ich dich hin und wieder anrufen?"
„Das würde mich freuen. – Sofern deine Freundin nichts dagegen hat."
„Sie ist tolerant. – Obwohl sie nicht so recht versteht, was dich und mich verbindet."
„Habt ihr über mich gesprochen?", folgerte die Moderatorin. „Das ist ja sehr interessant. Sie ist doch nicht etwa eifersüchtig auf unsere Verbundenheit? Vertraut sie dir nicht? Womöglich denkt sie, dass ein Vampir zwangsläufig flatterhaft ist?"
„Müsste sie dann nicht auch glauben, ein Engel sei rein und unschuldig?", parierte Jakob. „Demnach dürfte keine Gefahr von dir ausgehen, Angel. Oder bist du privat etwa hemmunglos und leidenschaftlich?"
„Das wirst du nun leider nie erfahren, mein lieber Dracula. Das Geheimnis des Engels der Nacht wird dir für immer verborgen bleiben."
„Man kann eben nicht alles haben", erwiderte er, aber es klang nicht bedauernd. „Eine Freundschaft mit jemandem, den man niemals treffen wird, birgt etwas Geheimnisvolles in sich. Du sagtest einmal, es sei spannend, nur durch unsere Stimmen in der Nacht miteinander verbunden zu sein, Angel. Genauso empfinde ich das auch."
„Belassen wir es für heute dabei, Dracula. Ich wünsche dir gute Besserung. – Bis bald."
„Gute Nacht, Angel."

Mit dem Senden der Sechs-Uhr-News verließ Hanna das Studio. In der Redaktion wurde sie von ihren Kollegen erwartet.

„Das war eine gute Sendung zum Wiedereinstieg“, lobte Ulrich die Moderatorin. „Die vielen E-Mails, die im Laufe der Nacht eingingen bezeugen, wie sehr deine Hörer dich vermisst haben. Einige betrafen übrigens auch dein Gespräch mit Dracula. Es wird bereits spekuliert, wie lange seine neue Liebe hält.“
„Ach, ja?“, entgegnete Hanna nur. Nach dieser ungewohnt langen Nacht war sie müde und sehnte sich nach ihrem Bett. „Wünscht man einem Vampir keine ewige Liebe?“
„Für die Hörer ist es amüsanter, wenn er mit dir flirtet“, meinte Sandro. „Aber wer weiß? Vielleicht tut er das trotzdem bei seinem nächsten Anruf!?“
„Wir werden sehen“, sagte Hanna nur. „Gibt es noch was Wichtiges? Sonst verschwinde ich jetzt.“
„Du könntest bei deiner Terminplanung schon mal den nächsten Samstag vormerken“, schlug ihr Jugendfreund vor. „Ich habe Karten für das Kleine Fest im Großen Garten.“
„Tut mir Leid, aber du musst dir eine andere Begleitung suchen, Uli. Ich bin schon vergeben.“
„Wie: vergeben?“
„In jeder Hinsicht vergeben.“
„Hast du dich im Urlaub etwa von einem dieser Strandgigolos einlullen lassen?“, fragte er verdutzt. „Das kannst du mir nicht antun, Hanna!“
„Verklag mich“, gab sie spöttisch zurück, während sie begann, ihr Äußeres zu verändern.
Mit dieser Antwort ließ Ulrich sich jedoch nicht abspeisen. Dicht trat er hinter Hanna und suchte ihren Blick im Spiegel.
„Wer ist dieser Mann? Geht das schon länger? Oder ist das nur eine Urlaubsaffäre, die irgendwann im Sande verläuft? Ich kann ja verstehen, dass du dich hin und wieder ein bisschen austoben musst, aber...“
„Du solltest mich eigentlich besser kennen“, warf sie ihm vor. „Es geht dich zwar nichts an, aber das ist nicht nur ein sexuelles Abenteuer. Ich liebe diesen Mann.“
„Das glaube ich dir nicht. Du bist gar nicht fähig, Achim zu

vergessen."
„Das verlangt auch niemand von mir", sagte sie sehr ernst. „Gezwungenermaßen musste ich damals akzeptieren, dass Achim tot ist. Aber ich lebe, Uli! – Mit meinen Erinnerungen und den neuen Gefühlen für einen anderen Mann. Du musst das nicht gutheißen, aber ich erwarte von dir um unserer Freundschaft willen, dass du das respektierst."
Was sollte er noch dazu sagen? Es blieb ihm keine andere Wahl, als auch den letzten Funken Hoffnung zu begraben, wenn er sich Hannas Freundschaft bewahren wollte.

Ungeduldig blickte Jakob zur Uhr. Er stand neben einer Plakatwand auf dem Parkplatz des Senders, um Hanna abzuholen. Da ihr Dienst um 6.00 Uhr endete, musste sie jeden Augenblick das Funkhaus verlassen. Es traten aber nur einige Männer durch die gläserne Eingangstür. Danach tat sich eine Weile nichts. – Bis eine farbenfroh gekleidete Gestalt aus dem Gebäude kam.
„Die anatolische Schreckschraube...", murmelte Jakob verblüfft. Das abendliche Zusammentreffen mit dieser Vogelscheuche war ihm noch sehr gegenwärtig. Was aber tat diese Frau ausgerechnet hier? Vermutlich arbeitete sie als Putzfrau oder Küchenhilfe im Sender, und Hanna hatte sie an ihre Cousine vermittelt, gab er sich selbst die Antwort. Nannte Marie sie nicht Suleika? Mit mäßigem Interesse beobachtete er, wie die unförmige Frau über den Parkplatz zu einem alten Fiat schlurfte. Von ihrem Gesicht war kaum etwas zu erkennen. Das tief in die Stirn reichende geblümte Kopftuch und die Brille, die von einem Steinzeitoptiker designt schien, machten eine nähere Inaugenscheinnahme zunichte. Jakob sah, wie sie ihre Basttasche auf den Beifahrersitz stellte und in das rostige Auto stieg. Beim Anfahren gab sie zu viel Gas; der Motor stotterte einige Male und spuckte eine stinkende graue Wolke aus dem Auspuff, bevor die Fahrerin vom Parkplatz holperte. In der Annahme, sie hätte ihre Führerscheinprüfung auf einem

Traktor im türkischen Hinterland abgelegt, konzentrierte sich Jakob wieder auf den Eingangsbereich des Funkhauses. Da er sich eine Position gewählt hatte, von der aus er auch die Toreinfahrt des Geländes überblicken konnte, war es unmöglich ungesehen an ihm vorbeizukommen.

Nach weiteren fünfzehn Minuten Wartezeit zog Jakob sein neues Handy aus der Tasche und griff auf Hannas gespeicherte Nummer zu.

„Guten Morgen, mein Schatz", sagte er, als sie sich meldete. „Musst du heute länger arbeiten?"

„Nein, ich habe pünktlich Schluss gemacht und bin auf dem Heimweg. – Warum fragst du?"

„Wir könnten zusammen frühstücken", schlug er spontan vor.

„Bringst du Brötchen mit?"

„Hätte ich sowieso getan. – Bis gleich!"

Nachdenklich steckte Jakob das Handy in die Tasche zurück. Wie war es möglich, dass er Hanna verpasst hatte? Schon eine Viertelstunde bevor ihr Dienst endete, war er in einem Taxi vorgefahren. Er hätte Hanna beim Verlassen des Funkhauses zwangsläufig sehen müssen. – Zumal er sich davon überzeugt hatte, dass es keine Tiefgarage mit einer Ausfahrt in eine Nebenstraße gab. Hatte Hanna ihm eben etwa nicht die Wahrheit gesagt? Das hielt er für ausgeschlossen. Dennoch stimmte hier irgendetwas nicht, überlegte Jakob, als er an der Straßenecke in ein Taxi stieg. Hanna konnte doch nicht wie ein Vogel davongeflogen sein. – Oder wie ein Engel, dachte er, und plötzlich fiel ihm auf, dass anscheinend auch Angel das Funkhaus nach dem Ende ihrer Sendezeit nicht verlassen hatte. Es waren nur einige Männer herausgekommen. Dabei wäre das die Gelegenheit gewesen, diese außergewöhnliche Moderatorin einmal zu Gesicht zu bekommen. Leider war aber die Türkin das einzige weibliche Wesen, das durch die Glastüren getreten war. Leise lachte Jakob, als er sich vorstellte, Miss Anatolien hätte sowohl Hanna als auch den Engel der Nacht unter ihren wallenden Kleidern versteckt. Wieder lachte Jakob, den Gedanken weiter-

spinnend: Eine multiple Persönlichkeit wäre die Lösung. Womöglich waren Hanna, Angel und das türkische Sondermodell ein und dieselbe Person...
„Du hast zu viel Fantasie“, tadelte Jakob sich amüsiert, worauf der Taxifahrer einen prüfenden Blick in den Rückspiegel warf.
„Meinen Sie mich?“
„Manchmal neige ich dazu, Selbstgespräche zu führen“, erklärte Jakob vergnügt. „Eine reine Alterserscheinung.“
Dazu sagte der Mann am Steuer nichts. Sein Fahrgast kam ihm nicht ganz geheuer vor, so dass er froh war, als er den Mann bei der angegebenen Adresse absetzen konnte.
Erstaunt blickte Jakob sich um: Hannas Wagen stand nicht wie erwartet vor dem Haus. Er wusste aber, dass sie ihn morgens nicht in die Garage fuhr. Demnach schien sie noch gar nicht da zu sein. Wieso brauchte sie für den Heimweg länger als er in einem Taxi? – Obwohl sie mindestens zwanzig Minuten früher losgefahren sein musste!?
Ehe er weiter darüber nachdenken konnte, ließ Hanna den Golf am Bordstein ausrollen. Flink stieg sie aus dem Wagen und hängte sich ihre Basttasche über die Schulter.
„Hallo“, begrüßte sie Jakob lächelnd und hauchte einen flüchtigen Kuss auf seinen Mund. „Wartest du schon lange?“
„Eine Weile“, entgegnete er, ihr zum Heck des Wagens folgend. „Ich dachte, du kommst früher.“
„Zuerst musste ich dringend tanken – und dann zum Bäcker“, lautete ihre Erklärung. Sie konnte ihm schließlich nichts von Parkhaus, U-Bahn und Wagenwechsel erzählen. Seinem forschenden Blick ausweichend, öffnete sie den Kofferraum. Während sie den Korb mit den Brötchen herausnahm, registrierte Jakob die große Einkaufstasche, die flach im Kofferraum lag. Ein Stück grüner Stoff schaute heraus, doch als Jakob danach greifen wollte, drückte Hanna ihm rasch den Korb in die Hand.
„Das bleibt im Wagen; ich nehme es später mit zur Altkleidersammlung“, behauptete sie und schloss die Heckklappe.

Gemeinsam betraten sie das Haus. Im Flur wartete bereits Geisha, die freudig um sie herumsprang.
„Ist ja gut“, sagte Hanna leise, um Marie und die Mädchen nicht zu wecken, und stellte ihre Tasche ab. „Wir gehen gleich Gassi.“ Fragend schaute sie Jakob an. „Kommst du mit?“
„Ich hole Pavarotti“, sagte er und ging voraus.
Vor seinem Grundstück trafen sie wieder zusammen und schlugen mit den Hunden den Weg zu den Kleingärten ein.
„Wie war deine erste Nachtschicht?“, fragte Jakob und legte den Arm um Hannas Schulter. „Anstrengend?“
„Ziemlich“, gab sie zu. „Nach vier Wochen Pause muss ich erst wieder in meinen gewohnten Rhythmus finden.“
„Deiner überirdischen Kollegin ergeht es gewiss genauso“, vermutete er. „Hast du ihre erste Sendung verfolgt?“
„Wenn ich arbeite, habe ich nicht immer Zeit, Radio zu hören“, formulierte sie um eine direkte Antwort herum. Hanna hasste es, nicht offen sein zu können. Sie war vertraglich zum Schweigen verpflichtet und durfte das nicht ignorieren. Schon gar nicht in dieser frühen Phase ihrer Beziehung. „Wie ich dich kenne, hast auch du die ganze Nacht versucht, Angel zu erreichen“, sagte sie mit leisem Spott. „War deine Sehnsucht nach ihr so groß?“
Herausfordernd drückte Jakob sie an sich.
„Bist du etwa eifersüchtig?
„Auf eine Marionette des Senders?“, entgegnete sie vorwurfsvoll. „Deren Aufgabe es ist, für gute Einschaltquoten zu sorgen, um die Werbeeinnahmen zu erhöhen?“
„Du siehst nur die kommerzielle Seite“, konterte Jakob. „Auch dir hätte längst auffallen müssen, dass die Figur Angel nur durch das einfühlsame Wesen der Frau dahinter lebt. Sonst würden die Hörer ihr weder ihre Sorgen und Nöte noch ihre geheimsten Wünsche anvertrauen. Sie wäre nicht glaubhaft.“
„Wahrscheinlich denkst du auch noch, dass sie nur positive Eigenschaften besitzt: Sie ist klug, humorvoll, sensibel und obendrein noch wunderschön. – Nicht wahr!?“

„So ungefähr stelle ich sie mir vor“, behauptete Jakob, um Hanna zu necken. „Gar zu gern würde ich ihr mal begegnen.“
„Allmählich frage ich mich, was du eigentlich von mir willst“, erwiderte Hanna, seinen Arm unwillig abschüttelnd. „Hoffst du, über kurz oder lang durch mich an den Engel der Nacht heranzukommen?“
Betroffen griff Jakob nach ihrem Handgelenk, um sie am Weitergehen zu hindern.
„Glaubst du das wirklich?“, fragte er leise. In seinen Augen las Hanna, wie tief ihre Worte ihn verletzt hatten. „Denkst du, dass ich dich nur benutze?“
„Nein...“, brachte sie bedauernd hervor. „Bitte, entschuldige. Nach dieser langen Nacht bin ich einfach überreizt.“
„Ich habe Angel tatsächlich angerufen“, gab Jakob mit ernster Miene zu. „Um ihr von der Wende in meinem Leben zu erzählen, von meiner Traumfrau, die ich über alles liebe.“
Ich weiß, dachte Hanna, aber sie durfte ihm nicht sagen, wie sehr seine an Angel gerichteten Worte sie berührt hatten.
„Es tut mir leid“, wiederholte sie. „Ich zweifle weder an dir noch an deinen Gefühlen für mich.“
„Aber du bist immer noch skeptisch, ob du mir vertrauen kannst“, vermutete er, worauf sie den Kopf schüttelte.
„Wäre ich nicht sicher, dass ich dich liebe und dir vertraue, hätte ich Uli vorhin keinen Korb gegeben.“
Eine Unmutsfalte erschien auf Jakobs Stirn.
„Wollte er dich wieder anbaggern? Der gibt wohl nie auf.“
„Ich sagte ihm, dass ich nicht mehr frei bin – und dass es einen Mann gibt, den ich von Herzen liebe.“
Erleichtert fasste Jakob nach ihren Händen.
„Weiß er, dass ich dieser Mann bin?“
„So sehr wollte ich ihn am frühen Morgen dann doch nicht schocken“, entgegnete sie schelmisch. „Uli wird schon früh genug erfahren, vor wem ich kapituliert habe.“

Als sie in Hannas Haus zurückkehrten, war sie zu müde, um

noch mit Jakob zu frühstücken.
„Sei mir nicht böse, aber ich möchte mich gleich hinlegen."
„Bedeutet das, ich soll verschwinden?"
„Wie ich das beurteile, hast du in der letzten Nacht auch nicht viel geschlafen."
„Im Gegensatz zu dir habe ich noch ein paar Tage Ferien. Die Kinder übrigens auch. Ich glaube nicht, dass sie schon so zeitig aus den Federn finden und nach ihrem Onkel rufen."
„Du möchtest also bleiben", schloss sie lächelnd aus seinen Worten. „Warum sagst du das denn nicht gleich?"
„Hast du schon vergessen, wie schüchtern ich bin?"
„Ausgerechnet du?", lachte Hanna und nahm ihn bei der Hand. „Wieso habe ich dich dann schon nach unserer ersten Begegnung für einen von sich überzeugten Besserwisser gehalten?"
„Das ist mir völlig unverständlich."
Minuten später lagen sie in dem breiten Bett.
„Möchtest du gleich schlafen, Hanna? Oder gelüstet es dich noch nach etwas anderem?"
„Später vielleicht. Ich bin hundemüde. Nach ein paar Stunden ungestörtem Schlaf darfst du mich noch mal fragen, wonach es mich gelüstet."
„Duldest du mich etwa nur in deinem Bett, damit ich nicht auf die Idee komme, die nach dem Urlaub dringend fällige Gartenarbeit zu erledigen?"
„Du bist wirklich ein kluger Mann...", murmelte Hanna – und war im nächsten Moment eingeschlafen.
Jakob lag hellwach neben ihr und genoss ihre Nähe. Nur ihr regelmäßiger Atem und das leise Summen des Deckenventilators war zu hören. Jakobs Gedanken schweiften noch einmal zu den Ungereimtheiten des frühen Morgens, aber er fand keine Erklärung dafür. Seine absurden Überlegungen in dem Taxi kamen ihm in den Sinn, und er lachte leise. Ohne zu bedenken, dass Hanna dicht an ihn geschmiegt lag, setzte er sich plötzlich auf. Daraufhin bewegte sich auch Hanna, aber sie murmelte nur etwas Unverständliches und drehte sich ohne aufzuwachen

auf die andere Seite.
Vorsichtig schwang Jakob die Beine aus dem Bett, blieb aber auf der Matratze sitzen. Hannas Behauptung, sie hätte dringend tanken müssen, hatte ihn stutzig werden lassen. Sie waren am Samstag von Hannas Freund Martin auf Menorca abgeholt worden. Von München aus waren sie in Hannas Golf zurückgefahren. Kurz vor Hannover hatte sie an einer Raststätte gehalten, weil sie befürchtet hatte, das Benzin würde nicht bis nach Hause reichen. Sie hatte den Wagen vollgetankt, und Jakob hatte darauf bestanden, die Rechnung zu begleichen, um sich an den Reisekosten zu beteiligen. Am Sonntag hatte Hanna das Auto nicht benutzt. Erst am Montag war sie abends damit zum Sender gefahren. Nach insgesamt allenfalls fünfzig Kilometern Fahrt konnte der Tank unmöglich schon wieder leer gewesen sein...
Niedergeschlagen stützte Jakob den Kopf in beide Hände: Hanna hatte ihn eindeutig belogen! Aber aus welchem Grund? Was versuchte sie, vor ihm zu verheimlichen? Schloss Liebe nicht auch Offenheit mit ein? Noch vor weniger als einer Stunde hatte sie ihm versichert, sie würde ihm vertrauen. Warum sagte sie dann nicht ehrlich, wo sie sich in der Zeit von Dienstschluss bis zu ihrem Eintreffen zu Hause aufgehalten hatte?
Schwerfällig erhob er sich und umrundete das Bett. Lange betrachtete er die schlafende Frau. Hanna wirkte so schön und unschuldig wie ein schlafender Engel. Von Zweifeln geplagt hätte er sie am liebsten sofort geweckt und zur Rede gestellt. Es war ihm unerträglich, dass Hanna ihm nicht wirklich vertraute. Sein Verstand riet ihm jedoch, sie schlafen zu lassen. Er würde am Nachmittag mit ihr sprechen.
Leise seufzend wandte er sich ab. Er nahm seine Kleidung von der gepolsterten Bank am Fußende des Bettes und streifte sie über. Als er in seine schwarzen Slipper schlüpfen wollte, stutzte er abermals. Direkt neben den Schuhen lehnte Hannas Tasche an der Bank. Unwillkürlich produzierte sein Gedächtnis das Bild einer farbenfroh gekleideten Frau auf dem Parkplatz

des Senders. Über ihrer Schulter trug sie eine Basttasche, die der Tasche hier in Hannas Schlafzimmer zu gleichen schien. War das Zufall? Vermutlich liefen Hunderte von Frauen mit solchen Taschen in der Stadt herum. Oder steckte mehr dahinter? Jakob war versucht, einen Blick hinein zu werfen, aber es widerstrebte ihm, in den Sachen seiner Mitmenschen herumzuschnüffeln. Die Tasche nicht aus den Augen lassend, schlüpfte er in seinen rechten Slipper. Während sein Fuß in den linken Schuh glitt, verselbständigte sich seine Hand. Als täte sie etwas Verbotenes, spreizte sie blitzschnell die Taschenöffnung auseinander. Er wusste nur vom Hörensagen, was für ein Sammelsurium Damen in ihren Handtaschen mit sich herumschleppten. Nun sah er es mit eigenen Augen: Haarbürste, Geldbörse, Lippenstift, Handy, Deoroller, Taschentücher, Brieftasche, Schlüsselbund, Streichhölzer, Brille... Brille? Seit wann trug Hanna eine Brille? Mit spitzen Fingern zog er die Sehhilfe aus der Tasche – und stutzte zum dritten Male. Er brauchte nicht lange zu überlegen, wo er diese überdimensionale Hornbrille erst kürzlich bemerkt hatte. Wieder erschien das Bild der Türkin vor seinem geistigen Auge. Er hatte diese Frau erst zweimal gesehen: Das erste Mal im Dunkeln hier auf dem Grundstück – und an diesem Morgen aus einiger Entfernung auf dem Parkplatz des Senders. Dennoch war er hundertprozentig sicher, dass es ihre Brille war, die er nun in den Händen hielt. In Gedanken suchte er nach weiteren Übereinstimmungen, konnte sich jedoch an keine erinnern. Suleika wirkte unförmig und plump in ihrer ausgebeulten papageienbunten Kleidung. Hanna hingegen war in modischen hellblauen Jeans und weißem T-Shirt hier eingetroffen. Außerdem fuhr die Fremde einen klapprigen weißen Fiat, während Hanna ihren roten Golf nach ihren eigenen Worten erst im Frühjahr nagelneu gekauft hatte. Auch in ihrer Körperhaltung und in ihren Bewegungen unterschieden sich die beiden Frauen überdeutlich. Es gab absolut keine Ähnlichkeit zwischen Hannas aufrechtem geschmeidigem Gang und der leicht gebeugten Gestalt mit den schleppend

wirkenden Schritten. Trotzdem musste es eine Verbindung zwischen ihnen geben...
Jedes Geräusch vermeidend, legte Jakob die Brille in die Basttasche zurück und verließ den Raum. In Hannas Wohnzimmer trat er ans Fenster und schaute hinaus. Unten auf der Straße parkte der Golf. Je länger Jakob das Fahrzeug betrachtete umso mehr beschlich ihn das Gefühl, irgendetwas übersehen zu haben. Abermals rekapitulierte er das Geschehen am frühen Morgen: die Szene auf dem Parkplatz, Hannas Ankunft vor dem Haus, ihre Erklärung für die Verspätung, während sie den Kofferraum öffnete und den Korb entnahm. Plötzlich entsann sich Jakob wieder an die große Plastiktasche, aus der ein Zipfel leuchtendgrüner Stoff herausgehangen hatte. Diese grelle Farbe erinnerte ihn an die hässliche Strickjacke der Türkin... Hannas Behauptung, die Sachen in der Tasche seien für die Altkleidersammlung bestimmt, erschien ihm nun nur noch wenig glaubhaft. Sie war stets geschmackvoll gekleidet, bevorzugte dezente Farben. Niemals würde sie ein solches Giftgrün tragen. Es sei denn, sie würde in eine Rolle schlüpfen! schoss es Jakob durch den Kopf. Plötzlich passte alles zusammen: die Tatsache, dass er die angebliche türkische Haushaltshilfe das erste Mal auf Hannas Grundstück angetroffen hatte ebenso, wie das unerwartete Erscheinen dieser Person auf dem Parkplatz des Senders! Die Basttasche, die Brille und der grüne Stoff, der gewiss zu einer Jacke gehörte, ließ nur einen Schluss zu: Hanna war mit der Türkin identisch! Aber wozu diese Maskerade? Die Antwort auf diese Frage drängte sich Jakob förmlich auf. Man musste nur zwei und zwei addieren: Hanna + Suleika = Angel!
Da der Sender geheimhalten wollte, wer sich hinter dem Engel der Nacht verbarg, war eine Verkleidung der Moderatorin nötig. Hinter einem hässlichen, unscheinbaren Wesen würde niemand die bezaubernde Angel vermuten. Eine perfekte Tarnung, musste Jakob sich eingestehen. Vermutlich verdankte Hanna ihrer Freundin, der Kostümbildnerin diese Verwandlung. Hannas schauspielerisches Talent, das sie bereits als

Jugendamtsmitarbeiterin bewiesen hatte, rundete die glaubwürdige Darstellung eines anatolischen Dorftrampels ab. Lächelnd schüttelte Jakob den Kopf. Dass eine Frau, die gewöhnlich durch fließende Bewegungen ihres Körpers auffiel, derart plump daher gelatscht kommen konnte, war beinah unvorstellbar. Dennoch war er mittlerweile von seiner Theorie überzeugt.
„Glänzend kombiniert, Mister Holmes“, lobte er sich selbst, bevor er sich sein weiteres Vorgehen sorgsam überlegte...

Am frühen Nachmittag übertrug Jakob die Aufsichtspflicht seinem ältesten Neffen, bevor er die alte Villa verließ. Mit einem üppigen Blumenstrauß bewaffnet überquerte er die Straße und marschierte auf ein Haus in der Nachbarschaft zu.
Katharina zeigte sich erstaunt über sein Kommen.
„Jakob“, begrüßte sie ihn freundlich. „Kann ich was für Sie tun?“
„Ich möchte mich noch mal für Ihren heroischen Einsatz in meiner Familie bedanken“, sagte er und reichte ihr den Strauß. „Meine Neffen sind hellauf begeistert von Ihnen und Ihren Kochkünsten. Dagegen hatte ich heute Mittag mit meinen Standart-Spaghetti überhaupt keine Chance.“
„Danke für die Blumen“, erwiderte Katharina im doppelten Sinne und bat ihren Gast hinein.
Der Tisch auf der Terrasse war bereits gedeckt, so dass sie nur rasch den Strauß ins Wasser stellte und ein weiteres Gedeck mit ins Freie nahm.
„Wahrscheinlich muss ich froh sein, dass Marie bald in der Villa einzieht und die ganze Bande versorgt“, nahm Jakob den Faden wieder auf. „Sonst müsste ich mir wohl täglich Gemaule über das Essen anhören.“
„Trotzdem ist es für Sie nicht leicht, Marie das Feld zu überlassen, nicht wahr!?“ vermutete Katharina. „Dazu bedeutet Ihnen Ihre Familie zu viel, Jakob.“
„Man muss auch loslassen können“, wich er einer offenen Antwort aus. „Am meisten liegt mir das Wohl der Kinder am

Herzen. Für sie ist eine intakte Familie enorm wichtig. Wie gut sie sich mit Marie und den Mädchen verstehen, ist ein Geschenk."
„Und wo bleiben Sie dabei?"
„Auf dem Immobilienmarkt wird sich schon etwas Passendes für mich finden lassen", deutete er ihre Wort absichtlich falsch. „Aus der letzten Wochenendausgabe der HAZ habe ich schon einige Objekte rausgesucht. Sollte sich bis zur Hochzeit nichts Geeignetes ergeben, ziehe ich vorübergehend in ein Hotel."
„So ein Unsinn!" sagte Katharina vorwurfsvoll. „Wozu hat man Freunde? Mein Gästezimmer stünde Ihnen jederzeit zur Verfügung. – Falls Hanna Sie nicht mit einem attraktiveren Angebot ködert."
„Demnach hat sie Ihnen schon erzählt, dass wir uns in den letzten Tagen nähergekommen sind?", schloss er aus ihren Worten, was sie wie erwartet bestätigte.
„Überraschend kam das für mich allerdings nicht."
„Nein?" Erstaunt forschte er in ihrem aparten Gesicht. „Selbst für mich war das unvorstellbar."
„Die Gründe dafür sind nicht schwer zu erraten", sagte sie mit wissendem Lächeln. „Offen gestanden freut es mich, dass Sie inzwischen alle Hindernisse überwunden haben. Deshalb verstehe ich nicht, weshalb Sie nun noch auf Wohnungssuche gehen. Hanna hat doch in Kürze Platz genug."
„Das wäre wohl noch viel zu früh..."
„Für Sie oder für Hanna? Wie ich das beurteile, ist sie doch die Frau, mit der Sie alt werden möchten. Oder sehe ich das falsch?"
„Ganz und gar nicht. Auf Hanna habe ich mein ganzes Leben gewartet. Sie verkörpert all das, was ich mir von einer Partnerin immer erträumt habe. Allerdings weiß ich auch, dass ich in ihrem Leben nicht die gleiche Rolle spiele. Sie haben ihren Mann gekannt, Katharina. Er war Hannas große Liebe."
„Man liebt Menschen nie auf die gleiche Weise. Dafür sind sie zu verschieden. Hanna hat Achim wegen anderer Charakter-

eigenschaften geliebt. Weil er so war, wie er eben war. Sie liebt Hanna, weil Sie so sind, wie Sie sind, Jakob. Hüten Sie sich davor, Vergleiche anzustellen. Genau wie damals Achim sind heute Sie der einzige Mann in ihrem Leben."

„Aus dieser Perspektive habe ich das noch gar nicht betrachtet. Anscheinend verhalte ich mich wie ein Teenager, der fürchtet, den Ansprüchen seiner ersten Liebe nicht zu genügen."

„Sie sind ein bisschen ungeübt, Jakob. Das ist alles."

„Wissen Sie eigentlich, dass Sie eine sehr kluge Frau sind, Katharina?", sagte er mit offener Bewunderung, worauf sie abwehrend die Hände hob.

„Eher würde ich das Lebenserfahrung nennen. In einer neuen Beziehung fühlt man sich vermutlich deshalb anfangs unsicher, weil man den Partner noch nicht so gut kennt." Katharina wandte den Kopf, als plötzlich Geisha in den Garten stürmte. Die Hündin blieb zuerst bei ihr, danach bei Jakob stehen, um sie schwanzwedelnd zu begrüßen. Erst dann widmete sich Geisha der im Schatten stehenden Wasserschale.

Als auch Hanna in ihrem Laufdress um die Ecke bog, schenkte Katharina bereits eine Tasse Kaffee für die Freundin ein.

„Hallo, ihr beiden", sagte Hanna bei Jakobs Anblick etwas erstaunt und setzte sich. „Alles im grünen Bereich?"

„Alles bestens", bestätigte Jakob. „Wir hatten nicht nur ein gutes Gespräch; Katharina war obendrein so freundlich, mir ihr Gästezimmer anzubieten, falls ich bis zur Hochzeit nichts Passendes finde."

„Hoffentlich weißt du, was du tust, Katharina. Dieser Mann ist unberechenbar."

„Immer noch besser als ein Langweiler, bei dem man jede Reaktion schon im Voraus weiß", parierte sie. „Ich mag Männer mit Ecken und Kanten."

„Wirf mir hinterher aber nicht vor, ich hätte dich nicht gewarnt", konterte wieder Hanna. Daraus schloss Jakob, dass sie noch nicht einmal in Erwägung zog, ihn womöglich in ihrem Haus aufzunehmen. Wahrscheinlich fürchtete sie, ihre Beziehung würde sonst zu eng werden. Sie war nicht bereit, ihre Freiheit aufzugeben. Diese Tatsache stimmte Jakob nicht nur nachdenklich, sondern auch traurig.

Am Abend gingen Hanna und Jakob zusammen mit den Hunden die letzte Runde des Tages.
„Ach, Hanna“, seufzte Jakob, als sie Hand in Hand seine Villa erreichten. „Schade, dass du gleich zur Arbeit musst. Es soll eine milde Nacht werden.“
„Und eine dunkle dazu, wie ich hörte.“
„Du nimmst mich nicht ernst“, monierte er. „Kannst du nicht verstehen, dass ich mich am meisten nach dir sehne, wenn ich allein in meinem Bett liege?“
„Hör auf, Jakob, das hatten wir doch schon“, tadelte sie ihn. „Entweder akzeptierst du, dass ich fünf Nächte in der Woche meinen Job mache, oder...“
„Okay, okay“, fiel er ihr rasch ins Wort. „Ich werde mich nie wieder darüber beklagen. Trotzdem werde ich dich vermissen.“
„Der Engel der Nacht wird dich sicher liebend gern trösten. Oder wirst du Angel heute etwa nicht anrufen?“
„Nur wenn du nichts dagegen hast.“
„Von mir aus kannst du die ganze Nacht mit ihr telefonieren. Du bist ein freier Mann, Jakob.“
Zärtlich schaute er ihr in die Augen.
„Seit ich zu dir gehöre, bin ich das nicht mehr. Ich bin in deiner Liebe gefangen und empfinde das als unsagbar beglückend.“
„Mir ergeht es ähnlich“, flüsterte sie, bevor sie ihn auf die Lippen küsste. „Trotzdem muss ich mich allmählich auf den Weg machen.“
„Ich könnte dich fahren“, schlug Jakob nicht ohne Hintergedanken vor. „Morgen früh hole ich dich pünktlich wieder ab.“
„Nicht nötig“, schlug sie sein Angebot wie erwartet aus. „Wir haben noch eine Redaktionssitzung, die sich womöglich in die Länge zieht. Ich melde mich morgen bei dir.“
„Also gut“, gab er nach und küsste sie innig.

Während Jakob die Villa mit Pavarotti betrat, kehrte Hanna mit Geisha in ihr Haus zurück.
„Ihr seid heute aber lange Gassi gewesen", sagte Marie, die noch in der Küche hantierte. „Ihr zwei konntet euch wohl nicht so leicht von den beiden attraktiven Nachbarn trennen. Fährst du jetzt gleich zum Sender?"
„Das muss ich wohl. Es fällt mir allerdings schwer, so weiterzumachen wie bisher. Ich kann Jakob doch nicht ewig was vorgaukeln. Eben bot er mir an, mich zur Arbeit zu fahren. Mir fiel zwar eine Ausrede ein, aber je länger wir zusammen sein werden, umso schwieriger wird es, das Geheimnis des Engels der Nacht zu bewahren."
„Dann musst du ihm eben reinen Wein einschenken."
„Meinst du? Wahrscheinlich wäre Jakob sogar enttäuscht, dass ich es nur bin, die sich hinter Angel verbirgt. Oder er würde es nicht glauben. Mir traut er die herausragenden Eigenschaften seiner hochverehrten Moderatorin doch gar nicht zu."
„Das ärgert dich, was?"
„Ein bisschen schon", gestand Hanna. „Bevor ich Jakob aufklären kann, müsste ich ohnehin mit Uli sprechen."
„Der garantiert nicht erfreut reagiert, wenn er hört, dass ausgerechnet Jakob das Rennen bei dir gemacht hat", vermutete Marie. „Immerhin hat Uli in Jakob von Anfang an Konkurrenz um deine Gunst gewittert. Solange es keinen realen Rivalen gab, konnte Uli damit leben, aber nun..."
„... wird er akzeptieren müssen, was er schon vor Jahren hätte tun sollen", vollendete Hanna. „Uli weiß ganz genau, dass meine Gefühle für ihn niemals über Freundschaft hinausgehen werden. Sollte er mit der jetzigen Situation nicht klarkommen, muss er mir eben kündigen. Dadurch würden sich auch alle anderen Probleme lösen."
„Letztlich wird der Herr Programmchef nicht auf seine Starmoderatorin verzichten wollen – und können. Ohne den Engel der Nacht sinken seine Einschaltquoten in den Keller. Das wird er nicht riskieren."

Gleich nach ihrer Ankunft im Funkhaus bat Hanna ihren Jugendfreund um ein Gespräch unter vier Augen, um ihm die Situation zu schildern. Wie erwartet reagierte Ulrich Maiwald nicht nur entsetzt, sondern auch mit heftigen Vorhaltungen auf die Neuigkeit, so dass Hanna ihm schließlich damit drohte, den Sender zu verlassen, falls er nicht in der Lage sei, die Veränderung in ihrem Leben zu akzeptieren.

„Du nimmst mir nicht nur alle Illusionen, du willst mich zusätzlich ruinieren!", warf er ihr vor. „Stehst du schon so sehr unter dem Einfluss dieses Schulmeisters, dass du alles, was uns verbindet, wegwerfen willst?"

„Jakob hat damit überhaupt nichts zu tun!", widersprach sie. „Auf jeden anderen hättest du genauso ablehnend reagiert!" Um sich zu beruhigen, atmete sie tief durch. „So hart das auch klingen mag, ich werde immer nur den Freund in dir sehen, Uli. Damals hast du akzeptiert, dass ich Achim geheiratet habe. Nun gibt es einen neuen Mann in meinem Leben, der mir viel bedeutet..."

„Willst du Jakob etwa heiraten?"

„Ich werde ihm anbieten, nach der Hochzeit von Marie und Jonas zu mir zu ziehen", sagte Hanna mit fester Stimme. „Außerdem weihe ich ihn so bald wie möglich in das Geheimnis des Engels der Nacht ein. Du kannst nicht von mir verlangen, dass ich den Mann, den ich liebe, belüge."

„Und wenn es mit euch schief geht?", lautete Ulrichs lahmer Einwand. „Dann wird er überall herumposaunen, wer Angel wirklich ist."

„Das würde Jakob niemals tun", war Hanna überzeugt. Erst jetzt wurde ihr bewusst, dass sie sich in ihrer Liebe zu Jakob genauso sicher fühlte wie damals, als sie sich für Achim entschieden hatte. „Das klingt vielleicht kitschig, aber ich weiß, dass wir für immer zusammengehören."

„Wie wenig begeistert ich davon bin, muss ich wohl nicht erst betonen, Hanna. Irgendwie werde ich lernen, damit umzuge-

hen. Allerdings würde ich dir niemals verzeihen, wenn du den Sender verlassen würdest. Wir brauchen dich hier."
„Danke, Uli." Zufrieden wandte sie sich zur Tür. „Dann kann ich mich jetzt ja meinen Hörern widmen."

Kapitel 38

„Hallo, liebe Freunde, Nachtschwärmer und alle, die noch nicht in den Schlaf finden..." Auch in dieser Nacht begrüßte die Moderatorin ihre Zuhörer auf vertraute Weise.
Jakob saß in seinem Dachstübchen in einem bequemen Ohrensessel und lauschte der sanften Stimme aus dem Radio.
„... möchte ich mit euch über Geheimnisse sprechen. Was war euer größtes Geheimnis? Konntet ihr es bewahren? Handelt es sich um ein schönes oder um ein düsteres Geheimnis? Sollte man überhaupt Geheimnisse haben? Wenn ja, vor wem? Gibt es Menschen, vor denen man nichts verheimlichen darf? Wenn ihr mir eure Geheimnisse anvertrauen möchtet, ruft mich an unter der Nummer ..."
Seltsam, dass Angel ausgerechnet in dieser Nacht Geheimnisse zum Thema ihrer Sendung machte, dachte Jakob. Konzentriert verfolgte er die ersten Gespräche des Engels der Nacht. So sehr er sich auch bemühte, er konnte keine Ähnlichkeit mit Hannas Stimme feststellen. Das verunsicherte ihn. Womöglich hatte er sich mit der Annahme, Hanna sei Angel, grundlegend geirrt? Es sprachen zwar einige Indizien dafür – aber das konnte auch Zufall sein. Er musste mit Angel sprechen!
Sogleich wählte er die Nummer des Senders, aber die Leitung war besetzt. Die dritte Morgenstunde brach bereits an, als endlich eine Verbindung zustande kam.
„Ich bin der Engel der Nacht", sagte die Moderatorin ins Mikrofon. „Mit wem habe ich denn das Vergnügen?"
„Mit deinem treuesten Verehrer."
„Dracula?", fragte sie etwas erstaunt. „Bist du das? Warum verbringst du die Nacht nicht bei deiner Traumfrau?"
„Leider lässt sie mich in den Nachtstunden immer allein. Du

bist die Einzige, die mich durch die Dunkelheit begleitet."
„Ihr scheint eine ungewöhnliche Beziehung zu haben", formulierte sie vorsichtig. „Nachdem du mir gestern von eurer wundervollen Liebe erzählt hast, dachte ich, ihr seid rund um die Uhr unzertrennlich."
„So einfach ist das leider nicht. Ich fürchte, sie verschließt einen Teil ihres Lebens vor mir."
„Du glaubst also, dass sie etwas vor dir verbirgt?"
„Hat nicht jede Frau ein Geheimnis, Angel? Du doch auch. Nicht nur in dieser Hinsicht ähnelst du meiner Traumfrau. Ihr vereint beide Eigenschaften in euch, die ich sehr schätze. Das verbindet euch auf geheimnisvolle Weise."
„Wie viele andere Menschen."
„Möglich", räumte er ein. „Meine Traumfrau braucht zum Beispiel viel Freiraum..."
„Ich auch..."
„Würdest du den für deine große Liebe aufgeben?"
„Es fiele mir schwer", antwortete die Moderatorin. Spontan drückte sie eine Taste ihres auf dem Tisch liegenden Handys. Sie hatte die Textnachricht in der Musikpause geschrieben, sie aber noch nicht abgeschickt. Das tat sie nun. „Aber das muss jeder für sich entscheiden", fügte sie hinzu. „Da du noch nicht lange mit deiner Traumfrau zusammen bist, solltest du ihr Zeit lassen, Dracula. Man kann nicht von heute auf Morgen sein ganzes Leben umkrempeln."
„Damit hast du wohl recht", gestand er ihr zu. „Wahrscheinlich bin ich zu ungeduldig. Ich habe unendlich lange auf diese Frau gewartet. Nun möchte ich am liebsten keine Minute mehr ohne sie sein."
Durch einen Signalton meldete sein neben ihm liegendes Handy den Eingang einer Textnachricht. Mit der freien Hand drückte Jakob die SMS auf das Display:
Alleinstehendes weibliches Wesen mit Vierbeiner sucht attraktiven, liebevollen Mitbewohner zu außergewöhnlichen Konditionen. – Interesse?

„... verstehen“, hörte Jakob den Engel der Nacht sagen. „Trotzdem darf man den anderen nicht drängen, sonst...“ Einen Atemzug lang hielt sie inne. „Dracula? Bist du noch da?“
„Entschuldige, Angel“, bat er. „Ich war für einen Moment abgelenkt.“
„So, so“, sagte sie nur, da sie ahnte, dass ihre Nachricht bei ihm eingegangen sei. „Gibt es außer deiner Traumfrau und mir noch jemanden, dem du deine Aufmerksamkeit schenkst?“
„Nicht wirklich. Du hast gestern gesagt, das Geheimnis des Engels der Nacht bliebe mir nun für immer verschlossen. Darüber habe ich lange nachgedacht. Mir wurde klar, dass ich es trotzdem gern lüften möchte.“
„Was würde deine Freundin wohl dazu sagen?“
„Sie hat auch ihre kleinen Geheimnisse.“
„Vielleicht solltest du erst mal daran arbeiten, dass ihr beide offen miteinander umgeht“, riet ihm die Moderatorin. „Oder denkst du, es ist hilfreich für eure Beziehung, wenn du dir nun auch Geheimnisse zulegst?“
„Vielleicht ist das spannender, als wenn man alles voneinander weiß!?“
„Oder bequemer“, wandte Angel ein. „Willst du eine bequeme oder eine ehrliche Beziehung? Möchtest du ihr kein verlässlicher Partner sein, dem sie in jeder Hinsicht vertrauen kann?“
„Du weißt genau, dass ich das will.“
„Nur wenn auch du fähig bist, ihr ganz zu vertrauen, wird sie sich dir restlos öffnen. Liebe und Vertrauen müssen ineinander greifen. Erst dadurch wird euer Glück vollkommen.“
„Du bist wirklich ein weiser Engel“, erwiderte er beeindruckt. „Ich werde mir deinen Rat zu Herzen nehmen, Angel.“
„Tu das“, sagte sie zufrieden. „Gute Nacht, Dracula.“

Jakob legte das Telefon auf den Tisch und griff stattdessen nach dem Handy. Noch einmal las er die vielversprechende Nachricht. Er hatte Hanna wieder einmal unterschätzt: Sie war bereit, ihren Freiraum für ihn aufzugeben. Gab es einen größe-

ren Liebesbeweis? Hanna wollte im Gegensatz zu seiner Befürchtung tatsächlich eine enge Beziehung. Der Eingang der SMS während seines Gesprächs mit Angel stimmte ihn jedoch nachdenklich. Demnach konnte Hanna nicht mit dem Engel der Nacht identisch sein. Alle scheinbar dafür sprechenden Indizien hatte er falsch gedeutet. Wahrscheinlich hatte Hanna eine kurze Arbeitspause in der Nachrichtenredaktion genutzt. In der Annahme, er schliefe um diese späte Stunde bereits, hatte sie ihm die SMS geschrieben, damit er sie am Morgen nach dem Aufwachen vorfände. Dadurch konnte er den für den nächsten Tag vereinbarten Wohnungsbesichtigungstermin guten Gewissens absagen. Einen Moment lang war Jakob versucht, Hanna anzurufen. Er verwarf diesen Impuls allerdings wieder, um sie nicht bei der Arbeit zu stören. Dennoch drückte er die Antworttaste, um ihr wenigstens eine SMS zu schicken...
Zu Beginn ihrer Arbeitszeit stellte die Moderatorin ihr kleines Telefon stets auf den Lautlos-Modus ein. Trotzdem registrierte sie während eines Hörergesprächs durch das aufleuchtende Display den Eingang einer Textmitteilung.
Mit ungeteilter Aufmerksamkeit führte sie den Dialog mit der Hörerin fort. Erst das Einsetzen der Musik veranlasste Hanna, die Nachricht abzurufen:
Überglückliches männliches Wesen mit Vierbeiner freut sich unbeschreiblich auf neues Zuhause bei innig geliebter Vermieterin.

Auch an diesem Morgen traf Hanna nach Jakobs Einschätzung reichlich spät zu Hause ein. Offenbar hatte die Redaktionssitzung tatsächlich länger gedauert. Von einem Fenster der Villa aus beobachtete er, wie sie im Haus verschwand. Rasch rief er nach Pavarotti und nahm ihn an die Leine. Vor seinem Gartentor warteten sie auf Hanna und Geisha.
„Guten Morgen, ihr beiden Schönen“, begrüßte Jakob die Damen. Während er Hanna auf die Lippen küsste, beschnüffelten sich die beiden Hunde. Wie gewohnt schlugen sie den Weg in

die Richtung der Kleingärten ein.
„Hast du gut geschlafen?“, fragte Hanna, als Jakob ihre Hand mit der seinen umschloss. „Oder musstest du etwa wieder die ganze Nacht gespannt vor dem Radio sitzen?“
„Die halbe“, gestand er. „Darüber bin ich sogar sehr froh.“
„Darf ich erfahren, aus welchem Grund?“
„Ein bezauberndes Wesen schickte mir eine wundervolle SMS. Dadurch wurden all meine Zweifel ausgeräumt.“
„Woran hast du denn nun schon wieder gezweifelt?“
„Nun ja, ich fürchtete, du wolltest unsere Beziehung nicht so eng werden lassen.“ Schuldbewusst warf er ihr einen Seitenblick zu. „Außerdem hegte ich den Verdacht, dass du mir gegenüber nicht ganz ehrlich bist.“
„Eine wirklich nette Eröffnung am frühen Morgen“, kommentierte sie, worauf er stehenblieb und ihr um Verständnis bittend in die Augen schaute.
„Nach meiner Wahrnehmung sprach einiges dafür, dass du etwas vor mir verheimlichst. Als deine SMS dann genau zu dem Zeitpunkt einging, zu dem ich mit Angel gesprochen habe, wurde mir klar, dass ich mich total verrannt hatte.“ Amüsiert über sich selbst schüttelte er den Kopf. „Einige Stunden lang dachte ich tatsächlich, du wärst der Engel der Nacht.“
„Wie kamst du denn auf diesen Gedanken? Bislang warst du doch der Überzeugung, dieser Job sei einige Nummern zu groß für jemanden so Schlichtes, wie ich es bin.“
„Das war damals nicht abwertend gemeint“, versicherte er ihr, bevor er von seinen Beobachtungen und seinen Rückschlüssen darauf berichtete. „Mit mir ist eindeutig die Fantasie durchgegangen“, schloss er. „Zwar durfte ich schon öfter erleben, wie verwandlungsfähig du bist und wie viel schauspielerisches Talent du hast, aber im Nachhinein ist mir klar, dass dieses anatolische Dorftrampel ein Original sein muss. Eine unnachahmbar fürchterliche Person.“
„Aus deiner Sicht“, entgegnete Hanna, der es kaum noch gelang, ernst zu bleiben. „Suleika ist sehr nett und hilfsbereit. In

ihr steckt ein außergewöhnlicher Mensch."
„Mag sein", räumte er ein. „Trotzdem verspüre ich nicht das geringste Bedürfnis, sie näher kennenzulernen. Andere Frauen interessieren mich nicht mehr."
„Und was ist mit dem Engel der Nacht? Wenn in zwei Tagen die Schule wieder beginnt, wirst du deinen Schlaf brauchen. Denkst du wirklich, du kannst noch ohne deine Angel leben?"
„Hättest du denn was dagegen, wenn ich mir hin und wieder ein freundschaftliches Gespräch mit ihr gönnen würde?"
„Wie ich hörte, wirken sich Draculas Anrufe beim Engel der Nacht positiv auf die Einschaltquoten aus", sagte Hanna im Weitergehen. „Der Sender ist auch mein Arbeitgeber. Die Werbeeinnahmen sind mit ein Grund für mein gutes Gehalt."
„Demnach müsste mir dein Freund Maiwald eigentlich dankbar sein", meinte Jakob vergnügt. „Allerdings wird er mir wahrscheinlich am liebsten mit einer Ladung Knoblauch den Garaus machen wollen, wenn er erfährt, dass ausgerechnet der blutrünstige Vampir dein Herz erobert hat." Abermals blieb Jakob stehen. „Möchtest du wirklich, dass ich bei dir einziehe?"
„Wollten wir nicht ausprobieren, ob wir uns im Alltag vertragen?"
„Für mich besteht daran kein Zweifel. Ginge es nur nach mir, würde ich dich auf der Stelle heiraten."
„Erst mal sollten wir uns besser kennenlernen. Wenn wir zusammen wohnen, können wir testen, ob sich unser unterschiedlicher Tagesrhythmus überhaupt vereinbaren lässt. Vielleicht gewöhnst du dich nie daran, dass ich nachts arbeite."
„Ich gewöhne mich an alles, wenn ich nur in deiner Nähe sein darf", versprach er mit zärtlicher Stimme. „Ich kann es kaum noch erwarten, bis für Marie und Jonas die Hochzeitsglocken läuten. Vielleicht kann man das irgendwie beschleunigen?"
„Aber nicht, bevor ich ausgeschlafen habe. Ich bin schrecklich müde und möchte in mein Bett."
„Leider kann ich dich dorthin nicht begleiten", bedauerte er. „Ich habe den Jungs versprochen, heute mit ihnen die bestellten

Schulbücher abzuholen."
„Dann komm doch am Nachmittag zu mir rüber", schlug Hanna vor. „So gegen vier Uhr? Vorher habe ich auch noch was zu erledigen."

In Absprache mit Hanna lud Katharina die sechs Nachbarskinder am Nachmittag in die Eisdiele ein. Als Jakob kurz darauf bei der Dame seines Herzens läutete, öffnete niemand. Deshalb ging er um das Haus herum und betrat es im Souterrain. Die leise Musik aus der Küche verriet ihm, dass Marie nicht weit sein konnte. Tatsächlich stand sie am Herd und rührte in einem großen Topf.
„Hallo, Meisterköchin", begrüßte Jakob sie lächelnd von der Tür her. „Weißt du zufällig, wo Hanna steckt?"
„Sie verspätet sich etwas", entgegnete Marie und beschrieb mit dem Kochlöffel eine einladende Geste. „Du kannst mir so lange Gesellschaft leisten."
Erst beim Eintreten bemerkte Jakob die Frau, die am Küchentisch saß und Kartoffeln schälte. Sie trug ein tief in die Stirn reichendes blaugeblümtes Kopftuch und eine große Hornbrille. Die Kombination aus knallroter Bluse mit pinkfarbenen Strickjacke darüber, ließ Jakob innerlich aufstöhnen.
„Das ist Suleika Yildrim", stellte Marie die buntgekleidete Gestalt vor. „Sie hilft mir manchmal in der Küche." Während Jakob immer noch sprachlos war, schaute Marie die Küchenhilfe an. „Jakob Jensen ist unser Freund und Nachbar."
„Merhaba", sagte Hanna mit verstellter Stimme eine türkische Begrüßung. „Ich dich kennen", fuhr sie fort und erhob sich. Ihr langer violett gemusterter Rock war weit und reichte fast bis zu den in schwarzen Strümpfen steckenden Füßen, an denen sie weiße Gesundheitslatschen trug. „Du auf Straße warst mit magere kleine Hund, das hat Name von dicke Tenor." Einen Moment überlegte sie. „Pavarotti. – Du ihn inzwischen besser gefuttert? Er jetzt sein groß und dick?"
„Nein..."

Durch die starken Brillengläser musterte sie ihn interessiert.
„Du verheiratet?“
„Noch nicht“, erwiderte Jakob, wobei er Marie einen hilfesuchenden Blick zuwarf. Sie zuckte jedoch nur die Schultern und rührte weiterhin in ihrem Topf.
„Auch ich nix verheiratet“, ließ Suleika ihn wissen, blieb aber im Schatten des Kühlhauses stehen. „Vielleicht ich nehmen soll deutsches Mann? Ich immer sauber und ordentlich. Auch kann ich kochen sehr gut. Man doch sagt, Liebe gehen durch die Bauch.“
„Durch den Magen“, korrigierte Jakob sie automatisch, wobei er vor ihr zurückwich. Dieses anatolische Bauerntrampel schien auf Männerfang zu sein!
„Du Angst vor mich? Warum? Ich nix gefahrlich.“
„Wer weiß?“, versuchte Jakob einen Scherz. „Ich bin sowieso keine gute Partie.“
„Aber ich!“, rief sie triumphierend aus. „Ich nix armes türkische Mädchen. Ich sehr sparsam. Deutsche Frauen immer wollen neue Klamotten. Ich das nicht brauchen. Darum in meine Heimat ich habe richtiges Haus. Nur noch fehlen eine richtige Mann. – Eine Mann wie du.“
„Sehe ich so blöd aus?“, rutschte es Jakob heraus. „Wir sind doch hier nicht auf einem türkischen Basar! Ich habe absolut kein Interesse! Suchen Sie sich einen anderen Dummen!“
„Du nix wollen mich?“, folgerte sie fassungslos. Sie stieß noch einige türkische Schimpfworte aus, die Jakob nicht verstand, bevor sie aus der Küche stürzte.
„Träume ich das alles nur, oder hat mich diese Vogelscheuche angebaggert?“
„Du scheinst sie im Sturm erobert zu haben“, erwiderte Marie amüsiert. „Hättest du nicht ein bisschen diplomatischer reagieren können? Die arme Suleika hat immer nur Pech mit Männern. Dabei ist sie ein herzensguter Mensch.“
„Was hätte ich denn tun sollen, Marie? Wäre ich auf ihre plumpe Anmache eingegangen, wäre sie mir womöglich gleich

um den Hals gefallen. So was muss ich mir nun wirklich nicht antun."
„Dafür stehe ich nun ohne Hilfe da", seufzte Marie in scheinbarer Verzweiflung. „Eigentlich müsste ich nun dich zum Gemüseputzen verdonnern."
„Kein Problem", bot Jakob ihr prompt an. „Was soll ich tun?"
Beide drehten sich herum, da Hanna nun die Küche betrat. Sie trug einen modischen knielangen weißen Rock kombiniert mit einer hellblauen Bluse. Ihr Haar fiel in weichen Locken bis auf die Schultern.
„Was habt ihr denn mit Suleika angestellt? Sie ist eben fluchend an mir vorbeigestürmt, als wäre sie stinksauer."
„Auf mich", bekannte Jakob. „Ich war wohl nicht sehr subtil", fügte er hinzu. „Ich war einfach nur entsetzt."
„Worüber?"
„Suleika hat Jakob überdeutlich signalisiert, wie sehr er ihr gefällt – und dass sie noch frei ist", erklärte Marie. „Damit war er etwas überfordert."
„Armer Jakob", neckte Hanna ihn und stellte ihre Tasche ab. „War das wirklich so schlimm für dich? Normalerweise schmeichelt es euch Männern doch, wenn eine Frau so offenkundig auf euch abfährt. Stell dir vor, ich hätte dir nach unserem Kennenlernen Avancen gemacht. Hättest du dich dann genauso ablehnend verhalten?"
„Mit Sicherheit nicht", gab er offen zu. „Immerhin bist du das völlige Gegenteil zu diesem hässlichen Vogel."
„Das sind nur Äußerlichkeiten", behauptete Hanna. „Wichtig ist, was sich dahinter verbirgt."
„Auch in dieser Hinsicht kann sie dir bestimmt nicht das Wasser reichen."
„Sie ist auch nicht anders als ich."
„Das wage ich zu bezweifeln."
„So? Ich werde dir beweisen, dass du ohne optische Reize keinen Unterschied feststellst. Schließe einfach deine Augen."
Ohne zu wissen, was ihn erwartete, tat er, wie ihm geheißen.

Aus einer Schublade nahm Hanna ein frisches Geschirrtuch und verband ihm damit zusätzlich die Augen.
„Du darfst erst wieder gucken, wenn ich es dir sage. – Okay?“
„Okay.“
Auf Zehenspitzen wechselte Hanna ihren Standort.
„Entschuldigung bitte, Marie“, sagte sie an der Tür mit verstellter Stimme, als käme sie gerade herein. „Ich dich nix wollte lassen sitzen mit viele Arbeit allein.“
„Schon in Ordnung“, erwiderte Marie, während Hanna wieder unbemerkt näher trat.
„Es ist gut, dass du da bist, Suleika“, sagte sie mit normal klingender Stimme. „Wir planen hier gerade ein Experiment.“
„Haben unfreundliches deutsches Mann die Kopf darum abgebunden?“
„Ich weiß, dieser Mann ist manchmal unmöglich“, bestätigte Hanna. „Er kann aber auch sehr lieb sein. Willst du uns helfen, Suleika?“
„Was ich sollen machen?“
„Wir stellen uns jetzt alle drei vor Jakob und testen, ob er uns unterscheiden kann, wenn er uns nicht sieht“, erklärte Hanna. Aus ihrer Tasche nahm sie ein Haargummi und bändigte damit ihre üppigen Locken, um sich dadurch nicht zu verraten. Danach fischte sie einen kleinen Parfumflakon aus der Tasche.
„Damit wir alle gleich durften, spendiere ich für jede von uns eine Priese von Dior“, kommentierte sie, sprühte aber nur etwas davon an ihre Halsbeuge. „So, nun kann es losgehen.“
Jakob hörte Schritte, die vor ihm verhielten.
„Sag uns, wer das ist, Jakob“, forderte Hanna ihn auf. Sie fasste nach seiner Hand und legte seine Finger an ihre Wange.
Vorsichtig tastete er über die samtene Haut. Als seine Finger jedoch nach ihrem Haar fassen wollten, trat Hanna sofort einen Schritt zurück, so dass er ins Leere griff.
„Nun?“
„Ich glaube, das war Marie.“
„Falsch“, erwiderte Hanna triumphierend. „Eine von uns wird

dich jetzt umarmen. Du darfst sie aber nicht anfassen."
Nach einem Moment scheinbaren Zögerns legte sie ihre Hände fest auf seine Schultern und zog Jakob abrupt an ihre Brust. Sie hielt ihren Körper dabei etwas gebeugt, um kein vertrautes Gefühl bei Jakob hervorzurufen. Energisch schob sie Jakob wieder von sich und trat einen Schritt beiseite.
„Wer könnte das gewesen sein, Jakob?"
„Eindeutig Suleika."
„Wieder falsch", erklärte Hanna zu seiner Überraschung. „Und nun der letzte Test: Du musst ertasten, um wessen rechte Hand es sich handelt."
Sie zog ihre beiden Eheringe ab und reichte sie über den Tisch hinweg an Marie weiter, die sich köstlich zu amüsieren schien. Abermals griff Hanna nach Jakobs Hand, drehte sie mit der Innenfläche nach oben und legte ihre eigene hinein.
Spontan nahm Jakob seine andere Hand zur Hilfe. Er ließ sich viel Zeit, die zarte Frauenhand zu erkunden. Da er keine Ringe ertastete, konnte es sich nicht um Hannas Rechte handeln. Jakob war allerdings schon mehrfach aufgefallen, dass ihre Cousine bei der Küchenarbeit niemals Schmuck trug.
„Diesmal liege ich bestimmt richtig", prophezeite er lächelnd und gab die Hand frei. „Das bist du, Marie."
„Schau selbst nach", forderte Hanna ihn auf, worauf er das Tuch erwartungsvoll abnahm. Vor ihm stand Hanna. – Nur Hanna!
Erstaunt blickte er sich um. Marie lehnte auf der anderen Seite der Küche an der Spüle und lächelte ihm bedauernd zu. Die türkische Küchenhilfe hingegen war überhaupt nicht zu sehen!
„Jetzt verstehe ich gar nichts mehr", murmelte er, worauf Hanna ihm tröstend über die Wange strich.
„Du hast mein Gesicht berührt, ich habe dich umarmt, und es war meine Hand, die du gehalten hast, Jakob. Marie stand die ganze Zeit dort drüben."
„Und wo ist Suleika geblieben?"
„Dreh dich um", bat sie Jakob, was er auch tat.

„Du glauben, du können mir erst beleidigen und dann mir fassen an?", sagte sie hinter seinem Rücken mit verstellter Stimme, worauf Jakob herumwirbelte.

„Das darf doch nicht wahr sein!" rief er fassungslos aus. „Du bist das anatolische Dorftrampel!? Demnach lag ich mit meiner Vermutung also doch richtig!" In seinen Augen war Bewunderung zu lesen. „Es gibt nur einen Grund, aus dem du dich hinter diesem schrecklichen Wesen verbirgst: Damit niemand das Geheimnis des Engels der Nacht lüftet. – Damit niemand dein Geheimnis lüftet..., Angel."

„Bist du nun enttäuscht?"

„Im Gegenteil", verneinte Jakob ernst. „Für mich warst du von Anfang an ein ganz besonderer Mensch. Ich wusste immer, dass der Engel der Nacht nicht einfach nur eine Rolle ist, in die jemand schlüpft. Angel besitzt deine liebenswerten Eigenschaften. Deshalb habe ich so oft das Gespräch mit ihr gesucht. Hättest du nicht stets so spöttisch und nüchtern von ihr gesprochen, wäre ich vielleicht schon viel eher darauf gekommen, dass nur du hinter dem Engel der Nacht stecken kannst." Sein Blick nahm einen fragenden Ausdruck an. „Mittlerweile war ich überzeugt, dass ich mich geirrt habe. Warum hast du es nicht dabei belassen, Hanna?"

„Gestern Abend habe ich Uli eröffnet, dass du der Mann bist, den ich liebe. Dabei wurde mir klar, wie sicher und aufgehoben ich mich bei dir fühle. Erinnerst du dich, was Angel dir in der letzten Nacht gesagt hat?"

„Liebe und Vertrauen müssen ineinander greifen."

„Das kann aber nur gelingen, wenn man ehrlich zueinander ist", nickte Hanna. „Ich möchte nicht, dass irgendwas zwischen uns steht. – Auch nicht der Engel der Nacht."

Behutsam umschloss Jakob ihre Hände mit den seinen.

„Keine Geheimnisse voreinander", versprach er feierlich. „Weder heute noch in hundert Jahren."

„Ist das nicht ein bisschen lang?"

„Nicht für uns. Oder hast du vergessen, dass in dir ein Engel und in mir ein Vampir steckt? Sind das keine guten Voraussetzungen für eine sehr, sehr lange Liebe?"
„Die allerbesten." Lächelnd schlang sie die Arme um seinen Nacken. „Mein Blut bekommst du trotzdem nicht, aber du darfst mich so oft küssen, wie du möchtest."
„Dann fange ich am besten gleich damit an." Leidenschaftlich eroberte sein Mund ihre Lippen, so dass sie alles um sich herum vergaßen.
„Müsst ihr unbedingt hier knutschen?", vernahmen sie nach einer Weile Maries vorwurfsvolle Stimme. „Verschwindet aus meiner Küche und spielt woanders Mann und Frau!"
„Prima Idee", befand Jakob und legte den Arm um Hannas Taille. „Komm mit mir auf mein Schloss, mein Engel."
„Mein Himmelbett ist näher", erwiderte sie schelmisch, warf Marie eine Kusshand zu und entschwand mit dem einst so streitbaren Nachbarn, der auf wundersame Weise die zweite große Liebe ihres Lebens geworden war.

Autorin:

Claudia Rimkus wurde 1956 als Offizierstochter in Hannover geboren, wo sie noch heute lebt und arbeitet. Mit ihrer Heimatstadt ist sie eng verbunden. Deshalb ist die Leinemetropole oft Schauplatz ihrer Geschichten. Ihre Werke sind immer mit Humor gewürzt. Wenn sie nicht schreibt, ist sie gern mit der Kamera unterwegs. Ihre Fotos haben schon mehrere Preise gewonnen. Eine Auswahl davon gibt es hier:
http://www.flickr.com/photos/37116665@N04/

Veröffentlichungen:

„(K) Ein Job wie jeder andere“ (2004/2005) und „Engel der Nacht“ (2007/2008) als Fortsetzungsromane in der Hannoverschen Allgemeinen Zeitung.
„Bis dass der Tod uns scheidet“ Krimikurzgeschichte veröffentlicht 2009 im Swb-Verlag,
mehrere E-Books.

Taschenbücher:

Im Netz des Wahnsinns
Geraubtes Leben
Mondlicht auf kalter Haut
-Angel- Engel der Nacht

Printed in Poland
by Amazon Fulfillment
Poland Sp. z o.o., Wrocław

53765183R00326